El cielo en un infierno cabe

CRISTINA LÓPEZ BARRIO

D1598683

PLAZA JANÉS

Primera edición: junio, 2013

Printed in Spain – Impreso en España

ISBN: 978-84-01-35426-7
Depósito legal: B-10.837-2013

Compuesto en Revertext, S. L.

Impreso en Liberdúplex
Sant Llorenç d'Hortons (Barcelona)

L 3 5 4 2 6 7

A mi familia y mis amigos,
por su amor y apoyo constante,
por su magia infinita

Que otros se lamenten de que los tiempos son malos; yo me quejo de su mediocridad, puesto que ya no se tienen pasiones.

...Por eso mi alma se vuelve siempre al Viejo Testamento y a Shakespeare. Aquí se siente en todo caso la impresión de que son hombres los que hablan, aquí se odia y se ama de veras, se mata al enemigo, y se maldice a su descendencia por todas las generaciones; aquí se peca.

KIERKEGAARD, *Diapsálmata*

Primera parte

...huir el rostro al claro desengaño,
beber veneno por licor suave,
olvidar el provecho, amar el daño;

creer que un cielo en un infierno cabe,
dar la vida y el alma a un desengaño;
esto es amor, quien lo probó lo sabe.

LOPE DE VEGA

En la cárcel secreta de la Santa Inquisición, en una celda angosta tomada por las tinieblas, la prisionera, una mujer joven cuya melena se desgreña en ondas sucias, busca el consuelo del sueño tendida sobre un jergón de paja. Le han envuelto las manos en trapos atados con cuerdas miserables para alejar su influencia maligna del mundo. Y para asegurarse de que apenas pueda moverlas, unos grilletes unidos por una cadena le ciñen las muñecas llagándole la carne.

En el suelo de piedra reposa una escudilla con pan negro mojado en agua. Pero la prisión que sufren sus manos le impide llevarse a la boca cualquier alimento como un ser civilizado: tiene que arrodillarse, meter el rostro en la escudilla y arrancar el pan a dentelladas. Sin embargo, no parece importarle su desgracia.

Dirige su mirada hacia la rendija, no mayor que un dedo humano, que se abre en uno de los espesos muros y sabe que no tardará en caer la noche sobre la ciudad. Es entonces cuando un rayo de luna penetra por ella como el filo de una daga, encendiendo sus recuerdos más dolorosos. Se ovilla en el jergón de espaldas a la rendija, para sumergirse en la oscuridad que ama. Su corazón anhela de nuevo el sueño, y escucha el mordisqueo de las ratas que escondidas en los agujeros de los muros roen desperdicios.

Cierra los ojos y se acuna evocando ese sonido infantil, mientras el frío de noviembre le hiela deliciosamente los huesos.

I

Toledo, 3 de noviembre del año del Señor de 1625
Tribunal de la Santa Inquisición
Audiencia de la tarde

Una cicatriz atravesaba el rostro del fiscal clamando venganza. Era púrpura, rojiza, como la luz que aquella tarde de noviembre envolvía el cielo de Toledo y se filtraba a través de las ventanas emplomadas de la sala de audiencias, confundiéndose con el cortinón de terciopelo carmesí que colgaba detrás de la mesa donde se erguían el fiscal y los inquisidores. Pero a la testigo no le conmovió tal presagio de sangre; se había presentado voluntariamente a contar su verdad y no pensaba detenerse. Ante el crucifijo que presidía la sala, alzado en un pedestal, juró que en su testimonio no habría ni la más leve sombra de engaño. Juró también guardar el secreto de cuanto sucediera en ese atardecer de otoño. El Cristo del crucifijo le pareció victorioso a pesar de las terribles heridas talladas en la madera noble: había cumplido su misión y moría amparado en la gloria del Padre. Cruzó las manos sobre los muslos, asegurándose de que quedaba a la vista el rosario de cuentas amarillas que sostenía en ellas, y respondió con orgullo cuando el fiscal le preguntó su nombre; paladeó cada sílaba, mientras le miraba a los ojos. Sin embargo, tras la pregunta de si sentía odio o enemistad hacia la mujer contra la que iba a testificar, negó con la cabeza, enfrentándose a la desafiante cicatriz. Comenzaba en el lado izquierdo de su frente, y descendía atravesándole una ceja negra, la nariz y el pómulo, para morir en el extremo derecho de la mandíbula. Una perfecta línea oblicua que partía el rostro del fiscal en dos mitades y le dotaba de un aspecto temible en una y solitario en la otra. Dos meses habían transcurrido tan sólo desde que se instaló en la ciudad para ocupar su cargo, y eran muchas las historias fabulosas que se contaban en las calles y en las plazas sobre cómo se había convertido en un hombre marcado. Todas inciertas. Sin embargo, decían que se hallaba en Toledo para vengarse. Estaba escrito en el filo rugoso de su cicatriz, en la piel deforme.

A la testigo no le interesaban en ese momento aquellas habladurías. Había ido a contar su historia, la que encerraba en el vestido burdo de domingo, abotonado hasta el cuello, pobre y envejecido como su dueña. La que revelaría nuevos datos sobre la mujer que yacía en la cárcel.

El fiscal sonrió con malicia antes de continuar con su interrogatorio. Sólo entonces la testigo sintió un latigazo en el estómago. Se había dirigido sin ningún temor hasta la plaza de San Vicente, donde se alzaba el caserón con las dependencias del Santo Oficio, cuando la mayoría de sus vecinos temblaban con sólo mencionar su nombre. Había atravesado sin inmutarse los pasillos lóbregos por los que la condujo un alguacil escudriñándola con la hostilidad de la sospecha; incluso había podido escuchar el alarido de algún desgraciado al que, imaginó, estarían retorciendo los huesos en el potro. Había entrado con paso firme en la sala de audiencias y, tras sentarse en un banco, había esperado impaciente a que se cerrara la puerta maciza que la dejaba a solas con aquellos cuatro hombres vestidos de negro. Frente a ella, la mesa, sobre un estrado, larga y de nogal, tras la cual reconoció al viejo inquisidor que llevaba más de veinte años en el tribunal de Toledo: Lorenzo de Valera, gordo en su sotana, congestionado, y con una mueca rigurosa en los carrillos fofos. A su derecha, las cejas gruesas y hostiles del otro inquisidor, Pedro Gómez de Ayala; también provisto de sotana, pero enjuto y áspero. Y a su izquierda, el fiscal, el más joven de los tres, que respondía al nombre de Íñigo Moncada, e iba ataviado con una loba severa y de buen paño que demostraba su condición de civil. En la cabeza de los inquisidores se erguía un bonete amenazador de cuatro puntas, mientras que en la del fiscal lo hacía una cabellera oscura recogida en una coleta. El cuarto hombre, sentado frente a una mesa aparte, más pequeña que la primera y colocada de forma perpendicular fuera del estrado, anotaba minuciosamente cuanto allí se decía. Era el notario del secreto. Un joven delgado, ojeroso, pálido como si no tuviera más alma que su caligrafía.

Por un instante, la testigo dudó. Dudó de su valentía, dudó del propósito de contar su historia, dudó incluso de la certeza del paso del tiempo, detenido, pétreo en aquella sonrisa del fiscal. Pero cuando éste quiso retomar el interrogatorio, la testigo ya se había repuesto. Oprimió unas cuentas del rosario y se anticipó a la siguiente pregunta revelando lo que anhelaba decir desde que entró en la sala de audiencias.

—La acusada no se llama Isabel de Mendoza.

—¿Afirmáis que encarcelamos a otra mujer en su lugar? —repuso Pedro Gómez de Ayala con un gesto fiero.

Antes de contestar, la testigo se percató de que al fiscal le había molestado la intervención repentina de su colega.

—No, señoría. ¿Es adecuado este tratamiento o debo llamar a vuestra merced de otro modo?

—Señoría está bien, pero contestad de una vez y cuidaos de no decir blasfemias que os costarían muy caras.

—Lo que les aseguro es que ése no es su nombre.

—Sin embargo, la acusada responde por Isabel de Mendoza. Y por ese nombre la reconoció su delator y los testigos que hasta ahora han depuesto en su contra —replicó el inquisidor enarcando sus temibles cejas.

—Reos, delatores y testigos mienten cuando les viene en gana. Unos para salvar el pellejo, otros para conseguir provecho con la desdicha ajena —dijo el fiscal.

—Señorías, apostaría mi vida a que la mujer que se halla presa cometió como Isabel de Mendoza todos los actos de que la acusan. Sólo ella podría haberlo hecho. Pero esa mujer no es quien dice ser. Oculta la verdad de su historia, y motivos no le faltan. Insisto en que su nombre verdadero es otro.

—Que vos conocéis —afirmó el fiscal. Su voz ronca se clavó en el pecho de la testigo.

—Esa mujer se llama Bárbara de la Santa Soledad.

—Decid de nuevo vuestro nombre a este tribunal —le ordenó Pedro Gómez de Ayala.

—Berenguela de la Santa Soledad.

—¿Acaso sois hermanas?

—No, señoría, sólo somos huérfanas.

—Explicaos si no queréis que os encerremos en una celda junto a la acusada. —La amenazó con una mirada fría.

La testigo sonrió como si aquellas palabras hubieran despertado un deseo remoto.

—Yo les contaré lo que sucedió, a eso he venido a este Santo Tribunal. Pero cómo podría hacerles comprender el horror de aquella noche calurosa y pestilente en la que esa niña vino al mundo…

Guardó silencio durante unos segundos. Íñigo Moncada cambió de posición en la silla recia, y la testigo sintió que su cicatriz crecía de pronto oscureciéndole aún más el rostro.

El cortinón carmesí se agitó bajo un soplo fantasmal. En la mente de la testigo se acumulaban atropelladamente las palabras, enturbiándose con las imágenes de la muerte. Reconoció ese momento, pues lo había esperado a lo largo de muchos años: aquel momento aportaría la luz o la oscuridad definitiva a su existencia.

El notario permanecía con la pluma en vilo, la punta suspendida en el secreto y unas manchas de tinta goteando sobre las hojas.

Berenjena comenzó su historia.

En la Villa de Madrid, señorías, con apariencia robusta y sólida, fachada de ladrillo, dos plantas y ventanas estrechas con rejas y papeles aceitados que sustituyen a los cristales rotos, se alza el Hospicio de la Santa Soledad. Próximo a la Puerta del Sol, gélido en invierno y gélido en verano. Desengaño gustan llamar a la calle donde lo situó Dios y las hermanas que lo fundaron para ofrecer a los huérfanos un invierno perpetuo. Probé su piadoso torno una noche cualquiera; «era otoño» escribieron sin más en el libro de registro para formalizar mi llegada. Me asignaron un número de orden y lo grabaron en una placa que ataron con un cordón alrededor de mi cuello. Jamás supe ni sabré quiénes fueron mis padres, no tengo más noticia de ellos que el trozo de estameña zarrapastroso en el que aparecí envuelta, pero aun así puedo asegurarles, e incluso jurarles sin blasfemar ante ese crucifijo, que por mis venas y mi alma sólo corre sangre cristiana y temerosa de Dios.

La mayoría de los recién nacidos y niños de pecho morían antes de cumplir el año. Si los abandonaban sin bautizar, las hermanas se daban prisa en acristianarlos en San Ginés. Así, llegada su más que segura muerte, se salvaba al niño de perderse en limbos u otros territorios tenebrosos. Ése fue mi caso. Las hermanas eligieron para mí el nombre de Berenguela, nombre de reina castellana. Sin embargo, dada mi obstinada supervivencia y la falta de claridad de lengua de algunas nodrizas, pronto se me conoció por el infame nombre de Berenjena y así decidieron llamarme todos.

Tras ser destetado, lo más normal era morirse antes de los tres años, pero yo alcancé los ocho sin problemas de salud. Entonces una viruela casi me manda al infierno, perdón señorías —la testigo se santiguó—. Me dejó con el cutis agujereado, cetrino; me dejó fea, pero viva, y eso me confería cierta superioridad sobre aquellos mocosos cuyas sábanas sucias de excrementos y orines acabé lavando, pues a los nueve años y completamente curada, las hermanas tuvieron la gentileza de emplearme en el hospicio como lavandera, friegasuelos, y para cualquier otra labor que requiriese de mi asistencia, como la de amortajar a las pequeñas criaturas en su ataúdes de olores vivos. Cuantas más murieran, más comida habría para todos los que sobrevivíamos hacinados en la miseria.

Me pusieron a dormir en la habitación de las nodrizas, una sala rectangular de la primera planta, mal ventilada, que apestaba a leche agria mañana, tarde y noche por más jabón que yo empleara en limpiar sus suelos de baldosas rotas. Había diecisiete camas de madera con colchones visitados por pulgas, casi pegadas las unas a las otras, para unas treinta nodrizas en las mejores épocas y unas veinte en las peores, cuando escaseaban estas mercenarias del alimento materno. Así que algunas tenían que compartir camastro. Solían ser las más nuevas, por lo general malhumoradas y hartas de tanta boca ansiosa. La que más años llevaba en el hospicio y, sin duda, mandaba sobre todas las demás, era la mujer que me había amamantado: la Blasa. Las hermanas la respetaban más que a ninguna, incluso me atrevería a decir que la temían. Sus pechos eran capaces de alimentar hasta a seis niños a la vez, como manantiales inagotables. Si la Blasa nos abandonaba, muchos quedarían condenados a perecer sin remedio. Su leche era la de mejor calidad del hospicio, chupar de sus ubres mágicas suponía gozar de más posibilidades para salir adelante. Mentía sobre su edad. Nadie, creo que ni ella misma, la conocía con certeza. Llegó al hospicio siendo casi una niña tras perder a su bebé, para entonces ya ostentaba unos pechos tan grandes que parecían dos escudos que la protegían de la enfermedad e incluso de la vejez. Se decía que cuando le flaqueaba la producción de leche se preñaba de algún truhán. Las hermanas no se daban por enteradas. Además era muy difícil conocer la verdad sobre la barriga de la Blasa, de lo gorda y desparramada que aparecía bajo su vestido. Luego paría en cualquier parte, soltaba al niño en el torno y vuelta a empezar. Era baja, de pelo como humo, pocos dientes, cara redonda y una risa de hombre que seguía sobresaltando a las hermanas a pesar de los años. Era lista, aficionada sin remedio a las partidas de naipes, y con habilidades prodigiosas para aumentar en unas blancas su faltriquera aunque tuviera que valerse del engaño más vil. Al poco tiempo me acogió bajo su protección. Yo dormía en un catre a los pies de su cama como perro fiel; ella gozaba del privilegio de no compartirla con nadie. Me convertí en sus ojos y en sus oídos para espiar lo que acontecía en el hospicio que pudiera reportarle una ganancia. Dejé de ser Berenjena, la pobre lavandera. Y se me tuvo respeto, incluso temor entre las nodrizas más nuevas y débiles, a pesar de mi extrema juventud. Sólo recibía órdenes de la Blasa, y de las tres hermanas que en verdad gobernaban el hospicio, porque el administrador, don Celestino, dejaba ver por allí sus perezosas carnes apenas un par de veces al año: la bondadosa hermana Serafina, que ejercía el oficio de ama de sala organizando todo lo referente a los niños de pecho y los quehaceres de las nodrizas; la vieja y temible hermana Urraca, encargada de convertir en un infierno la vida de los destetados y de la que sólo hablaré cuando sea necesario; y la hermana Ludovica, una eminencia en hierbas medicinales, cataplasmas y emplastos, que mandaba en la enfermería con un vigor extraordinario.

Les cuento todo esto para que comprendan mejor lo que aconteció aquella noche. Recuerdo sin equivocarme que era principios de agosto del año del Señor de 1599, y que el cielo de la villa reventaba de malos presagios. El calor era sofocante, ni siquiera la llegada de la noche trajo un soplo de frescura. La oscuridad cayó impía sobre Madrid, y en sus calles y plazas resplandecieron aún más las hogueras y los lamentos. Las llamas dibujaban en los muros de las casas un apocalipsis de sombras. Se quemaban sin tregua las ropas y los enseres de los apestados, se quemaban las camas, los colchones, las sábanas en las que habían perecido ardiendo entre bubas y fiebres. Las ratas habían abandonado las cloacas en mísero tropel, tras morir cientos, miles de ellas, en sus escondrijos, como un espantoso augurio de la llegada de la epidemia, y corrían enloquecidas entre el humo y el llanto intentando escapar de la suerte de sus compañeras. La mera visión de sus cuerpos repulsivos atravesando las calles aterrorizaba a las gentes que huían de la ciudad como última esperanza de supervivencia. Cargaban con lo poco que habían conseguido arrebatarle a la desesperación, utensilios de cocina, víveres que aún no estaban contaminados, y los hijos más fuertes. ¿Qué puede esperarse de una noche en la que se une el destino de hombres y ratas? ¿Qué puede esperarse de una noche en la que el espectro de la fatal enfermedad, que se propaga invisible y certera sin hacer distinción entre ricos y pobres, entre pecadores y misericordiosos, corrompe el aire y la humanidad se entrega a una orgía de perfumes en vez de a la oración? Madrid era un hervidero de aromas. Se encendían fuegos de sarmientos, enebro y romero en las casas infectadas como remedio para purificarlas. Y su fragancia densa y salvaje se mezclaba con la pestilencia de las hogueras, con la cal viva en la que los enterradores enharinaban los cadáveres mientras fumaban una pipa de tabaco y tomillo para ahuyentar el aire viciado, y con el más delicioso ámbar, sándalo o almizcle que chamuscaban en los braseros de los palacetes aquellos nobles que no habían emprendido la retirada a sus propiedades del campo. Pero eso no era todo. Hombres, mujeres e incluso niños, caminaban, corrían y, los más afortunados, se refugiaban en sus carruajes respirando regularmente unas pomas que colgaban con cadenitas de sus cuellos y que contenían bolas con elixires de rosas, limones, naranjas o alcanfor. Esa lucha perfumada acabó formando un vapor semejante a la niebla que avanzaba por la villa, tan siniestro como la enemiga que trataba de combatir: la peste negra.

Hasta el Hospicio de la Santa Soledad llegó la desgracia y el furor aromático. El médico que habitualmente atendía a los niños, las nodrizas y las hermanas se llamaba Guzmán Acosta y era un hombre alto de aspecto amable y tranquilizador, aun cuando desplegaba sus habilidades para las lavativas, enemas y purgas, o incluso para las sangrías, cuyo arte ejercía sin necesidad del cirujano valiéndose de una lanceta que hincaba en la carne mientras enseñaba la lengua entre los labios. Pero aquella noche la presencia de Guzmán Acosta sembró el espanto. Apareció en el hospicio con el atavío de un médico de ultratumba: túnica, guantes y sombrero de ala ancha como la misma oscuridad. Hubiera podido confundírsele con la muerte si no hubiera llevado el rostro oculto tras una máscara de ave, blanca y con un pico largo y puntiagudo, donde había preparado un sahumerio de laurel que aspiraba a trompicones para burlar el contagio. Llevaba los ojos protegidos por unos lentes de vidrio rojo y en la mano derecha, en vez de una guadaña, una estaca para mover de un lado a otro a los pestilentes. Razones no le faltaban para tomar precauciones extraordinarias: la peste se había cebado con saña en nuestra pequeña comunidad. Habían fallecido en los últimos días varias nodrizas, hermanas, criaturas de pecho y destetadas. Y la situación empeoraba. Hay momentos en la vida que se pegan a la memoria como sanguijuelas. Esa noche maldita, hermanas, nodrizas y criaturas se hacinaban en la enfermería del hospicio a la espera de la muerte. La enfermería era una estancia amplia y cuadrada con techo abovedado y ventanas que daban a la calle para ventilar los males. Estaba situada en la planta baja, que se había convertido en un lugar terrorífico, en un purgatorio, en la antesala de todo lo que iba a pudrirse. La hermana Serafina había sucumbido a la histeria de las fumigaciones por recomendación del médico, y un hombre de sonrisa cruel que se hacía llamar «maestro desinfectador» —es en las miserias donde se espabilan los ingenios— había rociado todas y cada una de las habitaciones de la planta baja con lo que, según me aseguró la Blasa, era una mezcla de pólvora de cañón, azufre y resina de pino de la sierra de Guadarrama. Ninguna de las que quedábamos sanas queríamos asomar la nariz por allí. Nos habíamos refugiado en la primera planta, que yo me había encargado primero de fregar, por orden de la Blasa, y luego de hisopear, por orden de la hermana Serafina, con una solución de agua y vinagre purísimo.

—Berenjena, baja a la portería. Me ha parecido oír que echaban otro niño al torno —me dijo la Blasa aquella noche.

—¿Por qué tengo que bajar siempre yo? ¿Y si me contagio, Blasa, y si me muero?

—Pues que se te coma la sepultura. Anda y haz lo que se te dice.

Yo entonces sólo era una muchacha de dieciséis años, fuerte y trabajadora, a la que la necesidad había hecho madurar aprisa. No temía a la muerte, por lo que tiene de reconfortadora y de encuentro con Dios, pero me aterraba la peste y las deformaciones que causaba en los cuerpos mortales.

Descendí por la escalera. Los peldaños crujían como los huesos viejos. El calor me pegaba el vestido a la piel. Costaba respirar. El ancho zaguán donde se hallaban la portería y el torno estaba cubierto por una neblina. Temblé al percibir el aroma del azufre, de la pólvora de cañón y de la sangre de los bubones que les sajaban a los pestilentes. Así debe de oler el campo de batalla donde nuestros gloriosos ejércitos luchan contra el hereje, pensé. Llevaba sujeto en el sobaco izquierdo un trozo de solimán que había adquirido en el mercado, pues me habían dicho que espantaba a la peste, y lo apreté con fuerza. Revisé el torno. La Blasa no se había equivocado; vi un bebé envuelto en un trapo sucio. Era liviano y frío. Me dirigí con él a la enfermería, de donde se escapaban gritos y un revuelo de voces entre las que reconocí las de Guzmán Acosta y la hermana Ludovica. Cuando entré me di de bruces con la figura espectral del médico. Yo ya había visto alguno vestido de aquel modo en el tiempo que llevábamos bajo el asedio de la peste, pero no tan de cerca, mirándome a través de esos vidrios del color del averno. La mano se me fue a hacer la señal de la cruz y el bebé cayó al suelo.

—¡Berenjena, ten más cuidado! —me gritó la hermana Ludovica apresurándose a recogerlo.

Se oyó un llanto muy débil. El trapo se había abierto dejando a la vista un cuerpecito surcado por landres negras.

La hermana Ludovica entornó los párpados y dijo furiosa:

—Otro tanto que se apunta ella.

Se refería a la muerte, a la que tenía declarada la guerra. La enfermería era el campo de batalla de la hermana Ludovica, donde se encerraba en épocas de epidemia para luchar contra su enemiga sin comer o dormir apenas. En esos días, cuando se sentía más derrotada, gastaba un genio de perros; era una monja con tendencia al mal humor y sólo se preocupaba por los huérfanos si hacía mella en ellos alguna enfermedad. En circunstancias normales andaba abstraída en sus hierbas y en los cachivaches y libros relacionados con su ciencia. Rondaba los cincuenta. Era fornida y con cuello de toro, ojos listos y de un gris plomo como cielo de lluvia.

Me froté las manos en el vestido para limpiarme los miasmas del pequeño mientras contemplaba el desorden que reinaba en la enfermería. Los niños, hacinados en el suelo sobre lechos de paja, se revolvían entre lágrimas y cagantinas ante la visión del buen médico. Las hermanas y las nodrizas, con sus pieles salpicadas de manchas azules y sus bultos como ciruelas tras sobacos y orejas, se convulsionaban en su fiebre entregándose al delirio y vociferando desde los lechos miserables «¡Confesión, confesión!», pues veían en la túnica negra y la máscara de cuervo de Guzmán Acosta el reflejo de su destino. Sólo cuatro hermanas piadosas atendían aquel antro de dolor y podredumbre, bajo las órdenes que les daba la Ludovica con su voz grave y poderosa que hacía eco en las entrañas, y su respiración como el resuello de las yeguas. El resto de las mujeres del hospicio estábamos ocupadas atendiendo a las numerosas criaturas de pecho que el torno no paraba de escupir con su chirrido estridente. Eran como una plaga egipcia. Y yo, exponiendo mi vida, bajaba a recogerlas. Otras veces eran unos golpes en la puerta los que nos anunciaban su llegada. Las traían hasta de dos en dos directamente de las salas de los hospitales, donde sus desdichadas madres habían perecido de peste o de parto, o renunciado a ellas por vergüenza o porque, débiles y enfermas, no podían criarlas. Hijos de la desesperación, de la pobreza, del miedo, y también, como tantas otras veces, hijos del pecado de lujuria que dañaría muchas honras si se conociese. Aquella noche el diablo andaba suelto por la villa y se divertía multiplicando desgracias.

Conforme las criaturas llegaban al hospicio, las examinaba el médico o la hermana Ludovica para asegurarse de que la peste no se había cebado ya en su carne reciente. Si la criatura mostraba los síntomas, estaba condenada y permanecía en la enfermería; si por el contrario la encontraban limpia aunque padeciese otras enfermedades o defectos, se la conducía a la primera planta. Pero cuando llegó la madrugada, eran tantos los niños abandonados en el hospicio que hubo que hacer otra división, que pudiera parecer impía, entre los que no habían sucumbido a la epidemia. Hubo que separar a los fuertes de los débiles, a los destinados a la vida de los destinados a la muerte.

No disponíamos de leche para alimentarlos a todos. A las nodrizas que habían fallecido y a las que se retorcían azuladas en la enfermería, había que añadir las que huyeron a sus pueblos, donde el aire era puro y saludable, para ponerse a salvo del contagio. Así que apenas quedaban en el hospicio unas diez nodrizas disponibles para amamantar a esa plaga de bebés hambrientos. Una de ellas era la Blasa, que valía por tres.

Aquella situación puso de peor humor a la hermana Ludovica, pues tuvo que entregarle a su enemiga, la muerte, más criaturas de las que hubiera deseado, al no tener tiempo ni medios para intentar salvarlas.

—Esta vez me has vencido —le oí decir por lo bajo—, pero muy pronto me encontrarás de nuevo haciéndote frente.

La aldaba golpeó el portón del hospicio. Recuerdo como si fuera hoy, y se me encabrita la piel al hacerlo, la primera vez que vi a la niña.

—¡Ahí traen otro más! —rugió la hermana Ludovica—. ¿Es que las mujeres no van a dejar de parir? ¿Es que no son capaces de retener sus vientres o al menos quedarse con sus bastardos hasta mañana?

Me apresuré a abrir con el corazón oprimiéndome el pecho. Reconocí a la muchacha que utilizaban como recadera en el Hospital de los Desamparados, la que llamábamos «la Tonta». Acurrucaba en su regazo un bulto que se movía como buscándole un pecho. Por un instante, el aroma de la pólvora, de la batalla, se disipó para dejar paso a una fragancia de flores.

—Dámelo, ¿a qué esperas? —le dije a la muchacha, que parecía ensimismada.

—Tengo orden de entregarlo sólo a la hermana Ludovica.

La muy estúpida lo mecía como si fuera suyo. Era corta de luces y tenía dientes de asno.

—Yo se lo daré —le contesté para ganar tiempo.

—Es una niña y viene con un pergamino secreto —susurró mientras se miraba de reojo el bolsillo de su falda mugrienta.

—Dame lo que escondes ahí —la increpé, intentando echarle la mano al bolsillo—, hoy no estamos para jueguecitos.

—¡Hermana, hermana Ludovica! —se puso a gritar la desgraciada.

Los pasos robustos de la monja retumbaron en las baldosas.

—¿Qué significa este escándalo, Berenjena?

Tenía hinchadas las venas del cuello, y los ojos grises le centelleaban bajo la claridad mortecina de la velas.

—Es la del Hospital de los Desamparados. Trae otro bebé pero no quiere dármelo. Dice que tiene no sé qué secreto.

La muchacha me observó con recelo y preguntó a la hermana:

—¿Es vuesa merced Ludovica, la que manda en la enfermería?

La había visto mil veces. Era inconfundible la corpulencia magnífica que escapaba de su hábito blanco, así que la Tonta era más tonta de lo yo pensaba, y no la recordaba o fingía no hacerlo.

—Yo soy. Y ahora dame lo que aprietas con tanta fuerza que tengo tarea.

La muchacha, que hasta entonces había permanecido en el umbral del portón, se adentró en el zaguán. A la luz de las velas pude descubrir que la criatura venía envuelta en un primoroso chal azul del que se desprendía el olor a flores.

—Me dijeron varias veces: sólo se la das a la que manda, y el pergamino también. A nadie más, y si ella no está te la traes de vuelta —repitió la Tonta sin soltar el bulto.

—¿Y a qué esperas? No tengo toda la noche. Ya te dije que yo soy la que buscas.

La muchacha sacó de su bolsillo un largo rollo de papel y se lo entregó a la hermana mientras se le acercaba para susurrarle:

—La madre la echó al mundo en la sala esa que tiene el hospital, ya sabe, la que llaman la de las «paridas clandestinas».

Intentaba que yo no oyera sus palabras, pero me enteré de todo. Tanto misterio para una mocosa más, pensé, aunque venga envuelta en arrullos de lujo. Permanecí atenta a los gestos de la hermana mientras leía el papel. Tardó lo suyo, que el escrito era bien extenso, como testamento en el que se descarga una conciencia pecadora. Al concluir, alzó los ojos al techo y me pareció que rezaba. Sin más miramientos, le arrebató el bebé a la muchacha, que se quedó con la boca abierta —ya he dicho que era medio boba—. La hermana Ludovica desenvolvió a la niña un poco, porque venía como un fardo, tapada cabeza y todo, sin que apenas se le acertara a ver un pedazo de carne. Entonces sí que se alarmó.

—Tiene que examinarla enseguida el médico.

Se la llevó a la enfermería, y yo, tras echar a la Tonta y cerrarle el portón en las narices, la seguí apresurada con los ojos fijos en el bolsillo de su hábito, donde se había guardado el pergamino. Curiosidad infame porque no hubiera podido leerlo: en esa época no era capaz de leer nada que osara estar escrito.

El ambiente de la enfermería no había mejorado mucho. Con la estaca en la mano, Guzmán Acosta parecía que estaba arreando vacas más que atendiendo enfermos. El tufo de cañones producía escalofríos, pero me intrigaba qué tenía de extraordinario aquella criatura y cuál sería su destino.

La hermana apartó de una mesa unos cuantos pomos de porcelana y unos instrumentos metálicos, depositó al bebé y avisó al médico, que se esforzaba en palpar con su estaca las bubas de unas ingles.

—¿Más peste? —preguntó.

—No lo creo, pero juzgue vuestra merced.

Me había situado unos pasos por detrás de la hermana y pude ver lo que surgió del chal cuando ella lo desenroscó del cuerpo menudo: era una niña recién nacida con un cutis muy hermoso. Olía a carne limpia, a vientre noble. Se puso a berrear como un puerco porque la habían despertado. Ya mostraba malas pulgas. El médico acercó su máscara de pajarraco para reconocerla, y en vez de berrear con más fuerza, como yo esperaba, me sorprendió amortiguando su llanto hasta convertirlo en unos cuantos pucheros, al tiempo que extendía sus manos hacia el pico e intentaba agarrarlo. Aquellas manitas estaban rojizas, más que rojizas, amoratadas, y por lo que pudo comprobar el médico, tras retenerlas unos segundos entre sus guantes mientras las apartaba suavemente del pico, ardían de fiebre, una calentura tan tenaz que quemaban con sólo tocarlas. Algo le dijo a mis tripas que el destino de esa criatura quedaría por siempre unido a aquellas dos manos coloradas cual chorizos, aspecto que sin duda había alarmado a la hermana Ludovica.

—Son como dos antorchas —dijo Guzmán Acosta quitándose los guantes negros.

—Y parecen tumefactas —observó la hermana—. Le rogaría que por un momento se deshiciera de esa máscara; quizá a través de los lentes no pueda observar bien el fenómeno.

El médico debió de sentir bastante alivio al quitársela. Tenía el rostro sudoroso y congestionado, como el mío a los pocos minutos, porque me obligó a sujetársela y los vapores del sahumerio de laurel junto al aliento de Guzmán Acosta me abofetearon mientras duró el reconocimiento de aquella misteriosa criatura. La despojaron de la camisita de basto hilo que la cubría, pero sólo hallaron la blancura de una piel delicada. Exploraron minuciosamente el resto de sus miembros: ninguno más ardía, se mostraban frescos y tiernos. Sin embargo, algo la impulsaba a mover sus dedos largos y bien formados, deseosos de tocar cuanto se le acercaba: las manos de Guzmán Acosta, las trompetas metálicas para escuchar corazones. Ese tacto inquieto parecía un ser aparte, ajeno a la pequeña. Cómo explicar si no que a ratos ella entornara los párpados abanicada por el sueño, mientras sus manos se movían solas.

No pude enterarme de todo lo que hablaron el médico y la hermana Ludovica sobre el mal que aquejaba a la niña; me distraía aquella máscara maloliente. Sé que llegaron a la conclusión de que no era peste, ni tampoco la terrible gangrena, ni otras enfermedades cuyos nombres olvidé, pero lo que sí puedo asegurar es que Guzmán Acosta decidió que la criatura no sería capaz de sobrevivir al color y la quemazón de sus manos. La hermana Ludovica la envolvió de nuevo en el chal, y me la entregó después de que el médico recuperara su apariencia de ave siniestra.

—Llévala arriba y ponla con los desahuciados —me ordenó—. Probablemente no pasará de esta noche. Su mal es muy grave. Quizá se trate de un mal del espíritu y no de la carne, pero esta inocente pequeña no es la culpable sino los terribles pecados de sus progenitores. Se llama Bárbara.

—¿Y algo más?

—De la Santa Soledad, como la mayoría de vosotros. Dile a la hermana Serafina que así deberá ser inscrita en el libro de registro mañana, cuando Dios se la haya llevado a su gloria. Esta noche no estamos para anotaciones.

Bárbara. Era la primera vez que oía ese nombre, y se me ocurrió que así debían de llamarse las condesas que paseaban en sus sillas de manos por la calle Mayor. El chal, que imaginé sería de seda, tenía una textura tan suave y exquisita que insultaba a mis manos, ásperas de fregar sin descanso. Quizá les haya ocurrido alguna vez que al tocar determinado objeto de pronto perciben que esconde una historia, y ésta, mágicamente, les confiere vida propia. Esto pasa mucho con las cosas que llegan al hospicio junto a los huérfanos. En ellas se oculta la verdad de quiénes son, la verdad de su cruel abandono. Así que los armarios del despacho de don Celestino, estaban llenos de objetos vivos. Algunos tendrían la oportunidad de sacar a la luz la historia que encerraban, otros la ocultarían para siempre, silenciados por el polvo y el olvido. Yo deseaba que ese chal en el que vino envuelta Bárbara fuera de los primeros en hablar. Deseaba que me hablara de la mujer a la que había pertenecido, y del nacimiento de aquella niña con manos de fuego. Y estaba segura de que tarde o temprano acabaría haciéndolo. Había algo que lo diferenciaba del resto, algo todavía más extraordinario que la certeza de una historia oculta. Me atrevería a decir que el chal, además de estar vivo por ella, lo estaba por sí mismo. Sólo con acariciarlo podías sentir que lo llevabas puesto, como si la seda se tornara invisible y envolviera suavemente la piel de tus brazos y tu espalda, hasta dejarte en el pecho la sensación reconfortante de que te hallabas protegido contra cualquier mal que pudiera acecharte. No me refiero al bienestar que producen las riquezas, con el que una huérfana pobre como yo sólo podría fantasear. Era un bienestar más hondo, de los que nacen en el alma y permanecen allí porque no comprenden las vanidades mundanas de los hombres. Estoy segura de que también lo percibió la Tonta del Hospital de los Desamparados y por eso llevaba a la niña tan apretada contra sus carnes.

Me disponía a deleitarme con los bordados que el chal lucía en sus extremos, ajena al dolor y la muerte que rezumaba la enfermería, cuando descubrí unas manchas muy cerca del lado izquierdo. Eran de un intenso color granate y procedían, sin duda, de una salpicadura. La voz de la hermana Ludovica me sacó de mi pensamientos.

—Espabila, Berenjena, lleva a la niña arriba y deja de tocar lo que no te pertenece.

—Hermana, mire el chal —le dije mostrándole las manchas.

—Son de sangre —respondió sin darle importancia.

Un escalofrío me recorrió el espinazo.

—¿Sangre de quién?

—Y cómo voy a saberlo, muchacha. Dedícate a obedecer, que la noche no está para embobarse con nada.

—Hermana, junto a las manchas también hay un pequeño desgarro de la tela —le dije, aún conmocionada por el descubrimiento—. ¿Cree que puede significar que se pelearon por el chal? Quizá en los Desamparados.

—¿No has oído lo que te he dicho? Vete de la enfermería ahora mismo. A las metomentodo como tú sólo les esperan disgustos.

La abandoné cabizbaja. Tenía una amiga, antigua huérfana de la Santa Soledad, que trabajaba limpiando en el Hospital de los Desamparados, y entraba y salía cómodamente de donde las paridas clandestinas. Ya me había pasado jugosa información sobre las madres de varios huérfanos en otras ocasiones. Decidí que si encontraba un rato a la mañana siguiente, me acercaría a verla y le preguntaría por el bebé. Una niña con esas manos no podía pasar desapercibida. Que la Ludovica se quedara con el pergamino secreto, yo obtendría información más fresca.

La primera planta estaba a rebosar de críos. Junto al dormitorio de las nodrizas, se encontraba el de los niños que tomaban pecho y el de los niños destetados de hasta seis años. Los separábamos cuando empezaban a ser hombrecitos y mujercitas, como mandan las normas decentes. El de los varones se situaba en la planta baja. Sin embargo, cuando la peste negra se instaló en el hospicio no nos quedó más remedio que evacuar a los que aún no se habían contagiado. Abajo no estaban seguros. Les improvisamos lechos, que a veces no eran más que un montón de paja o lana vieja cubierta por una sábana, en todos los dormitorios a excepción del de las niñas mayores y el de las nodrizas. Dormían hasta en los pasillos y en los bancos de la capilla. Ni uno se atrevía a llorar o rechistar, sólo los bebés que aún no tenían conciencia de lo que era un palo osaban lanzar un berrido, sobre todo los hambrientos, los débiles, los que debían pasar sin leche hasta que se los llevara la muerte.

—¿Este nuevo desdichado que nos traes para dónde va, Berenjena? —me preguntó la Blasa con una criatura colgándole de cada pecho.

Era muy tarde y sus ojos se habían hinchado y enrojecido.

—Para los que no —le dije.

—Gracias, Virgen Santa, otra boca menos que alimentar. Como sigan llegando más, no sé qué va a ser de nosotras. Las chicas que quedan están agotadas. Más que bebés parecen garrapatas, nos van a secar los pechos. Hasta las cabras tienen las ubres menos escocidas.

—Pues por ésta no te preocupes.

—Echa buen olor.

—Sí, y venía envuelta en un precioso chal, pero sus manos la han condenado.

—¿De qué condena hablas, muchacha?

—Por ellas no se salva, échale un vistazo cuando tengas un rato.

—Qué rato, ni qué rato, y cuando lo tenga me voy a dormir. Anda y llévala donde ya sabes.

La «sala de amamantar», como la llamábamos, también olía al vinagre purificador. Era alargada, de muros como nieve que procuraban entibiar unas esteras de esparto colocadas en su parte inferior. Como único mobiliario, una enorme mesa rectangular colocada en el centro, alrededor de la que se sentaban las nodrizas para dar pechos, lavar excrementos, y otros quehaceres míseros. Aquella noche la sala se había convertido en la habitación de los desahuciados, criaturas de pecho, la mayoría recién nacidas o de escasas semanas. Como quedaban pocas cunas libres y las hermanas habían decidido que sólo las podían ocupar los destinados a la leche y a luchar por su vida, hubo que improvisar algún sitio donde meter a los menos afortunados. Fue idea de la hermana Serafina utilizar las cajas donde nos traían las salazones del almacén. Las mullimos con unos trapos e hicieron buen servicio: como eran grandes acabamos metiendo dos bebés en cada caja. Y cuando murieran, les serviría también de ataúd.

—La tragedia nos hace prácticos a la fuerza —decía la hermana Serafina santiguándose.

Siempre tenía las mejillas sonrosadas como las fresas debido a su corazón piadoso. Eso me aseguraba la Blasa: «No encontrarás a un ser maligno con buen color, éstos lucen cutis de lápida». La Serafina era cuarentona y menuda. Amaba la vida tranquila y la lectura de biografías de santos, a la que se dedicaba con fervor en sus escasos ratos libres. Cualquier acontecimiento que perturbara las rutinas del hospicio la hacía sufrir terriblemente. Tenía unos ojos amables, pequeños y lacrimosos, como si a todas horas llorase por las desgracias del mundo. Era la única que mostraba cierta preocupación por el bienestar espiritual de los huérfanos. Los domingos solía leerles las Sagradas Escrituras con su voz de pan tierno, y a veces inventaba juegos que, más que entretenerlos, encendían la hoguera de sus estómagos hambrientos. Su juego preferido consistía en esconder por las habitaciones del hospicio una caja con un pedazo de carne, o de queso con membrillo, tesoro que deglutía el afortunado que lograba encontrarlo, vorazmente y sin compartir una sola migaja.

Entré en la habitación con la niña, y vi a la Serafina dormida en una silla apoyada en la pared. Se había impuesto la penitencia de velar las agonías de los pequeños moribundos hasta que llegara su final. Un cirio deformado por la madrugada hacía resplandecer sus manos como un milagro. Sujetaba en su regazo una palangana con agua y un paño limpio para enjugar los labios a los pequeños. Roncaba un sueño profundo, y ese ronroneo de cochino parecía adormecer a los niños, que ahogaban sus llantos y quejidos bajo la luz mortal. Procuré no despertarla. La noche aún estaba negra en las ventanas. Me inquietó la paz que se respiraba, esa paz espeluznante de los que descienden hacia el descanso eterno. Dejé a la niña en la mesa, en un hueco entre dos cajas de salazones. Al despojarla del chal abrió los ojos, los tenía almendrados y de color verde. Era bonita, la condenada. Le cubría la cabeza una pelusa castaña y su cutis lucía sonrosado, limpio. Lo toqué y su suavidad me recordó a los dientes de leche. Ella extendió sus manos hacia el mío como si quisiera acariciarme los agujeros que me había dejado la viruela. Las aparté y sentí su calor hirviente.

—Por mucho chal de seda con perfume de flores, por mucho cutis de porcelana, por mucho nombre de condesa —le dije—, has acabado en el mismo lugar que yo, has corrido mi misma suerte o incluso peor, porque esta noche tu destino se unirá al de una dama cuyo rostro no es más que descarnada calavera.

O acaso es ella la afortunada, me pregunté de pronto. Acaso terminar la vida sin empezarla, escapando de los sinsabores, palos y vergüenzas que ha de estar dispuesta a soportar una huérfana sea la verdadera fortuna.

—Aun así morirás —le aseguré—, con toda tu belleza.

Caprichoso destino, señorías, que a veces deja su oficio en manos de los hombres, que a veces les confiere un poder que ellos ni siquiera sospechan que poseen hasta que es demasiado tarde.

Eché un vistazo a las cajas para decidir cuál serviría a Bárbara como última morada. Ya no quedaba ninguna vacía, así que me tocaba elegir a qué desdichado quedaría unida para siempre, en el mismo ataúd, en la misma tumba. Y me decidí por el más espantoso de todos los bebés que allí aguardaban la llegada de la muerte. Lo había traído a última hora de la tarde una mujer que vivía por la plazuela de Santo Domingo, chamuscado y agonizante. Era el único superviviente de un incendio. Con apenas unas semanas de vida, arrastraba una historia terrible, de esas que ponen los pelos de punta y le hacen a una santiguarse por todo el cuerpo. Se convirtió en huérfano de padre y madre en el mismo día, así de un plumazo. Otra alma que se quedaba sola en el mundo. La mujer, que resultó ser una vecina, no quiso guardarse ni los más mínimos detalles de lo que ocurrió en la casa. El caso luego fue comentado durante mucho tiempo en los mentideros de la villa. El bebé traía humo metido en los pulmones y respiraba con mucha dificultad. Cuando la hermana Ludovica miró debajo de los guiñapos sucios en que se habían convertido sus ropas, comprobó que milagrosamente sólo parte de su pelo había sufrido la furia del fuego. El cabello era muy negro, fuerte y abundante en el lado derecho de su cabeza, pero en el izquierdo, las llamas habían formado un amasijo de pelos tiesos que atufaba a pollo, que se le pegaba a la piel abrasada. Yacía adormilado con la boquita contra una pared de la caja, como si hubiera estado intentando chupar los efluvios de carne en salazón adheridos a ella. La hermana Serafina me dijo que sus ojos oscuros parecían querer conocerlo todo.

—Curiosidad por una vida que no tendrá —sentenció la monja con pesadumbre.

Le dio unas gotas de láudano por indicación de la Ludovica para hacerle el tránsito más fácil y ahorrarle los dolores de las quemaduras.

Metí a la niña junto a él. La camisita limpia junto a los guiñapos ahumados, el perfume de flores junto al de los rescoldos que manaba de la carne del niño, la blancura de un cutis perfecto junto a un rostro ennegrecido por la desgracia. La belleza y la fealdad unidas en la misma caja aguardando su final. Me hizo gracia aquel contraste y estuve contemplándolos durante un buen rato. Si ella le quema con sus manos es muy probable que no lo sienta, pensé, y no me faltaba razón, aunque había suficiente espacio como para que no se rozaran. Aquella tarde, antes de la llegada de Bárbara, descubrí que del cuello del niño colgaba una cinta de terciopelo negro con un medallón de plata que se le había incrustado en el pecho. Se lo mostré a la Serafina y me ordenó que esperase a que Dios se lo llevara para despojarle de él. Por la vecina que lo trajo al hospicio supimos que el medallón era de la madre. Ella lo sabía bien porque conocía a los difuntos desde hacía años, les profesaba un gran afecto justamente correspondido.

El medallón estaba del revés. Mientras la Serafina se afanaba en enjugar bocas le di la vuelta. Debía de haberse puesto al rojo vivo en el incendio porque aún guardaba un regusto de fragua. El niño comenzó a llorar y descubrí que en su carne había quedado grabada la figura en relieve de un ángel. Entonces apenas tuve tiempo para distinguir lo que más tarde reconocí sin problemas con la vista certera de la juventud: por los alones desplegados para iniciar el vuelo divino hubiera podido ser cualquiera de los arcángeles, pero la vara de azucenas que portaba en sus manos lo identificaba sin duda como san Gabriel. Lo incrusté otra vez en el pecho del niño, y aquello, más que crueldad, fue consuelo para su llanto.

La noche avanzaba en las ventanas de la sala de amamantar hacia la bendición del alba. Continué contemplándolos en la caja como un artesano que se deleita orgulloso con la visión de su obra. La hermana Serafina soñaba bondades con su ronquido soporífero. El cirio se agotaba, su luz se diluía entre los moribundos. Oí a la Blasa gritar mi nombre, el torno que volvía a girar imparable, el hedor de los cañones me esperaba, la amenaza de la peste negra, la vigilia de una noche sin fin.

2

Sentada en el banco de la sala de audiencias, Berenjena entornó los párpados y dejó que en sus labios resplandeciera una oración. El fiscal y los inquisidores parecían absortos en sus recuerdos. En cambio, sintió la mirada enrojecida del notario del secreto, y supo que aquel joven que se perdía en el letargo de su ropilla negra y descuidada no conocía los rigores de la peste, ni de los campos de batalla, pero sí los de una soledad mayor. Sus ojos se hallaban envueltos en la niebla del insomnio. Mostraba su desventura en cada gesto somnoliento, en cada postura que anhelaba el descanso en la silla dura. Lo único que le aportaba dignidad era la perfección y rapidez de su caligrafía, cada testimonio que elevaba al reino de la memoria.

Berenjena también se dio cuenta de que, tras mirarla, el notario se abstraía en la contemplación de los ojos del fiscal: parecían de ébano como los de un infiel y brillaba en ellos el resplandor de las hogueras. Le aprecia al tiempo que le inquieta, pensó. Berenjena esbozó una sonrisa, satisfecha de sus razonamientos. Había estado toda su vida al servicio de otros, primero en el hospicio y después en varias casas más o menos acomodadas; no había tenido un hogar propio, ni una familia de la que ocuparse, había aprendido a soñar los sueños que no eran suyos y a odiar y amar lo que no le correspondía. Ya no sabía vivir de otra manera. Desde la atalaya de su mundo de huérfana, rastreaba los afectos como un perro de presa, y era capaz de reconocerlos en un solo gesto para apropiarse de ellos y utilizarlos después a su conveniencia.

Muy pocas veces se había equivocado, y en esta ocasión tampoco. El notario del secreto, que se llamaba Rafael de Osorio, había visto por primera vez al fiscal hacía dos meses en las dependencias del Santo Oficio, cuando éste llegó a Toledo para tomar posesión de su cargo. Tras ser presentados formalmente no habían intimado. Íñigo Moncada era de trato gélido y desabrido. Hablaba poco, y cuando se decidía a hacerlo, su voz helaba los labios de su interlocutor. Sus modales, aunque correctos para una persona de su rango, resultaban bruscos y abismales. Algo le separaba del mundo. Quizá por ello se había ganado en poco tiempo la fama de que despreciaba toda debilidad humana y se mostraba cruel ante cualquiera de ellas. Sin embargo, la segunda noche después de su llegada, Rafael de Osorio le encontró por casualidad vagando en las tinieblas de las callejas toledanas, aterido de frío su cuerpo joven y fuerte, acosado por la humedad lunar del Tajo, sin capa, ni sombrero para ocultar su identidad, sin calzas, ni jubón, ni unos zapatos que le protegieran los pies de los adoquines. Vestía una simple camisa de dormir y se tambaleaba con aire de perro apaleado. El cabello largo y desgreñado le caía sobre los hombros, y la aureola de su sombra se proyectaba en las paredes de la calleja, al tiempo que él la mesaba arañándose los dedos, gritando como si hubiera perdido el juicio:

—¡No sé vivir sin ti! ¡Lo pagarás, lo pagarás muy caro!

En un principio, Rafael le tomó por un loco. El notario le habría dejado a merced de su delirio temiendo que fuera violento, pero su porte elegante y esbelto le resultaba conocido. Se le acercó con precaución, hablándole en voz baja para no sobresaltarlo.

—¿Puedo ayudaros, caballero?

Él no respondió, mantenía la cabeza hundida en el pecho, en el limbo de sus ensueños. Rafael le levantó la barbilla para escudriñar su rostro, y se topó con aquella cicatriz inconfundible.

—Íñigo, ¿qué estáis haciendo aquí semidesnudo?

Tampoco obtuvo respuesta. Se fijó en sus ojos, que no miraban nada, al menos nada que perteneciera a la realidad. Pasó una mano por delante de ellos, pero sus pupilas negras permanecieron inalterables, como si fuera ciego. Entonces se dio cuenta de que el fiscal estaba dormido. Dudó antes de agarrarlo suavemente por el hombro y atraerlo hacia sí; era hombre tímido que rehuía cualquier contacto físico a no ser que se hallara bajo los efectos del tinto. Sintió los músculos duros del fiscal, bajo la camisa mojada, tiritando por el relente del río. Rafael se despojó de su capa y se la echó a Íñigo por encima. Luego volvió a tomarlo de un hombro y guió sus pasos. Como no sabía dónde se alojaba lo condujo hasta su propia casa. El fiscal le acompañó con mansedumbre, acurrucándose en el cuerpo huesudo y flaco del notario, que se acaloraba más a cada paso.

Rafael de Osorio vivía solo en una casa de dos plantas de la calle del Pozo Amargo, con un blasón en la fachada que testimoniaba la memoria de un pasado noble. Había oído hablar del mal de los que caminan dormidos, de las leyendas de viejas que afirmaban que sus víctimas buscan en sueños el alma extraviada durante la vida consciente. Se preguntaba si era mejor para el enfermo dejarlo dormir o despertarlo. Finalmente decidió sentar a Íñigo en uno de los butacones que había frente al gran hogar de la chimenea. Preparó un vaso de vino caliente y se lo dio a beber sorbo a sorbo con pulso tembloroso.

—Íñigo, ¿podéis oírme?

De pronto, los ojos de Íñigo Moncada se clavaron en los suyos con tanta intensidad que el notario apartó la mirada, estremeciéndose. El fiscal los buscó, y cuando de nuevo los tuvo frente a él, comenzó a hablar sobre unos túneles de cuyas paredes sobresalían brazos sosteniendo antorchas de aceite. Jadeaba. La cicatriz se le había hinchado y parecía una serpiente zigzagueando por su rostro.

El notario temió por él.

—¡Íñigo, despertad! —le gritó.

Ya no se atrevía a tocarlo. Contemplaba al fiscal, le admiraba más bien, le diseccionaba. Se había levantado del butacón derramando en la alfombra espesa lo que quedaba del vaso de vino. Resplandecía junto a la chimenea: el cabello revuelto en hebras onduladas que le caían sobre los pómulos, la camisa sudorosa esculpiéndole el cuerpo, los labios tensos, los ojos dolientes, la cicatriz destellando toda la belleza de su tormento. Sufre, se dijo el notario, y mucho. Algo le tortura, le remuerde el corazón, desgarrándoselo sin piedad. Sí, sufre, se repitió, fascinado por la imagen poderosa que se le clavaba como un hierro candente, convirtiéndole desde ese instante en otro hombre marcado. El fiscal era un ser que merecía toda su atención y estudio. Un ser que podría ayudarle en la escritura de la obra que en los últimos años consolaba sus horas de insomnio.

Se hallaba inmerso en estas cavilaciones, cuando Íñigo despertó bruscamente. Rafael vio al fiscal tomar conciencia de que estaba en camisa de dormir en un lugar extraño, y antes de que pudiera explicarle lo que había ocurrido, sintió su mano aprisionándole la garganta. Tenía la fuerza y los reflejos de un hombre que ha ceñido las armas, aún se le notaba el callo que atestiguaba el frecuente manejo de la espada, hasta casi dormir con ella. Será difícil hacer de él un hombre de Iglesia, pensó el notario mientras trataba de respirar. Llevaba una daga escondida entre los pliegues de la ropilla —nunca salía sin ella por las noches—, aunque de momento no tenía intención de usarla. Además no era ducho en su manejo. Lo único que empuñaba con maestría era la pluma, y la cercanía del aliento de Íñigo, cálido y violento, inmovilizaba cada unos de sus miembros.

—¿Dónde estoy? —le interrogó el fiscal con los ojos fieros.

—¿No me reconocéis? —balbuceó—. Soy Rafael de Osorio. Estáis en mi casa.

Le liberó la garganta y se agarró las manos como si por un instante se avergonzara de su brutalidad, de la camisa de dormir que le proporcionaba un aspecto frágil, de sus pies descalzos, de lo que imaginaba había sucedido. Dio la espalda al notario y se acercó al fuego.

—Os encontré perdido en una calle próxima a la catedral. Estabais helado —le explicó Rafael con un hilo de voz.

Íñigo permaneció en silencio, como hipnotizado por el chisporroteo que despedía la chimenea.

—Os reconocí por la cicatriz —dijo Rafael, arrepintiéndose al instante de haberla mencionado.

—Con ella no resulta fácil pasar inadvertido —respondió Íñigo, volviéndose hacia él para dirigirle una sonrisa irónica que parecía querer reírse de sí mismo—. No hay anonimato posible. Día y noche me recuerda quien soy, quien era.

Rafael quiso preguntarle cuál de las historias que se contaban de la cicatriz era la verdadera, si es que alguna lo era. No se atrevió; la presencia de Íñigo aún le turbaba.

—Sois el fiscal de la Santa Inquisición, y caminabais dormido en paños menores. Debéis tener cuidado.

—¿De dónde os habéis sacado esa infamia de que caminaba dormido? Repetidla ante alguien y os aseguro que la cicatriz que cruza mi rostro no será más que un rasguño al lado de la que mi espada dibujará en el vuestro.

Guiada por la costumbre, su mano derecha buscó el acero que no llevaba. En los últimos años de su vida la espada había llegado a formar parte de su cuerpo, había templado su soledad convirtiéndose en su mejor compañera, por eso siempre que profería una amenaza como aquélla le gustaba blandirla frente a los ojos de su posible víctima. Pero en su lugar no halló más que la húmeda camisa de dormir, de modo que profirió una maldición sacrílega y luego se rió con una carcajada que despertó un escalofrío en el notario. Debía acostumbrarse a que eran otras las armas que como fiscal del Santo Oficio podía blandir ahora. La religión era la primera de ellas, pues en breve tendría que tomar las órdenes menores. Después estaban los libros, entre los que pasó su adolescencia y primera juventud antes de cambiarlos por la espada. Y por supuesto, los más refinados instrumentos de tortura que atesoraba el sótano de la

Santa Inquisición. Ahora era un hombre de leyes encargado de acusar a los detenidos y entregar sus creencias y sus pasiones a los inquisidores para que ellos las juzgaran y dictaran su sentencia. Había elegido esa nueva profesión hastiado de matar en el campo de batalla, pero, aun así, añoraba el olor de la sangre que abandona un cuerpo como leche cálida. Había algo primitivo y hermoso en la muerte violenta y le costaba renunciar a ello.

Rafael se había refugiado tras uno de los butacones como un gorrión temeroso de que le despojen brutalmente de sus alas. Un crujiente aroma a pergamino se escapaba de la gran chimenea que envolvía la estancia con una luz tenue.

—¿Qué son esos papeles con los que alimentáis el fuego? —le preguntó Íñigo como si fuera un acusado más—. Espero que no se trate del acta de algún proceso que tratáis de ocultar.

—Tan sólo son manuscritos de poemas. En esta casa los hay a cientos de miles. No tengo nada que ocultar.

Los ojos del fiscal se fundían con las llamas rojizas.

—Siempre hay algo que ocultar por insignificante que sea. Vos lo sabéis de sobra puesto que en vuestro oficio tomáis nota hasta de la última miseria humana.

Íñigo miró detenidamente a Rafael. Era unos cuantos años menor que él, le calculaba unos veintitrés o veinticuatro. De pelo rojizo y abundante y unos ojos de un azul opaco como las aguas de altamar. Tenía un rostro frágil, nariz pequeña, labios delgados, mentón ceñido por una onda suave; y unas manos delicadas, femeninas, blancas como las de una estatua esculpida en el más puro alabastro. Aferraban el respaldo del butacón ofreciendo a la vista la armonía de sus dedos largos y esbeltos, la gracia con la que se insinuaban sus venas, cuya finura en ocasiones teñía una sombra azulada. Daba la sensación de que jamás las había mancillado ninguna podredumbre, pues habían nacido para dar vida a la más bella y perfecta de las caligrafías.

Cuando el alba cubrió de neblina las calles de Toledo, Íñigo, bajo la espesura de una capa prestada y un sombrero de ala ancha que ensombrecía su rostro, partió hacia la posada donde estaba alojado.

Tres noches después, Íñigo Moncada despertaba de nuevo en aquella habitación con aroma a poesía chamuscada. Reconoció a su lado la figura de Rafael, inconfundible debido a la deformidad que la aquejaba. El pecho se le hundía a la altura de las costillas, por lo que sus hombros estaban echados hacia delante.

—¿Dónde me habéis encontrado hoy? —le preguntó.

—Cerca de una de las puertas de la ciudad.

—¿Me vio alguien más?

—No puedo asegurároslo. Pero...

Interrumpió sus palabras para apurar un vaso de tinto. Respiraba aprisa y en sus ojos azules se agitaba una tormenta.

—Hablad, ¿qué os ocurre?

—¡Vive Dios que tuve la sensación de que alguien nos seguía hasta mi casa!

—¿Pudisteis ver quién era?

—No —le temblaban los labios—. Tras nuestros pasos sólo se oía un gran silencio, pero algo dentro de mí percibió que no estábamos solos. Que las calles albergaban otra presencia. Me di la vuelta en varias ocasiones mientras apresuraba el paso.

A esas horas abundan los maleantes, ladrones que rebanan el cuello por unas monedas. Si hubiera sido alguno de ellos os aseguro que a estas horas estaríamos desplumados y probablemente muertos.

—¿De quién puede tratarse, entonces?

—No tengo idea. Temeroso, nos resguardamos en el zaguán de una calleja y, allí ocultos, vi una sombra que, si las quimeras y fantasías que enturbian estas horas brujas no lograron engañarme, pertenecía a un hombre de estatura portentosa, de un gigante.

—Sabéis que hasta la sombra de un enano puede parecer a veces la de un hombre de envergadura.

—Tenéis razón. Pero no sólo la vi esa vez. Abandonamos el zaguán e intenté haceros correr lo más aprisa que os permitía vuestro estado. La sombra también apresuró sus pasos siniestros, y vino tras nosotros, incansable, hasta la misma puerta de mi casa. Incluso pude sentir en mi nuca su aliento acechante.

—¿Por qué no me abandonasteis a mi suerte?

—No hubiera sido muy honorable por mi parte dejaros a merced de cualquier peligro, sin más arma que vuestra camisa de dormir y vuestros sueños.

Íñigo sonrió. El notario era tan delgado y enclenque que parecía un hombre de cristal. Cualquier asaltante sin demasiada fuerza lo hubiera hecho quebrarse en mil pedazos como una copa de Bohemia.

—He de daros las gracias, entonces, y erigiros con el título de mi salvador.

Las mejillas del notario enrojecieron como un vaso de tinto.

—¿No guardáis ni el más leve recuerdo de lo que os acabo de relatar? ¿Es el mundo de los sueños por el que camináis tan esquivo a vuestra memoria?

—Me acuesto en el lecho de mi habitación en la posada y despierto en esta casa. Empiezo a acostumbrarme a ella. A su olor a papeles quemados, y a vuestro vino, por supuesto —dijo levantando la copa que sostenía entre las manos.

—Podríais vivir aquí. —Rafael retorció sus manos—. Esta casa es muy grande para mí solo. Alquilo la primera planta. Tiene un dormitorio amplio, y un despacho donde podríais trabajar, e incluso un salón, aunque más pequeño que éste.

Esperó inquieto la respuesta de Íñigo, pero éste guardó silencio. De la chimenea se escapaban los lamentos de los troncos, y las hojas de versos se convertían en pavesas que volaban semejantes a copos de nieve.

—Íñigo, os confieso que esta noche salí a buscaros. —Habló atropelladamente—. Sabía que llevabais días intentando no dormir y que así no aguantaríais demasiado. Conozco bien la fatiga y el rostro demacrado que deja la vigilia. Yo estoy acostumbrado a vivir con ella, pero os aseguro que no es fácil. Dabais cabezadas durante las audiencias, confundisteis dos procedimientos, casi pedís que manden a la hoguera al desgraciado que era inocente. No os ofendáis. Sólo pretendo ayudaros.

—Así que padecéis insomnio —dijo el fiscal.

—El insomnio más cruel que puede sufrir un hombre, os lo aseguro. A veces paseo por las calles de madrugada con la esperanza de cansar mi cuerpo y atraer el sueño. Así os encontré el primer día. Pero la lectura y la escritura son las actividades que ocupan la mayor parte del tiempo dilatado que reina en la noche. Cuando la oscuridad se adueña del espíritu, los segundos se confunden con minutos, los minutos con horas, y las horas con días. La vida es otra.

Íñigo distinguió un escritorio bajo el resplandor de una vela.

—¿Escribís poesía?

—No, Dios Santo, la aborrezco. —La expresión de Rafael se endureció—. ¿Vos sentís alguna inclinación por ella?

—Quizá en el pasado. Ahora comparto vuestra aversión.

—Me alegra saberlo.

—¿Qué escribís, entonces?

—Llevo años trabajando en una obra un tanto personal. Podría hablaros de ella si os decidierais a aceptar mi ofrecimiento. Al fin y al cabo necesitáis instalaros en algún sitio. Ya os he dicho que apenas duermo. Podría cuidar de que no salgáis de la casa y os arrojéis dormido a las calles.

—¿Disponéis de servidumbre? —le preguntó Íñigo.

—Solo una criada, Santuario. Una joven que limpia y cocina. Viene por la mañana y se marcha al atardecer. Es muda y completamente analfabeta.

—Sí que amáis la discreción.

—¿Qué decís? Vos sois un sonámbulo, yo un insomne. ¿Dónde podríais encontrar un hogar mejor?

3

Una ráfaga de viento golpeó las ventanas emplomadas de la sala de audiencias. Se había desatado una tormenta que rugía amenazadora tras los gruesos muros del Santo Oficio. En el cielo de Toledo las nubes se erizaban a causa del frío y expulsaban un torrente de lluvia. Un trueno rompió el silencio en el que se había sumido la sala. El cortinón carmesí se estremeció como si tuviera vida. Tras la larga mesa de nogal, parecía custodiar las espaldas de los inquisidores y el fiscal, cuyas ropas negras y austeras resaltaban contra su esplendor palaciego. De pronto, la luz de un relámpago atravesó los cristales de una ventana e iluminó la mano derecha del notario, prisionera de la pluma, triste y hermosa a la espera de amortajar palabras en el papel blanco. En los labios de Íñigo floreció una sonrisa amarga y se pasó una mano por los cabellos. Berenjena, al verlo, se persignó.

—Ya tendréis tiempo de decir vuestras oraciones, mujer, que se nos va echar encima la hora de la cena —le reprochó Lorenzo de Valera rascándose un moflete—. No es éste momento de piedades sino de soltar la lengua.

Era la primera vez que el viejo inquisidor se dirigía a ella. Tenía una voz melancólica, impropia de su porte obeso y autoritario. Es hombre que da poca importancia a los detalles, pensó Berenjena. Carraspeó para aclararse la garganta y se dispuso a continuar su historia.

Sólo el amanecer, señorías, nos otorgó un descanso después de aquella noche tan terrible. Se interrumpieron los abandonos de niños y reinó una calma que se debatía entre la esperanza y la llegada de una tragedia mayor. Me quedé dormida en mi lecho con el pedazo de solimán encallado en un sobaco y, bajo la sábana mugrienta, la delicadeza del chal de seda azul para soñar como las nobles. Pronto la mano de la Blasa me devolvió al invierno del hospicio sacudiéndome un hombro.

—Espabila que hay mucho que hacer.

El primer lugar al que acudí fue la sala de amamantar. La hermana Serafina clavaba tapas en las cajas de las salazones mientras murmuraba entre dientes: benditos míos, ya está, ahora a volar al cielo. Comprobé con el corazón en vilo que aún no había llegado a la que me interesaba. Miré dentro de ella dispuesta a despedirme.

Tenían que haberse muerto los dos, ¿comprenden? La niña, por sus manos rojizas; el niño, por sus pulmones enfermos. Tenían que haberse muerto, como se esperaba, pero no lo hicieron. Se empeñaron en vivir. Él yacía boca arriba en la caja, dormido; ella de costado, también dormida, con una de sus manos en el pelo chamuscado, y la otra sobre el medallón del arcángel san Gabriel. Pero lo más extraño de todo era que aquellas manos que la habían condenado a la sala de los desahuciados, mostraban una traidora frescura y palidecían para fundirse con el color del resto de su piel.

—¿Y ésos, Berenjena? —me preguntó la hermana Serafina.

—Aún no, pero les falta poco.

A lo largo de la mañana fui a vigilarlos en varias ocasiones mientras atendía mil quehaceres y órdenes. Fregaba suelos, hisopeaba paredes, preparaba mortajas, lavaba sábanas, aireaba jergones y sólo podía pensar en ellos. A primera hora de la tarde, en la misma postura, escandalizaron todo el piso de arriba con unos llantos salvajes que atrajeron a la hermana Serafina, entregada ya a su oficio de organizar las tareas de las nodrizas.

—No se han muerto —dijo observándolos con el ceño fruncido—, y están hambrientos. Entrégaselos a Blasa, que los críe juntos. Si han sobrevivido a esta noche infernal sobrevivirán a lo que sea, se lo han ganado.

A la Blasa, ¿comprenden lo que significaba eso? La mejor leche del hospicio, la posibilidad de tener una vida, aunque fuera miserable.

La hermana Serafina se encargó de que comenzaran a existir inscribiéndolos en el libro de registro, el que correspondía a las entradas. Presumía de su caligrafía tiesa y puntiaguda, como la de la mayoría de las religiosas, por lo que había observado yo: parecía que Dios desde el cielo les tirase de las puntas de las letras. Sin embargo, esa tarde la caligrafía de la Serafina era trémula y chata debido a un tembleque del pulso con el que se había despertado, y que ella achacaba al cansancio, aunque lo cierto es que le duró muchos años. No tuve ocasión de comprobarlo, pero apostaría lo que fuera a que murió con él. La Blasa y yo estuvimos de acuerdo en que se trataba de una secuela de aquella noche, de un precio que tuvo que pagar. A partir de entonces se ocupó otra hermana de las inscripciones. Los nombres de esas dos criaturas supervivientes fueron los últimos que la Serafina escribió, y así entraron oficialmente a formar parte de nuestra comunidad.

Se les asignó un número de orden, que llevaban en una placa colgada de un cordón al cuello, como la había llevado yo no hacía tanto tiempo. Del niño sabíamos su nombre verdadero, el de sus padres y abuelos, sabíamos que procedía de cristianos viejos, que había tomado las aguas bautismales. De ella, ese nombre de condesa, Bárbara, y nada más, porque la hermana Ludovica no mencionó la existencia del pergamino y mucho menos lo que ocultaba. Habían de anotarse también las envolturas con las que llegaron al hospicio, así como si trajeron consigo alguna medalla, crucifijo, objeto de valor o renta para su manutención. Yo le había entregado el chal a la Serafina, pero antes había tenido la oportunidad de deleitarme no sólo con su tacto, sino también con la belleza de sus bordados. Si bien he de decir que no entendía de la moda de las damas —tan sólo tenía ocasión de admirarlas de vez en cuando en sus paseos por el Prado o la calle Mayor—, aquellos bordados, cuya maestría causaba estupor, no encajaban con el tipo de prenda. Recuerdo que entonces lo achaqué a los gustos extranjeros. Imaginé que el chal lo había adquirido la dama en algún país lejano, o se lo había regalado algún pretendiente, quizá el que se llevó su honra preñándola con una bastarda.

El bordado que más me llamó la atención fue uno con la forma y el tamaño de una ciruela que se repetía en ambos extremos del chal. Se trataba de una serpiente monstruosa con la cola metida dentro de su boca formando un círculo perfecto. Tenía unas alas parecidas a las de los murciélagos, garras de ave y una cabeza con una cresta y un pico corto y poderoso donde quedaba atrapada la cola. Su aspecto revelaba gran fiereza y dignidad. La habían bordado en dos colores, rojo y verde, pero su cuerpo escamoso se hallaba salpicado por cinco pequeñas estrellas cosidas con hilos amarillos y brillantes. Lo más prodigioso, sin embargo, lo que denotaba la maestría con que había sido elaborada aquella obra, se encontraba dentro del círculo que dibujaba el animal. En la parte superior, cerca de la cabeza, habían bordado unas llamas anaranjadas que representaban una hoguera; en el medio del círculo, un halcón diminuto y majestuoso posado sobre una escalera en posición horizontal, y en la parte inferior, una fuente de la que escapaba un chorro de agua celeste.

Por último, la hermana Serafina anotó la nodriza a la que eran entregados para su cuidado y el salario que ésta percibiría. Otros datos que debían incluirse sobre la nodriza —como si estaba casada, el nombre del marido y el lugar de residencia— quedaron en blanco, pues la vida de la Blasa, como la mía, se reducía al hospicio.

Así quedó inscrito el chal azul, que guardó la hermana en una caja con el mismo número asignado a Bárbara, y las ropas quemadas, dispuestas en otra caja distinta con el número del niño. Quedó inscrito el medallón de plata del arcángel san Gabriel, y un papel infame que el pequeño había traído fuertemente asido a sus manitas y que había escrito su padre. Tuvo a bien leérmelo la Serafina y me pareció, al igual que a ella, testamento de locura y deshonra. Medallón y papel le serían devueltos cuando abandonara el hospicio siendo un muchachito. Lo compadecí por aquella herencia maldita. He de relatarles su historia. Si no les hablo de él, jamás comprenderán a Bárbara, porque a esos niños acabó uniéndoles algo tan extraordinario que se acercaba a lo sobrenatural.

Ningún misterio rodeaba su nacimiento, como ocurría con el de ella. Todos los detalles sobre sus progenitores nos los reveló minuciosamente la vecina que lo rescató del incendio y lo trajo al hospicio oliendo a chamusquina. Se llamaba Diego de Montalvo y Ceniza. Ese apellido parecía un presagio, una burla, ya que en cenizas estuvo a punto de convertirse al poco de nacer. Pero era un niño terco que se obstinaba en vivir a costa de lo que fuera. Sus orígenes eran dignos, descendía de cristianos viejos, sangre limpia, aunque con esos antecedentes también se puede caer en desgracia. Su padre, Alonso de Montalvo y Ceniza, fue el primero en hacerlo y lo arrastró con él. Hijodalgo de cuna, con fama de galán de monjas, damas nobles y comediantas, cualquier falda que se le pusiera por delante le valía. Sus hazañas amorosas eran la comidilla de los mentideros. Asiduo de las rejas a medianoche para la plática con las mozas, amante de las pendencias nocturnas, espadachín experto en agujerear maridos cornudos, aficionado al juego, capaz de apostarse a la veintiuna hasta a la madre muerta, y de matar a disgustos a un padre anciano que había sido abogado en los tribunales de la villa, y veía cómo su único hijo no sólo mostraba una absoluta indiferencia ante las leyes, sino que había nacido para incumplirlas, incluida la más sagrada de todas, la del honor. Lo único que parecía respetar Alonso de Montalvo y Ceniza era la vocación que le torturaba. Una vocación insana a la que, según decían, amaba más que a las mujeres, al juego y al vino de Málaga: Alonso era por encima de todo un poeta. Al principio no tuvo suerte con sus versos, pues tan sólo los recitaban unos cuantos amigos durante las borracheras. Sin embargo la buena fortuna le llegó una noche de naipes de la mano del marqués de no sé qué, a quien proporcionó un soneto de amor para que cayera rendida una viudita que le negaba sus favores. Y fue tal la pasión que encendió en la pobre mujer, que el marqués se lo agradeció hablando maravillas de su poesía a toda alma noble o plebeya que encontraba, pues era hombre de relaciones e influencias. En poco tiempo la fama de Alonso se extendió por la villa, y sus letrillas, romances y sonetos se recitaban desde los palacios hasta las callejuelas más miserables.

Un editor llamado Fernando Salazar, con librería e imprenta en la calle Mayor, los publicó en unos cuadernillos que se vendieron muy bien, proporcionando por primera vez al poeta unos ingresos honrados. No vivió el anciano abogado para disfrutar del éxito de su hijo: murió al poco de fiebres, dejando a Alonso una pequeña herencia. Pero la aflicción por la muerte del padre, a pesar de lo reconfortante de los dineros heredados, se la curó una costurera sevillana recién llegada a Madrid. Decían que por ella olvidó a todas las mujeres que había cortejado, por su pelo de azabache y sus ojos negros, por su belleza de serranía y de raza que le hizo arder en sonetos y odas. Decían que perdió la cabeza de tal manera que se volvió honrado y se casó con ella. Parece que durante unos años, instalado con su esposa en la casa que el difunto padre tenía en la plazuela de Santo Domingo, consiguió alejarse de su afición al juego y a las correrías y borracheras nocturnas. Pero se le secó el seso y la poesía, que ésta, según nos aseguró la vecina, sólo es buena compañera del hambre y los corazones rotos. Y aquella sequía, aquel abandono cruel del verso que le había dado la gloria en Madrid, lo devolvió a los tugurios donde se juega a naipes y se apuesta hasta la vida eterna.

Empezaba ya a acumular deudas cuando la hermosa sevillana, llamada Elena Montero, le anunció que estaba encinta. Fue entonces cuando él le regaló el medallón de plata del arcángel san Gabriel con su vara de azucenas. Elena se lo colgó al cuello con una cinta de terciopelo negro y allí permaneció hasta que estuvo muerta. La noticia de la llegada de su primer hijo lo hizo feliz, pero también lo llenó de remordimientos por las deudas que había contraído; los remordimientos, lejos de salvarlo, lo llevaron de nuevo al vino, y éste a escribir unos sonetos para intentar hacerse con unos maravedíes que sólo sirvieron de escarnio y burla a la fama de poeta que había conseguido. Esta afrenta lo entregó sin remedio en manos de la borrachera perpetua, del juego y de nuevas deudas que saquearon su herencia. Alumbró Elena un varón, al que pusieron el nombre del abogado de la villa, Diego. En su lecho de parturienta, Alonso le juró que no volvería a tocar ni un naipe ni una jarra de vino. Le juró que su única devoción sería el amor que sentía por ella, y por aquel hijo de cabellos negros iguales a los de su amada. Pero el destino no le dio la oportunidad de cumplir tales juramentos. A las pocas semanas de haber parido, Elena, aún débil, enfermó de peste. Dicen que aquella calurosa tarde de agosto en que murió, los aullidos desesperados de Alonso de Montalvo y Ceniza aterrorizaron a los vecinos de la plazuela de Santo Domingo. Preso de la locura, atravesó con su espada el corazón del enterrador que pretendía llevarse en un carro el cadáver de Elena con el resto de los pestilentes. Después se encerró en su casa y le prendió fuego. Cuando unos cuantos vecinos lograron echar la puerta abajo temiendo por la vida del recién nacido, encontraron en el salón del hogar una escena macabra. Entre las llamas sofocantes, el cuerpo sin vida de Alonso de Montalvo y Ceniza se balanceaba de una soga atada a una viga del techo. El cadáver de Elena reposaba azulado de bubas sobre una mesa, y en su regazo se hallaba Diego, con la cinta de terciopelo negro alrededor de su cuello, el medallón ardiente sobre el pecho, y entre sus manitas, una nota con los últimos versos que escribió su padre:

Hijo mío,
dándote muerte
te libero de esta vida infame,
que es tempestad del averno.

Así que el compañerito de Bárbara era de los pocos que no estaba marcado con la vergüenza de su bastardía. Pero cargaba con una vergüenza mayor. Era hijo de cristiano viejo y de hidalgo, sí, pero de un hidalgo suicida, deudor y poeta que había intentado acabar con la vida de su propio hijo.

Después de las inscripciones, yo misma me ocupé de acomodarlos en el dormitorio de los niños de pecho. Situado frente al de las nodrizas, era una habitación enorme con vigas de madera en el techo que roían insectos nocturnos, o al menos sólo se escuchaba su runrún devorador cuando caía la oscuridad. A mí me adormecía escucharlo, quizá porque fue el sonido más dulce que acompañó mis primeros sueños; algunas noches en las que el cansancio era tan grande que no me dejaba pegar ojo, me acurrucaba en el suelo, entre las filas interminables de cunas, entregándome al vicio de dar cabezadas bajo aquel arrullo.

—Vosotros escucharéis lo mismo —les dije a los niños mientras los llevaba en brazos, cada uno babeándome un hombro.

Luego los separé, metí a Bárbara en una cuna y a Diego en la de al lado. Ella fue la primera en ponerse a llorar.

—¿Echas de menos tu cajita de salazón? —le pregunté—, ¿el olor salado de la que pudo ser tu tumbita?

Se movía inquieta de un lado a otro mientras sus manos parecían buscar algo. Enseguida empezó a llorar él, enrabietado a pesar de sus pulmones enfermos y con los puños apretados.

—Mal os va a ir como seáis llorones, aquí de ésos no nos gustan —les advertí, pero ellos seguían a lo suyo.

Entonces puse a Bárbara dentro de la cuna del niño. Ella, que parecía ver más con sus manos que con sus ojos verdosos, le tocó el pecho y no derramó una lágrima más, al igual que el truhán en cuanto la sintió cerca. Como ya tenían la barriga llena con la leche de la Blasa, se dispusieron a dormir. La Serafina me había hecho pasarle un paño húmedo al niño y vestirle con una camisita limpia. Era de piel más tostada que la de Bárbara, y de ojos negros y profundos. Sin los tiznones en el rostro y las ropas ahumadas y rotas, me resultó un poco más agraciado. Pero su cabellera maltrecha seguía estremeciéndome, pobre engendro, porque les aseguro que a veces me recordaba a una criatura de feria.

—Probemos con un compañerito más guapo a ver qué haces —le susurré a Bárbara.

La tomé en mis brazos y la acosté en la cunita de un bebé que ya tenía cumplido el mes, rubicundo y con mofletes sonrosados. Conforme esperaba, la pequeña extendió hacia él sus manos: una se la colocó en el pecho; con la otra le palpó la cabeza, como buscando las terribles heridas y el pelo duro y tieso —incluso me pareció que movía la nariz para olerle mejor—. Al instante se deshizo en un mar de lágrimas sin consuelo, al que se unió Diego. No fueron los únicos; se pusieron a berrear también el bebé rubicundo y tres o cuatro más con toda la fuerza de sus miserias.

—¡Haz callar a esos endemoniados que me tienen en carne viva! —gritó la Blasa—. ¡Aquí no come nadie más hasta que yo lo mande!

La vi pasar por delante de la puerta del dormitorio sin más decoro en lo rosado de sus ubres que dos cataplasmas de tela verdusca y humeante.

Me apresuré a llevar de nuevo a Bárbara al lado de Diego. Le reconoció con su tacto, le olió, y los dos callaron.

Cuando la misma oscuridad sin luna del día anterior se cernió sobre el cielo de la villa, vi a la hermana Ludovica entrar en el dormitorio de los niños de pecho, y me fui tras ella. Sabía que las criaturas que había sentenciado Guzmán Acosta estaban vivas, y quería reconocerlas de nuevo para cerciorarse de aquella recuperación que la turbaba, y le hacía olfatear su rosario perfumado con vapores de alcanfor. Lo primero que examinó fue las manos de la niña. Había desaparecido el color morado y tan sólo se mostraban un poco sonrosadas.

—¿Cómo es posible? Siguen estando calenturientas, pero la fiebre ha cedido; no queman, no abrasan. ¿Le aplicaste paños fríos, Berenjena?

—No, hermana, sólo vigilé a la pequeña esperando que en cualquier momento se apagara.

La Ludovica torció la boca. Luego rebuscó algo en el bolsillo del hábito, y mi corazón latió más aprisa pensando en el pergamino. Sin embargo, lo que sacó fue una trompetilla metálica. Descubrió el pecho del niño y ante sus ojos quedó el medallón del arcángel san Gabriel grabado a fuego. Se hizo la señal de la cruz en la frente con trompetilla y todo.

—No vi esta terrible y santa quemadura cuando lo reconocí la primera vez.

—Tenía el medallón encima, pegado a la carne como una garrapata —repuse orgullosa de mi hallazgo.

La hermana se tomó su tiempo en examinarla con devoción. El niño, que hasta entonces había permanecido dormido al igual que su compañera, se puso a lloriquear, y ella le siguió.

—Asombrosamente, se halla en un estado de cicatrización muy avanzado. Si la sufrió durante el incendio debería hallarse aún sanguinolenta. No han pasado más de cuarenta y ocho horas. Es imposible.

Antes de ponerse a manejar la trompetilla, la Ludovica se fijó en la cabellera maltrecha.

—Y lo mismo ocurre con estas quemaduras de aquí. Cicatrizan a una velocidad milagrosa y sin la aplicación de ungüento alguno.

Por fin se decidió a hacer uso de aquel aparato; se introdujo la parte estrecha en una oreja y pegó la ancha al pecho del niño. Casi pude escuchar yo también su respiración.

—Los pulmones han mejorado mucho.

Guardó la trompetilla en el hábito, y permaneció en silencio durante unos segundos, observando desconcertada a los pequeños, que continuaban lloriqueando.

—¿Por qué están juntos, Berenjena? ¿Acaso no hay cunas libres?

—Así los encontré por la mañana. La niña con las manos sobre las heridas del niño; y a él no parecía dolerle. Ahora si los separo se quejan, escandalizan, ya sabe, y no hay forma de calmarlos.

—¿Él está bautizado?

—Así consta, hermana.

—Alabado sea el Santísimo. Pero ella no. Dile a la hermana Serafina que la niña ha de ser bautizada enseguida, y que dé instrucciones para que le echen agua bendita en las manos, a chorros si es preciso. ¿Comprendes lo que te digo, criatura? Llevadla a San Ginés mañana mismo, y no los separes de momento. El médico subirá a verlos cuando pueda, pero es muy posible que este caso escape a su ciencia.

Se apresuró a regresar con las almas moribundas, a la planta baja, de donde se escapaban aullidos rogando a Nuestro Señor misericordia.

Aquella noche fue más benevolente que la anterior. Se oyeron las plegarias de las hermanas y no llegaron más que tres niños a través del torno. Debían de quedar muy pocas parturientas en la villa, y la que no había huido o muerto, no quiso abandonar a su bastardo. Estuve despierta hasta altas horas de la madrugada esperando la visita de Guzmán Acosta, temblando al recordar su atuendo tenebroso, y escuchando para consolarme la vigilia voraz de los insectos. Finalmente, la luz del amanecer me guió hasta mi catre. Logré dormir un par de horas hasta que un zarpazo de la Blasa me devolvió como siempre a la verdad del mundo.

Ya entrada la mañana, sin máscara, sin guantes, sin lentes encarnadas, tan sólo cubierto por la túnica negra hasta los pies, Guzmán Acosta apareció en el piso de arriba acompañado por la hermana Ludovica. Dejé de fregar los pasillos con las turbulentas aguas de vinagre, y los seguí con la excusa de darles noticias de cómo habían pasado la noche las criaturas y de cómo se había agarrado cada uno a una ubre de la Blasa a la hora del desayuno. Dormían ese sueño que les proporcionaba la leche, pero unidos esta vez de forma diferente: yacían boca arriba, con los brazos doblados, y la mano derecha de la niña fuertemente agarrada a la izquierda de él.

El médico estuvo un buen rato reconociéndolos bajo las indicaciones de la hermana Ludovica, que le aleccionaba sobre el fenómeno de su pronta mejoría.

—No hay una explicación desde el punto de vista de mi ciencia para lo que aquí ha sucedido. Resulta verdaderamente asombroso a pesar de que no pudimos determinar con exactitud el mal que padecía la niña —aseveró Guzmán Acosta—. Pero no ha de olvidar que a veces la vida, la naturaleza humana, se abre camino por sí sola, contra todo pronóstico científico o racional. Y a veces, si no puede por sí sola, lo hace en comunión con otro ser. No sería la primera vez que ocurre. No sería la primera vez que revive un desahuciado, o que las heridas de un hombre sanan con la rapidez de los milagros; lo único que puedo deciros es que el tiempo confirmó que solía tratarse de seres con una pasión extraordinaria.

—¿Pasión en estas criaturas que no son conscientes ni de su propia existencia?

—Pasión por la vida, hermana, por la vida que les llega instintivamente a través del olfato, del tacto, de todos sus sentidos, como a los animales. Somos criaturas de Dios, pero nacemos brutos y con la primaria pasión de la supervivencia.

—Dios nos proteja —exclamó ella, llevándose el rosario oloroso a la nariz.

Después de aquello, como la hermana Serafina aún no había cumplido su encargo de bautizar a Bárbara, la Ludovica lo dispuso todo para que fuera llevada de inmediato a San Ginés junto a otra decena de desgraciados. Aunque me ofrecí para acompañar a las hermanas, y a la nodriza que iría con ellas por si les apretaba el hambre, no me lo permitieron; había muchas sábanas que lavar y habitaciones que fregar. Tuve que conformarme con verlas subir en el carro. Bárbara se deshizo en lágrimas tras separase de Diego, quien por su parte se dedicó a poner a prueba la reciente buena salud de sus pulmones y la paciencia de la Blasa hasta que estuvieron de vuelta unas horas más tarde con los niños chorreando sagrado.

A Bárbara le habían sumergido las manos en la pila bautismal mientras el sacerdote aullaba unos salmos en latín que helaban la sangre, según pude saber por la nodriza, una muchacha manchega a la que llamábamos «la Ratona» porque tenía unos dientes largos que le asomaban por la boca. Entonces Bárbara se había puesto a chapotear en el agua bendita, y en cuanto tuvo oportunidad le agarró al sacerdote un furúnculo que le había nacido en la sotabarba.

—¿Y qué dijo él? —le pregunté a la Ratona.

—Dijo «¡Ay!» porque lo tenía enrojecido y con bolsa de pus.

—¿Y nada más?

—Luego le dijo a una de las hermanas: «Si la niña tenía algo ya se le fue y quedó limpia».

—¿Limpia de qué?

La Ratona se encogió de hombros y se fue a dar de mamar; servía para poco más. Yo aún era ignorante en mi juventud y no comprendía los temores de la Ludovica. Tampoco sabía que ella jugaba con ventaja.

4

Por la tarde me las apañé para burlar la vigilancia y los mandados de la hermana Serafina y de la Blasa. No me resultó nada fácil porque esta última tenía ojos hasta en el cogote, pero era muy grande el cansancio que arrastraba y una siesta de hombre me dejó el campo libre para pisar por fin el suelo de la villa y encaminarme al Hospital de los Desamparados. Esperaba que mi amiga pudiera proporcionarme alguna noticia jugosa sobre el nacimiento de Bárbara y sobre la madre que la echó al mundo —el padre no solía estar presente en estos acontecimientos, que ponen de manifiesto sus lujurias.

Aún olían las calles de la villa al perfume de su desgracia. Sobre el lodo que el verano había secado se amontonaban las cenizas de las hogueras, junto a los excrementos y orines de aquellos que quedaban vivos. El fuego había ennegrecido las fachadas de algunas casas, que humeaban desganadas con las puertas y ventanas abiertas. El calor de la tarde se hallaba suspendido en una nubecilla de polvo brillante y pavesas voladoras que cegaba los ojos, y forzaba a restregarlos con los puños. Toda alma con la que me crucé de camino a los Desamparados, ya perteneciera a hombre, mujer, bestia o niño, me pareció que no era de este mundo. Así iban de pálidos y apesadumbrados, vidriados los ojos y sin mirar al frente, ánimas del más cruel purgatorio.

Los Desamparados era una mole de ladrillo y piedra donde cabían todos los pesares y podreduras de carne y espíritu. Entré sin ninguna dificultad por su portalón encalado y enfilé el corredor principal hasta llegar a la capilla, situada en el centro del edificio y con ventanas que comunicaban a sus cuatro salas para que se pudiera escuchar la santa misa hasta en el último rincón de ellas. Eran muchos los que allí necesitaban la paz de Dios, y el consuelo de los sacramentos, aunque les llegara como un murmullo a sus oídos enfermos. Rodeé la capilla y pasé por delante de una de las salas cuadradas y de techos altos con claraboyas que traspasaban los rayos del sol. Ya me había cubierto nariz y boca con un trozo de lienzo empapado en vinagre y no olía más que aquel líquido intenso y puro cuando vi a gran cantidad de pordioseros amontonados en lechos y jergones por el suelo, la mayoría ancianos, que se refugiaban en el hospital para no acabar su vida como perros en una callejuela de la villa. La sala se hallaba dividida por unas cortinas amarillentas, que separaban a los hombres de las mujeres, mucho más numerosas, pues se sabía que a los Desamparados iban a parar las viudas más pobres: viejas enlutadas en sus harapos, pelonas, tiñosas, con mil arrugas y vientres solitarios. Una de ellas me miró muy mansa, extendió una mano temblona de uñas interminables y balbuceó:

—¿Tienes una limosna para esta carraca?

Negué con la cabeza apartando la mirada de aquella garra, y ella lanzó una carcajada, se levantó la falda y dejó ver unas piernas terminadas en unos muñones sanguinolentos. Eché a correr hacia la sala de las paridas clandestinas buscando el consuelo de mi amiga y la información que me estaba costando tan cara. Me interné en una sala más estrecha y de techos más bajos. Supe que me había equivocado cuando descubrí, en vez de parturientas, unos pobrecillos que sacaban sus lenguas negras mientras intentaban liberarse de unas ataduras que los amarraban por el pecho a la cama. Pintas rojas y violáceas moteaban su piel, y sus ojos ardían bajo la llama de la fiebre. Reconocí en ellos el frenesí del tabardillo, pues lo habían contraído algunas hermanas del hospicio al afanarse en la caridad.

Una monja envuelta en su hábito blanco y en su griñón alado que le nublaba el rostro, me preguntó:

—¿Qué haces aquí, muchacha? ¿No sabes que la enfermedad de estos mártires es muy contagiosa?

Despegué por un momento el lienzo de mi boca y respondí:

—Busco a alguien que trabaja aquí, se llama Ramona.

—¿Ramona? No la conozco.

—Le dicen «la Fregona», y suele andar por donde las parturientas.

—Una muchacha flaca y pequeña.

—Ésa es.

—Murió anoche de peste. Ángel de Dios. ¿Era de tu familia?

—Nos unían las faenas y las cosas de las huérfanas —dije con pesadumbre.

Se me llenaron los ojos de lágrimas, no lo pude evitar. Con mi amiga se había ido también cualquier información sobre Bárbara.

—Son tiempos de dolor, muchacha. Quizá dejó algo dicho para ti, si estabais tan unidas, un último recado o palabra que te sirva de consuelo. Le preguntaré a Escolástica. Vete a esperarla a la puerta de la capilla y yo te la mandaré para allá.

Escolástica. Al oír ese nombre sentí estremecerse mi cuerpo como si tuviera el tabardillo; si a Ramona se la había llevado la epidemia, estaba segura de que en su último momento no habría querido tener cerca a esa mujer a la que tanto temía. Vi alejarse el griñón de la monja por el pasillo y volví sobre mis pasos hasta llegar a la capilla. En un principio había decidido regresar al hospicio y conformarme con las malas noticias; sin embargo, en pocos minutos urdí un plan con la esperanza de conseguir al menos algo de la información que tanto deseaba. Estaba empeñada en sacarle ventaja al pergamino de la Ludovica, aunque para ello tuviera que plantar cara a Escolástica.

La mujer llegó caminando pesadamente por el corredor. La había visto en varias ocasiones, siempre bamboleándose de una pierna a otra, como si anduviera hacia los lados en vez de hacia delante. Era muy famosa en los Desamparados, y lo que ocurría en los avatares de su oficio había sido no pocas veces carnaza en los mentideros, sobre todo en el de San Felipe, por la cercanía. Era vieja y bien vieja, bien arrugada y bien fea, gruesa y, por supuesto, viuda. Cuando la acogieron por misericordia en los Desamparados debía de ser muy pobre, o al menos lo había fingido con éxito, pero a esas alturas, después de muchos años, ya dudaba más de uno de que lo fuera tanto. Para las monjas, según me había contado Ramona, sus servicios eran bálsamo de desahuciados y consuelo de parientes y amigos. Se la conocía como «la mensajera del último suspiro».

Mientras los clérigos y frailes se ocupaban de poner al día a los moribundos en los asuntos del espíritu, valiéndose de confesiones y sacramentos e incluso de bulas piadosas, Escolástica se ocupaba de sus asuntos terrenales y domésticos aún pendientes: «Dígale vuesa merced a Sancho Torres, el panadero de la calle Francos, que le perdono el que se casara con otra, aunque fueron muchos los lloros y penas que me hizo pasar»; «Dígale a mi hija que el que cree que es su padre no lo es, aunque sí es el ladrón que le roba las monedas de la faltriquera para jugárselas a la veintiuna, y no su marido como ella sospecha...».

Sabía leer y escribir —le había enseñado su difunto, un maestro de pueblo—, así que anotaba todo con pulcra precisión, no fuera a equivocarse. Vestía siempre de negro, y alrededor del luto llevaba ajustado un cinturón donde lucía las armas de su oficio: a un lado de sus inmensas caderas en vez de espada, una bolsa de cuero con rollos de pergaminos y en el otro, en vez de daga o pistola, una pluma de ave y un tintero en una cazoleta. Habían llegado incluso a dictarle testamentos y a relatarle historias que hombres y mujeres habían mantenido en el más obstinado secreto. Aún así, cuando se convertían en moribundos, la voz de tórtola de Escolástica, que llamaba a la intimidad, y sus ojos —uno azul y redondo como el cielo y el otro entornado y rojizo como el infierno— les impulsaban a descargar lenguas y conciencias. Los moribundos deseaban revelar entonces a sus vivos secretos que guardaban a la espera de encontrar un momento oportuno que ya no llegaría; deseaban morir sabiéndose inmortales, recordados, amados, odiados, vengados, afrentados, consolados. Escolástica siempre estaba dispuesta a tomar nota de esa vomitera. Luego se echaba a las calles de la villa con sus andares de animal, de aquí para allá. Quien la veía llamar a su puerta ya sabía que le rondaba un entierro. Y si no podía entregar el mensaje porque el destinatario quedaba fuera de su alcance, al menos el moribundo se iba con la satisfacción del desahogo. En ocasiones los parientes le entregaban agradecidos unas monedas que engordaban su bolsa, otras un palo con garrote que le curaban las monjas.

Escolástica conocía los peligros de jugar con los secretos, pero no parecía temerlos. Muchas veces había estado malherida y siempre había acabado reponiéndose.

—Esa vieja viuda hace mucho tiempo que debería estar muerta —solía decir Ramona con el rostro contraído de pavor.

Escolástica relataba a las viudas del hospital anécdotas que le habían sucedido hacía más de cien años. Se rumoreaba que prolongaba su vida de forma antinatural alimentándose del último aliento, del último suspiro que exhalaban los moribundos. Ése era su precio. Ramona me aseguraba que la había visto acercarse a ellos con la boca abierta de par en par y tragarse ese soplo final, definitivo. Imaginé a Escolástica con sus fauces abiertas sobre el rostro de mi amiga y un escalofrío me recorrió la espalda.

—Así que quieres saber, muchacha, si Ramoncita dejó algo dicho para ti antes de que se la llevara la pestilencia y nuestro Señor —dijo la vieja mientras consultaba un pergamino.

—Sí, señora.

—No hay nada.

—Pero si aún no le he dicho quién soy.

—Seas quien seas, la Ramoncita no dejó nada ni para ti ni para nadie. Murió más muda que una piedra y reventando de fiebre.

—Qué desolación. Ella quedó en darme noticias de una mujer que hace dos noches parió aquí una criatura, una niña hermosa aunque con las manos moradas y ardientes. Si vuesa merced quisiera cumplir ese último deseo suyo para conmigo y decirme al menos si murió la madre...

—¿Y tú quién eres, muchacha, que quieres saber tanto?

—Berenguela, huérfana como Ramona. Nos criamos juntas en el Hospicio de la Santa Soledad, donde ha ido a parar la niña de la que le hablo.

—¿Ha muerto? Porque es cierto que nació con las manos como diablos.

—Todo lo contrario, mejora muy rápido. Hoy la bautizaron y sus manos ya parecen curadas.

—Berenguela, Berenguela, eres una muchacha muy curiosa, pero mientes a esta vieja viuda. —Me sonrió—. Ramona nunca pudo hablarte de esa pequeña, se la comía ya la peste cuando la criatura vino al mundo. Y tú ni siquiera conocías su enfermedad. Lo menos hace una semana que no la veías.

Bajé la mirada. La viuda centenaria aún discurría bien.

—Dime ¿por qué te interesa tanto?

Me encogí de hombros. Había aprendido durante mi infancia en el hospicio que a las personas les produce gran satisfacción coger en falta a otras. Entonces lo mejor para la que ha sido descubierta es adoptar una actitud de sumisión, de humildad, incluso parecer estúpida, y quizá así alcanzar todavía alguno de sus propósitos.

—Sobrevivió cuando debería haber muerto —le dije—. Olía bien, venía envuelta en un hermoso chal, piel como la porcelana...

—Tienes curiosidad por saber de qué vientre ha salido, ¿eh? La hueles diferente.

Me encogí otra vez de hombros.

—Hagamos un trato —dijo Escolástica bajando la voz—. Dime quién recogió a la niña en la Santa Soledad.

—La chica de aquí traía orden de entregársela sólo a la hermana Ludovica. Yo quise que me la diera a mí, pero ella se negó.

—¿Y la chica le entregó a la hermana alguna otra cosa?

—Un pergamino —susurré mientras sentía un profundo calor en el pecho.

—Tráemelo y te hablaré de la madre.

—No sé si podré hacerlo. La Ludovica guarda a buen recaudo esas cosas, y si me descubre podría quedarme en la calle. La Santa Soledad es el único hogar que conozco.

—Se te nota que eres una muchacha de recursos y encontrarás el modo de hacerlo sin que te descubra. ¿Sabes leer?

—Sólo mi nombre.

—Bien. Cuando tengas el pergamino no se lo muestres a nadie.

Se dio cuenta de que aún dudaba. La vieja era lista y enseguida intuía con quién trataba y cuál era su punto débil.

—Te diré para infundirte valor en este negocio que esa misma noche, recién parida la niña, un hombre vestido con hábito de franciscano empapado en sangre llegó a los Desamparados. Buscaba con desesperación a la madre, alegaba ser su confesor, alegaba que el alma de ella le necesitaba para la salvación eterna. Se le dejó pasar donde las clandestinas. Cuando se reunió con la mujer y vio la criatura que había echado al mundo, se rajó el hábito de arriba abajo con una daga que tenía oculta. Quedó semidesnudo, y entonces descubrimos que le habían atravesado el pecho varias veces con el filo de una espada.

—¿Y murió?

—Tráeme el pergamino y sabrás quién era y qué fue de él.

Aún recuerdo mi emoción ante aquellas palabras de Escolástica. Me quedé observando cómo se alejaba por el corredor, y me pregunté si en verdad era un ser inmortal, un ser que se alimentaba del último hálito de vida que expulsaban otros.

Quedamos en reunirnos pasadas tres jornadas, a esa misma hora y de nuevo junto a la capilla. Fueron días agitados para mi ánimo aún joven e impresionable. Soñé cada noche con el franciscano ensangrentado. Lo veía corriendo como un poseído por el corredor de entrada, dejando tras de sí un rastro escarlata, hasta llegar a la sala de los del tabardillo, cortar sus ataduras con la daga y liberarlos de su enfermedad. Lo veía muerto, a los pies de una mujer hermosa que desprendía el aroma del chal de Bárbara; lo veía entrando en la Santa Soledad mientras gritaba mi nombre y empuñaba la daga en alto. Amanecía temblorosa y con la boca seca, urdiendo planes para registrar los lugares donde la Ludovica podía haber guardado aquel endiablado pergamino. Lo había perdido de vista en el bolsillo de su hábito, pero me preguntaba si seguiría allí. Como la epidemia de peste aún continuaba castigando al hospicio, lo tuve fácil para registrar su celda. Me escabullí con mi cubo y mis trapos hasta el largo pasillo de la primera planta donde se distribuían las celdas de las hermanas, y fregué el suelo de rodillas arrastrada por la fuerza de la inquietud, por la emoción que suscita la búsqueda de algo que se intuye secreto, y porque me arriesgaba a un duro castigo si era descubierta.

Lo hice una tarde en que la mayoría de las hermanas se encontraban atareadas en sus quehaceres, y la más importante, la Ludovica, encerrada en la enfermería aliviando pústulas y fiebres. Fregué y fregué las losas del pasillo hasta que, tras asegurarme de que nadie me veía, me introduje en la celda deseada. El dormitorio de una hermana se registra fácilmente; la austeridad tiene sus ventajas. Una cama, una mesa con un cabo de vela, rosarios, libros que supuse serían religiosos, vidas de santos y cosas así, un crucifijo, un arcón con un hábito limpio, cuyos bolsillos estaban vacíos, y poco más; allí no había ni rastro de lo que buscaba. Aun así me inquietaba encontrar no uno, sino varios pergaminos. ¿Cómo sabría entonces cuál era el que a mí me interesaba? La única medida que se me ocurrió tomar fue aprenderme de memoria las letras que formaban el nombre de Bárbara. Deduje que debía de estar escrito en él porque la Tonta de los Desamparados no le dijo a la Ludovica cómo se llamaba la niña, así que la hermana debió de leerlo en el pergamino. Le pedí a la hermana Serafina que me lo escribiera con su reciente caligrafía torcida. A ella le hizo gracia la petición.

—Le has cogido cariño a esa pequeña, ¿eh, Berenjena? —me dijo.

Luego buscó un pedazo de papel y escribió el nombre. Fue la desesperación al no encontrar nada en la celda de la Ludovica lo que me llevó a echar un vistazo en la de la hermana Serafina, pensando que quizá la Ludovica había acabado entregándoselo. Pero la Blasa me descubrió. Revisaba entre las páginas de los libros que la hermana tenía también sobre su mesa, cuando oí retumbar el pasillo con sus inconfundibles pasos y unos berridos encolerizados entre los que pude distinguir mi nombre. Me apresuré a salir de la celda, pero la Blasa me vio.

—Sabandija ladrona, ¿qué hacías ahí dentro?

—Fregar, Blasa, desinfectar bien para que las hermanas no cojan la peste. Una cucaracha se metió por debajo de la puerta y entré para matarla.

—A ver el bicho.

—Se me escapó.

—Tú estás tramando algo, Berenjena. Te conozco porque por tus venas corre mi leche. La que chupa de mis pechos no me puede engañar. Ya no friegas como Dios manda, estás distraída.

—Tengo miedo a la peste, Blasa.

—Te pasas horas observando a las criaturas esas, ¿crees que no me he dado cuenta? A las que están juntas en la cuna. Nunca te interesaron tanto unos mocosos.

—Blasa, yo...

—¿Qué sabes de ellos?

—Que se están curando demasiado rápido de sus males, tan rápido que la Ludovica está muy sorprendida y hasta asustada. La niña siempre duerme con las manos sobre él.

—Ya se le fue ese color morado, y se le pasó la fiebre.

—Sí, y el niño también mejoró de las quemaduras.

La Blasa se quedó pensativa.

—Es cierto que se le curan bien aprisa. Lo trajeron del incendio de la plazuela de Santo Domingo... ¿Y la niña? ¿La encontraste en el torno?

—La Tonta la trajo de los Desamparados.

—¿Dónde estuviste hace dos tardes? No irás a creer que porque estoy dormida no me doy cuenta de que te has ido. Ya deberías saber que ronco con un ojo abierto y una oreja alerta. Te fuiste a ver a la Ramona, ¿y qué te dijo?

Era inútil intentar ocultarle algo a la Blasa, así que le conté cuanto me había sucedido. La muerte de Ramona, mi encuentro con Escolástica, la terrible historia del franciscano bañado en sangre y la existencia de aquel pergamino que debía de custodiar la hermana Ludovica, y que la viuda deseaba recuperar a cambio de información sobre la madre de Bárbara y el franciscano.

—Algo ocultan de esa pequeña —murmuró la Blasa—. Extraña criatura, cada vez que se agarra a mis pechos para mamar, de ellos brota leche durante horas. En todos los años que llevo alimentando críos jamás me había ocurrido algo así. Es como si me hechizara las tetas y les concediera el don de la más prodigiosa abundancia.

A partir de ese momento la Blasa se empeñó en buscar el pergamino tanto como yo. Pero no resultaba tarea fácil. Nuestro objetivo era un rollo de papel en el que esperábamos encontrar escrito el nombre de Bárbara. Poca cosa, teniendo en cuenta que ninguna de las dos podríamos leer nada más. Pergaminos en el hospicio no había muchos. La mayoría se hallaban en el despacho del administrador, don Celestino, a quien no solíamos ver demasiado, y menos desde que la epidemia de peste se cebó con la Santa Soledad. Allí se guardaban los libros de registro de los pequeños, el de entrada y el de salida, con todos los datos referentes a sus huérfanas vidas. En los armarios se custodiaba cuanto había llegado con ellos al hospicio: medallas, crucifijos, escapularios, cartas de familiares, dinero para su manutención, certificados de bautismo, cédulas asegurando que procedían de padres honrados y cristianos viejos, lo que fuera. Y todo perfectamente clasificado por el número de orden que se le asignaba a cada niño a su llegada. Ése fue el lugar que eligió la Blasa para comenzar nuestra búsqueda.

—Conozco a estas hermanas desde hace más años de los que quisiera, son muy ordenadas. Quizá todo sea más sencillo de lo que esperamos, y el pergamino esté donde las normas del hospicio dictan que debe estar —me dijo.

—Pero la hermana Ludovica no mencionó su existencia cuando se inscribió a la niña en el libro de entrada, y tendría que haberlo hecho —repuse—, tendría que habérselo comunicado a la hermana Serafina y entregárselo para su custodia. Y sé muy bien que no lo hizo. Yo estaba presente cuando se inscribió a Bárbara, ayudé a la hermana porque me había encargado de la niña desde su llegada.

—¿Y qué motivos tendría la hermana Ludovica para ocultarlo? Tal vez sólo se olvidó de hacerlo en ese momento. Lleva casi una semana sin dormir atendiendo pestilentes y despachando cadáveres. No se la podría culpar.

—Quieres decir, Blasa, que quizá lo haya aportado después, que ese pergamino puede estar en su sitio, en el armario junto al número de orden de Bárbara.

—Puede que sí y puede que no.

—Sé también que la hermana Ludovica quiso bautizarla a toda prisa, y hasta ordenó que le bautizaran las manos.

La Blasa se persignó.

—Mala señal es ésa. Cuando una monja empieza con las mandangas de las misas y el agua bendita es que huele demonios cerca.

Mientras don Celestino estaba fuera, custodiaban las llaves del despacho la hermana Serafina y la hermana Urraca. Cómo se las apañó la Blasa para conseguirlas no lo sé. Le pregunté, no me contestó y así se zanjó el asunto. Registramos el despacho la noche antes de mi cita con Escolástica. El tiempo apremiaba. La Blasa se quedó vigilando en la puerta, mientras yo acometía el registro. Nos jugábamos mucho, sobre todo yo, que estaba dentro revolviendo. Volví a ver la medalla del arcángel san Gabriel de Diego, perfectamente colocada en la caja que llevaba su número de orden. A su lado se hallaba la de Bárbara. Sólo encontré el chal, que aún conservaba el aroma de rosas, pero ni rastro del pergamino. Tras aquel fracaso, que nos desalentó bastante, sólo nos quedaba por registrar los dominios absolutos de la Ludovica: la enfermería. En aquel tiempo de epidemia rebosaba día y noche de apestados que gemían extendiendo su manos hacia ti en cuanto que te echaban el ojo. Aquella sí que era una empresa difícil, por no decir imposible. Además, si no les atendían la hermana Ludovica o Guzmán Acosta, lo hacían otras hermanas bajo sus órdenes. Hubiéramos necesitado horas para la búsqueda, tal era la cantidad de lugares donde podía esconderse allí un pergamino: entre los botes de porcelana de hierbas malolientes, los cachivaches metálicos, pinzas, tijeras y otros cuyo nombre no conocía pero que mermaban la salud con sólo mirarlos, y las decenas de libros y papelotes con cifras y dibujos tenebrosos.

—Aquí se acabó esta historia —me advirtió la Blasa—. Yo te acompañaré a ver a Escolástica, y si tiene algo que decirnos que lo diga y que se deje de jueguecitos. Si quiere ese pergamino que nos cuente antes qué hay tan importante en él.

Y luego que lo pague, que la curiosidad sabe bien, pero cien veces mejor saben unas monedas.

Me sentí muy aliviada al saber que la Blasa me acompañaría. Temía a Escolástica. Temía que se las apañara para llevarme a algún lugar solitario de los Desamparados y pegarme un garrotazo. Temía que cuando se me fuera la vida ella se la tragara sin más y yo terminase en la tumba. Sin embargo, improvisé una última treta unas horas antes de partir para los Desamparados. Me encontraba fregando los suelos del dormitorio de los niños de pecho cuando vi a la hermana Ludovica atravesar el pasillo en dirección a la capilla. Agarré el cubo y corrí tras ella mientras la llamaba a gritos con la excusa de que había oído toser fuertemente a unas cuantas criaturas y temía un contagio de gripe.

Ella se dio la vuelta y vino hacia mí echándome una reprimenda por mi escandalera en tiempo de siesta. Cuando la tuve lo suficientemente cerca, simulé que tropezaba y le volqué el cubo de agua y vinagre encima del hábito.

—Torpe, más que torpe, eso te pasa por alocada.

No hice caso a sus palabras. Me abalancé sobre ella con un trapo, y mientras con una mano fingía secarla, con la otra le hurgaba los bolsillos en busca del pergamino. Cuando comprobé que allí no había nada que se le pareciese, se me ocurrió decirle:

—Hermana, a ver si le ha mojado el pergamino que vino con la niña de las manos moradas, Bárbara, que le vi yo metérselo en un bolsillo.

Me miró con dureza.

—Se me ha mojado el hábito y el alma, que me has puesto perdida. Además no sé de qué pergamino me hablas. Más te valdría estar atenta a tus tareas y dejar de preocuparte por asuntos que no te incumben.

No me dio la oportunidad de replicar; enfiló el pasillo en dirección a su celda.

Esa tarde partí con la Blasa para los Desamparados. Estuvimos esperando un buen rato a Escolástica en la puerta de la capilla. Como no aparecía, le preguntamos por ella a una monja.

—Pobre Escolástica, falleció ayer.

Pero cómo es posible si era inmortal, estuve a punto de decirle.

—Y sin dejar mensaje o recado para alma humana ninguna, ya ven —continuó la monja—. Ella que siempre andaba con sus recados de aquí para allá. Nadie pudo escucharla en su último minuto, al menos que sepamos. Dios la guarde.

—Dios la tenga en su gloria —repuso la Blasa—. ¿Y qué le ocurrió? ¿Acaso se la llevó esta terrible peste?

—¿La conocían mucho? Sé que no tenía familia.

—Nos unía la amistad —dije yo.

—Una tragedia, se ahogó en el Manzanares.

—Pues sí que es tragedia... con la poca agua que lleva —murmuró la Blasa—. Más parece que de comedia se trata.

Cuando nos quedamos a solas, la Blasa maldijo nuestra suerte: había perdido la oportunidad de hacer negocio. Abandonamos el hospital y nos dirigimos al mentidero de San Felipe, a ver si allí se cocía algo sobre Escolástica, bien conocida en la villa a causa de su oficio. Tenía la Blasa un corrillo de comadres que se enteraban de cuanto asunto escabroso ocurría, sobre todo si enredaban muertes de por medio. Estaban los peldaños que subían hasta la iglesia de San Felipe muy animados porque era la hora del paseo por la calle Mayor. La Blasa encontró enseguida a sus comadres y se fue a departir con ellas dejándome sola durante un buen rato, que ocupé en curiosear a las damas que se lucían por la calle.

—Como suponía, hay algo turbio —me dijo a su vuelta.

Emprendimos aprisa el camino hacia el hospicio porque se nos había hecho tarde y las bocas de los niños de pecho estarían reclamando las ubres de la Blasa.

—A Escolástica la encontraron flotando en el Manzanares ayer por la mañana —me informó resoplando entre zancada y zancada—. Pero parece que el río no lo hizo todo, sino que le ayudaron. Tenía una cuerda atada alrededor del cuello, al menos eso se rumorea. Y que puede haber sido alguien que se tomó a mal el recado de su muerto y la pagó con ella. Dicen que sabía demasiado, cosas que no debería saber porque crean mala sangre y miedos a otros. El caso es que la vieja está tiesa, y ya no vamos a enterarnos de para qué quería el dichoso pergamino.

—Lástima —repuse—. Y en el hospicio sigue sin aparecer, y la Ludovica sin decir ni mu.

—En cuanto al franciscano que entró en los Desamparados chorreando sangre se habla poco o nada. Lo que sí es seguro es que esa misma noche, marcada por la pestilencia, anduvieron buscando a un monje, no se sabe si franciscano o no.

—¿Quiénes lo buscaban, Blasa?

—Berenjena, lo digo ahora y doy por zanjado el asunto, que a veces el querer saber más de lo necesario causa la ruina. Que cuando ellos andan por medio mucho cuidado hay que tener por donde se pisa, y con quien se junta una. Es peligroso ir haciendo preguntas a la ligera.

—Pero ¿quiénes son?

—Los alguaciles del Santo Oficio. La Inquisición, muchacha curiosa.

—Y lo encontraron, dieron con él.

—Parece que no se te mete en la mollera lo resbaladizo de este asunto, que sólo puede dar disgustos y ni un maldito maravedí. Presiento, teniendo en cuenta lo que le sucedió a la vieja Escolástica, que en esta historia la información se paga con la muerte. Así que ojito, yo te di mi leche y por ello la vida (la desgraciada de tu madre vete a saber quién fue y bien poco que le importaste), por eso te mando que lo dejes ya.

Aquellas palabras de la Blasa infundieron en mí un profundo temor, así que intenté olvidar cuanto había sucedido. Sin embargo, esa noche soñé que encontraba a Escolástica flotando a la deriva en el Manzanares. Encallaba en una orilla y yo me acercaba a ella. Su ojo entornado y rojizo le brillaba más que nunca con la luminosidad del infierno, las arrugas empedradas de huevas de peces. ¿Qué esconde el pergamino, Escolástica? ¿Te mataron por su causa? ¿Quién más lo busca? Pero por toda respuesta abría su boca, se tragaba mi vida y entonces era yo la que quedaba flotando en ese río miserable.

5

Señorías, el paso del tiempo me ha hecho comprender que mi destino quedó unido al de Bárbara desde el mismo momento en que llegó al hospicio. Y todo lo que voy a relatarles me da la razón.

Siempre que me propuse abandonar mis pesquisas sobre el enigma, ocurría algo que me atrapaba de nuevo en la telaraña que lo rodeaba. Verán, unos cuatro o cinco días después de mi visita con la Blasa al Hospital de los Desamparados, se presentó en el hospicio un niño que no tendría más de siete u ocho años. Yo estaba en el dormitorio de los de pecho cuando le vi entrar con la cabeza aureolada de rizos de oro, la tez de nieve y unos ojos tan puros y tan azules que creí estar ante la presencia de un ángel.

—¿*Sos* Berenguela? —me preguntó con una voz que sonaba dulce y celestial.

Tenía a la pequeña Bárbara entre mis brazos y sentí que su carne tibia se estremecía al mismo tiempo que la mía.

—Yo soy quien buscas.

Me sonrió. Permanecí en silencio, sobrecogida, a la espera del mensaje que aquella criatura etérea quisiera transmitirme. Bárbara entreabrió los párpados y movió las manos como si intentara tocar la suavidad de la voz que había escuchado.

—Me mandan *pa que* me des un pergamino.

No era ése el mensaje que esperaba y me sobresalté. De pronto aquel niño se convirtió a mis ojos en espejismo del demonio, pues ya saben que éste adopta las formas más hermosas para engañar al hombre y arrastrarlo hacia su perdición.

—¿Quién te envía a buscarme con ese recado? —Apreté a Bárbara contra mi pecho esperando la respuesta con gran angustia y confusión, pero él hizo una mueca con la boca y no respondió—. ¿Acaso una vieja gorda y vestida de negro que responde al nombre de Escolástica?

Me invadió el temor de que aún estuviera viva, o de que hubiera resucitado aspirando por su boca hechizada la vida del enterrador. O quizá —temblé ante la pavorosa idea— estaba muerta y bien muerta, pero me enviaba a ese niño desde los confines del mismísimo infierno para que pusiera fin a los asuntos que ella no pudo zanjar antes de que le arrebataran la vida.

—¿Lo *tenes* o no? —me preguntó el niño impacientándose.

Me fijé en sus ropas. Vestía como los pillastres que rondaban por las calles de la villa en busca de un mendrugo de pan o de un incauto al que birlar la bolsa: camisa sucia con remiendos y costurones, calzas andrajosas y unos zapatos enormes robados a algún ahorcado, como acostumbraban a hacer aquellos malandrines que vivían a costa de las desdichas y descuidos ajenos.

—¿Quién te ha dejado entrar en el hospicio?

Me sacó la lengua.

—¿Has entrado sin que te vieran?

—No había nadie *pa* ver —respondió con descaro.

—Así que sólo eres un pequeño maleante, un ladronzuelo con rostro de querubín —le dije mientras acurrucaba a Bárbara en mi regazo.

—Eso lo serás tú. *Pa* que lo sepas, yo tengo un trabajo *honrao*.

—¿Y qué trabajo es ése si puede saberse? ¿Robar para quien te manda a preguntar lo que no debes?

—Quien me manda sabe que no robo, me da pan *pa* matar el hambre mientras trabajo.

—Aligerando faltriqueras en la oscuridad.

—No. —Se enfureció—. Entérate, las estrellas me hablan, a mí y sólo a mí. Los mayores quieren saber qué dicen y dan monedas.

—¿Y quien te manda también quiere saber lo que dicen las estrellas?

Me dirigió una mirada de desconsuelo y por un momento creí que rompería a llorar. Pero fue Bárbara quien comenzó de pronto a deshacerse en lágrimas. La mecí en mis brazos y la llevé hasta su cuna mientras le decía:

—Bárbara es muy buena y ya no llora, Bárbara se va a dormir con Diego.

Cuando quise darme cuenta el niño estaba junto a mí, de puntillas y asomado a la cuna con su aureola de rizos de santo.

—¿Qué nombre es Bárbara? —me preguntó.

—Un nombre de condesa.

—Es una niña *mu* bonita.

Bárbara había dejado de llorar y le miraba al tiempo que extendía los brazos hacia él. El granujilla se colgó por los sobacos del borde de la cuna y metió las manos dentro para entregárselas a Bárbara. Ella las retuvo entre las suyas apretándolas con fuerza.

—Sus manos dicen cosas, como las estrellas del cielo —me dijo sonriendo.

De pronto, Diego frunció la boca y comenzó a hacer pucheros con los puños cerrados.

—Déjalos tranquilos —le ordené al chiquillo mientras le apartaba de la cuna—. Si este niño se pone a berrear se enterará todo el hospicio de que estás aquí.

Me miró con resentimiento.

—¿*Tenes* el papel o no?

—Que venga a preguntármelo quien te manda con ese recado.

—No vendrá.

—Está bien. Dile que necesito unos días más para hacerme con él.

—Pues ya no lo quiere.

—¿Qué es eso de que ya no lo quiere?

—Me dijo que si no lo tenías, no lo buscaras más porque no es asunto tuyo. Ya te lo he dicho.

No me dio la oportunidad de preguntarle nada más. Echó a correr, y aunque fui tras él, no logré echarle el guante. En la portería alcancé a ver sus rizos dorados escapando por la puerta del hospicio.

—¿De dónde ha salido esa criatura? —me preguntó la hermana que estaba de guardia junto al torno.

—No sabría deciros.

Regresé al dormitorio de los de pecho. En mi cabeza resonaban las palabras que me había dicho el mocoso mientras corría descalzo escaleras abajo, pues se había quitado los zapatos de ahorcado para no perderlos:

—Para que lo sepas, cuando sea mayor pienso casarme con Bárbara.

Justo un día después de que apareciera en el hospicio el niño con aspecto de ángel, ocurrió algo que me hizo plantearme si no me estaba excediendo en mi celo por averiguar cuanto rodeaba al nacimiento de Bárbara. Era ya noche cerrada, y sofocante más allá de los muros del hospicio, pues corría agosto hacia su fin como un chorro de fuego. Habían transcurrido tan sólo un par de horas desde que me había acostado, pero unas pesadillas se empeñaban en negarme el descanso. Desperté aterrada, temiendo que el sudor que empapaba mi camisa de dormir no fuera tal sudor, sino la sangre del franciscano cuya imagen había fabricado mi joven imaginación una y mil veces. Abandoné el lecho. La Blasa roncaba entre unos estertores que le agitaban la leche. Me calcé las zapatillas de faena y bajé las escaleras con sigilo hasta la portería.

La hermana que estaba de guardia junto al torno roncaba con una dicha semejante a la de la Blasa. Los motivos que me llevaron a dirigirme al pequeño jardín situado en la parte de atrás de la cocina no son importantes para lo que me propongo relatarles, baste decirles que era un lugar agradable, con una huerta de tomates, pimientos y coles desde la que se podía contemplar el cielo de la villa, salpicado de resplandecientes estrellas que iluminaban los tejados, convirtiéndolos en decorado de comedia. A la izquierda de dicho jardín, una cerca de madera delimitaba los corrales donde a esa hora incierta se apelotonaban en su sueño las gallinas ponedoras, las ocas y las cabras cenicientas que venían a sustituir a las nodrizas. Más allá de la cerca se hallaba, haciendo esquina con el muro de piedra que protegía cuanto acabo de enumerarles, otra huerta a la que sólo se tenía acceso desde el interior del hospicio a través de la enfermería. Por tanto, se encontraba en los dominios de la Ludovica. Allí la hermana cultivaba con pasión muchas de las plantas que utilizaba para elaborar sus cocciones y emplastos medicinales. La mayoría de ellas crecían bajo la sombra de un portentoso sauce blanco cuyas hojas curaban fiebres y males de mujer, y cuya corteza, desmigada del tronco a cuchilladas, remediaba congojas del espíritu y deseos impúdicos. Junto a ese árbol vi dos figuras que parecían conversar con precipitación y cierto miedo a ser descubiertas, a juzgar por el nerviosismo con que sobre todo una de ellas acechaba el silencio, vigilando la puerta que comunicaba con la enfermería.

Eran un hombre y una mujer. Podría haberse tratado tan sólo de un lance amoroso, uno más de los muchos que se producían en la villa, aficionada a las pasiones de la carne y la espada cuando cae la noche —que es alcahueta y todo lo esconde—, pero la mujer vestía el hábito característico de las hermanas del hospicio, y la actitud que mostraba hacia el hombre no hablaba de amor sino de cautela. La distancia que separaba el jardín de la cocina del sauce blanco no me permitía distinguir con claridad qué hermana era, así que avancé todo lo silenciosa que pude entre las matas de tomates, coles y pimientos, y cuando llegué a la cerca de los corrales, como aún no tenía una visión que satisficiera mi curiosidad, me metí por debajo de la cerca arrastrándome por el lodo y manchándome la camisa de dormir. Esperaba que aquello que me disponía a descubrir mereciese la pena, pues al día siguiente tendría que darle buenas explicaciones a la Blasa sobre el lamentable estado de mi ropa. Unas cuantas gallinas se despertaron al verme allí con ademanes de zorro hambriento, cacarearon y soltaron unas plumas del susto. La hermana y el hombre miraron hacia donde me encontraba. Me agazapé más en el lodo y esperé el momento para continuar avanzando por aquel corral infecto hasta estar lo suficientemente cerca como para reconocerlos y, si tenía suerte, escuchar algunas de las palabras que se decían.

Había un pequeño cobertizo que me llegaba a la altura del pecho donde, entre varios utensilios de labranza, se guardaba una cabra vieja de buena leche y mal genio que mordía cuanta carne o pluma se le ponía ante los dientes. Me agaché tras una de las paredes del cobertizo y asomé la cabeza. El corazón me latía aprisa, pero lo hizo aún más al descubrir que la hermana no era otra que la Ludovica. Resultaba mayor para andar enredada en amores de ese tipo, pero ya he dicho que el encuentro no iba por esos derroteros. El hombre, envuelto en capa larga, propicia para esconder acero o corazón ardiente, y con sombrero de ala ancha, no podía ocultar que era joven y delgado. No me hacía falta contemplarlo más de cerca para adivinar que esas ropas eran prestadas o heredadas de alguien con más envergadura. Debía de ser alto, un buen mozo, pero iba encorvado hacia delante como si le aquejara algún mal. A veces hacía un gesto con la mano para indicarle a la Ludovica que le faltaba el resuello para seguir hablando, entonces se apoyaba en el tronco del sauce y respiraba profundamente con una mueca de dolor que se le escapaba por debajo del ala del sombrero. Me intrigaba qué asunto era lo bastante importante y de naturaleza secreta, para que la hermana se hubiera arriesgado a aquel encuentro.

Sólo había dos formas de que ese joven hubiera llegado a la huerta de la enfermería. Una, atravesando ésta, corriendo el riesgo de ser descubierto fácilmente por cualquier hermana que estuviera ayudando a la Ludovica o por cualquier enfermo. Y la otra, por la que yo apostaba, a través de la portezuela del muro que daba a un callejón. Esta portezuela tiene un cerrojo que únicamente puede abrirse desde dentro del hospicio. El muro era demasiado alto como para que aquel joven hubiera podido saltarlo, así que llegué a la conclusión de que la Ludovica había descorrido el cerrojo para dejarle pasar. Agucé el oído intentando enterarme de lo que hablaban, pero pronto me di cuenta de que era necesario arriesgar aún más. Abandoné mi escondite, y me arrastré de nuevo por el corral hasta llegar al otro lado de la cerca, justo donde comenzaba la huerta de la Ludovica. Entonces oí claramente cómo ella le decía autoritaria:

—No volváis más por aquí. Tomad estas hierbas, preparaos con ellas una tisana. Os aliviará el sufrimiento.

Vi cómo la hermana le entregaba una bolsita que el hombre se guardó bajo la capa con una inclinación de cabeza.

—La dejo en vuestras manos. Yo sólo podría perjudicarla —dijo después.

Pero ¿a quién?, me pregunté.

—Queda como todos en manos en Dios. Y ahora marchaos —le ordenó con dureza la Ludovica—. Que el Altísimo tenga misericordia de vos, o no conseguiréis burlar las llamas del infierno.

Lo acompañó hasta la portezuela. Tras su salida, la hermana echó el cerrojo, y se adentró con paso rápido en la enfermería. Debido a la inconsciencia de mi juventud, salté la cerca, descorrí el cerrojo, y cuando quise darme cuenta me hallaba en el callejón solitario corriendo detrás de la sombra de aquel joven.

Lo seguí durante un buen trecho. Tomaba las callejuelas más estrechas y oscuras donde apenas podía penetrar un rayo de la luna. En varias ocasiones creí que lo había perdido. La negrura era tal que su silueta se confundía con ella. Iba embozado en la capa, pero eso no resultaba sospechoso en la villa y menos a aquella hora en que rufianes y enamorados llevaban a cabo sus fechorías. Caminaba encorvado y muy próximo a los muros de las casas. De vez en cuando se detenía para apoyarse durante unos segundos en alguno de ellos, supuse que para descansar. Yo agradecía esos momentos, que aprovechaba para recuperar el aliento.

En un callejón que no supe reconocer dimos con dos hombres enzarzados en un duelo a espada. El sonido de los aceros entrechocando me puso los pelos de punta y creo que por primera vez en aquella noche me di cuenta de los riesgos que me acechaban. Corrí más aprisa detrás de él, como si fuera mi única salvación, como si él fuera a desenvainar su espada para defender mi honra o mi vida si era necesario. Dejamos atrás el callejón con aquellos hombres, que no repararon en nuestra presencia, de tan enzarzados como estaban —imaginé— en vengar alguna afrenta de honor, o simplemente en cuidarse de salvar el pellejo. Nada más abandonar el callejón, atravesamos una plazuela alumbrada débilmente por los rescoldos de una casa que había sido pasto de las llamas purificadoras, y me asaltó el temor de la peste. El aire que se respiraba en la villa estaba viciado, era denso, sofocante y se adhería a la piel con el olor dulce que precede a la muerte. Temblé, sentí náuseas mientras abandonaba aquella plazuela donde había reconocido el Monasterio de Nuestra Señora de la Visitación, y me adentré en una calle, y después en otra y en otra más. Confusa, me di cuenta de que le había perdido. Me dejé caer sobre el barro y sentí un profundo deseo de llorar. Entonces, justo enfrente de mí, surgió una sombra en el zaguán de un portal, siniestra como el aliento de un fantasma. Quise escapar, ya no deseaba más que hallarme a salvo de nuevo en el hospicio, entre los ronquidos reconfortantes de la Blasa. Demasiado tarde. La sombra abandonó el portal y vino hacia mí. Era el hombre que se había embozado aún más en la capa para ocultar su rostro.

—¿Por qué me seguís?

Tenía la voz grave y hermosa. Supuse que hacía poco que había dejado de ser muchacho para convertirse en hombre. Me estremecí y casi sin fuerzas acerté a responder:

—Yo no os sigo, caballero.

—Mentís y no os conviene.

Dejó caer la capa a lo largo de su cuerpo, lo suficiente como para que pudiera ver un largo y fino acero que pendía de un cinto, y lanzaba destellos iluminado por un rayo de luna que había burlado el horizonte de buhardillas y tejados. Y allí estaba yo, sentada en el suelo con mi camisa de dormir, sucia de lodo, con olor a corral, y con un desgarro que dejaba a la vista mis pantorrillas. Miré su rostro agazapado bajo el sombrero. En sus facciones delicadas, en sus ojos de un bello color verde, no había maldad, pero sí una desesperación, un cansancio que podían resultar incluso más peligrosos.

—Os vi hablando con la hermana Ludovica en la huerta del hospicio —susurré.

—¿Y por eso habéis venido tras de mí? ¿Quién sois? ¿Cómo os llamáis?

—Berenguela de la Santa Soledad, trabajo en el hospicio.

—Así que sois la muchacha curiosa que estuvo hace unos días en los Desamparados interesándose por la madre de una recién nacida.

Sentí que me quedaba sin sangre.

—¿Cómo sabéis eso? ¿Conocíais a Escolástica? ¿Os lo contó ella?

—Sé mucho sobre vos, y por eso voy a deciros algo que podéis tomar como un ruego o como una amenaza. Dejad de buscar lo que no os pertenece, su contenido es peligroso. Ya os habréis enterado de lo que le sucedió a Escolástica.

Supe que se refería al pergamino, y en el acto me vino a la mente la visita al hospicio del niño angelical. Ya era la segunda vez en poco más de una semana que me hacían la misma advertencia.

—¿Fuisteis vos quien me mandó al pillastre con aquel recado?

—Pudiera ser.

—Entonces lo sois.

No lo negó, sólo dijo:

—Basta de hacer preguntas sobre esa pequeña y sobre sus padre. Os aseguro que acabaréis por arrepentiros.

Tuve miedo. Su acero seguía brillando amenazante. Sin embargo, ya no deseaba escapar; era como si me hubiera hechizado, y una debilidad hasta entonces desconocida para mí comenzaba a ablandarme las carnes.

—Bárbara es una niña en la que se huele ya algo extraordinario —le dije.

Descubrí en su rostro un gesto sombrío. Guardó el acero bajo la capa.

—Entonces ahora sí os ruego que os limitéis a cuidarla.

—Decidme al menos vuestro nombre.

Sonrió.

—En verdad que sois una muchacha curiosa, jamás he conocido una igual. Y tenéis valor... No sé si llamarlo valor o temeridad.

De pronto comenzó a toser y se llevó una mano al costado. En ese momento me di cuenta de que sólo movía el brazo derecho, el izquierdo había permanecido todo el tiempo inmóvil y resguardado bajo la capa.

—Estáis enfermo, por eso camináis encorvado. Necesitáis deteneros a descansar.

Se me pasó por la cabeza que pudiera tener la peste. Le rogué a Dios que no fuera así.

—Quitaos el sombrero, eso os permitiría al menos sentir en el rostro un soplo de aire que, aunque ardiente, os reconfortaría.

—Adiós, Berenguela. Cuidaos de vuestra curiosidad, pues a veces es más fuerte que lo que os dicta el corazón.

Era agradable escuchar mi nombre en sus labios en vez del apodo al que me habían acostumbrado en el hospicio.

—¿Volveré a veros?

—Sé donde puedo encontraros.

No lo juzgué como una amenaza sino como la promesa de un futuro encuentro. Se dio la vuelta y caminó todo lo deprisa que pudo, buscando hundirse en la boca negra de la noche.

Me puse en pie. No había sido capaz de moverme en el tiempo que duró nuestra conversación. Mi primer impulso fue ir tras sus pasos, y eso hice. Un reguero de gotas de sangre señalaba de forma macabra el camino que había tomado. Ahora lo comprendía. No estaba enfermo sino herido. Las gotas fueron haciéndose más pequeñas hasta que desaparecieron. Perdí su rastro y me sentí desolada.

De vuelta al hospicio, corriendo por las calles y las plazas donde me acechaban a cada paso la peste y los maleantes, sólo me preocupaba ordenar en mi mente todo lo que me había ocurrido en los últimos días, con el fin de que algún detalle, alguna pista me ayudara a averiguar la identidad de aquel joven. Cuando llegué al callejón, encontré la portezuela abierta, tal y como la había dejado. Di gracias a la Providencia, entré en la huerta de la enfermería y eché el cerrojo. De nuevo salté la cerca de los corrales y caminé por el lodo entre gallinas, ocas y cabras dormidas. Pero fue en la cocina, con sus efluvios a vísceras y guisos de huérfano, donde me fulminó la sospecha de que ese joven pudiera ser el franciscano que entró sangrando en los Desamparados la noche que Bárbara vino al mundo. Recordé las palabras de la vieja Escolástica: le habían atravesado el pecho varias veces con el filo de una espada. Muy pocos sobrevivían a esas heridas. Pero razoné que el joven no vestía hábito y además lucía un acero en su cinto, por lo que debía de ser un hombre de armas. Me convencí así de que el franciscano estaba muerto, muerto o en las cárceles de la Inquisición, si es que era a él a quien buscaban los alguaciles. Y el joven de aquella noche era un caballero, un hidalgo pobre, aunque con cierta educación por la forma de hablar, incluso de proferir sus amenazas, que lo distinguía de los cientos de patanes que poblaban la villa. Pero ¿qué le unía a Escolástica? Fue ella quien debió de hablarle de mi existencia. ¿Y qué le relacionaba con los misterios que se cernían sobre el nacimiento de Bárbara? ¿Qué asunto tenía que tratar con la hermana Ludovica para haber accedido ella a reunirse con un joven en el huerto? ¿Acaso había ido en busca del pergamino y ella se lo dio? ¿Y qué pecado habría cometido para que su salvación eterna estuviera en peligro?

Atormentada por tantas preguntas regresé al dormitorio de las nodrizas. La hermana de guardia continuaba roncando en la portería, así que me escabullí por las escaleras sin tener que dar explicación alguna. Burlar a la Blasa no me iba a resultar tan fácil. En apariencia estaba dormida como un ladrillo, pues sus ronquidos resonaban en la habitación. Sin embargo, en cuanto que me metí en mi lecho, oí que me decía por lo bajo:

—No creas que no me he dado cuenta de que apestas a mierda de gallina. Ya hablaremos mañana sobre lo que has estado haciendo en los corrales.

Ella sabía que las noches que no lograba dormir escuchaba a los insectos en el dormitorio de los de pecho, y no le importaba, pero aquel hedor impregnado en mi camisa de dormir era una novedad que no se le había pasado por alto aun estando dormida.

No pude pegar ojo pensando en si debía contarle lo sucedido. Le había ocultado la visita del niño para que no me regañara por seguir mezclándome en aquel asunto que ella me había ordenado zanjar. Cuando amaneció decidí que el encuentro con ese joven sólo me pertenecía a mí, y así debía seguir. Además temía que la Blasa se enterara de que me había aventurado de noche por las calles de la villa. Pero la conocía muy bien:

no se conformaría con cualquier historia tonta, así que necesitaba inventar una que se acercara a la verdad para convencerla. Su ayuda para vigilar los pasos de la Ludovica me resultaba muy valiosa, al igual que su grupo de comadres del mentidero de San Felipe, que podría mantenernos al tanto de cualquier rumor que pudiera surgir sobre la muerte de Escolástica. Así que a la mañana siguiente, antes de darle la oportunidad de que me interrogara, esto fue lo que le conté:

—Blasa, estaba en el jardín de atrás de la cocina contemplando las estrellas para curarme el insomnio al que me sometía una pesadilla, cuando acerté a ver a la hermana Ludovica hablando con un hombre desconocido bajo el sauce blanco. Me arrastré por los corrales con la intención de averiguar de quién se trataba y de escuchar algo de su conversación si es que estaba de suerte. Pero llegué tarde, porque fue aproximarme a la huerta de las hierbas, y el hombre misterioso salir envuelto en capa y sombrero por la portezuela del muro, echar el cerrojo la Ludovica y regresar a la enfermería.

—Endiablada monja —respondió ella—, no creo que esté ya en edad de amoríos secretos. Debe de tratarse de otra cosa. Quizá el maldito asunto del pergamino. Procuraremos vigilarla por si vuelve a reunirse con él. Sea lo que sea, la hermana Ludovica es poderosa en el hospicio, y no viene mal tenerla cogida y bien cogida con algo que quiera ocultar por si en algún momento nos hiciera falta utilizarlo a nuestro favor.

Así era la Blasa: no desperdiciaba oportunidad para sacar provecho.

Durante las noches siguientes me ayudó a burlar la vigilancia de la hermana de guardia en la portería, para que acudiera a la huerta de hierbas por si la Ludovica se encontraba de nuevo con aquel hombre. No quise decirle que ella le había advertido seriamente que no regresara al hospicio; me limité a aceptar el encargo aunque refunfuñé un poco para que no sospechara, pues la planta baja continuaba con sus olores de muerte y los gritos de los apestados, que parecían salidos del Apocalipsis. Pasaron unos cuantos días, pero la hermana Ludovica no volvió a pisar su huerta de madrugada. Él no regresó. Lo cierto es que no tenía esperanzas de que fuera a verla a ella sino a mí, por eso le esperaba escondida tras el tronco del sauce y con el cerrojo descorrido y la portezuela medio abierta.

—No te arriesgues más —me dijo una mañana la Blasa—, a ver si vas a acabar cogiendo la peste. Ya sabes, tanto va el cántaro a la fuente que al final se rompe.

Pero yo no tenía miedo, eran muchas las ganas que me acuciaban de verle de nuevo y saber quién era, y con mi pedazo de solimán debajo del sobaco izquierdo me encontraba a salvo de cualquier contagio. Aun así, no tuve más remedio que obedecerla.

Pronto empecé a temer que la herida que le sangraba aquella noche se lo hubiera llevado a la tumba. Andaba cabizbaja por el hospicio, y ya ni siquiera me impresionaba cruzarme por los pasillos con Guzmán Acosta y su sombra de cuervo. Bárbara era mi único consuelo. Aquella recién nacida, enigmática y hermosa, que el hombre de la capa me había rogado que cuidara. Y yo, aunque no se lo había prometido de palabra, sí lo había hecho en el fondo de mi corazón.

Las manos de Bárbara habían sanado por completo. Lucían el mismo tono de su piel, blanco y con tacto de porcelana. Su temperatura era cálida y suave, muy lejos del fuego que arrojaban tras su nacimiento, y sus dedos largos desprendían al moverse una inexplicable belleza. Solía darle uno de los míos y ella lo agarraba muy fuerte. Pensarán que no había en ello nada de extraordinario, pues es algo que hacen la mayoría de los bebés, sin embargo, sí lo era cuanto me hacía sentir. No dejaba de darle vueltas a lo que me había dicho aquel niño sobre que ella hablaba a través de sus manos como el cielo a través de las estrellas. Podía pasarme horas unida a Bárbara, porque mis inquietudes y angustias se esfumaban bajo la presión de sus dedos, produciéndome una placidez semejante a la que ella mostraba cerca de Diego. No lograba entender qué le ligaba a él de esa forma. Pero me sentía orgullosa de haber sido yo quien le había elegido entre todas aquellas criaturas moribundas para que compartieran la caja que les arrastró a vivir.

La hermana Ludovica había vigilado estrechamente la sanación de Bárbara y también la de Diego, cuyas quemaduras estaban casi cicatrizadas. Subía a verles al dormitorio de los de pecho en cuanto los apestados le daban un respiro. Yo procuraba estar siempre presente, y cuando ella me mandaba a ocuparme de mis quehaceres de fregona, me las arreglaba para espiarla tras el quicio de la puerta. En ocasiones, ni siquiera los tocaba, ni examinaba el pecho del niño con la trompetilla; se limitaba a observarlos pensativa. Llegué a creer que las manos de Bárbara le daban miedo, a pesar de que había hecho que se las bañaran en agua bendita y de que aquel cura del forúnculo había recitado sobre ellas no sé cuantos salmos. Pero ya les he dicho que la hermana poseía información que yo por entonces desconocía.

Antes de que terminara el verano acudí con la Blasa en un par de ocasiones al mentidero de San Felipe, y por su corro de comadres supimos que habían hecho preso a un desgraciado al que acusaban de la muerte de Escolástica. Por lo visto, además de la cuerda atada al cuello, la viuda tenía un boquete en el estómago causado por el ensañamiento de una especie de sable hereje. Era como si hubieran tenido que matarla de distintas formas para asegurarse de que no volviera a andar por la villa de aquí para allá con sus recaditos de muertos. Ahogada en el río, estrangulada con una cuerda y agujereada por un acero. Lo que no podía imaginar era el orden siniestro que había seguido el asesino. Yo suponía que quien lo hizo quería eliminar hasta el último soplo de vida ajena con el que hubiera podido burlar su fúnebre destino: el silencio de la tumba.

El desgraciado en cuestión era un pobre como tantos otros, borrachín, tahúr y vil hasta el punto de que le hubiera rebanado el cuello a su madre por unas monedas. Eso se decía de él. Y que era natural de Burgos, y que juraba y perjuraba por todos los santos que la noche del crimen dormía la borrachera a la fresca de las orillas del río, pero nada más. Contaba que vio a un gigante arrastrando un saco mientras entonaba una canción en una lengua que no le pareció cristiana, una lengua que le recordaba a la que hablaban los judíos. La historia no ayudaba sino a reforzar su fama de borracho. Sin embargo, le habían encontrado oculta entre los calzones la bolsa de piel donde Escolástica guardaba sus dineros. Se decía también que el pobre hombre pedía a gritos que le trajeran a alguien que le cantara en hebreo para comprobar si coincidía con la lengua del canto que le había hechizado. Pero el jefe de la guardia se negó a darle tal gusto, recomendándole que en vez de pensar en músicos, pensara en un cura que se apiadara de él antes de retorcerse en la horca. No lo ajusticiaron hasta que comenzó a ceder la epidemia que asolaba la villa, pues alrededor del patíbulo solía formarse una aglomeración de curiosos y fieles al rito de la muerte donde podía avivarse el contagio.

Me tenía confundida que al final se hubiera zanjado el asesinato de la vieja viuda como un asunto de robo y codicia de lo más vulgar, en vez de como la consecuencia de un funesto recado que alguien se tomó a mal o que ella le dio a quien no debía, y que yo, por supuesto, relacionaba con el asunto que me atormentaba. Vi cómo se balanceaba de la soga del verdugo aquel desgraciado. Examiné su rostro mientras se le salían la lengua y los ojos, redondos y grandes, y he de decir que, a pesar de todo esto, me pareció que fallecía en paz porque era inocente.

El asesinato de Escolástica también había sumergido a la villa en mil habladurías sobre encantamientos. Se decía que el Manzanares estaba hechizado y que por sus aguas corrían libres los secretos de los muertos. Yo fui una entre los muchos que se acercaron a sus riberas para encerrar en una vasija el chocolate de sus aguas, con la esperanza inútil de que al beberlas le revelaran a mis entrañas lo que la vieja se había llevado a la tumba. Pero en vez de conocer la identidad del joven al que tanto esperaba, entre otros misterios relacionados con el pergamino y los padres de Bárbara, aquella purga me produjo una descomposición que tuvo que curarme la Ludovica con tisanas de manzanilla y jengibre, y una cataplasma de boñiga cuyo aroma me sumió en una náusea durante al menos una semana.

Aún debilitada por la enfermedad, agradecí que llegara el frescor del otoño. Con él cedió la amenaza de la peste. Murieron todos lo que tenían que morir y el hospicio recuperó su rutina. Los niños varones de más de seis años regresaron a su dormitorio de la planta baja. Las nodrizas regresaron de sus pueblos, lozanas y rebosantes de leche. El tufo de batalla contra los herejes desapareció para siempre. Y el aire de Madrid volvió a ser limpio, puro, sin más efluvios corruptos que los habituales de los orines y excrementos de las calles, que se mezclaban con los lodos de las primeras lluvias.

6

Al viejo inquisidor, Lorenzo de Valera, le sonaron las tripas. Tenía hambre. La tormenta había cedido, dejando paso a un cielo diáfano. La luna presidía la noche con cetro de reina, de maga blanca que hubiera podido ser sometida a un proceso de la Inquisición por su hechicería sobre los hombres. Pero a Lorenzo le hastiaba hasta la luna, le hastiaba todo lo que no fuera el colorido de una buena mesa repleta de manjares. No siempre había sido así. Recordaba el orgullo que sentía en su juventud, cuando se creía destinado a luchar por mantener pura la fe verdadera, cuando el hereje era para él una bestia venenosa que había que borrar de la faz de la tierra. Cuando la gloria no se desvanecía en la paz o en el cieno de la derrota. En esos tiempos de fervor hubiera hecho quemar hasta a la propia luna. Habría sometido sus rayos al yugo de las cadenas, habría descoyuntado su cuerpo en el potro, habría cubierto su brillo embaucador con el sambenito, y así, humillada toda su belleza, la habría quemado viva, sin darle siquiera la posibilidad de defenderse para que su lengua hechicera no confundiese la virtud de los hombres.

Entonces ambicionaba el éxito en su carrera. Anhelaba conseguir un puesto en la Suprema, incluso llegar a ser inquisidor general o arzobispo de Toledo. Esa remota ambición suya, aniquilada por tantas decepciones y por el hastío de haber visto y oído demasiado, la encontraba ahora reflejada en Pedro Gómez de Ayala, su compañero inquisidor, y por eso le aborrecía. También envidiaba su pertenencia a una de las familias nobles más ilustres y antiguas de la ciudad de Toledo. Él no era más que un plebeyo que se había ganado con esfuerzo su posición.

Pedro Gómez de Ayala era el hijo menor del conde de Ayala. Tenía el cabello oscuro con dos mechones canosos que le iluminaban las sienes. Era hombre de cejas abundantes y gruesas, separadas por un ceño hostil. Procedían de la herencia familiar y se sentía orgulloso de ellas, por eso su desaliño era premeditado y heroico. Su padre, honrado en varias ocasiones con el favor del rey por sus victorias en los campos de batalla contra los turcos, también las lucía en su rostro. Contaban que acudía a los combates sin el casco de la armadura, pues la sola visión de sus cejas enmarañadas por la violencia amedrentaba al enemigo. Con ese aspecto temible le había retratado un pintor toledano, inmerso en el fragor de la batalla. El cuadro se hallaba en una de las paredes del palacio que había pertenecido a la familia durante generaciones, concretamente en la que dominaba la bajada de la escalera principal. Decenas de condes de Ayala, antepasados de cejas indomables, le rodeaban. Todos vestían sus armaduras, todos eran los primogénitos de la casa. No había sitio en la pared de honor para los hijos menores, los llamados segundones, que solían entregar su vida a la Iglesia. Sólo uno de ellos en el siglo xv llegó a ser arzobispo de Toledo. El cuadro de aquel hombre de Dios sobresalía entre los de los condes amantes de las armas, con sus cejas poderosas y su ceño sombrío bajo la mitra sagrada.

Pedro deseaba que su retrato se alzara junto a tan digno antepasado, para que su memoria formara parte de los hombres ilustres de la familia. Sólo él, a pesar de ser el hijo menor, había heredado ese rasgo familiar que presagiaba la eternidad —las cejas del mayor, el futuro conde de Ayala, eran finas y débiles como las de su madre—. A él le correspondía, por tanto, la gloria de su generación, aunque no la conquistaría con la espada. En cada proceso que se iniciaba en el Santo Tribunal anhelaba encontrar una herejía lo suficientemente importante o escandalosa para atraer hacia él los ojos del poder. No hallaría demasiadas dificultades para atribuirse todos los méritos de las pesquisas y capturas realizadas. Sabía que Lorenzo de Valera estaba acabado, lo único que le interesaba era terminar cuanto antes las audiencias para entregarse a su gula desmesurada. En cambio, suyas serían las posibilidades de llegar a la Suprema, a inquisidor general o hacerse con un arzobispado. El poder de su familia también le ayudaría en su empeño, llegado el momento. Sería el empujón definitivo a la gloria obtenida por él en su función como inquisidor.

Lorenzo conocía las intenciones de su compañero. Sin embargo, a esas alturas de su vida, poco le importaba que le arrebataran lo que ya no quería, lo que, incluso, despreciaba. Le hastiaban terriblemente todos los procesos, le provocaban jaquecas y un hambre demoledora. Los acusados se le antojaban iguales: hombres o mujeres, niños o ancianos, brujos, astrólogos, bígamos, musulmanes, judíos… Todo se reducía a lo mismo. Le hastiaba tanta tragedia humana, tanto dolor, tanta mentira, tanta venganza, tanto odio encubierto, tanto amor acertado o equivocado a Dios, tanto héroe o miserable hecho cenizas; le hastiaba hasta la bondad, la compasión, la esperanza, cualquier sentimiento que no fuera la felicidad de su estómago ante la hermosura de una mesa colmada con guisos y asados suculentos. Ya ni siquiera soportaba presenciar las torturas, le había dejado ese cometido a Pedro, que lo llevaba a cabo con el ánimo febril que él esperaba. Los ojos vidriosos de los torturados le recordaban a los de los cochinillos o conejos que le servía su criada en bandeja de plata, como la cabeza del Bautista. Ojos de cristal con pupilas dilatadas y negras, ojos entregados al delicioso horror de la muerte.

Pero la llegada de Íñigo Moncada había despertado algo en su interior. Cada día que pasaba se daba más cuenta de que Pedro veía en el fiscal una amenaza a sus ambiciones. Y eso le producía un sádico deleite. No era ningún secreto que Íñigo tenía un poderoso protector, el inquisidor general, que no sólo se había empeñado en impulsar su carrera a lo más alto, sino que también sentía por él la admiración y el cariño de un padre. Las malas lenguas afirmaban que se trataba de su hijo bastardo. Por si esto no fuera suficiente, los logros intelectuales de Íñigo, a pesar de su juventud, eran abrumadores, y su protector no se cansaba de pregonarlos entre obispos, cardenales y nobles. Estudió leyes y teología en la mitad del tiempo que emplearía cualquier buen estudiante y obtuvo el título de doctor con las más altas calificaciones. Ya en la universidad destacaba por la brillantez e inteligencia de sus razonamientos. Sus maestros alababan su mente privilegiada para el derecho y las lenguas extranjeras. Traducía a la perfección el latín, el griego, el francés, el italiano y el hebreo.

Además, poseía un vasto conocimiento de las culturas antiguas.

Por otro lado, Íñigo arrastraba la fama de haber combatido en Flandes con lo que unos pocos llamaban valentía, y los más, temeridad, así que acumulaba unas cuantas hazañas bélicas. Había sido un héroe luchando con su espada contra los herejes flamencos, y ahora lo hacía con su sabiduría en la Santa Inquisición. Lorenzo se daba cuenta de que acumulaba demasiada gloria, y se regocijaba cuando veía encenderse en los ojos de Pedro el temor a que Íñigo, siendo sólo el fiscal, le eclipsara en su carrera como inquisidor. Anhelaba ver las ambiciones de su compañero tan destruidas como las suyas. Pero no habría encontrado en ello el más mínimo placer si éstas también hubieran sido las de Íñigo. Del breve tiempo que llevaba trabajando con él había deducido que era un hombre de ambiciones tan oscuras como insondables. Daba la sensación de que no le importaba en absoluto cuanto se refería a su carrera en el Santo Oficio. Respondía a los celos y a la hostilidad de Pedro con una hostilidad mayor, llevado por su carácter áspero, no por otra causa; por su costumbre de defenderse del enemigo con las armas más crueles que encontraba.

Y eso era precisamente lo que deleitaba tanto a Lorenzo: la posibilidad de que Íñigo, sin proponérselo, le arrebatara a Pedro todas sus ilusiones; que le venciera no un enemigo de su misma calaña, sino uno que no ambicionaba fama o esplendor mundano algunos, pues si Íñigo albergaba algún anhelo, éste se intuía relacionado con el rencor que le suscitaba la cicatriz y con su corazón impenetrable. Qué burla del destino, otorgar la fortuna a aquel que no la deseaba. Qué plato más exquisito para saborear lentamente.

Pero aquella noche de noviembre, cuando la luna hechizaba con su fulgor de diosa la sala de audiencias, Lorenzo sólo podía pensar en retirarse a sus dependencias privadas para entregarse a uno de sus banquetes.

—Doy por terminada esta audiencia, que hace rato que se nos echó encima la hora de la cena —dijo poniéndose en pie.

Después dirigió a la testigo una mirada que pretendía ser severa.

—Continuaréis con vuestro testimonio mañana a las nueve en punto.

Berenjena asintió, mientras sus dedos índice y pulgar de la mano derecha oprimían una cuenta del rosario hasta que se le enrojecieron las uñas. Se levantó del banco en el que había permanecido sentada frente al tribunal, frente al crucifijo con el Cristo que sangraba su pasión. Abandonó la sala lentamente, tenía las piernas entumecidas a causa de la memoria. Le pareció que el sonido que emitían sus zapatos viejos al caminar sobre las losetas de cerámica era el apropiado, modesto pero solemne. Las mejillas se le habían acalorado, las sentía resplandecer, limpias de las marcas de la viruela. Su cutis era hermoso, pulido, como el de la pequeña Bárbara. Un alguacil la esperaba al otro lado de la puerta para conducirla hasta la salida. Ya en la calle, sintió que el frío la hería, que la luna le abofeteaba el rostro devolviendo a sus mejillas la suciedad de la viruela.

Mientras tanto en la sala de audiencias, Rafael de Osorio escribió con la ligereza de su pluma: «Esto es lo que la testigo sabe y vido a este día de 3 de noviembre de 1625». Luego se esmeró en que los papeles donde quedaba plasmado el testimonio coincidieran en sus cuatro extremos. Debía incorporarlos al legajo que contenía todo lo referente al proceso de la acusada.

—Dispongámonos a cenar, señores, que bien nos lo hemos merecido tras escuchar tan inquietante testimonio —dijo el viejo inquisidor.

—Si me permiten vuestras mercedes que les retenga unos minutos —repuso Íñigo Moncada.

—Hablad presto, que mis tripas claman de hambre.

—Cuando la testigo se ha referido al chal en que llegó envuelta la acusada al hospicio siendo una criatura...

—¿Dais ya por supuesto que se trata de la misma persona? —le interrumpió Pedro.

—Precisamente se me ha ocurrido una forma en que podríamos arrojar algo de luz sobre este asunto. Recuerdo que cuando se procedió al secuestro de los bienes de la prisionera, no se halló de valor más que un chal de exquisita seda. Deberíamos comprobar si tiene los bordados que ha descrito la testigo.

—Podría haber más de un chal, con lo que no probaríamos nada —espetó Pedro.

—Es posible. Pero sería una casualidad digna de tener en cuenta. Creo que la testigo tenía razón cuando afirmó que no es un bordado muy usual una serpiente monstruosa mordiéndose su propia cola.

—¿Qué os sugiere, Íñigo? —le preguntó Lorenzo.

—Habría de verlo para juzgar de qué se trata. Me inclino de todas formas por que sea un uróboros, un animal mitológico con el que los antiguos expresaban la idea de eternidad.

La eternidad se devora a sí misma, pues sólo de ella se alimenta. De ahí que se muerda su propia cola.

—Dejaos de fábulas —gruñó Pedro—. Una confesión sacada a fuerza de potro le hará cantar la verdad.

—Con mayor facilidad se rendiría a confesar si aducimos que tenemos pruebas. Quizá reuniendo pequeños detalles como éste pudiéramos tener finalmente la certeza de que se trata de la misma persona. Además, no olvidemos que la testigo también dijo que el chal tenía manchas de sangre y un pequeño desgarro.

—Podrían haber sido limpiadas y la seda reparada —añadió Pedro.

—Creo que Íñigo tiene razón, al menos deberíamos comprobarlo —concluyó Lorenzo de Valera—. No perdemos nada con ello. Tal vez así podríamos ahorrarnos escuchar a la testigo, que parece deseosa de contarnos hasta los detalles más nimios de la vida de la acusada. Daré orden ahora mismo de que mañana temprano el notario de secuestros traiga el chal a esta sala, y tras examinarlo nosotros se lo mostraremos a la testigo para que lo reconozca. Y ahora cumplan con sus rutinas, vuestras mercedes, y concluyamos la jornada de hoy de una vez por todas.

Lorenzo de Valera se levantó pesadamente de la silla para dirigirse a sus dependencias privadas, mientras Íñigo, Rafael y Pedro partían hacia el archivo secreto, una habitación de techo abovedado donde se custodiaban los documentos inquisitoriales. Todo cuanto sucedía a lo largo de los procesos quedaba meticulosamente registrado por el notario, hasta los gritos de los acusados sometidos a tormento. Cada gesto, cada queja, cada palabra se hallaba destinada a la eternidad del archivo.

Se accedía a él por una puerta gruesa con tachones de bronce. En la parte superior podía leerse la siguiente inscripción:

Mandan los señores inquisidores que ninguna persona entre de esta puerta para adentro, aunque sean oficiales de esta Inquisición si no lo fueran del secreto, bajo pena de excomunión máxima.

La puerta tenía tres cerraduras. Una llave la custodiaba Pedro, otra Íñigo y la tercera Rafael. Los inquisidores solían entregarlas al fiscal y a los oficiales del secreto, aunque siempre guardaban en su poder una copia. Sin embargo, Pedro prefería participar también en esta tarea de custodiar los documentos. A Lorenzo de Varela, en cambio, ya no le interesaba más llave que la de su despensa.

Cada uno metió su llave en la cerradura correspondiente y la puerta se abrió. Una bocanada de tinieblas les dio la bienvenida. Rafael descolgó de la pared del pasillo una de las lámparas de aceite y se adentró en la estancia seguido por el fiscal y el inquisidor. Olía a pergaminos antiguos, a tinta dormida. Armarios como sarcófagos se sucedían a lo largo de sus paredes de piedra. Y dentro de ellos las momias de la deshonra, clasificadas por siglos, años y delitos. El olvido no existía en aquel reino de papel, ninguno de los procesados desde que se instauró en Toledo el tribunal a finales del siglo xv, ni ninguno de sus descendientes quedaban libres del rencor infinito que allí se respiraba. La vergüenza de ser juzgado se transmitía de padres a hijos, y aquella herencia se custodiaba en el silencio tenebroso del archivo, a la espera de ser resucitada para dar fe de una sangre sucia por la herejía. Sangre que, entre otras consecuencias, inhabilitaba para trabajar como funcionario de la Corona o de la propia Inquisición.

El armario que contenía los procesos que aún estaba juzgando el tribunal se hallaba próximo a la puerta, y albergaba la causa de Isabel de Mendoza a la espera de que dictara sentencia: vivir o morir en el mundo de los hombres, ser quemada, azotada, desterrada, sometida a vergüenza pública, quizá absuelta.

El notario unió el testimonio de Berenjena al resto de los documentos que versaban sobre el proceso de Isabel. En ellos constaba quién la había delatado al Santo Oficio, y los testimonios que hasta el momento se habían reunido en contra y a favor de ella.

En una esquina sombría del archivo se erguía el arca de las tres llaves. Dentro de ella latía el viejo corazón del tribunal de Toledo, el principio de su memoria. Su madera oscura poseía la belleza de los siglos. Era enorme y estaba adornada con listones de bronce. Había sido el único archivo secreto hasta que los procesos aumentaron de tal manera que hubo que destinar una habitación para guardarlos. Desde entonces su vientre sólo albergaba los casos más graves, aquellos en los que se juzgaban los brotes de herejías. Justo lo que deseaba Pedro, por eso la contemplaba con deleite. El inquisidor anhelaba tener entre sus manos un buen puñado de herejes para organizar un auto de fe tan grandioso que ni el inquisidor general ni el rey pudieran olvidarlo. Un auto de fe celebrado en la plaza Mayor de la villa, al que asistiría también la nobleza y los consejos del reino.

Después de que Rafael de Osorio pusiera a buen recaudo el testimonio de Berenjena, cada uno se ocupó de asegurar la cerradura que le correspondía. Pedro partió enseguida hacia sus habitaciones privadas, pues vivía en la sede del Santo Oficio al igual que Lorenzo.

La noche helaba cuando Íñigo y Rafael se adentraron en ella camino de su casa. El fiscal había alquilado la primera planta hacía ya dos meses. Y no habían sido pocas las ocasiones en que el notario había impedido que se aventurara por las calles de madrugada cuando padecía un ataque de sonambulismo.

—Íñigo, decidme que no os habéis estremecido cuando esa mujer ha mencionado en su testimonio a un gigante que cantaba en hebreo. He de confesaros que mi mano se paralizó por unos instantes, y cuando quiso retomar su oficio, mi caligrafía temblaba como una hoja de otoño.

El fiscal guardó silencio.

—Vos mismo habéis podido comprobar —continuó Rafael— la presencia de esa sombra monstruosa que en más de una ocasión nos ha seguido los pasos, pues estabais bien despierto hace unas semanas, cuando os fuisteis tras de ella profiriendo mil injurias y dejándome a merced del temor a que os ocurriera alguna desgracia.

—No hallé rastro de él, maldito sea. Se desvaneció en la oscuridad como si nunca hubiera existido.

—Eso fue también lo que me heló la sangre. Pues ya os dije que antes de que regresarais a mi lado, oí un canto muy hermoso. Llegaba muy vagamente a mis oídos, aun así distinguí que lo entonaban en la lengua de los judíos. No lo relacioné con el hombre inmenso, pero cuando la testigo habló de un gigante que cantaba en hebreo, el recuerdo me vino a la cabeza. Me resisto a pensar que se trata sólo de una casualidad.

—Pues creo que deberíais tomarlo como tal —repuso Íñigo.

—Os ruego que me digáis si os ha seguido alguna vez estando a solas. Porque yo sólo siento su presencia cuando os acompaño —le apremió Rafael.

—¿Qué insinuáis?

El fiscal se detuvo en una calleja solitaria y lo miró con fiereza.

—Nada en absoluto. —Rafael bajó la mirada por un instante—. Sólo me preocupo por vos. Pensé que podría tratarse de algún enemigo.

—Creo que si quisiese hacernos daño ya lo habría intentado. No temáis. —Se abrió la capa, y le mostró a su compañero la daga que escondía en el regazo—. De todas formas, si hay que morir se muere, pero dando estocadas. Que la venganza es honor que no debe rechazarse.

—Comprendo —dijo el notario con los labios cortados por el frío.

Continuaron caminando en silencio, alertas a cualquier ruido o sombra que pudiera acecharles. Pero nada extraordinario sucedió, aparte de que el aire que quedó como resaca de la tormenta les voló el sombrero.

Un par de horas más tarde, Rafael de Osorio apuraba el décimo vaso de tinto junto al hogar de la chimenea en su casa de la calle del Pozo amargo. Tenía los ojos enrojecidos y las mejillas ardientes. Buscaba en el vino el coraje que necesitaba para hablar sin temor a Íñigo Moncada, que, sentado frente a él en un butacón de tapicería grana, bebía con la misma pasión.

—Confiadme qué os atormenta —dijo Rafael aprovechando la intimidad del fuego—. ¿De quién queréis vengaros y por qué? Sospecho que ahí reside la causa de que caminéis dormido.

—No creo que pudiera descansar aunque ejecutara mi venganza. Pero muy pronto tendré la oportunidad de comprobarlo, pues ésta se halla ya muy cerca —respondió Íñigo tras apurar un trago.

—Luego no es sólo vuestra venganza la que os hace sufrir.

—Muy seguro estáis de mi sufrimiento.

—Puedo leerlo en vuestros ojos, en vuestros gestos, incluso vuestra forma de moveros y de hablar lleva impresa su huella vil y hermosa.

—Cuidad vuestros comentarios, Rafael —replicó Íñigo apretando los labios—, estáis a punto de cruzar una línea que puede costaros muy cara. No queráis convertirme en objeto de estudio para vuestra tortuosa obra. Tenéis material suficiente entre los acusados. Y si no os bastan, analizaos a vos mismo.

Rafael de Osorio consolaba insomnio y ardores prohibidos escribiendo un *Diccionario del sufrimiento*. Ésa era la obra a la que dedicaba sus noches inmortales, y así se lo había hecho saber a Íñigo durante otra jornada de vinos, pues estaba convencido de que él entendería la importancia de diseccionar el horror del corazón humano.

—Sois cruel deliberadamente —afirmó echando al fuego un manuscrito de poemas.

Íñigo sonrió con amargura.

—Es uno de los pocos placeres que me quedan.

—Sufrimiento por sufrimiento, como el ojo por ojo de la ley del Talión. Pero yo no os he causado mal.

—Es cierto. Bebámonos otro tinto. Aprecio en verdad vuestro vino y vuestra compañía, aunque a veces metáis la nariz donde no os incumbe.

Rafael le rellenó el vaso. Pero la piel se le erizó bajo la ropilla cuando Íñigo le rozó suavemente la mano para indicarle que no le sirviera más. Y el roce había sido intencionado, se lo decían sus tripas.

—¿Cuál fue la palabra que gozó del honor infame de inaugurar vuestro diccionario? —preguntó al fiscal.

—Poesía —contestó Rafael con voz ronca—. Dícese de la lujuria del alma por lo bello o melancólico. O febril potro de versos. A veces me pregunto si aniquilando toda pasión capaz de engendrar un poema, acabaríamos también con el sufrimiento.

—Quizá el hombre sufriría entonces por no sufrir. Yo a veces prefiero ser cautivo del dolor que de la nada. Pero ahora soy yo quien quiere saber. Contadme por qué aborrecéis tanto la poesía. Por qué cada noche la quemáis en la hoguera de la chimenea como a hereje.

—¿Corresponderéis después a mi historia con la vuestra? —le preguntó Rafael.

—Si para entonces el vino no ha dormido mi memoria y mi lengua —respondió Íñigo.

—Tengo la esperanza de que así sea. Comenzaré pues por la mía.

Rafael dio un sorbo al vino, arrellanándose en el butacón y en sus orígenes.

—Mi padre fue un hidalgo que dedicó toda su vida al ejército, como lo había hecho antes mi abuelo. Apenas pasaba tiempo en casa, su hogar era el campo de batalla. Mi madre se acostumbró pronto a sus prolongadas ausencias, entregándose a un vicio más voraz que los dados o los naipes, la poesía. Era una mujer obsesionada con los versos y las rimas, una depredadora de la belleza. Pasé mi infancia asistiendo a justas poéticas y juegos florales, soportando delirios y éxtasis de los llamados poetas, de librería en librería comprando cuanto libro de poemas encontrábamos, porque ella engullía desde Homero hasta los nuevos amantes de la pluma, desde los sonetos más excelsos hasta la estrofa más indigna, todo le servía a su apetito insaciable. Pero como no teníamos muchos posibles y los libros son caros —en verdad que hubo ocasiones que creí que acabaríamos alimentándonos de metáforas y ripios despreciables—, mi madre resolvió adquirirlos en las subastas de los bienes de difuntos, así que siempre estábamos pendientes de si había muertos en la ciudad. Crecí con alma de buitre, entre lágrimas de viudas y lamentos de huérfanos de los que ella se servía para acometer la rapiña literaria. Llegó a tal extremo su obsesión que en cuanto aprendí a escribir, a muy temprana edad, me sometió a la tortura de dictarme los poemas una y mil veces. De cada libro que adquiríamos había lo menos tres copias por si se extraviaba, rompía, mojaba o daba cuenta de él la carcoma o las ratas. Sólo así descansaba su avaricia. La casa estaba infectada de manuscritos con mi letra infantil, que a los doce años ya gozaba de la calidad de cualquier copista de abadía. Aprendí a soportar el dolor que me resquebrajaba los dedos al cabo de las horas de fervorosa escritura.

»Cuando salíamos a la calle a hacer cualquier recado, nos llevábamos todos los libros y papeles que éramos capaces de cargar en unas bolsas, incluso nos los metíamos entre las ropas como si fuéramos bibliotecas vivientes. Mi madre temía que durante nuestra ausencia un incendio o cualquier otra desgracia destruyera la casa, y con ella su preciado tesoro. La deformidad con la que me había alumbrado (este pecho hundido que deja cóncavo mi vientre y echa mis hombros hacia delante, cargando mi espalda con la vergüenza de una chepa) ella osaba llamarlo "la cueva de mis versos". Ajena a mi sufrimiento por soportar aquel defecto físico, lo rellenaba de manuscritos regocijándose del espacio que le proporcionaba para poner a salvo su locura. Y yo lo permitía, incluso hundía más mi vientre para que ella lo hinchara de sonetos y liras, de romances y silvas, de la agonía de mis dedos encallecidos por el uso de la pluma.

»Pero la hacienda familiar comenzó a mermar y mi padre le prohibió adquirir más de un libro por año. Mi madre, en vez de desalentarse, resolvió convertirse en la amante de un noble que poseía una de las mejores bibliotecas de Toledo. A cambio de los gozos carnales que ella le otorgaba sacrificando su honra en aras del orgasmo poético, él nos prestaba libros que yo debía copiar no una sino, como era costumbre, infinidad de veces. La luz del día no me bastaba para terminar tan engorroso trabajo, necesitaba para ello de las noches con su silencio y su tiempo inmortal. Así comencé a dormir poco, así el insomnio fue apoderándose de mí.

»Y así pasé mi más tierna juventud, hasta que un día a mi madre se le vino encima una de las librerías donde atesoraba sus amados libros y manuscritos. El mueble no aguantó la sobrecarga de poesía, y ella murió aplastada por el peso de su pasión.

»Yo tenía quince años. Mi padre, consciente de que jamás

llegaría a ser un soldado, se resignó a entregar a las letras a su único hijo. Me envió a la Universidad de Alcalá de Henares y a mi regreso a Toledo me convertí en oficial de la Santa Inquisición, pues había adquirido una rapidez y destreza tal en la caligrafía que me fue sencillo hacerme con el puesto. La lástima es que quemamos herejes y no poetas. Os aseguro que muchas veces prefiero escribir los horrores que salen de la boca de prisioneros o delatores, antes que copiar soporíferos endecasílabos. Y ésta es la historia de mi aversión y de mi insomnio.

—Al menos vivís siempre la verdad en vez del engaño del sueño —repuso Íñigo.

—Nada puede ocasionar mayor hastío. Necesitamos enloquecer en sueños para asir despiertos la cordura.

La cicatriz del Íñigo había enrojecido aún más por el calor del fuego.

—En cambio —continuó Rafael—, yo creo que vos recordáis tiempos pasados mientras camináis dormido. Quizá aquellos que vivisteis en unos túneles iluminados por unos misteriosos brazos con antorchas.

Íñigo palideció por un instante.

—Siempre deliráis con ellos. Huelen a aceite, hace frío, creo que los recorréis medio desnudo. Una mujer os acompaña, aferráis su mano, hermosa y delicada. Cuando queréis pronunciar su nombre, las lágrimas brillan en vuestras pupilas… ¿Es esa mujer la causa de vuestro tormento?

—¡Basta! —gritó Íñigo poniéndose en pie y arrojando el vaso de vino a la chimenea—. Os advertí que no cruzarais la línea y lo habéis hecho.

Buscó su daga por la estancia, la loba donde la había refugiado, y la halló colgada de una silla. Desenvainó y acercó el acero al rostro de Rafael.

—Dibujadme vuestra cicatriz si eso os consuela —susurró el notario. Sus ojos resplandecían. Sentía palpitar el vino en sus venas. Acercó el filo a su carne, como rogándole que le cercenara la mejilla, y un hilo de sangre brotó de ella.

—Sois como una sanguijuela que se alimenta de las desdichas de los otros —le dijo Íñigo apartando la daga.

—Ahora sólo me interesan las vuestras. Quiero ayudaros.

—Ni os he pedido ayuda, ni la necesito.

Se puso la loba y, tambaleándose, atravesó el salón hacia la puerta de la calle. La daga aún desenvainada y los ojos enfermos de otros tiempos.

—Íñigo, os ruego que no os vayáis. Estáis borracho y hace un frío de perros.

Oyó golpear la aldaba contra la puerta cuando ésta se cerró bruscamente.

Y se quedó solo junto al fuego, sin más compañía que una madrugada eterna para trabajar en su diccionario.

«Cicatriz —escribió—, herirme con el gozo de pertenecerle.»

A poca distancia del caserón del Santo Oficio había una posada con habitaciones humildes. En una de la segunda planta, Berenjena intentaba conciliar el sueño. El invierno de la Santa Soledad se había instalado en todos los huesos de su cuerpo, y los sentía como si fueran de vidrio, frágiles y punzantes. Pero no era ésa la causa de su vigilia. Tras una cena de sopa y pan con queso en el comedor, había encontrado sobre el lecho de su alcoba un papel sin firma. Lo había desenrollado con el corazón en vilo, y leyó unas palabras escritas en tinta negra:

No continuéis con vuestro testimonio ante la Inquisición. Abandonad Toledo o en esta ciudad encontraréis pronto la muerte.

Observó la letra y no le pareció escrita por religiosa. Era más redonda, pero las «tes», «efes» o «eles» eran afiladas como temibles puntas de cuchillo.

Soltó una carcajada que resonó en las paredes de la estancia, y deseó que el autor de aquel texto amenazante pudiera verla. Es más, imaginó su rostro congestionado por un nuevo arranque de ira, pues sospechaba quién era. Sin embargo, le había salido mal la jugada. No era mujer que se amedrentara con facilidad. Dio unas cuantas vueltas en la cama mientras susurraba entre dientes: «Aquí te espero, veremos si tienes valor llegado el momento». Las sábanas olían a moho y a sudor de hombre. Clavó sus ojos en las vigas de madera que atravesaban el techo. Apenas las distinguía en la penumbra de la habitación. Permaneció largo rato contemplándolas, se hundió en ellas buscando el reposo de su mente. Sólo entonces pudo escuchar el mordisqueo de los insectos royendo la madera con sus bocas diminutas.

Ahora estaba más segura que nunca de cuál era el destino que debía cumplir en Toledo: precipitar hacia su final lo que comenzó aquella madrugada pestilente en una caja de salazones, lo que ella había creado por el capricho de unir la belleza a la fealdad, por regocijarse al verlas juntas, como cara y cruz de una misma vida y de una misma muerte. Por eso, veintiséis años después, iba a contar su historia ante el Santo Oficio, por eso y por otros rencores que su alma se negaba a olvidar.

Se acurrucó sobre sí misma como si estuviera de nuevo en el hospicio, tendida entre las cunas de los niños de pecho, y se quedó dormida con el rosario anudado en una mano.

7

Toledo, 4 de noviembre del año del Señor de 1625
Tribunal de la Santa Inquisición
Audiencia de la mañana

Despuntó el alba. Toledo se alzaba majestuosa sobre la colina, esculpida por un frío azul. La humedad del Tajo escalaba las veredas con telarañas de rocío, y penetraba por las puertas de la ciudad para deslizarse como una serpiente luminosa por calles y plazas. En la de San Vicente se detuvo ante la casa del Santo Oficio, y se filtró perversa hasta la cárcel secreta para despertar a los prisioneros. Pero Isabel de Mendoza ya había abierto los ojos hacía un buen rato. Un canto en lengua hebrea había turbado su sueño. Penetraba por la rendija del espeso muro junto a un rayo de luz púrpura. El dueño del canto aprovechaba el último aliento de la oscuridad para avisarla con su garganta prodigiosa de que la había encontrado. Sus manos, que creía muertas por la mordaza de los trapos y las cadenas, se estremecieron. Era inútil huir del mundo porque el mundo acudía a buscarla. Se sentó en el lecho con las piernas dobladas, acercó su cabeza a las rodillas y se entregó al éxtasis que proporcionaba el llanto, conforme le habían enseñado.

Cuando las campanas de la iglesia de San Vicente tocaron las nueve, Berenjena se encontraba ya en las dependencias del Santo Oficio. Sin embargo, un alguacil le hizo esperar largo rato en el pasillo antes de permitirle la entrada a la sala de audiencias. Los inquisidores, el fiscal y el notario del secreto se hallaban reunidos para examinar el chal de la acusada que, a hora temprana, les había entregado el notario de secuestros. Lo habían extendido sobre la larga mesa de nogal, y en un primer vistazo comprobaron que, tal y como había dicho la testigo, se hallaba confeccionado en la más pura seda azul. Pero era el bordado de sus extremos lo que les interesaba.

Rafael se dispuso a leer el testimonio de Berenjena del día anterior donde lo describía minuciosamente. Bajo sus ojos se abrían surcos de insomnio, y una delgada línea escarlata atravesaba su mejilla izquierda.

—¿Os encontráis bien? —le preguntó Lorenzo de Valera—. Siento deciros que vuestro aspecto esta mañana es lamentable.

—Vuestra merced es muy gentil por preocuparse, pero no es nada. Sólo una mala noche.

—Bien mala debió de ser —repuso el inquisidor Pedro Gómez de Ayala—. Cuidaos porque con un rostro atravesado por una cicatriz tenemos bastante, dos en el mismo tribunal daría que hablar.

Miró al fiscal y lo encontró encerrado en un mutismo sombrío.

—Vos tampoco tenéis buena cara, Íñigo —agregó Lorenzo.

—Si me permiten vuestras mercedes, no estamos aquí para

juzgar mi lozanía o la del notario, sino para esclarecer el misterio de si la acusada es en verdad Bárbara de la Santa Soledad.

Una débil sonrisa se esbozó en las fofas mejillas del viejo inquisidor.

—Leed pues, Rafael, lo que dijo la testigo. A ver si sacamos algo en claro.

—«Se trataba de una serpiente monstruosa con la cola metida dentro de su boca formando un círculo perfecto —leyó el notario—. Tenía unas alas parecidas a las de los murciélagos, garras de ave y una cabeza con una cresta y un pico corto y poderoso donde quedaba atrapada la cola. Su aspecto revelaba gran fiereza y dignidad. La habían bordado en dos colores, rojo y verde, pero su cuerpo escamoso se hallaba salpicado por cinco pequeñas estrellas cosidas con hilos amarillos y brillantes. Lo más prodigioso, sin embargo, lo que denotaba la maestría con que había sido elaborada aquella obra se encontraba dentro del círculo que dibujaba el animal. En la parte superior, cerca de la cabeza, habían bordado unas llamas anaranjadas que representaban una hoguera; en el medio del círculo, un halcón diminuto y majestuoso posado sobre una escalera en posición horizontal, y en la parte inferior, una fuente de la que escapaba un chorro de agua celeste.»

—Señores, no sólo coincide a la perfección lo descrito con lo que tenemos delante de los ojos —dijo Lorenzo—, sino que al fijarme con suma atención en el bordado se ha despertado mi memoria: les aseguro que esto lo he visto antes.

—¿Dónde? —preguntó ansioso Pedro.

—En un proceso de hace por lo menos seis o siete años. Vos os incorporasteis a este tribunal como inquisidor poco después. Pero no estaba bordado en ningún chal sino dibujado en un documento que le incautamos a un librero y editor de la villa, cuyo nombre ahora no puedo recordar. Se le prendió porque en un registro rutinario de su establecimiento los alguaciles encontraron, además del documento, varios libros prohibidos, entre ellos un valioso ejemplar del Zohar, libro de judíos y de una rama más peligrosa que su propia religión. Los calificadores encargados de examinarlo la llamaron «cábala». Se le tuvo al prisionero por judaizante y hechicero de la magia judía. El documento estaba escrito aposta en un lenguaje oscuro para todo aquel que no conociera el código. Ni siquiera los calificadores lograron aclarar su verdadero significado, mas identificaron en él gran cantidad de símbolos relacionados con dicha cábala y con encantamientos hebreos. Recuerdo que el librero era mayor y estaba enfermo. Se le sometió al tormento del potro para que confesara. Aguantaba mal el sufrimiento, aun así poco nos dijo. Enseguida se sumió en un delirio que lo condujo a la muerte, y desde que cayó en ese estado no habló ni rezó en otra lengua que no fuera la hebrea. Recuerdo muy bien el proceso, pues ese dibujo del documento se hallaba también en un extraño manuscrito, que se encuentra en poder de este tribunal de Toledo casi desde su fundación, a finales del siglo XV. Estaba escrito en latín y en hebreo, y según el análisis de los calificadores de aquellos tiempos, su significado parecía encerrar una profecía.

Las palabras del viejo inquisidor habían iluminado los ojos pardos de Pedro Gómez de Ayala. Fruncía el ceño en actitud reflexiva, juntando sus desmesuradas cejas.

—No sé si vuestras mercedes coincidirán conmigo en que tiene que haber una conexión entre este chal, el documento del librero y el manuscrito —dijo con voz grave—. ¿Recordáis la profecía?

—No.

—En el archivo encontraremos la respuesta. —Pedro asintió satisfecho—. No me cabe duda de que si revisamos los tres procesos y las relaciones que hay entre ellos, acabaremos sacando algo en claro. De momento hagamos pasar a la testigo. Veamos si reconoce el chal como el que envolvió a la acusada siendo una criatura.

Berenjena se sentó de nuevo en el banco de la sala de audiencias armada con su inseparable rosario de cuentas amarillas. Pero esta vez su mirada no se detuvo en ninguno de los miembros del tribunal, sino en el chal que yacía sobre la mesa. Sintió que el corazón quería abandonar su pecho, huir de ella para refugiarse en la seda reconfortante y protectora. Sus labios ardieron un instante bajo el influjo de un recuerdo fantasmal, y se llevó la mano a ellos para acallarlos.

—¿Lo reconocéis? —la interrogó Pedro.

Berenjena se levantó del banco y con los ojos brillantes pidió permiso para acercarse hasta él. Le fue concedido.

—Las manchas de sangre de las que les hablé, señorías —dijo señalando la salpicadura que el tiempo había vuelto de color marrón—. El bordado y el pequeño desgarro en un extremo. Sin duda es el chal en el que Bárbara vino envuelta al hospicio.

Se santiguó sin ser consciente de lo que hacía. Su memoria se enredaba peligrosamente en los sentimientos que había aprendido a aplacar.

—Hace muchos años que lo perdí de vista —dijo con los

ojos húmedos—. ¿De dónde lo han sacado sus señorías? ¿Acaso lo tenía consigo Bárbara?

—Eso no es de vuestra incumbencia —replicó Pedro—. En este tribunal, nosotros formulamos las preguntas y vos os limitáis a contestarlas.

La mujer tomó asiento e intentó reponerse de la visión de su pasado. De un pasado que estaba a punto de revelar.

—¿Sabéis a quién pertenece este chal? —le preguntó Íñigo.

Berenjena respondió sonriéndole:

—Por supuesto, a la madre de Bárbara.

—¿Y quién era esa mujer? ¿Qué sabéis de su chal? —le interrogó esta vez Pedro.

—Señoría, responderé a todas sus preguntas. Pero créame si le aseguro que para que puedan comprender la historia de Bárbara y de su madre debo seguir un orden. Si me permiten continuar donde me quedé ayer...

—Proseguid, pues —le ordenó Pedro—. Pero no olvidéis que estáis bajo juramento.

—Nada habré de ocultarles a sus señorías. Y ni una sola mentira saldrá de mi boca, aunque crean que lo es alguna de las cosas que voy a relatarles por lo fabulosas o extraordinarias que pueden parecer.

Tras la mesa alargada del tribunal, el cortinón carmesí resplandecía bajo el sol. Por un momento, la testigo admiró la belleza de aquel color intenso.

Dedicaba mi vida a Bárbara. Conforme crecía se consolidaba su unión con Diego. Tenía ella por lo menos dos meses y él dos y medio, y aún dormían en la misma cuna para que no berrearan sin parar, tan grande era el consuelo que se proporcionaban el uno al otro. Siempre estaban bien agarraditos. Bárbara metía una mano bajo la camisita del niño buscando el arcángel san Gabriel, cicatrizado y perfectamente definido en la piel de su compañero como si lo hubiera esculpido el mejor orfebre; y le acariciaba los relieves de las alas hasta que lograba coger el sueño. Él no se quejaba; al contrario, entornaba los párpados de gusto y se adormecía con ella. Creo que se reconocían a través del tacto y a través del olfato como dos ciegos. La Blasa también pudo comprobarlo ya que los amamantaba juntos. Los tendía en las mesa de la sala, se sacaba las ubres y los niños las agarraban como lechones. Mientras chupaban, las cabecitas de los pequeños se rozaban la una con la otra. La pelusa castaña de Bárbara, fina y suave, en la ubre derecha, contra el cabello negro y fuerte de él, en la ubre izquierda. Si durante las primeras semanas a la Blasa se le había ocurrido amamantar a alguno de ellos con otra criatura diferente, lloraban y chupaban intranquilos. Además se percató enseguida de que la excepcional cantidad de leche que era capaz de producir tras haber tenido a Bárbara agarrándole el pecho, se reducía si no había mamado junto a Diego.

—De esta crianza sí que sacaré buen provecho —me decía la Blasa.

Y no se equivocaba. Como era aficionada a los juegos de naipes y entre éstos a los llamados «de estocada», en los que se puede perder en un solo golpe todo cuanto uno posee, organizaba partidas de «las siete y llevar» o de «las pintas» en el dormitorio de las nodrizas una vez que las hermanas se habían retirado a las celdas. A las nodrizas recién llegadas las desplumaba en una noche: no sólo perdían el sueldo por cobrar sino también las provisiones de chorizos y panes de pueblo. Pero si la suerte se torcía y era ella la que veía volar hasta su última blanca, se apostaba la leche, pues le brotaba a raudales gracias a Bárbara.

—La que gane puede pedirle a la Serafina unos mocosos más, que yo pongo lo que hay que poner —decía riendo como un hombre, agarrándose los pechos—, y ella se gana unos maravedíes.

La Blasa no sabía por entonces que el provecho que iba a sacar de la crianza de Bárbara tan sólo había comenzado a dar sus primeros frutos; aunque trece años después ese mismo provecho sería la causa de su perdición. La codicia de los hombres, señorías, es como un velo que ciega sus conciencias.

Por si no eran suficientes los misteriosos acontecimientos que rodeaban la existencia de Bárbara, otro más se había sumado a ellos. Desde finales del mes de agosto aparecían en la cuna que compartían los niños unos objetos cuya procedencia me tenía desconcertada. Alguien debía de depositarlos aprovechando el sigilo y la calma de la noche, pues yo los hallaba siempre por la mañana, cuando iba a despertarlos para que desayunaran de las ubres de la Blasa. Se trataba de cosas sin valor: hilos de colores chillones, flores secas, un trozo de cáscara de nuez pintado de azul, un barco de papel... juguetes, en suma. Quien fuera los colocaba junto a la cabeza de Bárbara, como si quisiera dejar muy claro que eran sólo para ella. Sospechaba yo, sin embargo, que detrás de todo aquello se escondía una mano infantil, ya que, en ocasiones, en vez de un objeto encontraba un dibujo cuyos trazos parecían hechos por un niño bastante dotado para la pintura. En todos ellos aparecía el cielo coloreado en tonos grises, negros y morados, la luna más gorda o más flaca, y una sarta de estrellas unidas como cuentas de collar siempre de la misma manera. Vigilé durante muchas noches escondida en el dormitorio de los de pecho para cazar al pillastre. Tenía en mente un único sospechoso, pues me parecía que se delataba con tanta mandanga de estrellas. Ya imaginarán a quién me refiero, el niño con aspecto de ángel que calzaba zapatos de ahorcado y aseguraba trabajar escuchando, ni más ni menos, cuanto le revelaban los astros. No conseguí sorprenderle ni una sola vez. Le oculté a la Blasa y a la hermana Serafina tanto los objetos como los dibujos, y los fui guardando en una caja que puse a buen recaudo en la buhardilla del hospicio, un lugar abandonado a los recuerdos y a los fantasmas. Confiaba en que el tiempo y el resultado de mis pesquisas acabaría por indicarme si debía mostrárselos a Bárbara cuando creciera un poco más.

Aún faltaba un mes para la Navidad de aquel pestilente año de 1599, cuando un domingo, tras regresar de misa de tarde en San Ginés al hospicio, vino a buscarme una de las nodrizas envuelta en un aire de misterio. La joven, a la que apodábamos «la Ratona», acercó sus dientes de roedor a mi oreja y me dio el siguiente recado:

—Mientras estabas fuera vino preguntando por ti, muy secretamente, una señora que, digo yo, debe de ser rica, pues mira lo que me dio en agradecimiento a mi firme promesa de decirte a ti, y nada más que a ti, su encargo—. Abrió su mano para que pudiera ver el real de plata que tenía clavado en la palma.

—Sí que parece generosa. Pero gánate esa moneda y dime ya quién era y qué quería de mí.

—Quién era no lo sé, que se guardó su nombre muy para ella y no lo mencionó ni cuando se lo pregunté. Y lo que quiere de ti es que acudas mañana al Mesón del Águila a eso de las cuatro de la tarde. Podrás reconocerla porque llevará puesta una capa azul.

No dudé ni un momento de que la presencia de aquella mujer en el hospicio estaba relacionada con la pequeña Bárbara. Hasta que la criatura llegó a la Santa Soledad, mi existencia se había limitado a la desidia de sobrevivir fregando y lavando cuanto se me ordenaba.

Durante la noche, ni siquiera el apacible sonido de los insectos nocturnos logró calmar la excitación que me producía la posibilidad de que se tratara de la madre de Bárbara. Pero ¿por qué me buscaba? ¿Quién le habría hablado de mí? ¿Y qué pretendía con aquel encuentro en uno de los mesones más concurridos y de peor fama de la villa?

Si era el anonimato lo que buscaba, no lo encontraría en el Mesón del Águila; una dama como la que yo imaginaba no pasaría desapercibida allí o quizá sí. Yo nunca había puesto los pies en un mesón o en una taberna. A mis dieciséis años, conocía de la villa poco más que el hospicio y la iglesia, aunque sí me había asomado a la puerta de algún que otro mesón, pues la juventud es curiosa y a veces no puede reprimir las ganas de saber más de lo que debe.

Según había oído, el Mesón del Águila era por entonces —y me temo que sigue siéndolo— tugurio de soldados, caballeros ociosos, viajeros, comediantes y mujeres de vida disipada. Por no hablar de las habitaciones de que disponía en el piso de arriba, según las malas lenguas, paraíso de encuentros furtivos, o sea refugio de amantes, para deshonra de más de un cornudo.

Lo cierto es que me intranquilizaba la idea de presentarme sola en un sitio así, sin más entre las manos que mi pobre juventud, y sin saber en verdad con quién iba a encontrarme y sobre todo con qué fin. Una vez más recordaba la advertencia de la Blasa: o mucho se equivocaba, o en aquel asunto toda información parecía destinada a pagarse con la muerte. Tampoco podía quitarme de la cabeza la imagen de ese desgraciado pataleando en la horca, cuyo cuerpo ya sería pasto de hechiceras pues, como sus señorías conocen bien, la brujas aprovechan de los ahorcados desde sus dientes hasta sus asaduras para embrujos y mantecas viles, atentando contra toda ley cristiana. Estas razones, y la certeza de no poder burlar con éxito su vigilancia a las cuatro de la tarde, me impulsaron a hablarle a la Blasa del encuentro al que me habían emplazado.

—Puede que al fin saquemos beneficio de este enredo. De lo que te pidan, ni hagas ni digas palabra hasta que tu mano tenga al menos un par de monedas como esa de la que alardea la Ratona. Todo en esta vida tiene su justo precio. Empezando por el riesgo que vamos a correr.

Sin duda, lo que más le había interesado de la historia era el real que la Ratona se había escondido en el refajo y que protegía como a su propia alma, hasta que una noche de naipes la Blasa acabó haciéndose con él en una mano bien jugada de «las pintas».

Me acompañó hasta el mesón que estaba situado en la calle de Alcalá, próximo a una de esas casas donde se alquilaban carrozas y mulas. No sé qué excusa le había dado a la hermana

Serafina para justificar nuestra ausencia, pero allí estábamos aquel lunes gélido, mientras la villa se adormecía bajo una siesta invernal.

—Entra sola, no sea que al verme se espante la señora porque sólo te espera a ti. Yo te estaré vigilando de cerca. Y no se te ocurra probar el vino, que las monjas tienen fino olor y lo reconocen hasta en las ventosidades.

Tras aquella advertencia, la Blasa me dio un empujón y me lanzó dentro. Era un lugar oscuro por el que flotaban los vapores aromáticos del tinto, de los potajes de garbanzos y las carnes asadas con especias. Luché por que mis ojos olvidaran cuanto antes la claridad del día y se acostumbraran a la penumbra amarillenta que desprendían unas lámparas de aceite, pues las pocas ventanas con las que contaba el tugurio se hallaban cubiertas por unos paños grasientos. Aun así pude comprobar que nadie se fijaba en mí, ni siquiera el mesonero, que servía vino a unos hombres que parecían comediantes y hablaban y reían con gran alboroto. Pero alguien me estaba esperando. La vi sentada de espaldas a la puerta, en una de las mesas más apartadas y solitarias del mesón, una mujer envuelta en una capa que distinguí de un azul intenso, y provista de una capucha con la que cubría sus cabellos. Bajo la luz tenue, me pareció que tenía un aspecto triste. Mientras me dirigía hacia ella, deseé con todas mis fuerzas que se tratara de la madre de Bárbara. La había imaginado como una bella condesa arropada con chales de seda y traicionada por un amor prohibido que la había arrastrado a la deshonra, al dolor de tener que abandonar a su hija.

—¿Me buscaba vuesa merced? Soy Berenguela. Ayer preguntó por mí en la Santa Soledad.

Levantó la mirada y permaneció unos segundos en silencio observándome detenidamente. Yo hice lo mismo. Escudriñé el rostro que sobresalía de la capucha y descubrí la claridad de unos ojos melancólicos que parecían resignados a su suerte. Sin embargo, me sentí decepcionada: esa mujer no podía ser la madre de Bárbara. Tenía la nariz ancha, la boca gruesa, los pómulos demasiado redondos y caídos, y la frente surcada por unas arrugas profundas que delataban su edad, unos cuarenta y tantos.

Me dio las gracias por haber acudido a la cita, y levantándose de la mesa me pidió que la acompañara a una estancia del piso de arriba donde podríamos hablar sin que nadie nos interrumpiera. Nada más entrar en el Mesón del Águila, ya me había percatado de que era uno de esos lugares en los que, por precaución, nadie se interesa por la vida de nadie y la oscuridad es amiga de todos. Pero aquella mujer se había dirigido a mí con más dulzura que autoridad y no quise contradecirla, a pesar de que en su voz había algo que me intranquilizaba.

Antes de seguirla por unas escaleras estrechas, eché un vistazo al resto de las mesas y descubrí a la Blasa sentada en una de ellas deglutiendo una escudilla humeante a cucharadas. Le indiqué con la mirada hacia dónde me dirigía y ella asintió antes de enfrascarse de nuevo en su manjar.

La mujer me condujo hasta la antecámara de lo que supuse era una de esas alcobas de pecado. Estaba decorada con sencillez —un par de silloncitos en los que tomamos asiento, y poco más—, pero se mantenía bien caliente gracias a un inmenso brasero de metal donde se quemaban huesos de oliva. Una vez que la mujer se hubo quitado la capa, me fijé en su cabello, castaño oscuro con mechones de canas, y en su vestido, sencillo, sin algarabías de sedas ni joyas incrustadas, lo que me hizo sospechar que si se trataba de una auténtica dama, había acudido a la cita disimulando tal condición, aunque intuía que era más bien una empleada de casa rica o al menos acomodada. Había además en sus ojos claros un resplandor de lágrimas.

—Aún eres muy joven —me dijo mirándome con una ternura a la que la vida del hospicio no me había acostumbrado.

—Ya cumplí los dieciséis, señora.

Ella suspiró tan hondamente que temí que acabara desmayándose de la pena que la afligía. Me conmovieron de tal forma sus modales cálidos y su lamentable ánimo, que me sentía deseosa de complacerla si con ello menguaba su tristeza.

—¿Qué desea de mí vuestra merced?

—Quisiera que me prestaras un servicio. Un servicio, jovencita, que me ha de dar la vida si lo aceptas o ha de quitármela si lo rechazas. He sabido que en el hospicio donde trabajas se halla una pequeña de escasos meses llamada Bárbara. En verdad sé que se encuentra allí desde su nacimiento en el mes de agosto.

—Así es, señora. Una niña hermosa de cabellos castaños y ojos verdes.

—¿Y se encuentra bien de salud?

—Perfectamente. La trajeron con las manos rojas como chorizos y ardiendo de fiebre, pero se le curaron enseguida, y ahora está sana como un roble porque la están criando con la leche de nuestra mejor nodriza.

—Cuánto me alegran tus noticias —dijo derramando una lágrima—. Pues no es más que esto en lo que consiste el servicio que te ruego aceptes de buen grado. Cada cuatro meses, a partir de hoy, a esta misma hora y en esta misma estancia, nos reuniremos para que me des nuevas sobre la pequeña Bárbara, si se encuentra bien de salud, o si tiene algún padecimiento o necesidad que haya que paliar. Si es una pequeña feliz, o si por el contrario heredó...

Calló de pronto y sacando un pañuelo del bolsillo del vestido se enjugó la frente, pues el brasero con las olivas calentaba como fragua de herrero.

—Continuad, si por el contrario heredó qué —la apremié.

Pero la mujer se limitó a sonreírme dulcemente.

—En pago a este servicio —prosiguió— te daré tres reales de plata en cada uno de nuestros encuentros. Ahora bien, si alguna vez necesitas comunicarme cualquier urgencia sobre la pequeña, pregunta en el mesón por la que llaman Paca «la Ternera», y dile que tienes necesidad de hablar con Berta. Ése es mi nombre. Ella se encargará de avisarme y te dará las indicaciones para encontrarnos.

—Me alegra saber vuestro nombre, señora, que son muchos los anonimatos que llevo padecidos en este asunto. Y sabed que aceptaré el servicio que me proponéis, pues es muy generosa la cantidad de reales que ofrecéis a cambio. Tan sólo os pongo una condición, y os la explicaré ahora mismo.

Tragué saliva y pensé en la Blasa, y en los azotes que me hubiera dado con una estaca de enterarse que me disponía a jugarme a una sola carta semejante cantidad de dineros. Pero a esas alturas, si bien los reales me sacaban brillos en los ojos, más me apremiaba conocer de una vez por todas qué se cocía alrededor de Bárbara y de sus progenitores.

—Le tengo aprecio a esa niña. Y no le daré la información que me pide sin saber quién la quiere. Por vuestra edad deduzco que no sois su madre; decidme entonces si la conocéis y si es ella la que se interesa por su hija.

—La madre de Bárbara está muerta.

No esperaba aquella respuesta. No esperaba que la condesa que había fabricado mi imaginación yaciera con sus sedas en un sepulcro.

—Tenía tu misma edad cuando falleció —continuó Berta.

—¿Vos la conocíais bien?

—Yo la crié, porque se quedó muy pronto sin madre, como le ha ocurrido a su hija. Yo la crié con estos pechos, con estas manos y este corazón, que quiso darle todo el amor del que fue capaz hasta que me la arrebataron.

—¿Y era condesa?

—No quieras saber más, querida niña. No nos conviene a ninguna de las dos.

—Al menos decidme si lo era.

—Sirvo a un hombre poderoso y rico que trabaja en la corte. Un caballero de exquisita educación, gran sabiduría, y apuesto como ningún otro. Pero no es conde, ni su hija por lo tanto era condesa.

—¿Es él quien os envía para saber de su nieta?

—Olvida cuanto te he dicho. Me hablarás a mí de Bárbara, de la hija que tuvo la niña a la que tanto quise.

Me sentía confusa y a la vez terriblemente agitada. Al fin obtenía algunas respuestas. Pero quería más, y las preguntas se acumulaban desordenadas en mi cabeza.

—Todavía necesito preguntaros algo. ¿Por qué me confiáis este servicio? ¿Cómo supisteis de mi existencia?

—Ya me advirtió el joven de que eras muy curiosa y que no me resultaría fácil apaciguar tu curiosidad. Ahora bien, también me dijo que eras lista, y lo bastante valiente como para llevar a cabo esta empresa. Me habló de tus ojos, en ellos había visto miedo la noche de vuestro encuentro, pero también firmeza.

—¿Está vivo? —le pregunté con la voz temblorosa.

—Así es.

—Se curaron sus heridas.

—La última vez que lo vi se encontraba más repuesto.

—Antes de que se lo tragaran las calles de la villa tras un reguero de sangre, me rogó que cuidara de Bárbara.

—Lo sé. Me dijo que aunque te había conocido en circunstancias excepcionales, enseguida supo que podía confiar en ti.

—Quizá también lo vio en mis ojos.

—Eres tú, querida, quien no debe depositar demasiadas confianzas en él.

—¿Qué queréis decir?

—Cuídate de su compañía.

—Vos misma os habéis fiado de él citándome hoy aquí, y revelándome vuestra propuesta.

—Y no me arrepiento de ello. Estoy convencida de que eres una buena muchacha que se preocupa por Bárbara.

—Dígale que he de reunirme con él, necesito hacerle unas preguntas.

—Eso no es posible. Se encuentra fuera y no conozco su paradero. Pero me aseguró que regresaría en cuanto solucionara un par de asuntos, y entonces se ocuparía personalmente de darte las gracias por aceptar mi encargo.

—Decidme quién es. Cómo se llama.

—Él mismo será quien lo haga en cuanto regrese. Eso me dijo, que pagaría tu curiosidad con creces. Pero si me permites un consejo, pequeña, no le escuches. Cuida de Bárbara, y utiliza bien las monedas con las que voy a pagarte.

Sacó tres reales de plata de la faltriquera y me los puso en la mano. Jamás había atesorado tanto dinero, aunque debía compartirlo con la Blasa. Pensé que me compraría un chal, un hermoso chal de seda que se pareciera al de la madre de Bárbara.

—Nos veremos dentro de cuatro meses exactamente.

—De acuerdo —contesté mientras hincaba las monedas en la palma de mi mano como había hecho la Ratona.

Me levanté del silloncito para dirigirme hacia la puerta de la antecámara, que había permanecido cerrada. Entonces su voz me detuvo. Ya les he dicho que había algo en ella que me intranquilizaba. Era su forma de hablar el castellano: en sus labios sonaba demasiado dulce y artificial. Pues bien, esa impostura de nuestro idioma se intensificó tenebrosamente cuando me formuló esta pregunta:

—¿Muestra la pequeña Bárbara signos de poseer algo extraordinario? Un don de Dios, querida niña. De Dios… —suspiró— o del diablo.

La voz de Berta denotaba un marcado acento extranjero.

—¿Acaso habría de tenerlo? —le respondí mientras sentía un nudo en el estómago.

Ella se limitó a sonreír con tristeza.

8

Berta y yo nos reunimos en el Mesón del Águila a lo largo de casi cuatro años. Desde noviembre de 1599, fecha de nuestro primer encuentro, hasta junio de 1603. La Blasa me acompañaba con la excusa de que debía protegerme, pero yo sabía que su interés recaía en verdad en los reales de plata, cuyo reparto era harto injusto. De los tres reales que me pagaba Berta, la Blasa se quedaba con dos y a mí me daba uno muy a pesar suyo, aunque sabía muy bien que sin mi presencia el negocio se le acababa.

En cuanto a Berta, podía haberse ahorrado un buen dinero. Había poco que contarle sobre la salud de Bárbara. La noticia era siempre la misma: crecía sana, al igual que Diego. No le hablé sobre sus manos. Intuía que atesoraban algún poder extraordinario, pero en esa época no comprendía cuál era en verdad y hasta dónde podía llegar. Además estaba convencida de que Berta también me ocultaba algo, pues insistía en preguntarme, aunque de la forma más sutil posible, si la niña había nacido con algún don. Desde luego, su buena salud podía considerarse uno, y bien útil. Ya les dije que en el hospicio lo más normal era que las criaturas murieran durante los primeros meses de vida, pero ella no había sufrido ni un mísero resfriado. Así que comencé a hablarle de su dependencia de Diego, para corresponder a los reales y al cariño con el que me trataba. Habían dormido en la misma cuna, dándose calor, hasta que crecieron tanto que apenas podían moverse. Estoy convencida de que gracias a ello lograron sobrevivir al frío del hospicio durante su primer invierno, un frío que atacaba sobre todo al caer la madrugada y dejaba a los bebés tiesos como carámbanos. Fue su segunda victoria sobre la muerte. Y de nuevo la habían logrado juntos.

Varias veces intenté burlar esa unión que los condenaba a necesitarse, pero nunca lo conseguí. Cuando empezaron a caminar a gatas, dejaba a Bárbara dentro del dormitorio y al niño me lo llevaba a la sala de amamantar. Entonces iba de una habitación a otra observando cómo se buscaban, cómo recorrían a cuatro patas todos los rincones hasta hallar el camino que les conduciría de nuevo al lado del otro. Cuando se encontraban, a pesar de permanecer en la misma estancia, aprovechaban la libertad que les había concedido para explorarla cada uno por su cuenta, pues era largo y pesado el tiempo que los huérfanos pasaban encerrados en su cunas, presos en sus pequeñas cárceles de orines y leche. No obstante, nunca se separaban lo bastante como para perderse de vista o dejar de olerse. Bárbara olfateaba a Diego; parecía un perro siguiéndole el rastro. A pesar de los meses transcurridos y de las heridas cicatrizadas, él aún no había expulsado todo el fuego y el humo del incendio y continuaba oliendo a brasas, a leños quemados. Lo cierto es que siempre le acompañó aquel aroma, por lo menos mientras lo tuve cerca, porque años más tarde perdí la pista de su carne y de su destino. Se me antojaba una secuela por lo sucedido tras su nacimiento. Un recuerdo del trágico incendio que su cuerpo se negaba a destruir. Me refiero a aquella herencia maldita que le legó su padre.

Tuve que relatarle a Berta todo lo referente a los orígenes del niño para que pudiera entender de qué le hablaba. Tras escucharme, entornó los párpados y lamentó amargamente la locura que toda pasión engendra en el alma humana.

—Por ella no sólo ponemos en riesgo nuestra vida terrenal, sino también la eterna —me dijo—. Pues esa locura nos arrastra a cometer atrocidades, o a guardar silencio sobre las que vemos cometer a nuestro alrededor. Cuídate del amor, querida Berenguela. La niña que yo crié no me hizo caso, y ahora la blancura de su linda piel se funde con la del mármol de su tumba.

Intenté que correspondiera a la historia de los padres de Diego con la de los amores de la madre de Bárbara, aquella joven de dieciséis años a la que había amamantado con sus pechos orondos. Sin embargo, a cada una de mis preguntas respondía sólo con lamentos y lágrimas. Muy triste debía de ser su historia y más su final. Por el contrario, cuando se me ocurrió hacer alusión discretamente a su acento extranjero, que tanto me inquietaba, replicó que procedía del reino de las Españas, pues había nacido en Portugal. No me tranquilizó en exceso su respuesta. Había dos nodrizas portuguesas en el hospicio, así que conocía bien el acento de aquellos lugares, y aunque el de Berta se asemejaba al de ellas, algo le decía a mi intuición que aún no estaba desvelado del todo el misterio que encerraba su lengua. No obstante, poco a poco me fui acostumbrando a su cálida y tenebrosa entonación al pronunciar los finales de palabra. Se me ocurrió que se asemejaba a las cebollas, y el castellano era tan sólo su capa más superficial. Había que desprenderse del resto de las capas para llegar al corazón de la cebolla, donde latía el secreto de otra lengua.

A principios de 1601 comenzamos a reunirnos cada ocho meses en vez de cada cuatro. La corte se había trasladado a Valladolid, y Berta tuvo que abandonar la villa para instalarse en esa ciudad, ya que el abuelo de Bárbara, su señor, era hombre adinerado que trabajaba con los poderosos. Para entonces ya me había dado cuenta de que ella le temía. Había aprendido en el hospicio que el miedo desprende un perfume a leche azucarada. Lo había olido en los pobres bastardos que allí se criaban, lo había olido en mi propia piel durante la oscuridad de las noches en las que sucumbía al monstruoso frío. Se teme porque se ama, aunque sea instintivamente, la propia vida. Detecté el vaho de leche dulce escapándose de las opulentas carnes del escote Berta, donde podía leerse su pasado de nodriza, al tiempo que la admiración que sentía por su amo. Sus ojos cobraban vida cuando hablaba de él, los labios se le tensaban para contener la sonrisa, y todo su rostro se encendía con un resplandor invisible. El abuelo de Bárbara, ¿sería acaso un hombre cruel que había causado la desgracia de su propia hija, que la había precipitado a la muerte con sólo dieciséis años?

Aún tendría que esperar un tiempo para hallar la respuesta.

En cada uno de mis encuentros con Berta en la alcoba del Mesón del Águila me di cuenta de que ella sufría terriblemente por no poder criar a Bárbara, como era su deseo.

—Si pudiera hablarle a mi señor de su nieta, le rogaría que

me diera otra oportunidad —se lamentó un día con los ojos enturbiados por el dolor—, y no cometería los mismos errores que cometí con su hija. Pero mis labios están sellados. No se debe desobedecer la última voluntad de una moribunda.

—¿Acaso vuestro amo no sabe de la existencia de Bárbara?

—Así es, por expreso deseo de su hija.

—¿Por qué quiso ocultársela?

—No me preguntes más, querida niña, por tu propio bien. La desgracia o la muerte han caído sobre aquellos que llegaron a conocer la historia.

Surgió en mi mente la imagen de Escolástica. Berta se había referido a la última voluntad de una moribunda. ¿Quién podía haber tomado nota de ella en los Desamparados sino la vieja viuda? Elaboré en un abrir y cerrar de ojos una teoría: La llegada de la madre de Bárbara a los Desamparados para dar a luz, una última voluntad para impedir que su padre conozca la existencia de su hija recién nacida, la presencia de Escolástica para tomar nota de ella con su oficio de recadera de muertos, las palabras de Berta augurando la desgracia para la persona que llegara a conocerla, y el asesinato de la vieja viuda. La sucesión de los acontecimientos encajaba. Me sentí satisfecha de mi razonamiento. No iba desencaminada cuando creí que el desdichado que habían colgado en la horca era inocente. A Escolástica la habían eliminado por entregar la última voluntad de la madre de Bárbara. No tenía ninguna prueba que lo demostrara, contaba sólo con mi mente febril que se deleitaba con la vanidad de razonar, de desentrañar un misterio. De pronto me di cuenta de que debía comprobar uno de los hechos que yo daba por cierto.

—Berta, ¿murió la madre de Bárbara en los Desamparados

tras el parto? —le pregunté, intentando que en mis ojos resplandeciera la más cándida inocencia.

Ella no pudo resistirse.

—Tengo entendido que así fue, querida niña.

—Vos no estuvisteis presente.

—Ojalá Nuestro Señor me lo hubiera permitido para darle consuelo en sus últimas horas. Pero no lo quiso así. Una vieja de los Desamparados me trajo a los pocos días noticias de su muerte, junto con un mensaje que había dejado para mí.

Empezó a llorar. Sentí no poder acompañarla en su tristeza, pues me hallaba bajo los efectos de una intensa emoción al ver confirmada una parte de mi teoría.

—Pero no hablemos de cosas tristes. Ya nada puede hacerse para remediar cuanto ocurrió en esos días aciagos.

Tuve que hacer un gran esfuerzo para detener mis elucubraciones sobre la identidad del asesino de Escolástica. Berta acababa de reconocer que había visto a la viuda tras la muerte de la madre de Bárbara, pues ésta le había entregado un mensaje. Es decir, Berta podía ser la asesina de Escolástica. Escudriñé con terror sus ojos cristalinos, de un azul casi inexistente. Había tanta bondad en ellos que desestimé la idea. Pero recordé que tras relatarle la historia de los padres de Diego me había dicho que el amor era capaz de arrastrarle a uno a cometer atrocidades o a encubrirlas. ¿Y si una de ellas era el asesinato? ¿Y si el amor que sentía por la madre de Bárbara, la niña que habían criado sus pechos, la empujó a cometer semejante infamia, o la pasión que, sospechaba yo, sentía por su amo? Pero ¿habría podido ella sola ahogar a la vieja, asfixiarla con una cuerda y clavarle un sable en el pecho? Lo dudaba. La visión del desgraciado balanceándose en la horca regresó a mi mente. Él había asegurado que esa noche vio a un hombre enorme, un gigante, arrastrando un saco a la orilla del río, mientras entonaba una hermosa canción en hebreo. El gigante... ¿Era él, en verdad, el asesino?

—Berenguela, querida, ¿te encuentras bien? Tú rostro ha palidecido hasta preocuparme —me dijo acariciándome una mejilla—. Y tiemblas con el simple roce de mi mano.

Sentí que su voz hería mis oídos que comenzaban a acostumbrarse a la ternura de aquella nodriza de ojos invisibles. Y todo mi ser se vio lacerado por la sospecha. ¿Tendría el gigante de lengua extranjera alguna relación con Berta?

Un sudor helado asaltó mis manos, y un escalofrío febril recorrió mi espalda. Berta puso fin a nuestro encuentro, preocupada por mi salud, y me entregó los reales de plata, tras recomendarme que me aplicara paños de agua de azahar en cuanto llegara al hospicio.

Ocho meses pasaron hasta que volví a verla. En ese tiempo analicé de nuevo cada uno de los pilares sobre los que se sustentaba mi teoría, y en la tarea sufrí otro sobresalto cuando intenté encajar en ella al joven de los ojos verdes del que llevaba varios años sin tener noticias por hallarse, según tenía entendido, fuera de Madrid. Me refiero al joven que le habló a Berta de mi existencia, aquel que vi hablando con la hermana Ludovica en el huerto. Sin embargo, poco pude elucubrar sobre su participación en el asunto porque no sabía quién era.

En junio de 1603, unas semanas antes de que me reuniera de nuevo con Berta en la alcoba del Mesón del Águila, tuve la suerte de enterarme del nombre del huidizo joven de ojos verdes, y no les sorprenderá saber de boca de quién pude escucharlo: el niño ángel que calzaba aquellos horrendos zapatos de ahorcado. Ya les dije, señorías, que estaba segura de que era él quien dejaba en la cuna de Bárbara esos dibujos con la luna y las estrellas, o los hilos de colores y porquerías por el estilo. Incluso cuando trasladaron a la pequeña Bárbara junto con Diego al dormitorio de los destetados, el niño le siguió la pista y comenzó a depositarlos junto a la almohada de su cama. Yo solía quitárselos antes de que se despertara —aunque en alguna ocasión la había sorprendido jugando con ellos— para guardarlos en la caja que escondía en la buhardilla. Cuatro años llevaba aquel niño visitando por las noches el hospicio sin que yo hubiera podido sorprenderlo; incluso llegué a pensar que conocía el secreto de las brujas para hacerse invisible. Hasta que una enorme luna llena lo puso inesperadamente ante mí para espanto de mi razón y mi carne.

Cerca de la medianoche, me dirigía a la cocina cuando al pasar por delante del dormitorio de los destetados lo vi junto a la cama de Bárbara. Su piel, iluminada por el fervor del astro, fosforecía como una antorcha. Lo reconocí al instante, a pesar de que se había convertido en un muchachito: sus zapatos de ahorcado se ajustaban perfectamente a sus pies y su hermosura y sus rizos celestiales me resultaron inconfundibles. Tenía las manos entrelazadas con las de Bárbara, y sus ojos azules refulgían como luceros.

—Virgencita —susurré santiguándome.

Ni siquiera se sobresaltó. Al contrario, hizo una mueca quejándose por mi intromisión. La luna se hallaba muy cerca de la ventana, como si quisiera entrar en la habitación. En verdad, señorías, creí que el muchacho se hallaba poseído por ella, pues sus rayos parecían salir de su rostro translúcido, de sus brazos y de su pecho, para envolver a Bárbara en una manta cósmica.

—A mí me gusta y a ella también —respondió con una voz femenina.

Me santigüé de nuevo por si era la luna quien le manejaba la lengua.

—Hace cosquillas —dijo la pequeña Bárbara, sonriéndome para que no me preocupara.

—Suéltala ahora mismo —le ordené.

—No te han *quitao* los años las malas pulgas.

Me acerqué temerosa hasta la cama y sentí frío. Un frío distinto al del hospicio. Era puro y procedía de las carnes encantadas del muchacho. Sin embargo, a Bárbara no parecía importarle.

—Me da lo mismo que le guste o no, suéltala te digo o llamo a las monjas —le ordené apartándome de él.

Aquella amenaza surtió su efecto.

—Intentaré venir otra noche a verte —le dijo a Bárbara acariciándole la cabeza.

—Sí, sí —exclamó ella.

—Silencio y a dormir, que ya es muy tarde para una mocosa como tú.

—Mira, Berenjena —me dijo Bárbara mostrándome un papel que sacó de debajo de la almohada.

Lo cogí de mala gana.

—¿Qué demonios es esto?

—Me ha hecho un dibujo.

Le eché un vistazo. Se parecía mucho a los que había encontrado junto a Bárbara en los últimos años. Un cielo morado, gris y negro con numerosas estrellas unidas por unas líneas para formar figuras. Y entre ellas la luna, grande como la que poco a poco se retiraba de la ventana oscureciendo la piel del muchacho ángel, sumiéndolo en la penumbra del hospicio. De igual modo, sus ojos, tras soltar las manos de Bárbara, se apagaron lentamente bañados por su color azul.

—Que no lo descubra la hermana Urraca —me rogó Bárbara.

—A dormir he dicho. Qué es muy tarde y vamos a despertar a Diego.

El niño se hallaba sumido en un profundo sueño en una cama pegada a la de Bárbara. Ella frunció su naricita, y se acurrucó a su lado.

Cogí al chico de los rizos de oro para apartarlo de Bárbara y Diego y su piel helada me hizo estremecer.

—¿Qué pretendes con tanto dibujo de estrellas y con tanto regalito a lo largo de estos años? —le susurré.

—El cielo me dice que vamos a estar juntos.

—Eso ya se verá, esta niña no es como las otras.

—Bien lo sé, desde el primer día que tuve sus manos entre las mías. Son mágicas —repuso fascinado.

—Qué sabrás tú.

—¿Querrás guardarle el dibujo para que no lo encuentre la Urraca esa?

—Pienso romperlo como hice con los otros.

Se le humedecieron los ojos y le brotaron unos lagrimones que se resistían a escurrirse por las mejillas. Me sorprendió aquella reacción, le creía ya más acostumbrado a los sinsabores de la vida. O era un tunante que había aprendido bien en las calles el arte de la comedia, o aún vivía anclado en la inocencia de la infancia.

—Para ese llanto, los he guardado todos.

Se limpió la nariz con la manga de su chaquetilla andrajosa.

—¿Y también los otros regalos?

Se refería a las pequeñas porquerías de las que les hablé. Hilos de colores, flores secas, una cáscara de nuez, entre otras que ya no recuerdo.

—Lo puse todo a buen recaudo en una caja que sólo yo sé dónde está.

—Ya no me resultas tan antipática. Júrame por tu honor que lo guardarás para que ella no me olvide. Es muy posible que no pueda venir a visitarla durante un tiempo. Y me gusta mucho verla crecer; cada año es más bonita.

—Así que no te envía nadie con tanto regalito, vienes porque te da la gana. ¿Ya no eres el recadero del joven de ojos verdes que te mandó a buscarme hace años para preguntarme por un pergamino?

Le sorprendió que conociera aquella información y me miró receloso.

—¿Dónde está? —le interrogué.

—Se marchó hace tiempo.

—Eso ya lo sé. Pero ¿ha regresado a la villa?

—No le he visto.

—Dime quién es para que te jure por mi honor lo que me has pedido.

—Le dicen José y es bueno. Me daba pan muchas noches, y le gustaba hablar conmigo. Ahora júralo por Jesús y por los doce que le hacían el trabajo.

—Apóstoles, bestia sacrílega. Mira que por la noche el cielo se abre y las orejas de Dios lo oyen todo.

—No me vengas con cuentos, que ya cumplí doce años.

—Pues bien que se te caen todavía las lágrimas. ¿O es sólo cuando quieres?

La vocecita de Bárbara nos interrumpió.

—Berenjena, no me puedo dormir.

—Acurrúcate en Diego.

—No quiero despertarlo.

—Sí, es mejor que siga durmiendo —dijo el niño rubio—. No le gusta que venga a verte, siempre quiere darme patadas; parece un burro ese niño.

Se acercó a Bárbara, la recostó con suavidad en la cama y la arropó.

—No le llames burro —se quejó ella sacando los brazos por fuera de la sábana.

—Si no quieres no se lo digo, pero lo es.

Tomó de nuevo las manos de Bárbara entre las suyas y debió de apretárselas con fuerza porque ella se quejó. Entonces vi abrirse los ojos negros de Diego y, antes de que pudiera detenerlo, saltó de su cama abalanzándose sobre el muchacho. Éste se lo quitó de encima con un empujón que lo estampó en el suelo. Sin embargo, su rostro angelical quedó mancillado por un mordisco en el moflete derecho que comenzó a sangrar abundantemente. Miró a Diego, que se había levantado para regresar junto a Bárbara. Sus ojos azules habían perdido la belleza de santo y una violencia tempestuosa se asomaba a ellos. Apretó un puño que hubiera ido directo a la cara de su pequeño agresor, pero le detuve sujetándole el brazo.

—No es más que una criatura —le dije—. Tú eres mucho mayor que él, y le doblas en tamaño.

—Es una rata —respondió con rencor—. Ya le pillaré cuando crezca un poco.

Se llevó la mano a la herida. Debía de dolerle mucho porque entornó los ojos y frunció el entrecejo.

—No siempre vas a tener a tu guardiana para defenderte, gallina —amenazó a Diego insultándolo—. Ésta te la guardo, engendro, pelo de rata.

Diego soportó aquella afrenta en silencio. El miedo se escapaba de lo más profundo de sus pupilas negras, junto a unos destellos de odio, insólitos en una criatura de tan corta edad, que me puso los pelos de punta. A su lado, Bárbara contemplaba cuanto sucedía con ojos asustados.

De pronto, se oyó un ruido en la escalera. Era la hermana de guardia, que subía los peldaños con algún bastardo abandonado en el torno. Podía reconocer quién se acercaba sólo por el sonido de sus pasos; había aprendido a distinguir los distintos ritmos con los que caminaban las hermanas, las nodrizas, las cocineras y los niños. Siempre hay algo que nos diferencia de los otros al caminar, puede que sólo se trate de un taconeo sutil, de un paso desacompasado apenas perceptible. Era un trabajo arduo en el que la soledad me ayudaba a emplearme a fondo. Más sencillo era reconocer a la hermana Ludovica por su respiración de yegua, a la hermana Urraca por el cloqueo de sus huesos, a la hermana Serafina por el tintineo de las llaves colgadas de su cordón, y a la Blasa por su estruendo de hombre que domina la tierra.

El muchacho se escabulló en la oscuridad. Ágil como una ardilla, lo vi correr por el pasillo con sus zapatos de ahorcado en dirección a las celdas de las hermanas. Apenas era una sombra arrancada a las tinieblas. Lo vi ascender por la escalera vieja y estrecha que se escondía en un extremo y crujía como un alma en pena. Pero de sus pies no se escapó un lamento. Lo vi abrir la portezuela que comunicaba con la buhardilla del hospicio. Cuando hube atendido al bastardo que traía la guardiana, subí hasta allí porque le creía atrapado a mi merced. Cuán equivocada estaba: había huido por el tejado. Así entraba y salía del hospicio cuando le daba la gana sin ser descubierto, saltando por los tejados con su aspecto de ángel o de ánima. Dominaba como pocos el arte de escabullirse para que no le echaran el guante. Eso se aprende en las calles de la villa, entre truhanes que despiertan bien el seso.

Cuando unas semanas más tarde llegó el día de reunirme con Berta, acudí al Mesón del Águila dispuesta a obtener más información sobre José, pero no fue necesario. Tras hablarle brevemente sobre la robusta salud de Bárbara, la mirada de la nodriza se ensombreció.

—Hoy deshaceos como podáis de la mujer que siempre os custodia en una mesa dándole al potaje —me dijo—, porque alguien a quien deseáis ver hace tiempo os está esperando en el establo.

—¿José? —le pregunté con un temblor en la voz.

Asintió.

—Veo que ya conoces su nombre. Te previne sobre él el día que nos conocimos. Recuerda mis advertencias, y por tu bien no escuches de su boca más que las gracias que pretende darte y un adiós que te aconsejaría fuera para siempre.

Me apresuré a poner fin a nuestro encuentro. Ardía de impaciencia por encaminarme al establo. Antes de abandonar la alcoba, Berta depositó en mi frente un ligero beso que sentí como una despedida.

Le entregué los dineros a la Blasa. Sabía que sólo así tendría una posibilidad de quitármela de encima. Agarró su parte, la más jugosa, y me mandó que me fuera derechita al hospicio, pues ella había de hacer unos recados. Bien sabía yo que iba a jugarse mis ganancias en una casa de esas que debía de haber frecuentado el padre de Diego. Desde que su faltriquera había aumentado no le era suficiente con las partidas de naipes en las que desplumaba a las nodrizas. Necesitaba jugadores a su altura.

—Cuidadito con volverte al mesón y pegarle al tinto —me advirtió con un aliento tan abrasador como el sol de la villa, y se alejó calle Alcalá abajo.

El establo se encontraba en la parte de atrás, en un callejón maloliente que parecía un cementerio de moscas. Sabía quién me esperaba, y no tenía miedo a pesar de que la penumbra se agazapaba tras los fardos de heno para los caballos. Siempre habría de mediar entre nosotros una sombra. Estábamos atrapados entre una luz famélica y la oscuridad más absoluta.

Había un chico que cuidaba de los caballos, tendría más o menos mi edad. Quise escabullirme, pero se puso de pronto frente a mí. En sus ojos vislumbré una ceguera color ceniza. Guardé silencio. No puede verme, me dije. Él señaló con la cabeza una esquina del establo y chasqueó la lengua.

Me dirigí hacia allí y lo vi de espaldas, envuelto en una capa larga igual que aquella noche en la huerta de la Ludovica. Me pareció más alto y fornido, quizá porque ya no se inclinaba hacia delante. Por debajo de la capa quedaba al descubierto la punta de su espada como aguijón de avispa. Acero desenvainado, alerta ante cualquier peligro. Calzaba botas de montar y sostenía el sombrero en una mano.

—José.

—Es agradable escuchar mi nombre de unos labios que no sean enemigos —dijo sin sorprenderse, y me sonrió.

—¿Acaso tenéis muchos?

—Más de los que debería tener un hombre de paz. Aunque algunos de mis actos se han hecho merecedores de ellos.

—No habla de paz vuestra espada.

—Aunque la lleve colgada del cinto, la aborrezco.

—¿Y cuál es entonces la causa de que os acompañe?

—Compruebo que seguís siendo tan curiosa como siempre. Pero os prometí respuestas y hoy vengo dispuesto a dároslas. Si bien antes quisiera, si me permitís, agradeceros que hayáis accedido a encontraros con Berta, pues era voluntad de la madre de Bárbara que estuviera informada de cómo crecía su hija. Además, por ella sé que veláis en el hospicio por la pequeña. Traje esto para vos. Es una humilde muestra de gratitud.

Tomó mis manos y las besó. Luego depositó en ellas una bolsita de cuero. La sostuve durante unos segundos, silenciosa y con mis ojos cerca de los suyos.

—¿No queréis ver qué hay dentro? Abridla —me rogó.

Rodeaba el cuello de la bolsita un cordón que mis dedos torpes y temblorosos no acertaban a desatar. Era la primera vez que alguien se molestaba en hacerme un regalo. Sentía el calor de la ciudad oculto entre los fardos de heno, sibilante como una serpiente al acecho. Fue él quien finalmente abrió la bolsa, sacó de su interior un rosario con cuentas amarillas y lo enroscó en una de mis manos.

—Rezad por mí, Berenguela. Sé que no tengo derecho a pedíroslo, pero necesito sobremanera que me tengáis presente en vuestras oraciones.

Recordé entonces las palabras de la Ludovica, aquella noche en que las estrellas y la presencia de aquel joven dominaban su huerta: «Que el Altísimo tenga misericordia de vos, o no conseguiréis burlar las llamas del infierno».

—Han sanado vuestras heridas. Aún recuerdo el reguero de sangre que dejasteis la noche que nos conocimos —le dije acariciando las cuentas templadas del rosario—. Sin embargo, algo os tortura y os remuerde por dentro. Decidme de qué se trata para que pueda ayudaros, para que pueda rezar por vos con toda mi alma.

—Berenguela, fui hombre una vez, no hace demasiado tiempo, aunque me parece que hayan transcurrido siglos desde entonces. Y llevaba el nombre de José Montalbán con orgullo. Ahora me veo obligado a ocultarlo, viviendo en la mentira, porque me he convertido en un espectro que huye lamentándose. Un fantasma en el que se marchita mi existencia.

El heno crujió. José se echó la capa hacia atrás con un movimiento rápido que anunciaba la pronta aparición de su espada. Al instante brilló ante mi rostro el acero fino y largo, y sus ojos verdes se oscurecieron ante la sorpresa y el temor de los míos. Entonces sentí un golpe en la cabeza. Me desvanecí en aquel establo sombrío, y me rendí al letargo sangriento que manaba de mi frente nublándome poco a poco la visión, aunque antes vislumbré a un gigante, que se abalanzaba sobre José mientras él intentaba atravesarle con la espada. Aquel hombre de estatura portentosa blandía un sable moro y parecía ducho en el arte de las armas. No le resultó difícil desarmar a José. Le golpeó como quien golpea un muñeco, lo metió en un saco y se lo echó al hombro. Quise gritar, pero se me había helado la garganta. El gigante cantaba en una lengua que no podía comprender, la de los judíos. Sin embargo, sus sonidos no me resultaban del todo ajenos. Aquella lengua se parecía asombrosamente a la entonación de Berta.

—Es el corazón de la cebolla —gemí antes de abandonarme en un limbo negro.

Regresé a la vida, a mi vida de huérfana, una vez que hubo atardecido. No había alma humana en el establo, sólo bestias relinchando gustosas por el frescor que alimentaba la noche. El muchacho de la ceguera grisácea se había esfumado y pensé que podía tratarse de un cómplice del gigante. Me dolía terriblemente la cabeza. Aún conservaba en una de mis manos el rosario que me había regalado José. Me atormentaba pensar que aquel ser de medidas monstruosas pudiera haberlo matado, condenando su juventud y su tortuosa historia al olvido de un saco triste.

Cómo volví al hospicio no puedo asegurarlo. Tengo vagos recuerdos de mi caminar de fantasma por las calles de la villa. Cuando logré alcanzar el portón de la Santa Soledad, golpeé la aldaba con mis últimas fuerzas. Me abrió la Serafina, y me desmayé.

Permanecí varios días viviendo en un mundo de ensoñaciones y pesadillas hasta que llegué a convencerme de que si había muerto, sin duda mi destino no había sido otro que el febril purgatorio, pues allí no encuentra el alma descanso; le es ajeno el sueño plácido, las estrellas y el olor húmedo de la noche; no existe oscuridad ni luz, pues todo lo cubre un velo de profunda tristeza, un velo que a un tiempo nos ciega y nos permite ver lo más terrible de nosotros mismos. Y sin embargo, en vez de abandonarse, el alma en pena sigue luchando por comprender, por escapar, por encontrar respuestas.

Cuántas veces vi balancearse de la soga al desgraciado que habían acusado de la muerte de Escolástica. Me miraba con sus ojos exánimes buscando la confirmación de su inocencia. «Lo sé», le decía yo, sin garganta, sin lengua, sin voz con la que pudieran oírme los alguaciles; «lo sé, le he visto, un gigante con un saco que canta en una lengua que hace brotar las lágrimas. No mentías. No nubló el vino tu entendimiento fugaz», le decía para su consuelo de ultratumba.

Señorías, tenía que ser el gigante quien había asesinado a Escolástica no una sino tres veces; triple infamia sin posibilidad de resurrección. Cómo era su rostro, su cabello, sus ojos, su torso, sus piernas, no lo sé; todo me pareció colosal tanto en vida como en aquel purgatorio. Tan sólo su canto, que encerraba la más pura belleza, delataba que tenía sentimientos. Cada palabra de éste, cada nota perfecta que le acompañaba le confería a la piel, a la carne, a los huesos, al ser completo el don de la clarividencia. Y por unos segundos uno comprendía su propia humanidad como no la había comprendido nunca, y se sabía creado para vivir y castigado a morir, con toda la hermosura y tragedia que ello conlleva. Pero se entregaba gustoso en brazos de la muerte, hundiéndose en esa melodía que te arrastraba a la eternidad.

¿Qué era aquel canto? ¿Consuelo para la víctima condenada a perecer, plegaria de perdón para el asesino, o quizá ambas? ¿Quién era el gigante que acometía la hazaña?

No desvelé ninguno de estos interrogantes en aquel purgatorio, donde también aparecía José con su capa, sombrero y espada. A veces lo veía vivo; otras, muerto dentro del saco, sin posibilidad de redimir el pecado que yo ansiaba conocer, sin más consuelo para su alma que la música del gigante. Necesitaba averiguar cuál había sido su destino. Tenía el rosario de cuentas amarillas enredado entre los dedos, y cuando al cabo de los días comenzaron a despertar en mí los sentidos que son ligazón al mundo de los hombres, cuando me obligaron a recordar que poseía un cuerpo, apreté con fuerza el rosario de José y su tacto fue la mano que me guió definitivamente hasta la vida.

Desperté. Me hallaba en una de las camas de la enfermería, arropada por el olor inconfundible de la soledad de las hierbas, de los emplastos amargos y las cocciones que apestaban a tierra y gusanos podridos. Podía sentir sin verlas la frialdad de las trompetillas y las pinzas, el equilibrio metálico de las balanzas donde la Ludovica hacía sus mediciones, la robustez de los morteros en cuyo vientre trituraba la naturaleza, y el tufo a chamusquina que quedaba en el aire procedente de los hornillos.

Había muy pocos enfermos en las camas de alrededor. Tan sólo unos cuantos niños que dormían profundamente. Pero por encima de la paz de sus respiraciones, sobresalía un resuello más fuerte y poderoso, como el relincho de las yeguas. Era la de la hermana Ludovica. La descubrí bajo la luz de unas velas, sentada frente a la mesa que había dispuesto en un rincón solitario y en la que solía entregarse al estudio de libros y anotaciones sobre su ciencia. Protegida por la noche, pluma en mano, se inclinaba sobre un papel tan concentrada en su escritura que no se dio cuenta de que me aproximaba. A pesar de que nada había cambiado en ella, ni su hábito pardo, ni su cuello ancho, ni el vigor de sus ademanes y su figura, parecía distinta. Era la misma mujer por fuera, la que había visto absorta en el trabajo infinidad de veces a lo largo de mi infancia y juventud, la Ludovica entregada a sus investigaciones, piadosa con las enfermedades del cuerpo, y gruñona y distante con las necesidades del alma. Pero la pasión que mostraba ante aquel papel, el frenesí con que manejaba la pluma y la mojaba en el tintero, me dijeron que ésa era otra Ludovica, una sin cáscara que me resultaba desconocida. Nada de lo que había hecho hasta entonces me la había mostrado. Ni su inexplicable ocultación del pergamino, ni el encuentro nocturno con José en la huerta. Entonces había sido la Ludovica de siempre aunque cometiera actos que no se esperaban de ella. Actos impropios de una monja cumplidora de sus deberes, pero pertrechados con las emociones sujetas como riendas de potro, y siempre alerta, temerosa de Dios y del demonio, fría como el aliento de hospicio.

Algo le arrancó de repente de su ensimismamiento. Depositó la pluma sobre la mesa y enrolló el papel. ¿Y si fuera el pergamino que deseo encontrar, el que trajo la Tonta de los Desamparados junto a Bárbara?, me pregunté. Pero ¿qué escribiría en él la hermana Ludovica con ese apetito que le hacía parecer otra?

Agazapada tras uno de los catres vacíos, la vi tomar dos baldes y dirigirse con ellos a su huerta. Sabía que gustaba de recoger en ellos el rocío de la noche para luego utilizarlo como ingrediente de sus medicinas. Una vez que creía que nadie la escuchaba lo llamó «agua del cielo».

Me acerqué presurosa hasta el papel —si la hermana tan sólo iba a colocar los baldes en la huerta, no tardaría en regresar—. Mientras lo desenrollaba con dedos temblorosos, entre los que sujetaba el rosario de José, maldije una y mil veces mi ignorancia, pues me hacía jugar en desventaja, y me prometí que aprendería a leer aunque en ello me fuera la vida. En esa ocasión, sin embargo, bastaron mis ojos para hacer un descubrimiento tal que, por un instante, temí hallarme aún dentro de mis ensoñaciones.

Había un par de líneas escritas con la caligrafía puntiaguda de la Ludovica cuyo significado no pude comprender, si bien comprobé que no se hallaba el nombre de Bárbara. No era, por tanto, el pergamino que yo anhelaba. Pero en la parte superior del papel amarillento, en el centro y a modo de escudo de armas, se hallaba un dibujo que no me resultaba desconocido. La misma serpiente con la cola dentro de la boca formando un círculo. Las mismas alas de murciélago, las mismas garras, la misma cabeza de gallo con cresta y pico poderoso. Las mismas estrellas amarillas adornando su cuerpo escamoso, las cinco, ni una más ni una menos, de un amarillo brillante sobre el rojo y el verde de aquel monstruo. La misma hoguera bajo su cabeza, el mismo halcón en el medio del círculo posado sobre una escalera horizontal, la misma fuente expulsando el chorro de agua azul celeste. El mismo dibujo, señorías, que yo había visto bordado en el chal de la madre de Bárbara aquella noche de peste; el chal salpicado por unas gotas de sangre desconocida que debía de reposar en esos momentos en el despacho de don Celestino.

Oí la respiración de la monja, que caminaba con paso sigiloso y alerta como si desconfiara hasta del viento del verano. Enrollé el papel para dejarlo como estaba y corrí de puntillas hasta mi cama de enferma, pero en el camino el rosario de José resbaló de mis dedos. No tuve tiempo de recuperarlo. Quedó sobre las gruesas losetas, con sus cuentas como testigos de mi presencia en un lugar y en un momento inapropiados. Me hundí en el colchón de paja mientras le rogaba a Dios que lo hiciera invisible a los ojos grises de la Ludovica, que lo apartara de la suela gastada de sus sandalias. Lo último que deseaba era que descubriera que había curioseado en su mesa y que había visto el dibujo del pergamino. Pero ¿me creería capaz de relacionarlo con el bordado del chal? No estaba segura. En aquel momento yo ya no albergaba ninguna duda de que aquello no podía ser una casualidad, y más tratándose de un dibujo tan poco corriente. Esa serpiente monstruosa encerraba un significado. Un significado que unía a la madre de Bárbara con la hermana Ludovica. ¿Acaso era ése el motivo por el que la monja había ocultado la existencia del pergamino? El misterio que se cernía sobre el nacimiento de aquella niña se enredaba cada vez más.

La herida que tenía en la frente palpitaba. Mi curiosidad se hallaba desbordada como un río. Demasiados acontecimientos me habían sucedido en poco tiempo. La elaboración de mi teoría sobre la muerte de Escolástica, el encuentro con José, su desaparición, el gigante y su canción maravillosa, mis pesadillas en aquel purgatorio, y el hallazgo de una hermana Ludovica distinta a la que había conocido hasta entonces. Pero aún me quedaba algo más que descubrir aquella noche.

Desde mi lecho, vi a la monja sentarse de nuevo y escribir durante un buen rato. Luego, tras colocar la pluma con ademán satisfecho en el tintero, enrolló el papel, se lo guardó en un bolsillo del hábito y sopló la llama de las velas. La Ludovica se convirtió en una sombra, y se dirigió sigilosa hacia una pequeña habitación situada en un extremo de la enfermería, repleta de alacenas con tarros que contenían hierbas y polvos para curar males de cuerpo y espíritu. La Ludovica entró, pero no la vi salir. Esperé y esperé, señorías, hasta que el primer trino de los pájaros malogró el silencio de la noche. Todavía a oscuras, aunque con el alba pegada a los riñones, me levanté de la cama, recuperé el rosario de José, que estaba tirado en el suelo junto a la mesa, y me acerqué hasta la habitación. Antes de decidirme a entrar, permanecí un rato a la espera de escuchar algún ruido que delatara la presencia de la Ludovica. Cuando me aseguré de que no se oía ni el suspiro de una rata, empujé con suavidad la puerta. La monja había desaparecido entre esas cuatro paredes revestidas de alacenas. No había otra salida más que la que yo había estado vigilando. Así que, me dije, o aquí hay alguna puerta oculta que mis ojos no alcanzan a vislumbrar entre tanto tarro, o la hermana se ha esfumado como si fuera un ánima y no una mortal.

A partir de ese momento me propuse vigilar estrechamente a la hermana Ludovica. Necesitaba observarla el mayor tiempo posible, pues a mis veinte años comenzaba a comprender que en la observación paciente de los seres radica la sabiduría respecto a ellos. Tarde o temprano la verdad asoma tras sus gestos, sus miradas, o simplemente tras los hechos que cometen cuando se creen solos, a salvo de los demás. Es entonces cuando quedan a merced del observador, capaz de penetrar hasta las mismas entrañas de su secreto.

9

La luz del mediodía que alumbraba el cielo toledano era pura y diáfana. Pero la sala de audiencias se había sumido en la bruma del silencio tras las últimas palabras de Berenjena. Sólo Pedro Gómez de Ayala se atrevió a interrumpirlo, llevado por la excitación que aquel proceso comenzaba a causar en su espíritu ambicioso.

—Decidme, ¿sabéis si aún vive la hermana Ludovica y dónde se encuentra?

—Me marché del Hospicio de la Santa Soledad en el año 1613 y no he vuelto a verla. Trabajé un tiempo breve como criada en casa de un mercader de telas de la calle de la Montera, y luego abandoné definitivamente la villa para servir en la casa de un hidalgo del pueblo toledano de Mocejón. A su servicio y al de su señora me encontraba cuando vine a Toledo por un encargo y oí hablar de la acusada.

—¿Y no habéis tenido noticias de la monja en este tiempo? —le preguntó Íñigo.

—Me escribí con la hermana Serafina hasta la primavera de 1615 en que murió de fiebres. La hermana Ludovica seguía por entonces a cargo de la enfermería. Si aún vive debe de ser muy vieja, lo menos setenta y tantos, señorías, aunque es posible que no se la haya llevado la muerte porque su vigor y su salud eran extraordinarios. Si no pueden darle noticias de ella en el hospicio, no dudo de que las consigan en su orden religiosa.

—¿Llegasteis a averiguar en algún momento qué significado tenía el dibujo de la serpiente?

Pedro esperó la respuesta enarcando sus violentas cejas, para enfatizar su curiosidad.

—Para mí todavía hoy es una incógnita, señoría.

—Bien, otros asuntos urgentes reclaman entonces a este tribunal. Concluyamos aquí la audiencia. Regresad mañana a las nueve para continuar con vuestro testimonio. Y haced memoria sobre cuanto concierne a esa monja.

—No duden sus señorías de que lo que me propongo relatarles les satisfará.

Una vez que Berenjena abandonó la sala de audiencias, Pedro se dirigió expresamente al viejo inquisidor.

—Hoy mismo haremos llegar la orden al comisario de la villa para que averigüe el paradero de esa tal hermana Ludovica y la traiga ante este tribunal, aunque de momento sea como testigo. Y ahora busquemos en el archivo los procesos del librero y del manuscrito del siglo xv. Puede que en los informes de los calificadores consigamos sacar algo en claro sobre el significado del dibujo que se repite misteriosamente. Así sabremos con certeza a qué nos enfrentamos. Lo utilizan como si fuera un escudo de armas. Aparece en cartas, documentos, incluso bordado en ropas. Pero ¿qué relación existe entre quienes hacen uso de él? ¿Les unían lazos de parentesco a la madre de la acusada y al librero de la villa, y a ambos con quienquiera que redactara el manuscrito del siglo xv? ¿Y qué pinta la monja en todo este embrollo?

—Creo que podría tratarse de un símbolo —dijo Íñigo— de un emblema cuyas imágenes pretenden revelar un mensaje.

—Os recuerdo que no es competencia del fiscal investigar el caso. Ésa es tarea de los inquisidores y vos aún no lo sois. Limitaos a formular una acusación conforme a lo que nosotros decidamos. ¿Os ha quedado claro?

—Sólo expresa su opinión, no seáis grosero —replicó Lorenzo—. Es hombre de sabiduría y de inteligencia despierta, como me aseguró su protector, y tiene sus propias ideas. Qué gran inquisidor llegaréis a ser, Íñigo, prometéis una gloriosa carrera eclesiástica. Yo ya estoy cansado y me retiraré muy pronto. Podríais ocupar mi puesto. Alcanzaríais el honor de ser el inquisidor más joven que haya existido, y eso sería sólo el principio.

—¿No estáis de acuerdo conmigo, Pedro?

—Me parece que mucho corréis. Acaba de empezar como fiscal y ni quiera es cura —respondió mirándole con desprecio.

—La semana que viene tomaréis las órdenes menores, ¿no es así, Íñigo? Eso me habíais asegurado.

—¿La semana que viene decís? —contestó con una amplia sonrisa que desconcertó al viejo inquisidor—. Por supuesto… Si aún estoy vivo, os lo garantizo.

—¿Y por qué habríais de estar muerto? ¿Acaso estáis enfermo? —se extrañó Lorenzo.

—Uno nunca sabe cuándo Dios puede llamarlo a su gloria.

—Ya me he cansado de enigmas, vayámonos a almorzar. Nos reuniremos a las tres en punto.

Lorenzo se internó ansioso en las dependencias privadas donde le esperaba su cocinera. Según se aproximaba, podía oler el aroma de los guisos que se escapaba del comedor. Seguía aquel rastro delicioso con los ojos cerrados mientras su corazón lo saboreaba. Debía adivinar a qué manjares correspondía: carne guisada con azafrán y ajo y «comida blanca», un picadillo de ave con salsa de azúcar, leche y harina de arroz. Era un juego que se traía entre manos con la cocinera, una vieja morisca cuya sangre musulmana había limpiado gracias a la habilidad de un linajista al que luego hizo quemar. Antes de retorcerse en las llamas le urdió a la vieja una genealogía fabulosa que la convertía en tataranieta del mismo Cid Campeador.

Lorenzo entró a ciegas en la estancia con una sonrisa de baba en los labios. Allí lo esperaba la vieja como cada día a la hora del almuerzo y de la cena.

—¿Acertará hoy mi señor inquisidor?

—Comida blanca, de ésa no tengo duda. Siento en mi piel la dulzura de la salsa.

—Qué listo es mi señor inquisidor, no se le escapa una.

—El día que no acierte será que lo habrás cocinado mal, y te mandaré a la hoguera.

—No se atreverá, mi señor inquisidor, que no encontrará otra que le prepare los pasteles de almendra tan sabrosos como yo. El día que me muera, de tanta lágrima como va a echar su tripa se viene conmigo para la tumba.

Lorenzo rió con la boca escarchada por la lujuria.

Tras cerrar con las llaves el archivo secreto y después de que Pedro Gómez de Ayala desapareciera como siempre sin despedirse, Rafael se acercó con timidez a Íñigo. Le había visto regresar a casa la noche anterior antes del alba, pero subió directamente a su dormitorio y no se atrevió a hablarle. Traía la mirada perdida, la loba sucia y la daga atravesada en el cinto, como si hubiera estado inmerso en algún lance nocturno de esos donde se mezclan el honor con el acero, y no pocas veces con la bellaquería. Por la mañana habían caminado uno al lado del otro hacia la casa de la Inquisición, recorriendo las calles en silencio mientras se protegían del frío con sus capas y sombreros.

—Espero que Santuario nos haya preparado un delicioso almuerzo. Tengo bastante apetito. ¿Y vos? —le preguntó Rafael con un hilo de voz.

—Ninguno, en verdad. Además he de hacer un par de recados.

Avanzó por el pasillo dejando a Rafael abatido.

—Esperad —le rogó—. Quisiera disculparme por lo sucedido anoche. Mezclé el tinto con mi curiosidad más impertinente. Os doy mi palabra de caballero de que no volverá a repetirse.

—Eso le sentaría bien a vuestro rostro, porque la próxima vez ese arañazo que tan gustosamente os hicisteis lo convertiré en espejo del mío. De todas formas —añadió poniéndole la mano en el hombro con familiaridad—, ambos sucumbimos a las bravuconadas del vino y fuimos demasiado lejos.

Rafael sintió tal alivio que creyó que se le escapaba el alma en un suspiro.

—Esta noche disfrutaremos de la cena de Santuario, mas será con agua de la fuente, que la cabeza me estalla como sandía apaleada.

Tras decir aquello, Íñigo se alejó en dirección a la salida. Rafael lo vio caminar por el pasillo y le siguió, primero hipnotizado por su figura gallarda y después por un hambre malsana de saberlo todo sobre él. Se habían grabado en su mente las últimas palabras de la declaración de la testigo: «... en la observación paciente de los seres radica la sabiduría respecto a ellos... la verdad asoma tras ... los hechos que cometen cuando se creen solos, a salvo de los demás».

El notario vio a Íñigo meterse por el callejón de la parte de atrás del Santo Oficio y atravesar un par de plazas y callejuelas hasta llegar a una de las posadas de más postín de la ciudad. Temía encontrar tras él la sombra de aquel hombre gigantesco, descubrir que los dos compartían el mismo objetivo. Temía escuchar de pronto aquella melodía hereje. Apretó la daga que llevaba bajo la ropilla ajada.

Cuando se disponía a asomarse por una de las ventanas de la posada, tuvo que retroceder a toda prisa y esconderse en una calle que se hallaba frente a la puerta. Íñigo acababa de salir. Vio cómo se envolvía aún más en la capa y se calaba el sombrero hasta las orejas con muestras de impaciencia. Al poco rato apareció un carruaje negro, que se detuvo junto a Íñigo para que subiera y enseguida se puso en marcha. Rafael echó a correr tras él durante un par de manzanas. En la ventanilla de atrás podía distinguir el cabello oscuro de su compañero recogido en una coleta, y al parecer no viajaba nadie a su lado. Justo cuando pensaba que sus pulmones maltrechos no aguantarían mucho más, el carruaje se detuvo ante una casa solariega. El cochero abandonó el pescante y golpeó la puerta con la aldaba. La abrió una muchacha que parecía una criada e intercambió con él un par de palabras. Transcurrieron unos diez minutos, pero Íñigo no se bajó del carruaje. Al cabo apareció una anciana de cabellos blancos protegida por una capa. Caminaba con dificultad, con su talle encorvado y grueso. El cochero la ayudó a subir al carruaje. Luego regresó al pescante, golpeó con el látigo el lomo de los caballos y se alejó a gran velocidad.

¿Sería aquélla la mujer que le torturaba en sueños?, se preguntó Rafael. ¿Aquella cuyo nombre no podía pronunciar porque se lo impedían las lágrimas? No tenía desde luego ni figura, ni donaire como para perder el seso, se dijo mientras regresaba pensativo a su casa. Se imaginaba a una mujer más joven y deslumbrante.

Santuario, su criada, le recibió con la parsimonia de su lengua muda. No tendría más de veinte años. Alta, de miembros huesudos y desgarbados, cabellos castaños y ojos avellana, le consideraba un buen amo y le servía con devoción. Ella amaba su caligrafía, la belleza de sus letras que hablaban a través del silencio. Cuando él no estaba en casa, agarraba la pluma del notario con su tosca mano, y copiaba algunas líneas de un manuscrito, imaginando que aquella escritura incomprensible expresaba sus sentimientos. Nadie más que ella podía entenderlos. Porque estaban escritos con el código secreto de su corazón, y a él nadie tenía acceso: era una puerta cerrada como su garganta. Alguna vez pensó en pedirle que le enseñara a leer y a escribir, pero sabía que su amo la quería muda y analfabeta. Ésas eran las cualidades que más apreciaba en ella, porque era una mujer torpe y lenta por naturaleza, su rostro carecía de gracia y tenía un carácter soso que se traducía en unos guisos tristes. Sin embargo, él valoraba su existencia silenciosa. Si la lengua de su criada estaba impedida para el habla, no podía enredarse en el mercado con los chismes de otras sirvientas.

Disfrutaba cuando la miraba como diciéndole: «Estoy cansado y solo, pero tú no lo entiendes». Se equivocaba. Santuario lo amaba no con la pasión amorosa que quema y mata, sino con el deseo que un ser solitario siente hacia otro aquejado del mismo mal. Estaba convencida de que podría aliviar la tortura de su amo con su compañía donde hallaría al fin la paz.

Pero con la llegada de Íñigo Moncada a la casa, Rafael había escogido otro camino. Atrás había quedado toda esperanza de melancólica quietud, del reposo de un alma en otra que la comprende y la acepta sin pedir nada más. La primera vez que Santuario vio al hombre de la cicatriz le tuvo miedo. Había oído en el mercado que por la noche caminaba hechizado por su sed de venganza. Ella no sabía si eso era cierto. A las nueve de la noche acababa su jornada de trabajo y partía para su humilde casucha situada en las afueras. Le preocupaba que pudiera dañar a su amo, aunque él parecía tenerle un aprecio sincero. Por eso también empezó a detestarle. Desde su llegada su amo sólo sabía mirarle a él e interesarse por su bienestar y comodidad.

—Don Íñigo no almorzará en casa —le dijo Rafael entregándole la capa y el sombrero.

Santuario permaneció inmóvil frente a él.

—Vamos, Santuario, a qué esperas, cuelga mis ropas y tráeme la comida.

La muchacha sacó del bolsillo de la falda un trozo de papel y se lo ofreció.

—¿Qué es esto? —le preguntó él una vez que lo tuvo en sus manos—. ¿Un billete que alguien trajo para mí?

Ella negó con la cabeza.

—¿No es para mí?

Volvió a negar.

Nada ponía en el papel doblado en cuatro partes.

—¿Es para don Íñigo, entonces?

Santuario afirmó.

—¿Quién lo trajo?

Se señaló por debajo del pecho para indicarle que alguien de escasa estatura.

—Un crío de la calle. Bien. Has hecho lo correcto. Yo me encargaré de dárselo. Y ahora vete a la cocina a por mi almuerzo.

Se quedó solo. El billete le quemaba las manos. No lo pensó, se entregó sin más a su deseo. Lo desdobló con pulso tembloroso y leyó:

Mantendré el secreto hasta que el destino lo permita.

No tenía firma. Mas Rafael hubiera jurado ante el crucifijo de la sala de audiencias que lo había escrito una mujer, pues no era caligrafía varonil ni experta en el oficio de las letras.

A las tres de la tarde los inquisidores, el fiscal y el notario se reunieron de nuevo en la sala de audiencias. Sobre la mesa alargada yacían los procesos del librero de la villa, cuyo nombre era Fernando Salazar, y del manuscrito del siglo XV, tras ser rescatados de los armarios del archivo. Este último no podía ser considerado un proceso como tal, puesto que nunca hubo un acusado a quien imputarle su autoría, ni detenidos que tuvieran relación con el caso. Constaba de muy pocos documentos: el manuscrito en sí y unos cuantos papeles más que explicaban cómo había sido hallado, pues en aquella época de los primeros años del tribunal éste se encontraba muy ocupado limpiando de conversos la ciudad en magníficos autos de fe celebrados en la catedral, o sofocando rebeliones de herejes que planeaban masacrar a toda la población cristiana de Toledo, como la de 2 de junio de 1485, que acabó con seis hombres colgando de la horca. Sin embargo, se interesaron por él otros inquisidores muchos años después, aunque no pudieron hallar su verdadero significado, o relacionarlo con otros acusados hasta que se apresó al librero.

—Íñigo, no es competencia vuestra revisar y estudiar estos documentos —dijo Pedro—. Ya os informaremos sobre el resultado de las pesquisas cuando tengáis que presentar la acusación formal. Así que podéis retiraros y dedicaros a los quehaceres propios de vuestro cargo.

—Dejad que nos ayude. Ardua es la tarea, y él es hombre de conocimientos y mente racional —se quejó Lorenzo.

—Insisto en que este no es su cometido.

—¿No tenéis nada que decir, Íñigo? —le apremió el viejo inquisidor.

—Acataré las órdenes de vuestras mercedes.

—Deseo saber al menos vuestra opinión sobre el viejo manuscrito del siglo xv. ¿Os placería dármela, Íñigo?

—Con mucho gusto. Es cierto que ha despertado mi curiosidad enormemente.

—Me niego a que lo lea —replicó Pedro poniéndose en pie.

—Vive Dios que es absurda esta situación. Habrá de verlo

si finalmente ha de acusar basándose en ello. Jamás le pusisteis tantas trabas a un fiscal para hacer su trabajo. Es oficial del secreto y posee llave del archivo.

—Pero su acusación debe asentarse en nuestras conclusiones —exigió Pedro.

—Realmente a veces resultáis tedioso con tanto celo. Íñigo, examinadlo mientras nosotros nos enfrascamos en el proceso del librero —dijo el viejo inquisidor con una leve sonrisa.

El manuscrito había llegado al archivo el 30 de diciembre del año del Señor de 1487. Un comerciante, de regreso de un viaje de negocios, familiar además del Santo Oficio, lo encontró en el zurrón de un hombre que mató una helada en las riberas del Tajo. Las evidentes aunque incomprensibles implicaciones mágicas o hechiceras del texto no le alarmaron tanto como el hecho de que estuviera escrito en hebreo además de en latín. Cumpliendo con su deber, el comerciante lo entregó a la Inquisición. Nada pudo averiguarse sobre la identidad del cadáver. Se le dio sepultura como a trozo de hielo.

El dibujo de la serpiente alada se hallaba perfectamente conservado. Los colores rojo y verde de su cuerpo aún brillaban, al igual que las estrellas amarillas. Parecía obra de un experto miniaturista por la belleza que mostraba el halcón posado en la escalera, las llamas del fuego o las aguas de la fuente. En verdad era exacto al bordado del chal. En la parte superior, junto al dibujo, había dos inscripciones que decían:

Mavet beieniká 133
Mors osculi 133

Las dos significaban: la muerte del beso. La primera escrita en hebreo; la segunda, en latín. Bajo ellas se hallaban escritas unas palabras también en ambas lenguas, cuya traducción decía:

De una mujer con el don de la muerte nacerá una niña con el don de la vida. Ella abrirá las puertas del presente eterno cuando sean a un tiempo las cuatro estaciones del mundo, y en sus manos florecerá el medicamento celeste.

Era acertado, por tanto, el recuerdo del viejo inquisidor: se trataba de una especie de profecía. Mas no apuntaba nada sobre qué y cuándo ocurriría. Los informes que constaban en el legajo versaban principalmente sobre algo llamado «el medicamento celeste», y lo relacionaban con la antigua ciencia de la alquimia. Era lo que los llamados «filósofos del fuego» habían buscado desde tiempos remotos, el arcano único. Unos se referían a él como la panacea universal, medicina que curaba todos los males y rejuvenecía al enfermo; otros, como la primera materia o la piedra filosofal. Pero todos ellos coincidían al afirmar que proporcionaría la inmortalidad al hombre, o al menos le ayudaría a burlar la muerte durante un tiempo.

Entre los documentos Íñigo encontró un pergamino de bordes amarillentos con un dibujo que representaba a Cristo rodeado por los cuatro evangelistas. Bajo él constaban dos anotaciones. La primera se limitaba a repetir una frase de la profecía: «... cuando sean a un tiempo las cuatro estaciones del mundo». Mientras que la segunda, realizada con distinta letra, decía: «... *evangelistas, estrellas fijas...*».

—¿Habéis averiguado algo? —le preguntó Lorenzo.

—Un pergamino que creo que se refiere al momento en que debe cumplirse la profecía.

—Me resulta bastante improbable y misterioso que pueda existir una fecha en la que converjan primavera, verano, otoño e invierno —apuntó el viejo inquisidor.

—Dejadme examinarlo —le exigió Pedro.

—Contiene el dibujo de un tetramorfos —dijo Íñigo mientras se lo entregaba—. Cristo todopoderoso custodiado...

—Sé perfectamente lo que es un tetramorfos —le interrumpió tras dirigirle una mirada agria—. Cristo con los cuatro evangelistas acompañados por las criaturas que les representan: el toro a san Lucas, el león a san Marcos, el águila a san Juan, el ángel a san Mateo.

—¿Y sabéis qué relación podrían tener con las llamadas estrellas fijas?

Pedro levantó una ceja adusta mientras escudriñaba los ojos del fiscal.

—¿Y vos? —le preguntó.

—No, la astrología no me despierta el menor interés.

Después de investigar los legajos pertinentes, encontraron un documento que versaba sobre la muerte del beso. Éste revelaba que a través de ella se podía experimentar el amor más sublime.

—«Que me bese con los besos de su boca.» Cantar de los Cantares, capítulo 1, versículo 2 —dijo de pronto Íñigo con la mirada perdida en el Cristo del crucifijo que presidía la sala de audiencias.

—¿Consta esa cita bíblica en el informe del calificador que estáis leyendo? —preguntó Lorenzo.

—Así es —respondió con la mirada perdida—. A través de

un beso se unen dos almas. Ha de ser un beso en la boca, que ésta es origen y fuente del espíritu, para saborear la muerte y retornar luego a la vida. Mas no he de besarla a ella, es en Dios donde debo hundir mis labios ardientes.

—¿Leéis en alto, divagáis o sacáis conclusiones? —dijo Pedro.

Los ojos de Íñigo regresaron a la sala.

—«Que me bese con los besos de su boca», del Cantar de los Cantares —repitió con voz gélida.

—Ya os he oído citar las escrituras. Pero ¿quién ha de besar?

—Yavé.

—No blasfeméis —le advirtió Pedro.

—Leed este informe. La muerte del beso no es más que una muerte iniciática.

—¿Y qué sucede tras ella?

—Eso os compete a vos averiguarlo —respondió Íñigo.

—No tengáis duda de que lo haré.

—Lo veremos —replicó Íñigo con una mirada desafiante—. Y ahora he de ir a preparar la acusación de otros procesos que hay pendientes, que es el cometido de mi cargo.

Íñigo abandonó la sala de audiencias, para satisfacción de Pedro Gómez de Ayala. Aquella tarde los inquisidores no celebraron ninguna audiencia. Permanecieron enfrascados en el estudio de los documentos, mientras el notario registraba sus conclusiones.

Cuando llegó la noche, Rafael e Íñigo se reunieron de nuevo en torno a la cena que había preparado Santuario. Comieron sin cruzar palabra durante un rato, degustando la tristeza de las alubias y de las tajadas de ave como si la criada las hubiera aderezado con su mudez. Habían rechazado finalmente cenar con agua y bebían vino, aunque con una prudencia a la que no estaban acostumbrados.

—Rafael, ¿llegaron a alguna conclusión los inquisidores sobre el significado de la serpiente tras revisar el proceso del librero?

—Quizá no debería hablaros de ello —respondió el notario bajando la mirada.

—No lo hagáis si os incomoda. Lamento habéroslo preguntado. Es simple curiosidad, me gustan los enigmas.

—Don Lorenzo estaba en lo cierto. Si vais a presentar la acusación tendréis que saber de qué se trata. Creo que Pedro os tiene celos, jamás se había comportado así con un fiscal.

—Equivoca mis ambiciones.

—Acertasteis al decir que la serpiente podía tratarse del uróboros y representar la eternidad. A mí también me gustan muchos los enigmas. Os confieso que una de mis lecturas favoritas son los libros de emblemas. Poseo uno de mi padre que pude salvar de la pasión poética de mi madre, pues vendía todos los que no contenían versos en cuanto tenía oportunidad. Se trata de *Emblemas morales*, de Juan de Horozco, ilustre toledano.

—Hermoso libro.

—¿Lo conocéis?

—Por supuesto.

—Curiosamente también era citado en uno de los informes de los calificadores. Si me permitís que exprese mi opinión, creo que, como dijisteis, podría tratarse de un emblema aunque no le acompañe ninguna inscripción. Se me ha ocurrido que quien escribió el manuscrito del siglo XV, el librero, la madre de la acusada y la monja pertenecen a un mismo grupo que se identifica bajo ese símbolo.

—Vos seríais mejor inquisidor que yo. Brindemos por ello.

Apuraron de un trago hasta la última gota del vaso.

—No creáis. A la misma conclusión llegó Pedro, aunque tampoco le resultó difícil con los antecedentes de que disponemos.

—Dudo que pueda llegar más allá.

—No lo subestiméis, es hombre astuto —repuso Rafael.

—Lo sé. Pero creo que vos habéis dado en el clavo. Desde la Antigüedad no ha habido nada más útil para ocultar un secreto que una imagen cuyo verdadero significado sólo alcanzarán a comprender los que posean los conocimientos adecuados. Y éstos se reconocerán por medio de dicha imagen. Éste es el origen de los emblemas.

—¿Creéis entonces que el secreto que esconde se refiere a la eternidad? Y de ser así, ¿a qué eternidad? —le preguntó Rafael.

Se comió una cucharada de alubias esperando la respuesta: las deshizo en la boca, las aplastó con la lengua disfrutando de su textura caliente y densa, como la sangre que le recorría las venas cuando estaba a solas con Íñigo.

—La forma circular era considerada la más perfecta de todas desde la Grecia clásica —contestó Íñigo—, pues no tiene principio ni fin. Utilizaban el uróboros para dar a entender que «todo es uno». Que todo ha de llegar a donde empezó para que sea perfecto.

—Sin embargo, en el informe de otro calificador se identificaba a la serpiente, en vez de con el uróboros, con otro animal más temible a juzgar por las alas de murciélago, las garras, la cresta y el pico de gallo.

—El invencible basilisco —dijo Íñigo—. Nacido del huevo de una gallina y empollado por un sapo.

—Cierto. El basilisco aparece en mi libro de emblemas. Os lo enseñaré.

Rafael se levantó para ir a la librería a buscarlo. Deseaba impresionar a Íñigo, demostrarle que era algo más que un simple escribano que se limitaba a copiar lo que decían otros. Con él también podría disfrutar de una conversación a la altura de sus virtudes intelectuales.

—¿Profesáis el humanismo? —le preguntó de repente Íñigo.

—¿Por qué?

—Los humanistas eran grandes apasionados de la emblemática. Y no pocos en España fueron sospechosos de herejía.

—¿Queréis quemarme? —replicó Rafael con voz tímida y vacilante.

—¿Acaso lo merecéis?

Íñigo lo miró fijamente. Luego soltó una de aquellas carcajadas diabólicas que dejaban sobrecogido al notario.

—Hay cosas que ni siquiera el fuego puede destruir —dijo a continuación—. Tan sólo las aviva. Pero volvamos al emblema. Sentaos y mostradme vuestro libro, por favor.

Era un magnífico ejemplar. La primera edición que se hizo en Segovia en 1585.

—Permitidme que busque dónde se menciona al basilisco —le rogó Rafael.

Íñigo se lo devolvió tras haber hojeado unas cuantas páginas. En ese instante entró Santuario con el postre, una tarta de almendras.

—Recoge los platos y vete a casa —le ordenó su amo, pero no nos interrumpas más.

Ella obedeció tras echar al fuego otro de los manuscritos de poemas apilados en una cesto próximo a la chimenea. Luego cargó con las cazuelas de las alubias, y se retiró deseándoles las buenas noches con una inclinación de cabeza.

—El basilisco era invencible —dijo Íñigo mientras Rafael lo buscaba en el libro—. Mataba con su aliento o su mirada a cuanta persona o animal le salía al paso, y secaba árboles y hierbas.

—Lo he encontrado —anunció el notario, y leyó:

> Por el basilisco que se traba la cola denotaban el tiempo, y ponen dentro figuras de dioses dando a entender que son inmortales, porque este animal tenían por inmortal y así lo ponían sobre la cabeza de los dioses y significaba eternidad también por esta misma razón.

Tras la lectura se quedó pensativo durante unos minutos.

—Entonces el halcón, la hoguera y la fuente deberían ser inmortales.

—Confieso que vuestra compañía cada vez me resulta más grata y estimulante —repuso Íñigo sirviéndose otro vino.

Rafael sintió en sus mejillas la lumbre de la chimenea, y se refugió en las páginas del libro para ocultar su azoramiento.

—Pero el halcón no es inmortal, Íñigo.

—Los egipcios representaban el alma por medio de un halcón.

—¿Cómo lo sabéis?

—Estudié los jeroglíficos egipcios con un maestro mío de la universidad. Vos que sois tan aficionado a los emblemas deberíais saber que son la base de la mayoría de ellos. Halcón en egipcio se dice *baieth*. *Bai* significa alma y *eth*, corazón. Por tanto, el corazón era para ellos la envoltura del alma.

—Juan de Horozco relaciona el alma con el azor.

Rafael lo buscó en el libro mientras Íñigo se comía la tarta de almendra.

—Escuchad:

> El ánima entendida por el azor, conforme al nombre que le dan que es *Baieth*, porque *bai* entre ellos significa alma y *eth* corazón, y de la manera que esta ave con su ligereza unas veces sube muy alto y otras no se desdeña de volar muy bajo, así el alma se levanta algunas veces a la contemplación de las cosas y otras baja a considerar las más ínfimas de la tierra.

—Luego el halcón dentro del basilisco significa que el alma del hombre es inmortal. Pero ¿por qué posarlo sobre una escalera en posición horizontal? La escalera podría ser la de Jacob, con la que ascendió al cielo.

—Deberíais tomaros el postre, Santuario hoy se ha esmerado más que otros días —dijo Íñigo tras saborear el último pedazo de la tarta.

—Sus dulces no son delicia de monja, precisamente. Parece que cuanto toca o mira, lo amarga con su falta de palabras.

—Creo que cuando ella os mira u os toca lo hace con la más tierna devoción.

—Aun así —respondió Rafael evitando la mirada de Íñigo—. De todas formas no podría probar ni un bocado. Me resulta demasiado interesante el estudio que estamos haciendo. Puede que lleguemos a averiguar más que los propios calificadores.

—Bien, la escalera en posición horizontal podría referirse al horizonte donde cielo y tierra se unen.

—Cielo y tierra... —repitió pensativo Rafael—. El alma no sube al cielo, sino que se queda en la tierra, o entre cielo y tierra, ¿el purgatorio?

—Creo que significa que la parte celestial del hombre, el alma, y la parte terrena, podríamos decir su cuerpo, su carne, serán inmortales.

—Por estar encerrados dentro del basilisco.

—Efectivamente.

—La inmortalidad del hombre en cuerpo y alma —dijo Rafael emocionado—. A esta misma conclusión llegaba uno de los informes de los calificadores, pero sobre todo al relacionarlo con el medicamento celeste de los alquimistas que se nombraba en la profecía.

—El medicamento celeste buscado desde el comienzo de los tiempos, la panacea universal que alarga la vida o la hace eterna.

—De ahí la forma circular del basilisco. Como habéis dicho, no hay principio ni fin.

—Así es, el hombre ha de llegar al principio de su origen: la Creación. En el paraíso, Adán y Eva eran inmortales antes de morder la manzana.

—Íñigo, creo que hemos llegado a una conclusión muy acertada. Pasemos si os parece al fuego que arde bajo la cabeza del monstruo y a la fuente.

—«La gloria de Dios aparecía como fuego ardiente que abrasaba la cumbre del monte a los ojos de los hijos de Israel» —recitó Íñigo.

—¿Del Génesis?

—Éxodo.

—¿Creéis que el fuego representa a Dios?

—Es posible.

—¿Y qué me decís entonces del agua celeste que brota de la fuente?

—No se me ocurre nada.

—¿No hay en los jeroglíficos egipcios que tanto mencionáis algún indicio que pueda arrojarnos algo de luz?

Íñigo sonrió.

—En ellos fuego y agua son símbolos de la purificación.

—Puede tener sentido. Veamos si encuentro algo en el libro —dijo Rafael mientras se enfrascaba de nuevo en su lectura:

Por el agua y el fuego significaban la limpieza de lo que había tenido manchas y se le habían quitado; porque estos elementos son los que todo cuanto hay purifican, pues lo que el agua no lava lo gasta el fuego.

—El hombre, una vez purificado, alcanzaría la inmortalidad en cuerpo y alma. Y quizá lo consiga a través del medicamento celeste —añadió Íñigo—. Desde luego tiene sentido.

—¿Informaréis a los inquisidores de nuestras averiguaciones?

—Recordad que ellos son quienes deben investigarlo, como decía Pedro, y por tanto resolverlo por sus propios medios o con la ayuda de los calificadores —respondió Íñigo con una sonrisa ácida—. Y ahora, si me disculpáis, me retiro a mi alcoba.

—Continuemos elucubrando un rato más, por favor. Presiento que íbamos por el buen camino —replicó Rafael desilusionado—, y aún nos quedan muchos puntos que resolver, las estrellas del cuerpo del animal, los colores…

—Otro día Rafael, otro día. He disfrutado mucho con nuestras pesquisas y con la lectura de Juan de Horozco.

—Esperad —le rogó el notario mientras se dirigía a su escritorio—. Han traído esta nota para vos mientras estabais ausente.

—¿La habéis leído?

—No tengo por costumbre curiosear la correspondencia ajena —dijo al entregársela.

Íñigo desdobló el papel y tras leerlo sonrió.

—¿Malas noticias?

—Nada que no se pueda arreglar. Buenas noches.

Se retiró a su alcoba. Se hallaba cansado y concilió el sueño muy pronto.

Entretanto, la acusada que se hacía llamar Isabel de Mendoza escuchaba el canto nocturno que se repetía tras el muro de la cárcel secreta del Santo Oficio. Se ovilló en el jergón hasta que se quedó dormida, y soñó con el hombre que amaba.

«Caminas desnudo sobre las losetas mugrientas. De la sombra de tu cuerpo reflejada en la pared de la celda, sobresalen afilados tan sólo sexo y daga. Viriles se acercan a mí, mientras mi soledad se excita entre los muslos. Con la daga de tu mano rajas mi hábito de presa, y de los jirones brotan mis pechos sometidos al instante al látigo de tu lengua que los endurece ferozmente. Gimo. Amordazas mi boca con la tuya exigiendo silencio. Desfallezco. Te apartas, me tomas por los hombros, me acuestas sobre la paja miserable. La vasta tela cede de nue-

vo al filo de la daga y surge el vientre pálido. El grillete que
me encadena las manos, lo enganchas a la argolla que pende
del muro para inmovilizar en el catre al prisionero. Y con los
brazos extendidos, como si de velos mi cintura estuviera rodeada, bailo libertina para atraerte hasta que en mí sucumbe
tu sexo de sombra. Y lloro por no poder tocarte, porque tu
carne se hace humo, porque hueles a las cenizas de la noche.

tira púrpura

10

Toledo, 5 de noviembre del año del Señor de 1625
Tribunal de la Santa Inquisición
Audiencia de la mañana

E ra un miércoles luminoso. En la
sala de audiencias, Berenjena se ha-
llaba ya en su puesto del banco de madera. Había dormido
mal, le habían asaltado durante el sueño pesadillas sobre su
propia muerte, como en la época en que supo del asesinato de
Escolástica. Tembló por un instante al contemplar el cortinón
carmesí, pero el rosario enredado entre sus dedos le dio fuerza. Sonrió a los cuatro hombres que esperaban en silencio a
que continuara con su testimonio, y no lo demoró más.

Señorías, cuando me repuse por completo del golpe del gigante, abandoné la enfermería para regresar a mi lecho en el
dormitorio de las nodrizas. La Blasa me estaba esperando para
propinarme un buen palo por no haber ido aquella tarde derechita al hospicio como me había mandado. Me excusé diciéndole que decidí acercarme a la calle Mayor para comprarme
un rosario con el dinero de Berta, así justificaba también el
regalo de José. De esta forma sólo me llevé un palo en vez de

unos cuantos, pues comprendió que al menos había utilizado mis ganancias para un fin noble, a diferencia de ella, que las había despilfarrado en las casas de juego. No le hablé de mi atacante gigantesco, me limité a decirle que un mendigo me había asaltado en un callejón para robarme. Y el asunto quedó así zanjado para la Blasa, aunque no para mí.

Transcurrió una semana en la que apenas concilié el sueño, hasta que ella se ausentó del hospicio para jugar otra de sus partidas y pude acercarme al Mesón del Águila. Cuando llegué a la puerta noté que por un momento me flaqueaban las fuerzas, pues me asaltó el recuerdo de lo sucedido en el establo. Pero pesaron más en mi ánimo las ganas de dar con Paca la Ternera para rogarle que me pusiera en contacto con Berta, aunque ella me había indicado que sólo recurriera a esa mujer si Bárbara tenía alguna necesidad, y la pequeña se hallaba perfectamente. Era yo, señorías, la que padecía un mal, uno que se clava en el alma como punta de cuchillo y no permite el descanso. Me refiero al deseo de saber, de hallar respuestas. Necesitaba preguntarle a Berta quién era aquel gigante de cántico sobrenatural, por qué su lengua se parecía tanto al acento secreto de ella, y qué había hecho con José. Necesitaba saber si a partir de entonces debía limitarme a rezar con el rosario de cuentas amarillas por la salvación de su alma, o si podía esperar verlo de nuevo. Berta me había dicho que no debía fiarme de José, pero me preguntaba si no sería de ella de quien debería desconfiar. Según mi teoría, el gigante podía haber asesinado a Escolástica obedeciendo sus mandatos, pues el lazo que los unía me parecía cada vez menos débil.

Paca la Ternera era una mujerona de cincuenta y tantos con el pelo como el carbón. Era natural de las tierras portuguesas; no había más que oírle pronunciar dos palabras para darse cuenta. Tras su acento dulce no se escondía nada, era puro, y sin ninguna capa que quitar. Se encargaba de cuanto concernía a las alcobas del piso de arriba del mesón. Por tanto, debía ser discreta, ciega, sorda y casi muda. Me conocía de vista, aunque yo a ella no le había echado el ojo jamás. Fue amable conmigo, pero no pudo o no quiso ayudarme.

—Berta se halla en Valladolid, jovencita, y no puede regresar a la villa y dejar a su amo solo —me dijo.

—Pero he de hablar con ella.

—Habrás de esperar a que regrese y te mande recado al hospicio.

—¿Y si la niña enferma?

—¿A qué niña te refieres?

Era posible que aquella mujer no supiera de la existencia de Bárbara o que fingiera no conocerla. Tal vez se preciara de ser tan discreta que no hablaba jamás de lo que ocurría en las alcobas. Toda la información que pude sacar de nuestra conversación fue la que les he mencionado, y que había nacido en el mismo pueblo que Berta y que al cabo de los años se habían reencontrado en la villa.

—¿Seríais tan amable de decirle que sé lo del gigante?

Paca la Ternera enarcó las cejas.

—Ella lo entenderá —repuse.

Ocho meses después regresé al mesón a la hora convenida pero no hallé a Berta en la antecámara donde nos reuníamos.

Paca la Ternera ya no trabajaba allí. Habían desaparecido. Nadie quiso darme noticia de ellas; en aquel lugar la discreción era reina y ni un alma quería traicionarla.

A partir de entonces, el tiempo se tornaría para mí lento y pesado como burla de la fugacidad de la vida. Pasaron años sin tener noticias de Berta, años en los que no supe si José estaba vivo o muerto.

Así que me consagré en cuerpo y alma a dos tareas esenciales: la observación de la hermana Ludovica, y el cuidado de Bárbara y por supuesto de Diego. Osado niño. La infancia de Bárbara es la infancia de él. Era una criatura de aspecto raquítico y débil en comparación con ella, que se criaba robusta y fuerte. Las mayores alegrías de Bárbara, sus mayores penas fueron por su causa. Lo amaba sin tener conciencia de lo que era el amor. Lo necesitaba de tal modo que no concebía su ausencia. Él no era una parte de su cuerpo, un brazo o una pierna que hubieran podido amputarle y sin la que habría seguido viva, era su propio corazón, señorías, lo supe con el tiempo. Creo que aquella noche de peste ocurrió algo en la caja de salazones que escapa al entendimiento humano, a la lógica de la vida y la muerte a la que estábamos acostumbradas en el hospicio. Era tan fácil dejar entonces este mundo, irse con el sabor del nacimiento aún prendido de los labios. A veces pienso que si bien Nuestro Señor se apiadó de ellos y les permitió vivir, decidió que habían de hacerlo con un mismo corazón dividido en dos pechos pero con el mismo latido, que condenaría a las mitades a buscarse y a necesitarse eternamente. Estoy segura de que era ese único latido escalofriantemente acompasado y exacto lo que desconcertaba a la hermana Ludovica cuando lo escuchaba con la trompetilla metálica, e iba del pecho del niño al de la niña sin concederse tregua y con las mejillas enrojecidas por aquel descubrimiento que desafiaba a la ciencia de la monja.

Cruel condena, señorías, la que nos une a otro ser para siempre, pues en pocas ocasiones permite la paz. Te inflama el alma de anhelos y deseos, de miedo y esperanzas; y con exacta mano te lleva del cielo al infierno, del veneno al gozo. Los compadecía y dicha compasión fue agrandándose en mis entrañas conforme crecían y los veía amarse y sufrir a un tiempo.

La Blasa consiguió criarlos hasta los dos años, a pesar de que la lactancia en el hospicio se extendía como mucho hasta los dieciocho meses. Después estuvo amamantándolos a escondidas por lo menos hasta que cumplieron los tres; así se aseguró de que no le faltaba la leche que seguía apostándose a los naipes. Pero tuvieron que abandonar el dormitorio de los niños de pecho para acomodarse en el de los destetados, el peor de todos, puedo asegurárselo. Era el más grande, el más alargado, con tres filas interminables de camas bajo un techo alto y sin un solo insecto. Hacía tanto frío que los huesos se helaban y crujían como si los pequeños esqueletos estuvieran hechos de madera vieja. En las horas fantasmales de la madrugada, los alientos huérfanos formaban un vaho de hielo que flotaba entre las camas hasta la llegada del alba. También era el dormitorio donde más se sufría, quizá porque uno comenzaba a tener conciencia de la vida al pasar a los dominios de la hermana Urraca, que, como les anticipé al principio de mi testimonio, gobernaba sin un ápice de compasión. Si antes no les quise hablar de ella es porque me basta con pronunciar su nombre para que mi memoria se estremezca. Caminaba apoyada en un bastón para mantener erguidos sus huesos ancianos y destartalados, que emitían un siniestro cloqueo al caminar. Era una monja diminuta, de rostro enjuto, amarillento y arrugado, con ojos maliciosos y una verruga en una aleta de la nariz. Se pasaba el día inventando fechorías para aterrorizar a los niños. Su favorita la llevaba a cabo después de que se acostaran. Se disfrazaba de bruja echándose encima del hábito una manta negra con una abertura por dónde sacaba la cabeza, y se cubría el pelo lacio y gris con unas raíces apestosas que guardaba en un tarro de cristal y cuidaba como si aún estuvieran vivas. Así que cada noche, vestida de esa guisa y armada con una escoba de la cocina, se paseaba por el dormitorio mientras les gritaba a los infelices:

—¡Desgraciados bastardos! ¡Hijos del pecado y la pobreza, al primero que se mueva o que llore lo hago sebo y me lo como!

Los pequeños se metían debajo de las sábanas sin atreverse a emitir ni un solo gemido. Aprendían rápido cómo debían comportarse para sobrevivir sin que les propinaran más palos de los necesarios, porque al que oía llorar, Urraca le atizaba un escobazo riéndose como si fuera un perro que gruñe, sin enseñar los dientes, con la boca cerrada y los labios apretados, como me había dicho la Blasa que reían aquellos que no atesoraban en su pecho ni una pizca de corazón. A pesar del tiempo que había transcurrido desde mi estancia en aquel dormitorio, yo aún temblaba y sentía unas fuertes ganas de orinar cuando la oía reír así. Estaba convencida de que si la hermana Ludovica le ponía en el pecho la trompetilla metálica no hallaría en él ni un solo latido. Además, la Blasa me había metido en la cabeza que la hermana Urraca era una «desenterrada». Así llamaba ella a las personas que gracias a la magia del diablo habían vuelto a nacer en la tumba, y pululaban por el mundo sin más propósito que hacer sufrir a los demás. Muchas veces me había contado durante mi infancia, y siempre bajo el temblor de las tinieblas, que había visto a la hermana Urraca escupir tierra de su propia sepultura en los lienzos que llevaba arrebujados en los bolsillos del hábito. Era frecuente percibir en el hospicio los carraspeos rocosos de su garganta, que se propagaban de una estancia a otra a través de un eco amenazante. En alguna ocasión me había atrevido a mirarla de reojo mientras escupía, pero se pegaba tanto el lienzo al rostro que jamás pude ver el menor rastro de tierra o flema.

Por muy descabellada que me parezca ahora la existencia de los desenterrados, señorías —aunque he tropezado con tanto malnacido empeñado en jorobar al prójimo que a veces llegué a creer que al menos la mitad del mundo había salido de la oscuridad del sepulcro en vez del vientre de su madre—, por entonces, sólo pensar que tenía uno cerca y encarnado en una sierva de Dios me llenaba de espanto. Para colmo la Blasa no paraba de alimentar mi imaginación. Me aseguraba que nada les gustaba tanto a esos seres como causar tormento a las personas que tenían la suerte de querer a otras y además ser correspondidas. Amar era un riesgo, mejor tener el corazón desierto. Decía la Blasa que quienes se entregaban a los afectos y quereres emitían una luz que sólo era visible a los ojos de los desenterrados, una luz que se intensificaba cuando estaban juntos. Yo vislumbraba a las víctimas en mi mente como una especie de luciérnagas del amor y, por supuesto, los que más me preocupaban eran Bárbara y Diego. No sabía yo si para emitir aquella luz era necesario ser consciente de que uno amaba o si bastaba con quererse como se querían ellos en esa época, de una manera irracional, con la piel, el olfato y el alma. La Blasa no supo aclarármelo.

Yo aún no los había descubierto brillando en la oscuridad con su pasión fosforescente, pero a veces, cuando los veía dormir acurrucados el uno en el otro, o revolcarse por el suelo jugando como dos cachorros de gato, o rezar juntos cada mañana, recordándole él las palabras de la oración que ella solía olvidar, era yo la que sentía que mi cuerpo se iluminaba, y me aterraba que la hermana Urraca se diera cuenta. Sus primeros años en el dormitorio de los destetados me empeñé más que nunca en protegerlos. Al poco rato de la hora de acostarnos, me escurría de puntillas de la cama y los tapaba con mi echarpe de lana para que los ojos sepulcrales de la hermana Urraca no los descubriera, pues imaginaba que en la negrura de la noche era cuando más podía deslumbrar su amor. Luego lo retiraba temprano para que nadie se diera cuenta, y para evitar así una reprimenda.

Pero cuando los niños cumplieron seis años, mis desvelos por mantenerlos a salvo de la hermana Urraca sirvieron de poco. Diego se había convertido en una criatura empeñada en buscarse su ruina y la de Bárbara, aunque sólo pretendiera defenderla. Aún me recordaba a un espantajo de feria. Lucía un pelo duro, áspero y rizado en la parte de la cabellera quemada. En cambio, en la que resultó indemne se dibujaban unas ondas suaves y de un negro atroz. Era, como acabo de relatarles, de aspecto débil y enfermizo, y flaco como una aguja. Sus únicas ventajas radicaban en su alta estatura, en la dignidad de su porte, y en un mentón cuadrado que proporcionaba apostura al rostro. No parecía un digno compañero para ella, cuya belleza y lozanía habían aumentado con el paso de los años, aunque jamás habría encontrado un defensor más tenaz. Una noche Urraca se acercó a Bárbara con su atuendo de bruja y él se metió en la cama de la niña para protegerla con su cuerpo, como si ese montón de huesos fuera un escudo capaz de librarla de todo mal. «No temas —parecía querer decirle—, no permitiré que la bruja te lleve ni que te roce con la escoba.»

—Vuelve a tu cama, demonio insolente, y disponte a dormir, pues quien desobedece a una bruja tendrá un duro castigo —le gritó la Urraca.

Luego lo molió a escobazos y lo amenazó con hacerlo manteca y echarlo al puchero. Sin embargo, Diego no se movió del lado de Bárbara. Enfurecida, la monja lo sacó de la cama de la niña agarrándolo de una oreja y lo arrastró por el suelo. Yo, que había acudido al dormitorio de los destetados a causa del alboroto, fui testigo de cuanto sucedió. Bárbara se aferró a las piernas del niño mientras los huesos viejos de la monja tiraban de él hacia el pasillo.

—Suelta a este truhán. No querrás que te lleve a donde va él —vociferó la hermana.

—¿Y adónde va?

—Al mismísimo infierno —respondió la monja riendo como un perro.

—No me importa ir al infierno si estamos juntos —respondió Bárbara.

Supe que lo decía de verdad. Le hubiera seguido a cualquier parte. Bien es cierto que a sus pocos años no podía entender el significado de la condenación eterna, pero temí que la edad y el buen juicio cristiano no fueran suficientes para hacerle cambiar de idea. Y le rogué a Dios que nunca se viera obligada a tener que tomar aquella decisión, aunque un negro malestar me auguraba que así sería.

La hermana reclamó mi ayuda para que la separase de Diego. Y tuve que obedecer. Bárbara se sumió en un desconsolado llanto cuando vio alejarse a la monja con su compañero. Lloraba con sus ojos mortales, pero también con sus manos. Se expresaba a través de ellas. Su alegría, su desgracia, su miedo. Necesitaba tocar cuanto tuviera a su alcance porque era su forma de descubrir y entender el mundo que la rodeaba. Creo que percibía en cada objeto, en cada ser dotado de vida, incluso en las plantas, el viento o el humo de las velas, algo que al resto se nos escapaba. Parecía conocer su verdad oculta, todo le hablaba y ella lo comprendía.

Aquella noche cuanto tocó en el dormitorio de los destetados quedó suspendido en su tristeza sombría. Es difícil explicar que se pueda oír cómo llora una mísera baldosa de barro, una camisa de noche, o un pedazo de musgo que brota del suelo a causa de las heladas nocturnas.

Sus manos no se parecían a las de otra persona que haya conocido. Eran cálidas y tiernas si estaba alegre, pero al enfadarse le ardían de coraje, se volvían ásperas y pinchaban como espinas de rosas. Si cuando Bárbara era un bebé disfrutaba yo estando aferrada a ellas, conforme fue creciendo empecé a temerlas. A veces no dejaba que me tocara.

La hermana Urraca condujo a Diego hasta la cocina y lo metió en la enorme cacerola donde cocían las lentejas para todo el hospicio. La Providencia quiso que la hermana Serafina llegara justo en el momento en que la hermana Urraca amenazaba al pequeño con encender el fuego.

—Por Cristo Santísimo, ¿qué hacéis con esa criatura? —le preguntó.

—Necesita aprender lo que es el miedo.

—Dadle tiempo, acabará averiguándolo antes o después.

Diego no había soltado ni una lágrima dentro de la cacerola mugrienta donde cabía un hombre, ni había salido de su garganta un solo grito pidiendo auxilio o misericordia, ni había intentado revolverse y huir, a pesar de que, en contra de lo que creía la hermana Urraca, el fuego le daba pavor. Se adivinaba en lo más hondo y negro de sus ojos cuando los apartaba de la llama de una vela. Era como si temiera el olor de su propia piel, del destino que había burlado.

Cuando la Urraca regresó con él al dormitorio de los destetados, Bárbara la miró con la frialdad de la cólera, y le agarró fuertemente las piernas.

—Suéltame, criatura del demonio —refunfuñó ella quitándosela de encima de un escobazo.

Pero las raíces que cubrían sus cabellos se le pudrieron al instante y se le cayeron de la cabeza, putrefactas y húmedas, sin posibilidad de resurrección. A las pocas horas, la monja tuvo que acudir a la enfermería aquejada de un mal al que ni la Ludovica supo ponerle nombre. Se retorcía de dolores de estómago y vomitaba una bilis amarillenta y densa como resina de árbol. Y cuanto remedio le aplicaban, cuantas tisanas de hierbas tomaba tan sólo conseguían agravar el desconsuelo de sus intestinos.

Yo no era la única que observaba detenidamente a la pequeña Bárbara y a Diego, aunque sí la que más se preocupaba de su cuidado. La tarea que me había impuesto de vigilar a la hermana Ludovica me reveló que ella también dedicaba una buena parte de su tiempo a estudiar el comportamiento y el carácter de los niños. Jamás la había visto interesarse tanto por unos huérfanos, y más por unos que estaban sanos. Siendo una criatura, yo también había gozado de una salud magnífica, hasta que a los ocho años me atacó la viruela. No obstante, la hermana sólo reparó en mi existencia cuando el rostro se me llenó de pústulas. Era otro, sin duda, el motivo que avivaba su interés por Bárbara, y no me equivocaba al pensar que estaba relacionado con la serie de acontecimientos oscuros que rodeaban los orígenes de la niña.

Ella sabía que las manos de la pequeña ocultaban ciertas facultades. En más de una ocasión la había sorprendido examinándoselas en la enfermería, y aplicándole bálsamos que se las dejaban suaves como plumas de ave. Tenía la costumbre de lavárselas con agua bendita en la capilla cuando creía que nadie la observaba. Nunca supe si lo hacía para protegerla del maligno, o para limpiar lo que hubiera de él. También se interesaba por el vínculo que la unía a Diego. Estoy convencida de que su propósito era averiguar si se reducía a la unión que surge entre dos seres cuando el único cariño y calor de este mundo lo han encontrado el uno en el otro, o si se trataba de una ligadura más profunda y secreta que hacía que su corazón les golpeara el pecho al mismo tiempo. Mientras Bárbara mostraba un carácter impetuoso y lleno de vida, como la propia naturaleza, Diego era un niño de ojos desconfiados y retadores que se hallaba siempre encerrado en sí mismo, lóbrego y meditabundo a sus pocos años. Pero eso no había evitado que la hermana Ludovica descubriera que también poseía una cualidad extraordinaria: su memoria.

A los siete años le bastaba con escuchar un par de veces una oración o incluso un pasaje de un Evangelio —que les leía a los niños la bondadosa hermana Serafina— para que los repitiera sin cometer errores. Y a los ocho ya se sabía la liturgia en latín que oficiaba los domingos en la capilla del hospicio el padre Ismael, un cura viejo que había sido espadachín y borracho, enderezado en la madurez por la voluntad de Dios.

—Este niño debería ir directo al convento para hacerse fraile —decía la hermana Serafina, que también se había percatado de aquel prodigio—, pues posee la gracia de recordar la palabra de Nuestro Señor.

Pero Diego lo recordaba todo, fuera o no de procedencia divina. No conocía el olvido, y eso atormentaba su mente infantil. Almacenaba en su memoria todas y cada una de las afrentas que habían cometido contra él algunos huérfanos a causa de su cabellera maltrecha. A lo largo de su corta vida se había llevado más de un tirón de pelo de sus compañeros, que se divertían llamándole «cabeza de escoba» y cosas así. Tras alcanzar los ocho años, y el entendimiento suficiente, eligió el desafío en vez de la pelea. Retaba a los injuriadores con sus ojos de abismo y más de uno se echaba atrás cuando proponía pruebas de valor como meter una cucaracha entre las páginas del misal de la hermana Urraca. Se enorgullecía de haber salido siempre victorioso del juego del soplillo, donde demostraba que a pesar de sus pelos de titiritero nadie le superaba en valentía. Consistía el juego en que un niño se ponía frente a él y le soplaba en el rostro mientas le preguntaba:

—¿Fue tu padre a moros?

—Sí —contestaba sin emitir ni un pestañeo.

—¿Matolos todos?

—Sí.

—¿En qué lo veremos?

—En los ojos.

Bárbara contemplaba orgullosa cómo aguantaba los huracanados soplidos de su contrincante sin parpadear ni una sola vez. Me recordaba a las damas de las comedias que a veces iba a ver junto a la Blasa en el corral del Príncipe: siempre encandiladas de amor por la hazañas de sus caballeros.

Observar cómo vigilaba la hermana Ludovica el crecimiento de los niños, cómo se dedicaba al resto de las actividades, aparte de curar enfermos, me costó más de un disgusto. En primer lugar padecía desde entonces un sueño crónico que me retrasaba en mis faenas. Más de una vez me dormí apoyada en la fregona, provocando la ira de la Blasa, que me despertaba con unos buenos capones. Se hallaba de un humor de mil demonios desde la desaparición de Berta, ya que con ella habían volado los reales que gastaba en las casas de juego. Además, la edad comenzaba a afectar a la abundancia de sus ubres. Poco a poco la hermana Serafina la iba relegando a la labores de ama de sala. Seguía mandando como siempre en todas las nodrizas y en mí, pero ya no se atrevía a fanfarronear con que poseía la mejor leche del hospicio, y eso le molestaba casi tanto como no poder apostársela a los malditos naipes.

Volviendo a la falta de sueño que me aquejaba en aquel tiempo, su causa se debía a que la hermana Ludovica realizaba una intensa actividad nocturna. No me fue posible espiarla de cerca durante muchas noches, pues se hallaba siempre alerta como si fuera consciente de una amenaza perpetua. Por otra parte, burlar la vigilancia de la hermana de guardia y de la Blasa, entre ronquido y ronquido, tampoco me resultaba fácil. Fue de gran ayuda que uno de los ventanucos del dormitorio de los de pecho se asomara directamente a la huerta de la Ludovica, pues así pude comprobar que la monja sembraba y arrancaba plantas bajo la vasta luz de la luna llena, así como durante el alba, justo en el momento en que el cielo muestra la agonía de todo principio. Pero no acometía aquellas tareas de cualquier manera, lo hacía pausada y concienzudamente, y con la pasión de la nueva Ludovica que yo había descubierto, repetía siempre los mismos pasos mientras sus labios pronunciaban unas palabras que jamás acerté a oír. Estaba convencida de que aquello formaba parte de un ritual en el que los vegetales quedaban sometidos a algún embrujo.

Me llevó mucho tiempo y esfuerzo hilar lo que había observado a lo largo del día o de la noche, y reconstruir las operaciones que realizaba con las plantas sembradas y cortadas en esas circunstancias. Primero las metía en un recipiente de cristal, ancho de vientre y estrecho de cuello, y las quemaba en el fuego de un hornillo. Después vertía sobre las cenizas el rocío de la mañana que recogía en los baldes. Se formaba así una especie de estiércol, de tierra negruzca y verdosa que dejaba macerar durante semanas o meses hasta que la consideraba lista para destilar en un alambique. Vi con mis propios ojos cómo sometía a un pequeño rosal silvestre a cuanto les he referido. El rosal se hallaba entre las plantas de verbena y los macizos de laurel para las pócimas digestivas. Una enfermedad había aniquilado el carmesí de sus flores y el vigor de su tallo espinado, dejándolo macilento y pardo. Sentí lástima de que lo quemara. No podía imaginar que volvería a verlo, aunque no bajo la luz del sol o de la luna, sino encerrado en aquel recipiente, señorías, convertido en el espectro de lo que había sido.

La hermana se tomó muchas molestias para ocultarlo bajo un trapo en una repisa de las alacenas de aquella habitación cuya puerta misteriosa yo buscaba con insistencia. Pero mi vigilancia en una ocasión dio sus frutos. Levanté el trapo y vi el fantasma del rosal: oscilaba en el recipiente, parecía hecho de humo. Tal vez me halle ante el espíritu de un vegetal, me dije persignándome. La muerte lo había vuelto más frágil, y aunque había perdido la belleza gruesa de estar vivo, permanecía en él su esencia de tallos espinados y pétalos tiernos. ¿Cuál sería ahora su destino, resucitado de la podredumbre de la tierra y convertido en espejismo, en ánima que tiembla melancólica ante los ojos de los vivos?

¿Utilizaba la hermana Ludovica aquellos fantasmas para curar enfermedades? ¿Daba a beber en sus tisanas la eternidad de las plantas? ¿Se alojaban, por tanto, en nuestros estómagos los espectros de la naturaleza? Si de algo estaba segura era de que la hermana Ludovica sostenía, como les dije, una tenaz y fría lucha contra la muerte del hombre. Trabajaba sin descanso para erradicar los males que nos llevaban a la tumba. Pasaba horas consultando libros, preparando cocciones, bálsamos y emplastos de todo tipo, pero ¿y si su pelea contra la enfermedad la había llevado a un terreno tan sombrío como oculto? Sospechaba que así era, y el miedo a que me descubriera aumentaba al tiempo que mi anhelo de saber. Un anhelo que nunca habría satisfecho del todo sin la ayuda de la hermana Serafina. Cuando abandoné la enfermería recuperada ya del golpe en el establo y me reincorporé a mis faenas domésticas, le pedí a la monja que me enseñara a leer. No pensaba echar en saco roto la promesa que me hice al no poder averiguar el contenido de los papeles de la Ludovica.

—Hermana Serafina, quiero profundizar en la vida de los santos —le dije.

Aquélla era una de sus más febriles pasiones, así que exclamó conmovida:

—No hay mejor razón para dejar de ser analfabeta, Berenjena. ¡Oh, cuán emocionante te resultará la vida de aquellos mártires! ¡Y lo que aprenderás de sus hazañas y descuartizamientos por amor a Dios!

A partir de entonces me daba lecciones los domingos, después de la misa del padre Ismael. Jamás podré olvidar mi primera lectura, la vida de san Pantaleón, el favorito de la monja. Y no podía haber tenido un gusto más acertado. Los milagrosos hechos que rodearon su muerte me hicieron comprender que me hallaba en el buen camino para conseguir mis propósitos, y los tomé como una señal. Como sus señorías conocerán, el emperador Diocleciano intentó matar al santo de seis maneras diferentes sin ningún éxito. Con fuego, con plomo fundido, ahogándole, tirándole a las fieras, torturándole en la rueda y atravesándole una espada. Finalmente, permitió que le cortaran la cabeza y el santo falleció, para tranquilidad de sus torturadores. Tras leer aquello me eché a temblar. La hermana Serafina pensó que me había emocionado a causa del poder del santo, pero mi mente pensaba en Escolástica y en las tres maneras distintas con las que habían intentado darle muerte hasta lograrlo.

El conocimiento de las letras me proporcionó una nueva capacidad que resultó fundamental para el descubrimiento de los secretos de la hermana Ludovica. Había tenido ocasión

208

de comprobar que, tras someter a las plantas a procesos como el que les he descrito del rosal silvestre, tomaba anotaciones en un pequeño libro de tapas de cuero. Dicho libro lo guardaba en un bolsillito a la altura del pecho, oculto entre los numerosos pliegues del sayón que era su hábito. Yo no dejaba de darle vueltas a cómo hacerme con él porque la hermana siempre lo llevaba encima. Ni una sola vez lo había visto descuidado encima de la mesa de trabajo de la enfermería, o en cualquier otro lugar.

He de reconocer que no había tenido la suerte de deleitarme con las lecturas que ansiaba, aunque las vidas de los santos fortalecían mi moral cristiana. Soñaba con encontrar el pergamino que llegó al hospicio junto a Bárbara, el pergamino que ocultaba en alguna parte la hermana Ludovica, el pergamino que deseaba Escolástica, y también José. Me producía gran regocijo imaginarlo indefenso entre mis manos, pues su contenido ya no sería para mí un enigma. Por otro lado, me descorazonaba no haber hallado en todo ese tiempo ni una pista que pudiera conducirme hasta él. Lo mismo me ocurría con el papel que vi en la mesa de la Ludovica con el dibujo exacto al del bordado del chal de la madre de Bárbara. Sospechaba que los papeles y libros que la hermana descuidaba en sus lugares de trabajo no tenían la más mínima importancia en el asunto que me ocupaba. Había tenido ocasión de revisarlos, pero sólo eran recetas para la cura de algún mal con prolijas explicaciones sobre los remedios y su elaboración. Los dibujos, por otro lado, solían ser de plantas o, como uno que encontré medio escondido entre rollos de pergaminos en blanco, de interioridades del cuerpo humano tan espeluznantes que habrían sonrojado al mismo diablo. Poco a poco me fui convenciendo de que la respuesta a todo lo que buscaba debía encontrarse en aquella pequeña habitación repleta de alacenas, donde la hermana había desaparecido un día. Cada vez que la descubría metiéndose en ella, la piel se me encendía de esperanza.

II

Señorías, fue durante el verano de 1609 cuando tuve la ocasión de presenciar el suceso más extraordinario de todos los que habían contemplado mis ojos hasta entonces. En los últimos seis años barría y fregaba tras la hermana Ludovica cada pasillo que ella recorría, cada estancia en la que se encontraba, como si deseara aniquilar toda mugre para abrir un sendero de luz que me guiara hasta sus secretos. Aquella vez la sorprendí dirigiéndose a la capilla del hospicio acompañada de Bárbara y Diego, que cumplían en agosto diez años. Ésta se hallaba solitaria, hundida en el arrebol sagrado que desprendía la caída de una tarde de verano. Sentó a los niños en el último banco y cerró la puerta. Sin embargo, me las arreglé para abrir una rendija por la que uno de mis ojos pudo vislumbrar la siguiente maravilla.

Ante el Cristo que se erguía sangrante en el altar, la hermana depositó en las manos de Bárbara lo que me pareció una semilla con forma de judía, negruzca y fea. Le dirigió entonces unas palabras de las que sólo alcancé a escuchar dos —tu voluntad—, antes de que su voz se quebrara en un bisbiseo sigiloso y solemne que me erizó las carnes a pesar de que no logré entenderlo. La niña primero miró a la monja asintiendo con la cabeza, para después desviar su mirada hacia los ojos de Diego. Y así, contemplándole, juntó las manos encerrando la semilla hasta que, pasados unos minutos, las abrió lentamente, riendo. Presencié el nacimiento más prodigioso que había visto jamás. La semilla había germinado al calor de su carne, había echado raíces largas y finas que le colgaban entre los dedos; y de su vientre negro salía un tallo provisto de unas hojas verdes. La hermana entornó los párpados, contrajo el rostro y unas lágrimas le iluminaron sus ojos plomizos. Pero aún había de ocurrir algo todavía más sobrecogedor. La niña le ofreció a Diego la planta que había creado y él, en vez de tomarla, rodeó con sus manos las de Bárbara entregándole su calor, su tibio aroma de cenizas, mientras le sonreía. Tuve la impresión de que el pausado descenso de la tarde se detenía en el horizonte, en las calles de Madrid. El tallo de la planta crujió y de él brotó una flor, una flor de pétalos grandes y rojizos.

¡Cómo era posible que una criatura hubiera realizado en sus manos un milagro de la naturaleza! Es en la tierra donde germinan las raíces, y es gracias al calor del sol, y al agua de la lluvia y del rocío que la planta crece estirando su tallo y alumbrando las hojas. Cualquiera conocía ese proceso. No hacía falta saber leer, aunque yo ya leía y mucho.

Tierra, calor, agua. Aquellas tres palabras resonaban en mi cabeza como si quisieran decirme algo que yo no lograba entender.

—Tierra, calor, agua —dije en voz alta— son necesarios para que surja la vida.

Entonces una luz se abrió ante mí. Esas tres palabras me recordaban los experimentos que había visto realizar a la hermana Ludovica. A lo largo de los años había sido testigo de cómo quemaba las plantas en el fuego de sus hornillos, de cómo dejaba descomponerse sus cenizas en una tierra verde, de cómo las empapaba con el agua del rocío. De nuevo, tierra, calor que era fuego, agua que era rocío. Aquella tarde, las manos de Bárbara se habían convertido en el recipiente de cristal donde la hermana lo mezclaba todo para lograr el milagro, se habían convertido en su laboratorio. Sin embargo, la vida que había visto crear a la hermana Ludovica era una vida después de la muerte, una vida de fantasmas. Me pregunté si su propósito final sería averiguar si las manos de Bárbara serían capaces de hacer que el rosal oliera de nuevo a lluvia, que las espinas de sus tallos volvieran a pinchar, que sus pétalos recuperaran el vigor de la belleza, es decir, si podría resucitar no sólo su espíritu sino también su cuerpo.

Pocas cosas he conocido tan gratificantes con el paso de los años como el placer de abandonar la mente ante el precipicio de las conjeturas. Se poseen entonces dos vidas, la que transcurre en la cotidianidad de fregar suelos, planchar y lavar la ropa, y la que transcurre en la cabeza del ser humano, palacio a veces oscuro a veces luminoso donde es dueño y señor de sus pensamientos y de lo que imagina.

Y caí en ese frenesí de conjeturas. Mi cabeza pasaba de una a otra tejiendo una teoría, tal como me había ocurrido con el asesinato de Escolástica. Si Bárbara había hecho brotar la planta, es decir, había despertado la vida a lo que está vivo como la semilla, ¿sería capaz de despertarla en uno que estaba al borde de la muerte, o que ya había sucumbido a ella?

No pude resistirme a realizar mi propio experimento.

Mucha era la influencia que tenía sobre Bárbara y Diego; me la había ganado cuidándolos desde que llegaron al hospicio. No sé si me querían, pero si hubieran tenido que confiar en alguien, me aventuraba a suponer que me elegirían a mí antes que a la hermana Ludovica. Así que a la mañana siguiente me las arreglé para conducir a los niños hasta el patio, adoquinado y con forma cuadrada, que se abría luminoso tras la portería formando un laberinto de sábanas, vestidos de nodrizas y ropas de huérfano secándose al sol. Era un lugar perfecto para ocultarse de los ojos ajenos, un lugar húmedo y con olor a jabón. Desde que se lo había enseñado a los niños, se había convertido en su rincón favorito. Jugaban a que las sábanas eran nubes y corrían entre ellas, escondiéndose el uno del otro por el sencillo placer de encontrarse tras vislumbrar sus sombras dibujando piruetas entre los lienzos blancos. Y una vez reunidos en la calma del laberinto perfumado, procedían a realizar su juramento. Diego se descubría el pecho de perro flaco para mostrar el medallón que el fuego le había grabado en la carne, ponía la mano sobre el arcángel san Gabriel, oscilante sobre el esternón huesudo, y esperaba a que ella depositara encima la suya. Tras un breve silencio, con la solemnidad que exigía un acto sagrado decían al unísono:

—Juramos por el arcángel san Gabriel, por sus alas benditas y su vara de azucenas que nunca nos separaremos.

Les permití que jugaran, que se encontraran, que formularan su juramento eterno. Después nos sentamos los tres al sol y aproveché para matarles unos piojos de las cabezas, que les ardían de parásitos con las lumbres del verano. En el bolsillo del delantal me temblaba una manzana podrida y seca que había encontrado en lo más recóndito de un cesto de la cocina.

Fingí tener hambre, y saqué la fruta como quien muestra un tesoro.

—Está pocha —dije con pesadumbre—. Metí la mano en el cesto sin prestar atención y he pescado la peor de todas, no hay quien le hinque el diente.

—Si quieres intento robarte otra de la cocina, Berenjena —se ofreció Diego.

—Eres un pillastre, pero no te arriesgues por mí. Si te descubren te darán una buena azotaina. No quiero ni pensarlo: la hermana Urraca volvería a meterte en la olla. Aunque es una pena, si estuviera sana podríamos comérnosla entre los tres.

Es cruel jugar con el hambre del huérfano, que mucha es la que pasan. La veía brillar en sus labios, que saboreaban la dulzura invisible de la manzana.

—No se me fue el agujero de aquí, aunque ya desayunamos —repuso Diego señalando su estómago.

—Si pudiéramos convertirla en una hermosa fruta, roja, sabrosa y fresca. Si pudiéramos disfrutar juntos en esta soleada mañana de su carne jugosa... ¿No lo deseas tú, Bárbara? —le pregunté mientras depositaba la manzana entre sus manos.

Se quedó pensativa.

—Sí, me gustaría mucho —contestó al fin.

Miró a Diego como si buscara en los ojos del niño la respuesta a lo que su silencio se estaba preguntando. Él asintió con la cabeza.

—A lo mejor puedo hacer algo... —dijo sonriendo.

—¿De veras, pequeña? Entonces inténtalo.

Acarició la manzana. Sentí que de alguna forma Bárbara penetraba hasta los entresijos podridos de la fruta, como si quisiera transmitirle la vida que latía en sus manos. Poco a poco la manzana recuperó su lozanía.

La dejó caer al suelo y yo la recogí, palpando con incredulidad la transformación.

—Cómo has conseguido hacer algo tan extraordinario. Es la manzana más apetitosa que haya visto jamás, y apuesto a que también la más dulce.

—Sólo he tenido que usar mi voluntad —respondió.

—¿Fue eso lo que te dijo la hermana Ludovica ayer en la capilla? ¿Fue ella la que te enseñó?

—¿Cómo sabes eso?

—Vi lo que sucedió con la planta. ¿Cómo es que puedes hacer esas cosas tan extraordinarias?

—Es un secreto.

—A Berenjena puedes contarle todo, porque siempre te protegerá.

—Esto no, lo dijo la hermana Ludovica.

—Dime al menos qué palabras susurraba la hermana tras entregarte aquella semilla. Me dio la impresión de que rezaba.

—Y eso hacía, aunque en otra lengua que tú no sabes.

—¿Qué lengua es ésa?

—No puedo decírtelo. Cuanto ocurrió es un secreto, pero no es nuestro ni de la hermana Ludovica. Si fuera así te lo contaríamos, ¿verdad, Diego?

Él afirmó con la cabeza.

—Entonces ¿de quién es? —le pregunté.

—Es el secreto de Dios. Y a alguien tan importante no se le puede traicionar. Eso nos explicó la hermana. El secreto de Dios está escondido, y sólo unos pocos podrán descubrirlo.

—Es como un tesoro —añadió Diego—. Como el pedazo

de pan tierno con membrillo que guarda la hermana Serafina en la caja y luego esconde por el hospicio para que juguemos a encontrarlo.

—La última vez la Serafina lo escondió en la portería, detrás de la escalera —dije siguiendo el hilo confuso de mis pensamientos.

Pero ¿dónde escondería Dios su secreto? ¿Acaso en un hospicio miserable?

Un misterio más se sumaba a los muchos que rodeaban la historia de Bárbara. Y aquél no podía compararse con ningún otro. Aquella noche no pude pegar ojo. Tumbada en el lecho, intenté ordenar cuanto había ocurrido desde aquella madrugada pestilente en que la Tonta de los Desamparados trajo a Bárbara al hospicio envuelta en el chal azul. Aunque habían transcurrido diez años, recordaba perfectamente que se negó a darle la niña y el pergamino a otra persona que no fuera la hermana Ludovica. La monja estaba implicada en aquel asunto desde el principio, todo cuanto había descubierto sobre ella así me lo indicaba. Pero ¿quién de los Desamparados le había ordenado a la Tonta que le entregara la niña a la Ludovica y por qué? ¿Cómo podía haber sido tan despistada en un detalle semejante? Sólo me había intrigado el contenido del pergamino, dónde estaba, y por qué deseaban recuperarlo Escolástica y José, pero no quién lo había escrito. Quién había empuñado la pluma aquella noche de muerte para dirigirse a la hermana Ludovica e informarle del nombre de la niña y de los pecados que habían cometido sus padres. Quién antes que la hermana Ludovica había conocido la historia de Bárbara, y cuál era el motivo de que se la relatara a esa monja precisamente.

Debía hablar con la Tonta de los Desamparados lo antes posible. Tuve que esperar dos días a que la Blasa hiciera una de sus visitas a una casa de juego para salir del hospicio sin levantar sospechas, pues hacía ya tiempo que me miraba con recelo y a la hora de acostarnos me decía:

—Tú tramas algo, te conozco. Andas pegada a la Ludovica como un piojo, ella nunca te dará la protección que yo te ofrezco; no le importan más que sus pócimas y sus plantas. Y confío, por tu propio bien, que si descubres algo de utilidad para que nuestra vida mejore me lo hagas saber.

A esas alturas, era tanta la información que le había ocultado, que si llegaba a descubrirla estaba segura de que me molería a palos.

Antes de acercarme a los Desamparados para hablar con la Tonta sobre un asunto tan delicado, me pareció oportuno ganármela de alguna manera. Había conseguido que me tuviera verdadera ojeriza, pues cada vez que venía al hospicio a entregarnos una criatura la trataba con desprecio. Aun así no me pareció tarea difícil, ya que, como les dije, se trataba de un ser insulso, corto de luces y con dentadura de asno. La mejor manera de conseguir la confianza de alguien como ella es a través de la adulación, aunque sea injustificada y repentina. A la estupidez le gusta que le saquen brillo en todo momento.

A media tarde me dirigí a uno de los bodegones más famosos de Madrid, ubicado en la calle de la Montera, para comprar unas empanadillas que hacen las delicias del hambriento a pesar de que se tiene costumbre de rezar una breve plegaria antes de comerlas. Las malas lenguas aseguran que su carne especiada no es otra que la de los muertos que pasan a diario por el patíbulo. Y es que todo se aprovecha en tiempos de carencia, y el estómago vacío agradece lo que le echen con tal de que le calme los dolores.

Con mis empanadillas humeantes y tiernas, me presenté en los Desamparados y pregunté por la Tonta a una de las hermanas. Vivía allí, entre las monjas, los enfermos y las parturientas.

Se asombró cuando me vio esperándola en el pasillo que conducía a la sala de las parturientas. Olía a hospital, a la vida que viene y a la que se va. A recién nacido y a tumba.

—¿Te mandan con algo del hospicio? —me preguntó al percatarse del paquete de empanadillas que sujetaba en una mano.

—Querría hablar contigo en un sitio tranquilo.

Le sonreí de una manera que le hizo fruncir el ceño.

—Conmigo, ¿*pa qué*? ¿Traes queja de la Santa Soledad?

—Todo lo contrario. Estas sabrosas empanadillas son para ti —le dije entregándoselas.

El aroma que exhalaban era tibio y apetitoso, pues si bien el muerto debía de apestar en la tumba, sazonado con las especias adecuadas ganaba mucho. En cuanto el olorcillo le llegó a sus narices, se le suavizó el ceño, se le hizo la boca agua, y los ojos se le agrandaron con sólo imaginar la plenitud que alcanzarían sus tripas de pobre con aquel manjar.

—¿*Pa mí* de quién? —dijo acurrucándolas en el pecho como lo haría con un bebé.

—Las he comprado yo para ti. Me he dado cuenta de que estos años no te he tratado como debería. Eres una gran muchacha que hace una labor piadosa y buena, y mereces todo mi respeto. Por eso quiero pedirte perdón por las ofensas que te he causado, y ofrecerte mi amistad.

Tantas palabras juntas le habían aturullado la mente, y los dientes de asno no acertaban a casar unos con otros para responder.

—Voy a guardar las empanadillas —dijo bajando la mirada—. Puedes venir conmigo.

La seguí hasta un cuartucho hediondo, situado en la parte de atrás de la sala de las parturientas. Se sentó en un lecho destartalado y se comió una empanadilla en menos de un segundo, tragándosela sin masticar y sin ofrecerme ni una miga. Cuando terminó me dije que era el momento de abordar el asunto que me había llevado hasta allí.

—¿Recuerdas aquella terrible noche de peste que asoló la villa hace diez años? Era el mes de agosto, todos huían de la ciudad y en las calles se quemaban hogueras.

Ella asintió con la cabeza y yo me acomodé a su lado para tomar más confianza.

—Trajiste al hospicio una niña envuelta en un precioso chal azul de seda. Yo quise que me la dieras, pero tú cumpliste muy bien tu encargo y te negaste. Sólo habías de entregarle la niña a la hermana Ludovica, eso te habían ordenado. Sabes de quién te hablo, ¿verdad?

Sus ojos brillaron. Levantó la almohada tiñosa del jergón y sacó una caja de madera vieja. La abrió y extrajo un pedacito de tela azul. Mi primer impulso fue arrebatárselo de las manos. Reconocía la intensidad de ese color, y aunque no me dejó tocarlo, intuía la suavidad de la seda.

—Pertenece al chal en que iba envuelta la niña —me apresuré a decir.

—Se desgarró, y la hermana María, que era muy buena, me dejó quedarme el pedacito.

—Fue entonces esa tal hermana María la que atendió en el parto a la madre de la niña.

—Sí. La hermana María era la mejor de todas las hermanas que ha tenido los Desamparados, me daba leche por la noche y las ropas de las madres muertas para que no pasara frío.

—Y fue ella la que te ordenó que le entregaras la niña a la hermana Ludovica.

Asintió.

—Era muy bonita a pesar de las manos rojas. Yo tenía dolor en el pecho y tosía mucho, pero cuando la cogí en brazos sentí que su calor me traspasaba la carne y se me fue el mal. No volví a toser ni a echar un esputo.

—¿Quieres decir que fue ella quien te curó?

—Las manos eran como una gran cataplasma.

—Comprendo, el calor siempre es bueno para el mal de pecho. Entonces fue la hermana María quien te entregó a la niña y también el pergamino —le dije volviendo al tema que me interesaba—. Recuerdas el pergamino, ¿verdad?

—La hermana María me dio a la niña y el pergamino y me ordenó: «Sólo lo entregas a la hermana Ludovica, la que lleva la enfermería».

—Y la hermana María escribió también el pergamino.

—No, la que escribía era la viuda Escolástica. La hermana María le dijo: «Escribe lo que te digo, las manos mías están rígidas de tanta muerte». La hermana habla, la viuda escribe.

—¿Y qué escribió? —le dije ofreciéndole otra empanadilla.

Guardó el pedazo de tela azul en la caja como quien guarda la reliquia de una santa, y se zampó otra empanadilla en una abrir y cerrar de ojos.

—Dime, ¿qué escribió? —insistí.

—Eso no lo sé. No lo pude oír y no sé leer.

—Y dónde está ahora la hermana María.

Se metió todo lo que le quedaba de empanadilla en la boca. Se le hincharon los carrillos, hizo un puchero y se le cayó una lágrima.

—Muerta.

—Muerta —repetí incrédula.

—La hermana María era la más buena de todas las hermanas que han mandado donde las parturientas. Las trataba bien y las consolaba.

—Sí, ya me has dicho que era muy buena. —Me impacienté—. Pero ¿cuándo murió?

Se metió otra empanadilla en la boca; la pena le abría aún más el apetito.

—Dos días después de que llevara la niña al hospicio.

—¡Murió hace diez años! —exclamé.

—La hermana que manda ahora en las parturientas no es tan buena como ella. Dice que me va a echar de aquí si no trabajo más.

—¿Y qué le ocurrió a la hermana María? Si la apreciabas tanto no puedes haberlo olvidado.

—Dicen que soy tonta, y luego me llaman loca y tonta de remate porque vi lo que vi.

—Dime qué fue lo que viste.

—No te lo cuento porque tú también me llamarás loca, y ya no me traerás más empanadillas.

—Mañana mismo te traeré otras tantas bien tiernas. Ahora

somos amigas y puedes confiar en mí. Yo también sufro en el hospicio. A veces las hermanas tampoco me creen cuando les aseguro que no he hecho algo de lo que me acusan.

—A la hermana María la estrangularon. Dijeron que fue uno de los que tenían el tabardillo, porque la encontraron muerta en su sala, y uno había soltado las correas del lecho y andaba como loco, entonando con palabras que no significan nada en la lengua cristiana. Pero yo sé que no es eso lo que pasó.

—Tú conoces la verdad, estoy segura. Cuéntamela.

—Fui a buscar a la hermana a la sala de los del tabardillo y, tras una de las cortinas que separan los lechos, vi una sombra enorme, como de un monstruo.

—De un gigante —la interrumpí con un temblor en las entrañas.

—Sí, eso es —continuó animada por mi aclaración—, como de un gigante. Tenía sus manos alrededor del cuello de la hermana, pero yo...

Se comió otra empanadilla y rompió a llorar desconsoladamente. A ese paso no habría suficientes condenados a muerte en la villa para saciar el hambre que le producían las penas a esa muchacha estúpida.

—¿Tú qué...? —la apremié.

—No pedí ayuda porque el gigante cantaba una canción, una canción que no entendía, pero que me nubló el seso, hasta que a través de la cortina vi a la hermana cayendo al suelo. Entonces yo grité y él huyó por una ventana. Saltó desde muy alto, pero no debió de matarse porque ese día no hubo muertos en esa calle.

—Y cuando contaste lo del gigante a las otras hermanas, ¿no te creyeron?

—El loco del tabardillo cantaba la canción del gigante y a él le echaron la culpa. Lo mataron, y estoy segura de que lo agradeció porque sufría mucho a causa de la enfermedad. Aquella canción le dio consuelo. Le fui a ver morir a la plaza, y la tarareaba mientras sus pies bailaban colgados de la soga. No olvido a la hermana María porque ella era la más buena y piadosa monja que haya existido jamás. Tampoco a la niña de las manos calientes. Tengo el trozo de tela azul y me protege desde entonces de todo mal.

Lo sacó de nuevo de la caja mugrienta y lo besó, profanándolo con sus dientes de asno.

12

U nos días después de mi charla con la Tonta en los Desamparados, aproveché que a Diego le estaban raspando la roña en el patio junto a otros niños, para pedirle a Bárbara que me acompañara a la buhardilla. Había tejido un plan con el fin de sonsacarle alguna información sobre el secreto de Dios, y la pieza clave era el truhán con cara de ángel y zapatos de ahorcado que aparecía y desaparecía a sus anchas del hospicio. No había vuelto a sorprenderlo desde aquella noche en que Diego le mordió el moflete. Sin embargo, sabía que al menos una última vez se había introducido en el dormitorio de los destetados sin ser visto, un año después de aquel suceso, puesto que encontré junto a la almohada de Bárbara una hermosa piedra blanca. Luego desapareció todo rastro de él. Se lo habrá tragado la luna que tanto adora, pensé, o se habrá caído de algún tejado y se habrán desparramando sus sesos en las calles de la villa. Tendría ya unos dieciocho años porque le llevaba unos ocho a Bárbara, así que también era probable que hubiera dejado de interesarse por una niña, tentado por otras carnes más juveniles y desarrolladas. El caso es que se acabaron los dibujos y los regalos que le dejaba en la cama, y que yo guardé en una caja bajo las tablas rotas de la buhardilla a la espera del momento propicio para enseñárselos a Bárbara. Y ese momento había llegado.

—Voy a contarte una historia que a la vez es un secreto —le dije a la niña sacando la caja del escondite y depositándola sobre sus manos—. En el cielo había un ángel que era el guardián de la luna. Dios le había encargado vigilar que su luz blanca no se extinguiera nunca, pues los hombres se hundirían en la oscuridad. Así que cada noche se sentaba en una nube sosteniendo en sus manos una antorcha con la luz del astro. De esta forma, si se apagaba de repente podía volver a encenderlo. Pero un día el ángel, cansado de que nunca ocurriera nada, iluminó con la antorcha un trocito de la tierra y descubrió a una niña huérfana de cabellos castaños durmiendo en la camita de un hospicio. Tenía las mejillas sonrosadas, la piel tan blanca como la luna, y unas pestañas largas que custodiaban sus ojos verdes. A partir de entonces, el ángel, enamorado, pasaba las noches velando el sueño de la niña en vez de vigilar la luna. Sentado en la nube contemplaba cómo dormía bajo el resplandor de la antorcha. Pero al despuntar el alba en el horizonte, descendía hasta el hospicio y depositaba bajo su almohada un regalo como muestra de su amor. Esa niña eres tú, Bárbara, y en esta caja que te entrego encontrarás todos los regalos de tu ángel.

No tocó la caja, estaba fascinada por la historia.

—Aunque ahora ya no es el guardián de la luna —continué—. Dios se dio cuenta de que había descuidado su tarea desobedeciéndole y nombró a otro.

He de reconocer que me divertía jugar con su inocencia. Los ojos de Bárbara se hallaban envueltos en un aire de ensueño. Imaginaba a su ángel, se recreaba en la historia, disfrutaba con ella. Hubiese creído cualquier cosa que le contara, por muy descabellada que fuera.

—¿Y qué ocurrió con mi ángel? —me preguntó con un gesto de preocupación.

—Desapareció en la noche. Hace años que no viene a verte ni a traerte regalos. Pero algún día, quizá cuando le sea perdonada su desobediencia, volverá a buscarte, porque prometió que nunca te olvidaría.

—¿Tú le viste alguna vez, Berenjena?

—Oh, sí, pequeña. Es bello como ningún otro. Sus cabellos le caen en bucles dorados sobre el rostro, donde unos ojos azules se iluminan con la luz de la antorcha. Pero su piel es fría, porque las noches entre las nubes del cielo son gélidas y solitarias. Así que habrás de arroparlo con una manta para darle calor.

—¿Y te habló?

—Me habló con voz suave y melodiosa como le corresponde a un ángel. Y me dijo: «Te aseguro, Berenjena, que algún día me casaré con ella».

Se quedó pensativa, con sus ojos fijos en la luz dorada del mediodía que se agazapaba en los rincones de la buhardilla. Yo sabía a quién iban dirigidos sus pensamientos. Sabía que en ese instante escuchaba el corazón que compartía con otro.

—¿No quieres ver los regalos? —le pregunté.

Al fin se decidió a abrir la caja. Examinó con curiosidad los dibujos de las estrellas y la luna, los hilos de colores, las flores secas, la cáscara de nuez pintada.

Su rostro se iluminó y comprendí que acababa de abrirse la guarida donde se almacenaban sus primeros recuerdos.

—Yo le he visto, Berenjena. Acabo de acordarme de él gracias a estos dibujos. Venía por las noches a visitarme, me agarraba las manos y me sonría todo el tiempo. Llegué a creer que se trataba de un sueño.

—Claro, eras pequeña para que tu memoria lo distinga con claridad.

—Pero hace mucho que no lo veo.

—Seguramente no ha regresado porque ha de cumplir su castigo.

—Entonces desobedeció a Dios por mi causa.

—El amor siempre tiene un precio, Bárbara.

Tras decirle aquello, cogió la piedra blanca. Era pequeña y con forma de óvalo. En una de sus caras tenía pintada una figura parecida a un rombo con símbolos circulares alrededor.

—¿Qué es esto?

—No lo sé —le respondí—, aunque lo más probable es que sea una piedra de la luna.

—Está helada —dijo acariciándola con suavidad.

—Como la piel del ángel.

—Pues sí que habré de abrigarle bien.

La tomó entre sus manos e intentó infundirle calor.

—Es inútil —dijo al cabo de unos minutos—, continúa helada.

—Ya te dije que el cielo es más helador que la nieve.

—Berenjena, siento como si la piedra me hablara. Como si quisiera atraerme hacia su frialdad, hacia la luna y las estrellas. Él me la regaló para que no le olvidara. ¿Tú crees que volverá?

—No lo sé. Quizá Dios ya le haya perdonado.

Soltó la piedra en la caja sin decir nada.

—Yo te la guardaré junto con los demás regalos. Será nuestro secreto.

—De acuerdo —respondió con una sonrisa.

—Y secreto por secreto. Yo te he contado el de un ángel que es miembro de la corte celestial, sería justo que tú correspondieras revelándome al menos algún detalle de tu gran secreto, me refiero al secreto de Dios.

—Él es más importante que un ángel, Berenjena, es como si Dios fuera el rey de las Españas y el ángel sólo un duque, y duques hay muchos ahora, al menos eso es lo que dice la hermana Ludovica, que en estos tiempos cualquier garrulo con dinero quiere ser noble.

Había elevado a aquel pillastre de la villa hasta la categoría de ángel con el único propósito de sacarle a la niña la información que deseaba, y ella había esquivado mi treta con un golpe maestro.

—Dime al menos si está oculto en el hospicio.

—Aquí hay vida y también muerte.

—Vida y muerte hay en todos sitios, pequeña.

—No se lo contarás a nadie, ¿verdad, Berenjena? La hermana Ludovica se enfadaría mucho.

—¿Qué habría de contar si no me has dicho nada? —exclamé enojada.

—Yo tampoco le contaré a nadie lo de mi ángel. Bueno, sólo a Diego. Recuerdo que él se enfadaba al encontrarlo junto a mi cama. Creo que hasta una noche le mordió. Pero no sabía que era un ángel. De saberlo, seguro que no le habría pegado aquel mordisco.

—Quizá no sea buena idea que se lo cuentes.

—A él no quiero ocultarle nada —respondió con la inocencia más encantadora.

Cuando Diego regresó con los demás niños del patio, relu-
ciente después de que le frotaran con el estropajo, Bárbara le
relató la historia.

Es muy posible que se arrepintiera de su decisión, porque
Diego no quiso creerla, y discutieron.

—Los ángeles no existen —replicó Diego—. Sé muy bien
de quién me hablas, le recuerdo, y no era más que un idiota.

—Los ángeles aparecen en las lecturas sagradas que la hermana Serafina nos lee los domingos —repuso Bárbara—. Tú lo
sabes bien, que te acuerdas de todas.

—Pues si existen no salen de los libros de Dios, se quedan
allí dentro.

Bárbara quiso demostrarle que tenía razón y me pidió que
le enseñara a Diego la caja de los regalos. A última hora de la
tarde subimos juntos a la buhardilla y cumplí su deseo.

—¿Y qué demuestra esto? —replicó el niño tras echarles un
vistazo—. Sólo que es un idiota que te hacía dibujitos, y que
te traía cachivaches.

Sin embargo, le llamó la atención la piedra blanca.

—¿Y esto qué es? —preguntó mientras la sostenía en una
mano.

—Una piedra de la luna —respondió Bárbara.

—Está helada —repuso soltándola en la caja.

—Pero es la más bonita que he visto jamás.

—Yo te regalaré una mejor —dijo malhumorado, y salió
corriendo escaleras abajo.

La soledad se apoderó de Diego más que nunca. Durante los tres días que estuvo buscando la piedra más hermosa, le vi vagar como un espectro por el jardín, el patio o las habitaciones del hospicio. La tristeza intensificaba en su carne el olor a cenizas y el niño dejaba tras de sí un rastro de brasero melancólico. Su rival se hacía pasar por ángel. Creo que por primera vez odió la marca grabada en su pecho, la marca del medallón de su madre, que le recordaba día y noche la existencia de un impostor que podía arrebatarle lo único que en su mente infantil representaba la vida: Bárbara. El veneno de los celos, que no respeta ni las más tiernas edades, había provocado que se enfadara con ella. La esquivaba en el comedor, en los juegos del patio y en el dormitorio. Y si Bárbara se decidía a hablarle, tan sólo la miraba ofendido, como si de alguna forma le hubiera traicionado.

Pero Diego era un muchacho con suerte. Si el ángel que cortejaba a Bárbara desde su nube le había regalado una piedra de la luna, la que él encontró encerraba los rayos del sol.

Nos reunimos de nuevo en la buhardilla para compararlas. Los ojos de Bárbara eran cada vez más hermosos, e irradiaban una luz silenciosa como la que ilumina las iglesias bajo el recogimiento de los cirios de difuntos. Sin embargo, aquel atardecer decrépito que hundía los tablones de la buhardilla en las primeras sombras, sus ojos estaban inflamados por el llanto y su luz se me antojaba la de un sepulcro.

—Saca la caja —me dijo Diego.

Aunque su voz sonaba firme, detrás de su mentón cuadrado se agazapaba la mordedura del sufrimiento; podían distinguirse las lágrimas no derramadas. Yo sabía bien de esas lágrimas, porque tampoco las había derramado por José. Con el tiempo, señorías, se convierten en humedades del alma. En moho que se pudre invisible.

La piedra que Diego extrajo del bolsillo de sus pantalones poseía un amarillo intenso, como si la hubiera arrancado del mismo sol. Era pequeña, de superficie pulida y suave, y con forma de óvalo. Aunque entonces no sabía que se trataba de un topacio, me di cuenta enseguida de que no era una piedra que se encontrara fácilmente en un hospicio, donde lo único que abunda son los piojos, la soledad y el hambre.

—¿A que es más bonita que la piedra de ese ángel? —le preguntó a Bárbara.

Ella la miró sin mostrar interés y no respondió.

—Vamos, compruébalo —dijo mientras cogía la piedra blanca y la colocaba en la palma de la mano junto a la suya.

—Y a mí qué.

Bárbara cogió el topacio, se lo arrojó a la cara y se fue de la buhardilla. A Diego le tembló el mentón.

—Ella no quiere un piedra, tontorrón —le expliqué con una sonrisa mientras recogía el topacio de un tablón polvoriento—. Sólo quiere estar contigo. Quiere lo que siempre ha tenido: el calor de tu ángel, y no la frialdad del que la contempla desde el cielo.

Diego se llevó la mano al pecho, al arcángel que había aborrecido injustamente.

—Ahora cuéntale a Berenjena de dónde has sacado esta piedra amarilla. Mira que si la has robado, el castigo puede ser terrible.

—No la robé. El sol me dijo dónde estaba.

Ésa fue la explicación que me dio. La había hallado en el vientre del sauce blanco que se alzaba con sus más de tres metros en la huerta de la Ludovica. A la hora del mediodía, buscando entre las plantas y las flores purgantes que lo rodeaban, vio cómo un rayo de sol penetraba en un pequeño agujero de la corteza como una lanza había penetrado en el costado de Cristo. Se asomó por él y descubrió que en el interior del sauce se escondía algo que brillaba. Metió los dedos en el agujero y tiró de la corteza hacia él con todas sus fuerzas hasta que un pedazo de ésta se desprendió del árbol dejando al descubierto una cavidad secreta. Dentro encontró el topacio y unos papeles enrollados por los que no mostró interés. Se apoderó de la piedra y colocó la corteza en su lugar.

En el mismo momento que escuché sus palabras comprendí que había descubierto de la forma más inocente un escondrijo de la hermana Ludovica. La razón por la que la monja guardaba allí aquel topacio ha sido siempre un misterio para mí. Ya conocía yo en esa época las propiedades curativas y protectoras que se atribuían a determinadas piedras. Por eso no era extraño que, en tiempos de epidemia de peste, quien tuviera la suerte de poseer una esmeralda, diamante, zafiro, topacio o piedra similar la llevara siempre cerca del corazón para preservarse del contagio de la enfermedad. La sabiduría que me otorgó la lectura me permitió conocer la creencia de que una piedra como el topacio sirve para aclarar la mente y agudizar el ingenio. De modo que es posible que la hermana guardara el topacio en el sauce, expuesto a los rayos del sol y de la luna, con la esperanza de que éstos intensificaran los poderes de la piedra. Tal era el interés que había mostrado por estos astros cortando hierbas y sembrándolas bajo su luz y sus influjos.

Lo que más me interesó del relato del niño fueron los papeles que había encontrado junto al topacio. Estaba ansiosa por leer su contenido, así que conduje a Diego hasta la huerta. Teníamos poco tiempo antes de que le echaran en falta a la hora de acostarse, y no lo desperdiciamos. La huerta de la monja estaba solitaria, absorta en sus perfumes de flores para lavativas, pero a saber cuánto rato permanecería así.

—Enséñame de dónde sacaste la piedra porque hay que devolverla —le dije al niño.

—La piedra es mía, yo la encontré para Bárbara.

—Todo lo que hay en este hospicio le pertenece a Dios y a las hermanas, hasta las piedras que encuentras en los árboles —le recordé.

El agujero se hallaba justo a la altura de sus ojos y no tuvo dificultad en encontrarlo. Yo había estado muchas veces cerca del sauce y jamás me había percatado de ese hueco en la corteza. Apenas se percibía en su tronco grueso y herido por las raspaduras a las que lo sometía la monja para curar las melancolías y otros males. Eran esas heridas las que acaparaban la atención del profano que se acercaba al árbol buscando su sombra de parasol de marquesa en los días veraniegos. Y sin embargo, ocultaba algo más. Me arrodillé junto a Diego y él introdujo tres dedos en el agujero; de un adulto sólo cabían dos. Una especie de santuario, pequeño pero profundo, quedó al descubierto cuando el niño separó del tronco el pedazo de corteza. Tanto éste como la cavidad secreta habían sido tallados con maestría, de tal manera que al volver a ajustar la corteza en el tronco casi no se apreciaba la existencia de la guarida. Parecía una puerta que encajaba a la perfección.

Diego se resistió a devolver el topacio, pero acabó obedeciéndome; al fin y al cabo, no había obtenido con él el éxito

234

que esperaba. Después de que me lo entregara, le ordené que se reuniera con el resto de los niños.

Me quedé sola frente a la cavidad que se abría ante mí. Debía escudriñar su interior aprisa. Metí la mano y hallé un par de papeles enrollados tal y como había mencionado Diego, y además, oculto en lo más profundo, un libro de reducido tamaño encuadernado en piel. Desenrollé el primer papel. Bajo la penumbra que se cernía ya sobre los tejados de la villa, vi el dibujo de una planta que reconocí como el pequeño rosal que la hermana Ludovica había resucitado en el recipiente de vidrio. A un lado de éste había hecho unas anotaciones en latín, que pude reconocer por su semejanza con la liturgia de la misa que impartía el padre Ismael. El segundo papel contenía más dibujos del rosal. Sentí una gran decepción; tenía la esperanza de encontrar el pergamino que, según me aseguró la Tonta de los Desamparados, le dictó la hermana María a Escolástica la noche inmunda que Bárbara vino al mundo. Y las dos estaban muertas, asesinadas, sin duda, por el gigante. Que yo supiera, la única persona que conocía el contenido de ese pergamino y seguía con vida era la hermana Ludovica.

Mis esperanzas de arrojar alguna luz sobre el asunto que me traía entre manos desde hacía tanto tiempo se centraron en el libro. Su cubierta de piel estaba tan estropeada que las letras del título se habían borrado. Deseaba hojear las páginas cuyos filos ahumados indicaban que estarían ajadas y amarillentas, pero temía que al abrirlo cobrara alguna forma extraña de vida. Finalmente mi curiosidad doblegó al terror. El lomo crujió como espinazo viejo, corroído por la humedad, y de las páginas brotó un aroma a moho, a putrefacción de flores, hongos e insectos. Muy pronto maldije mi ignorancia. Había aprendido a leer, pero en la lengua del pueblo. Y aquel libro se hallaba redactado en latín, igual que las anotaciones del primer escrito. Mis nuevos conocimientos no eran suficientes. Me disponía a cerrarlo, cuando me di cuenta de que entre algunas páginas había unos trozos de papel al parecer colocados intencionadamente para dividir el libro en tres partes. Reconocí en ellos la escritura de la hermana Ludovica, afilada como la que sale de toda pluma de monja, pero aun así con ciertas peculiaridades que yo distinguía muy bien gracias a los años que me había dedicado a observarla. AZUFRE, había escrito en el primero. SAL, en el segundo. MERCURIO, en el tercero.

Entendía aquellas palabras, pero carecían de significado para mí. Supuse que estaban relacionadas con la ciencia de la hermana Ludovica. La enfermería y la habitación de las alacenas se hallaban repletas de tarros y pomos con nombres de hierbas, raíces y polvos, entre otras sustancias que ella utilizaba para elaborar sus bálsamos o, como había descubierto, sus resurrecciones de plantas.

Guardé los papeles y el libro en el hueco del árbol cuidando de colocar cada uno en el lugar donde lo había hallado, y encajé la corteza en el tronco, decidida a encontrar un sentido a aquellas tres palabras. Y no tardé demasiado.

13

Señorías, para que comprendan lo que sucedió una semana después, he de explicarles que Bárbara y Diego, al haber cumplido los diez años, dormían en distintos dormitorios. Diego, en el destinado a los niños mayores en la planta baja, y Bárbara en el de las niñas de la primera, situado muy cerca de la capilla y del pasillo donde se distribuían las celdas de las hermanas. Sin embargo, muchas noches él se escabullía por la escalera del hospicio burlando la guardia de la monja junto al torno, y subía al dormitorio de las niñas para continuar durmiendo en el catre de Bárbara, acurrucados el uno en el otro. No se conformaban con los pocos momentos en que podían estar juntos durante el día, compartiendo los estrictos horarios a los que se les sometía para todo: levantarse, orinar, lavarse, decir sus oraciones, desayunar, almorzar y cenar en el vasto comedor donde los niños les disputaban las migas a los ratones, o compartiendo algún juego en el patio del hospicio con la cara de hambre que se les había puesto de alimentarse solo de sopas de arroz o de pan con legumbres.

Aunque habían abandonado el dormitorio de los destetados, la hermana Urraca seguía teniendo poder sobre ellos. Aquel grupo de supervivientes era poco numeroso: los que no habían muerto en su niñez más tierna, habían abandonado ya el hospicio para ponerse a trabajar de aprendices de carpintero, o de sirvientas, y ganarse un jornal con el que sustentar su miserable vida. Así que en cualquier momento podían separar a Bárbara y a Diego definitivamente. Además, la hermana Urraca tenía un interés especial en librarse de Diego, pues le había descubierto más de una vez metido en la cama de Bárbara. Yo sospechaba que si no lo había logrado todavía era porque a la hermana Ludovica le interesaba mantenerlos juntos y se lo impedía.

La noche en que se reconciliaron tras el enfado de la piedra, vi entrar a Diego sigiloso en el dormitorio de las niñas y le seguí. Desde el quicio de la puerta comprobé que Bárbara le esperaba despierta con sus ojos llameantes escudriñando la penumbra. Al descubrirle se incorporó en el lecho. Diego se abrió la camisa de dormir y se tumbó junto a ella. Unieron las manos sobre la cicatriz mientras sus labios musitaban el juramento que los unía para siempre. Después Bárbara se acurrucó en el esqueleto que era su pecho, y se durmió acariciando aquellas alas angelicales que tanto amaba. Ningún otro ángel logró perturbar su sueño. Cuando me disponía a retirarme a mi dormitorio los miré una última vez. Quizá me confundió el resplandor de la luna que cubría el cielo aquella noche, pero me pareció que de sus cuerpos se desprendía un halo de luz que flotó durante unos instantes entre los sueños celestes de las huérfanas. Otro motivo más, pensé, para que la hermana

Urraca quiera librarse de Diego. Si mis ojos habían podido vislumbrar aquel resplandor, cuánto más los suyos de desenterrada; su objetivo principal sería la destrucción de aquel amor de luciérnaga.

Cerca del alba, una muchachita rubia, pecosa y bizca de un ojo, que dormía junto a la cama de Bárbara, descubrió la presencia de Diego y se puso a gritar como si en vez de un varón hubiera visto un demonio. Acudí presurosa al dormitorio al tiempo que lo hacía la hermana Urraca, cuya celda era la primera del pasillo. Se presentó en camisa de dormir, con los huesos retorcidos y viejos tintineándole de pura rabia como campanitas de iglesia, y en una mano deforme —no sé si de tanto azotar posaderas, o de su pasado de tumba— su bastón, con muñones que se clavaban en la carne huérfana. Y lo vio enroscado en la cama de Bárbara, como un animal al abrigo de su guarida.

—Sácalo de ahí, Berenjena —me ordenó.

Le agarré por un brazo y arranqué su cuerpo famélico del lecho con la facilidad del que arranca una flor seca. Se quedó de pie ante la figura antinatural de la monja y ella le golpeó con el bastón.

—¡Virgen Santísima, sigue sin conocer el temor a Dios, y a las hermanas piadosas que lo alimentan y dan cobijo! —chilló la Urraca.

Bárbara saltó de la cama para tratar de defenderle, pero él se apresuró a decirle:

—Estate quieta, no quiero que te pegue a ti.

Trataba de protegerla, aunque había también en la actitud de Diego una soberbia de héroe. Deseaba mostrarle a Bárbara hasta dónde estaba dispuesto a sufrir por ella, por permanecer a su lado, deseaba mostrarle que nada, ni el dolor, ni la humillación, le acobardaban. Guiado quizá por su instinto, o por el tierno despuntar de su personalidad tortuosa, Diego ejercía un poder que era a la vez una gran arma de seducción: el poder del sacrificio.

Tal y como le había sucedido a la hermana Urraca la noche que metió a Diego en el caldero de las lentejas, la niña rubia y pecosa enfermó pronto. Una mañana la encontramos consumida por unas fiebres que la mantuvieron un par de semanas en un delirio perpetuo. Tuvieron que atarla con correas al lecho de la enfermería porque se revolvía y pataleaba cuando pretendían tocarla.

Tras lo sucedido aquella noche, la hermana Urraca convenció a la hermana Serafina de que debían librarse de Diego de una vez por todas, pidiéndole a don Celestino que le buscara un oficio. Ella aceptó; ya les dije que amaba la vida rutinaria y pacífica, y era cierto que el muchacho conseguía perturbarla en muchas ocasiones. Estoy convencida de que la hermana Ludovica lo hubiera impedido, pero una aciaga casualidad hizo que se hallara ausente del hospicio. Se encontraba en Salamanca desde hacía una semana, atendiendo a la priora de un convento de su orden que había caído gravemente enferma. Cuando la vi partir armada con sus hierbas y cataplasmas, me alegré. Planeaba aprovechar las semanas que estaría fuera para revisar a fondo todo papel o libro que encontrara en su celda o en su mesa de trabajo, con la esperanza de hallar algún indicio que me ayudara a darle sentido a las tres palabras que me atormentaban: azufre, sal, mercurio. Pero jamás sospeché las consecuencias que acarrearía su viaje.

Don Celestino tardó muy poco en comunicarnos que había encontrado un lugar en el que Diego aprendería un oficio de provecho.

—Olvídate de esa niña, ya no la tendrás cerca para regocijarte —le dijo la hermana Urraca riendo entre dientes la mañana que vinieron a buscarlo—. Eres una criatura desobediente y osada, pero te van a enderezar en el campo. Y si no, arderás eternamente en el infierno entre sus llamas hirvientes y su hedor a azufre.

Estaba junto a ella en la portería esperando la llegada del campesino que se llevaría a Diego, cuando escuché esas palabras. No reparé en la crueldad de su significado ni en el dolor que le habría producido al niño.

«... arderás en el infierno... entre sus llamas hirvientes y su hedor a azufre», pensé.

Azufre, el aroma del averno, llamas... fuego. El azufre representa el fuego, razoné, el fuego de los experimentos de la hermana Ludovica, las llamas que habían consumido el rosal convirtiéndolo en cenizas, las cuales al mezclarse con el rocío formaron una tierra espesa.

—Tierra —murmuré.

Entonces mi memoria cristiana se abrió ante mí como las aguas del mar Rojo y vislumbré una cita de los Hechos de los Apóstoles: «Vosotros sois la sal de la tierra». La sal significaba tierra. De nuevo, fuego, tierra; sólo faltaba el agua. El mercurio debía de referirse a ella. Sin embargo, no pude encontrar ninguna relación como con las otras dos palabras. ¿Qué aspecto tenía el mercurio, qué color? ¿Acaso era un líquido? No lo sabía, pero me propuse averiguarlo en cuanto tuviera ocasión. En cada uno de los tarros y pomos de porcelana que se hallaban en la despensa y en la pequeña habitación de las alacenas, se hallaba escrito el nombre de la sustancia que contenía. Los revisaría uno por uno, aprovechando la ausencia de la Ludovica.

El campesino, que golpeó con rudeza la puerta del hospicio, era un hombre de unos treinta años con surcos en un rostro envenenado por el sol y con manos grandes y maltrechas a causa del duro trabajo. Desde el principio se comportó de forma tosca quejándose de lo enclenque que le parecía el niño.

—Pero es fuerte —le aseguró la hermana Urraca—, aguanta más de lo que aparenta. Sobrevivió a un incendio y a la peste. Nunca ha estado enfermo y además lleva grabada en su carne una marca de Nuestro Señor.

Le abrió la camisa y el arcángel san Gabriel mostró sus alas y su vara de azucenas.

—¿No será un santo? —preguntó el campesino rascándose la cabeza.

—Si así fuera se lo entregaríamos a los frailes en vez de a vuestra merced.

—Es que no quiero que se me pase el día rezando y embobado mirando al cielo.

—El muchacho es bien despierto, se lo garantizo, y rezará tanto como debe hacerlo vuestra merced para no arder en el infierno.

Aún recuerdo cómo me miró Diego cuando aquel hombre le puso una mano en el hombro y lo condujo hasta la puerta. Tenía los ojos turbios por el escozor de su marcha, y aunque intentaba mantenerse erguido, ni toda la hidalguía del mundo pudo evitar que le temblaran las rodillas y se le doblaran como si fuera a caerse.

No sé cómo Bárbara supo que se lo llevaban. Había puesto mucho cuidado en ocultárselo, aunque sentía que los traicionaba, a ellos y a mí misma, al vínculo que había creado al unirlos tras su nacimiento.

Para aliviar aquella angustia, y gracias a que la niña rubia continuaba atada en la enfermería, los había ayudado para que durmieran juntos esa noche que, sin ellos sospecharlo, sería la última. Me quedé en vela contemplando su sueño, cuerpos flacos entrelazados, abandonados a ese amor que aún es puro en la infancia, deleitándome ante esa bella imagen que se tornaba única y perfecta conforme transcurrían las horas, precipitándola hacia su trágico final.

Bárbara debería haber estado en el dormitorio de las niñas rezando las oraciones de la mañana. Quizá percibió que el perfume de cenizas junto al que se había criado se le escapaba para siempre. Quizá le avisó el corazón que compartían. El caso es que se presentó de pronto en la portería gritando el nombre del niño. En cuanto él la oyó, la valentía retornó a sus piernas, se zafó de la presión de la mano del campesino, corrió hacia ella y se abrazaron. La boca de la hermana Urraca se torció en una mueca de disgusto.

—Si tanto le quieres le dejarás ir, porque se marcha para aprender a ganarse bien la vida —le dijo mientras intentaba separarlos.

No lo consiguió, porque sus huesos eran demasiado viejos para luchar contra lo que unía a aquellas criaturas. Entonces el campesino tiró del muchacho, y como si no fuera más que una cría de gato, lo elevó por los aires y lo plantó en el umbral de la puerta.

—Que se hace tarde y hay mucho que sembrar —refunfuñó.

La hermana Urraca me ordenó con un gesto que sujetara a Bárbara para evitar que fuera tras él. Se revolvía en mis brazos con un llanto desesperado y unos sollozos que convulsionaban su cuerpo menudo. Él se volvió para mirarla una última vez, y yo la dejé escapar, pero no porque me conmovieran las lágrimas de Diego, sino porque sentí las manos de Bárbara clavadas en mis piernas y ardían como las llamas de una vela. Diego se sacó del bolsillo del pantalón una ciruela lozana que habría robado de la cocina y se la entregó. No tuvo tiempo para nada más; el campesino lo zarandeó con otro tirón y cerró de un golpe la puerta del hospicio.

Un silencio maldito oscureció la portería mientras Bárbara sujetaba la fruta entre las manos. Al cabo de un rato la dejó caer al suelo y corrió en dirección al patio. Aquella ciruela había sucumbido a la podredumbre con la rapidez de un milagro: un par de gusanos se abrían paso entre la carne jugosa y muerta, profanando con su caminar sinuoso las baldosas de barro.

Fueron días agitados los que siguieron a la marcha de Diego. No llegó la paz y el sosiego de la vida rutinaria que tanto anhelaba la hermana Serafina. Al contrario, el hospicio se convirtió en un hogar donde reinaba el temor y las esperanzas se pudrían junto a alimentos, animales y plantas. Bárbara se había entregado a una melancolía malsana. Se le apagó la piel suave dejando paso a una palidez de mortaja que me helaba la sangre con sólo mirarla. Los ojos verdes estaban húmedos permanentemente y mostraban el brillo terrorífico de los alucinados. Tenía la mirada ida, en otro mundo, y con la expresión de los pobres locos que buscan en sus ensoñaciones y delirios una razón para vivir. Desobedecía las reglas del hospicio: se negaba a rezar las oraciones, a lavarse, o a ingerir cualquier alimento a las horas convenidas. Le había cogido gusto a chupar las velas de la capilla, que se derretían en ríos de cera bajo el tacto de sus manos ardientes, proporcionando un aliento sagrado a cada palabra incomprensible que salía de su boca. Se comía las sábanas tendidas en el patio, y hacía girones los vestidos y pantalones de los huérfanos, masticándolos con los ojos perdidos en las sombras de las nubes. Orinaba en cualquier parte, en las esquinas de los pasillos, entre las matas de pimientos y tomates, que se marchitaban inexplicablemente. Parecía que su naturaleza humana la había abandonado, que su razón infantil se había tornado en locura, y dejaba tras de sí un tufo de animal silvestre que yo seguía con asombro e inquietud.

Se levantaba de la cama en mitad de la noche y vagaba por los pasillos, la portería, el dormitorio de las nodrizas, de los lactantes o de los destetados, sigilosa y fantasmal en la camisa blanca de dormir, mientras su lengua vomitaba un despropósito sobre ángeles vengadores. Sobresaltaba el sueño de los niños, que chillaban asustados al encontrarse de pronto con aquella criatura escuálida que más que andar parecía flotar como un espectro entre cunas y camastros, anunciando los horrores que sufriríamos con la llegada inevitable de sus seres alados. A más de una nodriza se le cortó la leche durante días tras despertarse sofocada por el calor de las manos de Bárbara, que le palpaba los pechos en la oscuridad de sus sueños, buscando el consuelo de la ubre sobrenatural de la Blasa de la que en tiempos había mamado Diego. La hermana Urraca la conducía a la cama entre alaridos y varazos, y yo temía que intentara desha-

245

cerse de ella como había hecho con Diego, que me la arrebatara y asumiera de nuevo mi vida en la desidia de una vulgar
fregona.

Con el paso de los días se pudrieron los alimentos que se
atesoraban en la cocina, los ajos, las cebollas, las carnes destinadas a dientes de monjas. Se pudrieron las coles de la huerta,
convertidas en tenebrosas cabezas de infantes; los pimientos y
las malas hierbas que rodeaban toda mata estrangulándola. Se
pudrieron las lentejas y los garbanzos, reblandecidos por un
moho que enmarañaba las desdichadas legumbres en pelusas
transparentes. Se pudrieron las plantas medicinales de la huerta de la Ludovica, las hojas del sauce blanco y cada margarita,
amapola o violeta que osaba airear al sol sus pétalos alegres.
Los animales enfermaron a causa de la infelicidad de ella. Las
gallinas andaban cabizbajas arrastrando el pico por el suelo y
untado de su propia mierda; dejaron de poner huevos, y si
alguno llegaba a escaparse de sus vientres secos, no era más que
una cáscara que albergaba en su interior el vacío de la muerte.
A las cabras, la leche se les volvió terrosa y densa como cieno,
y se apiñaron en los corrales, adormiladas unas encima de
otras, con los ojos extraviados en las nubes.

Toda vida parecía apagarse, todo objeto que ella tocaba
perdía la utilidad para la que había sido concebido, como si la
única utilidad posible, la única que tenía oportunidades de
sobrevivir a tanta descomposición fuera la de la tristeza.

Bárbara perdió el interés por cualquier presencia humana.
Incluso le molestaba la mía, y eso me sumía en un profundo
desconsuelo. «Soy Berenjena, yo me ocuparé de ti, yo voy a
cuidarte», le susurraba. No había en sus labios más respuesta
que una inmovilidad fría y rígida. El único contacto que no

sólo permitía sino que también anhelaba era el de la Blasa, o más bien el de su teta mágica. Convertida finalmente en ama de sala debido a que con los años se le habían secado inevitablemente las ubres, había experimentado el renacer apoteósico de una de ellas, de la que manaba la leche a borbotones bajo la presión de los labios y los dedos de Bárbara. Su traslado del dormitorio de las nodrizas a una pequeña habitación junto a la sala de amamantar, que no compartía con nadie, me había permitido instalarme en su cama, en la cama de la Blasa, la del colchón más relleno de lana y con menos chinches —el trono, por así decirlo, de la habitación de las nodrizas—, posición que me otorgaba cierta autoridad sobre ellas. A pesar de que continuaba restregando orines y excrementos de sábanas y fregando suelos, a mis veintiséis años me había convertido en una persona de confianza de la hermana Serafina y por supuesto de la vieja nodriza.

La Blasa llevaba tiempo sin interesarse demasiado por los asuntos del hospicio que iban más allá de sus obligaciones, y por los que en un principio la habían vinculado a los misterios de los orígenes de Bárbara, sobre todo cuando éstos dejaron de proporcionarle reales que dilapidar en sus apuestas. Cada día se hallaba más volcada en su vicio de jugar a los naipes y en sus visitas a las casas de juego de la peor estofa de la villa, donde era de sobra conocida. Sin embargo, el ascenso social de la Blasa en la jerarquía del hospicio me había proporcionado la oportunidad de escapar de su vigilancia nocturna y de ser dueña de mis madrugadas en vela para continuar espiando a la hermana Ludovica.

Movida por el inesperado retorno de Bárbara a la lactancia sobrenatural, la Blasa empezó a interesarse de nuevo por la niña. Se encerraba con ella en la intimidad de su habitación, y le entregaba con paciencia de madre y codicia de tahúr —no me cabía ninguna duda— el pecho del que antes solía mamar Diego.

No tardó la Blasa en volver a apostarse la leche a los naipes en las partidas que continuaba organizando entre las nodrizas más novatas, pero en esta ocasión le salió mal la jugada. Los niños que alimentaba ella en sustitución de la nodriza que le había ganado una mano a la veintiuna, no tardaban en mostrar síntomas de una aflicción ajena: vomitaban una bilis amarilla con olor a cenizas, a rescoldos vivos que les hacía entornar dolorosamente los párpados, y palparse el pecho con sus manitas inocentes en busca de una marca a fuego. Era tal su desasosiego, que no podían soportar ni el leve peso de su alma.

¿Qué clase de poder era el que atesoraba esa niña a sus diez años? ¿Acaso tenía su origen en la soledad, en la ausencia del amor, en la desesperanza? ¿Procedía de Nuestro Señor o del mismísimo diablo? Oscuros y dolorosos días se sucedieron. La aislaron del resto de los huérfanos para protegerles de sus efluvios melancólicos y de sus amenazas angélicas. La encerraron en la celda de una hermana vieja que acababa de fallecer. Hasta el espíritu de la difunta huyó de las cuatro paredes donde había terminado su piadosa existencia. «Está poseída, endemoniada.» Eso dijo la hermana Urraca, ésa fue su sentencia abominable. Me encargué de transportar su cuerpo, un esqueleto frágil que se manejaba con docilidad, hasta el catre maltrecho de la celda. No eran más que sábanas y trapos lo que había albergado su estómago en la última semana. En las comisuras de sus labios se acumulaban rastros de cera, signos inequívocos de su locura, una locura que contagiaba a la naturaleza. La hermana Serafina ordenó que le dieran de comer un tazón de judías y arroz, pero ella se negó a abrir la boca; sus labios estaban sellados como lápidas.

—Hay que obligarla a alimentarse o morirá antes de que le salga el demonio —dijo la hermana Urraca.

Ató las manos y los tobillos de Bárbara con una correa. Yo la oía reír por dentro, una risa cuyo eco maléfico recorría sus intestinos y explotaba de regocijo en el estómago. En cambio, la hermana Serafina sufría, y su piedad era una flor que le alumbraba el rostro. Mas también temía, y mucho. Su temor a los presagios bíblicos y a las plagas divinas la llevó a apoyar la sentencia de endemoniada que promulgaba la hermana Urraca. La monja veía en los ángeles vengadores de los delirios de Bárbara a los ángeles del Apocalipsis. Veía la lengua infantil enredada por el demonio. Veía a los siete ángeles a los que les fueron dadas las siete trompetas. Tocó el primero y, tras una plaga de granizo y sangre que asoló la tierra, todo árbol y toda hierba verde quedaron abrasados. Veía la hermana que el hospicio era la tierra. Veía en la realización de la profecía no la ira de Nuestro Señor sino la burla del diablo, que se mofaba de la santa palabra. Veía en los árboles y las hierbas abrasadas, el sauce blanco y las matas de tomates, pimientos y coles putrefactas. Nadie entendió que Bárbara creía en dos ángeles: el que dibujaba en un pecho una cicatriz perfecta, y el que la iluminaba desde el cielo con su antorcha de luz de luna. Y de ambos reclamaba consuelo.

—Come, criatura maldita.

La hermana Urraca le acercó a la boca una cucharada de

caldo transparente con judías flotantes. Ya dije que sus labios estaban sellados para todo lo que no alimentara su melancolía enfermiza, pero la monja insistió, alentada por la hermana Serafina.

—No quiero, no quiero, miserables bastardas —profirió Bárbara en un espeluznante grito.

Dotada una fuerza procedente de un mundo secreto la niña se soltó de la correa que le aprisionaba una muñeca.

—¡Hijas del pecado, hijas de la lujuria, miserables deshechos de la pobreza humana! —continuó gritando mientras nos amenazaba con el puño.

—¡Blasfemias, blasfemias! ¡Fuerza sobrenatural! Signos indudables de la posesión demoníaca. Dios nos proteja —aulló la hermana Urraca.

Ella sabía bien de qué hablaba porque era la primera endiablada. Y así se lo hice saber con una mirada de espanto a la Blasa, que observaba la escena con su blusa de nodriza vieja. Bárbara la vio, o más que verla olió la leche que escondía su consuelo, y extendió hacia ella una mano suplicante.

—Fuera todas —ordenó la hermana Urraca—. Salgan antes de que pongan en peligro la salvación de su alma.

—¡Bastardas, engendros del pecado, hijas de la soledad mugrienta! —repetía Bárbara, entregada a la más febril desesperación.

No sé si sólo fui yo la que se dio cuenta de que la niña repetía los insultos que las nodrizas, las amas de sala o las propias hermanas empleaban para dirigirse a nosotros los huérfanos, a lo largo de nuestra infancia helada. El aprendizaje del dolor es un arte que nunca se olvida: marca el corazón como herrero con el fuego de su fragua, y el hierro que un día quemó toda bondad deja serpiente en cicatriz negruzca. Si es posible la redención se ha de ver en este proceso. Uno de los que escuchan hoy mi testimonio entenderá el porqué con más lucidez que el resto.

Nos disponíamos a abandonar la celda obedeciendo la orden de la hermana Urraca, apoyada por la hermana Serafina, cuando nuestras bocas se nos secaron como el esparto, y nos sobrevino un sabor a tierra. Qué escuché, qué escuchamos sumidas en pavoroso estupor, no lo sé; ni yo ni ninguna de las que estábamos allí comprendimos su significado verdadero. La tez infantil de Bárbara se tornó sombría, pero sus ojos reflejaron más que nunca aquella luz de cirios. Resplandecieron hasta convertirse en estrellas, en luceros que hubieran alumbrado la noche más siniestra. Sus labios se abrieron y pronunció unas palabras que soy incapaz de repetir porque no conseguí memorizarlas, aunque sí reconocer su sonido: Bárbara hablaba en la lengua del gigante. Sí, en la lengua que debió de escuchar el desventurado borracho a la orilla del Manzanares, ebrio del último vino que le arrastraría hasta la soga donde le vi balancearse con ojos de inocencia. La lengua en la que le escuché entonar aquel canto celestial en el establo del Mesón del Águila, sumida en el aturdimiento tras recibir el golpe en la cabeza, en el aturdimiento que me encendía la piel de eternidad. La lengua que alumbró la desaparición de José, vivo o muerto, en aquel saco de tinieblas. La lengua que debió de acompañar a la muerte de la hermana María en los Desamparados, abrigada por el estrangulamiento de la terrible y monstruosa sombra. La misma lengua que cautivó a la Tonta, deleitando su estupidez con la belleza que le paralizó los miembros y la garganta para pedir ayuda. La lengua que escondía el acento de Berta, la desaparecida Berta, de palabras tiernas envueltas en capas de cebolla.

La hermana Serafina se santiguó. En su cruz invisible había miedo y pesadumbre.

—Conocimiento sobrenatural de una lengua a la que no ha podido tener acceso la poseída —dijo la hermana Urraca.

Sacó un pañuelo del bolsillo de su hábito, se tapó con él la boca, tosió sin la menor compasión y escupió sabe Dios qué desecho humano.

—Virgen Santísima, después de esto ya no hay duda —aseveró la hermana Serafina.

—¿De qué no hay duda, hermana? —le pregunté—. Dígamelo, por la misericordia del Altísimo.

—Se trata de un síntoma clarísimo que padecen los endemoniados: conocen lenguas que no les han sido enseñadas —me explicó la Serafina.

—Habla en hebreo, ¿no es cierto, hermana?

—Así es.

Después de aquello, abandonamos la celda una tras otra dejando a Bárbara sumida en la soledad de sus palabras. La hermana Serafina echó la llave para que nadie pudiera entrar hasta la llegada del padre Ismael, que vendría provisto de sus latines y salmos, de sus bártulos sagrados para acometer el exorcismo. No había más remedio.

Cuánto eché de menos a la hermana Ludovica. Cuánto maldije la empresa que la había alejado del hospicio en esos momentos. Estaba convencida de que no hubiera permitido que sucediera todo aquello. Además, ella también tenía parte de culpa, pues sólo la hermana Ludovica podía haber enseñado a Bárbara aquellas palabras hebreas que la habían sentenciado definitivamente. Sin embargo, tenía que aprovechar su ausencia como había previsto en un principio para revisar sus papeles y sobre todo sus tarros y pomos de porcelana en busca del mercurio. Mi crianza junto a la Blasa me había enseñado cómo uno puede beneficiarse de las situaciones adversas, y más si éstas traen consigo desventuras ajenas. Ése era para ella el primer mandamiento de la supervivencia en el mundo, al menos en nuestro mundo, donde la muerte de un huérfano suponía la posibilidad de tocar a más en el reparto de la comida. Que la desaparición del prójimo engorde las tripas puede no resultar muy cristiano, pero lo cierto es que aliviaba el abismo de nuestros estómagos apaciguando sus dolores y pesadillas.

Así que, a pesar de que esa noche mi ánimo no se hallaba en condiciones de acometer el registro de los dominios de la hermana Ludovica, pues la preocupación y el temor de lo que pudiera pasarle a Bárbara inmovilizaba a ratos mi mente y mi cuerpo, era el momento propicio para llevarlo a cabo. Por otro lado, he de confesar que me sentía fascinada por cuanto había ocurrido. Los finos hilos que como telaraña perfecta se iban tejiendo, invisibles y secretos, entre el gigante y su lengua prohibida, Escolástica, la hermana María, la madre de Bárbara, José, Berta, la hermana Ludovica despertaron aún más mis ansias de saber. Y éstas acabaron por superar a mi ánimo maltrecho. Tenía la sensación de que todos ellos formaban parte de una misma historia de la que yo sólo conocía algunos fragmentos y, probablemente, desordenados. Imaginé que cada uno representaba una de esas figuras de los retablos de las iglesias: basta colocarlas en el orden adecuado para que el sentido del suceso que narran resplandezca en el altar. Pero aún me faltaba información para saber el lugar exacto que habían de ocupar muchas de ellas, puesto que cada figura entrañaba a su vez otra historia distinta de la principal, que era la que daba sentido a su presencia en el retablo, hasta el punto de desvelar cuanto se hallaba oculto.

14

Aquélla fue una madrugada silenciosa. El hospicio parecía habitado tan sólo por el hedor del hielo. Dormíamos bajo el mismo techo que una endemoniada, por lo que acallábamos ronquidos, respiraciones y alientos con la esperanza de pasar inadvertidos; el maligno debía permanecer entre las magras carnes de Bárbara y no buscar otra víctima. Yo era un espectro que avanzaba en dirección a la enfermería, bajo la oscuridad que tallaba la luna. Mi búsqueda del mercurio comenzaría en el pequeño cuarto de las alacenas donde desaparecía la hermana Ludovica. Mi intuición me decía que todos los detalles que lograra reunir sobre sus experimentos me ayudarían a comprender la verdadera naturaleza de Bárbara, la causa, el origen o la finalidad del poder que encerraban sus manos. Mientras hablaba en hebreo, sus dedos largos se habían desplegado como velas al viento, impregnando la celda de un enigmático olor a vida que parecía acaparar todos los perfumes del mundo.

Bajo la llama frágil de una lámpara de aceite, una hermana dormitaba en la enfermería al cuidado de unos huérfanos, postrados en sus catres a causa de unos cólicos. Pasé de puntillas por delante de ella y sin que me descubriera alcancé la habitación. Prendí la vela que apretaba entre las manos y, mientras cerraba la puerta, una luz tenue alumbró las alacenas divididas en numerosos estantes. Respiré profundamente porque los huesos me temblaban bajo la camisa de dormir, y sentía correr el corazón en mi pecho como un conejo asustado. Necesitaba serenarme y pensar por dónde comenzaría mi búsqueda. Pero la búsqueda de qué, me pregunté de pronto. De todo y de nada a un tiempo, fue mi respuesta. Dediqué unos minutos a analizar lo que sabía, o lo que creía saber como fruto de mi observación y mis conclusiones.

El libro que había encontrado en la madriguera del sauce blanco, aquel libro que parecía cobrar vida al abrirlo, pertenecía sin duda a la hermana Ludovica. Ella lo había dividido en tres partes: azufre, sal y mercurio. A su vez, yo había relacionado la primera con el fuego gracias a la hermana Urraca, y la segunda con la tierra, gracias a mi educación cristiana. Me faltaba encontrar la relación de la tercera con el agua. Por tanto, debía buscar el tarro que contenía mercurio y comprobar si era líquido.

De los experimentos de la hermana Ludovica había averiguado que encerraba en recipientes lo que podría llamarse el «espíritu» de las plantas; es decir, las resucitaba en forma de fantasmas temblorosos, tras someterlas al influjo del fuego, de la tierra y del agua, en este caso del rocío de la noche. Por otro lado, el ser testigo del prodigio que realizó Bárbara con la semilla —cómo la hizo germinar y crecer entre sus manos— me llevó a pensar que para que la vida de la planta surgiera se necesitaba también tierra, calor y agua. De nuevo aparecían en juego esos tres elementos, bien para dar vida a fantasmas, como hacía la hermana Ludovica, o bien para crear vida de verdad, como había hecho Bárbara. Vida, muerte, resurrección; fuego, tierra, agua. Incluso Bárbara había relacionado el secreto de Dios con la vida y la muerte en el hospicio.

Pero aún me quedaba otro misterio. Me refiero a las palabras que pronunciaba la hermana cuando cortaba y sembraba las plantas que luego sometería a sus experimentos. Y por supuesto las palabras que le había enseñado a Bárbara para que las pronunciara mientras abrigaba la semilla con sus manos. Me vino a la cabeza la idea de que se trataba de un conjuro hebreo. Había oído hablar de la temible magia judía y por un momento me asustó la posibilidad de que la hermana Ludovica no fuera más que una hechicera hereje.

Alumbré con la vela una de las alacenas para comenzar la búsqueda del mercurio, más por afianzar lo que ya creía saber que porque fuera a aportar algo nuevo a mis razonamientos. No me entretendré en relatarles el tiempo que pasé leyendo los nombres de plantas o de otro tipo de sustancias para mí desconocidas que figuraban escritos en los tarros de cristal o porcelana; baste decirles que agradecí la meticulosidad que caracterizaba la conducta de las hermanas, pues todos ellos se hallaban clasificados por orden alfabético. Los tarros correspondientes a la letra M ocupaban tres estantes. Por lo menos había cinco filas de tarros, y el polvo se acumulaba entre ellos. Me escocían los ojos de forzar la vista bajo la luz de la vela, y mi paciencia ardía con tanta «Manzanilla», «Melisa», «Manzano», hasta que por fin, en la última fila, apretado entre el «Muérdago» y el «Musgo», vislumbré un tarro de porcelana en cuya tapa leí: «Mercurio». No llegué a abrirlo jamás. Hoy sé que el mercurio es líquido y espeso, pero lo averigüé muchos años después, cuando ya todo había terminado.

Intenté coger el tarro pero se hallaba sujeto al estante de tal manera que parecía formar parte de él. Tan sólo se movía hacia delante, y cuando lo hizo vi que el fondo estaba unido a la alacena por una barra de hierro. Entonces oí un chirrido. Era un sonido herrumbroso y suave que provenía de la pared que estaba justo frente a mí. Bajé de la escalera a la que me había subido, y busqué lo tarros clasificados con la letra A. Intuía que el tarro del azufre también encerraba una sorpresa. Se hallaba escondido entre el «Aloe» y la «Alcachofa». Y no me equivocaba. Lo moví de la misma forma que el del mercurio, y otro chirrido rompió el silencio. Sólo faltaba la sal. Tuve que utilizar de nuevo la escalera para dar con el tarro. Sabía que lo hallaría oculto entre las últimas filas. Me castañeteaban los dientes. Todo el frío del hospicio caía sobre mí para proteger el secreto que albergaba en sus entrañas. Había dos tarros de sal. Uno de ellos pude cogerlo, lo abrí y descubrí la sal esculpida en cristales transparentes. Sin embargo, el otro era como los anteriores: una palanca que accionaba un mecanismo tenebroso. El tercer chirrido fue el más fuerte y me resultó familiar. Lo había escuchado la noche que espié a la hermana Ludovica, aturdida aún por el golpe en la cabeza.

Una ráfaga húmeda penetró en la habitación como un aliento subterráneo que escapa de su madriguera. La llama de la vela tembló. Se había abierto una puerta en la alacena de una de las esquinas, quedando ésta partida en dos. Me acerqué a ella alumbrándola. Se hallaba entornada, dejando al descubierto una rendija que parecía conducir a la intimidad del mundo. Unas escaleras estrechas y mohosas desaparecían en un descenso abismal. ¿Acaso se hallaba escondido en lo más profundo el secreto de Dios?, me pregunté mientras comenzaba a bajar los peldaños. ¿Acaso estaba a punto de encontrar algo que no debía ser encontrado?

No podía ver el fin de la escalera. Descendía hacia lo más recóndito del hospicio. Tan sólo percibía el sonido de mis pasos sobre los peldaños resbaladizos, y tuve la sensación de que me adentraba lentamente en mis pensamientos, que al final hallaría, para ruina de mis anhelos, la soledad de mi fantasma. De pronto la escalera se convirtió en una espiral que giraba sobre sí misma. Los peldaños se hicieron más pequeños, resbalé y estuve a punto de caer. Me agarré a la pared y la sentí fría, lánguida y áspera, como si ella fuera la morada del invierno perpetuo que sacudía el hospicio. Los dedos se me estaban poniendo rígidos y cada vez me costaba más trabajo sostener la palmatoria de la vela, pero era su luz la única que me separaba de las tinieblas, la única que me confería forma humana. Y me aferré a ella, respirando el olor a tierra mojada en el que me iba hundiendo conforme descendía, como si el secreto se ocultara en una tumba. Presentía que quedaba poco para llegar a mi destino. Entonces algo se me enredó en el pelo. El frío me atravesó la piel. Mi garganta no era capaz de proferir sonido alguno, sólo el latido del corazón me recordaba que seguía viva. Alumbré el techo y descubrí un bosque de raíces que habían atravesado el barro que mantenía unidas las piedras del techo y formaban un tapiz de arañas. Supuse que me hallaba bajo el jardín, bajo la huerta de la Ludovica, exactamente. El agua se escurría de las raíces y goteaba sobre los escalones. Continué bajando y aquel goteo se multiplicó, ahogando el sonido de mis pasos.

Lo primero que vislumbré al llegar a mi destino fue un enorme horno cuadrado donde aún palpitaba un corazón de brasas. Temí que lo que aún ardía fuera algo que había estado vivo, algo cuyo último aliento inundaba aquel lugar cavernoso e íntimo antes de resurgir de sus cenizas. Me acerqué al horno. Estaba construido con ladrillos. Tenía un aspecto robusto, muy distinto al de los hornillos enclenques que la hermana Ludovica utilizaba en la enfermería. Sin embargo, conforme examinaba el lugar donde me encontraba, fui comprendiendo que se trataba de otro laboratorio de la monja. Había alacenas y mesas con balanzas perfectamente equilibradas, morteros, matraces, pomos de porcelana, pinzas, retortas, crisoles, vasos graduados para las medidas exactas de sus pócimas y cocciones, alambiques de espirales infinitos y turbios, y gran variedad de vasijas de cristal. En el vientre redondo de una enorme vi flotar, sobre un montón de cenizas, el espectro de la cabra que guardábamos en el cobertizo a causa de los mordiscos que arreaba. Me tapé la boca, amordazando un grito, mientas admiraba sus ondulaciones suaves, porque se movía como la luna cuando se refleja en un estanque que la brisa se encarga de agitar. Era ella, la de buena leche y malas pulgas que había muerto un mes atrás a causa de sus muchos años. Y aunque se hallaba de perfil, mostrándome toda la perfección de su vida translúcida, me miraba con uno de sus ojos, orgullosa de ese vaivén en que la sumía su inmortalidad. Debía de resultarle más liviana que su vulgar vida de cabra. Así no había quien le estrujase las mamas rebosantes de leche, era imposible agarrar el humo de aquellas ubres de nácar; tampoco sufría el dolor de las garrapatas, ni la penitencia de las heladas que malograron su carne ya inexistente. Era una cabra que no servía para cabra, un monstruo bello e inútil para recreo y espanto del espíritu.

Cuando me recuperé de la visión del animal, descubrí en una esquina el escritorio de la hermana. Reinaba en él un desorden impropio de la monja. Los papeles se amontonaban: algunos, escritos con la letra alargada de cuyas puntas tiraba Dios; otros, en blanco, revueltos entre el tintero, la hermosa pluma de ave, un candil de aceite, y las lentes que ella se ajustaba a la nariz y que le agrandaban los ojos grises convirtiéndolos en universos. Me inundó una gran ansiedad, quería examinarlo todo, leerlo todo. El humo del horno desaparecía por una especie de chimenea, que se internaba en la pared ocultándome su desembocadura.

Me senté en la silla donde la hermana debía de pasar muchas madrugadas. Había decidido comenzar mi búsqueda por los papeles donde apareciera el dibujo del chal de la madre de Bárbara, el monstruo que devoraba su propia cola, la serpiente alada con patas y pico de gallo. Sin embargo, poco pude descubrir que saciara mi curiosidad. Al parecer, aquellos escritos eran cartas a alguien llamado Prometeo y firmadas por una tal Gea. Sin duda, reforzaron mi certeza sobre la relación entre la hermana Ludovica y la madre de Bárbara, a pesar de que fui incapaz de descifrar ninguna de ellas. Su lengua era el castellano de mis vidas de santos, el que con tanto tesón me había enseñado los domingos la hermana Serafina. No obstante, aunque comprendía el significado de las palabras, el texto completo era para mí un enigma. Desilusionada, caí en la cuenta de que estaban escritas para que no los entendiera ningún profano. Recuerdo que en la mayoría de ellas mencionaba los nombres Ceres y Vulcano como si pretendiera darle noticias sobre estos dos seres que no supe relacionar con nadie. No faltaban tampoco los dibujos en los que se mezclaban números y letras con triángulos y cuadrados, y que relacioné con las fórmulas magistrales de la ciencia de la monja; o frases tan enigmáticas como «todo uno», o «naturaleza se alegra con naturaleza». Finalmente, lo único que pude sacar en claro fue que en ellas también se trataba algún asunto referente a una medicina muy poderosa. No logré descifrar si la hermana Ludovica la buscaba o si ya la había descubierto, ni qué enfermedades podría llegar a curar, ni si su importancia radicaba quizá en que las curaba todas —ya les dije que la hermana Ludovica mantenía una lucha feroz contra la muerte—. Hablaban de un «medicamento celeste», como si fuera una pócima traída directamente de las estrellas.

Sin embargo, obtuve la recompensa a mis esfuerzos en uno de los cajones del escritorio. Allí se hallaba lo que tanto había deseado, el pergamino que llegó al hospicio junto a Bárbara la noche que todo comenzó, el que me pidió Escolástica, el que ella misma escribió recogiendo las palabras de la hermana María, el pergamino que buscaba José, y que llevó hasta mí al niño ángel con zapatos de ahorcado. Lo retuve entre las manos como si fuese algo sagrado. Temía abrirlo por si me decepcionaba su contenido, por si me dejaba de nuevo sin respuestas o, por el contrario, las que me proporcionaba eran demasiado terribles. Crujió al desenrollarlo, como si quisiera avisarme de que una vez leído no había marcha atrás. Pero estaba dispuesta a correr cualquier riesgo con tal de adentrarme en su secreto. Bárbara permanecía sola en una celda y pesaba sobre ella un veredicto de endemoniada. Intuía que el pergamino atesoraba información que me permitiría comprender su naturaleza, aunque ésta, más que proporcionarle ayuda, pudiera condenarla. Estaba a punto de comprender el principio de todo cuanto me había mantenido viva los últimos diez años. La primera pieza de mi retablo de iglesia.

La escritura del pergamino era clara y hermosa, y las letras no terminaban en punta. La Tonta de los Desamparados estaba en lo cierto: no lo había escrito una monja sino la propia Escolástica con su caligrafía de correveidile de muertos. Me estremecí al reparar en que tenía en las manos un manuscrito de su puño y letra.

Hoy puedo revelarles la totalidad de su contenido sin añadir una sola palabra mía, porque durante las noches en que visité el escondrijo de la hermana Ludovica antes de que regresara, me dediqué a hacer una copia de él. Copia que me ha acompañado siempre, y que ahora me dispongo a leer a sus señorías para que conozcan la verdad. Dice así:

Madrid, 27 de agosto del año del Señor
de mil quinientos y noventa y nueve

Hermana Ludovica:

Esta noche de desolación y peste en que la muerte nos ronda como vil carroñera, acudo a vos, a vuestra sabiduría en las ciencias del cuerpo, y a vuestro buen juicio cristiano, para entregaros el destino de esta niña. Si bien es justo que antes os relate, con cuanta fidelidad mi ánimo turbado me permita, los extraños y horripilantes hechos que rodearon su nacimiento. Ningún caso en los años que llevo al frente de la sala de las desdichadas parturientas me había producido tanto espanto y compasión como el de la madre de esta niña. Se presentó en el hospital con evidentes signos de parto a eso de la medianoche. Era muy joven, y su atuendo revelaba una posición cuando menos adinerada y digna. Nada le preguntamos sobre ella como es habitual, y ella nada nos dijo en un principio. Pero se hallaba triste y temerosa de una amenaza que achaqué erróneamente al alumbramiento al que debía enfrentarse. Parecía una muchacha fuerte y sana, y lo demostró dando a luz con valor y sin grandes dificultades. Fue entonces, nada más desprenderse la recién nacida de su vientre, nada más cortar el cordón que la desligaba de ella para siempre, cuando sobrevino la catástrofe. Me tiembla la voz, querida hermana, con sólo recordar aquello de lo que mis ojos fueron testigos. El cuerpo de la madre pasó en unos segundos de estar limpio de toda enfermedad a convulsionarse de fiebre, cubriéndose su piel blanca con las más impías bubas azules que yo haya visto jamás. La peste negra la devoró cruelmente en un abrir y cerrar de ojos.

Vos y yo sabemos que ni esta enfermedad ni ninguna otra pueden manifestar todos sus síntomas de manera tan inmediata y virulenta. Era como si la niña que había llevado en sus entrañas la hubiera protegido de su mal, pero en el momento que la expulsó, éste se manifestó con toda su fuerza de un modo antinatural.

Aun así, la joven se aferró a la escasa vida que le quedaba. Se resistía a morir sin ver antes a su hija. La niña había llorado al nacer con la energía de tres varones. Estaba bien formada, pero sus manos tenían un color amoratado y ardían con la tenacidad de las hogueras. Cuando le mostré a su hija sin permitir, por supuesto, que la tocara, me rogó tres cosas. La primera, que me ocupara de que su hija llevase el nombre de Bárbara. La segunda, que la envolviera de inmediato en el chal de seda azul que ella llevaba puesto cuando llegó al hospital. Y la tercera, que lavara tres veces las manos de la niña para limpiar los espíritus impuros. La primera se la prometí, la segunda la acometí con gusto; sin embargo, la tercera me había helado la sangre. No me parecía aquélla una práctica cristiana. Aunque no estaba segura, sospeché que tras ella se ocultaba algún tipo de ritual —tiemblo al decirlo— judío. No tardé en averiguar que estaba en lo cierto. Pero antes sucedió algo más. Un fraile franciscano, joven y con rostro atormentado, entró en la sala de las parturientas buscando a la muchacha. Cuando la halló tendida en la cama, moribunda y consumida por la peste, se desgarró el hábito de San Francisco con una daga, ante mi estupor y el de todas las que estábamos allí. Y semidesnudo, con el pecho que se le iba en sangre por dos heridas de espada, se arrodilló junto a ella, y con la locura y el desconsuelo del que ha sido privado de su entendimiento, gritaba suplicante que le perdonara. La joven lloraba intentando apartarlo de su lado para protegerle del contagio de la peste, pero él la abrazaba y la besaba con desesperación. Comprendí entonces que además de fraile era el padre de la niña. Le permití que conociera a su hija. Se la mostré envuelta en el chal azul y lloró amargamente cuando descubrió sus manos. Tan amargamente que en ese instante cayó muerto, expulsando por una herida un chorro de sangre que manchó el chal con su pecado y su desgracia. Cuando la joven se dio cuenta de lo sucedido, su corazón se abandonó al delirio. Se le nublaron los ojos, se le contrajo el rostro de dolor y comenzó a rezar las oraciones de los judíos en su lengua, el hebreo. Mi sospecha se había confirmado.

¿Qué debía hacer yo entonces? ¿Denunciarla en ese mismo instante a la Santa Inquisición? ¿A una muchacha que no tendría más de dieciséis años, consumida por la podredumbre de la peste y con un pie en la tumba? Muy pronto sería Dios el encargado de juzgar su alma, me dije. Ante él responderá por sus actos.

Tampoco tenía sentido denunciar al joven franciscano, cuyo cadáver maltrecho se había encargado de retirar Escolástica, a quien bien conocéis. Le esperaba el mismo destino, el juicio del Altísimo. Tan sólo quedaba decidir el de aquella niña.

La joven parecía haber alcanzado un momento de paz tras su rezo hereje, así que le pregunté qué disponía que hiciéramos con su hija. Le pregunté si quería que se la entregáramos a algún familiar, sabiendo que si un nombre salía de su boca no me habría quedado más remedio que denunciarlo al Santo Oficio. Se sobresaltó tras mi pregunta y sucumbió de nuevo al delirio. Sufría, y mucho. No puedo aseguraros que supiera lo que decía cuando con los ojos encendidos de lágrimas me habló de un lugar en el que la habían mantenido encerrada. Un lugar de esta misma villa, un refugio de túneles bajo tierra —me pareció entender— de una hermandad secreta cuyos adeptos practican la magia sagrada para llegar a Dios, en vez de valerse de los ritos y sacramentos que dicta la Santa Iglesia.

Allí albergan a criaturas que poseen algún don sobrenatural o alguna habilidad para realizar operaciones mágicas, hechizos, lecturas de estrellas y cosas así. La joven no quería que su hija corriera la misma suerte. Quería que fuera libre, me aseguró.

Finalmente, lo más sensato que salió de su boca fue el ruego de que la entregara a un hospicio donde nadie pudiera conocer su procedencia. «Así será», le prometí. Luego dispuse su traslado inmediato a la sala de los apestados. Bendijo a su hija en la lengua de los herejes, y se despidió de ella, serena.

Le ofrecí la posibilidad de que un sacerdote le administrara el santo sacramento o la escuchara en confesión para que se arrepintiera de su error de fe, pero ella sólo quiso hablar con Escolástica y hacer uso de sus servicios. No es cristiano negarle la última voluntad a un moribundo, así que accedí.

Ésta es la historia que acompaña a la niña que os entrego. Su sangre está mancillada por la herejía de su madre y el pecado de solicitación de su padre. En vida habrían ardido en la hoguera, muertos; otro fuego más hirviente les aguarda. Pero estos tiempos de muerte que nos acechan deben ser también tiempos de piedad. Al fin y al cabo la niña es una criatura inocente, un alma que podemos salvar, pues no ha de conocer sus orígenes, que tan sólo le reportarían la vergüenza del más infame de los sambenitos. Es muy posible que no sobreviva a esta noche de tinieblas. A vuestra sabiduría dejo averiguar la enfermedad de sus manos. A vuestra sabiduría dejo que decidáis si se trata de un mal de la carne o del espíritu, por la herencia maldita que arrastra a causa de los pecados de sus progenitores, los dos jóvenes, desventurados y herejes. Sólo os pido que la bauticéis lo antes posible para que en caso de que muera su alma pueda alcanzar, ya limpia de impurezas, la gloria de Nuestro Señor. Y que por respeto al deseo de su pobre madre le pongáis el nombre de Bárbara.

HERMANA MARÍA DE LOS DESAMPARADOS

15

Por las ventanas emplomadas de la sala de audiencias penetraba el sol del mediodía. Berenjena se pasó la lengua por los labios que se hallaban agrietados y resecos tras la lectura del pergamino. Le dolían sus viejos huesos de estar tanto tiempo sentada en el banco, y su rostro se había ensombrecido por el cansancio. Las tripas le anunciaban que era la hora del almuerzo, y deseaba abandonar la sala para comer un guiso caliente en la posada y tumbarse durante un rato en la soledad de su lecho.

Sin embargo, Pedro Gómez de Ayala se resistía a dar por concluida la audiencia sin hacerle antes unas cuantas preguntas. El corazón le había latido con fuerza cuando escuchó de boca de la testigo las palabras «hermandad secreta». Su experiencia como inquisidor le había enseñado que todas ellas acababan siendo nidos de hechiceros y herejes. Y aquel caso no parecía que fuera a ser diferente. Miró a Berenjena y ella se estremeció. El inquisidor tenía ojos de ave rapaz: siempre al acecho de una presa.

—¿Tenéis alguna idea de dónde se hallan esos túneles de los que habla el pergamino? —le preguntó.

—No, señoría. En la villa, pero nada más pude averiguar. Y si lo hubiera hecho no creo que hubiese tenido valor para adentrarme en ellos.

—Decidme entonces si reconocisteis en las cartas firmadas por Gea la escritura de la hermana Ludovica.

—Así es, señoría —contestó Berenjena—. Y en aquellas que remitía a ese tal Prometeo se hallaba el dibujo de la serpiente.

—Sin duda el dibujo representa a la hermandad secreta —dijo Pedro con los ojos febriles—. En todas estas hermandades o sociedades, sus miembros adoptan un nombre en clave para ocultar quiénes son. Gea debía de ser el de la monja.

—Señorías, cuando supe de la existencia de esa hermandad, imaginé que la hermana Ludovica formaba parte de ella. Creo que al esconder el pergamino pretendía proteger a la hermandad, al tiempo que ocultar la historia de la madre de Bárbara puesto que estaba relacionada con ella. Menos la hermana Ludovica, todas las personas que llegaron a conocer esa información, como la hermana María y Escolástica, murieron a manos del gigante. Por eso, desde el momento en que leí el pergamino, anduve con mucho cuidado de tener la boca cerrada para que la hermana no sospechara que sabía más de la cuenta, y no me atreví a bajar de nuevo a su laboratorio, ni a seguir espiándola. El miedo me indujo a zanjar el asunto después de diez años de desvelos, a pesar de que me intrigaba el misterio del secreto de Dios, así como los trabajos de resurrección que llevaba a cabo la Ludovica durante las madrugadas.

—Fuisteis prudente —dijo el viejo inquisidor, Lorenzo de Valera—, y es muy posible que eso os salvara la vida. Aunque ahora nos hubiera ayudado conocer más sobre los experimentos nocturnos de la monja, pues sospecho que están relacionados con las actividades de la sociedad.

—Gea es el nombre de una antigua diosa griega. La diosa de la naturaleza, de la vida y de la muerte —añadió Íñigo.

—Parece que su nombre encaja con los experimentos que llevaba a cabo —repuso Pedro—. Creo que la monja practicaba la mal llamada «ciencia de la alquimia». ¿Alguna vez oísteis mencionar esta palabra? —le preguntó a Berenjena, escudriñando con dureza su rostro.

—Jamás, señoría.

—Concluyamos entonces la audiencia para que podamos reposar tomando el almuerzo —dijo Lorenzo de Valera mientras se desabrochaba los dos botones de la sotana que aprisionaban su cuello fofo.

—Aún tengo una última pregunta para el testigo —replicó Pedro—. ¿Llegasteis a averiguar quién era Prometeo?

—No, señoría. Se me ocurrió que podía tratarse del abuelo de Bárbara, pero no es más que una conjetura. Quizá si el señor fiscal me dijera qué significa el nombre de Prometeo, podría intentar relacionarlo con alguna otra persona.

—Adelante, Íñigo —le animó Lorenzo—. Sacia, si puedes, la curiosidad de la testigo. Tal vez así podamos retirarnos a almorzar de una vez por todas.

El fiscal miró fijamente a Berenjena y le dirigió una sonrisa mordaz.

—El dios que creó al hombre con barro y agua.

—¿Se os ocurre alguien? —le preguntó Pedro.

—Pensadlo durante vuestro almuerzo, y responded en la audiencia de esta tarde. Doy por concluida la de la mañana antes de que desfallezcamos de hambre —dijo Lorenzo.

Rafael de Osorio omitió escribir las últimas palabras del viejo inquisidor, y se limitó a anotar su habitual colofón:

Esto es lo que la testigo ha visto y oído, según la audiencia de cinco de noviembre.

Berenjena reposaba al fin sobre su lecho en la habitación de la posada. Había almorzado un guiso de habas y pollo y aún le quedaba una hora para descansar antes de presentarse de nuevo ante el tribunal. Unas cortinas mugrientas tapaban los cristales del balcón, y proporcionaban a la estancia una penumbra solitaria. Sobre la mesilla de noche reposaba el rosario de cuentas amarillas y una palmatoria de madera con un cabo de vela. Berenjena se acurrucó en la almohada dando la espalda a la puerta. Le molestaba el rumor de taberna, de borrachos y de risotadas de hombre, que subía por la escalera como humo de asado y se colocaba entre las grietas de la puerta. Aun así se adormiló con el sopor de la digestión y el lento transcurrir de sus pensamientos, hasta que se quedó dormida y tuvo un sueño.

Se hallaba de nuevo en el establo del Mesón del Águila, tumbada junto a José en los fardos de paja. Él le sonreía y la luz de sus ojos verdes le sanaba las viruelas del rostro. Era hermosa y joven como Bárbara. Las manos de José tomaban las suyas con galantería, y unos labios fantasmales perturbaban su piel con un único beso. Si el tiempo hubiera podido alterarse, ella lo habría detenido justo en ese instante.

Una ventana del establo se abrió de pronto y los postigos golpearon contra las frías piedras de los muros. Tras aquel ruido tosco sobrevino el silencio, y tras éste, un canto dulce entró por la ventana como un soplo de primavera.

Berenjena se incorporó, pero José la recostó de nuevo con dulzura, como si quisiera que disfrutara a su lado de la belleza de aquella melodía. Poco a poco el canto la hechizó, todos los miembros de su cuerpo se relajaron sobre la paja tibia, mientras su mente se inundaba de una eternidad cuyo único fin era la muerte. El canto se hizo más fuerte, y las palabras que lo componían llegaron con claridad hasta los oídos de Berenjena. «Canta en hebreo», murmuró volviéndose hacia José. Él había desaparecido. En su lugar sólo quedaba un esqueleto viejo que se confundía con el color amarillento de los fardos. Berenjena abrió los ojos sobresaltada, y frente al lecho de la habitación vio la sombra del gigante. Blandía un palo en una mano, y en la otra un saco, esta vez destinado a ella. Saltó de la cama como un gato y gritó pidiendo auxilio. El gigante no se movió. Su garganta continuó liberando la canción mortal. Berenjena hizo ademán de dirigirse hacia la puerta, y él le obstruyó el paso con el palo. Estaba atrapada. Gritó de nuevo, y una risotada procedente del comedor penetró en la habitación como respuesta. Nadie podría oírla con aquel alboroto. Descorrió las cortinas del balcón. La luz del sol alumbró el rostro del gigante. Su cabello era rubio y sus ojos fieros, dos puñados de barro. Por un instante, se quedó abstraída en su fabulosa envergadura, en los brazos y piernas como columnas de iglesia, en su torso cuadrado con el que podría aplastarla.

Sin que cesara su canto, el gigante se aproximó a Berenjena caminando muy despacio, como si le costara mover su cuerpo de titán. Le enseñaba la abertura del saco, amenazándola con el palo en alto. Ella aspiró un profundo olor a pan recién horneado. Pasó las piernas por encima de la barandilla del balcón, agarrándose a los barrotes de madera. Cuando vio que el gigante no tenía intención de detenerse, se colgó de ellos y saltó al suelo. La habitación se hallaba en una primera planta, así que tuvo suerte y sólo se magulló las rodillas y las manos, de las que brotó un fino río de sangre. Había caído en un callejón y no había un alma, nadie que pudiera acudir a socorrerla, a pesar de que a esa hora los toledanos frecuentaban sus quehaceres cotidianos. Oyó un estruendo que le retumbó en las sienes. El gigante también había saltado y se le acercaba de nuevo, palo y saco en alto, amenazantes. Cojeando, Berenjena corrió hacia la salida del callejón que desembocaba en una de las calles principales de la ciudad —ya no oía el canto de su perseguidor, sino sus pasos sobrenaturales sacudiendo la tierra para atemorizar a su presa—. Quiso el destino que en ese instante Íñigo y Rafael pasaran por allí de regreso al tribunal, tras haber degustado una de las comidas sosas de Santuario. Berenjena les salió al paso clamando socorro. Sus ojos se posaron suplicantes en los de Íñigo. Él desenfundó la daga oculta bajo la loba ante el estupor de Rafael, que no acertaba a comprender lo que sucedía.

El gigante surgió del callejón seguido de su sombra temerosa y vio a Íñigo blandiendo el acero. Sujeto al cinto llevaba un alfanje en una vaina dorada. Se quedó quieto mirándole, no había miedo en sus ojos de barro sino sorpresa. En vez de empuñar su arma de moro para entrechocar acero con acero, se dirigió hacia Berenjena, que se había refugiado detrás de Rafael, dispuesto a meterla en el saco. Ella buscó la mirada oscura de Íñigo y le rogó de nuevo que la protegiera; tenía la piel erizada y la imagen de la vieja Escolástica latía junto a su corazón enfebrecido. A Rafael le pareció que su compañero dudaba. El notario se hallaba paralizado por la imagen de aquel ser portentoso que se le venía encima, al igual que el resto de los toledanos o forasteros que poco a poco les rodeaban a una distancia prudente. Ni uno solo de ellos se había atrevido a meterse en la riña, vista la desigualdad de tamaños.

Por fin, Íñigo le cortó el paso al gigante lanzando al aire un par de cuchilladas, pero su adversario no sacó el alfanje sino que respondió amenazándolo con el palo. Se enzarzaron en la pendencia hasta que alguien llamó a la guardia, y las espadas de los corchetes resonaron en el viento de la tarde mientras el gigante huía por el callejón con una agilidad inesperada.

En una de las habitaciones de la servidumbre que atendía a los inquisidores en el caserón del Santo Oficio, una criada lavaba con un trapo húmedo las heridas de Berenjena, que se hallaba sentada en un camastro y aún sentía temblar su cuerpo por lo sucedido. El olor a vinagre que exhalaban las esquinas del cuarto le traía a la memoria el ambiente del hospicio cuando lo acechaba la peste.

—Todo comienza de nuevo —susurró.

—¿Os hago daño? —le preguntó la criada.

Berenjena negó con la cabeza.

De pronto se abrió la puerta. Era el fiscal, Íñigo Moncada. La cicatriz de su rostro se veía más púrpura que nunca, como si se le hubiera inflamado tras el esfuerzo de reñir con el gigante. Sus ojos negros encerraban una expresión adusta.

—¿Os encontráis con fuerzas para acudir a la sala de audiencias? Los inquisidores están enterados de lo sucedido y desean hablar con vos —le dijo a Berenjena.

—Allí estaré en cuanto esta buena mujer termine su tarea, aunque mi presencia sea más lamentable que nunca —respondió mirándose el vestido ensangrentado.

El fiscal guardó silencio. Se había quedado en el umbral del cuarto y se dispuso a marcharse.

—Esperad —le rogó Berenjena—, quiero daros las gracias.

—Ahora estamos en paz —repuso Íñigo y cerró la puerta.

Poco después, Berenjena ocupó su lugar en el banco de la Sala de Audiencias y continuó el interrogatorio.

—Ese hombre gigantesco también forma parte de la hermandad y parece que es quien les hace el trabajo sucio, si se encargó de matar a la vieja viuda y a la hermana María del Hospital de los Desamparados —dijo Pedro.

—Han pasado veintiséis años de eso, señoría.

—Pero a la vista de lo que os ha ocurrido esta tarde, continúa encargándose de eliminar a quien dé alguna información sobre la hermandad secreta. ¿Le habéis hablado sobre ella a alguien más?

—Mi vida es solitaria, no tengo familia ni amigos. Jamás le he contado a nadie lo que le he revelado a este tribunal. Ni le advertí a persona alguna de que iba a presentarme como testigo en el proceso contra la acusada.

—Hemos tenido noticias del comisario de Madrid. Nos informa de que la hermana Ludovica dejó de regentar la enfermería del hospicio hace cinco años. Vivió desde entonces en el convento de su orden, pero desapareció hace unas semanas sin dejar rastro, justamente al poco de ser encarcelada Isabel de Mendoza.

—Luego aún sigue viva —dijo Berenjena.

—Eso no puedo asegurároslo hasta que la detengamos. Los alguaciles la buscan ahora por Toledo, al igual que a ese gigante. Es obvio que alguien sabe de vuestra declaración ante este tribunal y quiere silenciaros.

Berenjena se estremeció. Estaba convencida de que el destino la había guiado hasta el Santo Oficio para poner fin a lo que ella había creado en una caja de salazones, pero jamás imaginó que el precio podría ser su propia vida.

—Señoría, el día en que testifiqué por primera vez, recibí un papel con una amenaza de muerte.

—¿Y por qué no nos lo habíais comunicado?

—Ahora comprendo que no le di la debida importancia.

—¿Había algo en él que pudiera indicaros quién lo escribió? ¿Reconocisteis acaso la caligrafía de la hermana Ludovica?

—No, señoría —contestó ella bajando la mirada.

—¿Aún lo tenéis en vuestro poder?

—Está en mi habitación de la posada.

—Tras concluir la audiencia iréis a recuperarlo, junto con vuestras pertenencias. Unos alguaciles os acompañarán. Es más seguro que permanezcáis de momento en las dependencias del tribunal. Y ahora continuad con vuestro testimonio sin ningún temor. Estáis cumpliendo con vuestro deber de buena cristiana y seréis recompensada.

No le concretó el inquisidor cuál sería esa recompensa, o si habría de disfrutarla viva o una vez muerta como una garantía de su salvación eterna. Berenjena tragó saliva, le dolían las heridas de las manos, vacías sin el rosario de José. Para consolar su sufrimiento miró al Cristo que presidía la sala de audiencias. Bajo el sol de la tarde luminosa, su costado parecía sangrar oro y el rostro de su sacrificio se tornaba diáfano. Se inmolaba cumpliendo la misión para la que había nacido, y la victoria sobre sus asesinos era completa. Así también será la mía en caso de que se exija mi muerte, se dijo Berenjena. Entornó los párpados y continuó con su historia.

El padre Ismael tardó dos días en presentarse en el hospicio con sus armas sagradas para acometer el exorcismo de Bárbara. Señorías, después de comprobar la putrefacción que nos envolvía como cálida y pestilente niebla, después de que la hermana Urraca y la hermana Serafina le pusieran al corriente de la testaruda inobediencia de Bárbara, de sus recientes hábitos de salvaje como orinar donde le venía en gana y comer cuanto trapo se secaba al sol, de sus sonambulismos sacrílegos amenazándonos con ángeles apocalípticos, de sus blasfemias e insultos contra la caridad de hermanas y nodrizas, de la fuerza sobrenatural de su cuerpo insólito, y del dominio misterioso de aquella lengua, examinó a la niña y no albergó duda de que estaba endemoniada. La celda en la que se hallaba Bárbara olía como el peor callejón de la villa, a cieno y excrementos humanos, y de su carne parecía desprenderse un vapor ardiente que el buen cura relacionó de inmediato con los efluvios del infierno. Sus manos mostraban el color morado con el que llegó al hospicio, pero más que poseídas por el diablo estaban consumidas por un otoño feroz que apagaba en ellas toda señal de vida, como si fueran hojas secas, quebradizas sobre las sábanas en espera de su descomposición. Tenía los ojos abiertos, con las pupilas grandes y brillantes convertidas en espejos que deformaban la imagen de quien osara asomarse a ellos. La consciencia la había abandonado o simplemente Bárbara había renunciado a hacerle caso.

—Está en trance demoníaco —explicó el padre Ismael con su voz de viejo.

Luego dispuso que se llevara un catre a la capilla y se colocara frente al altar. Así se hizo. Le rogué a la hermana Serafina que me permitiera tomar a Bárbara entre mis brazos para trasladarla hasta él. Me lo agradeció; nadie deseaba hacerlo. Tenían miedo de tocarla, de rozar su piel abrasadora, por si les contagiaba su fuego de posesa. También me permitió quedarme a presenciar el exorcismo. Conocía el cariño que le profesaba a la niña y le pareció muy piadoso por mi parte que quisiera acompañarla. Antes lo había consultado con el padre Ismael, y ambos coincidieron en que mi presencia podría ser incluso beneficiosa, pues una vez expulsado el demonio correspondiente, tranquilizaría a la pequeña.

Bárbara se había convertido en un saco de huesos. Puse una de mis mejillas contra la suya y sentí la fiebre agazapada en espera de la muerte. No podía permitir que se consumiera, no podía dejar que escapara de mi vida justo cuando comenzaba a conocer sus secretos. La necesitaba a mi lado. Quizá debí confesar en ese momento que por sus venas corría sangre de herejes, pero cómo explicar de dónde había sacado semejante información sin delatar la imprudente curiosidad de mi juventud. Temí por ella y por mí. Si la hermana María y la hermana Ludovica habían guardado silencio, yo no era quien para poner aún más en peligro la salvación de la niña.

—Vive, vive para que puedas encontrarte de nuevo con Diego. Él te necesita —le susurré.

Por un instante creí ver en sus ojos un resplandor de lucidez al pronunciar el nombre de su compañero, pero pronto se apagó, alejándola de nuevo del mundo. La ataron al catre con unas correas y se mantuvo imperturbable. Le han arrebatado el corazón llevándose a Diego, pensé al verla en ese estado. Ahora no es más que una cáscara.

El padre Ismael se echó sobre la sotana un par de escapularios. Tenía fama de ser un exorcista de primera porque conocía bien a los malos espíritus, de la época en que iba de bodegón en bodegón buscando hombres dispuestos a probar su espada.

—¿Cuántos espíritus malignos habéis entrado en el cuerpo de esta criatura y por qué razón? —preguntó abriendo los brazos en cruz—. Decidme vuestros nombres —continuó—, pues os exijo que abandonéis de inmediato el alma y la carne en la que os recreáis.

Había puesto en cada una de las esquinas del catre una especie de cataplasma olorosa compuesta por incienso, mirra, sal, aceite, cera bendita y otros ingredientes que no pude identificar, pero la mezcla desprendía un poderoso tufo a redención.

Nadie contestó a la preguntas del cura. Los malos espíritus parecían haberle olvidado. Comenzó entonces a entonar a voz en grito una retahíla de salmos y plegarias en latín, mientras empuñaba en una mano una cruz, y en la otra una pequeña urna con un trozo de la tibia de santa Águeda. Sin embargo, por mucho que oró aferrándose a su reliquia, por mucho que increpó a los demonios, éstos se mantuvieron en el más tenaz de los silencios.

Bárbara parecía haber perdido el habla, y lo único que salió de su boca fue un eructo que retumbó en las paredes de la capilla con un eco desconsolado. Al padre Ismael aquello le pareció lo suficientemente sacrílego como para considerarlo, al fin, una respuesta, y dio por terminada esa primera jornada de exorcismo, desmadejado por la vejez y el esfuerzo que le habían supuesto los latines blandiendo la cruz y la urna santa.

—Al menos ya sabemos que hay alguien —le dijo a la hermana Serafina, que se persignaba en el primer banco—. Mañana procuraremos que salga.

Era costumbre, según pude conocer, conminar al demonio a quedar rezagado en uno de los dedos del pie de la enferma para que no la inquietara hasta la siguiente jornada, y eso hizo el padre Ismael antes de sacarse de encima los escapularios, y abandonar el hospicio.

El círculo de comadres del mentidero de San Felipe aseguraba que había una endemoniada en la Santa Soledad. Esos chismes de posesiones gustan mucho a las lenguas del pueblo, y la noticia había corrido por toda la villa. Finalmente fueron tres días lo que duró aquel exorcismo. Yo contemplaba el espectáculo sentada junto a la Blasa, que jamás se hubiera perdido algo así. Su pecho, que le había resucitado en la madurez, se la había vuelto a quedar seco sin el contacto de los dedos y los labios de Bárbara. Y yo sabía bien que no le importaba puesto que esa resurrección le había traído al final más problemas que beneficios. Tampoco le importaba si Bárbara estaba en verdad endemoniada o no. Si se hubiera ganado con ello algunas blancas, creo que habría seguido entregándole su ubre a Bárbara aunque la leche procediera del mismísimo infierno.

—Si esta criatura tiene al diablo dentro nació con él —me

decía por lo bajo para no perturbar los latines redentores del padre Ismael—. Tú y yo sabemos, desde que nos la trajeron esa noche maldita, que es diferente a todos los huérfanos. Y que no es el primer baño purificador que sufre en sus carnes. Recuerda si no su bautizo.

Yo callaba que la niña era hija de una hereje y de un fraile franciscano, una auténtica hija del pecado. A esas alturas no podía ni quería hacerle partícipe a la Blasa de mis averiguaciones. Había crecido, había aprendido a leer y a escribir emprendiendo mi propio vuelo, libre de su yugo vigilante. Si bien era consciente de que había podido hacerlo porque ella me lo había permitido.

—Te has convertido en una mujer lista y avispada, sabes aprovechar bien las oportunidades, las hueles en cuanto las tienes cerca. Has aprendido bien las lecciones de la Blasa —me decía de vez en cuando, y sus ojos achinados de tanto mirar los naipes despedían un leve brillo de orgullo.

Bárbara estaba cada vez más débil. No comía más que las tazas de leche con gachas que yo le daba a cucharaditas por las noches, después de que el padre Ismael le mandara el demonio al dedo gordo de un pie, para continuar al día siguiente con su ritual de letanías sagradas. Se las hacía tragar pacientemente y le hablaba de Diego. A veces también le leía vidas de santos de los libros que me prestaba la hermana Serafina. Pero ella no se hallaba en el mundo de los vivos ni en el de los muertos, vagaba por los vapores hirvientes de su melancolía, que le hacían reventar de fiebre. Ya ni siquiera eructaba en la capilla, para consuelo del padre Ismael, que veía en ello un síntoma de que el demonio estaba a punto de claudicar y abandonarla. La hermana Serafina no entendía por qué entonces el hospicio seguía sumido en la podredumbre. Comenzábamos a acostumbrarnos al sabor del moho en el pan, a la leche terrosa de las cabras somnolientas, a los tomates y los pimientos con su carne infestada de gusanos.

—Si no regresa pronto la Ludovica para curar a Bárbara, se va a morir —le dije a la Blasa en la pesadumbre del último día de exorcismo.

Ella, con el instinto y la sabiduría de una perra vieja, me contestó:

—Es Diego quien tendría que regresar. Sabe Dios lo que la mantiene unida a ese niño, pero lo que quiera que sea la está matando. Debería dejarlo ir.

Me sorprendió su comentario por cuánta razón encerraba. Hacía tiempo que la Blasa había perdido el interés por la historia de los niños, pero al fin y al cabo los había criado juntos en sus pechos, y acababa de vivir el funesto resurgir de uno de ellos.

Así que recé durante la noche para que ocurriera un milagro que devolviera a Diego al hospicio. Y fui escuchada, señorías. Quizá hubiera sido mejor que mi súplica no hubiese sido atendida. Todo habría acabado entonces, ahorrándoles sufrimientos posteriores. O quizá ése era su destino. El destino que yo forjé, y que he de presenciar hasta su final.

Al atardecer del día siguiente, apareció en la portería el campesino que se había llevado a Diego. Lo traía echado al hombro como un fardo. La cabeza y los brazos le colgaban de forma desoladora.

—Este chico que me han dado no sirve para nada —le dijo a la hermana Serafina—. Es mudo y se niega a trabajar. Ni la peor de mis mulas es tan testaruda y desobediente. Entréguenselo a los frailes y que lo enderecen ellos con sus plegarias. A ver si la marca esa del pecho quiere decir que va para santo, porque lo que es para trabajar la tierra no sirve.

Lo habían molido a palos hasta dejarlo medio muerto. La hermana Serafina dispuso que lo llevaran a la enfermería, mientras la hermana Urraca hervía de rabia. Se la oyó maldecir al niño por los pasillos entre terribles escupitajos de tierra. Habían frustrado su voluntad de separarlos, de alejar de sus ojos el amor de luciérnagas que veía cada noche en la ventisca fría del hospicio. Ya sólo le quedaba la esperanza de que uno de los dos se muriera, o los dos a un tiempo, para que retornaran las tinieblas a la Santa Soledad.

Bárbara también se hallaba en la enfermería. Después de tres días de exorcismos, el padre Ismael había decidido que estaba limpia de todo demonio y que la putrefacción que nos acechaba iría aplacándose con el paso del tiempo, y con una buena ración de rosarios y novenas. Sin embargo, la niña seguía absorta en aquel limbo que la alejaba de los vivos.

—A veces la posesión, sobre todo en víctimas jóvenes, deja demasiado débil el cuerpo y éste se marchita —explicó el padre Ismael—. Es la voluntad de Dios. Pero morirá en paz.

Nos entregamos a los rezos. Como la hermana Ludovica seguía ausente, la hermana Serafina mandó llamar a Guzmán Acosta. Sin el atuendo que acostumbraba a usar durante las epidemias de peste —la túnica negra, la máscara de cuervo, o las lentes de cristales carmesíes que ninguna habíamos conseguido relegar al olvido—, parecía el médico de aspecto amable y tranquilizador de siempre. Aun así, en cuanto le veía me venía al estómago el olor del sahumerio de laurel, de la calentura de su aliento dentro de aquella máscara durante la noche que mandó a Bárbara con los desahuciados, y una náusea se me encajaba en la garganta.

—Estos niños o están rebosantes de vida o están al borde de la muerte, no tienen término medio —dijo tras darse cuenta de quiénes eran sus pacientes.

Cada uno ocupaba un catre de enfermo, uno cerca del otro porque de nuevo les unía la misma suerte. Más de una, entre hermanas y nodrizas, pensaba: ay, que esta vez no se salvan, que esta vez se comportan como lo que son, huérfanos, y se mueren de su propia inocencia. Tan sólo los separaban unos tres palmos, la distancia que había de un catre a otro, pero aquello les impedía sentirse la piel, reconocerse a través de ella como cuando eran tan pequeños que no eran capaces de imaginar que la vida podría alejarlos, romperles el corazón que compartían y dejarlos como estaban: bañados en los sudores de la fiebre, en los vapores de yacer sin sentido del mundo por la enfermedad de no tenerse. Él con los ojos morados a causa de los golpes del campesino, con una brecha abierta en la cabeza por la que le salía sangre, con las costillas magulladas, las piernas cosidas a mordeduras de perro, y el arcángel del pecho incandescente y purulento como si hubieran querido borrarle lo que no se podía borrar, porque era la marca del amor de su madre, de la locura de su padre, de su unión con Bárbara, de su desgracia. Ella convaleciente, después de tres jornadas de letanías, evangelios y salmos, extenuada de sufrimiento, de luchar por mantenerse en el limbo donde —estoy segura— soñaba con él, con las muñecas y los tobillos descarnados por la voluntad firme de las correas, con las manos marchitas y con una mueca de abandono en el rostro, de rendición al poder demoledor de su naturaleza.

Guzmán Acosta les auscultó el pecho vacío con la trompetilla metálica, buscó el último rastro de vida dentro de sus ojos, como si se asomara a un pozo cuyo fondo era el abismo. Les lavó las heridas, les aplicó ungüentos y polvos que envolvieron la enfermería y sus alrededores en una niebla medicinal que nos provocaba estornudos, les practicó una sangría hundiéndoles una lanceta en la poca carne del brazo hasta abrirles una raja por la que brotó un manantial rojizo. Pero ni así consiguió amansar la fiebre salvaje que no les dejaba fuerzas ni para el delirio.

—Al menos él debería morirse, según mi ciencia —le dijo a la hermana Serafina—, pero tratándose de estas criaturas ya no me atrevo a aventurar nada. Como le dije una vez a la hermana Ludovica, lo más importante para sobrevivir es querer hacerlo. La pasión por la vida esconde unos misterios que sólo Dios conoce.

—Que sea entonces lo que Él disponga —respondió ella.

Entonces buscó mis ojos, pues sabía que estaba yo muy cerca para escucharlo todo, y me miró como diciendo «hay que resignarse y seguir rezando». Asentí con la cabeza y vi cómo se marchaba Guzmán Acosta, caminando hacia la portería acompañado de la Serafina, y según se alejaba desaparecía en mi garganta el vómito de aquel recuerdo.

Había quedado al cargo de los niños una de las hermanas que trabajaba como aprendiza de la hermana Ludovica. Se le veía en la expresión del rostro que tenía ganas de que me fuera, pero no se atrevía a decirme nada porque sabía que la hermana Serafina me dejaba estar cerca de ellos. «Yo les uní una vez en una caja de salazones y sobrevivieron», me decía mientras iba de un lecho a otro, tocándoles la frente para ver si hacían efecto los potingues y las sangrías de Guzmán Acosta y les bajaba la fiebre, aunque yo sabía que todo eso era inútil. Disimulaba esperando el momento de llevar a cabo mi plan. La única posibilidad que tenían de sobrevivir, por lo menos Diego, era estar juntos en el mismo lecho. Pero de pronto dudé si no sería más piadoso dejarlos morir aquella noche, terminar con la condena de necesitarse, liberar al uno de la piel del otro para siempre. No tuve valor suficiente. Y hoy, en la sala de este tribunal, ante sus señorías, me alegro de mi decisión. Qué gran historia me hubiera perdido, qué gran historia para disfrutar de su final ahora en las puertas de mi vejez. Porque yo era y soy su destino.

—¿Qué estás haciendo, Berenjena? —me preguntó alarmada la aprendiza cuando me descubrió cargando con el cuerpo inánime de Diego para acostarlo al lado del de Bárbara.

—Hermana, si se van a morir, al menos deje que lo hagan como deberían haberlo hecho al poco de nacer: juntos.

—Pon a esa criatura otra vez en su lecho. Vas a matarla.

—Sabe lo que hace, hermana, está bien así. Que permanezcan juntos —dijo una voz a mi espalda.

Era la hermana Ludovica. Me había concentrado tanto en mi cometido de unir a los niños que no la había oído llegar con su respiración de yegua. El regreso de su viaje no podía haber sido más oportuno. Me miró como si me viera por primera vez. Pero no lo hizo como la hermana Ludovica que todos conocían en el hospicio, sino como la monja que descubrí aquella noche en su escritorio, absorta y apasionada en la escritura de un pergamino. Sentí frente a mí el palpitar de su cuello poderoso, la firmeza de sus manos resucitadoras, el resuello de su nariz, que le infundía una autoridad de abadesa, y el peso de sus ojos grisáceos y azules, oscurecidos por el alma de la noche.

La aprendiza bajó la cabeza y se escabulló buscando otros quehaceres lejos de nosotras.

Había un biombo blanco tras el que Guzmán Acosta probaba su habilidad como cirujano ayudado por la hermana Ludovica, ocultando así al resto de los pacientes la intimidad de la sangre, del pus o de las entrañas del enfermo. También solían ocultar a los moribundos, aunque en época de peste no hacía falta porque moribundos eran todos y uno podía regocijarse al ver en el rostro del otro la agonía propia, y sentía que no se iba tan solo.

La hermana Ludovica colocó el biombo alrededor del catre donde estaban los niños, preservándolos así de toda mirada incapaz de comprender lo que iba a ocurrir.

—Puedes estar un rato con ellos —me dijo.

Y se quedó a mi lado a la espera de lo mismo que yo. Habían transcurrido unos minutos cuando vi que Bárbara respiraba profundamente el aroma que parecía querer despertarla de su letargo, el aroma a cenizas, a rescoldos, que desprendía la carne del niño una vez que las manos de Guzmán Acosta habían limpiado la crueldad del campesino. Sus ojos abiertos retornaron al mundo y se encendió de nuevo en ellos la luz de los velones de iglesia. Se volvió hacia él como hiciera en la caja de salazones, como había hecho en la cuna y en la cama de los destetados. Puso una mano sobre la herida de la cabeza, sobre los cabellos que le habían nacido ásperos de la desdicha del incendio, y otra en el pecho, sobre el arcángel. Él no se quejó. Porque su dolor también era placer, el placer de sentirla cerca. Culebreó en el lecho y emitió unos quejidos de gato para acurrucarse junto a ella. Sobre las sábanas quedó el dibujo de sus cuerpos, perfecto como el sol cuando se encaja en el horizonte al atardecer.

—Ya has visto lo que querías, ahora debes marcharte —me dijo la hermana Ludovica.

Obedecí; había en su voz una autoridad que mataba toda réplica. Aquella noche apenas logré dormir, pero no me atreví a abandonar la cama ni a escabullirme hasta la enfermería. Estaba segura de que la hermana Ludovica estaba junto a los niños. Cuando por fin caí en un duermevela, soñé que la monja me descubría en su laboratorio subterráneo. Me vi dentro de una de sus vasijas de cristal; mi espectro oscilaba sobre el montón de cenizas al que me había reducido, apresada para siempre en esa vaporosa e inmortal existencia.

Los niños se encontraban mucho mejor por la mañana, sobre todo Bárbara. Le había bajado la fiebre. Su pasión por alimentarse de trapos había desaparecido y comía con apetito pan tostado y membrillo. Poco a poco recuperaba fuerzas. Las marcas que le habían dejado las correas se desdibujaban en su piel diáfana, y las manos habían perdido el color morado y resurgían como la más fértil primavera. Apenas se apartaban de la piel de Diego.

Tres días con sus noches permaneció acostada junto a él, imponiendo sus manos sobre cada una de sus heridas y magulladuras, como si ellas fueran el único bálsamo, la única medicina capaz de curarlas. Y al igual que ocurrió años atrás, el niño sanó con una rapidez asombrosa: desapareció la calentura, cicatrizó la brecha de la cabeza, los golpes de las costillas,

las dentelladas de perro, los moratones de los ojos. Habían sobrevivido de nuevo.

Guzmán Acosta se presentó la mañana del cuarto día a reconocerlos.

—Otra vez se han salvado —le dijo a la hermana Ludovica—, y creo que en esta ocasión se debe a su pasión por los milagros.

Aquella recuperación nos afectó a todas. El hospicio renació. Todo parecía inflamarse de vida. Las gallinas ponían huevos con yemas más grandes que su propio corazón, las cabras se sacudieron la somnolencia que las mantenía con la mirada perdida en el cielo y dieron leche dulce y abundante; las legumbres, los ajos y las cebollas se sacudieron todo rastro de moho; el pan por fin sabía a trigo. Las hortalizas de la huerta brillaban bajo el sol, las hierbas de la hermana Ludovica crecían libres con sus aromas silvestres. Los objetos recuperaron la utilidad para la que estaban hechos, y la tristeza se diluyó en la monotonía gélida del hospicio.

La rutina ansiada por la hermana Serafina retornó. Aunque algo había cambiado. Bárbara y Diego habían aprendido la lección. En los años que permanecieron en el hospicio no volvieron a dormir juntos. Se resignaron a pasar las noches cada uno en el dormitorio que le correspondía. Así comenzaron a crecer, temblando de soledad durante muchas madrugadas, anhelando una presencia que sabían que ya no iba a aparecer entre las sombras de la noche.

La ausencia que tanto temían era posible, y la única forma de combatirla consistía en conformarse con estar juntos durante el día. Aprovechaban cualquier momento para enroscarse en el patio, escondidos entre la ropa blanca y los pantalones y camisas remendadas, y buscaban la intimidad perdida. Entonces jugaban a que nada había ocurrido, a que no habían probado por segunda vez las mieles de la muerte, ni el sabor de los palos, la incomprensión o las correas; jugaban a que el sol era luna, y dormitaban haciéndose cosquillas, susurrándose sus chismes de muchachos, jurándose sobre el arcángel que nunca se separarían. Es lo que ocurre con el amor, señorías, se alimenta de esperanzas aunque sepa que éstas no se llegarán a cumplir. El anhelo es más poderoso que la razón y necesita creer que puede vencerla. Pobres criaturas. Yo vigilaba sus sueños, los observaba de cerca. Por eso tengo el privilegio de ser la única capaz de juzgar hoy en qué se han convertido, de comprobar cómo el destino juega sus truculentos naipes, cómo te gana en una mano cuando menos te lo esperas. Confiaban en mí, aunque a veces me miraban recelosos por si mi entrega encubría una traición. El dolor les había enseñado a estar vigilantes, pues nadie lo olvida y menos un niño como Diego, cuya memoria maldita le condenaba a guardar desde lo más bello hasta lo más terrible que había padecido su existencia.

De todas formas, compartían para siempre un solo corazón, que les proporcionaría la dicha o la desgracia. Eran cautivos de su condena. Pasara el tiempo que pasase, permanecieran juntos o no, se hallaban unidos por el placer y el dolor de pertenecerse, de no ser dueños de su voluntad. Entonces yo sólo lo sospechaba. Hoy, en la sala de este tribunal, sé que estas palabras son ciertas. La pasión no hace hombres libres, mas me pregunto: si pudieran escoger, ¿tomarían partido por su libertad?

16

En los tres años siguientes, Diego no fue la única criatura que salvaron las manos de Bárbara. La hermana Ludovica, empeñada en vencer a la muerte, comenzó a utilizarlas discretamente como la más eficaz de sus medicinas. No sólo hacían germinar semillas, sino que curaron incluso los peores males de la carne, de tal manera que llegué a preguntarme si sería la niña el medicamento celeste al que se hacía referencia en la correspondencia cifrada que mantenía la hermana. Yo había aprendido en las Sagradas Escrituras que Nuestro Señor Jesucristo sanaba a los enfermos con la sola imposición de sus manos sobre ellos. Vuestras mercedes, que son conocedores de la Palabra, lo saben mejor que yo.

A los hombres y mujeres que poseen este don se les conoce como sanadores, o santiguadores. ¿Había nacido esa niña con semejante bendición? ¿Cómo era posible, con la herencia maldita que corría por su sangre? Como afirmaban muchos clérigos, ¿no sería el mismo diablo quien se hallaba detrás de este poder, para burla de Jesucristo? Eso es algo que compete juzgar a sus señorías en este proceso. Sé que se acusa a la prisionera de causar males a otras personas, y lo cierto es que ya los causó en su infancia. ¿Acaso no había provocado la enfermedad de la hermana Urraca y de la niña rubia con el ojo bizco? ¿Y la podredumbre del hospicio? ¿Acaso no había utilizado entonces el poder de sus manos para vengarse? ¿Poseía Bárbara —ésa era mi sospecha— el poder de la vida y de la destrucción, al igual que la propia naturaleza? ¿Su lado más amable, bello y bondadoso, junto al más terrorífico y salvaje? ¿De qué dependía entonces que hiciera uso de uno o de otro?

Aunque la hermana Ludovica quiso ocultar que utilizaba las manos de la niña para curar a sus enfermos más graves, nada se le escapaba a la Blasa cuando podía haber beneficio por medio, y no desaprovechó la oportunidad que se abría ante ella gracias a las habilidades de Bárbara. Propagó entre su corro de comadres del mentidero de San Felipe que la niña endemoniada era en realidad una niña santa con el poder de sanar toda enfermedad de la carne. A través de sus comadres, obtuvo clientes que requerían los servicios de la niña tocada por la gracia de Nuestro Señor. Ella era de las primeras que se había beneficiado del don, cuando siendo un bebé la niña se agarró a su pecho y sus ubres rebosaron de leche. Durante la lactancia, también descubrió la misteriosa unión que la ligaba a Diego: sabía que cuando se hallaba junto al niño su don era mucho más poderoso, como si su amor por él fuera la mecha que encendía el prodigio; sin la compañía de Diego no había seguridad de éxito en las curaciones. ¿Acaso no había florecido la planta cuando él rodeó con sus manos las de ella, aumentando de esta forma el calor de la vida?

Muy poco habían transitado Diego y Bárbara por las calles de la villa hasta ese momento, pero en el corazón de todo niño siempre se esconde el deseo de aventura. Además la Blasa les había prometido una recompensa para sus estómagos hambrientos: hojaldres de cabello de ángel y otros manjares de las pastelerías más finas de la calle Mayor. Imaginen lo que supuso para ellos salir a hurtadillas del hospicio junto a la Blasa cuando caía la noche, y hermanas y nodrizas se entregaban al sueño rendidas tras los quehaceres de la jornada. A veces utilizaban la portezuela que se abría en el muro, aquella situada en la huerta de la Ludovica por donde yo me aventuré una madrugada detrás de José. Otras salían por la misma portería, cuando estaba de vigilancia una monja joven, sin mucha vocación cristiana, a la que la Blasa sobornaba con unas blancas. Yo les acompañaba algunas noches, pero la mayoría me quedaba de guardia custodiando la portezuela para que nadie echara el cerrojo por dentro. Desde que conocía el contenido del pergamino temía salir a la calle y acabar como Escolástica o la hermana María, muerta a manos del gigante. Por eso me cuidaba mucho de no delatarme ante la hermana Ludovica por algún detalle.

La Blasa no había tenido más remedio que hacerme partícipe de su plan, pues sabía que siempre andaba pendiente de la vida de los niños y tarde o temprano habría acabado descubriendo sus desapariciones nocturnas. Prefería tener una aliada dentro del hospicio, y más una dócil como yo, que se conformaba sin rechistar con las migajas de sus ganancias.

Señorías, acostumbrada a los prodigios de Bárbara no me sorprendió contemplar cómo imponía sus manos sobre un niño de meses comido por las fiebres, y a los pocos minutos lo dejaba limpio de toda calentura. Sin embargo, descubrí por vez primera que sus ojos verdes, en vez de brillar con la luz de los cirios, lo hacían con el fulgor del sol. Se había encendido en ellos la llama de la caridad y era feliz.

Hasta octubre de 1612, Bárbara ejerció en la villa como «la Niña Santa». Así la llamaban. Curó el tabardillo, la viruela, la escarlatina y otras enfermedades, y cuantas más sanaciones practicaba, más le cautivaba la posibilidad de ayudar a los demás, de limpiarlos de las desdichas de su cuerpo mortal.

Mientras, Diego había encontrado otra pasión: las calles de la ciudad, y el peligro que se agazapaba en ellas al anochecer, la vida aventurera que encerraban. Presenció disputas y lances de espada, prendimientos de truhanes a manos de los corchetes, cuya vigilancia aprendió a burlar aleccionado por la Blasa. Cuando alcanzó los once, y tras sufrir en la calle del Soldado un intento de robo del que salieron con la bolsa intacta porque la Blasa jugaba a los naipes con uno de los asaltantes, Diego vio cumplido su deseo de empuñar un arma. A pesar de que me opuse, la Blasa le entregó una daga de filo oxidado pero punzante con empuñadura de hierro, en la que había un hueco donde debió de reposar en tiempos más heroicos una piedra noble (sin duda, la habría ganado en alguna partida). Sólo le dejaba llevarla ajustada en el cinto cuando se echaban a las calles, pues mientras Diego permanecía en el hospicio ella la custodiaba en su dormitorio.

—Tu padre y tu abuelo fueron hidalgos —le había dicho la Blasa al muchacho— y seguramente también tu bisabuelo. Y todo hidalgo es ducho en armas. Cuanto antes empieces mejor. Tu misión será proteger a Bárbara mientras realiza aquello para lo que Dios la puso en este mundo.

Poco sabía Diego de la historia de su familia, aunque conocía su apellido, a diferencia de los demás huérfanos. La mayoría cargábamos con la coletilla «de la Santa Soledad», para afianzar aún más nuestra procedencia deshonrosa. Sólo la hermana Urraca aprovechaba cualquier oportunidad para, como el más espantoso de los insultos, arrojarle a la cara: «hijo de poeta suicida», «hijo de asesino».

—¿Qué es un poeta, Blasa? —le preguntó Diego un día mientras nos encaminábamos a una casa en la calle de las Damas para curar unas pústulas.

La Blasa recitó:

> *La vida que tienes*
> *se viene y se va,*
> *como todo lo que anhelas*
> *te lo has de ganar.*

Diego la miró con extrañeza.

—Lo poetas hacen rimas, y cosas así. Si te portas bien, algún día te llevaré al corral del Príncipe para que veas una comedia.

—¿Y qué es un suicida?

—Uno que se mata a sí mismo. Coge la daga y se la clava en el corazón o en el estómago. Tu padre, en cambio, se colgó de una cuerda.

—¿Y por qué hizo eso? —preguntó Diego mirándonos con sus ojos de abismo.

—Por amor, muchacho.

—Estaba triste porque tu madre había muerto de peste y pensó que no podría vivir sin ella —puntualicé.

—Entonces no era un asesino como dice la hermana Urraca —replicó él.

—Es que luego prendió fuego a la casa contigo dentro, para que tú también te murieras —dijo la Blasa.

—Quería librarte cuanto antes de las infamias de este mundo —le expliqué—. Pero te salvó una vecina y te trajo al hospicio. Entonces te metimos en un cajón junto a Bárbara para que os murierais juntos, pero ella te tocó con sus manos y te salvó. Y no sé cómo, tú la salvaste a ella. Por eso, si os separáis os ponéis enfermos. Dios os dejó vivir pero sólo si estabais uno al lado del otro.

A la edad de doce años, durante una noche calurosa y de luna sombría, Diego mató a un hombre. Atravesábamos la calle Jacometrezo cuando nos cortó el paso un maleante embozado hasta los huesos.

—Aflojen la faltriquera, señoras, si no quieren que les rebane el cuello.

Blandía ante nuestros ojos un espada de hoja tosca pero tenebrosa.

—Yo no soy una chica —respondió Diego poniéndose delante de nosotras.

Su figura esbelta se dibujó en la noche. Una sombra gallarda y flaca como la de un espíritu.

—Así me había parecido.

El malandrín se levantó el sombrero dejando al descubierto un rostro desagradable y escupió una risa de demonio.

—No nos entretenga, hermano, que llevamos prisa —le espetó la Blasa de mala gana.

—Pues aflojen los dineros o las ensarto en mi espada. Y empezaré por este muchacho gallito.

Estaba tan confiado, tan seguro de que a Diego le temblaría la mano al empuñar la daga, que cuando de una sola estocada se la hundió hasta la empuñadura en el estómago, su rostro mostró más sorpresa que dolor. La sangre le empapó la camisa, espesa como mantequilla derretida. Cayó al suelo y la muerte se asomó a sus ojos. Diego la contempló fijamente, y en el rictus de su boca y en su mirada negra descubrí la perplejidad de verse fascinado por ella.

—Arreando *pa* el hospicio —gruñó la Blasa—. Nadie echará en falta a este malnacido. Como si no hubiera pasado nada.

Bárbara tomó a Diego de la mano, pero él permaneció inmóvil durante unos segundos, absorto en el cadáver.

—La muerte me hace olvidar —oí que le decía a Bárbara por lo bajo—. Sólo queda en mi memoria la imagen de ese hombre sin vida.

Sentí lástima por el muchacho, pues lo ocurrido le había causado una gran impresión. A los pocos días hablé con la Blasa para que se deshiciera de esa daga que sólo podría traernos más disgustos.

—¿Qué estás diciendo, Berenjena? Diego ha resultado ser más valido de lo que cabía esperar de su cuerpo enclenque. Pardiez, que tiene madera cuanto menos de soldado.

Para la Blasa, Diego se había convertido en parte indispensable de su negocio. Y para Bárbara, limpiar la carne de cuanto enfermo se le ponía por delante era ya una necesidad. Cada vez se preocupaba más en ocultarle a la hermana Ludovica las escapadas nocturnas, pues temía que se las prohibiese si llegaba a descubrirlas. La caridad la cautivó de tal manera que se negó a que la Blasa cobrara unas monedas por sus curaciones. Al fin y acabo su padre era un fraile franciscano, me dije, tal vez no sólo había heredado de él la deshonra.

La respuesta de la Blasa fue tajante. No iba a dejar que se le arruinara un negocio cada día más próspero. Si se negaba a curar por dinero, denunciaría a Diego a los guardias por la muerte de aquel hombre, y vendrían a prenderlo, lo encerrarían en la mazmorra y luego lo colgarían de una horca. Ante aquella amenaza Bárbara no tuvo nada que decir; no podía perder de nuevo a Diego.

—¿Cómo puedes ser tan cruel? —le recriminé a la Blasa una vez que nos quedamos a solas.

—Yo no me juego el pellejo por nada, Berenjena. Creí que te había enseñado mejor. Qué me importa a mí que viva o muera un miserable, si no me proporciona unas monedas para echar una buena partida.

Pronto pagaría el precio de su codicia y su egoísmo. Un precio más alto del que habría podido imaginar.

Mis palabras se agotan, señorías, al igual que mi historia. El final está muy cerca, pero antes de precipitarme en él, he de relatarles lo que me sucedió en una fecha próxima. Me refiero a unos acontecimientos que turbaron aún más mi alma y mi vida en la Semana Santa de 1612. Si bien gracias a ellos pude conocer por entero el secreto que como la niebla matutina había cubierto durante tantos años la verdad sobre la madre de Bárbara.

El miércoles de Ceniza salía de escuchar misa en San Ginés, marcada mi frente con la cruz cristiana, cuando presentí que alguien me seguía. Caminaba por la calle Mayor hacia el hospicio, abrigando el fresco de abril y mi corazón sobresaltado con un echarpe de lana. Mi único temor, en aquella mañana gris como anunciaba su nombre, era descubrir tras de mí una sombra monstruosa. La calle estaba animada por las gentes que salían de cumplir con la liturgia, y los puestos de helados se alineaban a ambos lados para delicia de nobles y plebe, a pesar de que el tiempo no acompañaba. Me detuve en uno de ellos y miré de reojo a derecha e izquierda con la intención de comprobar si mi intuición me había jugado una mala pasada, o por el contrario me mantenía alerta ante lo que iba a suceder.

—¿Compra o qué? —me preguntó el vendedor con rudeza.

Le escuché como en un sueño. Dedicaba todo mi afán a concentrarme por si llegaba hasta mis oídos aquel canto en lengua tan hereje como hermosa, el hebreo. Su sonido me indicaría la cercanía de mi perseguidor. Sin embargo, fue mi nombre, pronunciado en un susurro temeroso, lo que distinguí entre el ajetreo de la calle.

—Berenguela, querida niña, Berenguela….

Temblé ante el recuerdo dulce de aquella voz, al rememorar lo que sucedió la última vez que la había escuchado. Dudé antes de darme la vuelta y descubrir la sombra de una mujer envuelta en una capa, que se escabullía en el zaguán de un portalón de la calle de Botero. Llevaba el cabello oculto por una capucha, como la primera vez que la vi en el Mesón del Águila. Era Berta, la desaparecida Berta. Por un instante, quise echar a correr. ¿Y si se trata de una trampa?, me dije. ¿Y si no es más que un cebo tierno y me arrastra dentro de un saco como le sucedió a José? Pero la curiosidad, en vez de alejarme de Berta, me impulsó a caminar hacia ella, primero titubeante y después con paso firme y rápido, mientras mi garganta palpitaba por la emoción del encuentro.

Berta había envejecido tanto que retrocedí un instante al contemplar su rostro. No parecía la misma. Los años transcurridos le habían estropeado la piel, arrugándosela de forma impía, endureciéndosela sobre todo en las mejillas y en la frente, como si llevara puesta una máscara trágica. Sólo sus ojos, rezagados bajo las cejas espesas, continuaban cristalinos y delatores de una bondad que me reconfortó. Tenía, sin embargo, ese buen color que, según la Blasa, nunca se borraba del rostro de las buenas personas.

—Berenguela —me dijo—, te has convertido en una mujer.

Evitó decir «hermosa», señorías, que nunca lo he sido ni en mis mejores años. La viruela magulló todo rastro de lozanía en mí, y mis ojos pequeños y del color de las mulas, mi pelo áspero, mi frente estrecha, como ven, y mi boca, en cambio, demasiado grande, nunca me hicieron merecedora de admiración ni requiebros. Soy y siempre he sido fea, pero no es mi belleza la que aquí se juzga, así que no me detendré más en estos detalles a los que me lleva tanto la vejez como la fatiga de mi mente.

Berta me abrazó mientras me arrastraba dentro del portalón mugriento.

—Cuánto he sufrido todos estos años por haber desaparecido así de tu vida y de la de Bárbara.

Me aparté de ella y retrocedí de nuevo hasta el zaguán.

—Un simple recado con una explicación de vuestra prolongada ausencia habría sido suficiente.

300

—Oh, no me fue posible. Mi amo me obligó a abandonar Valladolid, y me prohibió que regresara a la villa. He estado recluida en su propiedad de Lisboa todos estos años, sometida a la más estrecha vigilancia. Hasta ahora, que he logrado escapar.

—Aquella tarde en el establo nos tendisteis una trampa a José y a mí. Yo sobreviví, aunque mi cabeza estuvo magullada durante días. Pero ¿y él? Decidme, ¿lo mató vuestro amigo el gigante?

—Querida Berenguela, ¿cómo has podido pensar cosas tan terribles de mí?

—No me habéis dejado otra opción.

—Subamos a mi cuarto y te explicaré qué sucedió. No es tan confortable y caliente como el que frecuentábamos en el Mesón del Águila, pero estaremos a salvo de miradas curiosas.

—¿Quién querría interesarse por nosotras?

—Temo que los espías de mi amo me hayan seguido hasta aquí. Te lo suplico, acompáñame arriba y deja que repare la falta que cometí contigo desapareciendo de esa forma. Necesito que comprendas por qué me vi obligada a actuar así.

Aunque el sonido de su voz me hacía estremecer al recordarme la existencia del gigante, la expresión de súplica y arrepentimiento de sus ojos transparentes acabaron por convencerme.

El portalón era el de una casa que alquilaba habitaciones por unos pocos maravedíes. Ascendimos por una escalera estrecha que crujía como espinazo podrido, y albergaba en sus peldaños cagadas de rata. Mucho era lo que había descendido Berta en su escala de la buena fortuna. Sacó una llave de un bolsillo de la capa y abrió la puerta de un cuarto pequeño con olor a rancio. De una sola mirada pude comprobar que nadie nos esperaba dentro. Había un camastro junto a una pared, una butaca de tapicería raída y una mesa con un cabo de vela. La luz pastosa de la mañana penetraba por un ventanuco del techo abuhardillado. Berta se sentó en la cama y me hizo una seña para que yo me instalara en la butaca, pero permanecí en pie, caminando de un lado a otro de aquel cuarto mugriento.

—Querida Berenguela —me dijo con una suavidad que me erizó la piel—, yo jamás hubiera permitido que te lastimaran. En cuanto a José, protegerle es lo que entre otras cosas me ha causado la ruina.

—No os comprendo.

—Mi señor se enteró de que tenía una nieta, y de que yo le había ocultado su existencia. Averiguó también que me reunía contigo, una empleada del hospicio adonde la habían llevado, y que me informabas sobre su crecimiento. Cuando cayó en la cuenta de todo lo que le había mantenido en secreto, se encorelizó. Él, que confiaba en mí, se sintió traicionado.

—¿Y cómo pudo saber de Bárbara?

—Por una monja, querida. Una hermana experta en hierbas medicinales que, según averigüé después, se encarga de la enfermería de la Santa Soledad.

Palidecí de inmediato. Berta acababa de corroborar mis sospechas. La hermana Ludovica formaba parte, junto con el abuelo de Bárbara, de aquella misteriosa sociedad secreta. A través del pergamino, identificó a Bárbara como su nieta, y le informó de que se hallaba en el hospicio. Por eso sospeché que ese hombre era Prometeo, y el destinatario de aquella enigmática correspondencia. La hermana Ludovica experimentaba con sus resurrecciones y le informaba de los resultados. Pero...

¿y el medicamento celeste? ¿Era su propia nieta como yo sospechaba? ¿Había dejado la vida de Bárbara en manos de la Ludovica por ese motivo?

—Tú debes de saber de qué monja te hablo, Berenguela.

Asentí.

—Cuídate de ella.

—¿Vuestro señor sabe de mi existencia? —Me tembló la voz.

—Sí, querida, y uno de los motivos por los que accedí a no volver a verte fue para velar por tu protección, para alejarte de este asunto, que hasta ahora sólo ha traído desolación y muerte. El día que te dije que te reunieras con José en el establo aún no sabía que mi señor me había descubierto. Pero cuando llegué a casa me estaba esperando para echarme en cara mi traición. Yo sabía que él y sus hombres buscaban con ahínco a José desde hacía años. Me hubiera perdonado que le ocultara la existencia de su nieta porque me ataba la lengua la última voluntad de su hija. Pero que le ocultara que me encontraba a escondidas con José, que no le permitiera llevar a cabo la venganza que ansiaba, eso me deshonró a sus ojos, y perdí la confianza de su corazón. ¡Maldito sea mil veces ese joven! Mi señor había ordenado que me siguieran, y así nos descubrió.

—¿Está muerto José?

—No he vuelto a tener noticia de él.

—¿Por qué no me mató el gigante en el establo?

—Tú sólo sabías que Bárbara era una huérfana y yo la nodriza de su madre que se preocupaba por ella. Además, cuidabas de la niña en la Santa Soledad.

—Mucho es lo que he averiguado desde entonces. Sé que

vuestro origen, como el de Bárbara y el de su madre, y por tanto también el de vuestro amo, podría ser considerado hereje.

—Frena tu lengua, querida Berenguela.

—Estoy harta de tanta precaución, de que me hayáis ocultado tantas cosas. Judía era la madre de Bárbara, o conversa, pero al verse al borde de la muerte reveló su verdadera creencia. Hay un gigante asesino que canta en hebreo, vuestra lengua, puesto que el acento que tratáis de disimular me indica que no sólo no os es desconocida, sino que probablemente es vuestra lengua materna.

Berta se tapó los ojos con las manos, horrorizada.

—Por Dios, no sigáis. Por vuestro bien. Decidme sólo cómo se encuentra la pequeña Bárbara y saldré de vuestra vida para siempre.

—Esta vez no quiero dinero a cambio de la información que me pedís. Guardaos vuestros reales. Creo que me merezco saber la verdad. Eso es lo único que quiero, la historia desde el principio. Sé cómo murió la madre de Bárbara. Y sé que su padre era un franciscano. ¿Cómo se quedó preñada? ¿Cómo fue a parar a los Desamparados aquella noche de peste? ¿Por qué la mantuvieron encerrada en un lugar para criaturas con dones mágicos? ¿Y por qué el franciscano le rogó su perdón en el lecho de muerte? Eso es lo que quiero saber para empezar.

—No imagino cómo has llegado a averiguar tantas cosas. Sin duda subestimamos tu curiosidad y tus facultades para satisfacerla. No eres una muchacha que se conforme con poco, deseas saberlo todo. «La sabiduría es mejor que las perlas, nada de lo que desees podrá compararse con ella», eso dice el libro de los Proverbios, capítulo 8, versículo 11. Pero no olvides que toda sabiduría tiene un precio, bien de espíritu, bien de carne, quizá de ambos. Y tarde o temprano hay que pagarlo. Aunque haya pasado mucho tiempo no te creas a salvo, pues la deuda no estará saldada. Y es tan seguro que se ha de pagar como la propia muerte. Dime ahora si estás dispuesta a pagar su precio.

Asentí con la cabeza.

—Es muy posible que algún día lo lamentes.

—Espero que el riesgo merezca la pena.

—Toma asiento y prepárate a escuchar una triste historia.

17

Berta me señaló de nuevo la butaca de tapicería raída. Esta vez me senté y la miré a los ojos. Entonces ella comenzó el siguiente relato:

—La pequeña que yo cuidé se llamaba Julia. Quedó huérfana de madre a los pocos meses de nacer, y pasé a ocuparme de su crianza. Muy pronto su padre y yo nos dimos cuenta de que no era una niña corriente. Al poco tiempo comprendimos que su alma pertenecía sólo a ella y a Dios; en cambio su cuerpo pertenecía a la humanidad. Había nacido para predecir con él las desgracias y las enfermedades, para avisar a los hombres de su llegada. Julia poseía el don de la profecía, uno de los más sagrados. Predecía enfermedades, epidemias, hambrunas, sequías, tempestades, ahogamientos, derrotas y masacres en las guerras; todo ello se leía en su piel.

—No comprendo cómo puede ser eso posible —la interrumpí.

—Si se hallaba junto a unas personas que al poco tiempo sufrirían los estragos del hambre, sentía la debilidad, los mareos, los dolores de las tripas retorciéndose en su propio vacío a causa de la falta de alimento. Entonces auguraba con su voz de criatura: «Moriréis de hambruna si no ponéis remedio».

—¿Y luego sanaba?

—Había que alejarla de las personas que iban a sufrir el mal, ya que los síntomas de la desgracia que auguraba no cesaban hasta entonces.

»Comprenderás ahora que era necesario mantenerla aislada del mundo para proteger su vida. Que son muchas las desdichas que en él habitan y nunca se sabe en qué seres harán mella. No podía gozar de la libertad de una criatura normal; incluso corría peligro estando a mi lado o al lado de su padre. Era un don terrible, querida Berenjena, pues he de reconocer que a veces hasta yo misma temía acercarme a ella por si profetizaba mi muerte. ¡Qué solo puede llegar a sentirse un ser con ese don que parecía más propio del diablo que de Nuestro Señor! Vivir con el miedo de anunciarle un mal a quien tienes cerca, a quien te ofrece su cariño. Bendita niña, Dios hizo bien en llevársela tan joven y en librarla de esa pesada carga. Su vida fue corta, y la entregó gustosa a cambio de un deseo que fue creciendo en su pecho hasta llegar a dominarla: ser libre. Aceptó con valentía las consecuencias de ello, aunque acabaron conduciéndola a su propia muerte. Amó al hombre equivocado, pero amó entregándole cuanto era.

»Pasó su infancia en la casa palacio que mi amo posee en Lisboa, su ciudad natal. Recluida en unas habitaciones a las que tenían acceso muy pocas personas: su padre, un par de criadas de confianza y yo. Creció como un capullo de rosa en un ataúd de cristal. Solitaria y soñadora. De vez en cuando se le permitía pasear por un parterre del vasto jardín, y corría y saltaba para que el aire le golpeara en el rostro, para sentir la vida que intuía se hallaba tras los muros de su encierro. Hablaba con las plantas, y con las estatuas que se alzaban entre los paseos de camelias y lirios, las únicas compañeras de juegos que había conocido aparte de mí. Yo apenas pisaba la calle. Aprendí a vivir sabiendo con antelación cuándo iba a padecer un enfriamiento: si Julia estornudaba y tenía fiebre cuando me acercaba a ella, y cuando yo me alejaba ella sanaba al cabo de unos cuantos días era yo la que padecía esos síntomas. Así que me aislé con ella.

»Cuando cumplió los once años nos trasladamos a Madrid, adonde su padre, mi señor, viajaba con mucha frecuencia. Él mantenía una estrecha relación con un fraile que conoció en su juventud. Ambos habían estudiado en Florencia, y allí habían adquirido conocimientos sobre lo que llamaban "el secreto de Dios". Según he podido discernir con el paso de los años, se trataba de una sabiduría que implicaba el estudio de la magia, pero de la magia verdadera, una especie de magia sagrada que se ocultaba en la naturaleza y en la palabra de Dios.

»Desde el nacimiento de la niña habían buscado en ella un remedio para protegerla de su propio don. Por ese motivo nos trasladamos a vivir a la villa. Era en esta ciudad donde el fraile, al que todo el mundo llamaba fray Clavícula, y mi señor mantenían en secreto un lugar en el que vivían niños y jóvenes como Julia, criaturas tocadas con poderes o dones especiales, que mi amo y el fraile les enseñaban a comprender y a utilizar.

»Tardaron años en hallar el remedio que protegería a mi niña, aunque no fue del todo efectivo. Se trataba de un chal azul. En uno de sus bordados se escondía un pedazo de papiro donde se concentraba toda su magia. Era en verdad un talismán. Desconozco a través de qué ritual lo consiguieron, pues no son muchos los conocimientos que poseo en este tema. Con él se nublaba su visión profética de enfermedades o desgracias, y así Julia no ponía en peligro su vida.

—¿Os referís a un chal azul que tiene bordado en sus extremos una serpiente monstruosa que se muerde su propia cola? —le pregunté a Berta, impaciente.

—¿Cómo lo sabes?

—En ese chal vino envuelta Bárbara la noche que la trajeron al hospicio.

—Creí que lo habíamos perdido, que lo habrían quemado en los Desamparados como queman toda la ropa de los que mueren de peste. ¿Aún se encuentra en el hospicio?

—Allí estaba hace trece años, la última vez que lo vi, en el despacho del administrador donde se guardan las pertenencias de los huérfanos.

—¿Podrías ayudarme a recuperarlo?

—Sí, podría intentarlo. Pero os ruego que prosigáis con la historia.

—Julia pasó todo el tiempo que invirtieron en elaborar el talismán encerrada en ese lugar. Aislada incluso de sus compañeros mágicos, pues junto a ellos también podía encontrar la muerte. Su padre, sin embargo, usaba el don de su hija en determinadas ocasiones para que formulara sus profecías a hombres poderosos a cambio de un buen puñado de oro. Tomaba la precaución de tener cerca a la monja conocedora de artes curativas mágicas, para velar por la salud de Julia. La hermana de quien ya os he hablado. Yo sufría mucho cada vez que mi amo sometía a la niña a una de esas consultas, pero él, con su voz sabia y pausada, me decía:

»—Berta, si Dios le otorgó ese don es para que ayudara a otros, no lo olvides.

»Y esa era la idea que su padre le había inculcado también a ella.

»—Has de padecer este sufrimiento para evitárselo a otras personas. Ése es el destino con el que has nacido.

»Mi amo sabe ser de lo más persuasivo. Juan Medeiros es su nombre. Su sola presencia hace enmudecer. Porte regio, mentón afilado, barba negra con canas destinadas no a envejecer su rostro sino a alimentar su nobleza. Negro es también su cabello, y el blanco de sus sienes como laureles de nieve. Mas lo que provoca que tu alma se detenga y el rubor asome es el manto con el que te cubre su mirada, diríase capaz de curarlo todo.

»Te estoy contando demasiado, querida Berenguela, pero es tal el peso con el que ha cargado mi corazón y durante tantos años que aligerando mi lengua halla él su consuelo. Cuando llegamos a la villa y su padre la encerró en ese lugar para niños mágicos, me prohibió que fuera a verla. Yo vivía junto a mi señor en el palacete que había arrendado conforme a su posición. Como te dije, se le tenía en la corte en alta estima por sus negocios de dinero. Pero la niña, en su encierro, languideció sin mí, así que finalmente mi señor me permitió visitarla al menos un par de veces a la semana.

»Julia tenía quince años cuando salió por primera vez a pasear por la villa envuelta en su chal talismán. La acompañó su padre, y como todo fue bien, le dio permiso para que fuera yo con ella en la próxima salida.

»Era una de esas mañanas del mes de enero en que la ciudad está envuelta en la respiración de la nieve, y el cielo se alza puro, luminoso. Me había rogado que la llevara a dar un paseo por la calle Mayor —le hacía ilusión ver a las damas que se paseaban en sus carrozas o sillas de manos—, y yo accedí.

»La primera vez que le vio pedía limosna para pagar el rescate de los cautivos cristianos que hacían los moros en ultramar, o en sus incursiones sorpresa en las costas españolas. Bajo el hábito pardo y austero de San Francisco se adivinaba su porte gallardo: era alto, esbelto, de pelo castaño con hebras de sol, y unos ojos verdes y piadosos donde centelleaba peligrosamente la belleza. Tendría tan sólo unos cuantos años más que ella, dieciocho o diecinueve. Se acercó a nosotras seguro de la nobleza de su misión, y extendiendo un cacillo miró a mi señora de una forma que ella acabaría pagando pronto con la muerte.

»—Si tuvieran a bien, nobles damas, dar una limosna para los cautivos.

»Ella respondió a su mirada con desconcierto y se ruborizó. Echó unos reales en el cacillo y ninguno de los dos pronunció una palabra.

»Más tarde, Julia me dijo:

»—Berta, tengo la sensación de que hasta esta mañana nadie me había mirado. Puede que hubieran creído que lo hacían, tú misma creerás que me has mirado muchas veces, pero no lo has hecho, no. Ahora sé lo que es mirar y ser mirada. El mundo era ciego, yo era ciega hasta el día de hoy.

»—En verdad el joven fraile tenía unos ojos hermosos.

»—Pero fue lo que sus ojos me decían lo que me cautivó. No eran ojos bellos y vacíos, eran ojos que expresaban lo mismo que sentían los míos.

»Si todo se hubiera detenido allí, si no hubiera vuelto a encontrarle… Pero ya no se podía hacer nada. Había visto por primera vez el mundo en los ojos de aquel fraile, y el mundo la había mirado.

»Al cabo de un par de días convenció a su padre de que le permitiera salir de nuevo en mi compañía, y él accedió. Regresamos a la calle Mayor a la misma hora en que se produjo su encuentro con el franciscano, y lo encontramos pidiendo limosna.

»—Decidme, ¿son muchos los desdichados que sufren cautiverio? —le preguntó Julia tras echar unas monedas en el cacillo.

»—Muchos, señora. Los moros piden rescates altos, y la mayoría de los hombres no pueden pagarlos. Sólo si ellos o su familia tienen la fortuna de poseer bienes en abundancia pueden obtener la libertad. Al resto les queda la esperanza de la caridad, o de la muerte mientras son sometidos a trabajos inhumanos.

»—Hacéis una obra noble si con ella conseguís la libertad de un solo hombre. Nada hay más preciado que sentirse libre.

»—Gracias, señora.

»Julia se fijó en la letra "T" de madera que le colgaba de un cordón sobre el hábito.

»—¿Qué es esto que lucís con tanto orgullo? —preguntó tomándola entre sus manos.

»—Se la conoce como "tau", una letra griega. San Francisco firmaba con ella sus cartas y la marcaba en las paredes de las celdas. Significa protección por parte de Dios y penitencia.

»—¿Es un símbolo de la orden?

»—Así es —respondió él—. Deduzco por vuestro cálido acento que no sois de aquí.

»—Nací en Lisboa.

»—Debe de ser una ciudad hermosa.

»—Desde luego. El Tajo parece un inmenso océano al lado de vuestro oscuro Manzanares. Tuve la oportunidad de verlo desde la ventana de mi carroza, aunque aún no he podido pasear por sus riberas.

»El comentario sorprendió al joven fraile, y Julia temió haberlo ofendido. Mi joven niña era inexperta en el mundo y en los juegos de galantería.

»—Espero que no lo hayáis tomado a mal, el vuestro también es un río hermoso. Y frescos y agradables los paseos que le rodean, según me han dicho.

El franciscano la miró con seriedad.

»—Ya es tarde para retractaros. El río os pareció un espanto, y no puedo culparos, que son muy famosas sus aguas del color del chocolate.

Mi señora se echó a reír como cuando era una niña y paseaba por el parterre y jugaba con las estatuas. Y el fraile la acompañó en su risa.

»—Es cierto, pero no os enfadéis conmigo —le rogó ella.

»—Si fuera así, bastaría con que me mirarais una sola vez para obtener mi perdón.

»—Afortunados son mis ojos si ese honor les otorgáis.

»—Afortunado yo de haberlos encontrado.

»Era galante el fraile, demasiado para ser hombre consagrado a Dios.

»Mientras conversaban, yo permanecía detrás de mi pequeña como toda buena ama, velando por su bienestar y por su honra. Pero qué mal servicio le hice al no darme cuenta de lo que iba a suceder. Como mi señor le daba permiso para salir a pasear en contadas ocasiones, Julia halló el modo de escaparse. Y es que el anhelo de libertad agudiza el ingenio. Tras profetizar a un noble una desgracia conforme a los deseos de su padre, dejó que la monja que sabía de medicina la reconociera. Después la siguió sin que ella se diera cuenta. Así descubrió el pasadizo por el que la hermana entraba y salía sin ser vista de aquel misterioso lugar secreto donde habitaban esas personas mágicas con poderes de otro mundo, como mi señora.

»Se trataba de un entramado de subterráneos cuya construcción, por lo visto, era obra de los árabes, que mi señor, Juan Medeiros, y la monja utilizaban para desplazarse de un lugar a otro de Madrid.

»Un anochecer, Julia decidió escaparse, y aprovechando la oscuridad que se cernía sobre la ciudad, vino a buscarme a la casa de su padre. Sabía que él se hallaba ausente, pues había de solucionar unos negocios en Lisboa, y me rogó que la acompañara en busca del fraile. Debí reprenderla por su fuga y pedirle que regresara antes de que se percataran de su ausencia, pero me ablandaron sus lágrimas de súplica, sus ruegos y cariños. ¿Cómo encerrar de nuevo a un pájaro que ha conocido por fin lo que es el vuelo? Partimos hacia la calle Mayor y dimos con él en uno de los callejones más miserables que se abren en racimo a su alrededor. Junto a otro franciscano de más edad, repartía sopa de un caldero a los más pobres. La nieve había caído sobre la ciudad convirtiéndola en un lobo con piel de cordero, pues bajo su aspecto manso y apacible se agazapaba el peligro de morir helado.

»—Sois en verdad piadosa —le dijo el fraile a mi señora cuando ella se ofreció a ayudarlo—. Aún no sé vuestro nombre.

»—Me llamo Julia.

»—Julia, tomad por favor este cuenco de sopa y entregádselo a aquel niño.

»Pero aquella noche mi alocada chiquilla, llevada por un anhelo más poderoso que el de velar por su propia vida, había salido sin su chal protector. Yo tampoco reparé en su falta, pues supuse que como en otras ocasiones lo llevaría oculto bajo la capa. Así que cuando se acercó al niño que tiritaba famélico en un zaguán, con los ojos hundidos por un hambre eterna, y en las comisuras de los labios las pústulas de la miseria, el cuenco de sopa se le escurrió de las manos porque se le habían congelado en un instante. Su rostro se contrajo en una mueca dulce y se desmayó. El fraile, que por mucha sopa de pobres que repartiera no perdía de vista a mi ama, fue en su auxilio.

»—¡Está congelada! —exclamó mientras le tocaba la frente, las mejillas, las manos, mientras la estrechaba sin recato contra su pecho.

»—¡Apártala de inmediato de estos desgraciados! —le grité—. ¡Aléjala de ellos, y si tienen que morirse que cumplan su destino y que se mueran, pero pon a mi niña a salvo en algún lugar caliente!

»La tomó en sus brazos. Le seguí a través de callejas oscuras y solitarias, que se enredaban para mí en un laberinto de desesperación, hasta que llegamos a la casa de pobres donde vivía junto a otros cinco franciscanos. Entramos en una estancia amplia que servía de cocina y comedor con una gran chimenea en la que chisporroteaba el fuego. De unos ganchos colgaban dos calderos donde hervía sopa. La tendió junto al hogar, para que el aliento de la lumbre templara su cuerpo. Le quité la capa y él la cubrió con una manta parda como su hábito. Luego sirvió un tazón de caldo y fue dándoselo cucharada a cucharada hasta que poco a poco mi pequeña entró en calor, y resurgió de su desmayo abriendo despacio sus delicados ojos miel.

»—¿Os encontráis mejor? —le preguntó el joven apretándole una mano entre las suyas.

»Se tomaba demasiadas confianzas para ser un simple fraile.

»Ella sonrió débilmente.

»—¿Qué os ha ocurrido? Os habéis quedado congelada en un abrir y cerrar de ojos.

»—No es asunto vuestro —respondí malhumorada—. Ha sido una locura salir a la calle en una noche como ésta.

»—Ya me encuentro bien. No temas por mí, Berta.

»—No debí permitíroslo. Me habéis dado un buen susto. Si vuestro padre se entera me matará, y no podré reprochárselo.

»Pero Julia había dejado de prestarme atención y ya sólo vivía para los ojos del fraile, que la miraba preocupado.

»—¿Estáis enferma?

»—Sólo hacía demasiado frío, pero ya estoy bien.

»—Julia, si os hubiera pasado algo por mi culpa no me lo perdonaría jamás —dijo el fraile.

»—¿Es aquí donde vivís? —le preguntó echando un vistazo a la estancia.

»—Una humilde casa en la que procuramos dar consuelo a los más pobres y desventurados.

»—No es lugar para una dama —me apresuré a decir.

»Cuando Julia se repuso del todo, el franciscano insistió en acompañarnos a casa. No le pareció oportuno que dos mujeres anduvieran solas por las calles, atestadas de malandrines a esas horas de la noche, y lo cierto es que tenía razón. Sin embargo, no podía arriesgarme a que conociera dónde vivía Julia.

»—Quedaos aquí —le advertí—. Ya habéis causado bastante daño, y espero por vuestro bien que no se os ocurra seguirnos.

»Se quitó el cordón que pendía sobre su pecho con la tau de San Francisco, y lo colgó con suavidad del cuello de Julia.

»—Esto os protegerá —le dijo.

»No sé si fue Dios o el bueno de san Francisco quien quiso que no nos ocurriera nada durante el camino. A la mañana siguiente fui a visitar a Julia y le advertí que no contara conmigo para una nueva escapada.

»—Se acabó —le dije—, sólo saldrás a la calle cuando tengas el permiso de tu padre.

»—Berta, no me abandones ahora que empiezo a conocer el mundo.

»Era tan bella mi pobre niña, tan delicada su figura de rosa temprana.

»—¿Acaso no te das cuenta de que no puedes enamorarte de un fraile? Recapacita, Julia. ¿Qué futuro podría esperarte a su lado?

»—Y qué me importa el futuro.

»—No es un hombre libre. Ha pronunciado votos para dedicarse a Dios. Voto no sólo de pobreza y obediencia, también de castidad.

»—Lo sé, Berta —me dijo angustiada—. Pero ¿qué puedo hacer?

»Apretó entre sus manos la tau del fraile.

»—Olvidarle, niña mía. Olvidar que un día se cruzó en tu camino. Y cuando menos te lo esperes, conocerás a otro joven digno de ti.

»—Nadie será capaz de mirarme como él lo hace. Su mirada es el espejo de la mía. En ella veo reflejado mi destino.

»—Pues tras ese destino se esconde la desdicha, querida. Ahora estás a tiempo de huir de ella.

»Guardó silencio. Estoy segura de que se sentía abandonada porque yo era el único apoyo con que contaba.

»—Prométeme que no intentarás verle de nuevo.

»—Te lo prometo, Berta.

»Se mostró esquiva conmigo durante los meses siguientes, pero lo achaqué a un resentimiento juvenil por no alentarla en su locura y creí que se le pasaría con el tiempo, que se enamoraría de otro joven de su posición y olvidaría al fraile. No me contó lo que había sucedido hasta que supo que anidaba en sus entrañas el fruto de su amor condenado, y el miedo comenzó a hacer mella en su ánimo.

»La pasión por el fraile la condujo también a la pasión por la pobreza. Ella, que encerrada en su jaula de oro me contó lo que había sucedido, se escapaba por las noches para acompañar al fraile en su ronda de sopa, pan y huevo. Recorrían las calles más míseras junto a otros dos religiosos, proporcionando a los hambrientos un cuenco de su sopa aguada, un huevo duro y un mendrugo de pan. Cargaban con los calderos, los óleos sagrados y unas parihuelas en piadosa procesión, administraban el último sacramento a los moribundos, y transportaban a los enfermos a la casa de pobres para darles cobijo en las frías horas de la madrugada. La caridad que nunca había practicado avivaba en mi niña el enamoramiento. Cada una de las buenas obras que el fraile acometía resultó ser, querida Berenjena, el elixir que acabó por precipitarla en sus brazos. La misericordia convertía en antorchas los ojos verdes del fraile, y Julia se quemaba con sólo mirarle. El frenesí de dar, de entregarse al prójimo, era su propio frenesí. Cuantas más buenas obras realizaban juntos más se avivaba su deseo, y cuando se abrasaban en él, cuando el fraile se deshacía de su hábito de

San Francisco y violaba sus votos con su cuerpo de hombre, la culpa se apoderaba de ellos, y para limpiarla se entregaban de nuevo a la misericordia, y de la misericordia al gozo, trazando un círculo que les extenuaba la piel y el alma.

»Se amaban en la austeridad de la celda, entre los cuencos de las limosnas, el olor santo de los óleos y de la sopa, con un amor que los transportaba tortuosamente del placer al sacrilegio. Cautivos eran de lo que hacían, más que los desdichados que apresaban los moros, y no había rescate posible ni limosna que pudiera recaudarse para su salvación. Cautivo era uno del cuerpo del otro, de la juventud que irradiaban desnudos en la celda sombría. La carne de mi niña, que hasta entonces sólo había conocido las desdichas y dolores de los otros, se encendía gracias al milagro del tacto, de la piel de ella contra la de él. La muerte que sobrevolaba su cuerpo destinado a los presagios se convertía en vida, en la vida más pura, pues surgía del encuentro entre la bienaventuranza y la destrucción. Así fue concebida su hija, bajo el éxtasis de su don sagrado. El chal que la había protegido de él había sido inútil contra el amor del fraile. El chal que llevaba puesto durante las rondas de sopa, pan y huevo, yacía más tarde sobre el suelo de la celda, entre las ropas que la pasión desperdigaba; y su hechizo, escondido en el papiro, contemplaba un poder contra el que no sabía luchar.

»Sin embargo, el fraile sentía la presencia mágica, como un susurro que aleteaba en sus oídos, como un rumor que intensificaba su gozo y su pecado. Le fascinaba y lo temía a un tiempo. Julia había cometido el error de hablarle de su don, de revelarle la procedencia sobrenatural del chal y del lugar subterráneo de donde se fugaba cada noche, aunque quiso la prudencia que no le indicara su situación exacta. Pero el fraile ya había sucumbido al misterio que le había sido revelado, y la duda anidaba en su espíritu como un cuervo negro.

»Julia me confesó que vio en los ojos verdes del fraile esa semilla oscura que ella misma había sembrado, pero decidió ignorarla. Llevada por la locura de la pobreza y la libertad, por la firme idea de que no sólo los ricos debían beneficiarse de su don a cambio de una bolsa de oro, decidió usarlo para ayudar a los más necesitados, y lo hizo en presencia de él. Se quitaba el chal por unos instantes, y sucumbía a la miseria que alumbraban sus predicciones.

»La primera vez la carne de Julia se tornó pálida y luego azul al presagiar el ahogamiento de un desdichado que pretendía cambiar de fortuna enrolándose en un bajel que partía en breve del puerto de Cádiz. El fraile no pudo soportarlo y la arropó con el chal estrechándola contra su pecho.

»—No lo permitiré —le dijo—. Que muera quien tenga que morir, pero no tú por su causa.

»El desdichado se alejó con su funesta noticia, y Julia recuperó la salud, el color de las mejillas, la respiración pausada. Esta transformación sobrecogió al fraile, pues nunca había presenciado un poder semejante.

»En cambio, cuando Julia quedó encinta, sucedió algo extraordinario. Ni una sola enfermedad mancilló su cuerpo. Era como si llevara en lo más profundo de sus entrañas el talismán que le ofrecía protección. El don de la profecía se instaló misteriosamente en su tacto, en sus manos, y tocando a los desdichados a través de ellas presagiaba lo que les iba a ocurrir sin que sus carnes sufrieran el menor síntoma.

»Cuando el fraile le preguntó a qué se debía lo ocurrido,

ella le anunció su embarazo. Las dudas del joven se agudizaron. Un día le habló a Julia de mujeres que en realidad eran súcubos, espíritus demoníacos que pululaban por el mundo, bellos y misteriosos, para tentar la castidad de los hombres de Dios. Ella lloró amargamente. Él insistió interrogándola sobre la naturaleza de la criatura que albergaba en su vientre. ¿Estaba acaso dominada por la magia del diablo? Julia debió haber huido de él entonces. Era capaz de predecir la ruina ajena, pero el amor le nubló la facultad de vislumbrar la propia. El enamorado, para su desdicha es ciego, Berenjena.

»El fraile se disculpó y continuaron viéndose. Ése fue el principio de su traición.

Berta respiró hondo, como si para contar el final de la historia de su ama, necesitara tomar fuerzas de lo más recóndito de su alma. Cuando se sintió preparada, me sonrió tímidamente, como disculpándose, y continuó con el relato.

—La soledad cercaba cada vez más a Julia. El cambio que se había producido en la forma de vislumbrar sus presagios no le pasó desapercibido a su padre, mi señor Juan, ni a fray Clavícula. Consultaron las estrellas, los astros, estudiaron el cielo para hallar respuestas, la expusieron a la gracia de la luna, a rituales y a baños de emplastos mágicos. Sólo fray Clavícula supo ver la verdad.

»—Tu don que anunciaba la muerte ha dado como fruto una criatura con el don más puro, el don de la vida —le dijo sin más.

»Yo no me di cuenta de su embarazo hasta que estaba casi de siete meses. Julia era de constitución delgada, y bajo las ropas, sobre todo bajo el armazón del guardainfante, disimulaba el abultamiento de su vientre. La tarde en que me confesó los temores de su amado ante la idea de que ella fuera un súcubo, fue la última vez que la vi. Ni siquiera pude llorar su cadáver, ni amortajarlo entre rosas y perlas como se merecía; ni siquiera pude aferrarme a él para darle un último beso. La vi marcharse, enferma de amor, hacia su fin.

»Tuve noticia de ella, un par de días después, por boca de una maldita viuda, famosa en la villa por cargar con los últimos recados de los muertos. Escolástica era su nombre, pero se la conocía por "la mensajera del último suspiro". Se presentó en la casa de mi señor a eso de la media tarde. Traía un recado de los suyos, dos más bien, uno para mí y otro para mi señor Juan. Venía del Hospital de los Desamparados, y en cuanto una de las criadas me dijo que me buscaba, presentí la mala noticia de la que era portadora. Efectivamente, una vez solas en una salita cercana a la cocina, sacó un rollo de papel que ella misma había escrito. Antes de leerlo me miró con un ojo neblinoso y rojizo. Luego torció la boca y dijo:

»—Os traigo aquí la última voluntad de Julia, vos sabéis ciertamente quién es, fallecida en el hospital en manos de la terrible peste. Ella misma me indicó la dirección de esta casa, y si vos sois Berta, su querida ama y nodriza, esto fue lo que su boca moribunda me rogó que os transmitiera.

»A continuación desenrolló el papel y leyó su contenido con voz afectada, pues la vieja cumplía los encargos con mucho teatro:

Mi querida Berta, me muero. Pero no sufras por mí, muero en paz. Nada cambiaría de cuanto me ha llevado a esta cama pestilente. En este último año he conocido el amor y he respirado por fin la libertad. Es suficiente para que haya merecido la pena mi corta vida. Además he dado a luz a una niña, a la que he puesto el nombre de Bárbara. Mi padre, a quien también lleva esta viuda recado anunciándole mi muerte, no ha de saber de la existencia de mi hija. He dado orden de que la lleven a un hospicio. Fray Clavícula me dijo que poseería el don de la vida, pero nació con las manos amoratadas y febriles, y es posible que ni siquiera pueda llegar a vivir la suya. Te ruego que intentes saber de ella, pero nunca le menciones a mi padre su existencia: no deseo que la mantenga encerrada como hizo conmigo. Además, querida Berta, cuando presentí que estaba cercana mi muerte, delaté mi verdadera fe. Me temo que he rezado en público las oraciones que mi corazón siente de verdad, y en la lengua que las aprendí, la más sagrada de todas. Has de saber que, en el recado que esta buena viuda le lleva a mi padre, le comunico que mi vida se la llevó la peste, pero también quiero advertirle de la amenaza que se cierne sobre él. Le confieso que tuve amores con un fraile, tú ya sabes de quién se trata. También le ruego que me perdone. Oh, Berta, mi fraile me denunció a la Inquisición. Así se lo hago saber a mi padre. Ahora el Santo Oficio, nuestro mayor enemigo, sabe de la existencia de una hermandad secreta dedicada a preservar la magia sagrada. Sabe de un lugar en la villa donde seres con dones sobrenaturales son adiestrados para ejercitar rituales mágicos. Mi ciego amor por el fraile os ha puesto en peligro. Esto es de lo único que me arrepiento. A quien consigan relacionar conmigo estará perdido. Lo quemarán en la hoguera por hechicero y hereje. Protege a mi hija de la peligrosa herencia de su madre. ¿Podrás perdonarme tú también, ama querida? Tuya desde la muerte,

JULIA

»Una vez que concluyó la última voluntad de mi pequeña, Escolástica se fue a hablar con mi señor. Sé que él la recibió en su despacho. Y ya no volví a ver a la vieja con vida.

Berta entornó los párpados, mientras se pasaba la lengua por los labios resecos. Su rostro mostraba una gran fatiga.

Reinó el silencio por unos segundos en la habitación cenicienta, entonces oí golpes en la puerta. Por primera vez sentí que mi curiosidad me había arrastrado a la tumba. Berta puso un dedo sobre sus labios, se levantó de la cama y abrió tan sólo una rendija. La escuché bisbisear con el alma en vilo. Luego una mujerona morena entró en el cuarto. Reconocí a Paca la Ternera.

—Me acuerdo de vos, vinisteis preguntando por Berta al mesón —me dijo como saludo.

—Tenéis buena memoria.

—Berenjena, por hoy debo dar por concluida nuestra charla —dijo Berta—. He de acompañar a Paca a un recado y estaré fuera de la ciudad hasta el Viernes Santo. Pero podemos reunirnos aquí ese mismo día. ¿Qué te parece a las ocho de la tarde?

—Lo pensaré —respondí.

Ella sonrió mansamente mientras acariciaba mi cabello.

No volví a verla.

18

Muy pronto terminé de reconstruir la historia que empezó con mi visita a los Desamparados y el encuentro con Escolástica. Durante el Jueves Santo, señorías, era grande la devoción que mostraban los habitantes de la villa tanto a Nuestro Señor como a la galantería. De todas las procesiones que salían a las calles, mi favorita era la de la Santa Cruz y procuraba no perdérmela ningún año. Bien saben sus señorías que los franciscanos fueron los elegidos para custodiar los pedazos de la cruz de Cristo que los cruzados trajeron a Europa procedentes de tierra infiel. Esta sagrada reliquia salía en una urna de cristal en el mismo paso que el Cristo crucificado, y encendía las carnes con sólo verla pasar al lado de uno. La procesión bajaba por la calle del Arenal camino del alcázar, donde la esperaban los reyes.

Pedí permiso a la hermana Serafina para acercarme a verla, y ella no puso ninguna objeción. Me arreglé con la falda que me había cosido por las noches y que había estrenado con gran orgullo el Domingo de Ramos. Gracias a las monedas que me daba la Blasa por colaborar en su negocio de la Niña Santa, me había comprado una tela de algodón de un hermoso color azul. Hubiera podido comprar una más cara y elegante, pero no debía despertar sospechas entre las hermanas, pues se preguntarían de dónde había sacado los dineros para tanto lujo, ni las envidias de las nodrizas, muy dadas a la maledicencia. También había adquirido, en una tiendecita de la calle Mayor, un velo negro de lino finísimo para ocultar respetuosamente mi rostro durante la procesión. Cuando me disponía a abandonar el hospicio camino de la calle Arenal, me di cuenta de que la puerta del despacho de don Celestino estaba entreabierta. No había nadie en ese momento haciendo guardia junto al torno, así que la empujé despacio con la intención de averiguar quién estaba dentro. La habitación se hallaba sumida en la penumbra de la tarde, silenciosa y sin un alma dentro. Me dirigí al armario donde se guardaban las pertenencias de los huérfanos y busqué la caja con el número de Bárbara. Allí estaba el hermoso chal azul de Julia. Recordé su procedencia mágica y temí tocarlo. Recordé asimismo que un papiro sometido a hechizos se hallaba oculto entre sus bordados.

Todo en él parecía tener un significado: la serpiente dibujada en los papeles de la hermana Ludovica, las manchas de sangre del franciscano, el pequeño desgarro que proporcionó un tesoro a la Tonta de los Desamparados. Oí unos pasos que descendían por la escalera, y sin pensarlo escondí el chal bajo mi echarpe de lana, abandoné rápidamente el despacho y salí a la calle.

Caminé aprisa hasta la puerta del Sol, y una vez allí, me mezclé entre el gentío que acompañaba a la procesión. Entonces me cubrí la cabeza y el rostro con el velo, me puse el chal sobre el echarpe, y por un instante me sentí bella, protegida, amada.

Aquel año de 1612, una multitud como nunca había visto antes rodeaba el paso, los cofrades y los penitentes con un fervor esplendoroso. Los hombres vestían de negro, y algunos ocultaban sus rostros tras largos antifaces; las mujeres aprovechaban para lucir vestidos recatados pero sumamente elegantes. La procesión era un lugar de encuentros entre amantes, que aprovechaban el tumulto y los rostros velados para sus conquistas.

Los pudientes portaban velas en las manos; los pobres, antorchas. La villa ardía de pasión y fe. Un clamor de luz anaranjada ascendía hasta el cielo prolongando la tarde. El sonido de los clarines era un bello lamento que se sumaba al eco de los tambores cubiertos con telas negras. El aroma de la cera sagrada se mezclaba con el del incienso que prodigaban dos cofrades encapuchados, con el de las inmundicias, propio de las calles, con el de los claveles y jazmines cuya lozana primavera daba colorido al paso. Iban tras éste los cofrades, los penitentes de luz con sus cirios humeantes entre las manos, sus ropajes oscuros y sus capirotes. Y a continuación los que el pueblo esperaba para regocijo de su humanidad: los penitentes de sangre, aquellos que purgaban sus pecados con el más descarado sufrimiento. La boca lívida y la carne rastrillada por el látigo con el que se flagelaban por delante y por detrás, pecho y espalda, al retumbar de los tambores, al tiempo que sus venas salpicaban de sangre el vestido de alguna mujer. Para la mayoría de ellos su penitencia era, además de una muestra de arrepentimiento, una ocasión para ligar afectos. Yo había visto a más de una mujer desmayarse a consecuencia del dolor de ese gesto galante. Pero ¿cómo iba a esperar yo que un día mi vestido se manchara con la salpicadura apasionada de un penitente? Frente a mí se detuvo, señorías, uno de ellos, y se postró al cobijo de mi sombra como ante el altar de una iglesia. Me acurruqué en el chal de Julia, que me protegía en ese instante de aquel necio desmayo, y el velo de mi rostro tembló, ligeramente ruborizado. El penitente era un joven de pecho descarnado, hombros anchos y vientre liso de hambre. Tampoco era visible su rostro, ya que un capirote negro ocultaba sus facciones.

—Perdóname —me rogó con voz herida—. Perdóname.

Se arrastró por el barro seco, asió el borde de mi falda y comenzó a besarlo. La multitud que hasta entonces me rodeaba se apartó de mí, dejándome sola frente a él mientras un murmullo sobresalía del toque de tambores. Mi piel se erizó y sentí que mis piernas temblaban, frágiles a causa de una emoción nunca vivida.

Le di la espalda y quise perderme entre el gentío, pero según avanzaba se abría a mi alrededor un pasillo de fieles con lenguas entregadas primero al susurro y después a la exclamación. El penitente vino tras de mí, como si un embrujo lo hubiera hechizado. Finalmente logré abandonar la calle Arenal escabulléndome por un callejón empinado que ascendía hacia la plaza de Santo Domingo. Mi perseguidor me alcanzó a la mitad de la cuesta.

—Deteneos —me suplicó.

De la tapia de una casa caía una mata de dondiegos que abrían sus flores al cobijo del silencio. Su aroma dulce me envolvió al acercarse el penitente. Jadeaba. Mi lengua había perdido todas sus facultades, y yacía seca en el lecho de mi boca como un cuerpo en el más inhóspito sepulcro.

Él se deshizo del capirote dejándolo caer sobre los adoquines, y entre las primeras sombras de aquella noche santa, distinguí sus facciones atormentadas. Me tomó por los hombros apoyando mi espalda en la tapia. Levantó mi velo lo suficiente para dejar al descubierto mis labios, y los profanó con un beso. Sus brazos me rodearon atrayéndome hacia el pecho sangriento, hacia la carne lacerada por el látigo. La sentí cálida contra el chal mágico, palpitante como la de un recién nacido.

—Julia, mi amor, Julia —me susurró al oído.

Lo retuve un momento entre mis brazos, y después lo aparté de mí, cubriéndome de nuevo con el velo para ocultar las lágrimas.

¿Por qué en ocasiones no vemos lo que se muestra tan claramente ante nuestros ojos, ante nuestro entendimiento? Nos negamos a verlo. Ésa es la respuesta, señorías. Lo rechazamos apartándolo de nuestra mente, para dejar en ella sólo la mentira que construye nuestro anhelo. El penitente era José. Pero también era el franciscano que entró en los Desamparados con dos heridas de espada, el fraile ensangrentado de mis sueños, en ese instante de carne y hueso frente a mí. José seguía siendo un sueño. Siempre lo había sido.

Cuando Berta me describió al franciscano que sedujo a Julia, hizo un retrato de José. Mi corazón sintió un pinchazo, pero lo rechacé. Lo mismo ocurrió aquella madrugada en la cocina del hospicio después de seguirle por las calles, herido por la espada que lo había atravesado la noche en que nació su hija Bárbara. Qué equivocada estaba la hermana María al pensar que había muerto junto al lecho de su amada en la sala de las parturientas. Había sobrevivido, para escarnio de mi razón.

Detuve mi llanto, me levanté el velo y dejé que mi rostro picado de viruela resplandeciera en el callejón.

—Soy Berenguela. Tu Julia está muerta —le dije con la máxima crueldad.

Retrocedió unos pasos tambaleándose. Esa noche él también había vivido un sueño. El remordimiento juega malas pasadas. Y el amor no se rinde ni ante la evidencia de la tumba. José había sucumbido al delirio producido por el éxtasis milagroso del Jueves Santo, con su perfume de cirios, su luz espectral y sus tambores tocando a muerte.

—Con este chal, el chal de Julia, llegó vuestra hija envuelta al Hospicio de la Santa Soledad aquella maldita noche en que Madrid sucumbió a la peste.

Se acercó a mí y acarició con suavidad la seda azul que había sido testigo de su pecado.

—Berenguela... —titubeó—. Tenéis razón, Julia está muerta. Yo la maté. La denuncié a la Inquisición.

Tenía la mirada húmeda, y su boca se curvaba con un rictus de culpa.

—Lo sé —respondí—. Berta me lo contó.

—Oh, pero Dios sabe que me arrepentí. Dios sabe que cuando se hubo urdido la trampa intenté desbaratarla. Estas dos cicatrices de la espada de un alguacil del Santo Oficio así lo demuestran —exclamó poniendo una mano sobre el pecho malherido—. Cuán ruin debéis de pensar que ha sido mi proceder. Ya os lo dije aquel día en el establo, no soy más que el despojo del hombre que fui, porque hace años vestía con piedad y devoción el hábito de San Francisco. Así me conoció Julia. Era tan hermosa, y yo tan joven e ignorante... Desconocía el poder del amor, salvo si iba dirigido a un indigente o a

Dios. Jamás había amado a una mujer. Jamás me había atrapado la tempestad de ese sentimiento que nubla honor, templanza, juicio...

—Si no hubierais perdido cuanto acabáis de citar, no habría sido verdadero amor lo que sufristeis.

—Qué razón tenéis, querida amiga. Enfermedad, así lo calificó mi confesor de la orden, a quien llevado por el remordimiento revelé todo. El enamorado es un enfermo sudoroso, febril, cuyo seso se fríe en el ardor de su carne. Las uñas le crecen más de la cuenta, el cabello se le encrespa, la boca se le agranda para glotonería de su lujuria. Qué espantosos síntomas describió mi confesor, ¿no creéis, Berenguela? Sin embargo, habría sufrido gustoso cada uno de ellos con tal de estar cerca de Julia. Eran una minucia al lado de otros temores que fueron apoderándose de mí, sobre todo cuando supe que había quedado encinta. Ella...

—Os ahorraré los titubeos —le interrumpí—. Poseía el don de predecir con su cuerpo los males que arruinan la vida de los hombres, y además rezaba en la lengua de los herejes.

—Veo que Berta no ha callado ningún detalle. Mejor, así podréis comprender lo que me llevó a delatarla. Le hablé a mi confesor de su don, y él me aseguró que Julia era un demonio, un súcubo que había adoptado forma de mujer para hacerse con mi alma y arrastrarla al infierno. Además, imaginad mi espanto cuando un día entre sueños la oí rezar en hebreo. Si el amor nubla el juicio, cuánto más la culpa. Y ésta me acuciaba cada vez más por haber violado mis votos sagrados. Qué cobarde es el hombre que no admite sus propios pecados. Y eso hice yo: vi en las palabras de mi confesor una salida a mi tormento. Quise verme como una víctima del demonio, y encontré a quién cargar mi culpa. Julia me había seducido con su magia diabólica, la magia de los judíos, y como consecuencia abrigaba en su vientre un engendro de Satán, según mi confesor. La Inquisición debía tener conocimiento del asunto de inmediato, me dijo. Era nuestro deber de hombres de Dios. El asunto pintaba serio, puesto que Julia me había revelado que su padre la mantenía encerrada en un lugar de la villa donde una hermandad secreta practicaba la magia sagrada. Aquello alarmó a mi confesor: había oculto en Madrid un nido de herejes y hechiceros diabólicos, por lo que la actuación del Santo Oficio resultaba imprescindible. Aun así, cada vez que imaginaba a Julia presa en una celda, mi corazón sufría terriblemente. Qué espantosa encrucijada es la que a veces aparece frente al destino del hombre. Mi confesor fue implacable: me atormentó durante días amenazándome con la perdición de mi alma, hasta que por fin consiguió mi permiso para romper el secreto de confesión que le ataba la lengua, y contarlo todo al comisario del Santo Oficio.

»Como yo no sabía dónde vivía Julia, ya que se había cuidado bien de mantener a salvo la ubicación del nido de herejes, y nunca me había permitido acompañarla, el comisario y mi confesor acordaron que lo mejor sería tenderle una trampa. No tuve más remedio que acceder. Habíamos quedado en encontrarnos en la casa de pobres la tarde de un viernes. El vientre de Julia estaba ya muy abultado, lo que anunciaba que el momento del parto estaba muy cerca.

»—¿Qué ocurrirá con la criatura? —le pregunté al comisario.

»—Primero hemos de ver si posee forma humana —respondió sin compasión.

»Sus palabras me causaron escalofríos. Hacía un par de semanas que Julia me había confesado la angustia que sentía al pensar en el momento de dar a luz.

»—Nadie sabe nada de mi estado —me dijo—, ni siquiera Berta.

»Fue entonces cuando le hablé del Hospital de los Desamparados, de la sala de las paridas clandestinas donde ayudaban a muchachas en su situación y en otras peores. Le aconsejé que fuera allí si se ponía de parto, que preguntara por Escolástica, una vieja viuda, y que le dijera que iba de parte de fray José. Le expliqué que la conocía porque, cuando no era más que un mocoso de once años, me había traído el recado con la última voluntad de mi madre, que había perecido de fiebres en los Desamparados.

»Así que la tarde de aquel aciago viernes de agosto todo estaba preparado en la casa de pobres para atrapar a Julia. Llegó sobre las seis tal y como habíamos acordado. Recuerdo que era un día infame de calor, y Madrid se hallaba bajo el pánico de la peste negra. No supe reconocer entonces en esas señales la tragedia que se me venía encima. Julia y yo nos habíamos recluido en mi celda como en otras ocasiones. Yo sufría terriblemente y ella se dio cuenta. Pero no pudo imaginar el alcance de mi traición hasta que de pronto dos alguaciles del Santo Oficio irrumpieron en la celda y la apresaron bruscamente, sin el menor cuidado por el estado en que se encontraba. No consigo olvidar sus hermosos ojos mirándome primero con sorpresa y después con una comprensión que no pude soportar. No había odio en ellos, sino el amor que siempre me habían profesado.

»Cómo permitir aquello. Cogí desprevenido a uno de los

alguaciles y me apoderé de su espada. El otro desenvainó y me hizo frente. "¡Huye, huye!", le grité a Julia mientras me batía con aquel hombre. Vi que su rostro se había contraído de dolor y un charco de agua le empapó el vestido. Yo sabía que esos eran síntomas de alumbramiento, así que le grité: "¡Escapa y ve a donde te dije! ¡Yo iré a buscarte allí! ¡Perdóname, amor mío!".

»Mis palabras debieron de infundirle valor, porque estampó el cuenco de limosnas de los cautivos en la cabeza de un alguacil, y escapó tan ágilmente como le permitió su estado. Yo sólo había combatido con una espada, y de madera, durante mi infancia, pero os aseguro que me batí contra aquellos dos hombres como si el acero no me fuera desconocido. No tengo duda de que tuvo mucho que ver la ira que sentía contra mí mismo por haber traicionado a Julia, y por supuesto mi amor por ella. Os aseguro que en ese instante estaba dispuesto a soportar la eternidad del infierno con tal de estar con mi amada, con tal de protegerla de la Inquisición, a ella y también al bebé que venía en camino. Si bien me hallaba cerca de la muerte, como así me demostraron las dos estocadas que uno de los alguaciles me clavó en el pecho, jamás me había sentido tan vivo.

»Conseguí escapar de la casa de pobres, aunque malherido, para espanto de los otros frailes y de mi confesor, con el que me topé en mi huida y a quien derribé de un puñetazo. Los alguaciles vinieron tras de mí. Durante horas estuve recorriendo las calles mientras me pisaban los talones, poniendo todo mi afán para que no pudieran seguirme el rastro hasta el Hospital de los Desamparados. Cuando estuve seguro de que los había despistado, me dirigí hacia allí. Me permitieron la entrada en la sala de las paridas clandestinas gracias a mi condición de fraile. Para entonces Julia ya había dado a luz, pero su cuerpo se hallaba inexplicablemente corrompido por la peste. La desesperación se apoderó de mí. Me rasgué el hábito con una daga que había quitado a uno de los guardias, y arrojándome a los pies de su lecho, fluyendo la sangre por los boquetes que me había abierto la espada, le rogué que me perdonara. Ella lloraba, e intentaba apartarme de su lado para no contagiarme. Perdí entonces todo recato y la besé en los labios, para horror de la hermana que la atendía. Se dio cuenta de que yo era el padre del bebé, y tuvo la piedad de mostrármelo envuelto en el chal de Julia. Era una niña preciosa, de finos cabellos castaños como su madre, pero sus manos mostraban una terrible hinchazón, y un luciferino color escarlata. Recordé las palabras que me había dicho el comisario y las lágrimas cubrieron mis ojos. Tan hondo fue mi pesar que en ese mismo instante creí que la muerte me clavaba sus garras. Y no fui el único: tanto Julia como la hermana me dieron por muerto. Sólo Escolástica, que también se hallaba presente, descubrió que aún aleteaba en mi boca un halo de vida. Me cargó al hombro como si no fuera más que un cadáver maltrecho, y me ocultó en los sótanos del hospital. Les dijo a las hermanas que había arrojado mi cuerpo al carro que venía a llevarse el de los pestilentes. Deseaba borrar todo rastro mío.

»Permanecí un par de días sin conocimiento. Sólo recuerdo un olor agrio y cavernoso, que me indujo a pensar que me hallaba en el purgatorio. Y la imagen de Escolástica y de otra vieja que no conocía aplicándome cataplasmas. Cuando desperté y supe que a Julia se la había llevado la peste, hubiera acabado con mi vida si hubiera tenido cerca un acero con el que atravesarme el alma. Le relaté a Escolástica mi historia. Fue ella la que me informó de que la niña se hallaba en el Hospicio de la Santa Soledad, y de que por orden de la hermana María había escrito un pergamino que contenía información muy perjudicial para mi hija, pues delataba el origen de sus progenitores: una madre hereje y hechicera, y un padre franciscano. Ésa era la herencia con la que había venido al mundo. Tenía que intentar protegerla de ella. Tenía que intentar hacerla desaparecer. Ésa era la única forma en que podía ayudarla. Tan sólo sabíamos que la hermana María había ordenado que tanto el pergamino como la niña le fueran entregados a una hermana llamada Ludovica, en la que ella tenía plena confianza, pues se encargaba de la enfermería del hospicio. Entonces Escolástica me habló de una muchacha muy curiosa que trabajaba allí. Se había presentado en el hospital con objeto de obtener información sobre Julia, y le había dicho que mi hija había sobrevivido, y que sus manos sanaban milagrosamente. Esa muchacha erais vos, Berenguela.

»—La he convencido para que se apodere del pergamino a cambio de la información que desea —me dijo Escolástica—. Además le he hablado de ti. De esta forma su curiosidad ha aumentado, y pondrá más celo en conseguirlo. Cuando me lo traiga, le diré que eras el confesor de Julia, una burguesa seducida por un noble casado como tantas otras, y que has muerto a manos de la espada de ese bribón que, después de denunciarte falsamente al Santo Oficio, pretendía que cargaras con la paternidad de la que él deseaba librarse para salvaguardar su nombre. Así, si la lengua de la muchacha habla más de la cuenta, tú estarás a salvo en un sepulcro. Y Bárbara será una bastarda más de la villa.

»La buena de Escolástica lo tenía todo planeado, pero no contó con que sería ella la que iba a acabar en una tumba. La última vez que la vi partía hacia la casa del padre de Julia para entregar la última voluntad mi amada. Llevaba dos mensajes, uno para Berta, su dueña, a quien yo conocía, y otro para él. La viuda jamás desvelaba el contenido de aquellos recados que consideraba casi como secretos de confesión, pero debido al afecto que me profesaba y al peligro que corría, me reveló que Julia informaba a su padre de nuestros amores y de mi traición, advirtiéndole de que la Inquisición estaba enterada de la existencia de aquel lugar en el que ciertos conversos ejercían la magia.

»Ese mismo día yo abandoné a escondidas el hospital. Gracias al conocimiento que me habían proporcionado mis andares caritativos como fraile, sabía de establecimientos en los que me alquilarían una habitación sin hacerme una sola pregunta. Me dirigí a uno de ellos en la calle Francos, y a cambio de unos maravedíes que me dio Escolástica, encontré donde refugiarme. Era un nido de bribones, la mayoría prófugos de la justicia, como yo, pero conseguí un techo y un acero bien afilado. Muchos eran los que deseaban mi pellejo. Por un lado la Inquisición y por otro el padre de Julia. Enseguida sospeché que Juan Medeiros estaba involucrado en la muerte de Escolástica, a pesar de que habían acusado del asesinato a un pobre borracho. La vieja fue a su casa y no regresó. La información que portaba comprometía su vida. Y esa misma información comprometía también la mía. El padre de Julia era un hombre poderoso y muy pronto sentí el peso de sus secuaces sobre mí. Sin duda me culpaba de la pérdida de su hija, y deseaba vengarla.

»Mi siguiente paso fue tratar de hacerme con el pergamino. Sabía de vuestra cita con Escolástica, pero ¿qué haríais tras conocer la noticia de su muerte? Antes de ponerme en contacto con vos, quería averiguar si por fin habíais conseguido haceros con el maldito papel. Para ello me serví de un muchachito llamado Tomás que ejercía de estrellero, pues decían que tenía el don de leer en las estrellas el destino de los hombres. Era huérfano, pero estaba a cargo de una mujer con fama de bruja, conocida como "la Cebolla", que echaba las habas para los amores, leía el cedazo, y se preciaba de encontrar tesoros ocultos gracias a las ánimas que poblaban las encrucijadas. Una embaucadora que explotaba el don del muchacho, y lo mataba de hambre, pues no pocas veces tuve que darle pan, sopa y huevo duro, al ver que se comía hasta los pellejos de las ratas. Así que de buena gana me hizo el favor de colarse en el hospicio y preguntaros sobre el pergamino. Como no lo habíais conseguido, lo mejor era que os olvidarais del asunto.

»La noche que nos conocimos le rogué a la hermana Ludovica que me diera el pergamino. Era una monja que desprendía autoridad. Su porte era poderoso, rotundo, y sus ojos grises semejaban hierros candentes. Me encontraba aún convaleciente de los agujeros que me había hecho en el pecho el alguacil de la Inquisición, y ella se ofreció a entregarme unas hierbas para curar mis heridas.

»Aquellas hierbas estuvieron a punto de llevarme a la sepultura, pues estoy convencido de que su verdadera intención era envenenarme. No obstante, el azar o el destino quiso que preparase la cocción con una pequeña parte del contenido del saquito, ya que el resto de las hierbas se había quedado empapado de sangre. Aun así, estuve varios días enfermo.

»Poco más me queda por revelaros. Os he abierto mi corazón y me alegro de haberlo hecho.

»Hablé a Berta de vos, como ya sabéis. Supe donde encontrarla gracias a Escolástica. Y allí me dirigí cuando al día siguiente me enteré de la muerte de la vieja. Hablé con Berta y me aseguró que había estado en la casa y que había entregado sus recados, pero que creía haberla visto marchar. Después me dijo que la última voluntad de Julia era que ella se interesara por cómo crecía su hija en el hospicio. "Conozco a la persona adecuada: lista, valiente y, aunque curiosa, de fiar", le dije. Lo supe sólo con veros, Berenguela. Y ya conocéis el resto.

En ningún momento interrumpí el relato de José, pues le veía tan agotado que temía que si callaba durante unos segundos sería incapaz de retomar la palabra. Y yo estaba deseosa de escuchar por fin su historia. Sin embargo, aún quedaba un misterio por desvelar.

—La última vez que os vi en el establo, un hombre gigantesco os metía dentro de un saco. ¿Cómo conseguisteis escapar? Porque todos estos años os daba por muerto.

Metí la mano en el bolsillo de mi falda y apreté entre mis dedos el rosario de cuentas amarillas.

—Tenéis razón al decir que era un hombre gigantesco —dijo—, y de fuerza sobrenatural, añadiría yo, capaz de retorcer el cuello a un buey. El padre de Julia se ha buscado un buen esbirro para que le haga los deberes de sangre. Pero su fiereza y poderío sucumbieron cuando, camino del río, oyó el canto de un gorrión que se había posado en un árbol. Pareció nublársele todo entendimiento durante unos segundos, los suficientes para salir del saco que había depositado en el suelo, y echar a correr como alma que lleva el diablo.

—¿Toda su fuerza y bravura desapareció al oír el canto de un pájaro? —dije asombrada.

—Así es. Pero decidme, ¿cómo está mi hija? ¿Ha crecido sana?

¿Debía contarle que la llamaban la Niña Santa? ¿Que recorría las calles curando enfermedades a cambio de unas monedas que la Blasa se gastaba en los naipes, y yo ahorraba sin saber para qué?

—Es una niña hermosa y fuerte.

—¿Querréis cuidarla por mí? —me pidió.

Tiritaba y le castañeteaban los dientes. La madrugada se había echado sobre nosotros en el callejón, y su torso malherido acusaba el relente helado.

—¿Me lo prometéis? —insistió—. No sé cuándo regresaré a la villa. Mañana parto para Cádiz, donde me embarcaré en una goleta con rumbo al nuevo mundo. Hoy he querido expiar mis pecados como penitente. Ansío tanto vestir mi hábito otra vez… Quizá cruzando el océano tenga una oportunidad. Sin huir, sin buscar tras de mí la sombra de un gigante. He cambiado mi nombre, y en la medida de lo posible intentaré dejar atrás mis pecados. Adiós, Berenguela. Parto porque la carne se me abre de frío.

Tomó mi mano entre las suyas y las besó. Me estremecí al sentir de nuevo el peso de sus labios. Echó a andar callejón abajo. Contemplé su figura hasta que se deshizo entre las sombras. Entonces comencé a llorar, mientras el perfume de los dondiegos me envenenaba el pecho para siempre.

El Viernes Santo acudí a la pensión mugrienta para encontrarme con Berta, pero no hallé ni rastro de ella. De nuevo había desaparecido. Le rogué a Dios que no le hubiera dado muerte el temible gigante.

Señorías, no olvidaré jamás la fría tarde del 21 de octubre de 1612, pues a partir de entonces mi existencia se estancó en un otoño sin fin. Las nubes formaron en el cielo una densa niebla como presagio de lo que iba a ocurrir. Después del almuerzo, los alguaciles de la Inquisición llamaron a la puerta del hospicio. La fama de la Niña Santa se había extendido tanto por la villa que había llegado a sus oídos. Vuestras mercedes saben bien que muchas son las embaucadoras que saquean la bolsa de los ingenuos fingiendo curaciones, arrobos, raptos místicos o revelaciones divinas; y es deber de sus señorías averiguar qué hay de verdad en esos hechos milagrosos, ya que no pocas veces tras ellos se oculta engaño vil o pacto con el demonio, que no creo que Nuestro Señor haya querido poblar el mundo con tanta beata.

Por aquellos días yo no tenía el suficiente conocimiento de cómo debían manejarse esos asuntos, pues de haber sido así, habría tratado de impedir los tejemanejes de la Blasa, o habría denunciado al señor comisario lo que se cocía en el hospicio. También para remediar esta conducta del pasado me encuentro hoy ante este tribunal, con la vejez y la sabiduría necesarias y dispuesta a cumplir con mi deber de cristiana antes de que la muerte me lleve, que el arrepentimiento, señorías, es la perla de toda conciencia. Pero no me detendré más en él y presto voy a relatarles el final de mi historia.

Los alguaciles tenían orden de prender a Bárbara y a la Blasa, pues era ella la que aparecía en las lenguas madrileñas como ama y señora del negocio de santidad, concertando las visitas, regateando los precios y jactándose de tener bajo su tutela a la huérfana más prodigiosa de las Españas. Al final su codicia le había salido cara y había llegado la hora de pagar el precio.

Por un momento temí que los alguaciles vinieran a prenderme también a mí, pero no fue así. Tampoco buscaban a Diego, lo que me resultó extraño, pues él siempre se hallaba cerca de Bárbara durante las curaciones, aunque no tomara parte en ellas. No se habían dado cuenta de que él encendía aún más la luz que la muchacha irradiaba. Sin la presencia de Diego, su vida se tornaba desgraciada, y sus manos podían convertirse en armas de melancolía y enfermedad.

Se formó un revuelo tremendo en el hospicio. A la hermana Serafina se le encendieron las mejillas, y no paró de santiguarse mientras duró el registro de las habitaciones, ni de apelar a todos los santos cuya vida conocía a la perfección.

—Por las brasas de San Pedro, qué deshonra, qué deshonra —se lamentaba.

La presencia de la Inquisición no sólo perturbaba su amada rutina, sino que suponía una mancha en el buen nombre de la Santa Soledad y en su labor de criar huérfanos, aunque fuera sometiéndolos a la eternidad del invierno.

Aun así no me sorprendió que, al apresar los alguaciles a la Blasa en la portería, su bondad se antepusiera a la labor de administradora que ejercía en sustitución de don Celestino.

—Una mujer de tan buena leche no ha podido cometer mal alguno contra Nuestro Señor —les explicaba—. De ser así, ¿le habría premiado Él con el maná de sus pechos?

La hermana Urraca, sin embargo, hizo gala de todas sus maldades. Rió entre dientes al ver a la Blasa forcejeando con los alguaciles, hasta que un acceso de tos la obligó a escupir tierra.

En cuanto a Bárbara y Diego, desaparecieron, señorías. Y con ellos las hojas del libro de registro donde la hermana Serafina anotó sus nombres con mano temblorosa para que comenzaran a existir. Desapareció el chal azul, el papel manuscrito por Alonso de Montalvo y Ceniza y el medallón de plata del arcángel. Desapareció todo rastro de ellos en el hospicio, como si no hubieran llegado una noche de peste a la Santa Soledad.

Desde entonces su recuerdo ha infectado mis sueños, mis vigilias, mis oraciones, mi alma. No he vivido un solo día sin que me haya preguntado dónde se encuentran. Llenaron mi vida para después abandonarme y dejarla vacía, sin más consuelo que el vicio de observar la vida de otros. Pero el destino me ha dado la oportunidad de resarcirme. No es casualidad que el ama a quien servía hace tan sólo unas semanas en el pueblo de Mocejón, me enviara a Toledo con el encargo de recogerle unas telas en la tienda de un comerciante, y que mientras esperaba a que me las entregaran oyera a otras sirvientas comentar el caso de una mujer detenida por la Inquisición, cuyas manos habían sido capaces de curar toda enfermedad, pero también de procurar desastres y muerte. Inicié una conversación con ellas a la salida de la tienda valiéndome del ardid de lamentarme de las desdichas y desaires que soportamos las que servimos a otros, y así obtuve unos cuantos detalles sobre el asunto. Viajé de nuevo a Mocejón para entregarle las telas a mi señora, mas ya me sentía distinta durante el camino pues había decidido acudir al encuentro de mi sino.

Me despedí de mi empleo y regresé a Toledo dispuesta a prestar testimonio sobre la acusada que se hacía llamar Isabel de Mendoza y a contar la verdad de su historia. Y con estas palabras pongo fin a la misma, cansado y maltrecho mi cuerpo, pero al fin con el alma en paz.

Como la primera tarde que Berenjena se presentó en el Santo Tribunal a testificar, el cielo de Toledo se hallaba vencido por un crepúsculo rojizo que inundaba la sala mezclándose con el halo amarillento de las velas.

Pedro Gómez de Ayala instalado tras la mesa que enmarcaba el cortinón carmesí, dirigió una mirada sibilina a Berenjena.

—Hay algo que no habéis aclarado en vuestro testimonio y que me intriga especialmente —le dijo—. ¿Qué hizo la hermana Ludovica mientras los alguaciles registraban el hospicio y detenían a la nodriza?

Berenjena palideció.

—Eso es lo que ha intentado dilucidar mi mente durante todos estos años, señoría. He repasado una y otra vez lo que ocurrió aquella tarde y la única respuesta que he obtenido es que ella también desapareció. No recuerdo haberla visto en ningún momento mientras los alguaciles se encontraban en el hospicio, y una vez se marcharon, la Ludovica no apareció en la enfermería hasta entrada la noche. Tengo la certeza de ello porque la hermana Serafina la anduvo buscando para lamentarse de la desdicha que habían sufrido.

—¿La creéis implicada en la desaparición de Bárbara y Diego? —preguntó Pedro.

—Si lo estuvo, supo disimularlo bien, pues siempre se cuidó de mostrar la misma preocupación y extrañeza que la hermana Serafina por lo sucedido con los niños. Es muy posible que se escondiera del brazo de la Inquisición por miedo a que se hubiera descubierto alguna de sus actividades secretas, o su pertenencia a la hermandad, y vinieran a prenderla.

—No lo sabremos hasta que logremos dar con ella —repuso el inquisidor enarcando sus fieras cejas.

—O hasta que la acusada, que como todo indica ha de ser Bárbara de la Santa Soledad, nos revele en su declaración cómo consiguió huir del hospicio, si es que cumple con su deber ante el Santo Oficio —repuso Lorenzo de Valera.

—Mañana temprano habrá de responder ante nosotros en su primera audiencia, y si no está dispuesta a hablar por su propia voluntad, por un medio u otro conseguiremos que descargue su conciencia.

En el rostro enjuto de Pedro Gómez de Ayala se dibujó una mueca maliciosa que erizó el vello de Berenjena.

—En cuanto a vos —añadió mirando a la testigo con sus ojos de ave de presa—, quedaréis bajo custodia en las dependencias de este tribunal para aseguraros vuestra protección, y mañana, tras la audiencia de la acusada, procederéis a reconocerla. Por supuesto, ella no podrá veros a vos; vuestra identidad como testigo ha de permanecer siempre en secreto como es norma y práctica de la Santa Inquisición.

—Nada deseo más que ver a Bárbara, señorías —dijo Berenjena—. He anhelado durante muchos años volver a encontrarla. Reconocería sus ojos verdes, las facciones de su rostro, su cabello, su forma de andar, incluso el timbre de su voz por mucho tiempo que hubiera pasado. Además ya tenía los trece cuando desapareció de la Santa Soledad, así que era toda una jovencita. No ha podido cambiar tanto al hacerse mujer. Si es ella (y lo es, no tengo duda), yo se lo diré con toda certeza.

—Demos por concluida entonces la audiencia de esta tarde —dijo el viejo inquisidor Lorenzo de Valera mientras se rascaba uno de sus gruesos carrillos.

Rafael de Osorio dejó la pluma en el tintero, y ordenó los papeles del proceso mientras la luz del crepúsculo hacía palidecer la de las velas y convertía la sala en un arrebol del cielo.

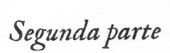

Segunda parte

Alma a quien todo un dios prisión ha sido,
venas que humor a tanto fuego han dado,
médulas que han gloriosamente ardido,

su cuerpo dejará, no su cuidado;
serán ceniza, más tendrá sentido;
polvo serán, mas polvo enamorado.

FRANCISCO DE QUEVEDO

La prisionera escucha cómo alguien introduce la llave en la cerradura de la celda y la luz de una antorcha le hiere los ojos.

—Esta mañana habéis de presentaros ante los inquisidores. Sois afortunada.

Reconoce la voz herrumbrosa del alcaide de la cárcel, un hombre bajo y gordo que huele a sebo y a aguardiente. Tiene el rostro redondo con una papada roja y la mirada envilecida por la codicia.

—¿Afortunada, decís?

Se sienta en el lecho y abre lentamente los ojos para que se acostumbren al resplandor de la antorcha.

—Otros prisioneros se pudren durante meses e incluso años esperando una audiencia. Además, los inquisidores no son los únicos que se interesan por vos.

El alcaide se aproxima a ella. Entonces siente una profunda tristeza que lo incomoda. Parece desprenderse de los trapos que envuelven las manos de la acusada, extendiéndose por la celda como un aliento maldito. Un escalofrío le recorre la espalda y retrocede hacia la puerta, que se halla justo frente al jergón.

—Alguien me ha pagado una buena suma para que os hiciera llegar esto.

Le muestra una pequeña bolsa que había escondido entre la camisa y el coleto de piel.

—¿Quién?

—En estos negocios el secreto manda. Quien los encarga no se da a conocer, sólo paga, y yo cumplo y entrego sin hacer preguntas —replica arrojando la bolsita sobre el jergón.

Ella observa los trapos atados fuertemente con cuerdas antes de clavar sus ojos en los del alcaide.

—¿Y cómo pretendéis que la abra si me habéis negado el uso de las manos?

—Eso no es asunto mío.

—Liberadme al menos el tiempo suficiente para ver qué hay dentro.

El alcaide se estremece. La tristeza de la celda le produce una opresión en el pecho.

—No os voy a dar facilidades para que me hechicéis —responde apartando la mirada.

La mujer tiene los ojos hermosos, rasgados y grandes, pero opacos como los de un muerto.

—¿De verdad teméis que pueda haceros algo? ¿Acaso no estoy también encadenada? —dice mostrándole los grilletes de sus muñecas—. ¿He de llevarme la bolsa a la audiencia y rogar a los señores inquisidores que me la abran?

—Cuidad muy bien lo que hacéis y decís. Lleváis poco en esta cárcel, pero tenemos unas reglas que os conviene cumplir si no queréis que vuestra vida se convierta en un infierno aún peor. Yo puedo daros de beber agua limpia u orina de mula, pan tierno o corroído por gusanos, puedo testificar que os oigo en sueños blasfemar contra Dios y su Santa Iglesia. —Sonríe dejando ver una dentadura negruzca—. Si nada queréis saber del mundo que hay fuera de estas cuatro paredes, peor para vos; si no deseáis más que pudriros aquí, no dudéis que vuestro deseo se cumplirá. Recordad que vos sois la hereje y yo un miembro de la comunidad del Santo Oficio; vos siempre mentís, yo siempre digo la verdad. ¿Lo comprendéis ahora?

La prisionera asiente.

—Os ruego que al menos desatéis el cordón que asegura la bolsa. Me gustaría saber qué contiene.

—Esa actitud es más apropiada. Veo que habéis entendido mis palabras.

Ordena a la prisionera que se dirija hacia la puerta mientras él se acerca al jergón donde permanece la bolsa. Se cruzan en la estrechez de la celda, él con la antorcha en una mano, alumbrando el deseo que se le ha clavado en las tripas. Si no fuera por sus carnes embrujadas, por sus ojos que parecen piedras, sin más vida que la propia muerte, aplastaría contra la paja ese cuerpo parido para el gozo, y así probaría el sabor a hombre que deja la cárcel. Pero se limita a abrir la bolsa y verter su contenido en el jergón: una piedra y un trozo de papel doblado por la mitad.

—Parece poca cosa para lo que pagaron por ello. Escondedlo después en la madriguera de las ratas, si no tendré que quitároslo.

—¿Podríais desdoblar el papel, por favor? Yo sola no lo lograría.

El alcaide chasquea la lengua.

—Arregláoslas como podáis. Me pagaron para que os lo entregara, nada más.

—Os lo ruego, señor —insiste ella.

El alcaide desdobla de mala gana el pedazo de papel.

—Y ahora me pediréis que os lo lea.

—No es necesario, sé leer.

—Entonces ya os las apañáis sola.

Le hace una seña para que regrese junto al catre. Vuelve a cruzarse con ella. Evita alumbrarla con la luz de la antorcha, respirar el aroma de su cuerpo y lo maligno que mana de él.

—Preparaos para aligerar vuestra conciencia ante el tribunal. Vendré a buscaros dentro de una hora.

Cierra la puerta asegurándose de echar bien la llave.

Ella se deja caer sobre el jergón. A su lado yace la piedra. Las tinieblas han cubierto de nuevo la celda, pero no necesita ver ese canto ovalado para saber cómo es. Lo conoce mejor de lo que desearía. Su tacto pulido y suave, su intenso color blanco, sus dibujos geométricos donde duerme la magia. La piedra no ha perdido su frío. Tampoco necesita tocarla para comprobarlo.

¿Por qué regresa a ella cuando sólo quiere olvidar? ¿Por qué ha tenido que leer las tres palabras escritas en el trozo de papel con el último resplandor de la antorcha del alcaide?

Todavía te amo.

Eso dice: «Todavía te amo».

Las lágrimas recorren sus mejillas. Aparta la piedra de un manotazo. Ella piensa en otro y no podrá vivir ni morir hasta que él vuelva a su lado.

19

Toledo, 6 de noviembre del año del Señor de 1625
Tribunal de la Santa Inquisición
Audiencia de la mañana

La prisionera no conocía los delitos que se le imputaban. Ésa era una de las armas de la Inquisición para desesperar a los detenidos, y así había de permanecer hasta que el fiscal formulara la acusación tras escuchar a todos los testigos. Sin embargo, no tenía duda de que sus manos se hallaban implicadas en los cargos que acumulaban contra ella. Caminó somnolienta por los pasillos que la alejaban de su celda, como si una vez privada de sus manos, la vida se transformara en una madeja de tenebrosos ensueños. Las mejillas sucias por los surcos que le habían dejado las lágrimas, los labios abiertos en grietas, el cabello suelto hasta la cintura, castaño y con sus ondas pobladas de piojos. Al penetrar en la sala de audiencias, el alcaide la despojó de los grilletes que le aprisionaban las muñecas despellejadas y después la condujo hasta el banco que se hallaba frente a la larga mesa del tribunal. Le indicó que se sentara. Su cuerpo se adivinaba delgado y armonioso, oculto en el hábito grisáceo.

El cielo de Toledo se había ido cubriendo de nubes confor-

353

me avanzaba la mañana, hasta ocultar el sol con un manto que presagiaba nieve.

—Liberadle las manos —ordenó Pedro Gómez de Ayala.

El inquisidor tenía curiosidad por verlas. Además quería demostrarle a la acusada que los paladines del Santo Oficio nada temían, pues Dios estaba de su parte.

El alcaide cortó con un cuchillo las cuerdas que sujetaban los trapos, y los fue desenrollando con cuidado de no rozar la piel de la mujer. Aparecieron unas manos en forma de garras, con los dedos montados unos encima de otros a causa de las fuertes ataduras, y de un color entre rojizo y púrpura. Ella los movió para desentumecerlos, los separó con un gesto de dolor, y se convirtieron en unos dedos largos y finos que parecían embrujar con sus movimientos suaves al alcaide. Temeroso, éste se apresuró a retirarse de la sala de audiencias persignándose.

—En primer lugar debéis prestar juramento —le informó Pedro con voz autoritaria.

La prisionera miró a los miembros del tribunal, sentados tras la mesa que enmarcaba el cortinón de terciopelo carmesí. Apenas reparó en los inquisidores. Junto a ellos había un hombre que no llevaba sotana ni bonete de cuatro puntas. Una cicatriz le cruzaba el rostro de forma impía y llevaba el cabello recogido en una coleta. La miraba fijamente con sus ojos negros y abismales, como si quisiera acusarla de aquello que su boca callaba. Entonces ella extendió una de sus manos con el anhelo secreto de tocar la marca terrible, de recorrerla con sus dedos, de acariciarla.

—¿Juráis decir la verdad por el Cristo del crucifijo que tenéis ante vos?

Pedro esperó la respuesta con una mueca severa. Pero la acusada se tomó su tiempo para contestar. Tenía el corazón en los labios trémulos. Y las lágrimas que luchaba por retener en sus ojos verdes le atenazaban la garganta.

—¿Juráis? —insistió el inquisidor.

Por las ventanas emplomadas se asomaron los primeros copos de nieve, enredados en una ventisca que golpeaba con fiereza los cristales. Durante unos segundos captó la atención de los inquisidores, pero no la del fiscal, Íñigo Moncada, que mantenía el asedio silencioso a la acusada, ni la del notario, Rafael de Osorio, que observaba con gran interés a este último.

Finalmente, ella se llevó una mano al pecho y dijo:

—Lo juro por el arcángel san Gabriel, por sus alas benditas y su vara de azucenas.

La pluma de Rafael quedó paralizada, incapaz de anotar el juramento.

—Acabáis de delataros —se regocijó Pedro Gómez de Ayala con una sonrisa fiera—. Isabel de Mendoza no es vuestro verdadero nombre.

La acusada no respondió. Poco a poco la luz regresaba a sus ojos.

—Os llamáis Bárbara de la Santa Soledad, por el hospicio miserable donde os criasteis en la villa de Madrid. Y no sois cristiana vieja, sino hija de hereje. Rezad el Patercreator y el Ave María ante este tribunal.

Sin embargo, sólo se oyó la ventisca de nieve arañando la ventana.

—¿No rezáis acaso porque vuestra verdadera religión es la judía como era la de vuestra madre?

Los copos, cada vez más gruesos, se acumulaban con un leve crujido en el alféizar.

—¿Cómo escapasteis del hospicio cuando los alguaciles fueron a prenderos aquel día de 1612? ¿Adónde fuisteis? Responded.

La prisionera se mantuvo en silencio.

—¿Qué sabéis de la hermandad secreta de la que forma parte esa monja, la hermana Ludovica?

—Nada tengo que decir. Yo sé de lo que soy culpable —respondió por fin la prisionera mientras clavaba sus ojos en los del fiscal.

—Y de ello os acusaré y seréis juzgada —espetó Íñigo.

—Sabed que os conviene descargar vuestra conciencia ante este Santo Tribunal —dijo Pedro Gómez de Ayala mirando de reojo al fiscal—. Muy graves son las acusaciones que pesan sobre vos, y sólo obtendréis misericordia si colaboráis. Regresad a la celda y recapacitad, pues habréis de confesarlo todo, bien sentada en este banco, bien en el potro del tormento.

El alcaide entró de nuevo, le puso los grilletes en las muñecas, le amordazó las manos y, bajo el silbido de la ventisca, se la llevó de la sala.

Cuando los inquisidores se disponían a dar por concluida la audiencia de la mañana, alguien golpeó con los nudillos la puerta de madera robusta. Era un alguacil. Una mujer que se hacía llamar Jerónima la Beata solicitaba ser recibida para hacerles entrega de unas pertenencias de la prisionera Isabel de Mendoza.

Lorenzo de Valera sugirió recibirla por la tarde, pero Pedro insistió en darle audiencia cuanto antes.

—Hacedla pasar —le ordenó al alguacil.

A los pocos minutos entró en la sala una mujer envuelta en una capa miserable. Tenía un rostro tan espiritual como famélico, enmarcado por una larga cabellera blanca y cobriza que delataba su edad, unos cincuenta años.

—Os recuerdo —le dijo Pedro Gómez de Ayala—. Vos delatasteis a Isabel de Mendoza al Santo Oficio. Y por ello fue detenida.

—Así es, señor. Jerónima la Beata me dicen. Me tomasteis declaración hace unas semanas. Entonces no había encontrado lo que les traigo ahora.

Del interior de la capa extrajo un paquete envuelto en un paño sucio.

—La acusada lo había escondido bajo un tablón del suelo de su celda —dijo—. Lo descubrí al revisarla porque no me fío ni un pelo de esa mujer. Y mi olfato obtuvo su recompensa.

Abrió el paquete ante la expectación de los inquisidores y el fiscal, y surgieron ante ellos dos figuras talladas en madera y unos papeles doblados en cuatro mitades.

—Ponedlo todo sobre nuestra mesa —le indicó Lorenzo de Valera.

—No sé si les será de utilidad, pero me pareció que debía traérselo —dijo Jerónima mientras depositaba el contenido del paquete donde le había indicado el inquisidor.

—¿Qué es este papel? ¿Lo habéis leído? —le preguntó Pedro desdoblándolo con cuidado.

—No, señor. Aunque me hubiese visto tentada a hacerlo, no habría podido porque no sé leer, y las hermanas que viven conmigo en la beatería tampoco. Pensé en enseñárselo al padre que me confiesa y me guía por la senda de Dios, pero se hallaba de viaje, así que vine directamente al tribunal. He viajado dos días sin descanso en la carreta con este tiempo de perros.

—Os honra vuestra diligencia para cumplir con el Santo Oficio —le dijo Lorenzo—. ¿Deseáis añadir algo más a vuestra declaración? ¿Quizá algún detalle que hayáis recordado después de realizarla?

—Nada, señor. Pero como he de permanecer aún dos días en Toledo antes de regresar a la beatería en el monte, me estrujaré bien el seso por si algo me hubiera dejado sobre esa mujer y el tiempo que pasó conmigo y mis hermanas.

—Marchad entonces con la conciencia satisfecha por el deber cumplido —le dijo Lorenzo.

Jerónima la Beata se envolvió en la capa, sucia de líquenes del bosque y excremento de gallina, inclinó la espalda en señal de respeto a los miembros del tribunal y abandonó la sala de audiencias dejando tras de sí un rastro de fe rancia y cilicios sangrientos.

—Veamos si lo que nos ha traído esta horripilante mujer nos ayuda a avanzar en el caso —dijo entonces Pedro.

Había desdoblado los papeles con mucho cuidado, porque se hallaban quebradizos y amarillentos como si hubieran estado expuestos al paso del tiempo y la humedad.

—Parece una carta.

El inquisidor se aclaró la garganta con un carraspeo y se dispuso a leerla en voz alta.

Querida Berenjena:

Me gustaría hacer de ti mi memoria por si muero en este bosque donde me he refugiado, por si la razón de pronto me abandona, por si mis manos se vengan de mí y aprietan mi cuello hasta darme fin para después vagar solitarias entre los árboles. A veces se mueven a su antojo como si tuvieran vida propia. Yo me hundo en la sombra de mi desdicha, pero ellas parecen resistirse a esta inmovilidad. Hace unos días, mientras contemplaba un pájaro de hermosas plumas rojas, mi mano derecha sacó la navaja que guardo en el zurrón, y la izquierda cogió un pedazo de madera. Entonces comenzaron a tallarlo sin que yo se lo hubiera ordenado. Mi mente había huido del mundo con el vuelo del pájaro, así que no me di cuenta de lo que hacían durante largo rato. Pero cuando de nuevo tomé conciencia de mi ser, descubrí que habían esculpido toscamente una figura. No te sorprenderá, como tampoco me sorprendió a mí, descubrir que se trataba del arcángel san Gabriel. Lloré desconsoladamente, pues comprendí que se habían rebelado contra su dueña y reclamaban su propia conciencia. La hermana Ludovica me enseñó que el don que atesoraban se hallaba sometido a mi voluntad. Como si mis sentimientos fueran humo y mis manos la chimenea por la que escapaban. Si mi voluntad era curar, ellas curaban; en cambio, si era herir, ellas herían. Me obedecían, querida Berenjena, eran parte de mí y yo parte de ellas. Sin embargo, creo que ahora no quieren compartir la culpa que arrastra mi corazón. Me hacen responsable del terrible acto que les obligué a ejecutar, por eso me han abandonado a mis remordimientos. Ésa es su venganza. Las sorprendo acariciándose la una a la otra rememorando la piel de Diego. Si me concentro puedo sentirla como si estuviera tocándola. La piel suave de cuando era niño, la piel tersa y ardiente de su juventud que un día gocé. «¡Vosotras también sois culpables», les grito. Y así comienzan los reproches mutuos. Hasta que terminamos exhaustas. Yo reniego de ellas, de la vida y de la muerte que encierran, y ellas de su ama, de su voluntad cruel. Yo las maldigo y ellas me maldicen. Y una soledad impía se cierne sobre nosotras. Ése es nuestro castigo.

Cómo he llegado hasta aquí, te preguntarás. A este bosque en el que vivo escondida como un animal salvaje, agazapada entre los pinos y los helechos, entre las rocas de granito y las jaras que la primavera alumbró de flores blancas, marchitas a mi paso por la podredumbre que me sigue y me acompaña. ¿Qué ocurrió en mi vida desde que tuve que abandonarte a los trece años en la Santa Soledad? ¿Por qué mi destino me arroja a este bosque en el que quiero desaparecer? Mi querida Berenjena, fuiste lo más cercano a una madre que he conocido.

Llueve. He encontrado una pequeña cueva, cuyo aroma me trae a la memoria el olor profundo de aquellos pasadizos, y de ella he hecho mi morada. Escucho desde su regazo oscuro el golpeteo de las gotas de agua en la tierra, las rocas, las ramas de los pinos que se extienden como un tapiz inmenso por las montañas que me rodean. El viento húmedo penetra en la cueva y hace temblar la llama de la vela bajo la que escribo esta carta. Huele como si todo pudiera volver a empezar, como si nada hubiera llegado a su fin. ¿Puede mentir la naturaleza, Berenjena? Desearía que estuvieras junto a mí. Desearía que pudieras leer esta carta. Lo sé, pido demasiado. Pero es que me hace tanto bien desahogarme en ti. Mientras te escribo me he dado cuenta de que mis manos y yo hemos acordado una tregua en nuestra guerra, y volvemos a estar unidas en un solo ser.

Tengo frío. La vela se ha apagado varias veces a causa del viento y he tenido que volver a encenderla para terminar esta carta. El sueño me vence. No me asusta la oscuridad; al contrario, me envuelvo en ella con placer porque me recuerda a Diego. Buenas noches, querida Berenjena, duerme bien dondequiera que estés. Soñaré con tus ojos fijos en mí, con tu echarpe de lana, aquel con el que a veces nos arropabas cuando aún dormíamos juntos, con tu voz rota leyéndome la vida de san Pantaleón para salvarme de las garras del demonio. Otra vez, buenas noches.

BÁRBARA DE LA SANTA SOLEDAD

Rafael de Osorio había tomado nota de la carta mientras el inquisidor la leía. Tembló al escribir algunos párrafos, como aquel en el que la prisionera se refería a unos pasadizos con olor a cueva. Tampoco se le había pasado por alto ese detalle a Pedro Gómez de Ayala, cuyas cejas pobladas y ariscas oscurecían su mirada de rapaz.

—No nos dice mucho esta carta sobre la hermandad secreta y sus actividades sin duda herejes, pero sí nos deja claro varios puntos: el primero, que Isabel de Mendoza es Bárbara de la Santa Soledad. De éste ya teníamos plena certeza, y más después de la audiencia de la prisionera. El segundo es la posibilidad de que los pasadizos a los que se refiere sean esos misteriosos túneles donde se esconde la hermandad, lo cual vendría a demostrar que la prisionera conoce la existencia y localización de la misma; incluso es muy posible que forme parte de ella. El tercero es el profundo afecto que muestra por la última testigo, la llamada Berenjena, a quien llega a considerar como una madre.

—He de admitir que coincido con vuestros razonamientos —confesó el viejo inquisidor Lorenzo de Valera—. ¿Y vos, Íñigo?

El fiscal parecía distraído observando el resto de los objetos que contenía el paquete de Jerónima la Beata, y tardó unos segundos en contestar.

—Esta es la talla de madera del arcángel que ella ha mencionado en la carta —dijo sosteniéndola en una mano.

—¿Y la otra? —le preguntó Lorenzo.

—Me recuerda a Berenjena.

—Dejadme ver —le exigió Pedro.

Íñigo le entregó la talla de madera que le pedía, sin soltar la otra.

—Es posible —señaló el inquisidor tras mirarla detenidamente. La depositó sobre la mesa sin mostrar más interés y continuó hablando—. La carta nos ha proporcionado la certeza de que la prisionera siente un gran cariño por esa mujer, lo cual me lleva a preguntarme hasta qué punto confiaría en ella. ¿Le confesaría dónde estuvo desde que desapareció del hospicio en el año 1612 hasta el año 1618, cuando aparece en ese bosque? ¿Le hablaría de esos pasadizos, de la hermandad secreta?

—¿Adónde queréis llegar? —le interrogó Íñigo.

—Recapitulemos lo más importante que hemos averiguado hasta ahora sobre el caso —contestó mesándose los pelos de una de las cejas—. Nos hallamos ante una hermandad secreta que practica lo que ellos llaman «magia sagrada», y cuyos miembros son sospechosos de judaísmo o fueron quemados a causa de él. El tal Juan Medeiros, abuelo de la acusada; Julia, la madre; la hermana Ludovica; el librero de la villa, cuyo nombre es Fernando Salazar; quizá también ese misterioso gigante; y quienquiera que escribiera el manuscrito del siglo xv. ¿Qué les une? Un escudo o emblema que representa a un basilisco. ¿Qué buscan? La inmortalidad. ¿Cómo? A través, me temo, de lo que llaman «medicamento celeste», la panacea universal anhelada por los alquimistas, capaz de curarlo todo. Pues, como dije ayer, estoy seguro de que todas las operaciones realizadas por la monja están relacionadas con la alquimia. Se reúnen en unos túneles de la villa, por los que campan a sus anchas en su herejía, bajo el mismo suelo que pisa el rey de las Españas.

»Lorenzo, coincidiréis conmigo en que hemos de averiguar qué sabe la acusada sobre este asunto. Estoy convencido de que ella es la única que a día de hoy puede darnos una respuesta, si además atendemos a la profecía del manuscrito que se hallaba en nuestro archivo desde hace más de un siglo: "De una mujer con el don de la muerte —donde encaja Julia, su madre—, nacerá una niña con el don de la vida". Y pondría la mano en el fuego a que los miembros de esa hermandad esperan que esa niña sea Bárbara. Ella ha de conseguir el medicamento celeste "cuando sea a un tiempo las cuatro estaciones del mundo". Pero ¿qué inquietante fecha es ésa? Sospecho que si averiguamos cuándo tendrá lugar dicho acontecimiento, obtendremos interesante información sobre la hermandad. La acusada debe hablar. Y ya nos ha dejado claro esta tarde que no piensa hacerlo. Nos queda someterla a tormento, o quizá a algo más sutil y efectivo.

Rafael, que no tomaba nota de aquella conversación, se estremeció en su silla rígida.

—Propongámosle a la testigo, a Berenjena, que además tenemos bajo nuestra protección, que finja estar presa por algún delito contra la Inquisición. Metámosla en la misma celda que a Bárbara, como si el destino en el que ella tanto cree las hubiera reunido. Entonces ha de lograr que la prisionera le confiese todo lo que nos interesa.

—No creo que la testigo acceda a someterse a esa treta —replicó Íñigo.

—Accederá, accederá —dijo Pedro—. Estaba dispuesta a reconocer a Bárbara, y mostraba gran anhelo por volver a verla. De esta forma le daríamos la oportunidad de pasar unos cuantos días a su lado, y de poder enterarse de lo que ha deseado saber desde hace mucho tiempo. Claro que accederá. Además le prometeremos alguna indulgencia por los servicios prestados a la Santa Inquisición.

Pedro Gómez de Ayala sonrió satisfecho. Sus oraciones habían sido atendidas. Mucho se equivocaba o estaba ante la herejía que buscaba: judaizantes y magos hebreos que llevaban manchando la fe de las Españas por lo menos desde el siglo xv.

Cuando los miembros del tribunal abandonaron la sala de audiencias, la nieve continuaba acumulándose silenciosa en el alféizar de las ventanas emplomadas, en los tejados rojos y en las calles estrechas, sumiendo a Toledo en misterioso paisaje invernal. Un secreto parecía agazaparse entre el blanco helado. La quietud encendía en el corazón la sospecha de que algo iba a suceder. Algo que el tiempo había postergado con mano cruel durante años.

20

Toledo, 7 de noviembre del año del Señor de 1625
Cárcel secreta de la Santa Inquisición

Berenjena —vestida con el hábito pardo de prisionera, el moño de su pelo despeinado para acentuar la aflicción que debía fingir, las mejillas tiznadas de mugre impostora y los pies descalzos— caminaba por las piedras gélidas de los pasillos de la cárcel detrás del alcaide. Conforme pasaban por delante de las puertas de las celdas, un tufo a los humores más hediondos del cuerpo penetraba en su nariz y le dejaba una náusea en el estómago. En aquel corredor lóbrego, alumbrado tan sólo por la soledad de débiles antorchas, parecían congregarse las más inmundas miserias de la carne y del espíritu: orines, excrementos y purulencias se mezclaban con melancólicos suspiros, gemidos de dolor y llantos que atravesaban las puertas y los muros como fantasmas. Más que una cárcel, Berenjena tuvo la sensación de que se adentraba en un inmenso sepulcro, donde la tortura prevalecía más allá de la muerte.

—Yo estaré pendiente de vos —le dijo el alcaide—. Una vez que la presa haya confesado lo que les interesa a los señores inquisidores, pedidme que os consiga una audiencia cuando os lleve la comida. Os sacaré y le diré a ella que ya no vais a volver porque quedaron celdas libres, y seguirá pudriéndose en soledad como hasta ahora.

El alcaide soltó una risotada con aliento a aguardiente.

—En verdad tenéis valor —continuó por lo bajo—, yo no me quedaría a solas con esa mujer en un sitio tan estrecho más de lo necesario. Enseguida podréis comprobar a qué me refiero.

Se detuvo delante de la puerta de una celda. Era de madera tosca, con tachones oxidados y una ventanita con una reja, que se abría para observar a los presos.

—Por aquí os vigilaré de vez en cuando —le susurró el alcaide señalándola con un dedo grueso.

Berenjena asintió. Le horrorizaba ese hombre y su brutalidad tanto como la propia cárcel.

El alcaide introdujo una larga llave en la cerradura y los goznes de la puerta lanzaron un chirrido. Asomó la cabeza en la celda y anunció rudamente:

—Os traigo una compañera.

De un empujón metió dentro a Berenjena, que oyó cómo se cerraba la puerta a su espalda. Se quedó quieta e intentó acostumbrar sus ojos a la penumbra que reinaba en aquel lugar angosto y húmedo. Un rayo de luz de la primera hora de la tarde penetraba tristemente por la rendija abierta en el muro. Poco a poco, Berenjena vislumbró un catre arrinconado en una esquina, y sobre él la silueta de una mujer que se hallaba sentada. No podía distinguir aún su rostro, pero sabía que se trataba de Bárbara. Su corazón volvió a latir como en los días en que la cuidaba e investigaba sus orígenes. En ese período de tiempo se concentraba todo el amor que había conocido e iba a conocer, pues cuando ella desapareció junto a Diego, se sumió en el letargo en el que llevaba inmersa los últimos trece años. Rememoró cada una de las facciones de Bárbara: la nariz fina, los pómulos huesudos por el hambre, el cabello de ondas castañas y los ojos verdes, herencia del fraile que muy a su pesar aún aparecía en sus sueños. Así era la última vez que la vio, bajando las escaleras del hospicio hacia la portería.

—¿Acaban de apresaros?

Oyó la voz de Bárbara y se estremeció. Tenía ya el timbre de una adulta, pero la hubiera reconocido en la más negra oscuridad. Además comenzaba a percibir el perfume de melancólica podredumbre que reinaba en la celda, exacto al que atacó la Santa Soledad cuando el campesino se llevó a Diego.

—Así es —respondió con una voz ahogada.

—Podéis tomar asiento, en la losa fría o en el catre junto a mí. —La prisionera rió amargamente—. De todas formas habremos de compartirlo.

—Gracias —susurró.

—Mi nombre es Isabel.

—Berenguela.

—Una vez conocí a alguien que se llamaba así, era muy querida para mí.

Bárbara se puso en pie y el rayo de luz de la rendija iluminó tenuemente su figura. Antes de atreverse a mirarla, pues se hallaban muy cerca la una de la otra a causa de las estrecheces de su prisión, Berenjena cerró los ojos para abrirlos al cabo de un momento dispuesta a enfrentarse al rostro que tanto había añorado. Qué hermoso le pareció al verlo convertido en el de una mujer. Ni siquiera la mugre de la cárcel podía destruir el cutis de porcelana que tanto había envidiado. Era ella, por supuesto que era ella. Allí estaban todas y cada una de las facciones que había recordado hacía unos instantes. No pudo evitar que un llanto silencioso recorriera sus mejillas y bajó la cabeza para ocultarlo.

—¿Qué os ocurre? —le preguntó Bárbara.

—El destino juega con la vida de los hombres, los separa para reunirlos de nuevo cuando se le antoja y en el lugar más insospechado.

Un escalofrío recorrió el cuerpo de Bárbara.

—Vuestra voz —murmuró con labios temblorosos —me recuerda…

Se iluminaron en su memoria los días vividos en el hospicio. Extendió sus manos con la intención de levantar la cabeza de aquella mujer y comprobar si se trataba de un engañoso espejismo. Entonces Berenjena vio los trapos que envolvían las manos y los grilletes que aprisionaban las muñecas.

—¿Qué han hecho con tus manos, mi querida niña?

—¿Berenjena? —preguntó Bárbara.

—Sí, soy yo.

Frente a la joven estaban los ojos pequeños que tanto gustaban de observarla, las viruelas a cuya visión la acostumbró su infancia, los cabellos castaños encanecidos por el inicio de la vejez. Quiso abrazarla, pero los grilletes se lo impedían, así que fue Berenjena quien la tomó en sus brazos.

—No sabes cuánto te he añorado —le dijo Bárbara apoyando la cabeza en su hombro.

Y en verdad no lo sabía, ya que los inquisidores no le habían permitido leer la carta que les había entregado Jerónima la Beata, no fuera a ablandarle el alma, y se negase a ayudarlos en el último momento. Habían decidido jugársela, a ver qué salía de aquel encuentro cara a cara.

—Pero ¿qué te ha ocurrido? ¿Cómo has llegado hasta aquí? ¿Por qué te haces llamar Isabel? —le preguntó Berenjena deshaciendo el abrazo.

—Cuánto me gustaría contártelo todo. Larga es la historia y penosa en algunas ocasiones. No podía utilizar mi nombre porque era una prófuga de la Inquisición debido a mi pasado como Niña Santa.

—¿Y tus manos?

—Por su causa una mujer me delató, y eso que se hace llamar beata... Lograron apresarme antes de que tuviera tiempo de huir.

Berenjena tomó aquellas manos un momento entre las suyas y besó los trapos mugrientos.

—¿Qué tiene el Santo Oficio contra ti? —le preguntó Bárbara—. Jamás hubiera imaginado que te encontraría en este lugar.

—Querida niña, he sido víctima de una infamia. Ahora soy criada en un pueblo y, por envidias, otra criada me ha denunciado porque dice que blasfemo contra Dios y su Santa Iglesia, y que cometo actos de brujería. Estoy perdida. No sé si saldré de aquí con vida.

Bárbara le acarició el cabello y la condujo al catre para que se sentara junto a ella.

—Si morimos en este espantoso lugar, al menos habremos estado juntas una última vez —repuso—. Pero los inquisidores no deben saber que nos conocemos. Han averiguado mi verdadero nombre y otras cosas que... podrían perjudicarte si nos relacionan.

Berenjena sufrió un retortijón en las tripas. La culpa por su traición anidaba en lo más recóndito de ellas.

—Sospecho que han apresado a la hermana Ludovica —continuó Bárbara— y la han sometido a la tortura del potro hasta que ha confesado.

—¿Fue ella quien te ayudó a escapar de la Inquisición en la Santa Soledad? Llevo años preguntándome por qué huiste de mí cuando te ofrecí ayuda. Por qué no he vuelto a verte en estos trece años.

Berenjena vigiló la ventanita que se abría en la puerta de la celda por si el alcaide las estaba espiando.

—Aún me pesa el dolor de haber dejado el hospicio sin despedirme de ti —dijo Bárbara—. Perdóname por haber salido bruscamente de tu vida. Tenía mis motivos.

Se volvió hacia Berenjena para encontrarse con sus ojos antes de comenzar la historia de su huida.

Aquella tarde del 21 de octubre de 1612 —jamás he podido olvidar esa fecha—, cuando los alguaciles de la Inquisición golpearon las puertas del hospicio en busca de mí y de la Blasa, la hermana Ludovica me ayudó a escapar junto a Diego. Más adelante supe que llevaba semanas planeando nuestra marcha, borrando de la Santa Soledad las pruebas de nuestra existencia. Con o sin alguaciles de por medio, nuestro tiempo allí había concluido. Ni Diego ni yo sospechábamos entonces que otras personas se habían encargado, desde nuestro nacimiento, de decidir qué sería de nosotros. Recuerdo que estábamos jugando en la huerta de detrás de la cocina cuando la hermana vino a buscarnos muy alterada.

—Los guardias quieren llevarse a Bárbara a las mazmorras —nos dijo—. Tenéis unos minutos para recoger vuestras cosas.

Cuando terminéis, id a la enfermería y escondeos en la pequeña habitación de las alacenas hasta que yo llegue. Y por lo que más queráis, cuidad de que nadie os descubra, vuestra vida y la mía depende de ello. ¿Comprendéis lo que os digo?

—¿Adónde vamos? —me atreví a preguntar.

—A un lugar mejor —contestó.

Diego cumplió estrictamente sus indicaciones, pero yo me entretuve porque fui en busca de algo que, ahora lo sé, debí abandonar para siempre en el hospicio. La piedra blanca que me había regalado el niño ángel del que tú me hablaste. Subí a la buhardilla, saqué la caja del lugar donde la mantenías escondida, y me apoderé de ella. Cuando quise bajar las escaleras para dirigirme a la enfermería, los alguaciles registraban junto a la hermana Urraca y varias nodrizas la primera planta. Estaba atrapada en la buhardilla. Sabía que muy pronto subirían a registrarla y me apresarían. Tenía que escapar, pero no se me ocurría la manera. Temí que la hermana Ludovica decidiera irse sin mí. Cuanto más miedo albergaba ante la idea de perder a Diego para siempre, más fría sentía la piedra blanca en el bolsillo de mi vestido. Finalmente, decidí arriesgarme a bajar. Descendí sigilosa las escaleras, y me encontré contigo. ¿Lo recuerdas? Me hiciste una seña para que me ocultara en la sala de amamantar porque acababan de registrarla. Te obedecí, y una vez que me creíste a salvo, pude escuchar cómo decías en voz muy alta: «Se habrá escondido en la buhardilla. Es uno de sus lugares favoritos».

Distinguí el sonido de las botas de los alguaciles haciendo crujir los peldaños de la escalera vieja, y el cloqueo del bastón que acompañaba los pasos de la hermana Urraca. El pasillo de la primera planta quedó en silencio. Era mi oportunidad de

escabullirme hasta la enfermería. Abandoné la sala de amamantar y eché a correr por él, pero tu voz me detuvo.

—Vuelve a esconderte ahora mismo, te avisaré cuando se
hayan ido —me dijiste.

Te extrañó que no te obedeciera. Entonces no pude explicarte el motivo. Por eso quiero hacerlo ahora, y pedirte nue-
vamente que me perdones. Salí disparada hacia la escalera
que bajaba hasta la portería. Oí tus pasos detrás de mí y corrí
más aprisa. No quería escapar de ti, sólo reunirme con Diego.
Descubrí a un alguacil junto al torno, encadenando las muñecas de la Blasa, pero estaba de espaldas a la escalera y no me
vio, ni ella tampoco. Continué corriendo hasta la enfermería,
me escabullí entre los camastros y finalmente alcancé sin aliento la habitación de las alacenas. Estaba vacía. Me sentí desolada.
Tú sabes que no podía estar sin Diego, que sin su calor la vida
era para mí la muerte. En la oscuridad de la habitación, escuché mi nombre en sus labios y vi la tenue luz de un farol que
surgía de una esquina. Había una puerta oculta en una de las
alacenas. Me reuní con él y con la hermana Ludovica, que me
regañó por haberme retrasado. La piedra blanca era como un
helado de nieve en mi bolsillo.

Descendimos apresuradamente por unos peldaños angostos
y húmedos. La puerta se cerró detrás de nosotros. No sé durante cuánto tiempo estuvimos bajando aquella escalera. Tengo la
impresión de que fue mucho, parecía que nos adentrábamos
en las entrañas del mundo. El techo goteaba sobre los peldaños
de piedra. Llegamos a una estancia amplia en la que distinguí
un horno grande, un escritorio y estantes y mesas con alambiques, balanzas y recipientes. Era el laboratorio de la hermana
Ludovica. Ella guardó en una bolsa varios libros, pergaminos

y papeles, y continuamos nuestro camino después de que sustituyera el farol por una antorcha que despedía una gran llama rojiza. Diego y yo avanzábamos agarrados de la mano detrás de ella. Una sucesión de pasadizos con paredes de ladrillo se abría ante nuestros ojos formando lo que a mí me pareció un laberinto. Pero la hermana no dudó un solo instante qué camino debíamos tomar. Distinguí inscripciones grabadas en letras corroídas por la humedad en el umbral de los pasillos. Entonces era analfabeta, como bien sabes, así que no pude leerlas. En otros, en cambio, habían esculpido figuras con arcilla, y me dio la impresión de que la hermana las iluminaba durante unos instantes para orientarse. Representaban criaturas hermosas y angelicales como ninfas o diosas, pero también seres monstruosos de aspecto amenazador. La hermana Ludovica se adentraba por los que mostraban estos últimos. Yo apretaba la mano de Diego temiendo que el lugar al que nos dirigíamos fuera igual de espantoso, que se convirtieran en reflejo de nuestro destino. Hoy, después de las enseñanzas que recibí, creo que comprendería el significado de cada una de las figuras: tan sólo eran símbolos, indicaciones ocultas para no perderse en el laberinto.

La hermana Ludovica nos guió por tenebrosos vericuetos bajo la antorcha. Hacía frío y en algunos tramos del pasadizo el olor fétido que nos rodeaba era insoportable. Un agua oscura y aceitosa formaba charcos en el suelo y nos empapaba hasta los tobillos. Yo tiritaba como en la más gélida noche de invierno. Las mejillas y la nariz se me habían congelado. Sólo la mano que aferraba la de Diego se mantenía caliente, y a través de ella le sentía también tiritar a él. Las ratas correteaban a nuestro alrededor, olisqueándonos con su curiosidad siniestra.

373

Me estremecí al contemplar sus ojos brillantes salpicando por doquier la negrura que se extendía más allá del resplandor de la antorcha.

En algún momento habíamos abandonado las entrañas de la Santa Soledad y nos hallábamos bajo las calles de la villa, avanzando hacia una dirección entonces desconocida. Comenzaban a castañetearme los dientes, cuando por fin la hermana Ludovica nos anunció que habíamos llegado a nuestro destino. Frente a nosotros se alzaba una puerta enorme con dos hojas de madera robusta y un arco con un dintel donde aparecía el relieve de una figura que no distinguí claramente hasta que la hermana la iluminó. Era una criatura provista de un temible rostro de mujer, cuerpo de fiera con garras amenazadoras, alas de pájaro que le salían del lomo y una cola de serpiente enroscada en las patas traseras.

La hermana Ludovica nos preguntó si sabíamos de quién se trataba. Diego y yo negamos con la cabeza. Su aspecto era aterrador.

—Hemos de comenzar cuanto antes con vuestra educación clásica —nos dijo—. Os encontráis ante la esfinge, una criatura mitológica. Si no adivináis el enigma que os plantea, seréis despedazados entre sus garras y devorados sin compasión. Y lo que es más importante ahora, no lograréis abrir esta puerta, pues en la solución del enigma se encuentra la llave de su cerradura.

—¿Y qué enigma es ése? —le preguntó Diego.

—El que sale de su boca —contestó ella.

Nos fijamos en la criatura con más atención. Junto a sus labios de mujer había unas palabras grabadas en la madera. Estaban escritas en latín y su color dorado permanecía intacto a pesar del aliento húmedo del pasadizo.

—«El temor de Dios es el secreto de la sabiduría» —tradujo la hermana.

—Me recuerda una cita de la Biblia —respondió Diego—. Libro de los Proverbios, capítulo 1. Nos lo leyó un domingo la hermana Serafina.

—Tu memoria es una joya, muchacho —le dijo la hermana—. Y nos será de gran utilidad. Gracias a ella aprenderás con rapidez.

—¿El qué, hermana?

—Conocimientos muy valiosos que ni tan siquiera puedes imaginar que existen.

Sus pupilas negras, grandes y enigmáticas resplandecieron por un instante en la penumbra del pasadizo.

—¿Y yo aprenderé lo mismo?

Advertí que respiraba profundamente al tiempo que asentía. Luego su rostro poderoso adoptó una expresión más seria y me dijo:

—También deberás aplicarte en comprender cuál es tu destino.

—¿Mi destino? —repetí.

Al escuchar aquella palabra me estremecí.

—El que te fue dado desde tu nacimiento. Debes procurar que tu voluntad vaya unida a él.

—¿Qué queréis decir?

—No es momento de explicaciones —me respondió—. Otro asunto más urgente nos ocupa. Observad con mucha atención las figuras esculpidas en la roca a ambos lados de la puerta, en ellas reside la solución del enigma.

Los relieves tendrían el tamaño de la mitad de un hombre corpulento, y sus sombras, arrancadas a la oscuridad por la penumbra que proporcionaba la antorcha, eran como dos fantasmas que custodiaban pavorosamente la puerta. La hermana alumbró primero la figura que estaba situada a la derecha, un penitente que oraba de rodillas dentro de un sepulcro con una guadaña labrada en relieve, como la que usa la dama de la muerte. Sus manos eran sólo huesos, y su rostro una calavera cuyas facciones descarnadas producían a un tiempo temor y lástima. En cambio, la de la izquierda mostraba a dos jóvenes abrazados que se miraban con un amor apasionado. Ella lucía unos cabellos largos ceñidos por una diadema, y él un casco guerrero. La hermana nos preguntó cuál de las dos nos resultaba más hermosa, y los dos respondimos sin dudar que la de los amantes. Ella sonrió levantando las cejas, lo que quería decir que se esperaba esa respuesta.

—Miráis con los ojos de la juventud —nos reprochó—. Ahora debéis mirar con los ojos del espíritu y del intelecto. Sólo así desvelaréis el enigma que nos abrirá la puerta. Mi primera enseñanza reside en esta pregunta: ¿Qué puede temer el hombre de su Dios?

—Ser castigado —dije yo.

—Y arder en el infierno para siempre —añadió Diego—. La condenación eterna.

No le pareció mal a la hermana nuestro razonamiento, pero quería que discurriéramos aún más.

—Para ser castigado y arder en el infierno, primero el hombre debería...

—Morir —le interrumpió Diego.

—Eso es, muchacho. Hay que morir. El hombre teme enfrentarse a la muerte y a sus consecuencias. Entonces ¿cuál de las dos figuras de la pared responde al acertijo de la esfinge?

La respuesta me pareció obvia, y ahí residía la trampa en la que caí.

—El penitente del sepulcro —dije.

—¿Y cómo puede esa muerte ser el secreto de la sabiduría? —nos preguntó mientras resplandecían sus ojos grises.

Diego y yo observamos de nuevo las esculturas de piedra. Si la sabiduría era hermosa, pensé, sin duda estaba representada por la figura de los amantes, pero qué podían temer ellos más que morir sin estar el uno cerca del otro.

—Es la otra —exclamó Diego de pronto—, la de los amantes. El hombre teme la muerte, pero ha de enfrentarse a ella. Una vez que lo hace, la sabiduría que obtiene procede de su unión con Dios. El gozo de unirse a él se muestra a través del gozo de los amantes.

La hermana Ludovica le miró sorprendida.

—Excelente, muchacho. Me alegra comprobar que cuanto acumula tu memoria se refleja en tu inteligencia. No eres un simple saco que guarda citas bíblicas. Llegado el momento y con las instrucciones adecuadas, serás capaz de interpretarlas de forma correcta.

Tuve que reprimir las ganas de abrazarlo, Berenjena. En esos días no había para mí ningún chico más listo que él. Me encantaba contemplarle cuando se enfrascaba en sus pensamientos. Gracias a su mente, abandonaremos las fauces heladas de este pasadizo, pensé. Deseaba que se abriera aquella pesada puerta de una vez por todas, pues albergaba la esperanza de encontrar tras ella un lugar más cálido y acogedor. Sin embargo, la hermana Ludovica alumbró nuestros rostros, nos miró muy seria y dijo:

—Pero ¿cuál es el secreto de la sabiduría que proporciona

la unión con Dios? Yo os daré la respuesta. Esa sabiduría es la verdadera, la sabiduría sagrada de los antiguos profetas como Moisés o Abraham. Para alcanzarla, el hombre debe enfrentarse a la muerte, pero no a la del sepulcro oscuro tras la que no puede retornar a la vida, sino a la que llamamos *morts osculi*, la muerte del beso, de la que regresará fortalecido y sabio. Observad las bocas de los amantes esculpidas en la piedra —nos ordenó mientras las señalaba—. Se hallan abiertas y parecen destinadas a encontrarse. La boca es origen y muerte del espíritu. A través de un beso se unen dos almas, se funden formando sólo una.

Diego me miró de reojo. Después sentí su mano rozando la mía. Un cosquilleo me revolvió el vientre. La muerte de la hermana Ludovica, esa muerte desconocida hasta entonces de la que se regresaba vivo, sabio, esa muerte a la que se accedía a través del más dulce y apasionado de los besos, no me había impresionado tanto como el abismo que se abrió en mis entrañas tras la caricia de Diego. Por primera vez le imaginé acercándose a mí para besarme. Y aquel deseo inesperado que turbaba mi entendimiento me produjo un miedo atroz a perderle. Temí que algún día pudiera dejar de quererme, que se alejara de mí si le decepcionaba. Nunca antes había albergado tales pensamientos, ni me había sentido en un instante tan feliz y tan desgraciada. A mis trece años no podía comprender qué me estaba ocurriendo.

Crecer es tan bello como maléfico, querida Berenjena. De un día para otro te conviertes en una extraña para ti misma. Quizá si te hubiera tenido cerca me habrías ayudado a entenderlo.

Cuando mi mente regresó a lo que sucedía en el pasadizo,

la hermana Ludovica oprimía a un tiempo el interior de la boca de los amantes. El trozo de roca rodeado por sus labios se introdujo en la pared. Oímos el gemido de la piedra al desplazarse hacia dentro. A continuación, con un estruendo de hierro que me erizó la nuca, salieron de las hojas de la puerta dos aldabas con forma de escalera colocada en posición vertical.

La hermana Ludovica se recreó contemplando nuestro ánimo alterado por aquella aparición. Permanecíamos mudos, paralizados por la sorpresa. Luego carraspeó para reclamar nuestra atención, y el eco de sus palabras retumbó en los muros del pasadizo.

—Jacob utilizó una escalera para subir al cielo. Pero una vez atraveséis esta puerta aprenderéis que la sabiduría verdadera une el cielo con la tierra, sin que haya separación alguna entre ellos. Ahora conocéis la respuesta al enigma de la esfinge. Ella devorará a quien pretenda entrar sin haberlo resuelto, y a quien, una vez dentro, pretenda salir y desvelar la sabiduría que protege. Por tanto, una vez que traspaséis este umbral no habrá vuelta atrás. Vuestro será el conocimiento y la vida eterna de los elegidos, y a la hermandad que custodia estos tesoros entregaréis la más fiel y silenciosa de las devociones. Está representada mediante la esfinge. Sobrevive hace siglos gracias al secreto de su existencia. Por él debéis velar, por él debéis morir, incluso. Y os aseguro que ése es el castigo de los que la ponen en peligro o la traicionan.

Los ojos de la hermana Ludovica centellearon como relámpagos de una febril tormenta. Entregó a Diego la antorcha, y giró hacia la izquierda las dos aldabas, alineándolas hasta que formaron una escalera en posición horizontal. Me pareció que mil cerrojos se descorrían con un alarido. Las hojas de madera se movían solas, arrastrando por el suelo su poder de fortaleza. Ante nosotros surgió un pasillo de longitud, a primera vista, infinita, iluminado por brazos con antorchas que salían de las paredes como si sus dueños, sepultados en ellas y convertida su carne en bronce, quisieran escapar de aquel encierro para sumergirse en el más denso de los silencios que yo haya percibido jamás.

Me adentré en el pasillo junto a Diego y la hermana. La puerta se cerró tras nosotros tal y como se había abierto. Entonces sentí que me ahogaba, que el espesor de oro de aquellos muros se cernía sobre mí robándome el aire.

21

Por un instante, la celda se sumió en un silencio profundo, como si hubieran desaparecido de aquella horrenda cárcel todo martirio y sufrimiento. Confiada, una rata salió de entre los muros, y olisqueó los pies de Berenjena hasta que ella se dio cuenta de su presencia y le dio un puntapié.

«Tened cuidado porque las ratas huelen a los delatores, así han reconocido los presos a más de uno», le había dicho el alcaide mientras su quijada se desencajaba en una risa negra y alcohólica. Berenjena se pasó una mano por el cabello despeinado y respiró hondo. Los inquisidores apenas le habían dejado tiempo para reflexionar sobre la idea de convertirse en lo que el pueblo llamaba «una mosca», un infiltrado que compartía con los prisioneros las miserias de la cárcel para sacarles información. Había testificado contra Bárbara y estaba dispuesta a reconocerla. La instigadora había sido la venganza, la amargura de los años sin tener noticias, la soberbia de continuar siendo el timón que guiaba la vida de Bárbara y Diego, su destino. Pero estar frente a ella y engañarla, escuchar sus palabras de cariño y arrepentimiento, se estaba convirtiendo, desde un principio, en una dura prueba para su corazón. Aun así, su curiosidad por saber qué había sido de aquellos niños a los que amó era enorme, y la posibilidad de acceder a los misterios de la Ludovica y de su hermandad, una tentación a la que no lograba resistirse. Si volvía a caer en manos del gigante, y se la llevaba con su cántico a la muerte, quería perecer por algo más que el mero conocimiento de la existencia de esa hermandad; quería perecer conociendo todos sus secretos.

—Aquí debería detener mi historia —le dijo Bárbara—. De todos modos, te he relatado más de la cuenta. Si sigo hablando, mi alma encontraría un gran consuelo, pues muchas veces he imaginado que te contaba todo cuanto me sucedió en aquellos túneles, pero traicionaría un juramento de silencio, y pondría en grave riesgo tu vida y la mía.

—Hagamos nuestro propio juramento de silencio —le propuso Berenjena mirándola con ternura—. Por lo que nos unió en tu infancia y mi juventud, por lo que nos une hoy en esta celda de la que es muy posible que salgamos derechas al cadalso o a la hoguera, y por el amor que nos profesamos a pesar del tiempo transcurrido.

Puso sus manos sobre las mejillas sucias de Bárbara.

—Jurémoslo —repitió— y desahoguemos nuestras almas, que en verdad lo necesitan. ¿Acaso no lo merecemos?

—Lo juro —dijo Bárbara mientras se iluminaba su rostro—. Por la tau de San Francisco que cuelga de mi cuello.

A Berenjena se le revolvió el estómago. Rebuscó bajo el hábito de Bárbara la tau y la acarició por un instante. Aquella era la cruz de José. Miró a Bárbara, y en sus ojos verdes vio los ojos del franciscano.

—Lo juro —dijo con un quejido—. Y ahora continúa con tu historia.

El pasillo con luz de oro se fue estrechando poco a poco hasta desembocar en una estancia amplia y fresca. Por su forma, me dio la impresión de que nos encontrábamos dentro de una enorme tinaja. Tenía las paredes de ladrillo musgoso. En otro tiempo su color debió de ser de un rojo muy vivo, pero la humedad que reinaba en aquel lugar lo había descolorido hasta volverlo rosáceo. Los brazos con las antorchas habían sido sustituidos por dos grandes lámparas de aceite que colgaban del techo por medio de unas cadenas negras.

—Hermana, nos hallamos aún bajo tierra, ¿verdad? —le pregunté mientras aspiraba el intenso aroma a sótano.

—Así es, Bárbara. La mayoría de estos pasadizos fueron construidos en los siglos IX y X, cuando Madrid se hallaba aún bajo la dominación musulmana. Muy pocos conocen su existencia. Forman una ciudad subterránea bajo las calles de la villa, aunque los árabes los usaron como conductos de agua. Esta sala donde nos encontramos era una gran cisterna para almacenarla.

—Creo que éste es un sitio magnífico para esconderse —reflexioné.

—Es mucho más que eso —me aseguró la hermana Ludovica—. Podríamos decir que es un lugar que se parece a la Santa Soledad, pero sólo acogemos a jovencitos tocados con la gracia de un don. Les enseñamos a comprenderlo y a utilizarlo conforme a las enseñanzas de la magia más sagrada.

Berenjena se dejó llevar por la sorpresa, y poniendo una mano en el hombro de Bárbara, le preguntó:

—¿La Ludovica regentaba un hospicio para criaturas mágicas?

Bárbara rió.

—Vas a descubrir muchas cosas sobre la hermana que te sorprenderán.

—No lo creas, mi querida niña, siempre sospeché que aquella monja se dedicaba a otras labores aparte de las de la enfermería. Recuerda si no lo que ocurrió en la capilla del hospicio cuando te puso aquella planta entre las manos y la hiciste crecer de un plumazo. Pero no he de interrumpirte más.

—Sospecho que no será la última vez —repuso Bárbara con una sonrisa—. Volvamos entonces a los pasadizos.

La hermana nos guió a través de uno que partía de la antigua cisterna justo en la dirección opuesta al que acabábamos de abandonar. Éste desembocó en una escalera de peldaños excavados en la roca. Ascendimos por ella y llegamos a una encrucijada que parecía una «Y» griega. La hermana tomó el brazo de la derecha, y aparecimos en un hermoso corredor de techos altos y paredes de arcilla rosa, sustentado en una sucesión de arcos de herradura que se estrechaban en sus extremos y se apoyaban en unas columnas anchas y de forma circular.

—En su tiempo fue un extenso aljibe subterráneo —nos explicó la hermana—. Si os fijáis bien, en algunas columnas aún se ve la marca mohosa del nivel hasta donde llegaba el agua.

Tenía razón, Berenjena. Parecían anillos negruzcos que adornaban los dedos de algún gigante.

—Ahora es el corredor de las mujeres —continuó—. Se fueron construyendo muros de ladrillos para distribuirlo en habitaciones, cada una con un hermoso arco en el techo. El corredor de los hombres es muy similar a éste y no se encuentra a demasiada distancia.

Únicamente había puertas a un lado del corredor. La hermana se detuvo ante una de ellas, gruesa y con tachones de bronce, y temí que aquel fuera mi nuevo dormitorio. No me equivoqué.

—Esta habitación es la tuya, Bárbara —me dijo.

Al abrir la puerta, un vapor solitario que apestaba a cal se desprendió de las paredes de piedra. La estancia estaba iluminada por un candelabro con un largo pie de hierro negro, y no había más que una cama, una mesa con su silla, un aguamanil y un orinal.

—¿Voy a dormir aquí sola? —le pregunté con toda mi inocencia de huérfana.

Ella asintió.

—¿Y Diego?

Busqué sus ojos y hallé en ellos la misma angustia que debían de reflejar los míos.

—En el corredor de los hombres, como os acabo explicar. ¿A qué esperas? Vamos, entra —me ordenó con impaciencia—. No puedo demorar demasiado mi ausencia de la Santa Soledad.

Pero no me moví.

—¿Qué temes? Aquí jamás podrán encontrarte los alguaciles de la Inquisición. Puedes dormir tranquila.

Me agarró por los hombros y me sentó en la cama, luego se dirigió de nuevo a la puerta. Escuché la voz de Diego deseándome buenas noches antes de que se cerrara. Un silencio cayó sobre mí y tuve la sensación de que me habían confinado en una cripta mortuoria. A pesar de la altura del techo, no había ni una sola ventana como en los dormitorios de la Santa Soledad, ni huérfanos a mi alrededor. Tú sabes que siempre había dormido arropada por sus respiraciones, sus sobresaltos de potros, sus sueños y pesadillas, y sus ventosidades de hambre.

Al menos me alivió comprobar que la hermana Ludovica no había cerrado la puerta con llave. Me armé de coraje y salí al corredor dispuesta a seguirlos hasta el dormitorio de Diego.

De nuevo el espesor de oro de las antorchas, clavadas con hierros en las paredes de los arcos, se cernía sobre mí. Los olores de aquel lugar eran tan distintos a los del hospicio que me intranquilizaban. Prefería la mierda de gallina del patio, o los efluvios de las sopas de ajo rancio, o tus refregaos con vinagre, a aquellos aromas dulces y plañideros que bañaban mi alma de inquietud, pues no sabía dónde me encontraba.

El corredor se abría en otros dos pasadizos con arcadas. Mientras decidía cuál tomar, vislumbré una sombra blanca que se escabullía por un recodo a la izquierda. Instintivamente, la seguí. Se movía con rapidez y dejaba tras de sí una estela fría y enigmática. Poco a poco me sumergí en la oscuridad. Los corredores con sus arcos habían desaparecido y con ellos las antorchas de las paredes. Me hallé en un túnel con paredes de cal. Logré alcanzar a la sombra justo cuando comenzaba a ascender por una angosta escalera de caracol. Me reconfortó descubrir que en realidad se trataba de la túnica blanca que vestía una figura humana. Debía de llevar una antorcha o un farol, así que aproveché el halo de luz que dejaba atrás para orientarme. A pesar de que los peldaños eran muy estrechos y resbaladizos, la sombra avanzaba con la agilidad de una criatura dotada de alas. Durante el tiempo que duró el ascenso por lo que me pareció una torre redonda que se alzaba desde los subterráneos hacia el cielo, tuve la impresión de que aquella persecución era tan consentida como deseada.

Cuando la escalera llegó a su fin, acarició mis mejillas el frescor de la noche. Era reconfortante sentir la brisa, disfrutar de la luz de las estrellas que entraba a raudales por un ventanal sin cristales. Me hallaba en una estancia circular atravesada por una larga mesa, sobre la que reposaban unos extraños aparatos de hierro.

De pronto, un joven surgió ante mí con la belleza de un ser fugado de la imaginación. Me fue imposible distinguir entre las sombras de dónde había salido. Sin embargo, no era un sueño, ni un espejismo. De ser así quizá mis piernas no hubieran flaqueado, dispuestas a desmoronarse como un saco de carne sin huesos sobre el suelo de la torre. Lo sorprendente era que estaba vivo dentro de su túnica blanca. Y me sonreía, mirándome con el esplendor azul de sus ojos inmensos. Tenía el cabello rubio y con bucles de santo alrededor de la frente, la nariz recta, los pómulos tallados en pálida perfección de mármol, los labios finos y rosados.

No me atreví a hablar, cohibida a un tiempo por su edad y su hermosura. Calculé que al menos era ocho o nueve años mayor que yo. Se me acercó en silencio y me entregó un dibujo. Enseguida reconocí sus colores nocturnos, morados, negros, grises. Reconocí el trazo con el que plasmaba las estrellas y la luna. Berenjena, era igual que los dibujos que guardabas en la caja de la buhardilla, aunque perfeccionados. Entonces habló, y su voz fue como una caricia.

—Las estrellas me anunciaron tu llegada. Llevo mucho tiempo esperándote.

Se me cayó el papel al suelo. Un rubor cubrió mis mejillas cuando él lo recogió y lo puso de nuevo entre mis manos acariciándolas con suavidad.

—Son tan extraordinarias... —me dijo.

Y las besó. Sus labios se posaron repetidas veces en mis palmas y mis dedos con una delicadeza celestial.

Cuando las soltó, saqué la piedra blanca del bolsillo, más gélida y brillante que nunca.

—La piedra de la luna —le dije mostrándosela con tacto tembloroso.

Él rió, y pude ver sus dientes nacarados.

—La has traído contigo. Es un amuleto con los poderes del planeta Venus. Te lo regalé para que te protegiera y para que no me olvidaras.

—Tú eres mi ángel. El guardián de la luna.

Volvió a reír.

—Si tú quieres, lo soy.

—Te recuerdo, pero has crecido.

—Hasta los ángeles crecemos, igual que las niñas.

Me apartó del rostro un mechón de cabello.

—Berenjena, era el niño ángel del que tú me hablaste aquella tarde en la buhardilla. Ése a quien Dios castigó por descuidar sus quehaceres y enamorarse de mí. Se llamaba Tomás y era uno de los jóvenes mágicos que allí se habían instruido. Bien sabe Dios que, tras cumplir los doce años, pensé que me habías mentido sobre su existencia, que tú misma habías metido esos objetos en la caja.

—Entonces ¿por qué fuiste a buscar la piedra blanca cuando la hermana Ludovica te ordenó que te reunieras en la habitación de la enfermería? —preguntó Berenjena.

—No lo sé. Me fascinaba su color, su hermosura, su frío. Era como si me hubiera hechizado, y no pudiera abandonar la Santa Soledad sin ella. Al principio me alegré de haberla llevado conmigo. Su presencia me vinculaba al hospicio, a ti, a cuanto conocía hasta entonces.

Berenjena animó a Bárbara a que continuara con su relato.

Me costó mucho trabajo conciliar el sueño. Estaba acostumbrada al frío seco y severo de la Santa Soledad, en cambio el ambiente de aquel cuarto era húmedo y cálido. Daba la impresión de que los muros estaban vivos.

No recuerdo en qué momento me dormí. Soñé que el cielo de la villa era mi última morada, y las estrellas, los huesos de otros muertos que me rodeaban en un osario fosforescente. Me despertó el chirrido de la puerta al abrirse. Vi a una extraña joven, pálida y flaca.

—Es hora de levantarse —dijo.

Me incorporé bruscamente en la cama mientras le preguntaba quién era. Jamás había contemplado un cabello como el suyo, compuesto por hebras rubias, casi blancas, que le caían lacias sobre la espalda y los hombros. Daba la impresión de que le cubría la cabeza el más hermoso y virginal velo de novicia. Pero fueron sus ojos, Berenjena, los que quedaron grabados para siempre en los míos. Bajo unas cejas transparentes, se abrían rosados como el más espléndido atardecer.

—Debes ponerte esto —respondió entregándome una túnica azul con una capucha.

Ella vestía otra igual pero en un tono verde más intenso.

—¿Por qué no puedo llevar mi vestido? —me atreví a preguntar.

—La hermana Ludovica te lo explicará ahora.

Sentí un gran alivio al saber que me reuniría con ella.

—¿Cómo te llamas?

—Diana desde que estoy aquí.

—¿Antes tenías otro nombre?

—Sí, pero ese ya no importa. Tú también tendrás uno nuevo. Nunca volverás a llamarte Bárbara. Habrás de olvidar quién eras. —Sonrió mostrando los dientecillos apretados de un perro pequeño—. La Niña Santa que vivía en el hospicio murió ayer al adentrarse en estos túneles. Así debe ser. Los inquisidores te quemarán en efigie: mandarán tallar una estatua de madera como si fueras tú y la arrojarán a las llamas. Adiós a Bárbara de la Santa Soledad, a sus curaciones con manos alumbradas por el demonio. Y si resucitas alguna vez ante sus ojos, ese día aciago serán tu carne y tu sangre las que arderán.

No supe qué responder, sus palabras me habían producido una terrible impresión. Incluso ahora en esta celda, cuando se ha cumplido lo que ella mencionó, me estremezco al relatarte el fin que me auguraba.

La hermana Ludovica le había encargado que me guiara por los corredores y pasadizos hasta que fuera aprendiendo a orientarme. Tomamos el mismo camino que la noche anterior me condujo hasta la torre, y al llegar a una encrucijada giramos en la dirección opuesta para dirigirnos al comedor, una estancia sencilla de paredes encaladas que la luz de los candelabros bañaba de un tono amarillento. No había ni una sola ventana. Con el paso de los meses comprendí que nos hallábamos en los sótanos de un caserón situado en la calle Segovia, de los que formaban parte el aljibe con los dormitorios, el comedor, y la base de la torre, y que a su vez éstos comunicaban con los pasadizos que recorrían el suelo de la villa como serpientes gigantes.

El comedor constaba de una larga mesa tosca donde servían el desayuno dos mujeres de piel tostada como arcilla y profundos ojos negros. En todo el tiempo que viví en los túneles jamás les oí pronunciar una palabra, ni sonreír cuando te quemabas con la leche hirviendo o cuando la manteca se te escurría de las manos y salía disparada contra una pared. De todas formas, sus labios eran tan finos que daba la impresión de que se hallaban unidos por una membrana que les impedía separarlos. Cada día olían a lo que cocinaban y servían, y así, sin un olor propio, vagaban por el comedor hasta hacerse invisibles, hasta confundirse con la bandeja o la cazuela que depositaban sobre la mesa.

En aquel primer desayuno yo aún no sabía nada, y cuando di los buenos días a una de ellas, la respuesta fue un sabroso olor a queso de leche fresca que abrió las fauces de mi apetito huérfano. Con la otra me pasó lo mismo, aunque la fragancia era a tierna hogaza de pan recién horneada. Al poco tiempo aparecieron dichos manjares, junto a una taza de leche, membrillo, plátanos y racimos de uvas.

Sentado en una silla, con aspecto de haber dormido mal, estaba Diego, vestido con una túnica del mismo color que la mía. Aquel atuendo no le favorecía a su cabello negro y rebelde.

—Pareces un fraile —le dije riéndome.

Me sonrió mientras se metía en la boca un trozo de queso, que masticó rápidamente.

—No me hubiera perdido este desayuno aunque hubiera tenido que comérmelo desnudo —repuso mientras cortaba un trozo de membrillo.

La hermana Ludovica, sentada a su lado, le dirigió una reprimenda. En un principio, nublada por el gozo de mi apetito, no la había reconocido. Sobre su hábito de la Santa Soledad, llevaba una túnica de color ámbar que resaltaba su cabello canoso y sus ojos grises.

—Espero que hayas descansado en tu nueva habitación, Bárbara.

—Gracias, hermana.

—Siéntate a la mesa y coge fuerzas para el gran día que te espera.

Diana abandonó la estancia y yo eché una mano al queso y otra a la hogaza de pan.

—Habréis de permanecer escondidos en este lugar durante una temporada —nos informó la hermana con seriedad—. Los alguaciles de la Inquisición continúan buscándote, Bárbara. Están poniendo patas arriba las calles y alrededores de la villa.

Y qué me importaba a mí eso cuando mi boca saboreaba pan tierno y queso sin agriar.

—También han iniciado la búsqueda de Diego —continuó—. Les informaron en el hospicio de que os habéis criado como hermanos, y sospechan que te acompaña en tu huida.

—¿Hermanos? —repuso Diego como si aquella idea le divirtiese.

A mí en cambio me dejó pensativa. ¿Cómo se quería a un hermano? ¿Se parecía ese amor al sentimiento que se había despertado en mí la tarde anterior? ¿Estaba bien imaginarse los labios de un hermano unidos a los tuyos? ¿Saber que no puedes vivir sin tenerlo a tu lado, y que no importa dónde te halles mientras él esté contigo? Poco sabía de los lazos que unen a las familias, pero comenzaba a sospechar que mi afecto por Diego encerraba otro nombre. Aquel sentimiento me daba más miedo que las mazmorras del Santo Oficio. Qué cobarde es el corazón, querida Berenjena.

—Bárbara es más que mi hermana y la protegeré hasta la muerte —añadió Diego con tono bravucón.

Había arrogancia en sus palabras, pero no mentira. Recordé el hombre al que mató con la daga de la Blasa. Y sus mejillas salpicadas por la sangre caliente, y los ojos negros brillándole como ascuas mientras sus manos sostenían firmes el acero.

La hermana Ludovica interrumpió mis pensamientos.

—Modera tu lengua, muchacho —le dijo— y reza para que no tengas que vértelas con la Inquisición algún día.

—¿Y qué ha sido de la Blasa? —pregunté para cambiar de asunto.

—La prendieron.

—¿La quemarán en la hoguera? —pregunté angustiada.

—Creo que un paseo por las calles a lomos de asno para vergüenza pública y unos buenos azotes serán su condena por embaucadora. Puede que un año de destierro también.

—Quizá ella sí lo merezca —dije—. Pero no comprendo por qué me buscan a mí. ¿Acaso no estaba haciendo un bien? ¿Acaso no curé la enfermedad y el dolor de muchos? ¿No es eso piadoso, hermana? ¿No es eso lo que Nuestro Señor desea que haga con el don que, según vos y la Blasa, me otorgó? ¿Para qué me lo concedió si luego los hombres que dicen velar por la fe quieren apresarme?

—Debiste informarme de lo que estaba pasando.

—La Blasa nos lo había prohibido, y yo pensé que no hacía mal, puesto que también curaba en la enfermería bajo vuestro auspicio.

—Aun así debiste habérmelo dicho. ¿Cómo iba a protegerte si no? Esta vez hemos tenido suerte de llegar a tiempo.

Más adelante descubrí que la hermana Ludovica estaba al tanto de nuestras visitas nocturnas, y que las consentía por un motivo no muy noble. Pero aún no he de relatártelo, Berenjena. Intentaré seguir un orden con respecto a lo que aconteció en mi vida en aquellos túneles.

—Dejemos atrás el pasado —dijo la hermana—. Nada importa ya la Santa Soledad para vosotros. Ahora el color de la túnica que vestís os identifica como *audiens* en nuestra hermandad. Significa «escuchantes», y es el primer grado de conocimiento. Aprenderéis a leer y a escribir, cultura clásica, matemáticas, latín, y por supuesto la lengua que profesa nuestra hermandad y de la que ya os enseñé algunas palabras: el hebreo. La lengua de la creación. Pronto entenderéis que cada palabra es una perla en sí misma.

»Cuando dejéis de ser analfabetos y hayáis adquirido en las materias que os he indicado los conocimientos principales, podréis pasar al siguiente grado. Vuestra túnica será de color verde y seréis llamados *electi*, "elegidos". Se ampliarán vuestras materias de conocimiento, y comenzará vuestra enseñanza práctica. Bárbara, yo me encargaré de transmitirte todo lo relativo a la plantas medicinales, pues ya he comprobado que cada emplasto o bálsamo que preparan tus manos encierra un milagroso poder curativo. Pero como te dije ayer, también conocerás otras muchas disciplinas que alimentarán tu espíritu y tu mente.

»En cambio, Diego, gracias a tu maravillosa memoria, podrás sumergirte en el conocimiento de otras lenguas, como el arameo y el griego, y de materias como la retórica.

»Cuando vuestros maestros lo consideren oportuno, os convertiréis en *fidelis*, "fieles". Entonces podréis vestir la túnica blanca, y ser al tiempo maestros de los "escuchantes". Vuestra formación en la hermandad estará casi completa.

—¿Y por qué vos vestís una túnica ámbar? —preguntó Diego.

—Muy pocos son los que alcanzan el grado que representa. Los que la llevamos nos hemos sometido con éxito a «la muerte del beso». Nos llaman sabios, pues tras esa muerte iniciamos una nueva vida. No todos los miembros de la hermandad pueden someterse a esta prueba.

Permanecimos en silencio.

—Nada habéis de temer —nos dijo la hermana.

Nuestro destino estaba ya decidido. Con trece años nos encontrábamos bajo tierra envueltos en la túnica azul de una hermandad desconocida, y debíamos sentirnos agradecidos, pues nos habían librado de las mazmorras de la Inquisición, y saciado con creces nuestra hambre de huérfanos. Entonces no lo pensé. Estaba junto a Diego, a salvo. Y bajo la protección de la hermana Ludovica, en quien confiaba. Todavía no se me ocurrió pensar en que se nos había negado la libertad para decidir qué sería de nuestra vida y de nuestras creencias.

Esa mañana, la hermana Ludovica, con su característico ingenio sinuoso, se encargó de mostrarme un lazo que me unía sin remedio a la hermandad incluso antes de llegar a este mundo: mi madre. Por tanto no debía sentir que esa organización me era ajena, sino todo lo contrario: pertenecer a ella suponía un reencuentro con mi propio origen.

Cuánto desea el que ha sido abandonado saber los motivos que llevaron a sus progenitores a privarle de su amor y compañía. Averiguar mis raíces, querida Berenjena, y con ellas la historia a la que pertenecía. Qué hermosa tentación para una muchacha de mi edad, a la que han privado de todo conocimiento sobre su familia.

—He recogido del hospicio vuestras pertenencias —anunció la hermana Ludovica—. Aquellas que llegaron con vosotros cuando erais criaturas de pecho. —Puso sobre la mesa un hatillo, lo abrió y me entregó un chal de preciosa seda azul—. Llegaste envuelta en él a la Santa Soledad. Perteneció a tu madre. Su nombre era Julia. Murió de peste en la sala de paridas clandestinas del Hospital de los Desamparados a las pocas horas de alumbrarte. La hermana María la atendió en el parto y veló la agonía de sus últimas horas. Ella envió al hospicio a una muchacha para que te entregara a mí, y me aseguró que tu madre te había amado antes de morir, y que deseaba que te llamaras Bárbara.

Acaricié el chal, sintiendo la suavidad que me había arropado nada más nacer. Mi memoria no la recordaba, pero a mis manos no le resultó desconocida. Luego me deleité en los bordados de sus extremos, un trabajo muy delicado. Me llamó la atención sobre todo unos de ellos, pues estaba segura de haber visto el animal que representaba esa misma mañana. Era una serpiente con alas y pico mordiéndose su propia cola. Dentro de ella había una hoguera, un halcón posado en una escalera y una fuente de la que brotaban unas diminutas gotas de agua azul celeste. Levanté la mirada hacia el único cuadro que se alzaba majestuoso en una de las paredes de la estancia. Al entrar apenas había reparado en él, ya que me había hipnotizado la fragancia a comida fresca que despedían las mujeres de piel de arcilla.

—Hermana, este bordado del chal es el mismo que está pintado en ese cuadro.

—Así es. Se trata del emblema de nuestra hermandad a la que llamamos la hermandad de la magia sagrada —respondió—. Tu madre estuvo aquí, formaba parte de ella. De hecho me he encargado de que ocupes su mismo dormitorio.

—Luego también tenía un don.

—Profetizaba con su cuerpo las enfermedades que tú puedes curar, así como las desventuras que sufrirían los que estaban cerca de ella, incluida la muerte. Yo misma la atendí en numerosas ocasiones cuando enfermó a causa de sus presagios. Este chal encierra entre sus finos hilos un talismán para protegerla de ellos.

Apreté el chal contra mi pecho.

—¿Y mi padre?

—Tu madre amó a un hombre, pero lo mantuvo en secreto. Te llevó en su vientre mientras vivía aquí. Poco más puedo decirte.

—Soy bastarda, entonces.

La hermana asintió.

—Y mi madre no tenía parientes que se hicieran cargo de mí.

—Estaba sola en el mundo. Te pareces mucho a ella, tienes el mismo cabello castaño y ondulado, la misma frente alta y serena, la misma nariz fina, y pómulos suaves. Sólo tus ojos son distintos. Deben de ser como los de tu padre.

Entorné los párpados y permanecí en silencio con el chal en el regazo mientras repetía en mi interior el nombre de Julia, como si las letras que lo formaban pudiesen revelarme una imagen de mi madre.

Ahora me pregunto si Dios perdona con facilidad la mentira de sus religiosas.

La hermana Ludovica aprovechó la pausa para sacar del hatillo un medallón de plata con una cinta de terciopelo negro.

—En cuanto a ti, Diego, te entrego esta joya que perteneció a tu madre —dijo poniéndosela en las manos—. La conoces bien, pues está grabada a fuego en tu pecho. Tu padre se lo regaló cuando supo que estaba encinta, y tras su muerte también a manos de la peste, la colgó de tu cuello. Ahora que ya tienes en tu poder el medallón, borraremos el de tu carne, pues te relaciona con el apellido Montalvo de Ceniza y con su desgracia.

—¿Y cómo van a hacer eso, hermana? —le pregunté.

—Diego es un muchacho de gran valor. Hay hierbas que pueden adormecerlo para que apenas sienta el hierro candente que le desdibujará su marca.

—Nadie me borrará la cicatriz del pecho —sentenció Diego con vehemencia.

—Más adelante volveremos a hablar de ello —dijo la hermana.

—Nunca cambiaré de opinión —insistió Diego mientras me dirigía una mirada de complicidad.

No me costó entender lo que pretendía decirme. El arcángel san Gabriel era nuestro. Sobre él jurábamos que no habríamos de separarnos jamás.

—Entonces es muy posible que un día te arrepientas —dijo la monja—. Como se arrepentiría tu padre de haber escrito estas palabras si hoy viviera para verte convertido en un muchacho sano y de mente despierta.

La hermana Ludovica sacó del hatillo un papel enrollado y amarillento.

—Cuando te salvaron del incendio de tu casa, sujetabas en tus pequeñas manos este testimonio de la locura que padecía tu padre. Escribió para ti sus últimos versos.

Desplegó el papel y leyó con voz grave:

Hijo mío,
dándote muerte
te libero de esta vida infame,
que es tempestad del averno.

Volvió a enrollarlo y se lo entregó al muchacho.

—Mi padre era un poeta que se quitó la vida por amor —arguyó Diego.

Su mirada estaba ausente, y en sus ojos negros se leía un dolor inesperado.

—¿Conoces su triste historia y la de tu madre?

—La Blasa y Berenjena me la contaron.

—En su día fue muy famosa en la villa. El pueblo disfruta con el chismorreo.

—Pero yo creo, hermana, que uno no debería matarse por amor, sino sufrir por él. Eso es mucho más valiente.

Qué deseos me entraron de levantarme de la mesa y abrazarlo pero, acto seguido, Diego se dirigió hacia uno de los candelabros y prendió aquella prueba con la llama de una vela.

—Éste es el destino que mi padre quería para el papel y

para mí —dijo echándolo en el plato de su desayuno para no quemarse los dedos.

Y se quedó mirando abstraído cómo se consumía, hechizado por la llama rojiza que lo convirtió en pavesas.

Poco le importa su destrucción, me dije. Los versos estarán presentes en su memoria.

22

La tarde se diluía en el cielo toledano. Por la rendija del muro de la cárcel, que ofrecía a las prisioneras un breve recuerdo del exterior, penetraba el viento de la nieve y la luz se apagaba en manos de la oscuridad. Los ruidos de la calle se hacían más lentos y débiles, y la ciudad se preparaba para rendirse al sueño y a las pendencias nocturnas.

Berenjena se había tumbado en el camastro, mientras que Bárbara permanecía sentada junto a ella con las piernas extendidas.

—Así que fue la hermana Ludovica la que robó vuestras pertenencias del despacho de don Celestino —dijo Berenjena—. No debió de resultarle difícil, ya que tenía una llave y la confianza plena del resto de las hermanas.

—Ningún rastro escrito debía quedar de nuestra existencia. Tan sólo los recuerdos de los que nos habían conocido, hasta que poco a poco el tiempo los fuera desdibujando.

—Mis recuerdos siempre se mantuvieron frescos en mi cabeza, como si acabaran de suceder. Lo mismo que le ocurría a Diego.

—Diego no era el único cuya memoria parecía invulnerable al olvido —señaló Bárbara—. Según nos relató la hermana Ludovica, la Inquisición tenía un archivo secreto donde nuestros nombres y nuestro delito quedarían registrados para siempre. «Esconded en vuestro corazón como un gran tesoro la verdad de quienes sois, pues ahí debe permanecer a partir de ahora», nos dijo la hermana, muy seria. «Cuando alcancéis el grado de *electi* tras años de estudio, estaréis preparados para regresar a la vida pública con una nueva identidad que os proporcionará "el Lavasangres". Mientras tanto viviréis ocultos en los túneles y adoptaréis un nombre secreto. Todo miembro de la hermandad debe poseer uno. A ti, Diego, te llamaremos Vulcano, y a ti, Bárbara, Ceres. Yo los he elegido y no lo he hecho al azar. Vulcano es el dios romano del fuego, mientras que Ceres es la diosa que proporciona fertilidad a la tierra, ama y señora del ciclo de la vida y de la muerte. Cuando el poder de estos dos dioses se reúne en uno solo, cuando sus bocas se unen en beso sagrado, surge una fuerza creadora extraordinaria. Animada por el calor del fuego, Ceres preña de frutos la tierra, y la vida florece por doquier. Pero sin él, puede secar los campos, arruinar las cosechas, y traer la hambruna y la miseria.»

Berenjena se había incorporado en el lecho al oír los nombres de Vulcano y Ceres. Así que la hermana Ludovica hablaba de ellos en la correspondencia secreta que encontró sobre la mesa de su laboratorio.

—¿Te encuentras bien? —le preguntó Bárbara—. Pareces distraída. Quizá necesitas descansar. Debe de haber sido un día duro para ti.

—Continúa, por favor, estoy disfrutando al descubrir a una

402

nueva hermana Ludovica —dijo tumbándose de nuevo en el lecho.

Aquel primer día en los pasadizos lo pasamos encerrados en nuestras habitaciones. Debíamos permanecer en ellas hasta la llegada del alba, cuando se celebraría la ceremonia en la que juraríamos ser fieles a la hermandad, y guardar los secretos de su doctrina y sabiduría. El poder que atesoraba había de permanecer bajo la protección de la invisibilidad, pues, según aseguraba la hermana Ludovica, no todos los hombres estaban preparados para recibirlo y hacer buen uso de él.

Mi habitación ya no me pareció tan solitaria. Había estado antes en ella, aunque cobijada en el vientre de mi madre, y esa idea me alejaba del estado de recogimiento y oración que me había impuesto la hermana Ludovica. Me tumbé en el lecho, envuelta en el chal azul, y abracé la almohada hundiendo en ella la nariz, como si después de trece años aún conservara el olor dulce y fértil con que yo imaginaba a mi madre. Jugué a que sus cabellos eran los míos y los acaricié con deleite.

—Madre, madre —susurré—, viviste entre estos muros que no conocen la luz del sol ni de la luna. Cómo los envidio. Fueron testigos de tu presencia, de tu respiración, de tu voz. Ellos que no albergan vida y son mudos y ciegos han tenido más suerte que yo, huérfana de tu recuerdo desde mi nacimiento. No olvidaré el nombre, ahora sagrado, que elegiste para mí. Siempre seré Bárbara, hasta que la muerte me arroje con mano fiera a la sepultura. Ese nombre impostor que he de adoptar, Ceres, será para mí cáscara, capullo, sábana de fantasma; fruto, mariposa y espíritu te pertenecen.

Me ovillé en el lecho, aún abrazada a la almohada, y sentí que regresaba a su vientre. Cerré los ojos, abrigada por el chal. Así era invulnerable a los avatares de alegrías y desgracias, me protegía la magia de aquel vínculo.

Desperté a una hora incierta, como lo eran todas en aquel mundo subterráneo que nos alejaba del reloj del cielo. Mi estómago se retorcía de nuevo con el hambre del hospicio, por lo que deduje que de no estar condenados al ayuno nocturno por culpa de la dichosa ceremonia que nos aguardaba, ése sería el momento de la cena.

Pensé en acercarme a la habitación de Diego, pero me asustó no recordar las indicaciones que me había dado Diana. Finalmente decidí entregarme a los rezos purificadores. Me arrodillé junto a la cama y entrelacé los dedos. Mis labios honraron a Dios hasta que el frío me delató el comienzo de la madrugada. Aún tenía puesta la túnica y el chal, y sin deshacerme de ninguna de las dos prendas, me metí bajo la manta de mi lecho, y volví a dormirme.

Diana, la mujer de los cabellos albinos que la hermana me había asignado como guía, me despertó. Sus andares eran tan frágiles como su presencia. Tan blanca, tan pura que parecía concebida por un ánima en una noche clara de difuntos. Tenía dieciocho años y su don era el de la clarividencia. Aunque ya era *electi* y podía tener una vida fuera de los túneles, permanecía oculta en ellos, pues la luz del sol dañaba su piel y sus iris, que adquirían una tonalidad violeta cuando tenía una visión. Su aspecto causaba verdadero estupor al que se cruzaba con ella, por lo que apenas salía a la calle.

—Huyen —me dijo un día riéndose— y se santiguan como si yo fuera una encarnación del demonio.

Pocas veces el hombre tolera lo que no entiende, Berenjena, así que lo destruye. Pero Diana, según pude comprobar durante el tiempo que pasé a su lado, se vengaba de ellos vaticinándoles las más terribles visiones. El odio le abría inexplicablemente las puertas sagradas de la adivinación. Y sus labios exangües proclamaban la sentencia del destino.

—Levántate —me ordenó—, la ceremonia debe coincidir con la salida del sol. Hoy nacerás a un nuevo día que marcará todos los que te quedan.

Le dirigí una mirada hosca, pero abandoné el lecho. Besé el chal de mi madre y lo doblé cuidadosamente sobre la almohada.

Diana me condujo a una estancia que apestaba a incienso. Una nube de vaho flotaba como una bruma. A través de ella pude distinguir tres construcciones de barro rectangulares. En el interior de cada una cabía un hombre tumbado.

—No temas, sólo son bañeras —me dijo Diana con una malévola sonrisa.

—Yo no tengo miedo a nada —le respondí mientras un escalofrío me crispaba la espalda.

—Ya veremos.

Un enorme horno semejante al que había en el laboratorio subterráneo de la hermana Ludovica mostraba un vientre negro donde chisporroteaban brasas. Sobre ellas había un trípode con un caldero humeante del que partía la niebla siniestra.

—Tienes que darte un baño para limpiar tu cuerpo de toda inmundicia —me dijo Diana.

Me quedé sin habla. Ella se dirigió a una mesa que había junto al horno, cogió una taza de barro y me la ofreció.

—Pero antes tómate esta cocción, que hará lo suyo por dentro.

Me la bebí de un sorbo y le devolví la taza.

—Estaba muy buena.

—Bien, ahora a la bañera —dijo señalándome la primera de ellas.

Me despojé de la túnica, pues quería demostrarle que nada me acobardaba, ni siquiera mostrar mis carnes ante sus ojos escarlata. Salió y cerró la puerta. Entonces todo temor cayó sobre mí. La tisana que me había hecho beber sabía a mierda de perro, y mi estómago comenzaba a sufrir unos espasmos que me perlaban la frente de un sudor helado. Me acerqué a la bañera. Alrededor de ella había un cubo vacío y dos pequeños braseros donde se quemaba incienso. De ahí el perfume sagrado. Metí un pie y volví a sacarlo; el agua estaba templada.

Mi madre también debió de someterse a esto, me dije. El agua me daba más miedo que las fauces de un lobo. No estábamos acostumbradas en la Santa Soledad a tales extravagancias, ya que es el estropajo, y no la bañera, el que arranca la roña de días y semanas. Pensé en Diego, en si le habrían sometido a la misma prueba. Quizá en ese instante se hallaba desnudo dentro de otro pozo de barro mientras flotaba sobre él la nube espesa y caliente. Sentí que mi vello se erizaba y que la parte baja del vientre se me encogía de gusto. ¿Por qué mi cuerpo reaccionaba así? ¿Acaso traicionaba con aquella sensación lo que nos unía desde la infancia? Le había visto convertirse en un muchacho alto y espigado. Su torso flaco poco a poco se había robustecido junto a mí, y se le marcaban los músculos del pecho y los hombros. Respiré profundamente la niebla y me metí en la bañera mientras me asaltaba de nuevo aquel goce desconocido que distrajo mi miedo.

Admito que es placentero el baño, Berenjena. El agua cálida se asemeja a un bálsamo relajante. Sin embargo, no duró demasiado el bienestar. La tisana había hecho ya su efecto, y vomité hasta el último resto del queso de la mañana dentro del cubo que había junto a los braseros. Ya comprendía su utilidad. Comencé a temblar de frío, y me cubrí con un paño dispuesto para ello en el borde de la bañera.

Oí unos golpecitos en la puerta. Era Diana, rebosante de satisfacción.

—Ya estás preparada para la ceremonia. Limpia por dentro y por fuera.

Sin duda tenía mi estómago como el espejo de una marquesa. Me entregó una especie de camisón blanco e inmaculado que debía ponerme bajo la túnica, y una cinta para recogerme el cabello que, por supuesto, no me había mojado.

—¿Necesitas que te ayude?

—Puedo hacerlo sola.

—No tardes, vamos un poco retrasadas.

Me temblaban las piernas y sentía los dientes débiles como si en cualquier momento se me fueran a caer de la boca. Pero me arreglé todo lo rápido que pude, y me dispuse a seguirla de nuevo a través del laberinto de los pasadizos.

Nos reunimos con Diego y la hermana Ludovica en la estancia a la que llegamos el día anterior después de recorrer los pasillos alumbrados de oro. Él tenía el rostro verde y demacrado, por lo que supuse que había tomado la misma purga que yo.

—Hola, Ceres —me dijo intentando bromear.

Sonreí y le tomé de una mano. Sentirle cerca me hizo recuperar las fuerzas por un momento. Volvía a ser niña, y nada me proporcionaba tanta seguridad y me reconfortaba tanto.

Diana se marchó tras inclinar levemente la cabeza ante la hermana. Entonces ella comenzó a explicarnos lo que iba a ocurrir en la ceremonia y cómo debíamos comportarnos.

—Yo os presento a la hermandad de la magia sagrada para que seáis acogidos por ella —concluyó—. Representándola en la ceremonia se hallan sus dos máximas autoridades, *magistri* supremos. Los reconoceréis con facilidad, pues llevan una túnica ámbar como la mía.

—¿Y vos no sois uno de ellos? —le pregunté.

—A las mujeres no se nos está permitido alcanzar ese grado. Sólo la mujer destinada a cumplir la profecía tendrá el privilegio de alcanzarlo.

—¿Una profecía como las del profeta Ezequiel? —insistí.

—La que traerá consigo la inmortalidad para el hombre. Pronto la conocerás. Ahora centrémonos en la ceremonia. En ella también está presente el que será vuestro maestro. Y a partir de ahora debéis saber que mi nombre en la hermandad es Gea.

Recuerdo con dificultad lo que sucedió a continuación. Las imágenes se mezclan en mi cabeza, y mis sentidos derivan en un frenesí fantasmagórico. No consigo distinguir lo que fue real de lo que más tarde mi imaginación aportó a aquella experiencia. Sé que tuve frío todo el tiempo. Las piernas me temblaban bajo la túnica y la boca me sabía a incienso.

Sin embargo, hay algo que quedó grabado en mi memoria: el rostro de uno de los *magistri*, ensombrecido bajo su capucha ámbar. En cuanto entré en la sala que era su templo, sentí en todo momento la mirada de aquel hombre sobre mí. Más que las palabras que pronuncié a modo de juramento de fidelidad hasta la muerte, recuerdo el poder que transmitía su figura envuelta en la túnica, su porte elegante y orgulloso, su mentón terriblemente agudo, perfilado por una perilla negra con canas, sus pómulos salientes, su cabello oscuro de sienes blancas, y sus ojos incisivos, minuciosos, ojos sabios del color de la miel, que al clavarse en los tuyos parecían desmenuzarte el alma. ¿Quién era ese hombre cuya sola presencia me inquietaba? ¿Por qué mis manos, al mirarle, se sentían atraídas hacia él, al tiempo que lo rechazaban?

El templo era una recreación del emblema de la hermandad. De forma circular, el suelo estaba laboriosamente enriquecido por un mosaico que representaba al basilisco. Pequeños azulejos rojos y verdes componían con viveza el cuerpo del monstruo mordiéndose la cola, y otros amarillos resaltaban las cinco estrellas, que lucían, como sus hermanas del firmamento, bajo el ardor de las antorchas. Sobre una de ellas se hallaba el hombre que no dejaba de mirarme. En otra reconocí a Tomás, sonriéndome desde su túnica blanca. Él sería nuestro maestro.

El tercer hombre, de pie en otra estrella, era bajo, y una pequeña joroba abombaba el ámbar de su túnica. Tenía la apariencia de un anciano, una nariz venosa y una frente ancha que delataba su calvicie en la parte superior de la cabeza, pues un cabello bermejo asomaba a sus sienes entreverado de canas. Ciego le creí entonces, a pesar de que parecía seguirte con la mirada. Tenía por ojos dos orbes blanquecinos y secos, y la paz de su espíritu escrita en ellos.

Poco pude entender de lo que me pareció nuestra presentación, ya que la hermana Ludovica habló todo el rato en hebreo. Salvo aquellos nombres impostores que utilizaba con frecuencia para referirse a nosotros, sus palabras, atravesadas por el perfume apocalíptico de un brasero gigante, sonaron en mis oídos primero como un discurso que le inflamaba el cuello de res, y luego como una apasionada plegaria.

Al igual que en el emblema, dentro del círculo que formaba el basilisco había una pequeña fuente de ladrillo, de la que brotaban unas diminutas gotas de agua azul celeste. Aprendí al poco tiempo que el cinco era el número del destino, y cinco fueron las gotas que derramó la hermana Ludovica sobre nuestra cabeza con una fina cornucopia, para renacer al mundo purificados.

Después, ante la hoguera prendida en el brasero, representamos la muerte de lo que habíamos sido y la resurrección de nuestras cenizas como aves del paraíso. No fue nuestra carne ni nuestra piel las que ardieron, pues la hermana cortó con una daga un mechón de nuestro cabello y lo arrojó al fuego. El sabor de Diego estaba en mi boca; su voz, sin que él dijera palabra, en mis oídos, y en mi nariz, su invencible olor a rescoldos.

Y así, transformados por agua y fuego, fuimos conducidos al centro del círculo sobre el halcón posado en la escalera. En aquel pájaro iniciamos el juramento. Repetimos las palabras hebreas que salían en torrente de los labios de la hermana. Luego nos postramos ante los dos únicos símbolos que no se hallaban recogidos en el emblema: un triángulo equilátero con la punta hacia arriba, situado entre el halcón y la hoguera del brasero, que representaba la luz de la gracia divina, y otro con la punta hacia abajo, entre el pájaro y la fuente, la luz de la naturaleza.

Una vez finalizada la ceremonia, el hombre de la perilla se me acercó, y mirando con desprecio mis ojos verdes, dijo:

—Veremos si eres tan extraordinaria como asegura Gea.

Y mi alma quedó a la deriva frente al poder que manaba de él.

23

La celda de las prisioneras había quedado sumida en la oscuridad. Había sido un día de intensa nieve y el cielo estaba cubierto por una capa de nubes que ocultaban la luz de la luna y las estrellas.

—Es una noche negra —dijo Berenjena mientras buscaba con su mano el rostro de Bárbara—. Ya apenas puedo verte.

—Yo prefiero estas tinieblas al rayo de luna que penetra a veces por la rendija e ilumina mi desgracia. El amor a la luna sólo es vanidad, su belleza confunde el corazón, pues se siente halagado de poder contemplarla.

—¿Me hablas, acaso, de Tomás?

Bárbara sonrió con amargura.

—Si aún no tienes sueño, encontrarás la respuesta en lo que aún no te he contado.

—Habla, entonces, que son muchos los años que he esperado para saber qué ocurrió.

Bárbara se recostó junto a Berenjena en el lecho, y sus palabras se convirtieron casi en un susurro para no perturbar el silencio de la noche.

Dos días después de la ceremonia comencé mi aprendizaje. De camino a la estancia donde recibiría clases, Diana me contó la leyenda que rodeaba al nacimiento de Tomás, mi maestro.

—Tienes suerte, al igual que el muchacho que ha venido contigo: tu maestro es un ser extraordinario.

Descubrí en su mirada rojiza un brillo que la tornaba púrpura, violeta.

—En junio de 1591 llegó una goleta extranjera al puerto de Sevilla —relató Diana—. Navegaba a la deriva, sin una presencia humana al timón o en el puente de mando. Varios marineros arriaron un bote con la intención de subir a bordo y evitar que chocara con los barcos amarrados en el puerto, pues hacia ellos la arrastraba la corriente. Cuando lo consiguieron, sus ojos contemplaron con horror que todos los pasajeros y tripulantes habían muerto a causa de la peste negra. El pánico al contagio los hizo saltar a las aguas tibias del Guadalquivir. Sólo uno de ellos permaneció en cubierta, pues entre la brisa veraniega distinguió un llanto tan solitario como hermoso. Guiándose por aquel sonido que parecía hechizarlo, descubrió oculto entre unos barriles de la más abyecta ginebra, un capazo con un niño de meses. Yacía desnudo sobre una sábana, pero el sol del océano no había quemado su piel, que era blanca y fría. ¿Qué había protegido a aquella criatura del fuego del sol? ¿Quién lo había alimentado si los cadáveres se hallaban ya en fiera descomposición?

»Se extendió por la ciudad el rumor de que en el barco fantasma había llegado un niño amamantado por la luz de la luna. Su carne pura así lo atestiguaba. El firmamento había conspirado contra la vida mortal para protegerlo, las estrellas lo habían envuelto en un arrullo transparente, abrigándolo de la noche y aislándolo de los ardores del día. Nadie en el puerto se atrevió a tocarlo, ni siquiera el marinero que lo había rescatado, tal era el temor que producía su aspecto de criatura celestial. No lo admitieron en ningún hospicio por si estaba endemoniado, ya que la belleza es objeto de mayores tragedias que la fealdad. Abandonado en un rincón del muelle, vio negocio en su crianza sobrenatural una estrellera con artes de bruja, que se hallaba en Sevilla en busca de fortuna. Para no llamar demasiado la atención ante el Santo Oficio de dicha ciudad, decidió trasladarse a Madrid, donde nada se sabía de la procedencia del niño.

»La ciencia de la estrellera era tosca y supersticiosa, pero enseñó al niño lo suficiente como para que pudiera entender lo que leía en el cielo nocturno. Y así comenzó a ganarse el pan, aunque la estrellera se quedaba con buena parte de las ganancias y lo mataba de hambre. Sobrevivía gracias a la caridad de los frailes. Quiso la suerte que un miembro de nuestra hermandad descubriera la existencia de Tomás y su poder sobre los astros. Cuando se conoció su historia, se encontró en ella signos suficientes para aseverar que era uno de los elegidos. Su don despertaba la magia que Dios había ocultado en el cielo.

»Su aprendizaje fue rápido. Aquí te enseñarán que la sabiduría está grabada en el alma de los elegidos y que sólo hay que despertarla a los ojos de la memoria. Yo no lo creo del todo, porque tuve que estudiar como una desgraciada para llegar a ser lo que soy. Aunque siempre tuve mala memoria.

»Tomás alcanzó en ocho años el grado de *fidelis*, uno más

que yo, y ahora ya puede ser maestro. Tú y ese muchacho de extraño pelo negro seréis sus primeros alumnos. Así lo quiso él. Para ser sincera, te quiso solo a ti. Aquí te enseñarán que mentir también es malo, aunque si no mintiéramos arderíamos en la hoguera en un santiamén.

»No sé por qué tiene tanto interés en ti. Se iba a marchar a Florencia, a la universidad, y ha retrasado el viaje sólo por darte clases. A tu compañero, en cambio, le desprecia. Intentó que lo educara otro, pero Gea insistió en que no os separaran. Así que ha tenido que fastidiarse.

—¿Por qué no habría de querer enseñar a Diego? —inquirí—. Estoy segura de que aprenderá mucho más rápido que yo.

—Enseguida tendrás la oportunidad de preguntárselo.

El aposento en el que se nos impartiría clase se hallaba en una zona donde los túneles parecían hundirse hasta las entrañas de la tierra. El suelo se inclinaba ligeramente, y el olor a sótano se acentuaba. Era una habitación cavernosa, con paredes de ladrillo que atestiguaban la obra del hombre, pero también de roca, donde se mostraba la obra de la naturaleza. Había grandes armarios repletos de libros, y una mesa en el centro iluminada por varios candelabros, con tres sillas dispuestas a su alrededor. Frente a ella se alzaba una tarima donde vi a Tomás esperando junto a un atril con un gran libro abierto por sus primeras páginas. El muchacho ángel sostenía en la mano una vara fina de dos palmos que me recordó la de la hermana Urraca. Se había retirado los rizos de la frente, dejando al descubierto una belleza hiriente. Cuando entré en la sala me sonrió. Sin embargo, su sonrisa se borró cuando entró Diego.

Tomás nos señaló las sillas con la vara para que tomáramos asiento.

—Bienvenidos, Ceres y Vulcano —saludó—. Interesantes nombres para mis primeros alumnos. Ceres, diosa de la naturaleza. Tan bella o más que Venus, una corona de espigas adorna sus cabellos trigueños, y sus ojos son verdes como la hierba que nace fértil bajo sus pasos —dijo con admiración.

—En cambio, Vulcano... ¿Te ha explicado la hermana quién es?

—El dios del fuego para los romanos —respondió Diego con brusquedad.

—¿Y no sabes nada más sobre él?

Diego no contestó.

—Cuentan que Vulcano era poderoso, pero terriblemente deforme, pues fue arrojado del Olimpo en su juventud —explicó Tomás—. Era cojo y de rostro repugnante, lo que le hacía muy desdichado porque no encontraba esposa. Nadie era capaz de amarlo, y se convirtió en un ser solitario. Siempre andaba en su fragua trabajando el hierro. Finalmente, la espléndida Venus le fue dada en matrimonio, pero ella le aborrecía a pesar de los esfuerzos del dios para que lo amara. No soportaba su fealdad, sus ojos negros como el carbón que animaba la fragua, y sus cabellos chamuscados en el hálito del fuego, duros y ásperos como una estopa maloliente.

—¡Vete al diablo! —exclamó Diego poniéndose en pie.

Apretó los puños contra la mesa, conteniendo las ganas de saltar sobre Tomás y estampárselos en la cara, a pesar de la diferencia de edad que había entre ambos.

—Espero que los años te hayan enseñado modales y no sigas mordiendo como perro rabioso —dijo Tomás con calma.

Tomás bajó de la tarima, y se acercó a Diego mientras se señalaba con un dedo la mejilla derecha. La única imperfección de su rostro era una pequeña cicatriz que lucía entre el pómulo y la mandíbula. Una delgada línea rosácea que hacía su belleza más humana.

—¿Recuerdas esto? —le preguntó.

—Yo lo recuerdo todo, estúpido —espetó Diego entre dientes—. Lástima que no te mordí más fuerte y te arranqué el moflete, pero aún estoy a tiempo.

—Malnacido, este sitio es demasiado bueno para alguien como tú. No mereces conocer lo que me obligan a enseñarte.

—¡Pues guárdatelo para ti!

Diego apartó la silla, me dirigió una mirada furiosa y abandonó la habitación dando un portazo. Me quedé paralizada. Lo único que yo recordaba de las visitas de Tomás al hospicio era su rostro entre mis sueños.

—Me alegro de que se haya ido. Estaremos mejor sin él hasta que aprenda a comportarse.

—No volváis a hablarle así —objeté—. Si no queréis ser su maestro, yo no quiero que seáis el mío.

Las manos me ardían. Eché a correr detrás de Diego y le alcancé antes de que llegara a la primera encrucijada de los túneles.

—¿Por qué me sigues? —preguntó con desprecio.

—Porque quiero —respondí desafiante.

—Vete con él. He visto cómo le mirabas ayer en la ceremonia, y hoy mientras hablaba. Siempre preferiste su piedra blanca a la mía. Y ahora estás contenta de volver a encontrarle aquí. Pero te lo dije en el hospicio y te lo repito ahora en este túnel apestoso: no es ningún ángel, es un cretino.

—No entiendes nada —repliqué—. Tampoco lo entendiste en el hospicio.

—Entiendo lo que veo. Que es mayor y guapo, y te gusta cómo te adora.

—Y a mí qué me importa. Yo miro a quien me da la gana.

—Pues te prohíbo que vuelvas a mirarme a mí. Reserva tus ojos sólo para él. No te costará mucho. Ahora mismo me largo de aquí. No sé cómo pero voy a encontrar la salida de estos malditos pasadizos y no volverás a verme.

Se quitó la túnica azul que lo cubría y la arrojó al suelo con rabia. Me dio la espalda, y le vi alejarse vestido tan sólo con una camisa larga y unas calzas. Intenté contener las lágrimas, pero no lo conseguí.

—Márchate —le grité entre sollozos—. Soy yo la que no quiere verte nunca más. Llévate lejos tu arcángel y su juramento mentiroso, jamás volveré a tocarlo.

Se dio la vuelta. Nos miramos en silencio durante un momento. Y vino hacia mí, primero caminando despacio y después más aprisa. Me deshice de la túnica de la misma forma que había hecho él. Le vi sonreír, iluminarse la negrura de sus ojos. Nos abrazamos. Lo habíamos hecho muchas veces pero aquella me pareció distinta. Mis pechos se convirtieron en puntas de daga al tenerlo tan cerca, me dolían al contacto de su cuerpo. Sin embargo, no deseaba separarme sino pegarme más a él, pues el dolor me proporcionaba un goce desconocido, al igual que el abultamiento que le notaba dentro de las calzas. Escondí el rostro en su cuello, cuya piel estaba tensa. Inclinó la cabeza, respirando mi olor, y me rozó con los labios bajo el lóbulo de la oreja.

Oímos un ruido en el pasadizo y nos separamos.

—Alguien viene —dije mientras fingía que uno de mis pies jugaba con una piedrecita del suelo.

—Es posible que sólo sea una rata —respondió con voz ronca.

Busqué su mirada, perdida en el rubor de las antorchas, y cuando la tuve de nuevo frente a mí, me pareció más hermosa que nunca, como si cielo y tormento se reunieran en ella.

—Vámonos de aquí —me dijo.

Asentí y echamos a correr por el pasadizo que descendía hacia las entrañas del mundo. En ese instante lo único que me importaba era escapar con él. Le hubiera seguido al mismo infierno. Semidesnuda entre aquellos túneles, con la boca seca por la carrera y lo vivido, y la piel erizada de frío, tenía la sensación de que era libre. Mi destino me pertenecía y yo elegía permanecer junto a Diego. Sin embargo, conforme avanzábamos sin saber hacia dónde, se apoderaba de mí una profunda tristeza. Me apenaba abandonar el chal de mi madre en el dormitorio. No quería que mi marcha me impidiera averiguar más detalles sobre su carácter, su corta vida, y su amor por el hombre que la preñó de mí. Me alejaba de ella nada más encontrarla. Corría hacia mi futuro, pero sacrificando la oportunidad de conocer mi pasado, mi origen. ¿Por qué la curiosidad lleva al hombre tanto a la gloria como a la perdición?

Así que me detuve.

—¿Qué te ocurre? —La voz de Diego llegó lejana a mis oídos—. ¿Quieres regresar?

La abertura de su camisa le dejaba al descubierto parte del pecho. Y entre la tela vi asomarse la quemadura del arcángel. La toqué con suavidad. Diego puso su mano sobre la mía.

—Sigamos adelante —le dije.

Continuamos caminando con los dedos entrelazados. La libertad me refrescaba el rostro, deteniendo todo pensamiento que pretendiera ir más allá de mi tacto.

Al principio, atravesamos los túneles sin rumbo, guiándonos por el capricho de elegir una dirección distinta cada vez: si en una encrucijada torcíamos a la derecha, en la siguiente lo hacíamos a la izquierda. Algunos túneles tenían pintados seres hermosos u horripilantes en lo alto de sus paredes, o sobre el arco en el que comenzaban, tal como advertimos la primera vez que nos adentramos en ellos guiados por la hermana Ludovica. Yo me daba cuenta de que Diego los observaba minuciosamente con el objeto de grabarlos en su memoria, de tal manera que pudiéramos deshacer el camino recorrido si era necesario. Pero muy pronto las pinturas desaparecieron, y en su lugar descubrimos combinaciones de letras. Las que más se repetían eran la «b», la «e» y la «t».

—Vayamos por los pasadizos donde aparecen las tres —me sugirió Diego—. No creo que su repetición sea casual. Ignoro su significado, pero apostaría un buen desayuno a que conducen a alguna parte; con un poco de suerte a la salida.

Al cabo de un rato, uno de los pasadizos finalizó en una pequeña puerta con remaches de hierro de la que colgaban dos aldabas. Una representaba la luna en cuarto creciente, la otra el sol. Entre ellas habían escrito la palabra BERESHIT con tinte rojo (más adelante supe que su significado en hebreo era «bendición»). La madera oscura mostraba rastros de moho y del hambre de algunos insectos. Estaba abierta tan solo una rendija, que permitía atisbar la débil luz que se hallaba tras ella.

—¿Crees que conducirá a la salida? —le pregunté a Diego.

—Comprobémoslo.

Empujamos juntos la puerta, pues era muy pesada. Él tuvo que agacharse para pasar por ella. A sus trece años su estatura sobrepasaba ya la de muchos hombres adultos.

Nos sorprendió que el eco de nuestros pasos se multiplicara de pronto. La amplia estancia a la que habíamos entrado tenía forma circular, y una inmensa librería de siete estantes ocupaba la pared hasta el techo, bajo y de ladrillo, interrumpida tan sólo por dos escaleras. Una se encontraba cerca de la puerta y sus peldaños ascendían hacia un piso superior. De la otra, justo en el extremo opuesto de la sala, alcanzábamos a ver apenas los primeros peldaños en empinado descenso. Ambas eran muy estrechas: no hubiera podido avanzar por ellas más que una sola persona, y con dificultad si su cuerpo soportaba más carnes de las necesarias. La madera con la que habían sido construidas se asemejaba mucho a la de la puerta con las aldabas de astros.

La iluminación de la estancia provenía de las lamparillas de barro que reposaban en la parte alta de varias mesas, cuyo tablero se inclinaba lo suficiente para facilitar las tareas de lectura y escritura, sin permitir que se cayeran los libros depositados sobre él. Las mesas estaban distribuidas en torno a lo que nos pareció un pozo cuyo brocal no era más que una barandilla de hierro provista de barrotes. Al asomarnos a él, nuestros ojos se abismaron en la más negra oscuridad. Lo mismo nos ocurrió cuando miramos hacia arriba. Si la fragancia que se respiraba entre los libros era de cálido pergamino, el del pozo desprendía un inquietante tufo al aceite de las antorchas y las lamparillas. Agarré una de estas últimas y alumbré con ella el abismo. Quiso el azar que se escurriera de entre mis manos. La caída duró al menos veinte segundos. Esperamos, atentos al sonido del barro al quebrarse contra el suelo, mas éste nunca llegó. En cambio, se oyó algo semejante a un rugido, como si un monstruo habitase en el vientre negro de la biblioteca. Un resplandor surgió del fondo del pozo.

—Algo ha despertado —dije con el corazón palpitando en mi garganta.

—Salgamos de aquí —repuso Diego.

Pero los dos permanecimos inmóviles. Poco o nada sabía yo de bibliotecas. Aquélla era la primera que contemplaba, y he de decir que dudo mucho que alguna pueda igualarla en hermosura. Era una cisterna grandiosa con las paredes rosadas. Desde su techo abovedado descendían unos anillos, corredores con librerías circulares de siete estantes, que se comunicaban unos con otros por medio de las angostas escaleras. Desde cualquiera de ellos se tenía la visión de todos a través del pozo.

Mientras admirábamos la belleza de la biblioteca, no nos dimos cuenta de que alguien se acercaba. Era uno de los *magistri* supremos, tal y como confirmaba el color ámbar de su túnica. Le reconocí enseguida, por su baja estatura y por la pequeña joroba que afeaba su porte. Sostenía una lámpara de barro entre sus manos, y a la luz de la llama contemplé sus pupilas blancas que me recordaron a la luna llena. No llevaba puesta la capucha, así que su calva quedaba al descubierto rodeada de cabello bermejo, despeinado y canoso. Sentí gran alivio al comprobar que no se trataba del *magister* de la perilla afilada que había contemplado mis ojos con tanto desprecio.

—Aún es pronto para que comprendáis las maravillas que encierra este lugar —nos dijo con voz cavernosa pero dulce—. De todas formas, haberlo encontrado significa que llegaréis a hacerlo. La biblioteca sólo puede ser hallada por aquellos que ella misma elige.

—Nos perdimos en los pasadizos —explicó Diego.

—No hubo tal pérdida, seguisteis las señales adecuadas.

—Pero...

—Las señales le mostraron el camino a tu mente.

—Era otro el lugar al que deseábamos llegar. Ni siquiera conocíamos la existencia de la biblioteca.

—Pero es aquí adonde llegasteis. Hay impresa en el hombre una sabiduría que ni él mismo comprende, ya que no es consciente de ella. Fue Dios quien la imprimió en él al crearlo, y sólo el estudio y la práctica le enseñan a reconocerla.

—¿No ha sido una coincidencia? —pregunté.

—El azar no es más que la propia sabiduría de la Creación, jovencita. Y ella os ha indicado la salida. Aprended las letras, los números, la lengua sagrada, y entenderéis vuestra naturaleza. Quizá entonces leeréis en las señales de los túneles el camino para abandonarlos.

Tras decir esto, clavó sus pupilas blancas en Diego.

—Muchacho, la tortura a la que te somete tu mente se halla escrita en tus ojos.

Le acarició la cabeza con unos dedos largos, enjutos. Olía como los libros, como si su piel fuera un pergamino y su sangre, la tinta con la que estaba escrito.

—¿No sois ciego?

—No todo se ha de ver con los ojos que Dios concedió a nuestro rostro. De hecho, son los que menos perciben de cuanto nos rodea.

—¿Y con qué ojos se ha de ver entonces? —quiso saber Diego.

—Con los del espíritu.

—¿Es así como ven mis manos? —pregunté yo.

—Ellas atesoran un don de Dios. Sin embargo, tras concedértelo, Él quiso darte la libertad para usarlo. Se halla por tanto sometido a tu espíritu, formando una comunión perfecta entre lo divino y lo humano. El cielo se junta con la tierra. Creador con creación. En cuanto a ti, muchacho, no debes temer a tu mente, sólo has de aprender a ordenarla para que esté a tu servicio. Muchos grandes hombres a lo largo de la historia poseyeron una memoria como la tuya, según dejó escrito Plinio el Viejo en su *Naturalis Historia*: Ciro, rey de los persas, llamaba por su nombre a todos los soldados de su vasto ejército; Mitrídates Eupator impartía justicia en los veintidós idiomas que se hablaban en su imperio; Metrodoro era capaz de repetir con una exactitud asombrosa lo que había escuchado una sola vez. Ahora estos nombres te son extraños, pero el conocimiento que adquirirás en la hermandad a partir de sus vidas extraordinarias te será de gran consuelo.

Diego le observaba maravillado. En su rostro se atenuaba el ansia de escapar. No se hallaba entre aquellos pasadizos la respuesta a su origen, como era mi caso, pero sí la posibilidad de comprender el don que poseía, de aprender a dominarlo, de aplacar la marea incontenible de sus recuerdos, que tantos sufrimientos le habían causado en el hospicio, cuando rememoraba todos los insultos que había recibido de otros huérfanos, o las maldades a las que le sometía la hermana Urraca. Las palabras de aquel hombre habían hecho mella en su ser. El ciego era conocido en la hermandad como fray Clavícula, porque en su juventud había sido un estudioso de los libros mágicos y su favorito era *La Clavícula de Salomón*, rey hebreo, justo como ningún otro en la Antigüedad, que adquirió la sabiduría de la naturaleza durante un sueño. Al menos eso me enseñó Tomás en el tiempo que fue mi maestro. Porque aquel día regresamos junto a él. Fray Clavícula nos acompañó hasta el aposento del que habíamos huido. Cuando alcanzamos el túnel donde nos habíamos despojado de nuestras túnicas, se limitó a decir:

—Es frío este lugar incluso para las carnes jóvenes.

Cubrimos nuestro cuerpo sin rechistar, asombrados una vez más de cuánto podían llegar a ver aquellos ojos blancos.

Cuando nos condujo a la habitación donde teníamos que tomar las clases, comprobamos que Tomás se hallaba sentado frente a la mesa, hojeando un libro de forma distraída.

—Afortunado sois de guiar a estos *audiens* por los misterios del saber —le dijo fray Clavícula—. Mas ellos a su vez comparten la fortuna de que vos seáis su maestro.

Y se marchó caminando sin una sola vacilación o traspiés, como si su vista fuera la más certera. Más tarde supe que había pertenecido a la orden de los franciscanos, pero vivía retirado del mundo en aquella biblioteca, donde a su entender se hallaban escritos los misterios del hombre y del universo.

Aquella noche Tomás vino a buscarme a mi dormitorio. No le recibí amigablemente, pues estaba resentida con él por tratar con tanta brusquedad a Diego. Me había dolido que lo comparara con el poco agraciado Vulcano y que se mofara de la desgracia de su cabellera. Por eso, cuando me rogó que le acompañara, no sólo me negué sino que también le devolví la piedra de la luna.

—Ya no la quiero —le dije.

—Debes tenerla siempre a tu lado. La hechicé para ti. —La colocó de nuevo entre mis manos—. Y ahora ven conmigo, quiero enseñarte algo.

—No iré a ninguna parte mientras no seáis amable con Diego.

—Te prometo que lo seré —repuso un tanto resentido.

—¿Y prometéis también que os esforzaréis en enseñarle? Es el muchacho más listo que conozco, y su memoria es como la tela de araña que todo lo atrapa.

Asintió.

Accedí entonces a quedarme con la piedra y a su deseo de cambiar mi túnica azul por una blanca que llevaba colgada del brazo. No tenía capucha, ni bolsillos, y era de lino suave e inmaculado.

Le seguí de nuevo hasta los escalones de la torre. Según ascendíamos por ellos y nos alejábamos del mundo subterráneo en dirección al cielo, sentía que el aire era más ligero. Llegamos a la sala circular y, al contrario de lo que había supuesto, el ambiente se tornó viciado. Sobre el suelo de piedra vislumbré un cuadrado blanco pintado, de grandes dimensiones, en cuyo interior reposaba un colchón de hojas de nogal y de membrillo, que brillaban humedecidas por agua de rosas.

Frente al cuadrado había siete braseros de plata, donde ardían unas plantas que invocaban a la luna con sus lenguas de humo: aloe fresco, resina y lirios virginales. También había dos potes de cerámica colmados de agua y una copita de barro, a la que encontraría utilidad más tarde.

Entonces Tomás señaló el cielo estrellado y me contó muchas cosas que no sabía. Por ejemplo, que la luna es rica. Tiene veintiocho palacios sólo para ella y su gordura melancólica, y se pasea por el cielo de uno a otro como si fuera una reina. Tomás los llamaba «mansiones», pero yo prefería imaginarla de alcázar en alcázar, arrastrando su manto nacarado. Tuvimos que esperar a que la luna entrara en el palacio iluminado por una constelación llamada Libra para meternos dentro de la pintura del cuadrado. Mientras tanto, Tomás había estado haciendo cálculos matemáticos entre los cachivaches estelares desperdigados por la mesa, y escudriñando el firmamento a través de un tubo negro. Me permitió mirar por él, mas mis ojos sólo distinguieron unas luces semejantes a las posaderas de las luciérnagas.

—Ahora es el momento exacto —me dijo satisfecho.

Apagó las antorchas que iluminaban la estancia, dejándonos a merced del brillo infernal de los braseros, y de una baba celeste que se escurría por el alféizar de la ventana.

—¿Qué va a ocurrir? —le pregunté en un susurro.

—Dijiste que yo era el guardián de la luna, así que voy a llamarla para ti.

Nos descalzamos para entrar dentro del cuadrado. Bajo mis pies quedó el tacto hechicero de las hojas. Tomás alzó la mano derecha y pude ver que sostenía en ella una gruesa onza de plata, con el dibujo de unos triángulos que hincaban sus puntas en un cuadrado, contenido a su vez en un círculo. Me miró con los ojos nocturnos de un gato, y de su boca brotó una letanía mágica en hebreo. Las palabras me parecieron mariposas que revoloteaban a nuestro alrededor. Cuando me hizo una seña con la cabeza, agarré la copita de barro y transvasé agua de una vasija a otra tal y como me había indicado. Supe que debía detenerme porque un resplandor lunar se desplomó en la ventana y me cegó la vista por un instante. Cada rincón y recoveco de la estancia quedó desnudo bajo la llama blanca. Así descubrí que donde terminaba la mesa alargada había un hueco en la pared, y dentro de él espejeaba la figura de un hombre.

Se me encogieron las tripas, avisándome de que alguien estaba vigilándonos, pero nada pude hacer. Tomás me indicó que pusiera mis manos sobre las suyas, abrigando así la onza de plata. El resplandor albino se intensificó de tal manera que me nubló la consciencia. Al recuperarme, se me heló el corazón. La luna estaba dentro de mí, y una soledad glacial surcaba mis venas y la sangre se me volvía nata. Aguanté hasta que en los ojos de Tomás vi el reflejo de mi delirio. Solté la onza y caí de rodillas sobre las hojas de membrillo. Entonces la figura que se ocultaba en el hueco de la pared hizo ademán de salir de su escondite, pero se detuvo cuando Tomás me ayudó a incorporarme, y apoyó mi cabeza en su pecho.

—No temas, tus manos son conducto del poder divino, de la magia que se halla oculta en la naturaleza.

—Hay alguien escondido tras aquel muro —le dije.

—Te repito que nada has de temer. El poder de la luna ha iluminado esta onza de plata y la ha convertido en un valioso talismán.

—Es allí —insistí señalándole el hueco con la mano.

Atisbé el aleteo de una sombra en la pared, los greguescos y el jubón elegante de un hombre. Se oyó el chirrido de una puerta y alcancé a ver el mentón afilado y la perilla del *magister* supremo, que me había estado observando durante la ceremonia. Luego desapareció.

—Es un honor que él se interese por ti —me dijo Tomás—. Lo sé bien porque fue mi maestro.

A partir de esa noche la sombra de aquel hombre me acompañó a todas partes. Creía verle oculto en las encrucijadas de los túneles, en cada estancia en la que me encontraba, tras puertas o rendijas secretas. Sentía el peso minucioso de sus ojos de miel. Le llamaban Prometeo, creador de la humanidad con barro y agua.

Berenjena pegó un respingo. Las piezas de su retablo encajaban a la perfección. Prometeo, el destinatario de las cartas que la hermana Ludovica escribía sobre Diego y Bárbara con un lenguaje cifrado.

24

Cerca de la medianoche, el inquisidor Pedro Gómez de Ayala cami-
naba por una callejuela oscura de los barrios de las afueras de
Toledo. Aunque se había despojado de la sotana para ocultar
su identidad y una capa larga cubría las calzas y las botas y un
sombrero de ala ancha camuflaba sus cejas inconfundibles, dos
alguaciles de su confianza le guardaban las espaldas a cierta
distancia.

Tras acordar a última hora de la mañana el ingreso en prisión de Berenjena como «mosca», según lenguaje del pueblo,
había aprovechado el tiempo de la audiencia de la tarde para
encerrarse en su despacho con los legajos sobre los procesos
del librero de la villa, Fernando Salazar, y del manuscrito del
siglo xv, ambos relacionados con la hermandad secreta. Desde el ataque del gigante a Berenjena, estaba convencido de que
debía examinarlos con más detenimiento por si se había dejado algún cabo suelto que le condujera a obtener más información sobre la secta. Su instinto le decía que había pasado algo
por alto.

Comenzó releyendo la profecía recogida en el manuscrito:

De una mujer con el don de la muerte nacerá una niña con el don de la vida. Ella abrirá las puertas del presente eterno cuando sean a un tiempo las cuatro estaciones del mundo, y en sus manos florecerá el medicamento celeste.

Una vez hubo terminado la lectura, se reafirmó en su teoría de que para la hermandad, Julia, la madre de la acusada, era la mujer con el don de la muerte, y Bárbara, la niña con el don de la vida, la elegida para que en sus manos hechiceras floreciera el medicamento celeste.

Asimismo, el ataque del gigante a Berenjena y el anónimo que le habían enviado demostraban la presencia de miembros de la hermandad en Toledo. Sabían que Bárbara estaba presa y este hecho le intranquilizaba. No dejaba de dar vueltas a la importancia que tenía la fecha para el cumplimiento de la profecía. «... cuando sean a un tiempo las cuatro estaciones del mundo», repetía una y otra vez en su cabeza.

Había examinado de nuevo el documento con el dibujo del tetramorfos que encontraron dentro del legajo: Cristo en majestad rodeado de los cuatro evangelistas, acompañados por las criaturas que los representaban: a san Marcos, el león; a san Juan, el águila; a san Lucas, el toro; a san Mateo, el ángel.

Pero lo que más le inquietaba era la anotación que unía a los cuatro con las estrellas fijas. Sabía por su experiencia como inquisidor que en el mundo donde se movían magos, astrólogos, alquimistas y personajes de esa ralea, los astros podían indicar fechas concretas o al menos determinar el período aproximado en el que tendría lugar un suceso. Había pedido un nuevo informe a los calificadores sobre este asunto, pero tardaría al menos una semana en llegar. Quizá para entonces fuera demasiado tarde. Sus esperanzas de averiguar la ubicación de los túneles de la hermandad en la villa estaban puestas en que Berenjena consiguiera hacer hablar a Bárbara.

Pocas dudas albergaba Pedro sobre el medicamento celeste, pues estaba convencido de que se trataba del elixir de la inmortalidad tantas veces buscado por esos seres que se dedicaban a prácticas esotéricas.

El ambicioso inquisidor había examinado también el legajo del proceso del librero Fernando Salazar, detenido tras descubrirse que atesoraba en su tienda un título prohibido, el Zohar, libro de cabalistas hebreos. Entre sus posesiones se encontraron también un documento con el emblema de la hermandad y otros símbolos que le hicieron sospechoso de practicar encantamientos judíos. Así lo confesó en el potro en lengua cristiana.

Pedro leyó el acta del tormento y pudo comprobar que el acusado, una vez que le descoyuntaron unos cuantos huesos, proclamó ante el estupor del verdugo, el notario y los hombres de Dios que se hallaban presentes, que el camino para unirse a Dios no eran los ritos y sacramentos establecidos por la Santa Madre Iglesia, sino la magia sagrada que Nuestro Señor había encerrado en la naturaleza, y que el hebreo era la lengua divina.

Era la misma ideología hereje que la madre de Bárbara había revelado a la hermana María poco antes de su muerte, la misma doctrina que quedó recogida en el pergamino leído por Berenjena en la sala de audiencias.

A lo que Pedro no había prestado atención la primera vez que examinó el acta del tormento del librero, fueron a las palabras en hebreo que pronunció una y otra vez antes de caer en el delirio que lo llevaría a la muerte. Rezó y habló en la lengua de los judíos hasta que exhaló su último aliento, advirtió.

El inquisidor había buscado la traducción, pero no la halló en ninguno de los documentos que componían el legajo. Era imprescindible saber qué había salido de la boca de aquel hereje cuando se creía mártir de sus creencias, así que mandó llamar a Rafael de Osorio.

El notario del secreto se presentó a los pocos minutos, con cutis fantasmal y ojeras profundas.

—¿Dónde está la traducción de este documento? —le preguntó Pedro mostrándole el acta.

Con la espalda más encorvada que en otras ocasiones —el pecho de Rafael se hundía sin remedio cuando estaba nervioso, y su joroba crecía—, el notario se acercó a la mesa del inquisidor para examinarlo.

—No fui yo quien ejerció de notario en ese caso, sino un compañero que ahora trabaja para el Santo Tribunal de Cuenca. Él sabe hebreo, yo no.

—¿Nunca se llegaron a traducir estas palabras?

—De existir una traducción, estaría en el legajo.

—Busca un traductor de hebreo ahora mismo.

—Quizá no lo pueda conseguir hasta mañana. Son ya más de las ocho y la noche ha caído y es fría y nevada.

—Lo necesito ahora.

Rafael se rascó la cabeza.

—El señor fiscal, como sabéis, habla muchas lenguas, y creo que tiene nociones de hebreo.

—¿Íñigo?

—Así es —respondió Rafael mordiéndose sus labios finos—. ¿Deseáis que vaya a buscarlo?

El inquisidor se quedó pensativo jugueteando con los pelos de una ceja.

—No —decidió—. Buscad un traductor y que venga lo antes posible. Marchaos.

El notario se disponía a obedecer, cuando Pedro le llamó de nuevo.

—Rafael, ni una palabra a Íñigo.

El notario bajó la cabeza en señal de asentimiento y abandonó el despacho.

La escarcha de la noche toledana humedecía la capa del inquisidor, pero los documentos que había sustraído del archivo secreto se encontraban a buen recaudo bajo su jubón de terciopelo. Conforme caminaba por la callejuela negra, guiándose por la tenue luz de un farol de aceite, se deleitaba recordando el cuadro de su antepasado de cejas pobladas, el arzobispo de Toledo. A pesar de ser segundón y hombre de Iglesia, había conseguido un sitio de honor en la escalera principal del palacio familiar, junto a los guerreros primogénitos Gómez de Ayala. Él, que también poseía las cejas para la gloria, ocuparía pronto un lugar a su lado. Esa idea le templaba el más leve remordimiento que pudiera sufrir por violar las normas del Santo Oficio. De todos modos, se consolaba pensando que acometía aquel acto en aras de salvaguardar la pureza de la fe y atrapar a una hermandad de herejes.

Se dirigía a la cárcel perpetua para encontrarse con un reo, un astrólogo al que Lorenzo y él habían condenado a pudrirse en una celda de por vida. No era la primera vez que requería sus servicios en asuntos de astros y estrellas cuando los calificadores desconocían sus implicaciones en la magia o las artes oscuras, o cuando le urgía una respuesta, como era el caso. El astrólogo, un converso que hablaba hebreo, reunía todas las cualidades profesionales que esa noche Pedro necesitaba para desentrañar cuanto antes qué se proponía la hermandad secreta. Por un momento estuvo tentado de permitir que fuera Íñigo el primero en leer el acta del tormento del librero, pero se arrepintió enseguida. No se fiaba de él. Aquel proceso era el que llevaba años esperando, y nadie iba a hacerle sombra, por mucho que se empeñara Lorenzo. Él destaparía la madriguera de herejes, y los haría quemar en un grandioso auto de fe en la plaza mayor de la villa.

Cuando llegó al edificio hediondo y medio derruido de la cárcel, les hizo una seña a los alguaciles que le acompañaban para que le esperasen fuera. Cumplió con premura el trámite de sobornar al alcaide con unos cuantos ducados y se dirigió hacia la celda de su informador.

El astrólogo era un anciano de piel cuarteada y amarillenta, al que no le quedaba más que un diente en la boca. Se jactaba de que la pieza procedía de un trozo de estrella que había caído del cielo durante una noche en que llovían las Perseidas. Después un cirujano se lo había incrustado en la encía para hacer las delicias de sus predicciones.

Tras acordar con el astrólogo que le entregaría un sextante y una bolsa con un par de ducados a cambio de sus servicios, Pedro le mostró en primer lugar el documento con el dibujo del tetramorfos y esperó impaciente a que aquel hombre dejara de amasarse el diente con pasión y le diera una respuesta.

—Evangelistas... estrellas fijas... —musitó el astrólogo tras leer la frase que acompañaba al dibujo.

—¿Sabéis qué significa? —le apremió el inquisidor, que no se había quitado la capa y procuraba no rozar siquiera un muro de la celda mugrienta.

—Permitidme que lo medite un poco más.

—Si no me decís algo que me complazca, olvidaos del sextante y del dinero.

—Veamos, cada uno de los evangelistas se halla junto a la criatura que lo representa.

—Eso ya lo sabía.

—Entonces lo que quizá no sepáis es que las cuatro criaturas se corresponden con las cuatro constelaciones zodiacales que se conocen como estrellas fijas, y que se hallan en el centro de cada una de las estaciones del año —le dijo el astrólogo.

Los ojos pardos de Pedro se iluminaron.

—Continuad, parece que os vais a acercando a vuestro sextante.

—El toro de san Lucas corresponde a Tauro, en el punto central de la primavera; el león de san Marcos corresponde a Leo, en el punto central del verano; el águila de san Juan, a Escorpio, en el punto central del otoño, y por último el ángel de san Mateo, a Acuario, en el punto central del invierno.

—¡Las cuatro estaciones del mundo! —exclamó Pedro.

—Efectivamente. Los cuatro evangelistas se identifican con estos signos o estrellas fijas que se refieren a las estaciones.

—Pero decidme, ¿cuándo pueden darse las cuatro a un tiempo? ¿Tendría que producirse alguna alineación de esas constelaciones, o algo semejante de vuestra brujería de estrellas? —le preguntó el inquisidor con ansiedad.

—¿No habéis oído que son fijas? Permanecen siempre en el mismo sitio de la bóveda celeste.

436

—Averiguadlo entonces —le ordenó de malos modos—. Quiero saber si corresponde a una fecha.

—Dudo que encuentre en el cielo una fecha como tal, pero sí algún acontecimiento estelar relacionado con la unión de las cuatro estrellas fijas. Una vez que lo haya descubierto, podré deciros aproximadamente cuándo sucederá tal fenómeno.

—Aplicaos en este asunto porque no sólo os jugáis vuestro sextante anhelado, sino también quedaros a pan con gusanos y agua pútrida durante una buena temporada, si hablo con el alcaide.

—Tomad asiento —respondió el astrólogo mientras señalaba su catre mugriento—. Es posible que tarde un rato.

—Esperaré de pie.

Junto al catre había una mesa grande con una maraña de papeles, libros y aparatos metálicos que el astrólogo consultó durante más de una hora toqueteándose el diente de estrella.

Pasado un rato, Pedro decidió sentarse sobre el jergón maloliente del catre.

—Cinco días tenéis antes de que las cuatro estaciones caigan sobre el mundo a un tiempo —le dijo por fin el astrólogo con voz solemne.

—¿Cinco días, decís? —replicó el inquisidor—. Es muy poco tiempo.

—La predicción es acertada. La he comprobado un par de veces. Una estrella de las que llamamos errantes ha recogido la influencia y poder de tres de las estrellas fijas, y cuando pase frente a la cuarta, Escorpio, volcará sus poderes sobre la tierra, puesto que nuestro planeta se halla ahora frente a este signo.

—¿Y qué ocurrirá?

—Sólo puedo deciros que es un momento propicio para

que se reúna aquello que se había separado, se abra aquello que se hallaba cerrado. Nada más.

—Está bien. Y ahora continuad ganándoos lo acordado —repuso Pedro, entregándole el acta del tormento del librero de la villa—. Aún recordáis la lengua de vuestros padres, ¿no es así?

—Ya apenas, señor...

—No disimuléis conmigo. Si no os quemé en su momento, no voy a hacerlo ahora. Necesito que refresquéis vuestros conocimientos y que me facilitéis una traducción exacta de este papel. Tened en cuenta que sabré si me engañáis, pues lo traducirá después un hombre de confianza del Santo Oficio. Acudo a vos porque me urge saber qué pone, y más cuando me aseguráis que dentro de cinco días serán a un tiempo las cuatro estaciones del mundo.

—Refrescaré entonces mi memoria para el señor inquisidor —dijo el astrólogo con una cínica sonrisa.

Esta vez Pedro no tomó asiento. Se dedicó a pasearse de un lado a otro de la celda, que era la más espaciosa de la cárcel gracias a los servicios que el prisionero le prestaba.

El astrólogo no tardó demasiado en traducir las palabras del librero de la villa.

—El hombre que dijo esto se estaba muriendo.

—Eso ya lo sé, y vos también. Estaba en el potro de tortura y no volvió a levantarse de allí. ¿Qué decía?

—Principalmente rezaba.

—¿Y algo más?

—No tiene mucho sentido. Son frases interrumpidas e incoherentes, como si estuviera delirando.

—Traducidlas —le ordenó el inquisidor.

—Repetía: «Llegará el tiempo de la profecía... Vosotros no seréis salvados... He visto sus manos... No es para vosotros... Herejes... El medicamento celeste... La cura del pecado primero del hombre... El medicamento celeste... Lo hará inmortal...».

La mente de Pedro Gómez de Ayala se sumió en la fiebre de las conjeturas para descifrar el significado.

—La cura del pecado primero del hombre... —musitó el inquisidor de espaldas al astrólogo—. El pecado primero del hombre...

Arrancó de la mano del astrólogo el acta del tormento y se la guardó bajo el jubón.

—Como me entere de que os vais de la lengua con respecto a este asunto, esta vez sí que os quemaré en la hoguera, y sin posibilidad de que os den garrote primero —advirtió Pedro antes de abandonar aprisa la celda.

—Cristianos ... —murmuró el astrólogo al verlo marchar.

Pedro atravesó los pasillos sombríos de la cárcel con la piel erizada por sus pensamientos, y cuando dejó atrás aquel lugar hediondo y el viento le golpeó el rostro, comprendió que el medicamento celeste era mucho más que un elixir de la inmortalidad. El medicamento celeste curaba el pecado original, aquel por el que el hombre había sido expulsado del paraíso y condenado a una vida mortal.

25

*Toledo, madrugada del 8 de noviembre
del año del Señor de 1625
Cárcel secreta de la Santa Inquisición*

Bárbara y Berenjena compartían las estrecheces del jergón y sus carnes se consolaban del relente gélido procedente del río. Trepaba por los muros de la cárcel el vapor del silencio que reinaba en las calles y la serenidad de la nieve. Sólo el suspiro melancólico de algún preso o un alarido de pesadilla rompían la intimidad que envolvía a las dos mujeres.

—La piedra de la luna está en la celda —dijo Bárbara acurrucándose en el regazo de Berenjena.

—¿La has tenido contigo desde que te fugaste de la Santa Soledad?

—No. El alcaide me la hizo llegar junto con una nota. Tomás está en Toledo, Berenjena. Él pagó a ese hombre espantoso para que me la entregara. Ha venido a buscarme… Junto a la piedra había una nota que decía: «Todavía te amo».

—Pero ¿qué ocurrió con…?

—No te atreves a pronunciar su nombre… Escucha mi historia hasta el final y comprenderás lo que pasó.

Berenjena le acarició el cabello con dulzura.

440

Las lecciones con Tomás se convirtieron en la rutina de mi nueva vida lejos del hospicio. Diego asistía a ellas con desgana, a pesar de que Tomás cumplió su promesa y le trataba con amabilidad. Pero él se negaba a aprender. Solía estar distraído, como si quisiera alejar su mente de toda enseñanza para no recordarla después.

Por aquellos días, sentimientos contradictorios convertían mi corazón en un campo de batalla. Por un lado deseaba demostrarle a Tomás que era una buena alumna, y él un hábil maestro. Después de las lecciones pasaba largas horas estudiando las letras en mi celda y leyendo en voz alta para que, al hacerlo ante él, mi voz desentrañara con fluidez el secreto de los libros y sonara en sus oídos limpia y hermosa. Me gustaba la forma en que entornaba los párpados tras mi lectura y me sonreía levemente para indicarme que lo había hecho bien. Me gustaba sentir cerca sus rizos, su aliento, su piel, cuando se inclinaba en la mesa para explicarme la escritura del alfabeto hebreo o las declinaciones latinas. Me gustaba escucharle cuando nos contaba las azarosas vidas de los dioses griegos y romanos, de los héroes que sucumbían al amor de mujeres y ninfas. El tiempo se detenía en su voz inmortal, en sus ojos brillantes de hazañas, en sus manos que empuñaban la sabiduría en vez de las armas.

Supo sembrar en mi espíritu el deseo de aprender, la inquietud por el conocimiento. Le admiraba como hombre y como maestro, y ello, unido a mis trece años, me arrastraba a desear complacerle. Lo que me torturaba era la sensación de que haciéndolo traicionaba de alguna forma a Diego; le conocía íntimamente y sabía de su sufrimiento. Deseaba hacerle comprender que nadie podría cambiar lo que nos unía. Él se mostraba más encerrado en sí mismo que nunca, tan solitario y meditabundo que no me dejaba llegar hasta él como solía hacer, y eso me encendía de rabia. Sus palabras no eran más que reproches por cómo me comportaba con Tomás.

—Eres igual que un mulo —le dije un día—. Pero yo no voy a dejar de aprender por culpa tuya. Me gusta descubrir lo que pone en los libros, y convertir en letras lo que me dice la cabeza. Si al menos mostraras un poco de interés sabrías de lo que hablo.

—Quizá no te interesarías tanto por el estudio si tuvieras otro maestro.

—Pero yo no quiero otro maestro, quiero a Tomás. Disfruto escuchándole. Además sabe un montón de cosas, es listo y no me hace sufrir como tú.

—Ya no te escaparías conmigo, ¿verdad? Ahora prefieres quedarte a su lado en estos túneles.

—Desde luego. No iría con un mulo a ninguna parte, y menos con uno como tú que se empeña en ser analfabeto.

Le herí aposta. Le herí porque él me hería, porque se alejaba de mí con su desconfianza.

Pero ¿es posible rebelarse contra lo que uno siente?

Diego se refugió en fray Clavícula. El anciano de ojos blancos le había causado una gran impresión. Sabía que de vez en cuando le visitaba en la biblioteca mientras yo estudiaba, y que él le daba consejos para domesticar su memoria, para ordenar todas las experiencias y sensaciones que en ella se acumulaban desde su primera infancia. Creo que intentaba mostrarle el camino para que su mente, ajena a toda forma de olvido, dejara de ser una maldición.

Tras nuestra pelea, sus visitas a la biblioteca se hicieron más frecuentes. Comenzó a faltar a las lecciones de Tomás, amparado en la protección de fray Clavícula. Algunos días ni siquiera le veía en el comedor a la hora del almuerzo o de la cena.

Al poco tiempo, Tomás me dijo que ya no era su maestro. Fray Clavícula se encargaría de su formación.

—Tu compañero es un muchacho con suerte, ha despertado un gran interés en el *magister*. Se entenderá mejor con él que conmigo. Si la biblioteca se destruyera, podrían escribirse de nuevo todos los libros a partir de su memoria. Es capaz de recordarlos como si los estuviera leyendo en ese mismo instante. Pero no sólo atesora su contenido, también la forma y color de la caligrafía con la que fueron escritos, la textura de las hojas, los dibujos que las ilustran, incluso si la punta de una de ellas está doblada o ha sufrido el deterioro del tiempo o el mordisco de alguna rata.

—Los ojos de fray Clavícula no pueden verlos.

—No siempre fue así. Se tornaron blancos cuando se convirtió en *magister*, tras la ceremonia de la muerte del beso, que es el último grado de conocimiento de la hermandad, donde se alcanza la verdadera sabiduría. Desde entonces ve de forma distinta.

—¿Se quedarán también blancos los ojos de Diego?

Tomás soltó una carcajada. Bajó de la tarima y se acercó hasta la mesa que entonces ocupaba yo sola. Me acarició una mejilla mirándome con sus inmensos ojos azules.

—¿Te gustaría que fray Clavícula también fuera tu maestro para estar junto a tu amigo? Él le enseñará a olvidar.

—Quiero quedarme contigo —respondí.

Por mucho que le enseñe a Diego el fraile jorobado, su memoria nunca le permitirá olvidarme, pensé. Toda su cabeza está llena de mí, hemos crecido juntos en la Santa Soledad compartiendo dichas y penas.

Estuvimos enfadados tres meses y catorce días. Llevé la cuenta en un trozo de papel. Hacía una raya cada vez que en el desayuno evitábamos cruzarnos, cada vez que nos encontrábamos en un pasadizo e intercambiábamos palabras parecidas a éstas:

—¿Qué tal te va con fray Clavícula?

—Bien. ¿Y a ti con Tomás?

—Bien. ¿Ya has aprendido a leer?

—Aún sigo siendo un mulo analfabeto.

Era como si jugáramos a no necesitarnos. ¿Recuerdas cuando nos escondíamos entre las sábanas y las ropas tendidas en el patio de detrás de la portería e imaginábamos que eran nubes? Solía pensar en ese momento cuando cada uno seguía su camino envuelto en la túnica fría, cuando el olor al aceite de las antorchas, que se había metido en mis pulmones, me asfixiaba y se encendía en mí el recuerdo del cielo azul, del viento ondulando la ropa, de la luz del sol, del pecho flaco de Diego, de nuestro juramento sobre su piel de fragua.

Así que para olvidarle me apliqué en mis estudios con ahínco. Leí mis primeros párrafos en hebreo, aprendí oraciones que rezaba los sábados en el templo en esa bella lengua. Fue inútil.

Cuando se cumplía el tercer mes de estar enfadada con Diego, hice un descubrimiento en mi dormitorio. Repetía la tercera declinación latina mientras lanzaba al aire la piedra de la luna, cuando ésta se escapó de mis manos y rodó hasta meterse bajo el catre. Lo aparté de la pared para recuperarla y me di cuenta de que un ladrillo de la esquina, justo el que se hallaba sobre el suelo, estaba suelto y a su alrededor había un rastro de piedrecitas y polvo. Lo separé del resto sin gran esfuerzo y hallé un agujero. Dentro había un papel que envolvía lo que en un principio me pareció una cruz de madera que colgaba de un cordón. A la luz de la vela, leí lo que con caligrafía hermosa habían escrito en él en lengua castellana:

Amor mío, escondo entre estas paredes tu regalo. Es para mí muy preciado porque te pertenece, porque estaba sobre tu pecho la primera vez que te vi. Sé que hoy vas a traicionarme, y no deseo llevar conmigo nada que pudiera perjudicarte. Que el silencio de estos muros sea sepultura de mi pasión. Jamás me arrepentí de haberte amado. Ni siquiera en este día, cuando sé que camino junto con la criatura que espero hacia la perdición. Así ha de ser. Un amor como el nuestro debe pagar su precio. Siempre lo supe y no me importó.

JULIA

Mis manos temblaron. Quien firmaba la carta tenía el mismo nombre que mi madre, y aquél había sido su dormitorio. Además se hallaba encinta. El papel estaba amarillento, como si los años lo hubieran corrompido con la vejez aunque sin llegar a destruirlo del todo. Lo apreté contra mi pecho. Era el testimonio del amor prohibido de mi madre. Pero ¿a quién amó? Me fijé en la cruz y me di cuenta de que no era el signo de Cristo sino una letra, una «T».

Al día siguiente se la mostré a Tomás durante la lección.

—¿Sabéis qué es esto?

—Es una tau, decimonona letra griega. Taw en hebreo, última letra de su alfabeto, y nuestra «te» en castellano.

445

—Eso me parecía y no una cruz.

—También es un símbolo de la orden franciscana. Muchos frailes lo llevan al cuello.

Me estremecí. ¿Sería mi padre uno de ellos?

—¿Estáis seguro? —le pregunté con voz quebrada.

—Si no morí de hambre en las calles siendo niño, fue gracias a un fraile que me daba mendrugos de pan y sopa caliente. Llevaba una tau sobre el hábito, lo recuerdo muy bien. ¿Dónde la habéis encontrado?

—En un pasadizo.

—Quizá pertenezca a fray Clavícula. Él fue franciscano.

Comprendí que no sólo era bastarda, sino que mi padre había sido un hombre de Dios que violó sus votos; de ahí el precio que se había de pagar.

Fueron tiempos de gran desasosiego. Llevaba la tau colgada de mi cuello, bajo la túnica, y la sentía cálida como la mano de una madre, puesto que la mía la habría acariciado muchas veces. Pero también era un símbolo de traición que me abrasaba al cruzarme con Diego. Reconciliarme con él me consoló.

Sucedió el primer día que vi el sol, después de más de seis meses contemplando la madrugada del aceite que alumbraba túneles y habitaciones. La hermana Ludovica se hallaba preocupada porque nuestros rostros habían palidecido hasta convertirse en jarros de leche. Toda lozanía había huido de nuestras mejillas; todo brío y luminosidad, de nuestros ojos. Así que la monja dispuso que diéramos un paseo por las frescas riberas del Manzanares unas horas antes de la caída de la tarde. Nos acompañó ella y un hombre que no había visto en la hermandad hasta ese día. Más que un hombre parecía un gigante, tal era la envergadura de sus brazos, capaz de albergar en ellos una vaca bien cebada y si me apuras hasta a su ternero. Inspiraba temor, sus andares eran bruscos, e iba armado con un sable de moro, y un palo castellano del que colgaba un saco semejante al pellejo donde se bebe vino. Pero si te alcanzaba la vista hasta su rostro, descubrías unos ojos verdes desprovistos de fiereza, grandes y atónitos, como los de todo aquel que se alimenta de sus propias ensoñaciones. Los labios le colgaban fofos y gruesos, dejando entre ellos una abertura por la que asomaban, entre baba de oro, los dientes de un emperador. A ti que conoces las Escrituras, no te extrañará que le llamaran Goliat.

—Hace ya unos meses que los alguaciles de la Inquisición dejaron de preguntar por vosotros en las calles de la villa —nos dijo la hermana Ludovica—. La Blasa se fue al destierro con el lomo bien azotado por embaucadora, y en cuanto a la Niña Santa, unos dicen que subió volando al cielo, y otros que se ríe de los incautos junto al muchacho que era su compinche, en algún lugar remoto de la sierra. Pero si tenemos la mala suerte de que algún alguacil o corchete haya ido a airearse al Manzanares y se fije en vosotros, este hombre —señaló al gigante— os protegerá.

Goliat se mantuvo en silencio desde que salimos al exterior por un pasadizo cuya puerta, oculta tras la maleza y una roca en forma de media luna, la hermana se aseguró de cerrar con llave.

Jamás olvidaré aquella hermosa tarde de abril. Fuimos a la ribera opuesta del alcázar, junto al puente de Segovia. El sol se desvanecía lentamente sobre las aguas del río, sin una sola nube que le arrebatara su luz dorada. La primavera había prendido de margaritas silvestres y campanillas las riberas de hierba blanda, y nuestros pies se hundían al caminar por el barro, que delataba lluvias recientes.

—Id a pasear por la orilla y que os dé bien el sol —nos ordenó la hermana—. Yo voy a ver si encuentro unas raíces que me hacen falta.

La perdimos de vista detrás de unas zarzas. Llevaba el hábito blanco que usaba en el hospicio, y nosotros las ropas con las que escapamos de él. Comenzamos a caminar en silencio, entre los árboles que se alzaban a lo largo del río. El gigante nos vigilaba. Diego me rozaba de vez en cuando con el hombro empujándome ligeramente. Aquel gesto era una invitación al juego. El aire nos revolvía el cabello, nos refrescaba las mejillas. El sol se alzaba cálido sobre nuestras cabezas. Estaba de muy buen humor y Diego también. Jugamos a darnos empujones el uno al otro durante un rato, hasta que yo le propiné uno tan fuerte que estuvo a punto de caerse al río.

—Me las vas a pagar —me dijo.

Eché a correr riéndome y vino detrás de mí. Cuando me atrapó, caímos al suelo, y forcejeamos sobre la hierba para ver quién inmovilizaba al otro. De pronto oímos el estruendo de una carcajada. Era el gigante. A escasa distancia observaba cómo nos peleábamos y reía con la boca tan abierta que parecía la entrada a una caverna. Nos miramos extrañados y continuamos jugando hasta que Diego se rindió porque quería enseñarme algo. Se sacó de la chaqueta remendada un libro pequeño con tapas de piel, lo abrió por una de sus páginas y leyó un poema con voz apasionada.

—¿Has aprendido a leer así en sólo tres meses? —le pregunté cuando terminó.

—¿Ya no soy un mulo analfabeto?

—Analfabeto, no, pero mulo...

Sonrió mientras se echaba sobre mí tumbándome de nuevo en la hierba.

—Suéltame.

Me miró fijamente y se me prendió fuego en el pecho. Otra risotada del gigante, que se había sentado a observarnos entre unas matas de amapolas, me devolvió a la primavera del Manzanares.

—¿Quién será? —le pregunté a Diego mientras me tendía su mano para que me incorporara.

—Supongo que otro miembro de la hermandad. Deben de ser muchos más de los que conocemos.

—Fray Clavícula fue franciscano en su juventud, ¿le has visto alguna vez con algo parecido a esto? —le pregunté de pronto mientras le mostraba la tau que llevaba al cuello.

—He visto esta «T» en varios manuscritos de la orden y he leído sobre ella. Ezequiel 9, versículos 3 a 6: «Yahvéh llamó entonces al hombre vestido de lino que tenía la cartera de escribano a la cintura y le dijo: "Recorred la ciudad, Jerusalén, y marcad una tau en los hombres que gimen y lloran por todas las abominaciones que se cometen en ella". Y a los otros oí que les dijo: "Recorred la ciudad detrás de él y herid. No tengáis piedad, no perdonéis, matad a viejos, jóvenes, doncellas, niños y mujeres hasta que no quede uno. Pero no toquéis a quien lleve la tau en la frente"». Es un signo que protege y redime.

—A mi madre no le sirvió de mucho —dije con pesar—. Quizá si la hubiera llevado en su último día, el de la traición, las cosas hubieran sido distintas.

Le conté lo que ponía en la nota de mi madre para que comprendiera mis palabras.

—Tu padre era un fraile y el mío un loco, ¿qué más da?

—Sí —dije mientras arrojaba una piedrecita al río—. Me maravillo cuando te escucho recitar las Escrituras de memoria.

—Todo cuanto hay en mi cabeza se halla ordenado gracias a fray Clavícula. Mi mente era mi destrucción hasta que él me enseñó que si no podía olvidar, el orden de los recuerdos me ayudaría a mantenerlos alejados. Ya no se mezclan entre sí devorándose el uno al otro y devorándome a mí.

—No comprendo qué quieres decir.

—Siguiendo las enseñanzas de fray Clavícula he construido en mi mente un reino con castillos y palacios. Y en cada uno de sus aposentos, salones y sótanos hay enormes baúles y cómodas donde guardo recuerdos y conocimientos. En el castillo de las afrentas que sufrí en la Santa Soledad, cada baúl contiene el insulto de un huérfano. Depositarlo allí y dejar que se cubra de polvo es una forma de olvido. Siempre estará esperándome para cuando deba echar mano de él, pero no perturba mi vida. Así almaceno también lo que aprendo. Es como poner una casa en orden: cabe mucho más si el ambiente es limpio y despejado, si sabes dónde has de buscar las cosas en cada momento.

De pronto oímos una melodía que nos sobrecogió. Goliat se hallaba absorto en un gorrión que trinaba dulcemente, y le acompañaba con el canto más bello que haya escuchado jamás. Me eché junto a Diego en la hierba. Unimos nuestras cabezas y entrelazamos los dedos.

—¿Guardarás este recuerdo en un baúl?

—Éste lo expondré en un salón para que todos le tengan envidia, y yo me recrearé en él cuando mi ánimo desfallezca.

Nos quedamos dormidos. Soñé que me hallaba en el paraíso. Diego era Adán y, desnudo, me buscaba entre las ambrosías y frutas de la eternidad.

26

La voz de Bárbara había ido debilitándose poco a poco hasta que se apagó vencida por el sueño. Rememoró el olor del hospicio, a vinagre, a comidas de huérfano, al jabón de las sábanas tendidas en el patio trasero, incluso al de la leche fértil de la Blasa. A pesar de que el catre era muy estrecho para las dos, hacía años que no se abandonaba con tanta placidez al reposo.

En cambio, Berenjena se hallaba presa de un ardiente duermevela. Procuraba no moverse por si despertaba a Bárbara, pero anhelaba caminar de un lado a otro de la celda, porque a un tiempo deseaba huir y quedarse. Las mejillas suaves y limpias de Bárbara le dolían sobre las suyas, mas si las repelía el sufrimiento se agudizaba. Si quería llorar, los ojos se le secaban; si quería dormir, su consciencia la condenaba al insomnio.

Bárbara la sintió moverse y se despertó.

—Aquí no hay insectos que roen la madera del techo, pero sí ratas mordisqueando inmundicias con sus dientes afilados —susurró.

Pero Berenjena no logró dormir hasta que la noche comenzó a dar paso lentamente a la luz del alba. Entonces llegó a sus oídos un canto que le erizó hasta el último de sus cabellos. Se sentó de golpe en el lecho, con los ojos encendidos de pánico.

—Está aquí —dijo mientras le temblaban los labios.

A Bárbara también la había despertado la melodía, pero ya se había acostumbrado a que acudiera a rondarla bajo la rendija del muro cada amanecer.

—Es Goliat —le dijo a Berenjena mientras maldecía los trapos que le impedían ofrecer una caricia de consuelo.

—El gigante —repuso ella.

—Viene para consolar mi prisión con su canto. Hubo un tiempo en que me gustaba escucharlo.

—Dile que se vaya —le rogó Berenjena.

Bárbara la ayudó a echarse de nuevo sobre el jergón.

—Cuando el alba ilumine el día se marchará. ¿Por qué le tienes miedo?

—Hay en su canto algo tan dulce como aterrador.

—A mí siempre me resultó muy hermoso.

—Háblame para que no pueda escucharlo —le suplicó Berenjena—. ¿Qué pasó después de que Diego y tú os reconciliarais?

Bárbara apoyó la espalda en el muro de la celda y se humedeció los labios.

Él, como era de esperar, completó el primer grado de conocimiento de la hermandad un año antes que yo. Dejó de ser *audiens* para convertirse en *electi*. Gracias a las enseñanzas y consejos de fray Clavícula, por quien llegó a sentir un apasionado afecto, su cabeza se convirtió en un reino de múltiples palacios donde habitaciones polvorientas acumulaban ordenadamente recuerdos y conocimientos. Aprendió todo lo rápido que podía esperarse de un muchacho con una memoria como la suya. Además poseía una inteligencia dotada para el estudio, sobre todo el de las lenguas. No sólo llegó a dominar el latín y el hebreo, también el árabe, el griego y el francés. Su destino era servir a la hermandad como traductor de los libros de la biblioteca.

A veces sufría terribles dolores de cabeza, como si los cimientos de sus palacios se vieran vapuleados por un temblor de tierra que amenazaba con su destrucción. Venía a mi dormitorio con el rostro lívido y los ojos extraviados de melancolía. Nos tumbábamos en el lecho y yo posaba mis manos sobre sus cabellos. Podíamos pasarnos horas así, frente a frente, sin decir una palabra, tan sólo mirándonos, sintiendo que respirábamos el uno a través de los pulmones del otro, que era mi sangre la que saciaba sus venas, y la suya la que nutría las mías, que el corazón no latía en el pecho tibio que lo albergaba, sino en el que se hallaba junto a él.

En 1615 Diego se convirtió en *electi*, de modo que le había llegado también el momento de regresar al mundo y aprender a compaginar dos vidas, como la mayoría de los miembros de la hermandad: una secreta sirviendo a la misma, y otra pública desarrollando una profesión bajo un nuevo nombre si era preciso. Con frecuencia uno de los miembros más antiguos tomaba como pupilo al *electi*, convirtiéndole en su protegido o en su pariente más o menos cercano, dependiendo del caso. Quien hacía posible tal artificio de identidades era conocido como «el Lavasangres», un hombre de ojos listos a quien yo había visto arrastrar su espinazo doblado por los túneles con su túnica blanca y una cartera rebosante de pergaminos. De un plumazo te convertía en nieta del Cid Campeador o en sobrina de Mahoma. Poseía la capacidad de hacer brotar de la nada las más fabulosas genealogías, y de ramificar en un intrincado nudo de parentescos y bastardías las ya existentes.

Te preguntarás quién se hizo cargo de Diego, ya que fray Clavícula había renunciado al mundo exterior desde su lúcida ceguera y vivía confinado en la sabiduría que encerraba la biblioteca. Había roto todo lazo con la sociedad, con los hombres ajenos a la magia oculta en los libros y en las fuerzas de la naturaleza. Su cielo era el techo abovedado de ladrillos rosas; su sol, el fulgor que manaba de su propio espíritu. Sin embargo, en los tres años que permaneció a su lado, Diego trabó amistad con otro hombre que frecuentaba la biblioteca, y que compartía con el fraile la creencia de que los libros, a su manera, estaban vivos. Su nombre secreto era Hermes, como el mensajero de los dioses griegos; el nombre público era Fernando Salazar.

Debía de tener cincuenta y tantos años. Era calvo, metido en carnes, y tenía el rostro enrojecido por los padecimientos de la salud miserable que lo acompañaba desde la adolescencia. No pocas veces la hermana Ludovica y yo le habíamos preparado pócimas y cataplasmas de laurel para aliviarle los dolores de una gota que reaparecía en su pierna derecha con la testarudez de un resucitado. Se la curaba con mis manos cuando tenía ocasión y a los pocos meses le brotaba de nuevo con la virulencia de la primera vez. Estaba convencido de que era un precio que debía pagar por un pecado de sangre cometido de niño.

Dios le había otorgado de sobra su perdón, pues le había bendecido con sueños proféticos en los que se le revelaban los misterios y secretos de los libros mágicos. Por ello, después de fray Clavícula, era el mayor experto de la hermandad en esa ciencia invisible. Pero le había dejado la penitencia eterna de la gota, junto con una incapacidad para tolerar los sufrimientos del cuerpo. Fernando soportaba muy mal el dolor, y con frecuencia recurría al láudano para mitigarlo, o a los emplastos de mandrágora.

Era dueño de la librería Salazar en la calle Mayor. Vendía gran cantidad de manuscritos y libros de santos con sus piedades y martirios, entre otros de historia, leyes, medicina o de entretenimiento con poemas, novelas y cuentos. Pero además de librero era editor. Disponía de una imprenta en la parte trasera de la tienda, y gustaba de publicar la obra de nuevos talentos.

Diego me contó que cuando Fernando supo su nombre verdadero, cuando se enteró de que el Montalvo de su apellido iba unido a la desgracia del «y Ceniza», se le empedraron los ojos de lágrimas.

—Muchacho, juraría que yo conocí a tu padre —le dijo—. ¿Acaso no se llamaba Alonso, y era poeta?

—Así es, señor —respondió él.

—Nos unía una afable amistad. Tuve el honor de publicarle un hermoso libro de poemas que se hicieron muy famosos en su época, y se recitaban en cada esquina de la villa. Era hombre apasionado de la vida. ¿Conoces su obra?

—El día que le prendió fuego a la casa conmigo dentro, depositó en mis manos un pergamino con estos versos.

Recitó lo que sin duda se hallaba en el aposento principal de algún palacio de su memoria.

Cuando Diego volvió a verlo unos días después, Fernando le regaló el libro de su padre.

—Así podrás conocer otros versos más alegres, muchacho.

—Gracias, señor.

A partir de entonces, lo llevaba siempre en un bolsillo de la túnica como si fuera un amuleto. Los versos de su padre inclinaron su gusto hacia la poesía.

—Es esta materia la que pone palabras en boca del corazón —me dijo.

Le contesté que sí, porque el mío sucumbía mientras me recitaba los poemas con su nueva voz de hombre.

Recuerdo como si fuera hoy el día en que abandonó los túneles de la hermandad. Tenía dieciséis años. Su porte era el de un caballero como correspondía a su estirpe, vestido con greguescos y medias negras, botas altas y un coleto de cuero bajo la capa hasta el muslo. Alto, delgado, de mentón orgulloso y pómulos marcados, un halo de misterio lo envolvía en la oscuridad de sus ojos negros. Se había dejado crecer el cabello y lo llevaba peinado hacia atrás y recogido en la nuca. De esta forma, disimulaba el pelo duro y áspero que le dejó en herencia el incendio. Pero ya no era Diego de Montalvo y Ceniza, huérfano de la Santa Soledad, cuyo nombre proscrito constaba en los archivos de la Inquisición, sino —gracias al Lavasangres— Álvaro Salazar, hijo legítimo de un hermanastro de Fernando desaparecido en las selvas pantanosas del Nuevo Mundo. El único que podría relacionarle con su pasado era el arcángel san Gabriel de su pecho. Se había negado en repetidas ocasiones a que se lo borrasen, pero con el paso de los años se había deformado, y para entonces tenía las alas puntiagudas, y ovalada la corona santa.

En su vida pública, Diego —es decir, Álvaro Salazar— empezó a trabajar como aprendiz en la librería y en la imprenta de su «tío». En su vida secreta, le ayudaba con una tarea peligrosa para la que él ya se encontraba demasiado viejo: proporcionar a la biblioteca de la hermandad los libros que el Santo Oficio había recogido como prohibidos en el *Index librorum prohibitorum*. La mayoría eran tratados sobre magia, astrología, medicina, alquimia, cábala hebrea, y llegaban de contrabando desde Ámsterdam, Múnich o Venecia. Diego se encargó de traducir muchos de ellos, ya que continuaba su formación junto a fray Clavícula especializándose en el estudio de las lenguas.

Nos despedimos la noche anterior a su partida. Vino a mi dormitorio y me entregó el libro de poemas de su padre.

—Quiero que lo guardes, así podrás recordarme cuando lo leas.

Me había puesto el chal de mi madre sobre los hombros para que me protegiera de la enfermedad de no tenerle cerca.

—Guárdalo tú —le contesté poniendo el libro en sus manos—. Prefiero escuchar los versos en tus labios cuando vengas a verme.

—Será muy a menudo. Cada día que vaya a la biblioteca te buscaré. —Me acarició el rostro—. Y muy pronto tú también serás *electi* y podrás salir de este encierro. Más que el cielo azul y la luz del sol, echo de menos recorrer las calles de la villa durante la noche con mi daga al cinto. ¿Recuerdas cuando luché hace años en aquel callejón para defenderos del ladrón? Fue el único momento de mi vida en que mi mente se detuvo y sólo quedó grabado en mi memoria el pensamiento de matar o morir. No recuerdo el rostro del hombre al que finalmente di muerte, ni la ropa que llevaba puesta, ni las estocadas que me lanzó para defenderse, sólo veo su sangre manando lentamente de un agujero de su estómago, y tus ojos, tus ojos verdes aterrorizados.

»Además, fray Clavícula es partidario de la educación clásica. Dice que los griegos, al tiempo que cultivaban su mente, adiestraban el cuerpo. Dice que mi memoria necesita ejercicio físico. Y es cierto. Fernando conoce a un maestro de esgrima, uno que da clases a los actores de comedia del corral de la Pasión para que los duelos parezcan más reales, y va a enseñarme a manejar la espada. Ya tengo la edad necesaria para llevar una. Podré ceñirla al cinto sin peligro, junto a mi daga.

Tras esas palabras me dio un largo abrazo y me dejó sola en mi dormitorio, cobijada en el chal, en su papiro mágico que me consolaba del temor de la ausencia. Jamás le había visto tan ilusionado. Sus ojos y sus labios sonreían al unísono. Y yo me alegraba por ello, pero no podía evitar que en un rincón de mi alma se despertara un odio oscuro hacia todo acero afilado.

Más o menos al año de marcharse Diego de los túneles sucedió algo que cambió mi destino. Prometeo, el *magister* supremo de mentón afilado que estuvo observándome durante la ceremonia, y que gustaba de espiarme sin mucho recato, cayó enfermo. La hermana Ludovica se presentó en mi dormitorio con el hábito de la Santa Soledad oculto bajo una capa. Su rostro ancho y poderoso permanecía en la sombra de la capucha, de donde escapaba una respiración como granizo.

—Prepárate para salir a la calle —dijo—, así que nada de túnica. La muerte está rondando a uno de los *magister* y hemos de librarle de sus garras sea como sea. No permitiré que se lo lleve. A él no, es demasiado valioso. Debemos utilizar todos los remedios que estén a nuestro alcance.

En ese último año de mi formación como *audiens* había comenzado a recibir lecciones de la hermana Ludovica aparte de las de Tomás. La monja tenía un laboratorio húmedo y cavernoso en el vientre de un túnel, con un atanor —un horno de alquimistas—, alambiques, balanzas, retortas y demás utensilios relacionados con su ciencia. Era mayor que el que se hallaba bajo el hospicio, así que disponíamos de una estantería para apilar las resurrecciones. La hermana estaba convencida de que el verdadero poder curativo de las plantas se hallaba en su espíritu, en sus espectros bellos y ondulantes, que incorporábamos a las pócimas y bálsamos como artesanas celestiales. Además de todo lo referente a las propiedades ocultas de las plantas, la hermana me instruía en el conocimiento del cuerpo humano y de los síntomas de las enfermedades que podían atacarlo y en una nueva ciencia llamada alquimia.

—En ella está la llave de la purificación de la especie humana, de la cura de la enfermedad eterna.

—¿Y cuál es ésa, hermana?

—La muerte.

A veces el *magister* supremo del que te hablo, al que decían Prometeo, se presentaba en el laboratorio, sobre todo cuando la hermana me mandaba hacer experimentos en esa misteriosa ciencia cuyo fin aún no llegaba a comprender. Permanecía en un lugar apartado sin decir palabra, y yo sentía los clavos de sus ojos atravesando mi carne.

—¿Por qué me miráis de esa forma? —le pregunté un día, harta de sentirme observada.

459

—Para ver si sois digna de vuestro aprendizaje.

—¿Qué queréis de mí?

—Cuando llegue el momento lo sabréis.

Fuimos al palacete donde vivía el *magister* en un carruaje negro que nos estaba esperando en la puerta del caserón de la calle Segovia. Sentado junto al cochero, distinguí la portentosa figura de Goliat. Llevaba el espinazo doblado para disimular su estatura y un sombrero de ala ancha que no permitía ver su pelo pajizo y sus ojos soñadores. Pero el sable de moro le colgaba del cinto, amenazador, e imaginé que palo y saco no andarían lejos. La hermana Ludovica echó las cortinillas y me fue imposible ver hacia dónde nos dirigíamos. Sólo cuando el carruaje se detuvo y Goliat abrió la portezuela para ayudarnos a descender de él, descubrí que nos hallábamos en el patio interior de un palacete que me trajo a la memoria los veintiocho palacios habitados por la luna, tal era el fulgor de su piedra bajo el peso del astro.

Goliat nos condujo hasta el dormitorio, pero me di cuenta de que la hermana Ludovica también conocía el camino. No encontramos ni un solo criado o doncella. La casa yacía muda como la madrugada.

Un dosel austero coronaba el lecho donde el *magister* se retorcía a causa de la fiebre. La sabiduría de su mirada se había tornado demencia. Sudaba lodo y deliraba. Mordía las palabras, las descuartizaba hasta despojarlas de significado entre sus labios rígidos, y esputaba sangre en accesos de tos. Los pómulos se le adentraban en la carne, y su mentón era la punta de una espada. Un temblor me sacudió las rodillas, pues estaba escrita la soledad de la muerte en su rostro y en el olor a cuervos que exhalaba el aposento.

Le atendía una mujer de cabellos blancos. Humedecía su frente con un paño, le daba de beber, le incorporaba en el lecho para aliviarle la tos. Se comportaba de forma melancólica y paciente a pesar de que él rechazaba sus cuidados propinándole manotazos mientras le increpaba:

—¡... la perdí... maldita... tu silencio! Pero... ya...

Soltó una carcajada que me estremeció los huesos, y un hilo encarnado le quedó colgando de un labio. Ella fue a limpiárselo, pero la hermana Ludovica le puso una mano en el hombro para impedirlo.

—Ya nos ocupamos nosotras. Puedes retirarte, Berta.

La mujer inclinó la cabeza con gran sumisión y al levantarla me dirigió una mirada de un azul pálido y fantasmal. Cayó de rodillas y comenzó a llorar.

—¿Os encontráis bien? —le pregunté sin comprender qué había visto en mí para que le impresionara de tal forma.

—No puede hablar, un accidente acabó con su lengua hace algunos años —me explicó la hermana Ludovica.

—Lo lamento de veras.

Asintió mientras abría la boca para mostrarme algo, pero la hermana la detuvo.

—Berta, es suficiente. Márchate.

La ayudé a levantarse tomándola de un brazo. Había quedado al descubierto la tau franciscana que solía llevar colgada al cuello. Ella la tomó entre sus manos un instante, y la miró con desprecio. Luego me acarició el rostro como si lo conociera, deleitándose en cada una de mis facciones.

La hermana Ludovica le hizo una seña a Goliat y éste la sacó bruscamente del aposento.

—El *magister* necesita tu don para salvarse —me dijo—. No

perdamos más tiempo. Y recuerda que toda tu voluntad debe concentrarse en su curación.

Sin embargo, ¿deseaba yo curarlo? Todavía recordaba el bienestar que sentía cuando sanaba a otros siendo la Niña Santa. Nada sabía sobre ellos, y no me importaba. Escasos eran también mis conocimientos acerca del *magister*. Aun así, su presencia me atemorizaba como el primer día, sobre todo sus ojos escrutadores que la enfermedad había enturbiado. Un oscuro desconsuelo habitaba en ellos, un desconsuelo que inesperadamente se convirtió en fiereza cuando se toparon con la tau franciscana de mi cuello. Me la arrebató de un zarpazo y comenzó a maldecirla atragantándose con su propia lengua.

—No temas —me tranquilizó la hermana Ludovica al ver que retrocedía hacia la puerta—. El delirio nubla su juicio.

La hermana le enjugó la frente y le habló con mansedumbre en la lengua hebrea hasta que consiguió que le entregara la tau. Me la devolvió y la guardé en un bolsillo del vestido. En ese instante, Goliat entró de nuevo en el aposento.

—Canta para tu señor —le ordenó ella.

El canto del gigante postró al enfermo en una paz alucinada que parecía proceder del mismo cielo. Cesó la tos y el tormento, mas me di cuenta de que se precipitaba con dicha en brazos de la muerte. Un instinto nacido en las entrañas, en la sangre de mis venas, me impulsó a salvarlo. Le froté la piel con los bálsamos medicinales que había preparado la hermana Ludovica, le apliqué emplastos de narcisos y diente de león. Nada toqué que no fuera él mientras le rondó la amenaza de la sepultura. Dormité en su regazo, cobijando en mis manos sus débiles latidos, la fiebre que quemaba su cabeza, acunada por la melodía del gigante.

Poco a poco, conforme el alba prendía con una llama roja el nuevo día, el cuerpo del enfermo se volvió tibio, y la tos y los esputos se marcharon junto con el perfume de cuervos.

La dama de la guadaña se había rendido.

Una semana después, el *magister* vino a verme al laboratorio de la hermana Ludovica ya completamente recuperado. Era de nuevo el hombre que había sido, de porte apuesto y rasgos altivos. Le pidió a la hermana que nos dejara a solas, y me entregó un broche de perlas sobre las que destacaba una amatista.

—Perteneció a alguien muy preciado para mí, mi hija. Por desgracia la perdí cuando era tan joven como vos.

—Lo lamento mucho. No lo sabía.

—Juan es mi verdadero nombre. Juan Medeiros.

—Supongo que vos ya sabéis el mío.

—Me has salvado la vida, Bárbara, y estoy en deuda contigo.

—No tenéis que darme algo tan preciado como esto —le dije devolviéndole el broche—. Con vuestra amabilidad a partir de ahora, me basta.

Me sonrió, y por primera vez sentí que no despreciaba mis ojos verdes.

—Muy pronto seréis *electi* y podréis lucirlo en vuestra nueva vida. Significa mucho para mí que os lo quedéis, creedme.

—Gracias, es precioso.

—Además deseaba deciros que a partir de ahora yo seré vuestro maestro. Tomás no debe retrasar más sus estudios en Florencia y partirá cuanto antes. Por supuesto la hermana Ludovica continuará con sus enseñanzas, así repartiremos mejor nuestro tiempo. Ella también tiene que ocuparse de la enfermería del hospicio, como bien sabéis, y yo de mis asuntos en la corte. —Me observó con atención—. Por la expresión de vuestro rostro, veo que no os alegra la noticia.

Un trozo de hielo se encajó en mi garganta. No recuerdo qué excusa inventé, pero lo dejé plantado en el laboratorio y me dirigí al comedor con la esperanza de que Tomás también asistiera a la cena aquella noche. No se presentó. Apenas probé la sopa y el estofado de alubias, me escabullí en cuanto pude con la excusa de que me dolía la cabeza. Fray Clavícula, que había salido excepcionalmente de la biblioteca, me miró sin verme y dijo:

—El adolescente es ciego como tapia de convento.

Esperé un rato en mi dormitorio por si Tomás venía a buscarme para observar juntos las estrellas. Como no se presentaba, me encaminé a la torre. Esperaba encontrarle realizando sus mediciones estelares con el sextante o verificando que la tierra en verdad giraba alrededor de sol, según decía un tal Copérnico nacido y ya muerto en los países fríos.

No fui capaz de intuir lo que iba a encontrarme.

La luna se desenrollaba sobre el último tramo de escalones como la lengua de una serpiente. Ascendí silenciosa, imaginando sus rizos de ángel volcados sobre los cálculos matemáticos, o sumidos en la contemplación del cielo. Una brisa lánguida me abrió los ojos. Frente a la ventana vi la espalda desnuda de Diana, encajada en la ojiva en una geometría perfecta; la larga melena se confundía con la blancura de su piel, las nalgas redondas y las piernas demasiado enclenques. Tomás le puso la mata de cabello sobre el hombro izquierdo y le besó el derecho, precipitándose después hacia el páramo donde se erguían los pechos. La túnica blanca yacía en un charco cercano, y su cuerpo se confundía con el de ella, y con el albor inmaculado que exhalaba la estancia. Sin ropa, era magnífico, o así le pareció a mi piel, donde se abrían surcos a cada beso que sentía como mío.

Retrocedí hacia los primeros escalones, pues me envolvió el vapor violeta de los ojos clarividentes de Diana, regocijándose, y eché a correr. Descendí de la torre y me hundí en los pasadizos, que se convirtieron de nuevo en un laberinto de antorchas, de brazos llameantes y ratas gélidas. Pasé de uno a otro, atravesé encrucijadas cuyo camino sólo decidían mis sollozos. El frío de la tierra húmeda me traía el recuerdo de Tomás desnudo besando a Diana. Fui incapaz de orientarme hasta mi dormitorio. Pasé la noche agazapada en la penumbra, con las manos rodeando mis rodillas, enferma de una soledad desconocida.

Cuando desperté, mi túnica estaba mojada y me castañeteaban los dientes. Anhelaba llegar a mi dormitorio y envolverme en el chal de mi madre. Mi mente se hallaba más despejada, y aunque tardé un buen rato, conseguí elegir el camino adecuado y por fin me vi tumbada en mi cama, y protegida entre la seda.

Me estaba quedando dormida cuando oí unos golpecitos en la puerta. Reconocí la figura de Tomás a la luz de la lámpara de aceite que había en la mesa. Iba envuelto en su túnica y llevaba un legajo de papeles bajo el brazo. Estaba preocupado porque yo no había asistido al desayuno ni a tomar mis lecciones.

—Haré venir a la hermana. Estás muy pálida.

—He dormido mal, eso es todo —le dije mientras me incorporaba—. Tuve un sueño. Te vi desnudo en la torre amando a Diana.

Entonces fue él quien palideció, y se sentó junto a mí en el lecho. Del legajo de papeles, donde se adivinaban cálculos estelares, cogió uno y me lo entregó. Era un dibujo exacto a los que me dejaba de regalo en el hospicio, y al que me mostró en la torre el primer día que llegué a los túneles.

—Aquí está dibujado nuestro destino.

—¿Y cuál es?

—Estar juntos. Ahora he de marcharme a Florencia. El *magister* Prometeo será vuestro maestro.

—Lo sé.

—Pero cuando regrese...

Puse un dedo sobre sus labios para que callara.

—Cuando regreséis no sabemos lo que pasará.

—Yo sí lo sé. Cómo podría demostrároslo para que me creyerais.

—Esperadme esta noche en el mismo lugar que estabais con Diana, desnudo.

Se sorprendió, pero cuando subí horas después a la torre arrastrando una desazón que convertía mis piernas en sacos de arena, lo encontré tal como vino al mundo, encajado en el firmamento que dibujaba la ventana. Parecía esculpido en leche. Su piel resplandecía al son de las estrellas, desvelando el manto que le protegió en la goleta siendo niño. Su cabello era el sol que no le había quemado; sus ojos, las olas del mar que nunca he conocido.

—Ven —me dijo con la voz quebrada—. Tócame. Lo he deseado tanto...

Pero en vez de tocarle le conté tu historia, Berenjena, la del guardián de la luna que se enamoró de una huérfana y perdió el favor de Dios por desatender su cometido. Quizá entonces desaparecieron sus alas, y cayó desde el cielo a la goleta en que le hallaron.

Se acercó a mí y me besó. Tus palabras, Berenjena, brotaron en mi vientre: «...su piel es fría, porque las noches entre las nubes del cielo son gélidas y solitarias. Así que habrás de arroparlo con una manta...». Le acaricié los hombros y eran de hielo. Cogí la túnica que yacía entre los cachivaches de la mesa y se la eché sobre ellos. Volvió a besarme con los labios húmedos, como deben de estar las velas de las goletas a merced del viento.

—Te recordaré así hasta que vuelvas —le dije mientras apretaba en mi mano la piedra blanca que guardaba en un bolsillo de la túnica.

Caminé de espaldas hacia los escalones. Entonces me di la vuelta y su imagen se precipitó en el vacío que se abría ante mí.

Tres días después de la marcha de Tomás, desperté de madrugada con la certeza de que había alguien en mi habitación. Inclinada sobre el lecho estaba Diana mirándome con la púrpura de la venganza.

—No te equivoques de hombre o sufrirás las consecuencias —me dijo—. Él es mío. Pero como sé leer las almas puedo hacerme con cualquiera que se me antoje, así que cada una a lo suyo.

Se fue como un fantasma, caminando sobre la bruma de mi sueño.

27

Un rayo de sol atravesó la rendija del muro de la celda. Por aquella abertura penetraba también el bullicio de las mañanas de trabajo en las calles toledanas: las voces de los tenderos alabando las virtudes de sus mercancías —manzanas sabrosas, pavos recién degollados—, el ajetreo de los hombres y mujeres que, a pie o en carro, se dirigían a sus quehaceres diarios, los ladridos de los perros vagabundos que rondaban la ciudad en busca de algo a lo que hincarle el diente, el cacareo de las gallinas que escapaban de los corrales. Por añadidura, aquella mañana del 8 de noviembre, llegó a oídos de las prisioneras un sonido muy distinto: los tacones de las botas perfectamente acompasados de lo que parecía un batallón de alguaciles, los rugidos de su capitán para darles órdenes y las lenguas metálicas de las espadas y pistolas que llevaban al cinto y a veces entrechocaban.

—Algo sucede —dijo Bárbara—. Es la primera vez que oigo en esta parte del muro tanto revuelo de soldados.

—¿Traerán algún prisionero importante a la cárcel? —se preguntó Berenjena—. O quizá hayan capturado a Goliat.

—No lo creo. A pesar de su tamaño, es capaz de ocultar su presencia como una lagartija escurridiza, puedo asegurártelo.

La bisagra de la puerta chirrió cuando ésta se abrió lentamente. Un halo de luz procedente de una antorcha inundó la celda, y las prisioneras retrocedieron hasta el muro opuesto a la puerta. Las tranquilizó distinguir la figura rechoncha del alcaide, que les traía el desayuno.

—Aquí tienen este rico manjar para que se alimenten —dijo el hombre con un aliento que apestaba.

Les echó un pedazo de pan negro en las escudillas que reposaban en el suelo, y junto a ellas depositó una jarra de barro con agua.

—¡Tú! —espetó a Berenjena—. Coge el orinal con vuestras inmundicias y ven aquí. En cuanto a ti —señaló a Bárbara con un dedo—, no quiero que te muevas de esa pared.

Berenjena agarró el orinal.

—Sal al pasillo y vacíalo en el cubo que verás allí —le ordenó.

Él la siguió y, mientras Berenjena vertía orines y excrementos, aprovechó para susurrarle al oído:

—¿Habéis averiguado algo?

—Aún no.

—Pues ya podéis esmeraros. El señor inquisidor os da solo un día más para que consigáis que hable o la descoyunta en el potro hasta que confiese. Algo ha pasado y ahora este caso le corre prisa.

—¿Y esos soldados?

—Se está reforzando la seguridad de la cárcel. Han redoblado la guardia, pero no nos han dicho por qué. Temerán alguna amenaza. Y ahora adentro, a cumplir con vuestro cometido de mosca.

Berenjena regresó junto a Bárbara con el orinal vacío.

—La limpieza del hospicio era como la de un palacio al lado de esta pocilga —dijo con una expresión de asco.

Dejó el orinal en una esquina, cogió las escudillas de comida y se sentó junto a Bárbara en el catre.

—¿Ni siquiera os liberan las manos para comer?

—No te apures, he aprendido a hacerlo como los perros.

—Ellos son los animales, las bestias más bien.

Tomó en sus manos la escudilla de Bárbara, y fue arrancando trozos de pan y metiéndoselos poco a poco en la boca. Unas lágrimas asomaron a sus ojos.

—¿Lloras? —le preguntó Bárbara—. Ahora que estás a mi lado para compartir mi soledad, mi situación ya no me parece tan triste.

—Recordaba cuando estabas en el catre del hospicio, endemoniada, y yo te daba cucharaditas de caldo con judías para que no te me murieras.

—Y me leías vidas de santos. Era tu voz lo único que me mantenía unida al mundo, lo único por lo que me resistía a abandonarlo del todo.

Berenjena sonrió, pero en su corazón se abrían las aguas de una tempestad. No estaba dispuesta a separarse de Bárbara y delatarla ante el inquisidor hasta saber el final de su historia. Su instinto le decía que no habría otra oportunidad de llegar a conocerla.

Una vez apuraron el escuálido desayuno y se recostaron en el catre, le rogó a Bárbara que prosiguiera su relato donde lo había dejado.

Como *magister* supremo, Juan Medeiros, mi nuevo maestro, atesoraba gran cantidad de conocimientos, pero era en el misterio de la cábala hebrea en lo que se le consideraba un sabio. Poseía el don para practicar la llamada «magia lingüística». En el lenguaje hebreo, Dios poseía muchos nombres ocultos, y utilizando éstos junto con los de los ángeles, se podía cambiar la naturaleza; incluso la del mismo hombre, como él me aseguró una vez. Por ello, Juan era muy respetado entre los miembros de la hermandad, pero también temido.

Una tarde me olvidé en el laboratorio de la hermana Ludovica un libro que ella me había prestado sobre un médico llamado Paracelso, así que decidí ir a buscarlo. La puerta estaba entreabierta, oí voces y reconocí la de la hermana y la de Juan Medeiros. Discutían.

—Es lo mejor para Bárbara —decía ella—. Yo la adoptaré como pupila cuando sea *electi*, y se hará novicia. Por supuesto, dejaré la enfermería de la Santa Soledad y nos instalaremos en un hospital de la orden donde podrá trabajar como mi aprendiza. Es la manera más segura de que pueda seguir sus estudios sin llamar demasiado la atención, y pueda estar lista para cuando llegue el momento de enfrentarse a la profecía. Una mujer con sabiduría no tiene muchas posibilidades hoy en día si no posee un hábito como refugio.

—No la dejaré de nuevo en vuestras manos —repuso él con brusquedad—. Jamás debisteis permitir que esa nodriza del hospicio, la tal Blasa, se la llevara de aquí para allá por la villa como a una vulgar curandera. La pusisteis en peligro sabiendo que el don que posee es un tesoro. ¿Y si la hubieran apresado los alguaciles del Santo Oficio? Debisteis protegerla mejor.

—Sabéis que tomé esa decisión porque si la salvábamos de la amenaza de ir presa a la cárcel del Santo Oficio, nos asegurábamos de que permanecería en los túneles por propia voluntad. Le proporcionamos un lugar donde ocultarse justo cuando lo necesitaba. Una motivación más para quedarse, aparte de la de su madre. Vos no la conocíais. Era una criatura de espíritu rebelde y no hubiera aceptado el encierro tan fácilmente, ni su compañero tampoco. La tentación de la sabiduría no era suficiente a sus pocos años. Necesitaban tiempo para comprender el significado de nuestra hermandad y desear pertenecer a ella. Y no olvidéis que comprometer su identidad ha sido un motivo más para que ahora acepten una nueva.

—Podríamos haber encontrado otra forma de hacerlo sin que ella corriera tanto riesgo —insistió Juan Medeiros.

—¿Tengo que recordaros que fuisteis vos quien decidió que Bárbara se quedara a mi cargo en el hospicio, cuando no era más que una niña de pecho? Entonces tuvisteis la oportunidad de librarla de una infancia de huérfana. Aunque era vuestra nieta, preferisteis que me ocupara yo de ella.

—El dolor y la rabia me atormentaban en aquel tiempo. Había sufrido una gran pérdida, la de mi única hija, y de una manera espantosa. Si entonces cometí un error, ahora puedo subsanarlo. Al encontrarme con ella me he dado cuenta. Bárbara pertenece a su familia. ¿Acaso no veis que tiene el mismo rostro que su madre salvo por los ojos traidores? Ha de ser mi pupila. Conocerá sus orígenes para comprender su don, y el destino para el que vino al mundo. Porque ahora sí creo que en ella ha de cumplirse la profecía que tanto anhela nuestra hermandad desde hace siglos, aunque en un principio me resistiera a verlo. Dios castiga nuestra soberbia, Ludovica: a la nieta que repudié sin compasión, Él concedió la más valiosa de las gracias.

No fui capaz de escuchar más. Tampoco lo deseaba; había tenido suficiente. Una rata con el vientre abultado tras zamparse algún pergamino de la biblioteca se acercó a mí. Le di tal patada mientras soltaba un improperio que el animal se plantó en medio del laboratorio. Aquello delató mi presencia detrás de la puerta, así que escapé. Corrí por los pasadizos ciega de lágrimas hasta llegar al comedor, en los sótanos del caserón de la calle Segovia. Después de averiguar el engaño de Juan y la hermana Ludovica, la imagen de Diego se alzaba ante mí como la única verdad que alumbraba mi vida, y decidí ir en su busca. Las paredes de ladrillo y roca se estrechaban a mi paso, atrapándome en aquel lugar con el aire corrompido por las antorchas, como si en él flotara la vil peste. Y cada movimiento que me acercaba a la libertad de la villa, arrancaba de mi carne la inocencia burlada. Jamás tomaría los hábitos, como deseaba la hermana Ludovica; no le permitiría que volviera a jugar con mi destino. Más me dolían sus mentiras, por cuanto la quería y en ella había confiado, que las de Juan, que hasta hacía muy poco no despertaba en mí ningún afecto. Porque de hecho él no me había mentido, ¿o acaso hay mentira también en el ocultamiento? La hay, la hay, me dije entonces mientras en las manos me sudaban espinas. Juan Medeiros era mi abuelo. «...tuvisteis la oportunidad de librarla de una infancia de huérfana. —Ésas fueron las palabras de la hermana—. Aunque... preferisteis que me ocupara yo de ella.» Me sentí de nuevo abandonada, más huérfana que nunca. La imagen del broche de amatista se clavaba en mí cual alfiler de sangre, y los recuerdos grabados en mi cabeza y en mi alma abrían la herida: el zarpazo arrancándome la tau franciscana que, estaba segura, perteneció a mi padre; aquella mujer, Berta, tanteando mi rostro como si fuera un fantasma que regresa del mundo de los muertos. «Acaso no veis que tiene el mismo rostro que su madre salvo por los ojos traidores», había dicho él. Ojos traidores que a un tiempo eran traicionados.

Jamás me resultaron tan hermosas las calles de la villa como esa tarde de abril. Era la primera vez que caminaba sola por ellas. Antes lo había hecho en tu compañía, Berenjena, o en la de la Blasa o la hermana Ludovica. Me dirigí a la librería de Fernando Salazar. Pregunté a varias mujeres cómo llegar hasta la calle Mayor, y percibí extrañeza en su mirada. Entonces me di cuenta de que mi túnica azul podía levantar alguna sospecha. Me deshice de ella en un patio mugriento y solitario, y tomé prestadas una falda y una blusa que encontré tendidas.

No hallé a Diego en la librería. Un empleado que se ocupaba de ella en su ausencia me dijo que le buscara en el corral de la Pasión, pues a esa hora se representaba la comedia. Él me había hablado de su afición reciente por el teatro tras frecuentar a los actores con los que compartía profesor de esgrima. Con asistir a una sola representación podía recordar la mayoría de los versos de la obra. Me había recitado más de una en la soledad de los paseos que a veces dábamos por los anillos de la biblioteca, gozando juntos de los lances y enredos amorosos, de las riñas por el honor magullado, y las muertes a duelo de florete o trampa de daga. Así que gracias a su memoria y a la amistad que había surgido a base de estocadas, se divertía apuntando a los actores el texto que se les olvidaba en escena.

Yo nunca había ido al corral, de modo que, cuando llegué, las penas de lo ocurrido se mezclaban con la emoción de entrar en uno por primera vez. No volví a ver nunca tal revoltijo de gentes —desde rufianes hasta nobles—, ni tal pasión por el divertimento. Tras recibir algún que otro empujón de los que estaban de pie en el patio, conseguí llegar detrás del escenario, y le pregunté a una mujer por Álvaro Salazar.

—¿Quién le busca?

—Una amiga —fue toda mi respuesta.

Me guiñó un ojo y me indicó unos peldaños que conducían bajo las tablas del escenario. Caminé un trecho agachada hasta que vi una escalerita que llevaba a una caja de madera donde se escondía el apuntador. Dentro estaba Diego, en calzas y camisa porque el habitáculo era estrecho y hacía un calor de perros. Me sentí tan feliz al verle y a la vez tan triste y vulnerable por todo lo que me había ocurrido, que le abracé con fuerza.

—¿Qué te ocurre? ¿Has venido a verme con Goliat y la hermana Ludovica? —me susurró al oído.

—Me he escapado para estar contigo.

Sonrió.

La caja tenía una abertura en la parte de arriba que comunicaba con el suelo del escenario, donde sobresalía una tabla para que los espectadores no pudieran ver la cabeza del apuntador. Frente a un jardín de tela, una mujer joven se declaraba a un caballero recitando apasionados versos. Me quedé embobada escuchándola y solté a Diego, pero apenas pude separarme de él porque no había espacio. Le sentía respirar. Su pecho subía y bajaba, cerca del mío. El caballero quiso dar la réplica a la mujer que amaba, palideció, y miró desesperado hacia la caja.

—A éste siempre se le olvida su texto —musitó Diego.

Luego recitó en voz baja los versos de amor. Su aliento templado me rozaba las mejillas, y me inflamó el pecho un desasosiego que se sumó al suyo. Comenzamos a sudar, y la poesía se convirtió en un río que parecía empaparlo todo. Diego calló de pronto, me rodeó la cintura y la caja se estrechó aún más. Nos besamos. Me hundí en sus labios que eran de fuego, en su boca que se abría para buscar la mía, en su lengua que parecía acariciarme el vientre con el goce de tenerlo más cerca que nunca. Le enredé los dedos en los cabellos, le deshice el lazo que se los anudaba, mientras sentía que mis manos se transformaban en él, en las lágrimas que le caían por el rostro.

El corral se vino abajo entre pitidos y blasfemias, pues el enamorado yacía en el escenario, mudo y lívido, mientras veía cómo yo gozaba de sus versos.

Pero la puerta de la caja del apuntador se abrió de golpe porque los besos nos habían llevado a hundirnos en el suelo pantanoso, buscándonos todo hueco donde nos asomara la carne: cuello, pecho, y otros que no menciono para no avergonzarte. Dimos con los huesos en la paja que alfombraba los entresijos del escenario, y nos revolcamos dichosos, mordiéndonos y chupándonos aquí y allá como cuando retozábamos de huérfanos en la Santa Soledad y tú nos decías que parecíamos cachorros de gato. Un hombre de aspecto tosco nos interrumpió los juegos amorosos con un chillido de cólera, exigiéndole a Diego que dejara las lujurias para otro momento —«Pardiez, uno no puede fiarse de la entrepierna de los jóvenes»—, y se metiera en la caja para soplarle los versos al desgraciado del galán. Pero Diego me agarró de la mano y huimos por las escaleras que daban a los vestuarios, detrás de los telones y tramoyas. Allí nos dimos de narices con Goliat.

Echamos a correr hasta donde estaban las gradas con los privilegiados que ocupaban asientos, y él detrás, desbaratando cuanto se ponía a su paso con su corpulencia de oso. Los ánimos, que ya estaban bastante exaltados entre el público por el parón de la comedia, se calentaron más ante el desorden y el pánico que sembraba el gigante, y el «Fuisteis vos quien me pisó» o «Vos me derramasteis en el jubón la damajuana con el vino de Navalcarnero». Pronto empezaron los puñetazos, las estocadas, los «hideputas». Entretanto, Diego y yo seguíamos besándonos en cada escondrijo que improvisábamos, en la cazuela de las mujeres, o en las escaleras que subían a los aposentos de damas y nobles, como si pudiéramos reconstruir el caos que nos rodeaba sólo con la pasión de los labios. Pero las zancadas de Goliat nos seguían de cerca, implacables. El ensueño había volado de sus ojos dejándole una mirada de lodo. Temí por un momento que no hubiera nacido de un vientre de mujer, sino de las palabras mágicas de Juan Medeiros, pues él me había contado que pronunciando las adecuadas se podía otorgar vida a lo inanimado, como Nuestro Señor cuando sopló sobre un trozo de arcilla y creó a Adán. ¿Se escondía tras la piel de Goliat un hombre de barro? ¿Un golem, como lo llamaban los judíos, que siempre obedecía las órdenes de su creador y amo, y que sólo podía ser aniquilado por el hechizo de las letras?

Nos alcanzó en el aposento de una dama, que salió despavorida conforme lo vio entrar empuñando el palo y el sable hereje. Poco o nada nos dio tiempo a hacer o decir. Primero sacudió a Diego en la cabeza, dejándolo tendido en el suelo, y luego a mí, con menos fuerza, porque antes de perder el conocimiento me di cuenta de que me metía en el saco de arpillera como si yo fuera un conejo del monte.

Cuando desperté, supe que ya no me hallaba en el corral de la Pasión. Había desaparecido el olor a hombre, a meadas, sudores, risas, afeites de nobleza y sangre de pelea. Estaba en el lecho lujosamente endoselado de una alcoba, donde un brasero desprendía el perfume dulce del aloe y el ámbar. Desde una cómoda, un par de candelabros de plata iluminaban mi descanso. Me incorporé. Alguien me había cambiado las sencillas ropas que había cogido en el patio por un camisón de algodón fino, adornado con una hermosa profusión de encajes en la pechera y al final de las mangas.

—Era de mi hija Julia.

Creía estar sola, pero miré de frente y en un rincón oscuro y cercano a la puerta descubrí a Juan Medeiros sentado en una butaca. Un escalofrío me recorrió las manos.

—Sois de constitución exacta —dijo mientras se acercaba al lecho.

—¿Estoy prisionera?

Le miré fijamente con los ojos verdes de mi padre.

—Estáis en vuestra casa.

—Espero que no traigáis a todos vuestros invitados dentro de un saco y con un chichón en la cabeza. No tendríais éxito como anfitrión.

Sonrió y su barbilla se afiló más todavía.

—Intentaba protegerte. No es seguro que andes sola por la villa hasta que tengas una nueva identidad. Pero Goliat no debió lastimarte. Ahora estás a salvo en casa.

—Yo no he tenido más casa que la Santa Soledad —le espeté.

Se sentó junto a mí en el lecho. Tenía el rostro sombrío.

—Sé que escuchaste la conversación que mantuve con la hermana Ludovica en su laboratorio. Y siento mucho que llegaras a oír ciertas cosas.

—¿Cosas como que quisisteis ocuparos de mí cuando mi madre murió de peste? ¿O también eso es mentira?

—Daría mi vida por que así fuera. Tu madre te trajo al mundo en un hospital de beneficencia, y ese mismo día murió de peste. Esa «T» que llevas al cuello pertenece a tu padre, un fraile que sedujo su inocencia y juventud, la dejó encinta y cuando estaba a punto de parir a su hija, la denunció al Santo Oficio porque pensaba que era un demonio, un súcubo que le había tentado. Mi hija, bendecida con un don divino, ¿un súcubo? —Le centelleó la mirada de ira—. Tu cuello luce el símbolo de un traidor.

—¿Está vivo?

—A las alimañas así es difícil matarlas. Y créeme que lo intenté varias veces en la villa, pero logró escapar hasta del saco de Goliat. Luego me enteré de que se había marchado al Nuevo Mundo, y mandé un par de hombres a seguirle el rastro. Pensé que sería muy difícil dar con él, y sin embargo, lo encontraron en menos de un mes.

—Y lo matasteis.

—Lo hubiera hecho si no se lo hubieran llevado ya las bubas y la fiebre que lo postraron en un conventucho miserable. Se murió solo y como lo que era: un desgraciado.

Tomó mi mano entre las suyas. Quise llorar, no sé si por la noticia de la muerte de mi padre, a pesar de que era un traidor, o porque el tacto de mi abuelo me reblandecía, inexplicablemente, aplacando mi ira.

—Bárbara, confieso que no quise verte durante muchos años. Te culpaba por la muerte de tu madre. Te hice pagar por los pecados de tu padre, e incluso por los de mi propia hija, aunque me cueste reconocerlo.

—Entonces ¿podéis ahora mirarme a los ojos sin resentimiento? ¿A los ojos que tanto os recuerdan a los de él?

—Puedo —respondió hundiéndose en ellos—. Me salvasteis la vida cuando os había demostrado todo menos afecto desde que llegasteis a los pasadizos. Ludovica me dijo que vuestra voluntad se entregó por entero a sanarme. Pasasteis horas en vela junto a mí, y cuando os pudo el cansancio dormisteis con las manos sobre mi corazón. Y yo las sentí así de cerca. Fue preciso que me hallara a las puertas de la muerte para darme cuenta de mi error, para que Dios castigara mi odio y mi soberbia. Pero me permitió vivir para repararlo, para guiaros de la mano hasta vuestro glorioso destino. Ya estáis preparada para ser *electi*. Os acogeré como pupila, y el Lavasangres no hará más que daros lo que os pertenece. He pensado que podríais llevar el nombre de vuestra abuela, que se llamaba Catalina.

Guardó silencio antes de preguntarme con solemnidad:

—¿Queréis ser Catalina Medeiros y vivir conmigo?

—He de pensarlo.

Una ráfaga de cólera asomó a su rostro y apretó los labios.

—No estáis acostumbrado a que os contraríe nadie, ¿no es cierto? —le dije liberando mis manos de las suyas.

480

—Cierto.

—En el hospicio, si no obedecías, la hermana Urraca te azotaba con una vara. Pero Diego era el que recibía los azotes que me correspondían. No estéis pesaroso por haberme dejado pasar mi infancia en la Santa Soledad; si me hubieras sacado de allí, no habría crecido con él. Y espero que se encuentre bien después del palo de Goliat, porque si le hicierais daño, eso sí que no podría perdonároslo.

—Tenéis carácter.

—Como buena nieta vuestra.

Por primera vez desapareció de su rostro toda sombra.

—Ordenaré que preparen lo necesario para que podamos partir a Lisboa cuanto antes.

—¿Lisboa?

—Vuestra sangre es portuguesa. Voy a enseñaros la casa donde nació vuestra madre, donde pasó su infancia. Y allí os contaré la historia de la familia. Y os convertiré en la mejor cabalista que haya habido en la hermandad. De lo que toquen vuestras manos saldrá vida, si aprendéis las palabras que voy a enseñaros.

—¿Y me hablaréis de la profecía que mencionó una vez la hermana Ludovica?

—Os hablaré de lo que gustéis.

—¿Cuánto tiempo estaremos fuera?

—Un par de meses. He de solucionar asuntos de negocios allí. Y varios encargos de la corona. Habéis de saber que soy uno de los banqueros de su majestad.

De huérfana mugrienta a nieta de banquero, me dije, así de un solo plumazo. Era hombre altanero, pero la ilusión que mostraba por aquel viaje me pareció sincera. Y yo conocería por fin mi origen, conocería la tierra y la casa que vieron nacer a mi madre, la historia de mi familia, mis raíces. Qué tentación para un huérfano.

De esa forma castigaría también a la hermana Ludovica por haberme mentido, por intrigar con mi inocencia y la de Diego para que permaneciéramos en la hermandad. Mucho habíamos obtenido de ella en esos años, es cierto: habíamos templado el hambre, y recibido una educación que nos desvelaba el poder y la magia que Dios ocultó para unos pocos. Pero ¿a qué precio? «... Una vez que traspaséis este umbral no habrá vuelta atrás», ésas fueron las palabras de la hermana cuando adivinamos el acertijo de la esfinge. Se pertenecía a ella hasta la muerte, y se moría por ella si era preciso. Entonces no lo veía con tanta claridad como hoy en esta celda.

Regresé a los túneles para recoger mis pertenencias, y la hermana Ludovica se presentó en mi dormitorio.

—Voy a perder a mi mejor pupila —me dijo.

—Si no hubierais urdido un plan para traernos aquí con engaño, tal vez ahora desearía quedarme junto a vos.

—Tuve que hacerlo; erais unos críos. Y ahora he de acatar la decisión de Juan, él es más poderoso que yo como *magister* supremo.

—También es mi voluntad. Y en esta ocasión voy a decidir yo. Al fin y al cabo, es mi abuelo.

—Cierto. Pero más adelante comprenderás que tu corazón tormentoso habría encontrado la paz que necesita en los hábitos. Te conozco bien.

—No deseo ser monja, aunque me gustaría seguir aprendiendo vuestra ciencia cuando regrese de Portugal, si os parece bien. Deseo sanar a los demás.

—Tu destino va mucho más allá de curar a la gente de una simple enfermedad. Tu destino, tu don, te permitirá librarlos de la muerte a la que nacieron condenados. Pero nada ha de interponerse en tu voluntad, aunque es cautiva de una fuerza capaz de crear y destruir: tu corazón. Yo te hubiera enseñado a desligarlo de ella.

—No comprendo qué tiene que ver el corazón en esto.

—Lo sabes bien, Bárbara. Juan no puede comprenderlo porque no te ha visto crecer junto a Diego, no ha sido testigo de la podredumbre que puedes causar a tu alrededor cuando te sientes lejos de él. ¿Has olvidado al padre Ismael?

—Le recuerdo muy bien. Entonces yo era sólo una niña. Ahora tengo diecisiete años y puedo separar mi don de mis sentimientos hacia Diego. Ya lo he hecho en la hermandad.

Enrojecí.

—A eso me refiero. He estudiado durante muchos años lo que os mantiene unidos y no consigo descifrarlo. Sois como dos organismos que se necesitan para vivir. Tu don depende de tu voluntad, pero tu voluntad es cautiva del amor a un hombre. Contra eso debes luchar. Yo te ayudaré si ése es tu deseo. Te repito que Juan no puede comprenderlo; le ciega una repentina necesidad de descendencia, de recuperar en ti a su hija perdida. Quería una nieta, y Dios le concedió la más extraordinaria. Durante el viaje piensa en todo lo que aquí hemos hablado.

Se despidió de mí con un beso en la frente.

28

Berenjena, ovillada en el jergón de la celda, apretó contra su pecho el rosario de cuentas amarillas. Revivía la Semana Santa de la villa, los cirios, claveles, sangre e incienso, el retumbar de los tambores fúnebres. Los labios se le habían helado al recordar ese único beso que le había dado José, un beso que no le pertenecía. Ya podía llorar por él, por su cuerpo pudriéndose en tierras lejanas, por el alma que ella intentaría salvar con rezos de los fuegos del infierno.

Su propia hija le había llamado traidor, pero ella no sabía la historia hasta el final. Dudó si contarle a Bárbara que José se arrepintió de delatar a su madre, que se batió con los alguaciles para que Julia escapara, que le hirieron y se convirtió en un proscrito de la Inquisición. Y luego, en vez de huir, quiso ocultar el origen hereje de su hija y recuperar el pergamino que la hermana Ludovica le negó, entregándole a cambio unas hierbas hechiceras para que le dieran muerte.

Lo que José trató de proteger —el secreto del nacimiento de Bárbara—, Berenjena se había encargado de desvelárselo al

Santo Oficio. Parecía desmesurada la venganza, sólo por un beso equivocado, por un amor no correspondido, aunque fuera el único.

Pero no había tiempo para viejas historias y rencores, para esperanzas que habían terminado en esa celda, a raíz de una muerte en algún lugar salvaje.

La tarde penetraba a través de la rendija. Berenjena disponía aún de una noche para que Bárbara le revelara todos los misterios de la hermanad de la magia sagrada, como la había denominado la hermana Ludovica, que tanto le interesaban al inquisidor, pero ella también deseaba conocer qué había ocurrido con Diego.

Respiró hondo y se incorporó.

—Duerme un rato. Te estoy cansando con tanto relato —le dijo Bárbara.

—Al contrario. Estoy descubriendo a una hermana Ludovica que me asusta y me sorprende. Sabía de nuestras correrías por la villa con la Niña Santa y lo consentía. Es posible que hasta fuera ella quien os denunciara a ti y a la Blasa a la Inquisición, para tenerte bien atrapada después, como dijo.

—Si fue así, nunca me lo confesó —repuso Bárbara.

—Y dime —Berenjena carraspeó—. ¿Qué decidiste respecto a Diego después de la conversación con la hermana?

Bárbara sonrió tristemente.

Me trasladé a vivir al palacete de Juan Medeiros y evité encontrarme con Diego durante toda una semana, a pesar de que él intentó verme varias veces. Recé como nunca hasta entonces lo había hecho, rogándole a Dios una respuesta sobre cuál debía ser mi camino. Me habían turbado las palabras de la hermana, y me hallaba confusa, pues tampoco podía apartar de mi mente los besos en el corral de la Pasión... un nombre de lo más apropiado para lo que allí sucedió, Berenjena, a pesar de que se refería a la pasión de Cristo, como el hospital cuya cofradía lo regentaba.

El día antes de mi partida a Lisboa me devoraba la ansiedad por verle. Entré a hurtadillas en el aposento de Juan, que se hallaba reunido en uno de los salones con otros hombres de la corte, y me hice con un atuendo de caballero. Era más seguro aventurarse en la noche de la villa como un hombre, pues una hembra solitaria llama más al peligro. Fingí cansancio y que me acostaba temprano; apenas eran las ocho y aún quedaban en el cielo restos del sol de marzo. No le encontré en la librería, sino otra vez en el corral, aunque no era día de comedia. Me estremecí al entrar en el patio: parecía enorme sin público y con los versos dormidos entre las gradas y los bancos, a la espera de una nueva representación. Me llegó el estruendo de dos aceros que entrechocaban filos sobre el tablado del escenario. Diego se batía con un hombre de cabellos blancos. No me dio la sensación de que fuera un combate a muerte, como temí en un principio, sino una lucha amistosa para ejercitarse en el oficio de la espada. Le llamé por su nuevo nombre, Álvaro, que tan ajeno me resultaba. Él bajó la guardia, y el otro lo desarmó de una estocada.

—La más leve distracción significa la muerte, no lo olvidéis —le dijo el contrincante mientras recogía su espada del suelo y se la entregaba—. Mas este caballero —hubo cierto retintín en sus palabras— parece ansioso de hablar con vos.

Sin duda había adivinado mi condición de mujer bajo el sombrero de ala ancha.

—Así es —respondí inclinándome en una reverencia.

—Gracias, maestro —respondió Diego—. Dejemos entonces la lección para mañana.

—Seréis un gran espadachín. Hacía tiempo que no tenía un alumno tan dotado como vos.

Cuando al fin nos quedamos solos, Diego permaneció en el escenario, espada en mano, con la punta apoyada en las tablas. Estaba enfadado y motivos no le faltaban. Llevaba el cabello suelto y le caía sobre los hombros, revuelto por el juego de estocadas, ondulado por nacimiento, y fiero en uno de sus lados por la infamia de las llamas. Vestía camisa blanca, calzas negras y botas de montar que enaltecían su figura esbelta. Subí al escenario, le arrebaté la espada y quise jugar como cuando éramos niños.

—En guardia —dije, apuntándole al estómago.

Sus labios se abrieron en una sonrisa amarga.

—No te hace falta una espada para matarme.

Bajé la mirada y el arma, y me tomó por la cintura estrechándome contra él.

—Un día el anhelo de verte me llevará a la sepultura.

Me quitó el sombrero y apartó de mi rostro un mechón de cabello.

—Entonces allí iré contigo.

Dejé caer la espada y le abracé.

—¿Por qué has huido de mí esta semana? —preguntó—. ¿O era Catalina Medeiros quien no tenía tiempo para recibirme en su nuevo hogar?

—¿Te gusta el nombre? Era el de mi abuela.

Nos sentamos en un baúl que formaba parte del decorado, y le conté lo que la pasión no me permitió explicarle dentro de la caja del apuntador: Juan Medeiros era en verdad mi abuelo. Sin embargo, decidí esperar a mi regreso para desvelarle las mentiras de la hermana Ludovica. Prefería estar a su lado cuando se enterase, y no perturbar la rutina de su nueva vida, que tantas satisfacciones le proporcionaba. Creo que en cierta forma era feliz. A pesar de su carácter reservado y adusto, había congeniado con Fernando Salazar. Le gustaba vivir con él y trabajar en la librería y la imprenta, ayudar en el corral de comedias, y sobre todo le entusiasmaban las lecciones para el manejo de la espada. Además seguía nutriéndose de la sabiduría de fray Clavícula en la biblioteca, y como *electi* había comenzado a traducir sus primeros libros.

—¿Te sientes mejor ahora que conoces tus raíces? —me preguntó tomando mi mano entre las suyas.

—Diego, tú al menos sabías desde siempre quiénes eran tus padres. Sabías tu verdadero apellido y de dónde procedías. Y ahora a través de Fernando has podido averiguar cómo era tu padre antes de que cayera en la locura. Yo deseo conocer mejor a mi madre, incluso a mi abuelo. Va a llevarme de viaje a Lisboa para enseñarme la casa familiar donde ella nació y pasó su infancia.

—Sabía de tu viaje por Diana y temía que partieras sin despedirte de mí, aunque ella me aseguró lo contrario.

—¿Diana?

Sus profecías y amenazas me incendiaron el rostro. Retiré mi mano de las suyas con brusquedad.

—¿Qué te ocurre? Fue muy amable conmigo. Te recuerdo que cuando desperté del palo de Goliat habías desaparecido y no sabía si estabas viva o muerta. Gracias a Fernando me enteré de que te encontrabas a salvo en casa de Juan Medeiros. Además ibas a convertirte en *electi* y en su pupila. Intenté verte para que me explicaras lo ocurrido, pero tú no te dignaste recibirme. Entonces Diana vino a la librería para decirme que no me preocupara; había tenido una visión en la que partías de viaje, pero antes vendrías a despedirte.

—Qué caritativo de su parte. ¿No te extrañó que hiciera algo así? Sabes que muy pocas veces abandona los túneles; es como una rata blanca en su guarida. Además pudo decírtelo cualquier día que fueras a la biblioteca. —Me levanté del baúl.

—No comprendo a santo de qué le das tanta importancia, Bárbara.

—¿Te dijo algo más?

—¿Por qué? —me preguntó poniéndose también en pie—. ¿Qué podría haberme dicho?

—¿No vas a contestarme? —insistí.

—Me pidió que le enseñara cómo funcionaba la imprenta, e hicimos juntos unas gacetillas de oraciones.

—Ella está enamorada de Tomás.

—Y eso qué tiene que ver conmigo. ¿O acaso te importa a ti? ¿Temes que pueda hacerte sombra y él deje de adorarte?

—Diego, creí que ya habías superado tus celos.

—¿No serás tú la que ahora está celosa?

—¿De Diana?

—Sí, de una mujer bella que se preocupa por mí cuando tú no quieres verme.

—Así que te parece hermosa...

—Lo es.

—Ella quiere que me aleje de Tomás. Maldigo sus ojos morados que todo lo ven.

—¿Y qué vieron que tanto te preocupa?

—¿Qué te gustaría saber? ¿Si amo a Tomás? Pues sí, le amo, y nos besamos antes de que se marchara a Florencia.

—Veo que has estado muy ocupada todo este tiempo.

—Y sigo estándolo —añadí—. Tengo que hacer los preparativos para un viaje, así que hasta la vista.

Le di la espalda para dirigirme a la salida del corral, pero me detuvo agarrándome de una muñeca y me acercó a él hasta que mis ojos quedaron muy cerca de los suyos.

—Tú me amas a mí. Lo sé —susurró acariciándome una mejilla con el dorso de la mano.

Y me besó despacio, rozando apenas mis labios como el más dulce tormento hasta que no pude soportarlo y quise más. La noche se hizo día y el día, noche.

—Es verdad, te amo —le dije cuando nos separamos para tomar aliento—, pero temo a ese amor más que a nada.

—No debes tener miedo. Comprendo lo que quieres decir...

Jugó con mis cabellos, me sujetó con suavidad la nuca.

—Mi amor por Tomás es tan fácil, tan lejano como los astros de su cielo... Sin embargo, mi amor por ti es mi propia existencia. Lo siento más que a mí misma. Si algún día dejaras de amarme, ni siquiera la muerte podría aliviar mi desdicha.

Me besó las lágrimas humedeciendo sus labios y después los míos. Y probé el sabor de mi llanto. Me desabrochó el jubón mientras me susurraba al oído lo hermosa que estaba vestida como un hombre, lo dejó caer sobre el escenario, y nos replegamos, como velas de barco que llega a puerto tras una larga travesía. Y fue todo desnudarnos en el primer acto, enfrentarme al pecho que adoraba, entregarme a él en un lance donde triunfaba el deseo, quemarme en el lugar del juramento. Nos enredamos después en abrazos, nos tocamos, nos fundimos, jugueteamos entre caricias, nos reímos, nos enfadamos tan sólo para gozar del reencuentro. Repasamos cada una de las cicatrices de nuestra vida de huérfano. Me besó las marcas que me habían dejado las correas en tobillos y muñecas durante el exorcismo, y yo le besé la brecha que le había abierto en la frente el campesino y las mordeduras de perro; y tras la piel herida, aquella que en vientre y senos se mantenía intacta. Acaricié los muslos recios del galán, segundo acto de carne contra carne. Abrió mi universo con sus dedos, la llave en la cerradura de una doncella. Y me adentré así en el último acto, para morir y resucitar entre sus piernas, en la trama que avanza hacia su éxtasis, donde se pierde la razón y la consciencia.

Colmada de dicha, oí su voz desfallecida:

—Hay en el reino de mi mente, rodeado de palacios de saberes y recuerdos, un hermoso castillo de altas torres, una fortaleza inexpugnable. Allí reinas tú, allí atesoro tu rostro, los momentos que estás conmigo y los que me atormentan por tu ausencia. Atesoro la única verdad de mi vida.

Le abracé, y cuando disfrutábamos del descanso liviano que a ratos concede la pasión, escuché un ruido. Me incorporé para averiguar su procedencia y vi a Goliat. Estaba sentado frente a nosotros, con los ojos tan sorprendidos como prendados de nuestra desnudez, y con una mano en su entrepierna gigante. La baba de oro le colgaba como un río pasmado.

—¡Maldito hideputa, es que no has de dejarnos nunca en

paz! ¡Hoy te mato! —exclamó Diego mientras se metía dentro de los pantalones y se apoderaba de su espada.

Cuando Goliat le vio dirigirse hacia él blandiendo un arma, recordó lo que le había llevado hasta allí. Se puso en guardia, y blandió el sable moro y el palo de Castilla.

Temiendo que matara a Diego, me cubrí cuanto pude con la camisa de hombre y me aventuré a ponerme entre los dos aceros.

—Goliat, me voy contigo a casa. Dame la mano —le dije tendiéndole la mía.

Me miró confuso. Vislumbré un destello de las pupilas verdes en su mirada de barro.

—¿Qué haces, Bárbara? Aparta, puede hacerte daño.

—No le ataques, te lo suplico, Diego. Sólo quiere protegerme y llevarme a casa.

—¿No confías en la habilidad de mi espada? No sería el primer hombre que mato.

—De todas formas tengo que irme, Diego. Por favor, guarda tu espada.

Sonreí a Goliat. Soltó el palo, aunque no el alfanje. Entonces se acercó a mí, y enseñándome los dientes de perlas, me acarició con ternura la piel que la camisa me dejaba al descubierto entre cuello y pechos, hasta que me ruboricé y a él la baba se le transformó en catarata.

—Como vuelvas a tocarla te mato —le amenazó Diego.

Su espada intentó hundirse en la carne de Goliat, pero éste frenó la embestida con un golpe de sable sin moverse del sitio.

—Basta, Goliat —le pedí tomándole suavemente de la muñeca para que bajara el acero moro—. Juan, tu señor, no quiere que hieras a Diego. ¿Recuerdas cuando le protegías también a él en nuestros paseos por el río? Y ahora date la vuelta, que he de vestirme para irnos a casa.

Tenía dudas de que me comprendiera, pero se volvió con mansedumbre, guardando el alfanje en el cinto.

Abracé a Diego, aún desnuda, y me pegué al arcángel.

—Adiós, mi amor —le dije—. Te escribiré.

Me enfundé mis ropas de caballero, y de la mano de Goliat recorrí las calles de la villa, aún tiritando de pasión en la oscuridad de la noche.

29

Toledo, 8 de noviembre del año del Señor de 1625
Tribunal de la Santa Inquisición
Sala de audiencias

P edro Gómez de Ayala apenas descansó desde su visita al astrólogo
de la cárcel perpetua. Estaba obsesionado con el medicamento
celeste de los alquimistas, esa pócima o purga hereje que pretendía limpiar el pecado original del hombre. Pero ¿cómo
iban a hacerlo? Aquella pregunta le atormentaba, así como la
osadía de los miembros de la hermandad al pretender conseguirlo. Su rostro enjuto se le había hundido aún más en los
pómulos proporcionándole un aspecto enfermizo, y sus cejas
parecían haber aumentado de tamaño convirtiéndose en cara-
coles de mar.

Había suspendido la audiencia de la tarde en la que tendría
que haber escuchado a los testigos de otros procesos, para recibir al traductor de hebreo, un individuo de cuerpo famélico,
cabellos negros, antiparras y nariz de converso. Había corro-
borado una por una las palabras del astrólogo con el diente de
estrella, tras lo cual le habían obligado a prestar juramento
de secreto bajo pena de hoguera.

—Ya lo han oído —dijo Pedro dirigiéndose a Lorenzo y a

494

Íñigo—. No es la simple inmortalidad lo que buscan, sino curar el pecado de Adán y Eva. Y tiene sentido para su mente hereje: limpio el hombre del pecado original, retorna a su origen, a como fue creado por Dios en el paraíso antes de la caída, inmortal.

—Pero ¿a través de qué brujería o magia hebrea pretenden hacer algo así? —preguntó Lorenzo, el viejo inquisidor—. En verdad que es grave la aberración que persiguen.

—Recordemos que la hermandad cree que el camino para llegar a Dios no es ninguno de los sacramentos o ritos de nuestra Santa Iglesia, sino la magia sagrada —respondió Pedro—. He estado revisando una y otra vez el manuscrito del siglo xv y sus documentos. ¿Por qué en el mismo papel donde aparece escrita la profecía tan sólo hay dos anotaciones más y ambas se refieren a la muerte del beso aunque en distintos idiomas? La muerte del beso. Lo poco que sabemos de ella es que se trata de una ceremonia donde el postulante se enfrenta a una muerte iniciática, para una unión mística con Dios a través de ese beso sagrado del que nos habló Íñigo. Por tanto, creo que van a someter a la acusada a la muerte del beso para que abra las puertas del presente eterno, y consiga el medicamento. Ahora bien, ¿qué es este presente eterno? Eso es lo que nos queda por averiguar aún. Y una última cosa, ¿dónde celebraría una hermandad secreta un ceremonia tan importante que puede traer consigo un renacer del hombre inmortal? ¿Dónde se atreverían a realizarla si no en su cubículo, en su escondite de los túneles de la villa? Hay que averiguar su ubicación sea como sea. He dado orden al comisario de la villa para que registren todo túnel o pasadizo del que se tenga constancia en Madrid. Tenemos que cercarlos.

—Parece que os interesa en verdad este caso —dijo Lorenzo—. ¿Vos qué opináis como fiscal? —le preguntó a Íñigo.

—Si no conseguimos un testimonio o confesión no hay caso —respondió Íñigo—. No dejan de ser más que conjeturas, aunque brillantemente elaboradas.

—Si mañana por la mañana la testigo infiltrada no ha conseguido la información que necesitamos para atraparlos, someteremos a tormento a Isabel de Mendoza hasta que hable. Me temo que sin ella no hay fiesta, ni ceremonia ni inmortalidad. He ordenado que refuercen la guardia de la cárcel. La hermandad necesita a esa mujer y la necesitan pronto.

—No hace falta que os recuerde —replicó Íñigo— que antes de someterla a tormento es necesario que al menos comparezca dos veces más ante nosotros y que yo le lea de qué se le acusa.

—Aceleraremos los trámites si es preciso, Íñigo —dijo Pedro—. Lo importante es que no se nos escapen. Os recuerdo que uno de ellos, ese gigante, ha intentado matar a la testigo y campa a sus anchas por las calles de Toledo con un alfanje, un palo y un saco, sin que podamos prenderlo porque parece desvanecerse en el aire a pesar de su robustez sobrenatural. Así que os propongo que nos retiremos y esperemos a la audiencia de mañana a ver qué información ha obtenido la tal Berenjena.

Abandonaron la sala de audiencias. Lorenzo partió a sus fragantes habitaciones privadas mientras que Rafael, Íñigo y Pedro se dirigieron al archivo secreto.

Rafael incorporó el acta de la audiencia de esa tarde al legajo del proceso de Isabel de Mendoza. Entretanto, Pedro se acercó de forma distraída al armario donde se custodiaba el manuscrito del siglo xv, y mientras fingía hojear unos papeles introdujo en el legajo el documento del tetramorfos. Íñigo se dio cuenta, aunque fingió no haberle visto.

En cuanto al acta del tormento del librero de la villa, Pedro había tenido la oportunidad de incorporarlo esa misma tarde al legajo correspondiente cuando fue sacado del archivo para la comparecencia del traductor. Nadie podría reprocharle la más mínima falta. O eso pensaba el inquisidor.

Rafael de Osorio abandonó el caserón del Santo Oficio junto a Íñigo Moncada. Aquella noche el frío atravesaba los huesos, y la nieve se amontonaba en las calles de tal manera que impedía el paso de los carruajes, e incluso dificultaba andar por ellas. El notario esperaba regresar con él hasta casa caminando, como era su costumbre, pero Íñigo se excusó diciéndole que debía hacer unos recados.

—¿Y no pueden esperar esos recados hasta mañana? —se extrañó el notario.

—Decidle a Santuario que me guarde algo de cena por favor.

—Con la noche infernal que hace.

El fiscal sonrió y le puso una mano en el hombro en señal de amistad.

—He caminado por sitios peores. Además de nieve y frío, debía esquivar las balas de cañón que lanzaban desde las filas enemigas.

—No os confiéis, un malandrín toledano en la oscuridad puede ser peor que todo eso. —Rafael recordó la imagen del fiscal batiéndose con aquel terrible gigante—. Si bien es cierto que vos sabéis cuidaros.

Vio alejarse la figura de Íñigo, y desaparecer entre los surcos de nieve. Esperó a que doblara la primera esquina, y echó
a correr tras él. La nieve había ido endureciéndose hasta convertirse en hielo. Rafael resbaló y cayó de bruces. Se levantó
con dificultad agarrándose a la fachada de una casa. Le sangraba el labio. Anduvo despacio esta vez, pero Íñigo había desaparecido en la primera encrucijada. Desolado y malherido,
emprendió el camino hacia su hogar.

Santuario le curó el labio con un paño húmedo. Le acarició
la herida mientras sus ojos disfrutaban de la visión de su boca
entreabierta, lista para besar. Pero su amo estaba absorto en
otros pensamientos, y ni siquiera reparó en que ella, después
de pasarle el paño por el labio, se lo acercaba al suyo para besarlo.

—Es suficiente. Gracias, Santuario. Ahora prepárame la
cena —le dijo.

Ella se retiró a la cocina y se pintó los labios con la sangre
que quedaba en el trapo. Los sintió rojos y brillantes como
los que gastaban las rameras. Así preparó el guiso de conejo
con tomate, pero antes de servírselo a su amo, se chupó los
labios y entró en el comedor con el sabor de Rafael en su
garganta.

El notario le ordenó que se retirara. Cenó frente a la chimenea, abatido por no gozar de la compañía de Íñigo. Se había ilusionado con que aquella noche podrían continuar con
sus pesquisas para descubrir el significado del dibujo de la serpiente. El libro de *Emblemas morales* de Juan de Horozco se
hallaba preparado en su escritorio para una nueva sesión de

búsqueda que no llegaría. De repente, Íñigo parecía haber perdido todo interés sobre ese asunto, pues otro más importante reclamaba su atención. Al notario le inquietaban sus desapariciones con la excusa de hacer recados, y más a esas horas de la noche, cuando pocas tiendas o ninguna decente se hallaba abierta. ¿Quién debía de ser la anciana del carruaje negro con quien se encontró durante la hora del almuerzo? ¿Tendría todo ello algo que ver con su venganza? Rafael creía que no.

En estas disquisiciones se hallaba cuando oyó abrirse la puerta principal, y la silueta de Íñigo cubierta de nieve se dibujó en la sala.

—Acercaos a la chimenea —le dijo Rafael—. O pronto tendré que golpearos con una maza para descongelaros.

—Esta noche prefiero retirarme a mis habitaciones. Decidle a Santuario que puede servirme allí la cena. Buenas noches, Rafael.

El notario no tuvo tiempo de responderle. Íñigo subió de dos en dos los escalones que conducían a la primera planta y entró en su dormitorio.

Para templar el desconsuelo que le había dejado en el estómago el rechazo de su compañero, Rafael quemó unos cuantos manuscritos de poemas y se arrellanó en la butaca con una copa de vino.

Santuario encontró a Íñigo sentado en una silla frente a la chimenea de su pequeño salón. Colocó la cazuela de conejo en una mesa baja, al estilo moruno que todavía mantenían muchos castellanos, pero cuando se disponía a retirarse, él la tomó con suavidad de la muñeca. Su tacto le heló el pecho y se quedó rígida.

—¿Me tienes miedo, Santuario? —le preguntó el fiscal mirándola fijamente a los ojos.

La criada dudó antes de encogerse de hombros. La noche anterior habían encontrado a un forastero muerto por herida de daga tres calles más abajo de la casa de su amo, y eso le daba mala espina.

—¿Es por esta cicatriz que me da un aspecto desagradable? No soportarías que un hombre marcado te tocara, ¿verdad?

Habría sido bien parecido si el tajo no le cercenara frente, ceja, nariz y pómulo, pensó Santuario.

Aun así, un atractivo indómito sobrevivía en sus rasgos, alejados de toda belleza delicada y armoniosa, en su porte, en su cuerpo fuerte por el ejercicio de la guerra, poderoso, siniestro. Daba la impresión de que acercarse a él era como asomarse a un precipicio, peligroso pero atrayente. Santuario sabía que eso era lo que tenía trastornado a Rafael, lo que le arrastraba en aquellos días a un insomnio feroz, manteniéndolo más vivo que nunca.

Su respuesta consistió en encogerse otra vez de hombros.

—Puedes marcharte —le dijo soltándole la muñeca.

Íñigo apenas probó un par de cucharadas de la cazuela de conejo. Bebió una buena copa de vino, cuyo tinte de sangre parecía encender más de un recuerdo en su memoria.

Santuario regresó a la cocina y se dedicó a espiar a su amo desde el quicio de la puerta. Aquella noche dormiría en la casa. Él le había dicho que había demasiada nieve como para que regresara caminando hasta la suya a las afueras de la ciudad, y ella había abrigado la ilusión secreta de que tal vez podría consolarlo de la nostalgia que encerraban sus ojos azules a la luz de las llamas. Pero estaba equivocada. Recogió los platos de la cena, los fregó y regresó al salón. Se quedó de pie durante un rato junto a la butaca donde él estaba sentado, silenciosa como la había hecho Dios, mirándole con dulzura.

—Santuario, vete a dormir. Quiero estar solo. Puedes ponerte un jergón en la cocina, estarás caliente.

Eso fue todo lo que consiguió de él.

Se retiró enseguida y él apenas notó su marcha. Desde el pasillo lo vio dirigirse a su escritorio para enfrascarse en el trabajo de aquel diccionario del sufrimiento que le procuraba tanto disfrute como angustia.

La madrugada caía lentamente sobre ellos. Santuario permanecía acostada en la cocina con el corazón despierto, y Rafael anhelando escuchar en la planta de arriba los pasos errantes de Íñigo, que le indicarían que caminaba dormido. Algunas veces bajaba la escalera para dirigirse a la puerta de salida como si fuera en busca de algo o de alguien. Rafael interrumpía la escritura del diccionario para llamarle entre susurros, pero él parecía no reconocer su nombre cuando se extraviaba en sus sueños. «Ven, ven», le decía entonces el notario, «yo conozco la salida de los túneles con los que sueñas. Ven, está por aquí», y le guiaba hasta su alcoba sin llegar a rozarle. Otras veces Íñigo se dedicaba a deambular por las habitaciones de la primera planta, como si formaran un laberinto del que pretendía escapar. Así ocurrió aquella noche de nieve.

Rafael subió las escaleras y lo encontró en el pasillo. Le gustaba mirarle mientras permanecía en ese estado, indefenso.

Se le acercó lo suficiente como para sentir el calor de su cuerpo dormido. Más que el temor a despertarlo, era el temor a sí mismo, a su deseo impuro, lo que paralizaba al notario.

Íñigo no se había desvestido. Caminaba de un lado al otro del pasillo y hablaba con los labios pálidos, no se hallaba solo en su delirio.

—Ven, ven —le rogó Rafael con voz temblorosa.

Íñigo se detuvo al oírle.

—Escapemos —respondió.

Y fue hacia él. Se fijó en una mano que por la manga del jubón se escapaba, blanca y grácil, como de mujer. La tomó entre las suyas como una prenda valiosa. Y en ella, en el dorso suave de venas azuladas, apoyó primero la mejilla y después los labios. Un pavor inundó el corazón de Rafael. Los labios avanzaron entreabiertos. Apoyó la cabeza en el hombro de Íñigo y gimió. Se aproximó a su cuello y lo besó con pasión, ajeno a todo lo demás. No advirtió un crujido a sus espaldas, ni vio el horror en el rostro de Santuario, que le espiaba desde las escaleras. Si no hubiese sido muda, la habría descubierto el grito que resonó en sus entrañas.

Nada sabía ella del mal que aquejaba a Íñigo, así que Santuario juzgó lo que sus ojos vieron. El fiscal entrelazó los dedos con los de Rafael, conduciéndole con suavidad hacia su alcoba.

—Escapemos —musitó Íñigo.

—¿De los túneles con antorchas? —susurró Rafael.

Supo que no era a él a quien deseaba, que no era a él a quien con decisión y dulzura guiaba por su hermoso delirio. Pero aquella noche hubiera entregado su vida por una mentira, por esa impostura que lo hacía estremecerse y rogarle a Dios que Íñigo no despertara jamás.

—Sí, solos tú y yo —contestó él.

—¿Has encontrado ya la salida? —le preguntó adentrándose en un sueño que no le pertenecía.

—Sí. Ya sé donde está la salida. ¿No lo recuerdas? En la ribera izquierda del Manzanares, junto al puente de Segovia… La puerta escondida tras la roca que dibuja una media luna… En la ribera opuesta a la del alcázar.

Si la fiebre a la que sucumbía el notario le hubiera permitido detenerse a cavilar, quizá todo habría sido distinto. Pero Íñigo se desanudó la cinta de la camisa, para después tomarle la mano y guiársela bajo la tela. Su pecho, con músculos de soldado, quemaba. Rafael se hubiera abandonado definitivamente al goce de entregarse a ellos si no hubiera notado el perfil temible de una cicatriz. Sacó la mano, presa del espanto, le abrió la camisa y vio la marca que surgía entre la tela. Tenía la forma redonda de un medallón. Lo observó detenidamente, aunque ya sabía de qué figura se trataba. Un arcángel, san Gabriel, sosteniendo una borrosa vara de azucenas.

Lívido, comprendió entonces el peligro que corría si Íñigo despertaba, y huyó de la alcoba con el deseo agazapado entre las piernas, pues sabía sin duda alguna de quién era la mano que Íñigo confundía con la suya.

Ahora entiendo la forma en que escudriñaba a la acusada durante la audiencia, se dijo bajando apresuradamente la escalera.

30

Toledo, madrugada del 9 de noviembre
del año del Señor de 1625
Cárcel secreta de la Santa Inquisición

Bárbara deambulaba de un lado a otro de la celda, mientras Berenjena permanecía sentada en el jergón. Era otra noche sin luna y sin estrellas.

—¿Sabes dónde está Diego ahora? —le preguntó Berenjena siguiéndola con la mirada.

Justo frente a la rendija, Bárbara se detuvo.

—Sí —respondió—. ¿Acaso tú no?

Ambas guardaron silencio.

—Pero ¿qué ocurrió, Bárbara? Hubiera jurado por las Escrituras que si tú estabas presa en una celda, él lo estaría en la de al lado, que compartiríais siempre la misma suerte.

Ella regresó al catre y se sentó junto a Berenjena.

—No fueron demasiadas cosas, bastó con una sola —dijo mientras cruzaba las piernas y apoyaba la espalda en el muro.

Todo empezó cuando viajé a Lisboa a casa de Juan Medeiros. Fue en 1616. Yo tenía diecisiete años. La casa de Juan era aún

504

mayor que la que poseía en Madrid. Se hallaba cerca de las caudalosas aguas del Tajo. Después de las austeridades del hospicio y de los túneles de la hermandad, aquel palacio se asemejaba al paraíso: salones con tapices colgados en las paredes, alfombras mullidas, y rico mobiliario adornado con porcelanas. Mi objeto favorito era un retrato de mi madre de cuando apenas era una adolescente. Me parecía mucho a ella. Lucíamos el mismo tono castaño de cabello, la misma nariz pequeña y fina, el rostro ovalado y los labios rojizos. Sólo el color de nuestros ojos era diferente. Los suyos ámbar, los míos verdes, por herencia de nuestros padres. Conversaba con el retrato durante largas horas, le hablaba de mi infancia, de ti, Berenjena, de los insectos que nos acompañaban en las cunas, de la hermana Serafina con su garganta de santos, de la hermana Urraca y su vara temible, de la hermana Ludovica, poderosa en corpulencia y hierbas, de la Blasa y sus pechos colosales en los que había crecido, y sobre todo de Diego. Pero por más que lo intentaba, no podía sentir aquella casa como mi hogar. Tú sabes bien que quien fue huérfano de hospicio lo será toda la vida.

He de hablarte también de Berta, aquella mujer que atendía a Juan en la cabecera de su lecho cuando enfermó. Arropada en su mudez triste, viajó con nosotros hasta Lisboa. Se ocupaba de servirme y acompañarme, pues una dama de mi posición no podía aventurarse sola a ningún lugar que no fuera el confesionario. Por Juan supe que fue el ama de cría de mi madre, quien la cuidó durante su infancia amenazada por los peligros que su don le acarreaba en la salud. Mucha fue la compañía que me hizo durante mi estancia, a pesar de su silencio. No tenía duda de que veía en mí a la niña que crió, y de que la había querido profundamente. Paseábamos por un parterre

505

del jardín y por las avenidas donde el sol, la lluvia y los vientos pulían la piedra blanca de las estatuas.

—¿Qué os apena, Berta? —le preguntaba.

Ella se señalaba la boca para indicarme lo que ya sabía, que de ahí no saldría una palabra. Un día la abrió y me hizo mirar dentro: le habían dejado por lengua un muñón de carne.

—¿Os la cortaron?

Asintió.

—¿Quién fue capaz de cometer un acto tan atroz y a causa de qué?

Por toda respuesta obtuve más lágrimas. Cuando le pregunté a Juan, me respondió que ése era el castigo por hablar de más o de menos.

—Bastante es que siga viva y a mi servicio —sentenció.

Y ahí quedó todo.

Conforme conocía más a mi abuelo, me daba cuenta de que, además de ser un hombre acostumbrado a la soledad, caía con bastante frecuencia en la tentación de ser cruel con los que le rodeaban. No se rendía fácilmente ante los sentimientos, salvo si se trataba de algo relacionado con mi madre. A veces se encerraba durante horas en el dormitorio de ella, un santuario en suave raso azul. A mí también me gustaba entrar en él y curiosear su juego de tocador, con peine y espejo de plata, sus frasquitos de cristal con perfume y medicinas para sus males, los vestidos de lazos que aún permanecían custodiados en un arcón. Sólo conseguí que mi abuelo me hablara de ella en la época en que era niña y vivía en Lisboa. Como si nunca hubiera crecido y viajado a Madrid, ni habitado los túneles de la hermandad. Como si no le hubiera acuciado la juventud y el amor que se la llevó a la muerte.

Así que me propuse intentar obtener esa información de Berta.

La había visto leer las Escrituras en hebreo. En un principio pensé que tal vez pertenecía a la hermandad, pero Juan me sacó de dudas diciéndome que su dominio de la lengua sagrada se debía a que sus padres fueron conversos, judíos que no habían tenido más remedio que convertirse al cristianismo para seguir vivos. Juan me reveló que ese mismo era el origen de nuestra familia y el destino al que se había visto forzada, después de que Felipe II anexionara Portugal a la Españas. Por tanto, yo compartía la sangre de Moisés con Berta, pero lo que más me interesaba era confirmar que si sabía leer, sabía escribir, así que podríamos burlar su mudez.

Sin embargo, todo parecía estar en contra de que aquella mujer melancólica pudiera relatarme cuanto supiera de la historia de amor de mi madre. Tenía los dedos de las manos deformes a causa de una enfermedad, como si alguien le hubiera retorcido los huesos. Me hubiera gustado intentar curarla, pero ni siquiera me permitía que la tocara. Negaba con la cabeza cuando acercaba mis manos, y emitía un gruñido para decirme que todo debía permanecer como estaba, que su padecimiento era merecido y aceptaba con humildad la carga de su culpa. Creo que se tenía por un ser impuro.

Una mañana, después de nuestro paseo por el parterre, le rogué que me acompañara a mi alcoba, la senté frente a mi escritorio y le puse una pluma entre los dedos. Apenas podía sostenerla en aquella garra terrible que era su mano.

—¿Acompañaste a mi madre durante su estancia en Madrid? —le pregunté.

Asintió con gesto de dolor.

—¿Cómo era cuando creció?

Escribió en hebreo: «Desdichada hasta que le encontró a él».

—¿Conociste a mi padre?

Asintió de nuevo.

—He averiguado que era un fraile de la orden de San Francisco y que la traicionó. Aun así, estoy segura de que él era lo que más amaba.

Berta lo negó y en letras temblorosas escribió con gran esfuerzo: «Era la libertad, y eso quiso para vos».

La libertad, querida Berenjena. Aquellas palabras se grabaron en mi alma con la intensidad de una fragua. La libertad de elegir nuestro propio destino, incluso nuestro cautiverio.

Berta no volvió a escribir para mí en Lisboa. Creo que le preocupaba que Juan la descubriera. Le adoraba tanto como le temía. Acataba sus órdenes con una premura y diligencia digna del más leal esclavo. Ni una sola vez osaba posar sus ojos azules sobre los de él, pero le miraba de soslayo como un cordero fascinado por el lobo.

—Ella sabe bien cuál es su lugar en esta casa —me dijo una tarde mi abuelo—, ya lo iréis comprendiendo conforme aprendáis a ser señora.

—Mucho habré de aprender entonces —le contesté con sorna—, pues me crié hospiciana y allí no teníamos más sirvientes que el hambre y el frío.

No ólo debía aplicarme en las costumbres y finezas de mi nueva clase, en soportar los hermosos vestidos que me oprimían talle y senos —como si la belleza fuera una jaula—, que me impedían correr con facilidad por el jardín. Mi educación como *electi* requería gran esfuerzo, y por ello pasaba mucho tiempo con Juan, mi maestro. Me daba las lecciones en una estancia secreta a la que se accedía por medio de una puerta que simulaba una pared de su aposento.

Nada más traspasar aquella puerta sólo hablábamos en hebreo. Debía perfeccionar esta lengua como si fuera la de mi infancia. Según las enseñanzas de la hermandad, a través de las combinaciones de letras y palabras se podía alcanzar el éxtasis de la unión con el Altísimo. El nombre de Dios, que no ha de ser escrito, se mezclaba con las letras del abecedario y con las vocales, que ya para los griegos eran mágicas. Gracias a su prodigiosa memoria, Diego hubiera sido un cabalista inmejorable, Berenjena, pero yo luchaba por retener las múltiples combinaciones sagradas que había que repetir hasta caer en trance.

—Una vez más —insistía Juan.

Cuando hablaba en hebreo, su semblante se dulcificaba y su mentón parecía menos afilado y oscuro. Incluso le había visto llorar, pues el llanto es una maravilla que también acerca a Dios. En aquella estancia de paredes de ladrillo, alumbrada por el rumor de las velas alzadas en candelabros de siete brazos, entre los rollos sagrados de la Torá y los manuscritos de maestros antiguos, Juan y yo llorábamos juntos por nuestros pecados y los del mundo, sentados en sillas recias, con la cabeza entre las rodillas como Elías en el monte Carmelo.

Un día Juan me hizo sujetar un recipiente de vidrio de los que solíamos usar la hermana Ludovica y yo en el laboratorio. El fondo estaba cubierto de agua. Sobre su superficie se encendió una llama rojiza, que flotó durante unos instantes y luego se apagó.

—Ya estás preparada para que te hable de la profecía —anunció—. A finales del siglo XV llegó a ser *magister* supremo un cabalista considerado un hombre santo. A través de la purificación de su cuerpo y de la magia lingüística, para la que se hallaba especialmente dotado, se sumía a menudo en un trance divino del que regresaba bendecido como profeta. Fue uno de los guías espirituales más importantes y sabios. Cuando se sometió a la ceremonia de la muerte del beso, alcanzó el lugar sagrado donde el cielo se une con la tierra, y el Creador, con su criatura. Allí le fue revelada la profecía sobre cuándo y a través de quién nuestra hermandad alcanzaría el fin para el que fue constituida: lograr el retorno del hombre a como era antes de que Adán pecara: inmortal. Nuestros antecesores recogieron las palabras que recitaba cuando cayó en trance:

De una mujer con el don de la muerte nacerá una niña con el don de la vida. Ella abrirá las puertas del presente eterno cuando sean a un tiempo las cuatro estaciones del mundo, y en sus manos florecerá el medicamento celeste.

»Mas en esa época hubo también un traidor en la hermandad, que osó robar nuestros documentos secretos para delatarnos a la Inquisición, cuyo tribunal acababa de constituirse en Toledo. Muchas fueron en aquellos tiempos las persecuciones a las que sometieron a judíos y conversos, y el pánico nublaba la razón y el espíritu de los hombres. Logramos dar caza al traidor, pero murió antes de que pudiéramos interrogarlo. Jamás hallamos el manuscrito.

»Así que la profecía se transmitió oralmente de maestro a pupilo durante más de un siglo, hasta que fue anotada de nuevo en otro manuscrito que ocupó su lugar en la biblioteca.

—¿En verdad creéis que yo soy la muchacha en cuyas manos florecerá el medicamento celeste? —le pregunté.

—Desde luego que sí.

—¿Y qué cura ese medicamento?

—El pecado original. El hombre recuperará así su verdadera esencia, la que Dios le otorgó en el momento de la Creación —me explicó dulcemente.

Asumí gozosa aquella tremenda responsabilidad, pues podría curar el mal de la muerte. Al mismo tiempo se acentuó en mí la nostalgia por la ausencia de Diego. Los dos meses que en principio permanecería en Lisboa se habían convertido en más de un año. Nos escribíamos contándonos los progresos de nuestra educación, pero el papel de la correspondencia era frío comparado con el recuerdo de su piel.

No sabría darte una razón de por qué busqué consuelo en la compañía de Goliat. A veces le sorprendía siguiéndome por las habitaciones de la casa, por las avenidas del jardín, observándome con su sombra descomunal. Y cuando se sabía descubierto por una mirada o una sonrisa, se ocultaba ruborizado como si fuera un niño al que han pillado cometiendo una travesura. Una tarde de primavera me aventuré a tomarle de la mano antes de que pudiera huir y le senté junto a mí en un banco del parterre.

—Canta para mí, Goliat, por favor.

Le sentí temblar y solté su mano, pero él emitió un gruñido y la tomó otra vez entre las suyas.

Le acaricié una mejilla y no aprecié en su rostro la menor traza de barro. Comenzó a cantar y me abandoné a su melodía.

Cinco meses después, con la caída de las primeras hojas secas, Juan suspendió nuestra lección de la noche, la más importante, dado que las horas nocturnas son muy propicias para los experimentos mágicos.

—Nos aguarda la visita de un familiar —me dijo.

—Me alegro, así tendré la oportunidad de conocerlo.

—Ya lo conocéis.

Un criado abrió la puerta del salón para darle paso.

—Vuestro primo segundo, Tomás Medeiros, ha venido a visitaros —anunció Juan.

Le vi entrar vestido por primera vez de caballero, enfundado en un jubón y greguescos de terciopelo verde. Era todavía más hermoso en la madurez que en la juventud, si eso era posible. Vino hacia mí y tuve que hacer un gran esfuerzo por no abrazarlo. Posó sus labios de invierno en el dorso de mi mano. Éramos primos, por virtud del Lavasangres: yo por derecho, él por haber sido pupilo de mi abuelo hasta que su saber le hizo *fidelis*.

Cenamos agasajando al pariente con todos los honores: cordero y vino de la ciudad de Oporto. Tomás habló de Florencia, de palacios y bellas catedrales, de un río que soportaba el peso de las casas de un puente, de las disputas universitarias por la soberbia que el intelecto otorga, de las nuevas sabidurías que quitaban al universo el velo como si fuera una novia tras la boda.

Y cuando el cansancio hizo mella en la conversación y nos retiramos a nuestros aposentos, yo permanecí en el mío, sentada sobre el lecho, esperando lo que no tardó en suceder: golpes en la puerta. Ahí estaba Tomás, con sus modales refinados por las costumbres de Italia. Hizo una reverencia inclinándose hacia delante. Reí.

—Si tenéis la merced de acompañarme, hermosa dama, me gustaría mostraros algo que he traído para vos.

—¿Se trata de un regalo?

—Más que eso, de una bella prisionera.

—Despertáis mi curiosidad. No he de negarme a una petición de tan educado caballero, al que me une, además, el lazo del parentesco.

Me llevó a la parte más alta de la casa, la buhardilla, y me acercó a una ventana que ofrecía vistas del Tajo.

—Me he vengado de la luna, porque ella fue la que me delató ante Dios. La tengo encerrada aquí dentro.

Sobre una mesa, yacía un aparato extraordinario. A primera vista parecía un candelabro, pero tenía atravesado dos tubos largos cual catalejos y, bajo ellos, un receptáculo semejante a donde se custodia la hostia sagrada, con un cristal redondo que él denominaba lente.

—Es un telescopio. Me lo regaló un hombre llamado Galileo con el que estudié en Florencia y sirve como una prisión de astros.

—¿De veras está la luna ahí dentro? —le pregunté sonriendo—. Encogió de tamaño, entonces.

Tomás apuntó al cielo con el tubo más largo durante unos instantes.

—Comprobadlo.

Miré por él y me aparté sorprendida.

—No puede ser la luna.

—Lo es.

Berenjena, la superficie de la luna que vi a través del aparato no era lisa como la de los espejos. Tenía vientre, rodillas, corvas, valles, colinas, llanuras…

Tomás me abrazó desde atrás.

—¿Te gusta?

Besó mi cuello como había hecho con Diana. Después mi hombro. Quise escabullirme porque mi cuerpo respondía a lo que el corazón negaba.

—Bárbara, te has convertido en una mujer preciosa —murmuró—. Y yo lo he esperado tanto… Las demás mujeres sólo han servido para matar mi impaciencia. El recuerdo de nuestra última noche, desnudo ante ti, me ha acompañado todos estos años. Nada me ha excitado como tus ojos mirándome en la torre. Desde ese instante nada ha podido colmar mi deseo de tenerte. Cásate conmigo.

Me estremecí y por un instante mi carne se sintió tentada.

—No puedo.

—¿Hay otro hombre? Es Diego, ¿verdad?

—Siempre ha sido él.

—No te preocupes por eso, te casarás conmigo de todas formas.

—¿De veras? ¿Vas a forzarme? —Le aparté de mi lado.

—Nada habré de hacer. Las estrellas te traerán a mí. Ellas nunca se equivocan. Sólo he de esperar a que suceda.

—Confío más en mi corazón que en tus estrellas.

—El corazón puede haber elegido un camino y luego tomar otro. Es temperamental e ilógico. Las estrellas son constantes, y muchas están fijas en el cielo. No lo olvides.

A los pocos días partió hacia Madrid para hacerse cargo de unos asuntos de Juan. Esa misma noche soñé con Diana. Su espalda blanca y traicionera se alzó ante mí como la más pura de las pesadillas. Pero cuando se volvió para mirarme, su cabello era líquido, leche derramada por los pechos, sus ojos destilaban sangre de batalla, y su boca se deformaba en una mueca diabólica mientras reía a carcajadas.

Dos semanas después recibí una carta de Diego. Éstas, entre otras más inofensivas, eran sus palabras:

Te echo tanto de menos que la espada es lo único que me salva de tu ausencia. Ya no me bastan las lecciones de esgrima así que busco la lucha donde la muerte sea tan real como mi impaciencia. Y las calles de la villa, al abrigo de la oscuridad, ofrecen siempre cualquier excusa para batirse. Tras una pelea con un francés que no me dejó pasar primero por el arco que daba paso a un callejón tuve que huir de los corchetes de la villa, que buscaban prenderme.

Encontré refugio en suelo sagrado, donde no puede prenderte más justicia que la de Dios. Me escabullí hasta la iglesia de San Ginés. Entré en un confesionario y, protegido en los pecados de otros, perdí el conocimiento. Sangraba por un tajo en el costado. No recuerdo nada más hasta que abrí los ojos y encontré junto a mí a Diana. Una visión le había revelado que me hallaba malherido y el lugar donde yacía en charco de sangre. Me ayudó a llegar hasta los túneles de la hermandad. Me limpió el agujero que me había hecho el francés, y veló mi reposo hasta los albores del día. Los emplastos de la hermana Ludovica cerraron en pocos días el boquete enemigo.

Pero no temas, mi amor, a pesar de todo soy diestro con el acero y la suerte me acompaña. Ahora que estoy convaleciente, Diana me libra del tedio que, tras el aprendizaje de lenguas en la biblioteca, me produce el tener la espada en el cinto. Me ha pedido que le enseñe a construirse un reino con palacios y castillos donde ordenar sus visiones. A cambio me ha prometido cuidar de mí a través de ellas.

¿Cuándo regresarás? Ya casi va para dos años que te fuiste. Perdona mi impaciencia; escribo durante la madrugada, que hace febril el alma y desvela sus anhelos sin atender a más razones.

Te ama,

ÁLVARO SALAZAR

31

A partir de entonces fui incapaz de deshacerme de la presencia de Diana. Se instaló definitivamente en las pesadillas que me angustiaban cada noche.

Una madrugada me desperté y descubrí la sombra de Goliat junto a mi lecho. Me secaba la frente cantando con tal dulzura que no me asusté ante la visión de su pecho desnudo, que era como el de tres hombres. Belleza tan fiera y monstruosa jamás causó paz mayor que la que yo sentía, adormeciéndome entre sus músculos y su canto.

Perdí la cuenta de las noches que me veló al calor del horno de su cuerpo que despedía un aroma a pan tostado.

Le rogué a Juan en varias ocasiones que regresáramos a la villa. Pero no fue hasta una mañana de abril del año del Señor de 1618, cuando al fin preparamos los baúles para nuestro retorno.

No creí que amara tanto las torres del alcázar, las calles con los lodos primaverales, o el bullicio de los mentideros, hasta que los disfruté de nuevo entre las cortinas del carruaje. La impaciencia agitaba mi respiración.

—Os sienta bien el regreso a Madrid. Estáis más hermosa que nunca —me dijo Juan.

—La sangre portuguesa correrá por mis venas, pero pertenezco a la villa.

Descendí del carruaje en el patio adoquinado por donde entré al palacete de mi abuelo la primera vez, cuando le arrebaté de los brazos tenaces de la muerte. Se había levantado viento y comenzaba a llover. Fingí estar indispuesta a causa del viaje, así que le dije a Juan que me excusara para la cena porque deseaba acostarme. Otra era mi intención, como habrás imaginado. Pero algo le ocurría a Berta, pues se empeñó en no dejarme sola, en velar mi descanso con una testarudez que acabó por enfadarme.

—Te ordeno que te retires. ¿No entiendes que no deseo compañía?

Emitió un gruñido mientras negaba con la cabeza. Luego sacó de uno de mis baúles el chal azul de mi madre, me lo puso sobre los hombros y me obligó a mirarme en un espejo.

—¿Qué te ocurre, Berta?

Con un dedo deforme señaló primero mi rostro y luego el que reflejaba el espejo.

—Soy yo con el chal de mi madre, que ahora es mío —le dije de mala gana—. ¿Y qué tiene de extraordinario?

Señaló de nuevo a uno y a otro, mientras se desesperaba.

—Me parezco a mi madre. ¿Es eso? Te recuerdo a ella con el chal.

Gruñó un sí y se precipitó sobre mi escritorio. Tomó la pluma con la garra temblorosa y escribió lo más aprisa que pudo. Luego me entregó el papel y lo leí en voz alta: «La expresión de vuestro rostro es igual a la de vuestra madre la última noche que se reunió con el fraile».

—Ya no volviste a verla con vida, ¿no es así?

Asintió.

—Esa fue la noche en que él la traicionó —dije más para mí que para ella.

Me senté en el lecho porque un escalofrío me había dejado sin fuerzas.

—Yo no voy a reunirme con nadie —dije al fin—. Puedes estar tranquila, Berta.

Me arrebató el papel y cogió de nuevo la pluma. Esta vez escribió: «Una mujer ve el amor en los ojos de otra».

Acto seguido se dirigió al lecho, y levantó la colcha cerca de donde me encontraba. Bajo ella había ocultado unas ropas de Juan.

Debí haberme quedado en casa aquella tarde aciaga de viento y lluvia. Pero no lo hice. Le entregué a Berta las ropas de hombre para que creyera en mi promesa de que me acostaría en cuanto se marchara. Esperé más de una hora antes de escabullirme de mi alcoba ataviada con un vestido sencillo y una capa con una capucha que ocultaba mi rostro. Puse mucho cuidado en que Goliat no me siguiera, según acostumbraba a hacer. Le había visto en la cocina deglutiendo un asado acorde a su tamaño, y me aventuré a la calle con la seguridad de que aquella vez no daría conmigo.

Aún llovía. El lodo que se había formado en el suelo dificultaba mis pasos como si quisiera impedir que llegara a mi destino. Me dirigí a la librería de Fernando Salazar en la calle Mayor. Allí le encontré a él en vez de a Diego, justo cuando se disponía a cerrarla. Se alegró de mi regreso, pues echaba de menos las curas de mis manos, que le aliviaban los dolores de gota al menos durante unas semanas.

—Mañana sin falta os aplicaré unas cataplasmas que os proporcionarán gran alivio —le dije.

—Bendita seas.

—¿Y ahora me diríais dónde puedo encontrar a Álvaro?

—Está en casa, aún se halla un poco débil después de… ¿Sabéis que lo hirieron?

—Me lo contó en una carta.

—No debéis preocuparos. Es fuerte y joven, y tiene ganas de vivir.

—Si no os parece mal, me acercaré un momento para ver cómo se encuentra. Pero os ruego que no le digáis a Juan que me habéis visto. Salí de casa sin avisarle.

—Vamos, que os escapasteis. Corréis peligro andando sola a estas horas en las que ya se recogen las mujeres decentes. Aunque bien sé lo que os ha movido a hacerlo. Convivo con la otra parte interesada en el asunto y no es causa pequeña que se pueda ocultar.

—Si me guardáis el secreto, os aplicaré cataplasmas todos los días y me esforzaré tanto en curaros que lograré vencer cualquier enfermedad o penitencia.

—Álvaro es hombre afortunado. Más silencioso y taciturno que su padre, aunque infectado por la misma sangre aventurera.

—Gracias.

—Aún no he dicho que os guardaré el secreto. Pero ya que estáis aquí, quiero mostraros algo de gran interés para vuestra ciencia. Ha llegado hoy mismo procedente de Ámsterdam.

Echó la llave a la puerta de la librería, pero la dejó puesta en la cerradura. Me condujo a la imprenta y de un compartimento oculto entre las tablas del suelo extrajo un saco de cuero que contenía la preciada carga de tres libros prohibidos. Fernando era hombre al que cegaba la ilusión por los libros, y más los que prohibía expresamente el Santo Oficio. Puso primero entre mis manos un *antidotarium* de venenos y plantas mágicas, que hojeé con fingido interés para no desilusionarle, y después un ejemplar del Zohar, libro sagrado para los cabalistas, escrito en arameo, una joya muy valiosa por la que se podía arder en la hoguera.

—Sin duda éste captará toda la atención de Juan —le dije pasando las hojas con reverencia.

—Llevo años intentando conseguirlo. Es el mayor de mis logros desde que estoy en este oficio de salvaguardar el saber que otros con su ignorancia pretenden destruir. Eres la primera de la hermandad que ha tenido el privilegio de verlo y tocarlo. Tus manos todo lo merecen.

Se lo devolví.

—Los pondré de nuevo a buen recaudo —dijo—. He quedado en reunirme aquí con la hermana Ludovica. En cuanto llegue os acompañaré a casa. No ha de tardar. La prudencia debe ser nuestra mayor prioridad. Pero no os preocupéis, le diré a Álvaro que habéis regresado y podréis encontraros con él mañana en la biblioteca.

Me dio la espalda por un instante para envolver el Zohar en un paño blanco y aproveché para salir corriendo. Abrí la puerta con la llave y me interné en la penumbra de la villa. Llovía con más fuerza, así que me cubrí de nuevo con la capucha. La casa de Fernando se hallaba tan sólo a unas manzanas de distancia. Al doblar la primera esquina me di de bruces con tres hombres armados, vestían jubones negros donde lucía la cruz verde de la Inquisición. Alguaciles del Santo Oficio.

Caminé más aprisa, repitiendo mi nueva identidad, Catalina Medeiros, y renegando de Bárbara, la huérfana proscrita. Alcancé a ver los muros de piedra de la casa de Fernando y golpeé la aldaba de bronce.

—Vengo a visitar a don Álvaro —comuniqué con premura al criado que me abrió la puerta.

—He de avisarle, señora, porque está descansando. ¿A quién anuncio?

—Nada anunciéis, quiero darle una sorpresa —le respondí entregándole una moneda—. Indicadme tan sólo cuál es su alcoba.

Me guió por un funesto pasillo y recuerdo que ya las manos me ardían, un mal presagio. El criado dudó antes de retirarse.

—¿Le conocéis, señora?

—Descuidad, él os lo agradecerá —le contesté animándole con otra moneda a que se fuera.

Se marchó contento y yo me quedé frente a la puerta tras dos años alejados por largas distancias.

Entré en la alcoba.

Diego se hallaba en su lecho, apoyado sobre un costado, de tal forma que sólo veía su espalda desnuda y su cabello negro. La sábana le cubría a partir de la cintura; parecía dormir ajeno al mundo. Pero cuando me acerqué a él, entendí que no estaba solo.

Diana.

Los ojos violetas se asomaron sobre el hombro de mi amado y se convirtieron en la lápida de mi sepulcro. Ya había soñado en Lisboa con esos cabellos de leche sobre sus ubres de perra. La mirada rebosante de victoria.

—Te lo advertí —dijo sonriendo—, puedo tener al hombre que desee.

—Tomás me pidió en matrimonio, pero le respondí que no —susurré conteniendo la ira.

—No mientas, he tenido una visión en la que te casabas con él. Y así se lo hice saber a Álvaro para que fuera mío sin el menor remordimiento.

Diana le acarició la cicatriz del arcángel regocijándose en su tacto, y yo enloquecí. Dios sabe, Berenjena, que deseé matar a Diana, que mis manos se convirtieron en verdugos anhelando ejecutar su sentencia. Me abalancé sobre ella, pero de un salto escapó del lecho. La seguí y la agarré fuertemente por un brazo zarandeándola mientras la abofeteaba.

—No te atrevas a tocarme —chilló mirando con espanto mis palmas enrojecidas como si en verdad fueran el mismísimo patíbulo.

La solté al oír la voz de Diego pronunciando débilmente mi nombre. Me volví hacia el lecho y le miré con odio. Tenía los ojos turbios y velados aún por el sueño. Parecía agotado por la pasión, como si ni siquiera tuviera fuerzas para levantarse. La ponzoña de imaginarle en brazos de otra me destruyó.

—Bárbara, no...

La herida de su traición se lo había llevado todo: mi llanto, mis palabras, mi alma, dejándome en su lugar la hiel de la venganza. Diana tosió y vi que vomitaba una papilla blanca como su propia piel.

—No puedo respirar —balbuceó después.

He revivido una y otra vez lo que sucedió cuando él se levantó tambaleante de la cama. Creí que pretendía ayudar a Diana. Vi su daga sobre la mesilla de noche. Sin pensarlo, me lancé sobre ella y la desenfundé. Le crucé el rostro de un tajo profundo.

Diego no se quejó y continuó avanzando. Una catarata de sangre bañaba su rostro. Entonces tiré la daga y le puse las manos en el pecho. Tampoco opuso resistencia. Al contrario, se apretó contra ellas, como si quisiera destruirse conmigo, como si deseara que la tempestad que me aniquilaba se lo llevara también a él, arrastrado por sus olas de furia, hasta convertirlo en espuma.

La expresión de sus ojos negros se clavó en mí como la daga con la que le había herido. No había en ellos súplica, ni el más leve rastro de arrepentimiento, ni dolor, sólo una oscuridad infinita que se lo tragaba entero. Sentí el ardor bendito de las alas del arcángel y la locura me devoró.

Está bien, pensé, muramos juntos.

¿Qué habría ocurrido si la hermana Ludovica no hubiera irrumpido de pronto en la alcoba acompañada de Goliat?

—Los alguaciles del Santo Oficio no tardarán en llegar —exclamó agitada—. Han prendido a Fernando. Ahora pondrán patas arriba la casa y lo más seguro es que te apresen también a ti, Diego. No hay tiempo…

Calló de repente ante la escena que ofrecíamos. No era difícil imaginar lo sucedido. Ellos desnudos y heridos, y yo con mi vestido manchado de sangre y lodo.

Aparté las manos de Diego y se desplomó.

—Te lo advertí —me dijo la hermana aproximándose a él con premura.

La cara de Diego estaba desdibujada por la sangre; su pelo negro, la parte que ardió en el incendio, desprendía un pútrido aroma a quemado. El arcángel era una llaga en carne viva. Todo parecía querer regresar a su origen, al día en que tú nos uniste en una caja de salazones para gozo y tortura nuestra.

Caí de rodillas en el suelo mirando mis manos ensangrentadas con horror, sucias por la infamia de atentar contra lo que más amaban. ¿Qué don cruel poseía? ¿Qué don miserable, capaz de curar o matar, cautivo de las pasiones de su ama?

Quise acercarme a él, tocarle de nuevo para darle mi vida. Pero la hermana Ludovica me lo impidió.

—Yo me encargaré —dijo tomándole el pulso—. Te advertí que dominaras tu voluntad, y más con Diego. Cuando estás cerca de él la vida y la muerte que encierran tus manos adquieren, un poder que todavía no comprendo. Subestimamos el peligro de manteneros juntos. Nos pudo la ambición. No me preocupa el corte de la cara, sino lo que hayan podido hacerle tus manos destructoras.

Gemí de dolor y recuperé el llanto.

—No llores, se pondrá bien. Es tan terco que no se morirá hasta que lo hagas tú. Pero ahora hay que apresurarse o acabaremos todos en una celda.

Se acercó a Diana. También le tomó el pulso y le examinó las pupilas.

—Está desmayada —dijo cubriendo su cuerpo desnudo con una sábana para alejarlo de los ojos de Goliat que permanecían absortos en él.

—Estuve en la librería antes de venir aquí —sollocé—. Fernando me enseñó el Zohar que había conseguido. Luego me crucé en la calle con unos alguaciles de la Inquisición.

—Pues esos mismos alguaciles fueron a hacer uno de sus registros de rutina en busca de libros prohibidos y esta vez los hallaron. Fernando no debió de tener tiempo de ocultarlos. Yo me he librado por poco. Me disponía a entrar en la librería cuando lo sacaban preso. Y para colmo de casualidades funestas, Goliat rondaba por allí en tu busca, rastreándote como un perro por todos los lugares donde pudieras estar. Aunque nos será muy útil: podrá cargar con los dos heridos hasta mi laboratorio de la hermandad, donde estarán seguros. Tú regresa a casa con Juan. Se preocupará si no te ve. Estamos todos en peligro. Espero que Fernando mantenga su juramento y acabe con su vida antes de abrir la boca. Dios santo, qué manera tan estúpida de que todo se venga abajo.

Goliat obedeció las órdenes de la hermana y se echó a Diego a un hombro y a Diana al otro como si fueran su saco de arpillera.

—Cuida de él, amigo —le dije.

La hermana Ludovica giró el brazo de uno de los candelabros que había sobre la chimenea y se abrió en la pared una puerta secreta que conducía a los túneles de la hermandad.

Avanzamos juntos un buen trecho, hasta que al llegar a una encrucijada la hermana y Goliat tomaron el pasadizo de la derecha, y yo continué por el de la izquierda. Salí al exterior cerca del puente de Segovia.

Y allí nos separamos Diego y yo, Berenjena, como un camino que se bifurca en dos vidas, en dos muertes, en dos tormentos.

32

Berenjena abrazó a Bárbara y acunó su llanto como si fuera una niña. A pesar de sus veintiséis años, la sentía como la misma huérfana que en la Santa Soledad lloró desconsolada cuando la hermana Urraca se llevó a Diego para echarlo al puchero de las lentejas.

—Tomás tenía razón —decía ella, entre sollozo y sollozo—. Las estrellas trazan los destinos de los hombres en el cielo con sus manos luminosas. Son cómplices de la diosa Fortuna. Frente a ellas el hombre no es más que un soldado miserable sin ninguna esperanza de gloria.

Berenjena la estrechó con más fuerza entre sus brazos, y le susurró al oído el comienzo de la vida de san Pantaleón que tanto bien le había hecho en el momento del exorcismo.

Poco a poco Bárbara se fue calmando. Se quedó tranquila acurrucada en su pecho, y su respiración recobró su ritmo pausado. Cuando Berenjena creyó que se había dormido, Bárbara continuó su relato con voz serena.

Me casé con Tomás como las estrellas y Diana habían predicho. Debía renunciar a mi amor por Diego para no volver a herirle con el espantoso don que albergaban mis manos, mantenerlo a salvo de aquello que nos unía para que no pudiera destruirnos. Y si aún me amaba, la forma más eficaz era desposarme con quien siempre consideró su rival, pues era la más dolorosa.

«...Tu don depende de tu voluntad, pero tu voluntad es cautiva del amor a un hombre. Contra eso debes luchar», me había dicho la hermana Ludovica. Y me disponía a hacerlo. Iba a entregarme a mi don, y a cumplir aquello para lo que había nacido, según me enseñaron tanto ella como mi abuelo. Curar el pecado original sometiéndome a la ceremonia de la muerte del beso.

Qué arrogante te hace el dolor, Berenjena, me doy ahora cuenta en esta celda. Y me río de mí misma. No había aprendido nada a pesar de tantas lecciones. El alma humana se compone de tres preciosas potencias: el entendimiento, la voluntad y la memoria. Cómo separar el corazón de ellas, si para mí eran la misma cosa. Veía la vida a través de los ojos de Diego, él estaba en todas partes, representaba mi mayor anhelo y reinaba en mis recuerdos.

Pero he de relatarte la historia hasta el final, del que me hallo muy próxima.

Me reuní con Tomás en uno de los salones de la casa de Juan, que también era la suya.

—Cuánta razón tenían tus estrellas —le dije—. Mi destino es casarme contigo y quiero cumplirlo.

—Yo haré que le olvides —respondió tomándome en sus brazos—. Diego no es más que un amor de infancia y ahora eres una mujer.

Me besó en los labios y los sentí fríos.

La boda se celebró en San Ginés pasados tres días. Mi vestido de novia era como una mortaja de nieve. Me moría allí donde me habían bautizado. Pero qué sepulcro más hermoso me esperaba. Tomás, gallardo, como un príncipe de ángeles ante el altar sagrado. Sus ojos eran zafiros, su cabello recogido de oro, su tez blanca tan sólo mancillada en la mejilla por la cicatriz infantil.

Tras pronunciar el «Sí quiero», vislumbré entre las sombras de la iglesia la mirada de unos ojos negros. Era Diego embozado en una capa. La vara de lirios que sostenía mi mano de novia se secó y cayó contra las losas del templo. Cuando salí de la iglesia del brazo de Tomás había desaparecido.

No volví a verlo.

El banquete nupcial se celebró en casa de Juan Medeiros. Cada manjar que se sirvió, cada asado, cada pichón o codorniz, confitura, fruta o pastel, se marchitó en las bocas de los comensales, que no paraban de beber vino para aplacar el sabor amargo de las viandas.

Cuando me dirigí a la cámara nupcial estaba convencida de que cuanto tocaba perecía. Berta me ayudó a cambiar mi vestido por un camisón de encajes. Antes de retirarse, me besó en la frente con la ternura de una madre. La vi salir de la alcoba con los labios ceniza, y los cabellos marchitándosele. No tardó en abrirse la puerta. Tomás entró envuelto en una bata oscura que hacía resplandecer la palidez de su carne.

—Tu melancolía te hace aún más hermosa —dijo—. Recuerdo cuando te vi por primera vez en el hospicio. No eras más que una criatura de pecho y yo un niño que sólo amaba contemplar el cielo, pero al tocar tus manos supe que te convertirías en la estrella que anhelaba.

Me quitó el camisón y dejó caer la bata. Su desnudez de alabastro se estrechó contra la mía. Mi cuerpo quiso ser suyo, entregarse a los placeres fríos.

—Deseo tanto que me acaricies —susurró recostándome en el lecho.

Y lo amé con el corazón muerto. Fui un cadáver que besa y es besado. Un cadáver que sucumbe en panteón de gozo.

—Sé que le diste a él lo que como esposo debió ser mío —murmuró mientras se movía sobre mi cuerpo—. Y algún día pagará por ello.

Al pronunciar esas palabras, languideció bajo mis manos. Desapareció el brillo de sus ojos, los cabellos de oro se tornaron bronce, la piel perdió todo manto de estrellas, y en el instante en que buscaba unirse a mí y lo conseguía me convertí en su sepulcro. El rostro comenzó a descomponérsele por la cicatriz de la mejilla hasta que se le corrompió por entero, y sin saber si era realidad o delirio, vi caer sus pedazos sobre el mío. Cerré los ojos, lloré, grité, mas él seguía vivo dentro de mí.

Lo aparté bruscamente y escapé del lecho y de la alcoba mientras me rogabaa que regresara.

En el pasillo encontré a Goliat haciendo la guardia de mi noche de bodas. Estaba desnuda y cubierta de lágrimas.

—¡Dame tu camisa! —le grité.

Se la quitó con premura. Me llegaba a más de la mitad de las tibias. Se aproximó con timidez y quiso tomarme de la mano para que me fuera con él.

—No me toques si no quieres asistir pronto a tus propias exequias —le espeté.

Sus ojos se entristecieron y por un momento temí que se convirtieran en barro. Me fui a mi alcoba de soltera y vino detrás como un perro manso.

—Si vas a quedarte conmigo, cántame —le rogué.

Fue el canto más triste y melancólico que le escuché jamás. Mi miseria había ensuciado también su garganta prodigiosa. Sin embargo, consiguió que descansara al menos durante unas horas.

Cuando desperté, Goliat dormía junto a mí en el lecho. Lo abandoné con sigilo y regresé a la alcoba nupcial. Tomás yacía entre las sábanas revueltas, con el rostro ceniciento y su respiración inmersa en alguna pesadilla.

Tras comprobar que estaba vivo, lo dispuse todo para huir de aquella casa embriagada por el vino y la inmundicia de la boda. Dios castigaba mi soberbia. Cómo iba a conseguir el medicamento celeste si tan sólo era capaz de sembrar podredumbre y muerte.

Goliat era el principal obstáculo para que mi propósito tuviera éxito. Cuando regresé a mi alcoba ya estaba despierto y se disponía a salir en mi busca. No me fue fácil burlar su vigilancia y sacarle ventaja. Pero de algo me habían servido las lecciones de mi esposo y maestro sobre los mitos griegos. Recordé cómo Hermes había vencido al gigante de cien ojos, Argos, que custodiaba a Io, amante de Zeus. El monstruo siempre dormía con algún ojo abierto como buen guardián, así que Hermes tocó con su flauta una hermosa música hasta que consiguió que cayeran en el más plácido sueño todos y cada uno de ellos. Como era Goliat en este caso el que cantaba, se me ocurrió utilizar su melodía contra él mismo. Me tumbé junto a su inmenso cuerpo, y le pedí que me cantara en un susurro mientras mis manos le acariciaban el rostro infectándolo suavemente con la peste de mi destrucción. Cuando el sol comenzaba a romper el cascarón del horizonte, pareció adormecerse. Entonces, al igual que hizo Hermes con Argos, le golpeé en la cabeza, aunque en vez de una piedra utilicé un jarrón francés.

—Adiós, mi buen amigo. Espero que exista el perdón en el mundo en que vives.

Guardé en un hatillo el chal de mi madre, la tau de mi padre, navaja, pluma, tinta, papel, provisiones para unos días y, ataviada con las ropas de un criado que dormía su borrachera putrefacta, salí al amanecer de la casa y de la villa por la puerta de Guadalajara para echarme al monte, y que me tragara la sierra.

33

Y dónde has estado durante todos estos años? —preguntó Berenjena.

—Primero me oculté en una cueva que hallé en el bosque. De ella hice mi morada con unas simples ramas que me servían como jergón. Pretendía llevar una vida salvaje, no regresar jamás al mundo, pudrirme con mis manos y su don en ese paraje hermoso de la sierra alumbrado de pinos y jaras blancas. No me costó sobrevivir gracias a todo lo que había aprendido sobre la naturaleza de la hermana Ludovica. En aquella cueva permanecí varias semanas. Había días en los que ni siquiera me levantaba del lecho de hojas, tal era la pena que me asolaba y que había rendido también mis fuerzas. Pensaba en Diego constantemente. Su recuerdo era mi alimento. Sus ojos negros, mi pan; su rostro silencioso, la fuente que colmaba mi sed; el ardor de su cuerpo, el fuego que me calentaba. Oía su voz en el viento susurrante que penetraba en la cueva. Decía que me amaba, que nuestro destino era estar juntos, que nunca podría ser feliz con otro. Cuánto me pesaba la nostalgia, Berenjena. Para aplacarla, empecé a escribir cartas que te dirigía a ti y te contaba mi historia desde que había dejado de verte, aunque tenía la certeza de que jamás llegarías a leerlas. Recordaba lo bien que te habías comportado en el hospicio con nosotros e intuía que tenerte cerca, aunque fuera de manera irreal, me hacía fuerte, me ayudaba a alejar mi dolor. Pero ya no quiero huir del dolor, quiero que me abrase, que me rompa, que me destruya. No deseo consuelo, significaría alejarme de Diego y no puedo permitirlo, ni siquiera un instante. La tortura de no tenerle es lo que a un tiempo me mata y me mantiene viva. Repudio toda paz y todo sosiego. Toda vida sin mi amor y toda muerte.

—Bárbara, pero ahora... ¿Qué va a ocurrir?

—Pronto lo sabré. Pero déjame que me desahogue, que ponga fin a mi relato para que comprendas cómo llegué hasta aquí.

Se tumbó en el lecho, y abandonó su mirada en uno de los muros negros.

Una tarde me di cuenta de que habían enviado hombres al monte a buscarme. Cuatro jinetes, no sé si de mi abuelo, de mi marido o de los dos, como si yo fuera el traidor que robó el manuscrito del siglo xv con la profecía. A veces me estremecía al pensar que era mi esposo quien cabalgaba, pues estaba en su derecho de reclamar lo que la ley de Dios y de los hombres le concedía.

Me vi obligada a cambiar de cueva en varias ocasiones. Esperaba la llegada de la noche rezando para que los jinetes no hallaran el rastro de podredumbre, de hierbas marchitas, que dejaba a mi paso. Los botones luminosos de las constelaciones guiaban entonces mi camino, como me enseñó Tomás cuando era mi maestro, pero no me decidía a tomar un rumbo concreto. A veces iba al norte, amparada por la estrella polar, otras hacia el sur, o hacia el oeste. De esta forma la destrucción que me acompañaba se extendía en distintas direcciones, despistando a mis perseguidores. Así estuve varios meses. Era agotador. Muchas veces pensé en dejarme morir, pero la imagen de Diego me lo impedía.

Una mañana del mes de julio de 1618 abandoné una cueva en la que había pasado un par de días. Tenía hambre. Con el hatillo donde había guardado mis pertenencias hice un saco para que me sirviera como trampa para atrapar algún conejo. Buscaba un cebo apetitoso que poner dentro, cuando un olor a pan tierno llegó hasta mí, y el monte se convirtió en horno de mañana, en amenaza gigantesca. Goliat estaba muy cerca. Tenía la esperanza de que no le hubieran enviado en mi búsqueda. Le imaginé tras mis pasos, con el palo castellano, el sable moro y su saco cien veces más grande y temible que el mío.

Corrí cuanto pude, sin saber hacia dónde me dirigía, sin darme cuenta de que no llevaba conmigo mis pertenencias; las había dejado en la última cueva.

Ascendí y descendí por laderas infestadas de pinos y abetos hasta que llegué a un riachuelo cuyas aguas no parecían muy profundas. Decidí cruzar de una orilla a otra por algunas de las piedras que sobresalían de su lecho, pero resbalé porque estaban cubiertas por un verdín de baba, caí de espaldas y me golpeé en la nuca.

Tiempo después —¿horas, días, semanas?— abrí los ojos en un cuartucho húmedo. Mi cuerpo dolorido yacía sobre unas tablas cubiertas por un manojo de paja. Me arropaba un lienzo de estameña con el olor al musgo de los montes.

—¿Cómo os encontráis?

Vislumbré el rostro alargado de una mujer inclinándose sobre el mío. Tenía el cabello cobre y blanco —le caía hasta más abajo de los pechos—, y unos ojos tan espectrales como los de una ánima.

—¿Cómo os llamáis?

No supe qué responderle. Mi memoria se había convertido en un pozo negro.

—Aún estáis confusa —dijo la mujer—. Reposad y no tengáis prisa por regresar junto a los vivos. Dios os alumbrará cuando crea que os ha llegado el momento.

Quiso el cielo o el infierno que cuando me hallaba inconsciente en el río pasara por allí una carreta con seis beatas que volvían de cumplir con misas y confesiones en un pueblo remoto de Toledo. Su piedad y buen hacer me salvó la vida, porque me sacaron del agua con los labios azules y chorreando sangre por la cabeza. Eso supe cuando tuve fuerzas y entendimiento suficientes para escuchar las palabras de la mujer con cabellos blancos y cobre que se llamaba Jerónima, y que regentaba con mano mortificadora un beaterio perdido en la sierra. Me hallaba, por tanto, en lo que también había oído nombrar como «emparedamiento», un lugar al que acudían algunas mujeres para apartarse de la sociedad y dedicarse a la oración y a la pobreza.

Eran ocho en total las beatas o emparedadas que allí vivían, analfabetas, jóvenes en su mayoría. Su deseo había sido entrar en un convento, pero carecían de dineros para dote, o de posición social o de linaje que asegurase la pureza de su sangre.

Muchos son los requisitos que se les exigen a las mujeres para ingresar como novicias, a diferencia de los hombres, que tienen muy pocos que cumplir o ninguno.

El beaterio de Jerónima era una casa de madera rodeada de encinas y de unas lomas hermosas donde en primavera crecía la lavanda. Tan sólo constaba de un comedor, una cocina con patio trasero, y unas celdas minúsculas para las beatas. Otra construcción igual de miserable y de menor tamaño se utilizaba de santuario para los rezos. Tras ella había una huerta donde cultivaban trigo, lechugas, tomates, zanahorias y otras hortalizas. Y un cobertizo con diez gallinas y una vaca tan gorda como las ocho beatas juntas. Estaban bien flacas, ya que su alimento era la oración, y la comida sólo un frugal sustento para no morir de hambre entre plegaria y penitencia.

—Habéis estado a punto de iros con el Altísimo —me dijo Jerónima cuando me repuse lo suficiente como para levantarme—. Pero si Él quiso negaros esa dicha, es porque aún os queda algo por hacer en este mundo. ¿No recordáis nada de vuestra vida pasada?

—Ni lo más mínimo, por más que lo intente —respondí con pesadumbre—. Para mí nací en este lecho de tablas y paja.

—Cuando os encontramos en el río colgaba esto de vuestro cuello maltrecho.

Puso entre mis manos el cordón con la tau de mi padre.

—¿Lo reconocéis?

—No —respondí mientras lo acariciaba entre mis dedos.

—Es la letra de San Francisco.

—Nada puedo deciros, lo siento.

—¿Ni por qué os hallamos vestida como un hombre?

Negué con la cabeza.

—Volved a colgároslo, quizá algún día os ayude a recuperar lo que perdisteis.

Ése era mi castigo, ignorarlo todo sobre mi persona. O quizá el reposo que mi alma torturada necesitaba. Aún así pesaba sobre mí un desasosiego que no me permitía la paz por mucho que me entregara a los rezos y a las mortificaciones. A veces me tomaba por sorpresa un llanto que sólo mis lágrimas y mis manos parecían comprender.

Al principio las beatas aceptaron recelosas que me quedara entre ellas. La caridad era una de sus prioridades, y su espíritu cristiano no les permitió abandonarme en el monte a mi suerte. Poco a poco fui integrándome en su vida rutinaria hasta que acabaron considerándome como a una más. No había olvidado leer y escribir, cosa que le gustó a Jerónima, pues podía deleitarlas con las palabras de las Escrituras y de los libros de vidas de santos que apilaban en el santuario como objetos sagrados sin ninguna utilidad hasta mi llegada.

—Mujer culta sois —me decía—. Y quizá hasta de linaje, pero ante nuestro Señor somos todas iguales. Debéis aceptarlo con humildad.

Y lo hacía. Me despertaba con ellas antes del alba para rezar juntas en el santuario. Después de una zanahoria o berza de desayuno, trabajábamos en la huerta. Muy pronto mis manos se aliaron con mi olvido, y la muerte que habían albergado en el último año se transformó de nuevo en vida. Las hortalizas crecían de forma sobrenatural bajo mi tacto apenas las había plantado, alcanzando tamaños nunca vistos. El trigo maduraba aprisa, y el pan que se cocía en el horno de la cocina era manjar para las bocas austeras de las beatas. Su aroma, sin embargo, me producía una gran intranquilidad, y corría a esconderme en cualquier sitio en cuanto su fragancia llegaba hasta mí. Esto sorprendía mucho a Jerónima y a las otras.

—No tenéis las manos burdas y estropeadas de una campesina —dijo examinándomelas un día—, sino las de una mujer tocada por la gracia. ¿Seréis un regalo que nos puso Nuestro Señor en el camino?

Los conocimientos sobre hierbas medicinales que había adquirido junto a la hermana Ludovica afloraron milagrosamente en mi cabeza conforme pasó el tiempo. En más de una ocasión preparé emplastos y cocciones para las enfermedades que sacudían los cuerpos de las beatas sometidos a más de un calvario.

Se entregaban con gran devoción a las mortificaciones al igual que yo. Teníamos una cruz del tamaño de un hombre, y de ella nos colgábamos por turnos atándonos a los maderos las unas a las otras. Tras el dolor inicial, la plegaria hacía dulce el sufrimiento hasta llevarte al éxtasis, al dejamiento de la inconsciencia celestial. Mientras rezaba las oraciones que me habían enseñado de nuevo las beatas, me sorprendía orando en otra lengua que mi mente no entendía.

Así que pronto me dediqué a curar las pieles descarnadas por sogas y clavos, y también por los cilicios que eran la especialidad del beaterio. Después del almuerzo liviano trenzábamos ramas de espinas en el comedor con las manos sangrantes, y entre ellas metíamos guirnaldas de flores o bayas de colores, hasta crear los instrumentos de martirio más bellos y famosos de la comarca. Confeccionábamos cilicios para las orejas a modo de zarcillos, pulseras, coronas de pasión, cinturones íntimos y los clásicos para muslos, tobillos y tibias. Los sábados peregrinaban gentes humildes y de postín hasta el beaterio, a quienes vendíamos nuestras «artesanías» a cambio de la voluntad o de una gallina o una liebre, y entonces nuestros estómagos probaban la carne.

Con el paso de los años, mis instrumentos se hicieron famosos. Aquellos que yo trenzaba se hincaban con saña en la carne llagándola, pero a la mañana siguiente ésta quedaba limpia de toda herida como si nada la hubiera mancillado. Además eliminaban las fiebres del penitente, deshinchaban los flemones y cortaban las cagantinas y los cólicos, entre otros prodigios. Eran fáciles de reconocer porque siempre terminaba mi obra de tortura con unas pequeñas alas de espinas. Mis manos no habían olvidado su reciente pasión por la navaja, y tallaban en la madera figuritas de arcángeles que acabaron vendiéndose en nuestra feria de martirios, y con resultados tan milagrosos como los de los cilicios. Se decía que habían devuelto el pelo a algún calvo tras frotárselo por la cabeza, o que las mujeres quedaban preñadas al pasárselo por el vientre después del acto amoroso.

Se extendió por toda la comarca que una beata sin memoria terrenal atesoraba en sus manos el poder de sanar como el mismo Jesucristo, o los apóstoles tras ser bendecidos por el Espíritu Santo. A Jerónima no le gustó la fama que me había granjeado. Ella era hasta entonces la más extraordinaria de las beatas, con sus arrobos y raptos místicos. Eran famosos sus alaridos apocalípticos en los que llamaba a la pobreza más extrema y al arrepentimiento por los pecados que, según decían, adivinaba en los ojos de los otros —por eso nadie osaba mirarla de frente.

El director espiritual de las beatas, que era párroco en aquel remoto pueblo de Toledo, se presentó en el beaterio para comprobar lo que allí sucedía. Yo le había visto en varias ocasiones. Dos o tres veces al año iba a visitarnos, y otras tantas éramos nosotras las que nos acercábamos a su parroquia para cumplir con las obligaciones de la fe, no fueran a tomarnos por herejes alumbradas que buscaban acercarse a Dios sin la necesaria intermediación de la Iglesia.

Llegó un día de negocio de martirios. Los asistentes no sólo deseaban comprar mis obras a cualquier precio, también se arremolinaban a mi alrededor para que les tocara con mis manos, para conseguir rozar un trozo de mi hábito, un sayón duro y áspero del color de los huesos. De nuevo se había encendido en mi alma la devoción por la caridad que me embargó cuando ejercí en la villa como la Niña Santa. Se ponían en fila y yo les aplicaba emplastos, les ataba primorosamente los cilicios, les cicatrizaba las llagas, mientras se cantaban salmos y se elevaban novenas al cielo. El párroco se espantó ante semejante espectáculo, pero venía ciego de un ojo así que quiso que yo se lo sanara.

—¡Veo hasta la luz de mi propio espíritu! —aseguró horas más tarde con estupor.

Y así, muy lentamente, pasaron los años. Y día a día se iba abriendo la puerta de mi memoria.

Empecé a soñar con un niño de mirada negra y cabello quemado. Me obsesionaba el perfume de las cenizas. Cogía puñados del hogar de la cocina para guardármelos en los bolsillos del hábito y oler su fragancia en los rincones más solitarios. Pronto comencé a comérmela. Jerónima me descubrió y su desconfianza hacia mí aumentó, al igual que la antipatía que me profesaba desde mi ascensión de beata a santa según decían los penitentes.

Hasta que una mañana de mayo de 1625 vi a dos jóvenes beatas jugar al escondite en el patio trasero de la cocina, entre los hábitos y las mantas tendidos al sol. La memoria se me abrió del todo como una cáscara de nuez al recibir el mazazo de aquella imagen. Estuve dos días tendida en el lecho, viva pero como muerta, mientras reconstruía minuciosamente mi historia. Los recuerdos me enfermaron. Padecía fiebre y accesos de frío.

Al tercer día abrí los ojos al alba, y encontré el rostro de Jerónima sobre el mío.

—Habéis recuperado la memoria —adivinó.

—Así es.

—¿Cuál es vuestro nombre?

—Isabel de Mendoza.

Fue el primero que me vino a la boca.

—¿De dónde sois?

—Nací en la villa de Madrid, y me crié en un hospicio porque quedé huérfana muy joven.

—¿Qué hacíais en el bosque vestida de hombre el día que os encontramos?

—Huir de la familia de mi marido, que me maltrataba desde que él murió.

—¿Quién era vuestro marido?

—Un comerciante de telas, hijodalgo que me enseñó las letras.

—¿Y la letra de San Francisco que lleváis al cuello?

—Me la regaló él, pues tenía gran devoción al santo.

—¿Y el poder de vuestras manos?

—Nada sé de él. Se habrá encendido gracias a la vida pura y los sacrificios del beaterio, o a la fe que depositan en mí los penitentes.

—En esto último no os creo. —Fijó en mí sus ojos de ánima.

—¿Podríais indicarme cómo llegar hasta el río donde me encontrasteis?

—¿Pensáis abandonarnos?

—He de hallar una cueva donde guardé el único recuerdo que tengo de mi madre. Me lo entregaron las hermanas cuando abandoné el hospicio. Después, si vos me lo permitís, me gustaría quedarme en el beaterio.

—Ya veremos cuando regreséis.

Partí al día siguiente con un zurrón de zanahorias, pan, huevos duros y berzas, y una manta sobre el hábito para burlar los fríos nocturnos. Tardé un mes en encontrar la cueva, y gracias a la educación clásica que me había dado Tomás, a falta de hilo, hice marcas en los abetos y los pinos con la navaja para indicar por dónde había pasado y cuál era el camino de regreso.

Nadie había entrado en la cueva en esos siete años. Permanecía tal y como yo la había dejado aquella mañana en que me fui con el saco a dar caza a algún conejo. Abracé el chal de mi madre y me envolví en él. Pasé tres noches al cobijo de su calor mágico. Después emprendí el camino de regreso al beaterio. Pensé en quemar las cartas que te había escrito, pues lo que en ellas revelaba podía hacer daño no sólo a mí, sino a otras personas. En ellas profanaba secretos de la hermandad. Al final ardieron todas menos una, porque quise recordar el vínculo que, antes de perder la memoria, había establecido contigo y que seguramente me salvó de caer en la locura.

Volví al beaterio y le conté a Jerónima que no había encontrado la cueva y que mis pertenencias habían desaparecido. A sus espaldas, escondí la carta junto a dos tallas de madera, la primera que esculpí del arcángel, y la que representaba tu imagen, en un agujero bajo un tablón que había suelto en el suelo de la celda. En cambio, el chal lo oculté entre las tablas de mi lecho, así cada noche podía dormir sobre él y sentir la piel de seda de mi madre. Necesitaba su protección porque mi podredumbre había regresado y con una intensidad pavorosa. La ausencia de Diego de mi memoria durante tantos años la había mantenido a raya, pero para entonces había regresado con la fortaleza de la espera.

Me mortifiqué con más pasión que nunca para eludir mi nostalgia. Procuré trenzar los menos cilicios posibles, pero sucedió lo que tenía que suceder: mis labores provocaron vómitos de bilis y accesos de tristeza en los penitentes.

No volví a curar. Cuando me vi obligada a ir al pueblo para cumplir con mis obligaciones con la Iglesia, el párroco quiso que sanara a un niño que se hallaba entre la vida y la muerte. Me acerqué a él y le acaricié levemente una mejilla. Según el aterrado párroco, el alma infante salió del cuerpo como robada por el diablo.

Me acusaron de haber matado al niño, de haber sellado un pacto con el demonio desde el principio, de haber curado para burlarme de su fe, para asegurarme su confianza, y después causar el mayor mal posible.

Había llegado el momento de abandonar el beaterio y perderme en la soledad de las cuevas.

Tenía planeado huir la primera noche que no hubiera rastro de la luna, pero Jerónima se me adelantó. Ya me había denunciado a la Inquisición. Los alguaciles me prendieron en el beaterio. Desde entonces yazco en esta celda.

34

Aún no había amanecido cuando Íñigo Moncada entró en la alcoba de Rafael. Lo halló vestido como la noche anterior, bocabajo sobre una revoltijo de papeles emborronados con las palabras de su diccionario. Íñigo le retiró unos mechones de cabello y vio su excelsa palidez y los labios manchados de tinta. Parecía un náufrago entre la marea de su escritura. Le puso una mano en el hombro y se lo oprimió mientras le llamaba por su nombre. El notario se desperezó lentamente y se dio la vuelta mientras regañaba a Santuario por haberlo sacado del duermevela en el que se hallaba inmerso. Pero cuando descubrió a Íñigo vestido con calzas negras, camisa blanca, coleto de cuero y la loba oscura desabotonada, por donde asomaba la vaina de la daga, se levantó de la cama de un salto y se refugió en el otro extremo de la alcoba.

—No diré nada —susurró Rafael con la mirada turbia.

—¿Nada de qué? —le preguntó Íñigo extrañado.

—No me hagáis caso, había conseguido dormir unos minutos y aún estoy confuso —respondió manteniéndose a distancia.

—Algo os ocurre —dijo el fiscal acercándosele a él—. Estáis distinto, cualquiera diría que me tenéis miedo.

—Me pongo nervioso cuando sueño con mi madre —balbuceó el notario.

—No digáis estupideces.

—¿Vos recordáis algo de lo que sucede cuando camináis dormido? —Rafael aguardó la respuesta con el corazón en un puño.

—A veces sí —repuso Íñigo.

El notario se ruborizó.

—¿Tenéis algo que decirme? Os aseguro que es mejor que lo digáis vos a que lo diga yo —le advirtió Íñigo.

Se hallaba tan cerca del notario que éste podía sentir el olor tostado de su cuerpo, y hasta el filo escondido de la daga.

—Vi vuestro pecho —dijo bajando la mirada—. Teníais una pesadilla y subí por si podía ayudaros. La camisa se os había abierto.

—Continuad —le ordenó Íñigo fríamente.

—Reconocí la marca del medallón del arcángel. Vos sois Diego de Montalvo y Ceniza, el niño que se crió con la prisionera.

Rafael esperó escuchar en cualquier momento el chirrido de la daga al abandonar su vaina para clavarse en su pecho.

Pero Íñigo se alejó de él, y se pasó la mano por los cabellos quemados, que disimulaba en una coleta.

—Así que era eso. Un hombre puede tener muchas vidas, Rafael, y ahora soy el fiscal del Santo Oficio y voy a acusarla.

—¿Es ella de quien deseáis vengaros? ¿Ella os rajó el rostro?

—Sí. Ya habéis saciado vuestra curiosidad siniestra. ¿Estáis satisfecho? Y ahora vestíos, por favor. Vamos a ver a Lorenzo.

—Pero si aún no ha salido el sol.

—Por eso. Vais a ayudarme a hacer algo antes de que llegue Pedro para la audiencia de la mañana.

—¿Y... ya está? —le preguntó Rafael mientras se recogía los cabellos con una cinta.

—¿Qué queréis? ¿Que os mate? Quizá más tarde si os negáis a ayudarme.

—¿Qué vamos a decirle al inquisidor?

—Eso es cosa mía —respondió Íñigo.

—¿No teméis que os delate?

—Me fío de vos. Además, antes de que terminarais de hablar, mi daga estaría clavada en vuestro pecho —dijo mientras acariciaba la vaina—. Por cierto, ¿dónde está Santuario? ¿No iba a pasar aquí la noche?

—Así es. Debe de haberse ido temprano a su casa.

Lorenzo Varela, el viejo inquisidor, se levantaba a desayunar con la salida del primer rayo del crepúsculo, e invertía un buen rato en comerse los sabrosos platos de carne y la repostería fina que la cocinera morisca le servía en una mesa con mantel de hilo. No le gustaba que nadie le molestara en ese tiempo, pero cuando un criado le anunció que el señor fiscal deseaba verle, decidió recibirle, pues Íñigo era hombre adusto que no solía prodigarse en visitas. Rafael, sin embargo, tuvo que esperar sentado en un silloncito de la antesala.

—Muy importante debe de ser lo que os trae a mi casa, Íñigo, y más aún a estas horas tan tempranas en que hasta el más sano de los estómagos todavía se está desperezando.

Acto seguido el viejo inquisidor deglutió una loncha de jamón marinado en tomates y ajo.

—Lo es. El asunto es delicado y puede revestir cierta gravedad.

—Me asustáis. No os tengo por hombre alarmista —le dijo señalándole una silla frente a la suya—. ¿Habéis desayunado?

—Sí, aunque no delicias tan ricas como las que veo en esta mesa.

—Probad, pues, estas yemas de huevos frescos.

—No, gracias, sois muy amable —dijo Íñigo tomando asiento.

—Decidme, en qué puedo ayudaros.

—Debo hablaros de un asunto delicado respecto a Pedro.

—¿No estaréis celoso de él, ahora que ha hecho esos descubrimientos tan importantes en el caso de Isabel de Mendoza?

—No son celos. Ayer, cuando devolvimos los legajos referentes a dicho proceso y a los que se relacionan con él, me di cuenta de que Pedro había sustraído ciertos documentos, que luego se afanó en colocar de nuevo en su sitio con mucho disimulo para que ni Rafael ni yo nos diéramos cuenta de ello.

—Esa acusación es muy grave, Íñigo. Es delito sacar documentos del archivo secreto, vos lo sabéis.

—Me gustaría comprobar si falta alguno, y quizá de paso consiga averiguar el motivo por el que está actuando así.

Lorenzo Valera se fijó por un momento en su cicatriz. Era más apropiada para el rostro de un soldado que de un fiscal, para vestir una armadura que una loba negra. Hubiera podido compadecerle si no fuera porque aquella marca infame despertaba el temor y la prudencia.

—Pedro es ambicioso, el poder es lo único que mueve su ánimo. Ni comida, ni mujeres le tientan, sólo el poder. Sé que es incapaz de actuar en contra del Santo Oficio, pero este caso de la hermandad secreta le tiene fuera de sí y parece que le ha llevado a proceder de forma poco ortodoxa, podríamos decir. —Lorenzo interrumpió su alocución para devorar una tostada con manteca y sal—. Le conozco bien y no dejará pasar esta oportunidad. El alcaide de la cárcel perpetua es un hombre de mi confianza. Yo le proporcioné el puesto en su día. Agradecido está por ello, así que me da información cuando la considera de importancia, como es el caso. Dice que hace un par de noches un hombre le pagó una buena suma para que le permitiera ver a un reo. Se trataba de un astrólogo al que condenamos a pudrirse en su celda de por vida. No me habría dicho nada, si no se hubiera tratado de Pedro.

—Intenta averiguar cuándo serán a un tiempo las cuatro estaciones del mundo —razonó Íñigo—. Está investigando por su cuenta, dejándoos fuera para asegurarse el mérito.

Lorenzo rió con ganas.

—Demasiado tarde, Íñigo. Ya no me interesan los cargos, ni los honores. Y pensaba que vos tampoco teníais ambiciones políticas.

Se levantó de la mesa con un prologando suspiro y se dirigió a sus aposentos. Volvió al poco rato con una llave en la mano.

—Es una copia de la llave del archivo que corresponde a la cerradura de Pedro. Decidle a Rafael que os acompañe con la suya y comprobad si falta algún documento importante. Ardua tarea es, puesto que son muchos los papeles que conforman los legajos. Tenéis dos horas hasta las diez, que es cuando empieza la audiencia de la mañana, donde ha de presentarse Berenguela, la testigo infiltrada en la cárcel. Y ahora retiraos, dejad que disfrute de mi comida. Pocos placeres, aparte de los de la mesa, le quedan ya a un viejo inquisidor como yo.

—Gracias, Lorenzo. Luego os devolveré la llave.

Íñigo salió del aposento con cierta precipitación, que Lorenzo achacó al ímpetu de su juventud y al deseo de entrar cuanto antes en batalla contra su rival.

«Un soldado será siempre un soldado», se dijo mientras se comía una delicada pera escarchada con chocolate.

En el archivo secreto imperaba el silencio. Aunque era un lugar que almacenaba gran cantidad de sufrimientos, rencores e infamias, exhalaba paz.

Rafael de Osorio aspiró el olor de la tinta antigua, pero ni así pudo librarse de la desazón que le invadía. Observó cómo Íñigo cerraba la puerta y la aseguraba con las tres llaves. Cuando el notario oyó el pasador de la última cerradura, le rogó a Dios que no fuera ése el sonido que sellaría su tumba.

Íñigo llevaba ocultos bajo el coleto dos sacos de terciopelo negro cuidadosamente doblados.

—¿Vais a robar los legajos del archivo? —le preguntó el notario con una voz enflaquecida.

—Meted en este saco los legajos del proceso de Fernando Salazar y del manuscrito del siglo xv, el que contiene la profecía —le ordenó Íñigo—. Yo me encargaré del de la acusada.

Rafael se quedó quieto sujetando el saco.

—Os aprecio —le dijo Íñigo al ver que no se movía—, habéis sido un amigo para mí durante estos meses y he disfrutado de vuestra compañía. No quiero dañaros, pero como no hagáis lo que acabo de ordenaros, os aseguro que en este instante saco la daga y os doy muerte.

Rafael lo miró a los ojos y le parecieron impenetrables. No

podía leer en ellos sus verdaderas intenciones. Desde luego, Íñigo tenía más de un motivo para matarle. Si revelara a los inquisidores su identidad lo arrestarían, o como poco perdería su cargo. Una punzada de deleite se encendió en su pecho al imaginar que lo tenía a su merced, que accedería a todos sus deseos para que mantuviera la boca cerrada. Sin embargo, sabía que aquello no era más que una ilusión. Íñigo era hombre que solucionaba los chantajes con una cuchillada.

Metió los legajos en el saco. Íñigo, además de robar el proceso de Isabel de Mendoza, se apoderó del chal azul que aún permanecía en el archivo.

—¿Lo tenéis todo? —le preguntó Íñigo.

Rafael asintió.

—Saldremos por la puerta principal. Saludaremos al guardia como si no ocurriera nada, y nos dirigiremos a un carruaje de color negro que está esperándonos en una calle cercana. Entregaremos los sacos y regresaremos a casa. ¿Lo habéis comprendido?

—Sí, pero ¿dónde guardaremos los sacos? —le preguntó Rafael.

—Ocultos bajo las capas; no abultan demasiado.

—Tengo experiencia en cargar sacos repletos de papeles, aunque los míos estaban poblados de infectos poemas.

—¿Cómo la llamaba vuestra madre, «la cueva de mis versos»? Pues ahora será la cueva de los legajos.

Sumiso, Rafael colocó el saco en la concavidad deforme de su vientre. Echó los hombros aún más hacia delante y su joroba se elevó bajo la capa.

Abandonaron el archivo, que Íñigo selló con las tres llaves. Sin embargo, no le devolvió a Lorenzo la suya; no había tiempo. Caminaron por los pasillos en silencio. El plan de Íñigo transcurrió sin incidencias. Ni uno solo de los alguaciles sospechó de dos miembros del tribunal, oficiales del secreto además, que andaban por los pasillos aunque fuera a horas tempranas. No obstante, al salir a la calle por la puerta principal, Rafael tropezó y el saco que llevaba en su vientre salió disparado hasta caer en un charco de lodo. Se quedó paralizado. Miró a Íñigo con terror. Entonces uno de los guardias que custodiaba la puerta se apresuró a recogerlo y a entregárselo con amabilidad.

—Se le ha caído este saco, señor. Espero que no se haya ensuciado su contenido.

Rafael le dio las gracias con una voz estrangulada, lo guardó de nuevo en su vientre y siguió a Íñigo hacia la calle que se abría a la derecha del caserón.

—Lo siento —le dijo—, no lo hice adrede.

—Dadme el saco y aguardad aquí —replicó Íñigo con un gesto adusto.

En un recodo, frente a una pequeña iglesia, esperaba un carruaje negro. Era el mismo que Rafael había visto aquel mediodía en que espió a su compañero. Se preguntó si estaría dentro la anciana de los cabellos blancos. Y quién sería ella.

Íñigo golpeó con los nudillos una de las ventanillas. La portezuela se abrió y un brazo de mujer introdujo los sacos en el carruaje, que se puso en marcha a los pocos segundos.

Por primera vez en su vida, Rafael quiso encontrarse con el rostro soso y mudo de Santuario, pero al parecer, a la criada se la había tragado la tierra. La buscó por todas las habitaciones, bajo la atenta mirada de Íñigo. Por un instante, se le ocurrió pensar que él la había asesinado, e iba a encontrarla en una estancia con las tripas fuera.

—Se habrá marchado a casa temprano —aventuró Íñigo—. No creo que debáis preocuparos.

—Las calles aún están nevadas, y hay hielo.

—Rafael, ¿por qué ese repentino interés por esa criada a la que siempre tratáis con cierto desdén aunque ella se deshace en mieles hacia vos? ¿Acaso creéis que voy a mataros, y la buscáis para pedirle ayuda?

El notario guardó silencio. Quiso enfrentarse a los ojos de Íñigo, pero no se atrevió.

—Fui un asesino en la guerra —dijo Íñigo—. Maté a tantos hombres que hubo un momento en que me convencí de que sólo servía para eso: quitar la vida. Y lo peor fue que no luchaba para mantener pura la fe de una Iglesia en la que, además, no creía, ni creo, sino por olvidar a una mujer. Decidme, ¿se puede ser más cobarde?

—Os referís a la mujer del proceso. A Bárbara...

—A ella. Nos hemos merecido un vino tinto aunque sea todavía bien de mañana.

Íñigo se marchó a la cocina y regresó al cabo de un momento con dos copas llenas.

—Creía que a lo mejor habíais aprovechado para escapar —le dijo a su compañero ofreciéndole una copa.

Para templar el miedo y las emociones vividas aquella mañana, Rafael se bebió el vino de un trago, y tras deshacerse de la capa, tomó asiento en su butaca frente a la chimenea.

—¿No os importa que les cuente a los inquisidores quién sois? —le preguntó a Íñigo.

—Querido amigo, siempre seré un proscrito. He de admitirlo. Es un precio que tuve que pagar por lo que aprendí en mi juventud. Íñigo Moncada es el tercer nombre que he tenido en mi vida. El verdadero era el de mi abuelo: Diego. Un letrado de la villa muy respetado.

La voz de Íñigo se diluyó en los oídos del notario. Cada vez le llegaba más lejana. A su alrededor el mundo se volvió difuso y una neblina de invierno lo cubrió todo mansamente.

—¿Me habéis envenenado como si fuerais una mujer? —acertó a decir Rafael.

—Os he hecho un regalo —repuso Íñigo aproximándose—. Por primera vez en muchos años dormiréis como un recién nacido. Al despertar seréis otro hombre.

Lo tomó en sus brazos, liviano y frágil como un niño. Rafael, instintivamente, se refugió en los músculos duros de su pecho, aspiró su olor de hombre, sintió su fuerza, su calor hirviente, como si fuera la última vez que los tendría tan cerca.

Así habrá de ser, se dijo mientras sentía cómo le depositaba cuidadosamente sobre su lecho.

35

Bárbara y Berenjena dormían sobre el jergón, cuando les despertó el chirrido de la llave retorciéndose en la cerradura de la celda. Un ángulo de luz resplandeció en las losas frías y las ratas se apresuraron a ocultarse entre los huecos de los muros. El alcaide entró con una antorcha, la colocó en el soporte de hierro que sobresalía en un muro y puso sus brazos en jarras.

—Veo que os habéis hecho buena compañía —dijo con una voz desagradable—, pero ahora he de llevarme a Berenguela de la Santa Soledad ante los inquisidores.

—¿La traeréis de regreso a la celda tras la audiencia? —le preguntó Bárbara mientras se levantaba del lecho.

—Eso no es cosa mía, ni asunto vuestro. Se hará lo que los inquisidores ordenen.

Berenjena, que ya se había puesto en pie, tomó a Bárbara por los hombros y contempló su rostro. Durante un momento no vio a la mujer que tenía frente a ella, sino a la recién nacida de cutis perfecto que llegó una noche de peste al hospicio con su pergamino secreto y sus manos moradas; vio el rostro de la niña que se enroscaba en Diego en el dormitorio de los destetados mientras ella los arropaba para protegerlos de los ojos infernales de la hermana Urraca; vio a la niña que escuchó de sus labios la historia del niño ángel, la niña famélica y alucinada cuando la sometieron a los exorcismos y su lozanía al resucitar como la Niña Santa. Bárbara había crecido bajo sus ojos vigilantes, y cada gesto, cada sonrisa, cada mirada, cada ademán, la forma de caminar, de correr, de tocarse los cabellos, recorrían su cuerpo como la sangre.

Bárbara se acercó a su oído y le susurró:

—Sé que no vas a volver a delatarme. Esta vez no les contarás nada a los inquisidores.

—¿Sabes que fui yo? ¿Cómo?

—Me di cuenta cuando escuchaste el canto de Goliat. Pude leerlo en el pánico de tus ojos. No sólo le habías visto, también había intentado matarte. Y sólo lo haría para protegerme a mí o a la hermandad. Luego pensé en tu oportuna presencia en esta celda. En un principio quise creer en el destino, pero nunca ha sido tan benévolo conmigo como para concederme el regalo de tenerte cerca cuando más lo necesitaba.

Berenjena buscó bajo el hábito de Bárbara la tau de San Francisco y la apretó con fuerza.

—Hemos hecho juramento de silencio —le dijo con una voz apenas audible.

—Para siempre —susurró Bárbara.

Berenjena le acarició una mejilla y se la besó por primera vez.

—Ya está bien de secretitos y arrumacos —se quejó el alcaide mientras las separaba con una zarpazo—. Pues sí que habéis intimado en un solo día. He tenido paciencia, pero los inquisidores esperan.

Agarró a Berenjena por un brazo, cogió la antorcha del soporte del muro y cerró de golpe la puerta de la celda. Cuando comenzó a caminar hacia las escaleras que conducían a la salida del sótano donde se hallaba la cárcel, le extrañó no ver al centinela de guardia en el pasillo. Un silencio espeso se extendió a su alrededor.

—Date prisa —le ordenó a Berenjena, que caminaba unos pasos delante de él.

El alcaide permaneció atento a cualquier ruido que rompiera aquella quietud. De pronto, al pasar junto a la reja de hierro que comunicaba con las alcantarillas del caserón inquisitorial, se dio cuenta de que ésta se hallaba torcida, y de que había restos de tierra en las losas del suelo, como si la hubieran arrancado de la pared.

—¡A mí la guardia! —exclamó.

Pero no tuvo tiempo de decir nada más. Una sombra de oso se le vino encima y le golpeó la cabeza con un palo que le abrió el cráneo en dos. Berenjena se dio la vuelta y vio a Goliat con la estaca en alto y un sable de moro atravesado en una faja. Se quedó inmóvil y escudriñó sus ojos por si en ellos se abría el hermoso color verde, o por el contrario aquel barro temible que lo convertía en asesino. El gigante se limitó a coger la argolla que colgaba del cinturón del alcaide con las llaves de las celdas y retrocedió unos pasos hasta la reja de la alcantarilla. La arrancó con una sola mano y de ella surgió un hombre vestido de negro, ataviado con sombrero de ala, y el rostro cubierto hasta los ojos por un pañuelo oscuro. Goliat le entregó la argolla con las llaves. Él clavó su mirada en Berenjena un instante y corrió por el pasillo en dirección a la celda de Bárbara. Sin embargo, Goliat no le siguió. Berenjena vislumbró entre la luz de las antorchas que alumbraban el pasillo, el lodo que asomaba en sus pupilas fieras. Se dio la vuelta, temblando, y caminó hacia la salida como si tras ella no se alzara una amenaza titánica. No logró avanzar demasiado. Oyó el sonido metálico del sable moro al salir de la vaina y notó la punta pinchándole la espalda. Quiso silbar el canto de un gorrión para salvarse, como se había salvado José al escapar del saco cuando Goliat se embelesó con el trinar del pájaro. No tuvo oportunidad. Giró la cabeza y entrevió los labios fofos, la baba dorada, los dientes de emperador, y cuando el acero comenzó a atravesarle lentamente la columna, escuchó en un susurro aquel canto hebreo que la conducía dulcemente a la tumba. Cayó de rodillas con la punta curva del sable hereje asomada bajo su pecho.

«Toda sabiduría tiene un precio... Y tarde o temprano hay que pagarlo», le había dicho Berta, la buena de Berta con su lengua cortada. Había llegado la hora. Se agarró las manos como si en ellas yaciera enredado su rosario de cuentas amarillas y se desplomó sobre un charco de sangre.

Entretanto, el hombre vestido de negro abrió la celda de Bárbara. Ella se hallaba de espaldas a la puerta, con la vista perdida en el cuchillo de luz que atravesaba la rendija. Creyó que era uno de los carceleros que a veces le servía la mísera comida en vez del alcaide, y ni siquiera se volvió para mirarle. Entonces oyó su nombre, el verdadero, de unos labios cuya voz, aunque más ronca, reconoció enseguida. Tuvo miedo de darse la vuelta, de enfrentarse a su culpa, a su amor, a su castigo.

—Sal de la celda, rápido —le ordenó él con sequedad.

Se infundió valor para mirarle. Un pañuelo enmascaraba su rostro y cegaba la cicatriz infame. Él evitó sus ojos a toda costa.

En el pasillo, Bárbara encontró a Goliat, que empuñaba palo y alfanje. Entre Diego y él habían matado a varios centinelas antes que al alcaide, pero si los demás que custodiaban la cárcel le habían oído pedir ayuda no tardarían en llegar. Efectivamente, un grupo de cuatro alguaciles surgieron por el recodo del pasillo y desenvainaron espada.

—Ve hasta la alcantarilla que hay más adelante, en el muro, y espérame dentro del túnel —le dijo él.

Bárbara observó cómo blandía la espada y comenzaba a batirse con dos hombres a la vez.

—¿No me has oído? —le preguntó Diego mientras esquivaba la estocada de uno de ellos. El movimiento hizo caer su pañuelo del rostro y dejó al descubierto su identidad.

Al reconocer al fiscal del Santo Oficio como su enemigo, el alguacil titubeó en el mandoble y Diego le dio muerte. El otro sacó una pistola del cinto y le pegó un tiro que le pasó rozando las carnes gracias al palo de Goliat, que desvió la trayectoria. Luego el gigante le estampó la estaca en las costillas y lo dejó malherido en el suelo.

Bárbara por fin se había encaminado hacia la alcantarilla, pero a unos pasos de ella descubrió el cuerpo sin vida de Berenjena. Se echó sobre él y lo abrazó. Poco tiempo la permitió Diego para duelos y llantos, pues como de la nada habían surgido cinco alguaciles más y les pisaban los talones con aceros y pólvora.

Se metieron los tres en el túnel, cuya estrechez rasgaba la camisa de Goliat y laceraba su carne en algunos tramos. Diego iba el primero y guiaba a los otros. La salida se hallaba en una calleja muy próxima a los muros del caserón. Tras la orden de Pedro Gómez de Ayala de redoblar la guardia, llegar hasta el carruaje que les esperaba en una calle próxima podía ser peligroso. Unos cuantos alguaciles les pisaban los talones, pues el tintineo de los grilletes que aprisionaban las muñecas de Bárbara les delataban.

Cuando llegó el momento de salir a plena luz del día, Goliat quitó la reja que protegía el túnel, y Diego cubrió a Bárbara con su capa con la intención de ocultar las cadenas y el hábito de prisionera. La noche hubiera sido más propicia para la huida, pero la urgencia de silenciar a Berenjena y de evitar que Bárbara probara el potro no les había dejado más opción que arriesgarse. Confiaban en la muchedumbre toledana que abarrotaba las calles a esas horas, sobre todo en día de mercado. Un gigante, una mujer cuyo caminar desprendía un chirrido de cadenas y un hombre con el rostro marcado llamaban bastante la atención, pero lograron mezclarse entre la multitud sin despertar sospechas en los guardias, y llegar hasta el carruaje negro justo cuando los alguaciles de la cárcel salían del túnel. Goliat se ocultó bajo una manta en el pescante, y Bárbara y Diego ocuparon el interior, donde les esperaba la hermana Ludovica.

El cochero golpeó los caballos con el látigo y el carruaje partió veloz hacia las afueras de la ciudad.

36

Rafael de Osorio no recordaba haber dormido tanto desde que era un niño y su vida transcurría alejada de la pluma y el pergamino. Imaginó que su madre aún estaba viva y que entraba en su alcoba para darle los buenos días con las mejillas sonrosadas por el vicio de la poesía, pero sin convertirse aún en el verdugo que le obligaba a copiarla hasta que se le agarrotaban los dedos. A pesar de las largas horas de sueño de las que tenía una conciencia vaga, un dolor agudo le aprisionaba la frente, y en la boca una sequedad atroz le pegaba la lengua al paladar. Estaba tendido sobre el lecho, ataviado con la misma ropa de la mañana.

Se levantó, se asomó por la ventana, y vio que había caído la tarde sobre Toledo. Los acontecimientos sucedidos la noche anterior y aquella mañana vagaban por su cabeza como fantasmas, pero aún no tenía valor para enfrentarse a ellos. Oyó golpes en la puerta, cada vez más insistentes y violentos. Abandonó su alcoba y se encaminó al recibidor. Le tembló la mano cuando metió la llave en la cerradura, y la giró dos veces. Tres alguaciles del Santo Oficio irrumpieron en el umbral empujándolo para echarlo a un lado.

—¿Dónde está Íñigo Moncada? —le preguntó uno de ellos con una autoridad que le hizo estremecerse.

—No lo sé. Miren en el piso de arriba, acabo de...

No pudo terminar la frase. El que le había preguntado hizo un gesto con la cabeza a los otros dos, que desenvainaron la espada antes de subir la escalera. Rafael sabía que no le hallarían allí.

—Daos por preso de la Santa Inquisición —le dijo uno de los alguaciles.

—¿Preso? —Su voz sonó débil y vacilante—. Soy el notario del secreto.

—Como si sois la Virgen Santísima. Yo tengo órdenes y las cumplo —replicó el hombre sacando acero toledano del cinto y amenazándolo—. Y esas órdenes también dicen que si nos acompañáis sin oponer resistencia, nadie ha de darse cuenta de que vais detenido, con lo que os ahorraríais el deshonor de sentiros humillado públicamente. Vos decidís.

El guardia interpretó el silencio y la inmovilidad de Rafael como un asentimiento. Envainó el acero y esperó con el puño apoyado en la cintura a que regresaran los otros alguaciles, quienes registraron todas las habitaciones de la casa sin encontrar el menor rastro de Íñigo, tal como Rafael esperaba. Le permitieron, bajo vigilancia, ponerse un jubón negro y su capa, pero no tuvo oportunidad de asearse, así que todavía desprendía un tufo al vino que lo había drogado.

Rafael de Osorio sabía que el Santo Oficio no gustaba de airear sus trapos sucios. A veces incluso había protegido a alguno de sus miembros aunque éste hubiera cometido un delito. Su reputación debía verse mancillada lo menos posible, al igual que la de los hombres que lo formaban. Por eso lo conducían al caserón sin encadenar, ahorrándole la vergüenza de verse observado por los ojos de los transeúntes, que lo señalarían con el dedo murmurando a su paso. Aun así, Rafael tenía la sensación de que su existencia no pasaba desapercibida a las miradas de todos aquellos con los que se cruzaban. Quizá a causa del miedo, de la incertidumbre de su destino o de los remordimientos, la deformidad que lo aquejaba desde que llegó al mundo se había agudizado y su vientre se hundía más que nunca mientras que sus hombros se echaban hacia delante formando la joroba.

No fue conducido a una de las celdas como esperaba, ni a la sala de audiencias, sino directamente a la estancia abovedada, oculta en las entrañas del caserón, donde los muros eran tan gruesos que uno podía desgarrarse la garganta sin que le oyeran en la estancia de al lado. La única luz, que más que consolar el alma la colmaba de estupor, procedía de unos candelabros con velones de sebo cuyas llamas se ondulaban al tiempo que el temblor de las carnes de los reos. Bajo su aura amarillenta se podía ver en una esquina, apoyado contra la pared, el potro —o burro, pues ése era el nombre popular—: un tablón sobre el que tumbarse, unos rodillos donde se enroscaban unas cuerdas para sujetar las muñecas y los tobillos de la víctima, y una rueda que al girar tensaba dichas cuerdas hasta que los huesos de las articulaciones, de los hombros, las rodillas, las ingles, se descoyuntaban, causando un dolor insoportable. Cuántas veces había anotado con su pluma certera el sufrimiento del hereje durante las sesiones de tormento a las que debía asistir. Con cuánta precisión había descrito hasta el último crujido de los huesos que se dislocaban a placer, los aullidos y ruegos de los condenados, en cuyos ojos se reflejaba la capucha negra del verdugo. Y ahora se preguntaba si le había llegado el turno a él, si habría de tomar nota de su propio sufrimiento y transcribirlo después en su diccionario.

El verdugo vestía una túnica negra y el rostro quedaba oculto bajo un capuchón del mismo color que el de los cofrades de la Semana Santa.

Los alguaciles le sentaron en una silla y le ataron las manos a la espalda. Se quedó a solas unos instantes con el verdugo antes de que entrara Pedro Gómez de Ayala. El inquisidor llevaba la sotana acostumbrada, pero sus cejas le parecieron más temibles y enmarañadas que nunca, como si estuvieran listas para entrar en batalla.

—Como veis, no estamos para perder el tiempo —le dijo mirándole con desprecio.

Cuánta verdad encerraban sus palabras. El suyo no iba a ser un procedimiento al uso, como tampoco lo había sido su detención. Se habían saltado varios trámites para pasar sin más al interrogatorio del reo a la vista del aparato de tortura, lo que se conocía como *in conspectu tormentorum*, cuya finalidad no podía ser otra que intimidarlo para que confesara. Cuando Pedro cerró la puerta tras de sí, Rafael se dio cuenta de que el otro notario del secreto que trabajaba en el tribunal no estaría presente para dejar constancia ni de sus palabras ni de su sufrimiento si llegaba el caso. Todo transcurriría en la más inquietante invisibilidad.

—Esta mañana han asaltado la cárcel secreta para liberar a Isabel de Mendoza o a Bárbara o como se llame esa maldita mujer. Y han asesinado a la testigo. ¿Teníais conocimiento de ello?

Rafael negó con la cabeza aterrado.

—Quien planeó el asalto a la cárcel sabía por dónde entrar y por dónde salir de ella con el menor riesgo de ser descubierto. Sabía cuántos hombres estarían custodiándola y a qué hora sería más vulnerable a un ataque, pues se producía el cambio de guardia. ¿Tenéis idea de quién os hablo?

—No, señor —contestó con voz temerosa.

—Ya habrá tiempo de averiguar si eso es cierto —repuso Pedro mientras acariciaba el potro—. El único guardia que quedó con vida aseguró que los asaltantes eran un hombre de estatura gigantesca y el fiscal del Santo Oficio. No pude creer lo de Íñigo en un principio. Nunca me resultó de fiar, pero que llegara a asaltar la cárcel me parecía demasiado. Entonces el guardia me aseguró que era él porque le vio la cicatriz que le cruza de lado a lado la cara.

»Íñigo ha tenido hoy un día verdaderamente ajetreado. Hemos descubierto que faltan del archivo secreto todos los legajos de papeles correspondientes al proceso de Isabel de Mendoza, al del librero de la villa, Fernando Salazar, y al del manuscrito del siglo XV. Es decir, no queda constancia escrita del testimonio de Berenguela de la Santa Soledad, ni de ningún proceso con el que pueda relacionarse la hermandad secreta. Esta noticia no os sorprenderá, ¿verdad? Sé que Lorenzo le entregó una llave a Íñigo. Mentiría si os digo que no he disfrutado al ver su rostro más que perplejo cuando ha tenido conocimiento de cuanto os estoy relatando. El viejo, que tantas esperanzas tenía puestas en el protegido del inquisidor general. Aún desconozco qué relación tiene él con este asunto, pero no dudéis que me propongo descubrirlo. Mas no nos distraigamos de la parte que os atañe. Sé que vos ayudasteis a Íñigo a sacar esa documentación del archivo. El alguacil de la puerta principal os vio salir juntos sobre las ocho y media. Dijo que parecíais ir cargados con algo, y que a vos se os cayó al suelo un saco de terciopelo negro. Allí iban los documentos secretos del archivo, ¿no es así? ¡Confesad que le ayudasteis a robarlos, confesad que sois su cómplice!

Rafael alzó los ojos hacia el ceño fruncido del inquisidor y sólo tuvo fuerzas para decir:

—Me obligó a hacerlo. Me amenazó con una daga.

—Podría creeros ahora que conozco la verdadera faz de nuestro fiscal —adujo Pedro—. Podría creeros, repito, si no fuera porque vuestra criada, Santuario, os ha delatado. ¿Palidecéis, Rafael? Tomasteis precauciones al buscárosla muda y analfabeta, pero fue testigo ocular del espantoso hecho del que os acusa, y vos sabéis bien que un testigo ocular vale por dos testigos de oídas. Alguien se había encargado de escribirle en un papel quién era y a quién quería delatar y por qué. De todas formas, os aseguro que luego encontró la forma de explicarlo por sí misma. Era grande la vergüenza que la atormentaba y el deseo que sentía de expresarla. Vuestra delatora, (y ya veis que tengo con vos más de una deferencia, que nunca ha de saber un reo quién es el causante de ir a dar con sus huesos en la cárcel) os acusa de sodomía, del pecado nefando. ¡Íñigo era vuestro amante!

Acusarle del robo de documentos del archivo secreto llevaba pareja la pena de inhabilitación por una temporada y una multa de cincuenta a cien ducados; no era la primera vez que escribanos de confianza vendían secretos inquisitoriales a cambio de dineros, pero la acusación que acababa de formular Pedro lo conducía sin remedio a la hoguera.

Rafael, apenas consiguió pronunciar una palabra:

—Miente.

Pedro se puso en pie y lo señaló con un dedo incriminatorio.

—Vos, que compartíais con él lujurias y retozos prohibidos, le ayudasteis a cometer el robo, y hasta es posible que también supierais que iba asaltar la cárcel.

—Todo es mentira.

—¿Dónde se ha escondido? Debíais de compartir confidencias mientras os regocijabais carnalmente. ¿Por qué se ha jugado el puesto, el honor y el pellejo por liberar a la prisionera?

—No sé nada.

—Conoces bien cómo funciona esto: o confiesas por ti mismo, o lo haces a fuerza de potro.

Había comenzado a tutearle, era mala señal. ¿Tendría el valor suficiente para dejarse descoyuntar por Íñigo? A pesar de haber sido traicionado y despechado, el acto de inmolarse por el amante encerraba un horror que lo atraía poderosamente. Sufrir por él, ya que no le había permitido amarlo. Pero la humillación sufrida aquella misma mañana, cuando su deformidad sirvió para ocultar los legajos robados, pesaba sobre sus convicciones.

Pedro hizo una señal al verdugo que desató a Rafael de la silla y lo arrastró hasta el potro sin que opusiera la más mínima resistencia. Mansamente, permitió que le quitara camisa, botas, calzas y medias, con sus manos fuertes y ásperas, hasta dejarlo en calzones, preparado para el sacrificio. Agradeció las cuerdas y correas que le aprisionaron tobillos y muñecas, pues le estiraron el cuerpo y la concavidad deforme de su vientre desapareció, aunque la chepa de la espalda no le permitía apoyarlo del todo, lo que significaba que aguantaría el martirio peor que otros.

Cuando el verdugo comenzó a girar la rueda, Rafael recordó las palabras que había anotado una vez en su diccionario: «Sin miedo no hay sufrimiento que se precie».

Quiso gritar, pero sólo acertó a regurgitar un lamento. El verdugo giró otra vez la rueda y en los ojos del notario se transparentó su padecimiento. Su esqueleto crujió, la piel se separó de la carne a causa de las cuerdas. Pero fue el insoportable dolor de la chepa el que le soltó la lengua.

—Caminaba en sueños —dijo con un gemido.

—¿Qué quieres decir?

—Caminaba dormido y hablaba de unos túneles de los que quería escapar. Le acompañaba una mujer en su delirio, la llevaba de la mano.

—¿Quién era?

El inquisidor dio orden de girar más la rueda.

—Creo que la prisionera que liberó.

Rafael le imaginó con ella en pleno dolor, besándole las manos, y recordó los labios de él recorriendo las suyas.

—Gozar es sufrir, sufrir es gozar, hasta las llamas de la hoguera —murmuró para sí.

Una nueva vuelta a la rueda le descoyuntó un hombro y le soltó de nuevo la lengua.

—Una noche descubrí que tenía una marca en el pecho, la quemadura del arcángel san Gabriel.

Pedro enarcó las cejas.

—No te burles de mí o lo pagarás caro. ¿Íñigo es el niño que se crió con la acusada?

—Creo que sí.

—¿Y los túneles de sus sueños son los de la hermandad?

—No lo sé.

—Pero ¿te dijo dónde estaban?

—En una ribera del Manzanares próxima al puente de Segovia. La entrada está escondida detrás de una roca con forma de media luna.

Pedro dio orden al verdugo de que lo soltara. Había conseguido mucho más de lo que esperaba. Miró a Rafael con desprecio, desmayado sobre el potro, y abandonó la sala de tortura mientas su mente diseñaba el plan que, de tener éxito, podría conducirlo a la cima de su ambiciones.

37

Cuando el carruaje negro en el que Bárbara, Diego y Goliat escaparon de la cárcel llegó a las afueras de la ciudad, el cochero, un mercenario contratado por unos ducados, se apeó del pescante y Goliat ocupó su lugar, encogido bajo un capote que lo protegía del frío y de su corpulencia delatora. Una vez se hubieron alejado varias leguas de los tejados de Toledo, pararon en una venta donde Diego tenía apalabrado un caballo. Pedro Gómez de Ayala no tardaría mucho en descubrir su implicación en el robo del archivo y en el asalto a la cárcel; un hombre con una cicatriz púrpura que le cruzaba el rostro era fácil de reconocer. Aun así cabalgaría a una distancia prudencial del carruaje, por si en algún momento lo detenían los guardias o era asaltado por los maleantes que rondaban los caminos hacia la villa.

Antes de entrar en la venta, Goliat rompió los grilletes de Bárbara con un martillo y una barra de hierro, y liberó sus manos de las cuerdas y trapos. Luego ella cambió el hábito de prisionera, por un vestido sencillo y una capa de buen paño.

Tras un ligero almuerzo en el que Diego no compartió mesa con la hermana Ludovica ni con Bárbara, prosiguieron el viaje hacia Madrid.

La monja había envejecido en los últimos años. Su cuerpo había menguado, o al menos eso le pareció a Bárbara al verla por primera vez sin el hábito de la Santa Soledad o la túnica ámbar. Llevaba un vestido oscuro con una tímida valona de encaje y botones nacarados en las mangas. Aunque su porte era menos robusto que antaño, seguía desprendiendo su halo de autoridad. Lo que más le impresionó a Bárbara fue el cabello, libre del griñón rígido o la capucha: una melena blanca de pelo grueso y brillante recogida en un moño dulcificaba su aspecto. Pero la fortaleza de su cuello bovino y la intensidad de su mirada plomiza, que se había clavado severa en los ojos de Bárbara, permanecían intactas.

Mucho tenían que reprochase la una a la otra, pero durante un buen trecho eligieron el silencio, acurrucándose en el paisaje que contemplaban por el hueco que quedaba entre las cortinillas. Así permanecieron un par de horas, vapuleadas también por el traqueteo del carruaje que Goliat conducía veloz por los caminos menos transitados. Finalmente, Bárbara se enfrentó de nuevo a la mirada de la monja y dijo:

—Me marché porque mi presencia sembraba la muerte. No hacía más que herir a quienes más quería.

—Más los heriste con tu partida, me temo —replicó la hermana Ludovica—. Y me incluyo entre los afectados, pues había puesto muchas esperanzas e ilusiones en ti desde que eras una criatura. Pero huiste de nosotros y de tu destino. Aun así hemos venido a liberarte. Tu marido y tu abuelo también se hallaban en Toledo, preocupados por tu situación, pero decidimos que era más seguro viajar separados y partieron ayer tarde hacia Madrid.

—¿Y era necesario asesinar a Berenjena?

—Esa mujer te delató, Bárbara. Testificó contra ti revelando a la Inquisición tu verdadero nombre. Les dijo que eras la Niña Santa, luego prófuga del Santo Oficio. Y me delató a mí. Por su culpa los alguaciles me buscan. Sabía cosas sobre la hermandad que jamás pude imaginar que había descubierto. Puso nuestra existencia y nuestros secretos en peligro. Y por si fuera poco, se prestó a que la metieran presa para sacarte información, y luego transmitirla a los inquisidores. Había que silenciarla.

—Esta vez no hubiera hablado —dijo Bárbara—. Me lo aseguró y yo la creí.

—Te recuerdo que juraste proteger a la hermandad aunque para ello tuvieras que sacrificar tu vida o la de otros. ¿Has perdido la fe en lo que te enseñamos?

Bárbara miró por la ventanilla del carruaje antes de contestar.

—Ya no sé en lo que creo, hermana.

—Entonces está todo perdido —se lamentó ella—. Dentro de cuatro días es la fecha propicia para que se cumpla la profecía para la que naciste destinada. Pero sin fe, todo es inútil.

—Ése es el verdadero motivo por el que me liberasteis de la cárcel, ¿no es cierto?

—Te rescatamos aunque traicionaste a la hermandad, Bárbara.

—Jamás mencioné su existencia.

—Te advertí hace años que, una vez dentro, la fidelidad a ella era de por vida. Custodiamos un tesoro extraordinario.

—Tampoco me disteis muchas opciones para elegir. A pesar de todo llegué a creer firmemente en vuestras enseñanzas. Os repito que si huí fue para proteger a la hermandad de mí. Cuando descubrí a Diego observándome sin clemencia mientras me casaba en San Ginés, comprendí que me equivocaba al pensar que con la boda separaría mi voluntad de mi corazón y no podríamos herirnos nunca más.

—Te advertí también que dominaras tus pasiones, te ofrecí la posibilidad de hacerlo tomando los hábitos —dijo la monja dominando su ira—. Pero basta de reproches. Así no llegaremos a ningún sitio.

La hermana Ludovica se hundió en un profundo suspiro y tomó las manos de Bárbara entre las suyas. En un principio, la joven hizo ademán de retirarlas, pero después permitió que la hermana se las acariciara. Estaban muy lastimadas. Las ataduras habían dejado llagas en su piel.

—¿Qué le han hecho a tus manos esos malditos inquisidores, a tus manos que poseen un don divino? —se lamentó la hermana.

—Ellos lo creían diabólico.

—Pero ¿y tú, Bárbara? Dime, ¿qué sentías cuando curabas a los enfermos en el hospicio, cuando curabas a los desgraciados con cuyos males comerciaba la Blasa?

—Un profundo calor en el pecho que me producía paz y bienestar. Era feliz, hermana, y sólo deseaba poder seguir haciéndolo.

—¿Y eso no te basta para vivir, para renacer de tu melancolía y entregarte a tu destino?

—Mi destino se halla unido al de otra persona, hermana. De eso ya no tengo duda.

—Eso he temido desde que os contemplé en la cuna del hospicio —dijo la monja con pesadumbre—. Pero que os hayáis encontrado en el tribunal de Toledo despeja cualquier duda que pudiera tener.

Cuando el atardecer enrojeció el horizonte, Goliat detuvo el carruaje para dar un descanso a los caballos y que abrevaran en un arroyo. La hermana Ludovica se había dormido, así que Bárbara aprovechó la oportunidad para quedarse a solas con el gigante. Lo vio de espaldas, envuelto en el capote contemplando la última luz del día, y lo llamó. Él se dio la vuelta y permaneció un rato mirándola, como si estuviera pensando si debía acudir a su encuentro. Finalmente se decidió y avanzó hacia ella.

—Gracias por rescatarme de la cárcel —le dijo Bárbara—. No te culpo de la muerte de Berenjena, tú sólo cumples lo que te mandan.

Los años no parecían afectarle. Nada en él había cambiado. Sus ojos se teñían de verde conforme avanzaba la noche, pero su ensueño estaba fijo en el rostro de Bárbara. Ella le ofreció una mano. Goliat, tomándola entre las suyas, se abrió el capote y la puso sobre su corazón, que con tañidos de campana retumbaba en la naturaleza. Cada árbol, cada arbusto, cada brizna de hierba o piedra del camino lo sintió latir, al igual que Bárbara. Entreabrió la boca, pero en vez de un canto, se escurrió de sus labios un hilo de baba.

Goliat apretó más la mano contra su pecho, como si quisiera que por un momento le traspasara su carne de arcilla. Luego miró de nuevo al horizonte y los latidos fueron debilitándose. Entonces dejó caer la mano, se oscurecieron sus pupilas, y fue a ocuparse de los caballos.

Continuaron el viaje hasta que fue noche cerrada. No pernoctaron en ninguna venta por miedo a que los alguaciles de la Inquisición los sorprendieran mientras dormían. Goliat escondió el carruaje en un encinar apartado del camino. Se turnaría con Diego para vigilarlo hasta el amanecer, mientras la hermana Ludovica y Bárbara descansaban en su interior.

La primera guardia la hizo Diego. A unos pasos de la encina bajo la que se hallaba sentado, veía a Goliat como un animal inmenso tendido sobre la hierba negra. Estaba inmóvil, con los ojos abiertos varados en el cielo. Parecía contemplar las estrellas, pero su garganta emitía un ronquido infantil. Observar al gigante lo distraía de la desazón que le desgarraba el pecho al saber que Bárbara se hallaba tan cerca de él. El calor de su cuerpo le asediaba a pesar del frío de noviembre. Sacó la daga que llevaba al cinto y la clavó con furia en la tierra. El cabello de Bárbara flotaba en las melenas de las encinas, sus ojos verdes en las sombras de la madrugada, su boca en la humedad de la hierba.

Despertó a Goliat a la hora convenida para que cumpliera con su turno de vigilancia. Ya que no podía matar, deseaba dormir para olvidarla. Pero pronto se arrepintió. Temía que al abandonarse al sueño lo atacara su feroz sonambulismo. Había brotado en él al poco tiempo de separarse de Bárbara. Lo supo cuando luchaba en la guerra y deambulaba de un lado a otro del campamento. Al principio sus compañeros pensaban que era tal su celo de soldado que hacía guardias hasta cuando no le tocaban. Más tarde descubrieron que ni sus ojos ni su voz respondían más que a un espejismo o a un encantamiento. Entonces comenzaron a temerlo. Estaba poseído por el espíritu de un guerrero que durante el combate lo ayudaba a manejar la espada con una destreza que siempre lo salvaba de la muerte, y durante las noches debía pagar la deuda dejándose arrastrar a su universo fantasmagórico. El ánima había entrado en él por esa herida terrible del rostro, y conforme cicatrizaba en un costurón escarlata, se consolidaba el pacto diabólico.

Diego se esforzó por evitar dormirse, mientras Goliat le miraba con ojos alelados babeando. Paseó entre las encinas, lanzó la daga contra los troncos grises como si hiciera prácticas de puntería, maldijo su desgracia en todas las lenguas que hablaba, hasta que sintió que le temblaban las piernas y la cabeza le estallaba en una tortura insoportable. Se tumbó sobre la hierba, y en pocos minutos dejó que el sueño le venciera.

Bárbara se hallaba sumida en un duermevela que le empapaba el cuello de sudor y la mantenía alerta como si estuviera a la espera de algo. Se despertó enseguida cuando notó que se abría la portezuela. Reconoció a quien entraba antes de mirarlo. Él le cogió con suavidad una mano y susurró:

—Ven, escapemos.

Caminaron juntos durante un rato por el bosque, en silencio. Bárbara pensaba que se dirigían a algún lugar concreto, que Diego había planeado su huida. No se atrevía a mirarle, a pesar de que lo deseaba, ni siquiera a hablarle. Se acumulaban en su garganta palabras de distintos sabores: el de los reproches, el de las traiciones, el del arrepentimiento, pero sobre todos ellos su boca degustaba el del amor herido.

Tras subir una pequeña colina, Diego se detuvo. Bárbara tenía la sensación de que habían estado dando vueltas en círculo. No le había soltado la mano; la retenía en la suya como una prenda que se ha de llevar hasta la sepultura. El cielo estaba oscuro y las estrellas pastaban por él en torno a una luna menguante. Los rodeaban los ruidos de la noche, el ulular de una lechuza, el silbido del viento, el crujir de la hierba y de los matorrales. Él comenzó a besarle las yemas de los dedos, pero ella no sintió el dolor de las llagas sino el de la ausencia de sus labios durante tanto tiempo. Podía oír el latido del corazón de Diego, que esperaba paciente percibir los latidos del suyo, mortecino desde su boda. Bárbara se estremeció, y por primera vez, cuando él levantó la vista, se enfrentó a sus ojos. No había en ellos el más leve rastro de consciencia.

—Diego, mírame —le rogó.

—Escapemos —repitió él.

—A pesar de todo lo ocurrido iría contigo donde me pidieras, incluso al infierno si fuera preciso.

Lo atrajo hacia ella y lo besó en la boca como si quisiera que el viento del bosque se llevara de un soplo los años que habían vivido separados. Los labios de Diego respondieron a los suyos. Despertó de sus sonambulismo entre sus brazos y, tras gozarla un instante, la apartó de él con brusquedad.

—Déjame.

—¿Qué te ocurre? Creí que íbamos a huir juntos.

—¿Huir contigo?

—Entraste en el carruaje mientras dormía, me cogiste la mano y de tu boca salió el ruego de que escapáramos.

—¿Y de verdad lo has creído? —se burló.

Bárbara le abofeteó, pero Diego no se inmutó.

—No era yo quien fue a buscarte al carruaje, sino el espectro en que me convierto cuando duermo. Ni siquiera me concediste el reposo del sueño. Vago dormido por los recuerdos que no sé olvidar, vago por mi tormento, tú. Puedo verte con la misma nitidez que hace siete años, vestida con tu traje de novia en al altar de San Ginés. Para mí el tiempo no ha pasado. Huelo el incienso de la iglesia maldita, escucho las palabras del cura, veo a los invitados y hasta el último detalle de sus ropas. Siento el mismo dolor que entonces, el dolor de la traición, el escozor de mi rostro abierto por tu voluntad. Recuerdo el tañido de las campanas, la forma de las nubes en el cielo cuando saliste de la iglesia del brazo de él, las voces de los comerciantes en la calle, lo que vendía cada uno y a qué precio. Recuerdo...

—Basta —interrumpió Bárbara.

—¿Basta?

Diego se acercó a ella y se enfrentó a sus ojos verdes.

—Eras un veneno en mi vida; despierto o dormido, no había escapatoria. La única forma que me quedaba para librarme de ti era la muerte. Pero no el suicidio como supuso mi padre, porque tu recuerdo me hubiera seguido al infierno. No, la mía no, la de otros. No iba a quedarme en Madrid viéndote casada, así que me alisté para luchar en las guerras que el primo del rey libraba contra los protestantes de Bohemia. Fray Clavícula y la hermana trataron de impedírmelo, pero escapé. Maté en los campos de batalla a muchos hombres, aunque no en defensa de una fe en la que no creía, sino en defensa de mi libertad. Mi mente se silenciaba en la batalla y no existía en ella más que morir o matar. Me hirieron varias veces y siempre sobreviví, porque mi anhelo era regresar a la lucha, a mi ritual de sangre donde podía olvidar. Luego serví con los tercios en Flandes. Qué más me daban protestantes holandeses que bohemios, si mi guerra era otra. Un día me levanté y no supe quién era. Íñigo Moncada me hacía llamar, pero muy poca humanidad quedaba en mí, fuera cual fuese el nombre que me designara. Matar me devoraba, me consumía el olor de la sangre caliente y de las vísceras de los hombres que caían bajo mi espada. Mi padre se suicidó a causa de la pérdida de mi madre, e intentó asesinarme para que no sufriera las injusticias del mundo. Loco, cobarde, le había llamado muchas veces. Pero ¿y yo? ¿En qué me había convertido? En vez de matarme a mí hundía mi espada en la carne de otros. ¿No era yo más loco, más cobarde que mi padre?

Miró a Bárbara con dureza y calló por un instante. Ella estaba tan cerca de él que podía sentir su aliento cálido como una frontera invisible.

—Sí, te has convertido en un monstruo —le dijo con un temblor en los labios—. No volvería a acercarme a ti jamás. La cicatriz que te hice por la ponzoña de los celos es perfecta para tu nuevo rostro.

—Alégrate entonces de que tu marido continúe siendo apuesto. Te está esperando. Vuelve con él porque yo ya no te amo.

—Tomás pagó al alcaide para que me entregara un billete en el que decía que aún me amaba. Por supuesto que voy a volver con él. Jamás me traicionará con otra como tú.

Bárbara le dio la espalda y comenzó a bajar la colina. Las piernas apenas le sostenían el resto del cuerpo y tuvo la impresión de que se quebraría contra el suelo como una porcelana. De pronto se volvió de nuevo hacia él y le dijo:

—Sólo me queda agradecerte una última cosa: que me hayas liberado de la cárcel.

—Lo hice porque la hermandad cree que eres la elegida para que se cumpla la profecía.

—No lo comprendo bien. Acabas de decirme que huiste de ella, y ahora obedeces sus órdenes. ¿Te atraparon?

—¿Quieres saber el final de la historia? ¿Cómo el monstruo se hizo fiscal del Santo Oficio? —le preguntó con amargura—. En las calles de Brujas salvé de una emboscada de los protestantes a un sacerdote que acompañaba a varios mandos militares. Pero no resultó ser un sacerdote cualquiera, sino un obispo con influencias en la corte y amigo personal del rey. Me invitó a una recepción para conocerme y darme las gracias por lo que él juzgaba como una acción noble y valerosa. Después lo visité en varias ocasiones mientras permaneció en Flandes. Era hombre culto, amante de los libros, la filología y la retórica, y conversábamos sobre esas materias a menudo. Le sorprendió encontrar tras el soldado a un hombre instruido. Y quiso darme la oportunidad de abandonar aquella vida de sangre que me sumía poco a poco en la locura para regresar a los estudios. Así que retorné con él a España y estudié leyes. No mucho tiempo después le invistieron inquisidor general y me nombró fiscal del Tribunal de Toledo, tras arreglarme una nueva genealogía.

—Un hereje acusando a otros de serlo. ¿Te lo permitía tu conciencia? —le reprochó Bárbara.

—¿Conciencia? La había perdido en el campo de batalla mientras intentaba olvidarte. Los libros vinieron a sustituir a la muerte, aunque aprovechaba cualquier ocasión para batirme. El riesgo y el peligro que vivía en la guerra los cambié por la posibilidad de que la Inquisición me descubriera. Pero si a ella llegué cansado de matar, lo que encontré entre sus muros fue otro tipo de aniquilación, mucho más minuciosa y cruel que una espada cercenando un cuerpo.

—Y no renunciaste a ella.

—No. La hermandad me encontró, pues largos son sus brazos, y les venía muy bien tener a un infiltrado entre las filas de su mayor enemigo. Ya no recuerdas las palabras de la hermana Ludovica ante la puerta de la esfinge: «... una vez que traspaséis este umbral no habrá vuelta atrás». Retornar a la fe que nos enseñaron y saber por la hermana que habías desaparecido hacía años le concedió una breve y efímera tregua a mi locura. Pero qué poco me dejaste disfrutar de ella. Volviste a mí, pero esta vez el destino se había encargado de poner las cosas en su sitio: tú, prisionera por tus delitos; yo, encargado de acusarte de ellos.

Sus ojos negros se clavaron en los de Bárbara como las tinieblas de la noche.

—Cuánto hubiera disfrutado de verte en pie en la sala del tribunal mientras leía uno por uno los cargos acumulados contra ti —continuó.

—Yo también podría haberte acusado de alguno. Traición, como mi padre.

—Traición —repitió Diego—. Sí, tú ya me juzgaste y condenaste en el momento. En mi cara está la marca de tu sentencia, y para rubricarla te casaste con otro. Ahora te tocaba a ti ser condenada y sufrir tu castigo.

—¿Hubieras permitido que me sometieran a tormento? ¿Que me ataran en el potro hasta quebrantar mis huesos?

—¿Acaso no lo merecías?

Bárbara le dio la espalda y descendió la colina, esta vez sin detenerse. El cielo se había cubierto de nubes grises y un viento fiero las hacía chocar unas con otras, arrastrándolas a su destrucción. Estalló un trueno que rompió la quietud de la noche y comenzó a llover.

En lo alto de la colina, Diego era una sombra que desdibujaba la tormenta, mientras Goliat, que había estado espiándolos tras las encinas, corría entre ellas con la boca abierta y se tragaba la lluvia.

38

10 de noviembre del año del Señor de 1625
Villa de Madrid

Llegaron a Madrid al día siguiente. Había escampado, y la luz del sol que el otoño acorta menguaba en el cielo de noviembre. Goliat se llevó el carruaje, junto con el caballo de Diego, a las cuadras del caserón de la calle Segovia para ocultarlos, mientras que Diego, la hermana Ludovica y Bárbara se quedaron en la ribera del Manzanares. Era más seguro entrar en los túneles de la hermandad por la puerta escondida tras la piedra con forma de media luna, por si los alguaciles de la villa buscaban el carruaje y los detenían. El gigante sabría apañárselas solo.

Como la primera vez que la monja los condujo por los túneles, tras escaparse del hospicio, Bárbara y Diego recorrieron junto a ella aquel pasillo infinito alumbrado por antorchas con brazos de hombre. El espesor de oro que en él se respiraba y el perfume del aceite no habían cambiado, pero ellos sí. Diego caminaba tras Bárbara. En otros tiempos ella le habría cogido la mano y se hubiera sentido mejor. No lo hizo porque le costaba reconocer al hombre en que se había transformado. El lazo que los unía se había convertido en frontera.

El pasillo se fue estrechando hasta desembocar en la gran cisterna de paredes musgosas y ladrillos rosados. Desprendía una humedad moruna que los siglos habían hecho madurar como al buen tinto, y se extendía hasta el techo altísimo donde colgaban las cadenas con las lámparas de aceite. Cada rincón estaba inundado con su fragancia añeja y majestuosa.

De pie, en medio de la cisterna, Bárbara distinguió la figura de Tomás. Iba envuelto en la túnica blanca, como la primera noche que lo siguió hasta la torre. Su rostro, el que ella había visto descomponerse hasta caer en pedazos sobre el suyo, permanecía con su hermosura intacta. Tenía el cabello más corto, los bucles dorados se habían convertido en ondas que coronaban su frente marcada por un par de arrugas. Quizá había perdido el aura angelical de su juventud, pero seguía pareciendo un ser que no pertenecía al mundo terrenal, sino al celeste, tal vez era la intensidad del azul de sus ojos, la perfección de los labios ligeramente rojizos. Tomás, etéreo, lejano, luminoso como la luna que un día custodió. Tan distinto a Diego…

Bárbara caminó aprisa hacia él. «Todavía te amo», decía el billete con la piedra blanca que ella había abandonado en la celda del Santo Oficio, para que las ratas royeran gustosas sus poderes mágicos.

Tomás también fue a su encuentro. Nada más verla aparecer en la cisterna con Diego frunció el ceño. No obstante ella le había sonreído levemente y se dirigía hacia él. La contempló: el cabello suelto cayéndole sobre los senos y la espalda; el cuerpo delgado, flaco, pero aun así deseable; los ojos profundamente verdes, como si en ellos se hubiera concentrado su desdicha; la tez invisible; y sus manos, aquellas que lo habían fascinado desde la infancia, mancilladas por moretones y llagas.

Cuando se encontraron, Tomás le acarició una mejilla.

—¿Te entregó el alcaide de la cárcel mi mensaje? —le susurró acercándose a su oído.

Ella asintió.

—Si te hubieras escapado con él nunca te lo habría perdonado. Os habría perseguido hasta matarlo. Desde que era una criatura de leche se interpone entre nosotros.

—Lo siento —musitó Bárbara—. ¿Podrás perdonarme?

Tomás la estrechó entre sus brazos, pero mientras lo hacía levantó la cabeza y buscó la mirada negra de Diego para regocijarse en su victoria.

Al separarse, Tomás la tomó de una mano y se la besó. Luego se encaminó hacia Diego; aún no había terminado de lucir sus triunfos y llevaba años deseando hacerlo.

—Ya estás de nuevo en casa —le dijo con voz burlona—, tras tus aventuras por los campos de batalla y el Santo Oficio. Me alegra tu vuelta, tenía una deuda pendiente contigo desde hace tiempo y abrigaba la esperanza de cumplirla. Me refiero a la cicatriz que me hiciste en el rostro siendo niños en la Santa Soledad, pero ahora que me fijo bien en la tuya, mi esposa apenas me ha dejado sitio para llevar a cabo mi venganza.

Bárbara se estremeció.

—Tú darás por saldada tu deuda de infancia, pero yo no la mía —replicó él—. Aún te debo un puñetazo de esa misma noche. —Y le estampó uno brutal en la nariz.

A Tomás le pilló por sorpresa y se tambaleó hasta caer de espaldas. Sangró abundantemente, pero se levantó dispuesto a devolver el golpe.

—Basta —ordenó la hermana Ludovica interponiéndose entre los dos—. Esto parece una taberna. ¿Creéis que con esta actitud fomentáis el ambiente de recogimiento y oración que debe vivir Bárbara para someterse a la muerte del beso y cumplir la profecía? Os interesan más vuestras pasiones que el fin que perseguimos. Hija mía, debiste hacerme caso y tomar los hábitos para librarte de estos patanes. Eso es lo que hace toda mujer con cabeza.

Entrelazó su brazo con el de Bárbara y se la llevó por la continuación del pasillo de las antorchas.

—Tu abuelo te espera —le dijo, sumidas de nuevo ambas en la peste de oro—. Me rogó que te llevara hasta él en cuanto regresaras a la hermandad. Vamos a ver si está en mi laboratorio, y si no, lo encontraremos rezando por ti en el templo.

El laboratorio de la monja permanecía tal y como Bárbara lo recordaba del tiempo en que era «escuchante» y aprendía en él los misterios curativos de las plantas y otras disciplinas sobre el cuerpo y las enfermedades de los hombres. La recibió el penetrante olor a cueva que se desprendía de los muros, y que se mezclaba en poderosa armonía con las fragancias vivas de las cocciones de hierbas, la dulzura de los bálsamos, los rescoldos cenicientos del atanor y el humo espeso que expulsaban las vasijas de la estantería de las resurrecciones, donde temblaban narcisos, lirios, heliotropos y otros espíritus de la naturaleza. Entre esos vapores inmortales se reencontró con Juan Medeiros, que leía en el escritorio de la hermana un tratado de cábala alquímica y tomaba anotaciones con una larga pluma de faisán.

En su mentón afilado y en sus labios prietos Bárbara descubrió enroscada la serpiente de la ira que le había provocado su fuga. Sin embargo, cuando escudriñó sus ojos, los encontró distintos: el ámbar se mostraba acuoso y difuminado por un velo blanco semejante al de la vejez. Era en ellos donde se leía el temor a haberla perdido para siempre como había perdido a su hija, era en ellos donde se leía el deseo de perdonar que su mentón y su boca rígida negaban.

Juan Medeiros tomó las manos de su nieta entre las suyas y le dijo en hebreo:

—Tenemos mucho por lo que llorar, pues nuestras almas necesitan consuelo y perdón.

Acordaron encontrarse en el templo a la mañana siguiente con la primera luz del alba para someterse a una jornada de llanto. La hermana Ludovica creía necesario llevarse a Bárbara a los baños para que, en la pila de barro y bajo los efluvios calmantes del incienso y la lima, desapareciera el olor de la cárcel, del bosque de encinas y de la lluvia torrencial que se le había adherido a la piel como una costra purulenta.

Después del baño que descansó su cuerpo maltrecho de tantas incomodidades y penurias sufridas en los últimos años, y ataviada con un sencillo vestido de algodón blanco, la monja la condujo a su antiguo dormitorio del aljibe.

—Si decides someterte a la muerte del beso para que se cumpla la profecía —le dijo muy seria—, no habrás de mantener contacto carnal con hombre alguno hasta después de la ceremonia, así que debes alejarte del lecho de tu marido.

—Ocuparé mi dormitorio de siempre, hermana. El que antes fue de mi madre.

La hermana sonrió, pero era consciente de que la decisión de Bárbara obedecía más a sus dudas pasionales que a la firme decisión de cumplir con su destino.

Tampoco el dormitorio había cambiado. Bárbara reconoció sus paredes brillantes, donde aún se condensaba, como rocío, el agua de los moros, el lecho donde imaginaba, envuelta en el chal azul, cómo era su madre, la mesa donde se aplicó en sus estudios para impresionar a Tomás. Sobre ella, un velón de sebo hacía resplandecer el color rosado de los muros. Se sentó en el lecho. Le resultó blando y confortable tras años durmiendo en el suelo de las cuevas, en la tabla de penitencia del beaterio, o en el jergón apestoso de la celda.

Una de las sirvientas de piel de arcilla y ojos negros le llevó una bandeja con la cena. Depositó el guiso de cordero en la mesa de estudio y se fue tan silenciosa como había entrado.

Bárbara comió con apetito; un tiempo en la cárcel pegando dentelladas a un trozo de pan negro era capaz de abrírselo a cualquiera. Después se metió en su lecho y se quedó dormida. Pero no pudo descansar. Soñó toda la noche con un diluvio que empapaba su carne y sus huesos hasta que de ellos brotaban flores rojas, semejantes a la que nació de la semilla de la hermana Ludovica, y conforme más llovía más crecían las flores, más la asfixiaban, más se adentraban las raíces en su corazón resquebrajándolo.

Llovía cuando despertó, cuando recorrió los pasadizos camino del templo —pues ya despuntaba el alba—, cuando se encontró con su abuelo, y, sentados en banquetas sobre las estrellas, en la misma posición que el profeta Elías en el monte Carmelo, esa lluvia se convirtió en verdadero llanto, en lágrimas que habrían de llevarlos al éxtasis del consuelo, del perdón, del arrepentimiento.

Siguió lloviendo cuando se secaron sus ojos y los de su abuelo, cuando se quedaron dormidos, como en Lisboa, y al despertar tenían las manos entrelazadas, y la serpiente del mentón de Juan había desaparecido con su veneno. Cuando se en-

588

frascaron en recordar la magia de las palabras, de los nombres benditos de Dios en la lengua sagrada, y se enredó su memoria en las fórmulas divinas, que se obstinó en repetir una y otra vez, porque sólo entonces sintió Bárbara que la lluvia se debilitaba, que el diluvio cedía, que el cielo se agotaba. Miró sus manos, y las halló ardientes pero limpias de todo moretón o llaga, como si jamás las hubiera lastimado la mordaza de cuerdas y trapos de la Inquisición, como si volvieran a nacer y en ellas se escondiera la vida.

—¿Crees ahora que eres la elegida para que se cumpla la profecía? —le preguntó Juan Medeiros.

Bárbara sonrió. Había escampado y las flores rojas se desvanecían.

La preparación de Bárbara para someterse a la muerte del beso comenzó esa misma tarde en el laboratorio de la hermana Ludovica. Debía vestir desde ese momento una túnica de inmaculado lino blanco y puro —ningún otro tejido debía rozar su piel hasta después de la ceremonia— y recogerse el cabello en una larga trenza.

—Durante los próximos tres días habrás de tomar un baño con hierbas purificantes al anochecer —le explicó la hermana Ludovica—. Te alimentarás sólo de fruta, vegetales y tisanas, menos el último, que habrás de permanecer en ayunas a excepción de un elixir con propiedades mágicas. Rezarás en el templo las oraciones que te enseñamos en la lengua sagrada por la mañana, por la tarde y por la noche, y por último entonarás las bendiciones que voy a recitarte. ¿Estás dispuesta a seguir estrictamente estos preceptos?

—Mi vida en el beaterio era más austera y sacrificada —respondió Bárbara.

—Ah, y permíteme una última directriz —dijo la monja mientras la miraba seriamente—: evita reunirte con Tomás o con Diego hasta que la ceremonia termine. Tu voluntad ha de concentrarse en conseguir el medicamento celeste, por tanto debes mantenerla lo más alejada posible del corazón, si no quieres que acabemos nadando en un cieno de podredumbre.

—Ahora estoy segura de que éste es mi destino, hermana, y no Diego, como os dije en el carruaje. Quizá lo fuera cuando éramos niños, pero ahora todo ha cambiado.

—Hija mía, a ese maldito músculo que nos late en el pecho no hay quien lo entienda. Así que no te confíes. Yo os he visto crecer y sé de lo que hablo.

La monja tomó asiento en la silla del escritorio donde dibujaba y anotaba sus experimentos. Sentía viejos los huesos.

—Hermana, la profecía anunciaba que se abrirían las puertas del presente eterno...

—¿No te explicó Juan a qué lugar se refieren esas palabras? —la interrumpió.

—No lo creí necesario. Supuse que se referían a que una vez conseguido el medicamento, el tiempo del hombre sería infinito debido a su inmortalidad.

—El presente eterno es el paraíso, Bárbara, el jardín del edén. Allí habrás de viajar para conseguir el medicamento celeste. La conjunción de las estrellas pronosticada ayudará a que se abran sus puertas.

—Y viajaré con la ayuda de la cábala.

—Efectivamente. La magia lingüística te provocará un estado de trance que facilitará el viaje de tu alma al paraíso cuando sea el momento propio conforme al ritmo del universo. Una vez allí, será a través de la ciencia de la alquimia como conseguirás el medicamento celeste. Por eso tu abuelo y yo debíamos ser tus maestros.

—¿Y cómo será eso posible, hermana?

—Primero he de explicarte algo. Dice el Génesis en su capítulo 2 versículo 7: «Y Yavé Elohim formó a Adán del polvo del suelo, y sopló en su nariz un alma de vida, y Adán fue espíritu vivo». Este polvo del suelo, esta tierra adánica de la que fue creado el primer hombre, la llamamos *afar*. En el libro del *Sefer haZohar*, por el que prendieron a Fernando Salazar, se le conoce como el misterio del *afar min adamah*. Pero tras el pecado original, esta arcilla que era materia pura y viva se mezcló con una materia muerta, dando lugar a una ceniza llamada *avaq*.

»El día de la ceremonia en el templo sostendrás entre tus manos un vaso alquímico que contendrá *avaq*. La razón es que cuando tu alma llegue al paraíso y entre en contacto con el *afar*, el don de la vida que encierran tus manos hará que éstas funcionen como atanor donde se realizan las transmutaciones alquímicas, y el *avaq* se convertirá en *afar*. Una vez lo tenga en mi poder, podré destilar el medicamento celeste.

—Hermana, de alguna forma eso sería como la transmutación del plomo o el estaño en oro.

—Pero tú sabes, hija mía, porque yo te lo enseñé, que eso sólo son pamplinas sin mayor trascendencia que la codicia.

Durante los tres días siguientes, Bárbara cumplió estrictamente lo que le había dicho la hermana Ludovica. Cada anochecer se metía en la bañera de barro con agua caliente donde nadaban las hierbas purificadoras. Respiraba su fragancia de tomillo y menta, y se adormecía en el vapor soporífero que flotaba en la estancia. De esta forma lograba descansar su mente de las largas horas que pasaba encerrada en el templo de la hermandad con Juan Medeiros, recitando oraciones y memorizando sin tregua las fórmulas de palabras mágicas.

No había vuelto a ver a Diego ni a Tomás desde que se pelearon en la cisterna, pero sabía por la hermana Ludovica que ambos estarían presentes en la ceremonia.

Ya no soñaba con la lluvia torrencial, ni con las flores rojas. Una antigua pesadilla había asaltado sus sueños: los ojos púrpura de Diana. Aunque la hermana Ludovica la había relegado a un aposento sombrío situado en la parte más recóndita y profunda de los pasadizos con la intención de que su presencia no turbara el ánimo de Bárbara, ni abriera en ella viejas heridas, Diana la desobedecía recorriendo los túneles a su antojo como un espectro. Bárbara creía haberla visto en varias ocasiones, envuelta en una túnica blanca, pues había alcanzado el grado de *fidelis*. El cabello lacio y suelto, la piel translúcida, las pupilas rosadas y en sus labios una mueca infernal. Entonces Bárbara se torturaba ante la idea de que fuera a encontrarse con Diego. Los imaginaba juntos: él acariciándole la espalda, ella la cicatriz del arcángel.

39

La ceremonia de la muerte del beso debía comenzar de acuerdo con el horario astrológico. Tras consultar el cielo, Tomás determinó que la hora más propicia de aquel 13 de noviembre de 1625 era la séptima de las diurnas, pues regía en ella el sol.

Bárbara llegó al templo envuelta en la túnica inmaculada y con el cabello trenzado de lirios blancos. Hermosa, sumida en una palidez resplandeciente, exhalando un aliento dulce del elixir con propiedades extraordinarias que había ingerido, caminó por el mosaico de colores hasta situarse sobre el halcón posado en la escalera. Allí habían dispuesto un pequeño altar donde el vaso alquímico con ceniza esperaba el momento de transformarse en materia viva. A su alrededor, en las cinco estrellas que alumbraban el cuerpo circular del basilisco, se hallaban: la hermana Ludovica, Juan Medeiros y fray Clavícula, ataviados de poderoso ámbar; Tomás, con túnica blanca, y Diego, con la verde que le reconocía como *electi*.

Ni uno solo de los perfumes que reinaba en el templo era casual. Había cuatro braseros que despedían un humo fragante, además del que yacía siempre con las llamas de la hoguera purificadora. Cada uno de ellos representaba una constelación del zodíaco y se hallaba situado en el mismo lugar que ocupaba en la bóveda celeste Acuario, el invierno, a la izquierda del triángulo con el vértice hacia abajo que había en el suelo, simbolizando la luz de la naturaleza. A su derecha, la primavera de Tauro. Enfrente, a la altura del triángulo con el vértice hacia abajo, en honor a la luz de la gracia divina, Escorpio, el otoño. Y en oposición, Leo, el verano.

Pero cada signo del zodíaco no sólo se relacionaba con una estación, y con la planta que se quemaba en el brasero, sino también con uno de los elementos, y éstos a su vez con cuatro de los cinco sentidos del hombre, en un minucioso ritual de correspondencias mágicas al que Bárbara habría de someterse antes de intentar que se le abrieran las puertas del edén. Se dirigió al brasero de Acuario, cuyo elemento es el aire y sentido, el tacto. Los labios le temblaban y sentía el cuerpo frágil, como si su esqueleto no fuera más que una espina de pescado. Sumergió sus manos en el sahumerio de tréboles que manaba denso y grisáceo de las profundidades del brasero, abandonándose a la influencia ardiente de esta planta de Acuario que los antiguos relacionaban con el alma y la vida. Cuando la frente y el rostro se le perlaron de sudor aromático, le tocó el turno a Tauro, a la tierra y el olfato. Aspiró el delicado aroma del espíritu de una rosa que boqueaba sobre un barro negro y fértil, inundando sus pulmones con los poderes de esta flor iniciática, emblema del amor y la paciencia. Después, en Escorpio, impregnó sus dedos del vapor que despedía la combustión de un aceite de alcachofa, los introdujo en su boca y saboró su elemento, el agua, que había quedado en su piel con un gusto salado.

Finalmente llegó a Leo, donde ardían heliotropos en un fuego rojizo que se alzaba hasta sus ojos. Y en las llamas detuvo la mirada, en el espejismo transparente que creaban en torno a ellas. Debía tener una visión, le había advertido la hermana Ludovica, quizá del viaje que iba a emprender, un sendero celestial alumbrado con el canto de los ángeles, o del propio paraíso exuberante en frutales y flores. Pero lo que vio, titilando en el halo de la hoguera, fue la imagen de un hombre con cejas crueles y espesas. Cabalgaba veloz, sotana y capa negra a favor del viento. Lo reconoció y sintió un escalofrío: era uno de los inquisidores que pretendía juzgarla. Se apartó del brasero y regresó junto al altar. Tomó el vaso alquímico y se postró de rodillas en la escalera que unía el cielo con la tierra, el universo del que acababa de impregnarse, con el hombre. Ella era el elemento que faltaba, la potencia creadora de la naturaleza, su flor, el lirio y su sentido, el oído. Comenzó a recitar las fórmulas de nombres sagrados y letras hebreas que le había enseñado Juan, escuchando su voz con la cadencia monótona del hechizo. En su corazón latía cada vez más aprisa la voluntad de viajar hasta el edén y conseguir el polvo para que la hermana elaborase el medicamento que regeneraría a los hombres. Pero notaba de nuevo las raíces de las flores rojas aprisionándole el pecho y temió que regresara la lluvia. Las palabras mágicas comenzaban a humedecerse en su boca. Poco a poco se borraron de su mente, desaparecieron arrastradas por el viento de aquella tormenta que azotó el encinar. Su cuerpo tembló como si fuera a quebrarse, sus ojos se le empedraron de lágrimas. Y brotaron de nuevo en sus manos las magulladuras y llagas de las cuerdas de la Inquisición.

Tomás quiso ir en su ayuda antes de que se desvaneciera.

La hermana Ludovica le detuvo agarrándole con suavidad un brazo.

—Si quieres que Bárbara no sufra y que la ceremonia tenga éxito, debes dejar que lo intente Diego —le susurró.

El rostro de Tomás se ensombreció y maldijo en silencio a los astros que amaba, a las estrellas engañosas donde podía leer qué ocurriría en la vida de un hombre, pero no los sentimientos que abrigaba su alma.

Entretanto, la monja buscó los ojos de Diego y los halló al filo del martirio.

—Ve con Bárbara —le dijo—. Te necesita.

En ese instante él la habría tomado entre sus brazos y la habría sacado del templo, de los túneles dorados, y bajo el cielo azul que alumbraba la villa, habría buscado una madriguera para enroscarse el uno en el otro como cuando dormían juntos en la Santa Soledad, y así olvidarse para siempre del mundo. Pero él no podía olvidar. Ése era su don y su desgracia. Se arrodilló junto a ella y la sostuvo por los hombros porque se tambaleaba como si fuera a derrumbarse. El tacto de Diego lo cambió todo. Se infiltró en la carne de Bárbara y las raíces de su corazón dejaron de asfixiarla, desvaneciéndose con un último soplo de lluvia. Ya era libre aquel órgano para volar con el alma al paraíso bíblico. Las fórmulas cabalísticas regresaron a los labios de ella, secas y con el olor divino de la magia. Diego, que ya las atesoraba en su memoria, pues le bastaba para ello escucharlas una sola vez, le recordaba aquellas que se le olvidaban como si fueran las oraciones que rezaban en el hospicio, al tiempo que rodeaba con sus manos las de Bárbara en torno al vaso alquímico. Un perfume a frutales eternos se extendió por el templo. De esa unión se desprendió una luz cristalina que les hizo brillar como luciérnagas. La hermana Ludovica asintió con la cabeza.

—Así debe ser —dijo.

Un vapor brotó del contenido del vaso alquímico. Sobre la ceniza en descomposición, flotaba el humo que anunciaba el principio del trance sagrado. Entonces un estruendo golpeó la puerta del templo, que se abrió violentamente. Goliat, encargado de custodiarla, apareció armado con alfanje y palo, batiéndose a muerte con cinco alguaciles de jubón negro y cruz verde en la pechera. La Santa Inquisición los había encontrado.

Tras ellos, surgió la figura de Pedro Gómez de Ayala. Era la primera vez que se tenía noticia de que un inquisidor abandonaba las dependencias del Santo Oficio para ponerse al mando de la detención de unos herejes.

Junto a Pedro venía el comisario de la villa, un hombre alto y espadachín inteligente, además de un destacamento de guardias compuesto por veinte hombres armados de aceros y pistolas hasta los dientes. Desenvainaron, pero había pocas armas contra las que batirse, como no fueran las de la magia de filos invisibles.

Diego tendió a Bárbara, que se hallaba inconsciente, sobre el mosaico del halcón y depositó junto a ella el vaso alquímico. De un puñetazo desarmó a un alguacil y se hizo con una espada. Se batió contra varios a un tiempo como en sus años de soldado. Procuraba separarse lo menos posible de Bárbara para proteger su cuerpo, y el vaso alquímico donde se había apagado la niebla del trance. En el fragor de la lucha, y al rodear a Diego por varios flancos para capturarlo, uno de los alguaciles le dio una patada al vaso, que se quebró en varios pedazos. La ceniza que había comenzado a teñirse con un color negruzco se vertió en el suelo, y en pocos segundos las botas de los alguaciles que luchaban alrededor la desparramaron por el templo.

Juan Medeiros aulló de ira ante los destrozos de toda una vida de estudio. Sin pensarlo dos veces se lanzó contra uno de los alguaciles sin más arma que el brasero fragante que tenía más cerca, el de Escorpio. El aceite de alcachofa se convirtió en un río de fuego, que apenas chamuscó las botas del guardia. Éste hundió la hoja fina en el estómago del anciano, que empezó a desangrarse. Se arrastró hasta Bárbara, inconsciente tras su desmayo. Le habló en la lengua sagrada muy bajo, como si la joven pudiera despertar de un sueño, hasta que Juan Medeiros se apagó bajo la luz de sus propias palabras.

El único que no opuso resistencia a que lo prendieran fue fray Clavícula. Permaneció inmóvil sobre su estrella, con los globos oculares moviéndose frenéticamente como si no quisieran perder detalle de lo que pasaba a su alrededor. Los guardias que lo prendieron sintieron su carne frágil y en sus dedos apareció una extraña mancha como la que deja la tinta.

Mientras, la hermana Ludovica apenas podía contener la furia y las lágrimas. Aquellos bestias no sólo habían interrumpido la transformación de la ceniza en el polvo vivificador, sino que pisoteaban lo que podía haber sido su propia inmortalidad.

—¡No se la merecen! —exclamó la hermana.

Tomás se apresuró a accionar un mecanismo presionando parte de los mosaicos que formaban el pico del basilisco. Quedó al descubierto la entrada a un pasadizo. Aunque estaba vieja, la hermana Ludovica, iracunda por el fracaso de la ceremonia, y la estupidez de los hombres, tuvo la fuerza necesaria para derribar el brasero de Leo cuando varios alguaciles fueron a prenderla, derramando las llamas de los heliotropos contra ellos. Así consiguió el tiempo suficiente para introducirse en el túnel recién abierto. Según se alejaba lloró amargamente como no recordaba haber llorado jamás, lloró por haber abandonando a Bárbara en las garras del enemigo, lloró de impotencia, de frío, de olor a catacumba, de rabia, de derrota.

Tomás apoyó con su acero a Diego, que bregaba para que ningún alguacil atrapara a Bárbara. Pero no era ducho en estocadas que no apuntaran al cielo, y se llevó dos pinchazos en el costado.

—Márchate por el túnel —le conminó Diego—, que la dejas viuda en un momento. Yo te seguiré con ella.

Tomás le miró con desconfianza, pero se internó en el pasadizo. Diego tenía razón al decirle que en un momento estaría muerto o prisionero. Mientras huía por los pasadizos tras la hermana Ludovica, se desangraba por los agujeros de espada. Y por dejar a Bárbara con Diego. No había conseguido robársela ni con la ayuda de las estrellas.

Pedro Gómez de Ayala había dado orden de matar sólo si era necesario. Cuantos más herejes adornaran el auto de fe que pretendía organizar, más vistoso sería el espectáculo para el pueblo y las autoridades. Cuando descubrió a Diego batiéndose para salvar su vida y la de la acusada que se hacía llamar Isabel de Mendoza, sonrió satisfecho.

—Hemos pillado al ratón en su ratonera —gritó triunfante—. Sabía que no erais de fiar, pero en verdad no pensé que vuestra traición llegara a tanto. Será la hoguera quien se encargará de vos con más eficacia que mi espada. Al fin y al cabo no soy más que un sacerdote, y vos habéis servido en Flandes.

Tres hombres desarmaron a Diego y le ataron las manos a la espalda.

—¿Por dónde habéis entrado? —le preguntó al inquisidor.

—Por vuestros sueños —replicó él soltando una carcajada—. Y luego con la ayuda de esta hereje albina que nos encontramos vagando por los pasadizos.

Diego vio que unos alguaciles habían apresado a Diana, y la mantenían vigilada junto a fray Clavícula.

Poco quedaba por hacer en aquella batalla. Unos cuantos guardias perseguían por los pasadizos a los herejes huidos, otros tantos se batían aún con Goliat, y el resto de los miembros de la hermandad estaban reducidos, salvo la que se hacía llamar Isabel, la presa fugada que, indefensa en su desmayo, permanecía tendida en el suelo. Pedro Gómez de Ayala le hizo una seña a un guardia para que se la cargara sobre un hombro.

—Como le hagas daño te mato —profirió Diego como si escupiera una maldición.

Pero fue Goliat quien, tras dejar en la estacada al par de alguaciles con los que batía, le estampó el palo en la cabeza al guardia que sostenía a Bárbara y la tomó en sus brazos acurrucándola en su pecho, pues sólo a él correspondía el privilegio de cuidarla.

40

Madrid, 15 de febrero del año del Señor de 1626

A las seis de la mañana, hora prevista para que saliera de la cárcel la procesión de los condenados, el cielo era una mancha roja y púrpura, anticipando el fuego que ardería en las hogueras una vez concluido el auto de fe. Tres días antes, el pregonero había leído por calles y plazas la siguiente proclama:

Se informa a los habitantes de Madrid, sede de la Corte de su majestad, de que el Santo Oficio de la Inquisición de la villa y reino de Toledo celebrará el 15 de febrero un auto de fe público en la plaza Mayor.

Cuando una cruz blanca surgió fantasmal bajo la aurora, la multitud que se agolpaba expectante en torno a las dependencias carcelarias supo que la procesión daba comienzo. Tras el cura que portaba la cruz iba un grupo de clérigos en sus sotanas negras, seguidos de las efigies de los condenados que habían huido. La primera de ellas llevaba un cartel con el nombre de Tomás de Medeiros. Era un pedazo de madera tallado toscamente y vestido con una camisa y unos pantalones miserables, con la cabeza calva y un rostro compuesto por unas cuantas pinceladas perversas, que no evocaba ni remotamente la hermosura del hombre al que representaba. La segunda vestía una saya pardusca a modo de hábito y una cofia que enmarcaba los rasgos de una posesa demoníaca; correspondía a la hermana Ludovica.

Detrás de las efigies iban los ataúdes con los huesos de los que habían muerto sin que hubieran podido ser juzgados. Poco interés solían despertar entre la multitud, ansiosa de contemplar la desgracia o la vergüenza en los rostros vivos. El primero de ellos era de un hombre que, a pesar de no haber pertenecido a la nobleza, había gozado en vida de un lugar en la corte y de una poderosa hacienda. Y nada gustaba más al Santo Oficio que recordar al pueblo que no hacía distinción entre ricos y pobres cuando se trataba de erradicar la herejía.

Por fin la multitud vislumbró entre la neblina que desprendía pausadamente el amanecer la fila de los condenados. Cada uno de ellos iba flanqueado por dos familiares del Santo Oficio y éstos a su vez protegidos por un destacamento de guardias. Todos lucían sambenito y sostenían en las manos un cirio sin encender. Encabezaban la fila los que habían cometido delitos menos graves, algún bígamo o impostor que arrastraba del cuello una soga con tantos nudos como azotes iba a recibir. Pero la multitud se había reunido allí para ver a los últimos, los condenados a muerte. Además, aquélla era una ocasión extraordinaria. El Santo Oficio había descubierto la existencia de una secta que pretendía utilizar la magia para llegar hasta Dios en vez de los ritos que mandaba la Iglesia. Realizaban prácticas judaicas y rituales paganos. Así que la turba esperaba con impaciencia ver a sus miembros, hechiceros y brujas con poderes obtenidos mediante pactos diabólicos, ciencias dudosas como la alquimia y la misteriosa magia hebrea.

Entre todos ellos sobresalía la figura de Goliat: los hombres le llegaban al pecho y las mujeres apenas al vientre. Como no le cabía en su cuerpo de gigante ningún sambenito, tuvieron que confeccionarle uno a medida, utilizando siete piezas más de lino de lo habitual. Tenía el color amarillento de los herejes y pintadas llamas y serpientes rojas que auguraban su destino: el averno. Iba libre de coroza, el capirote infame, porque se la había quitado con un movimiento brusco y nadie se atrevió a ponérsela de nuevo en la cabeza. La tierra retumbaba a su paso, y la multitud retrocedía santiguándose ante la fascinación y el miedo que su presencia provocaba a un tiempo. Era hermoso y terrorífico. El pelo trigueño le flotaba con inocencia entre los mandobles helados del viento. Llevaba la boca oculta bajo una vil mordaza. Cuando había sido torturado en un potro construido especialmente para su tamaño, los inquisidores fueron testigos de los efectos de su canto, que había dejado llorando al primer verdugo, sin ánimo para realizar su trabajo.

Tras él caminaba Diana envuelta en el mismo sambenito amarillo. El cabello blanco asomaba bajo la coroza, y las pupilas rosadas causaban estupor entre los asistentes, a los que sonreía malévola. El siguiente era fray Clavícula, con sus ojos blancos que veían a través de los hombres.

Bárbara y Diego cerraban la fila. «La mujer de las manos diabólicas», la llamaban, la que fue en su infancia la Niña Santa. De nuevo las tenía amordazadas con trapos y cuerdas. Caminaba serena con coroza y sambenito de hereje condenado a la hoguera. A Diego la cicatriz le delataba como el fiscal del

Santo Oficio, el traidor dentro de aquel desfile de prisioneros que parecían sacados de una feria. Pero en su rostro ya no había huellas de soledad, ni en el borde rugoso de la cicatriz, anhelos de venganza.

Cuando la procesión de la Cruz Blanca, como era conocida, llegó a la plaza Mayor, ésta ya hervía de gente. Habían construido un estrado con bancos para los prisioneros de tal manera que pudieran ser vistos desde cualquier lugar. Luego estaba el palco con dosel para los inquisidores, el palco real, las tribunas para las autoridades, la nobleza, y las gradas donde a su entender «se acomodaba» el pueblo.

Hubo un sermón de un sacerdote que pretendía incendiar de fe las almas de cuantos allí se hallaban congregados. Luego cantaron el salmo *Miserere mei* y rezaron oraciones, hasta que por fin se procedió a la lectura pública de las sentencias, aunque eran de sobra conocidas pues se hallaban representadas en el color y los dibujos de los sambenitos. Cada prisionero debía adelantarse para escuchar las acusaciones y su castigo final. Cuando le llegó el turno a Diego, miró un momento al palco endoselado de los inquisidores y vio la satisfacción y el triunfo en el rostro de Pedro Gómez de Ayala. En otro tiempo hubiera urdido un plan para matarle, pero entonces no le importó. Se hallaba junto al inquisidor general y pronto ocuparía un puesto en la Suprema gracias al desmantelamiento de la secta de herejes que había llevado a cabo. Le dolía más el rostro consternado de este último, y no hallar a Lorenzo junto a ellos en el palco, lo que significaba que el viejo inquisidor había dejado de serlo. Lo imaginó entregado a las lujurias de su estómago en alguna casa solariega, junto a su criada la vieja morisca.

Buscó a Rafael entre el gentío que, tras horas de rezos y condenas, saciaba su apetito con un refrigerio de galletas y yemas de monjas. No lo vio ya que el notario estaba acurrucado en la última grada. Llevaba el cabello pelirrojo oculto bajo el sombrero y la espalda encorvada por la tortura en el potro, el peso de la vergüenza, el recuerdo de los besos que aún latían en sus dedos. No le procesaron por sodomía. Había que proteger el buen nombre y la reputación del Santo Oficio. Pero lo acusaron de robar documentos secretos del archivo, lo que le supuso la inhabilitación y una multa de cincuenta ducados. Desde entonces permanecía encerrado en su casa de la calle del Pozo Amargo quemando poemas y escribiendo sobre el sufrimiento. No volvió a ver a Santuario.

Se rezó de nuevo tras finalizar la lectura de las sentencias, y los guardias del rey se hicieron cargo de los condenados a la hoguera, ya que la Inquisición no daba muerte ni derramaba sangre.

El quemadero se hallaba situado a las afueras de la ciudad. Allí fueron conducidos los prisioneros en cortejo fúnebre, de nuevo tras la Cruz Blanca que presidiría la ejecución. La noche se había comido la ciudad y el campo del martirio se sumía en un lamento negro. Sólo los postes rodeados de leña seca flameaban espectrales a la luz de las antorchas de los guardias. Antes de atar en ellos a los condenados, un sacerdote de mediana edad y con ínfulas de misericordia los asistió espiritualmente por si alguno se arrepentía de los pecados de su herejía, en cuyo caso le darían garrote para después quemarlo, ahorrándole así el sufrimiento de achicharrarse vivo. Pero ninguno tenía nada de que arrepentirse que pudiera interesarle al cura en ese instante. Diego estaba convencido de que su vida iba a transcurrir entre el fuego de su nacimiento y el de su muerte, conforme quiso su padre al escribir aquel papel infame. Buscó a Bárbara, atada al poste que se alzaba a su izquierda, y antes de hablarle sintió en sus labios aquel sabor infantil que exhalaban las tablas de la caja de salazones.

—Diana me tendió una trampa —le dijo—. Siempre te he amado.

Luego apartó la mirada de ella y la dejó perdida en un cielo sin estrellas.

Dos surcos de llanto recorrieron las mejillas sucias de Bárbara. Cuando el sacerdote se le acercó con la mandanga del arrepentimiento, le respondió de mala gana que se metiera en sus cosas, y la dejara abrasarse en paz.

Asustado por la violencia de la hereje, el sacerdote se plantó frente a Goliat dispuesto esta vez a que fuese útil su misericordia. Ordenó que le quitaran la mordaza y no cedió en su empeño por mucho que insistieron los guardias del peligro que encerraban esos labios fofos y brillantes de saliva.

—No es cristiano impedirle a un hombre, por muy descomunal que sea, el desahogo de gritar mientras lo queman. ¿Qué veis de temeroso en él? —les preguntó fijándose en los ojos mansos y bañados de espejismos con los que le miraba Goliat—. Y a esa mujer quitadle los trapos de las manos, así conocerá la compasión de la Iglesia en su último minuto —dijo señalando a Bárbara.

La primera pira que prendieron fue la de fray Clavícula, cuyos orbes blancos habían dejado de brillar desde hacía semanas, convertidos en cáscaras muertas, vacíos de conciencia.

Cuando el sacerdote se acercó a él, pareció despertar de su ensimismamiento.

—La magia es sabia —murmuró entrecortadamente—, es el poder del espíritu que libera de todo sufrimiento. No lo olvidéis.

Su piel ardió como la de un pergamino e inundó la noche de un perfume a biblioteca quemada.

Acto seguido un verdugo prendió la pira de Diana con una antorcha. A la adivina se le pusieron los ojos de un violeta resplandeciente al fulgor de la primera llama, y a todo aquel que contemplaba su tormento le anunciaba blasfemando la fecha de su muerte. Empezó por los guardias, que retrocedieron asustados con los dedos en cruz repitiendo «*Vade retro, Satana. Vade retro, Satana*», y continuó con cada hombre, mujer o niño que alcanzaba a ver entre los borbotones de humo.

Por fin le tocó el turno a Goliat. Le habían atado manos y pies al poste con una soga doble. Antes de que encendieran la pira ya había comenzado a cantar. Era una melodía bella e inofensiva que causó las delicias en los oídos del sacerdote a pesar de no entender una palabra.

—¿Y esto es lo que vuestras mercedes querían amordazar con tanta insistencia? Es lo más hermoso que he oído jamás. Qué lástima tener que enviarlo al infierno —proclamó el sacerdote arrancándose las lágrimas de los ojos.

Tras saltar la primera llama, Goliat alzó su voz como una melodía de muerte. Era tan cristalina, tan eterna, que se enraizaba en el alma de los que la escuchaban. Los guardias comenzaron a languidecer, al igual que los curiosos que se agolpaban en el quemadero. Y esa misma pena, esa misma gloria que sufrían los hombres, esas ganas de morirse en ese instante y para siempre en las notas de aquella canción, afectó a la tensión de las sogas, y conforme ellas se debilitaban, Goliat recuperaba fuerzas. Se desató mientras el quemadero se convertía en un cenagal de dichas por alcanzar el infinito. Desorientados, alguaciles y curiosos seguían el rastro de su propio corazón, de su propia tumba, desentendiéndose de la desgracia de los otros. Tambaleándose, uno acertó por casualidad a prender la hoguera de Bárbara. Ella escurrió su cuerpo por el poste para que sus manos alcanzaran a tocar la leña y concentró su voluntad en apagar el fuego. Sin embargo, el humo envolvía sus pulmones y sus labios apenas tuvieron tiempo de pronunciar las palabras de su abuelo para que el paraíso que acertó a contemplar tan sólo un instante se encendiera en su memoria: los frutales de colores, las camelias grandes y carnosas, el río con las aguas donde se transparentaba la inocencia, la tierra negra y fértil de la que todo nacía. Cuando estaba a punto de desmayarse, los brazos de Goliat la arrancaron del poste. Se la echó al hombro como si fuera el saco que solía llevar en sus andanzas por la villa.

El gigante huía a grandes zancadas del quemadero, cuando Bárbara gritó el nombre de Diego. En un momento de lucidez resentida, el sacerdote había prendido su pira y ardía en llamas infernales. Goliat dudó si retroceder. Bárbara aprovechó la ocasión para zafarse de sus brazos y saltar al suelo.

—Ayúdame a salvarlo, te lo ruego —le dijo llevándose una mano del gigante al corazón.

Goliat sintió el latido bajo el seno tierno y languideció. Luego fue detrás de Bárbara, que corría hacia la pira. Pero él llegó antes. De un salto atravesó el fuego, libró a Diego de las sogas y se lo echó al hombro, aunque su cuerpo no mostraba el menor rastro de vida.

Escaparon en la oscuridad de una noche sin luna, sin estrellas, como si todos los astros del cielo se hallaran de velorio bajo el más riguroso de los lutos. Cuando se habían alejado lo bastante como para despistar a los alguaciles, Goliat depositó a Diego sobre la hierba de uno de los senderos que conducía a la sierra. Bárbara se arrodilló a su lado para oírle la respiración. Ansió percibir un suspiro, un soplo diminuto que le indicara que Diego aún seguía vivo. Fue inútil, sólo quedaba el olor a chamusquina, al humo inmundo de la hoguera mezclándose con el incendio de su infancia.

Pero Bárbara no se rindió. Buscó por los alrededores un sitio apartado y tranquilo. Entre unos macizos de jaras silvestres halló un claro donde improvisó un lecho con hojas secas e hizo que Goliat tendiera a Diego sobre ellas. Se enroscó en él, una mano sobre el arcángel y otra en el rostro cruzado por la sierpe de la cicatriz púrpura. Perdió la cuenta de las horas que permaneció a su lado, muerta de sed y de frío en el sambenito mugriento, mientras Goliat yacía echado a sus pies como un perro fiel, consolándola con una melodía dulce. La resina de las jaras goteaba sobre ellos en silencio y las hormigas les trepaban por el cuerpo como si ya no estuvieran vivos.

Bárbara se quedó dormida.

Vio la cara de Berenjena, plagada de viruelas, inclinándose sobre la lozanía de la suya, recién nacida, y la de Diego, sucia por los tiznones del incendio. Supo que estaban de nuevo en la caja de salazones, luchando por sobrevivir a una noche de peste.

Cuando despertó el sol encajaba su cuerpo en el horizonte

dibujando una figura perfecta. Bárbara apenas reparó en que Goliat estaba inmóvil, con un chorro de baba colgando del labio por el que se había escurrido la última nota de su canto. La carne de gigante se le había cuarteado como si fuera de barro. En los ojos sólo había lodo y la rigidez de la muerte.

En cambio, la cicatriz escarlata de Diego se había convertido en una línea, apenas visible, del color de su carne.

Bárbara sonrió.

Apoyó su cabeza en el regazo de él, lo llamó dulcemente, lo besó en los labios resecos, y esperó paciente a que abriera los ojos.

La magia es la sabiduría, es el empleo consciente de las fuerzas espirituales para la obtención de fenómenos visibles o tangibles, reales o ilusorios; es el uso bienhechor del poder de la voluntad, del amor y de la imaginación; es la fuerza más poderosa del espíritu humano empleada en el bien. La magia no es brujería.

TEOFRASTO BOMBASTO DE HOHENHEIM
(PARACELSO)

Agradecimientos

A mis padres, por estar siempre a mi lado. Por ayudarme, apoyarme, consolarme, por su amor constante y generoso. Porque hacen que las palabras me falten.

A mi hija Lucía, por iluminar mi vida, por llenarla de magia, por darle sentido cuando las fuerzas me fallan. Por su paciencia ante una madre pegada al ordenador, por los días que le prometí llevarla al cine y no lo cumplí porque debía escribir.

A mi hermana Pitu, por ser mi primera lectora. Por las madrugadas eternas en El Escorial durante las cuales le relaté la historia de esta novela. Por escucharme cuando me bloqueo, por ayudarme a deshacer nudos de la trama, por ser hermana, amiga, lectora y crítica literaria.

A Carlos Illera, por su apoyo, sus cuidados, su comprensión.

A Clara Obligado, por abrigarme con su amistad, por escucharme, y apoyarme siempre. Por sus enseñanzas, por ser mi talismán, mi maestra. Por permitirme formar parte de su maravillosa familia literaria.

A Alberto Marcos, mi querido editor, por su apoyo, por su paciencia cuando le enviaba la novela a pedacitos desordenados, por estar siempre a mi lado, por su amistad, por hacer tantas veces de este oficio un placer, por su conversación, por sus consejos, por conocer mi escritura, por hacer más fácil lo difícil.

A Daniel Pérez Espinosa, compañero de letras. Por ser mi amigo mágico, por esas comidas en la Biblioteca Nacional hablando sobre grimorios, nigromantes, magos, brujas, cábala. Por buscarme libros mágicos por internet y enviármelos, por sus historias sobre sociedades secretas, por escucharme durante horas hablándole de la cábala y la alquimia, por hacer tantas tardes que el tiempo se detuviera mientras conversábamos sin pausa, sí otra vez, sobre la magia...

A los cuatro fantásticos, por permitirme ser uno de los cuatro. Los otros tres María Martínez, Virginia González, Isidoro Luz, por vuestro apoyo, por nuestras comidas hablando de todo, por hacer que me sienta feliz cuando estoy con vosotros.

A Eva Magaz, mi querida amiga, por estar siempre ahí en la distancia. Por conocerme, ayudarme, y tantas otras cosas que necesitaría casi otras seiscientas páginas. Y a Mario Leirachá, mi querido hermano de sangre.

A Inmaculada Hoces, por compartir conmigo momentos tan especiales.

A mi prima Paquita Aramberri, por su amor por mis libros, su interés, sus palabras siempre de aliento.

A mi primo Roberto García-Reche, por esas cadenas de whatsapp que me acompañaban hasta la madrugada dándome aliento y ánimo para terminar esta novela.

A mi familia sevillana, mi tía Pilar López Barrio y Juan Muñoz, por su apoyo e interés en mi novela, por enseñarme la Semana Santa que me inspiró unas páginas, por enseñarme la cárcel del Santo Oficio, por ser como sois, por vuestro cariño.

A mi tía Loli, Dolores López Barrio, y mi tío, a mi prima Viky y mi primo Alberto, por estar siempre a mi lado, por vuestro cariño e interés, por vuestro entusiasmo.

A Belén Cerrada y Miguel Angel Rincón, de nuevo chicos, qué sería de mí muchas veces sin vosotros, por quererme y porque os quiero.

A mis compañeras escritoras y de taller, Nuria Sierra, por su amistad, su apoyo, por tardes y noches conversando sobre libros brindemos, querida por ese último capítulo. Cecilia Guiter, por su amistad, su risa, su cariño, por ver escrito mi nombre en su novela y que el vello se me erizara de agradecimiento e ilusión. A Pilar Álvarez Novalvos, por su cálida amistad que me ha abrigado en los buenos y malos momentos, por creer en mí, por mencionarme en su libro de relatos con tanto amor, por nuestras conversaciones.

A Manolo Yllera, por sus maravillosas fotos, su generosidad, apoyo, por ser la documentación más divertida, por pasar frío y calor por mi novela, por acompañarme y hacer que me ría y me olvide de todo.

A Jossie, Josefina Arenal, por su ayuda, amistad, palabras de apoyo y de ánimo, por los margaritas de fresa.

A mis amigas, y compañeras en la tarea de ser madres, Charo, Camino, Manuela, Amaya, las dos Teresas, Soledad, Helena, no quiero dejarme a ninguna, por vuestra ayuda, por esas extraescolares que compartimos y nos traen locas, por vuestro cariño.

Nota de la autora

La tarea de documentarse es tan intensa como fascinante. Durante algo más de cinco meses estuve yendo a la Biblioteca Nacional todas las mañanas entre semana. Han pasado casi tres años desde entonces, pero recuerdo ese tiempo con nostalgia. Vivo en un pueblo cercano a Madrid, así que tras llevar a mi hija al colegio, cogía el tren hasta la estación de Recoletos. Afortunadamente ya había pasado la hora punta —esa en la que uno se siente parte de la humanidad no por razones filantrópicas, desgraciadamente, sino porque se haya literalmente pegado a ella— así que encontraba asiento en el vagón. Me encanta viajar en tren, aunque sea un trayecto de veinticinco minutos acompañado de la voz mecánica que va anunciando las estaciones que se suceden cada poco tiempo y del pitido de las puertas. Me viene a la cabeza esa poesía de Antonio Machado (Yo para todo viaje —siempre sobre la madera de mi vagón de tercera—, voy ligero de equipaje... y de día, por mirar los arbolitos pasar... ¡Este placer de alejarse!...). Una vez en la Biblioteca, tras pasar controles, etiquetada con mi pegatina de lector, y cargada con mis libros de consulta, me adentraba en la hermosa sala de lectura. Hay hileras de pupitres con su mesa inclinada que, para colmo de nostalgias, me recordaban a los del Ateneo de Madrid de la calle del Prado, donde iba a estudiar durante la carrera aquellos manuales interminables de Derecho. Yo frecuentaba esa sala que era conocida como «el palomar» en la que se permitía fumar, y uno se sumergía durante horas en letras y volutas de humo. Pero regreso a la Biblioteca Nacional, en este caso las horas pasaban de forma más rápida y placentera. Leía sobre la Inquisición española, sobre endemoniadas y beatas, sobre brujas, cábala, alquimia... El problema de documentarse sobre temas tan apasionantes es que se corre el riesgo de no poder parar. Clara Obligado, mi amiga y maestra, me lo había advertido. Los datos que aparecen en un libro te llevan a otro y éste a otro más. Los meses pasaban, y yo me hallaba perdida en una selva de páginas, feliz, pero no escribía ni una sola línea de la novela. La fiebre de profundizar más en cada tema me consumía. Hasta que un día los personajes que comenzaba a urdir en mi cabeza me exigieron que comenzara a escribir su historia. Dejé de ir a la biblioteca, me senté frente al ordenador y esta novela cobró vida.

Había adquirido además, al tiempo de mis visitas a la biblioteca, bastantes libros sobre las distintas materias que me interesaban, y ellos son los que al final me han acompañado durante los dos años de escritura de *El cielo en un infierno cabe*. Hago una relación de ellos en la bibliografía.

Pero he de destacar a tres autores cuyas obras no sólo despiertan mi más sincera y profunda admiración sino que han sido fundamentales a la hora de trabajar en esta novela.

Eugenio Trías. La lectura de sus obras *Tratado de la pasión* y *Lo bello y lo siniestro* me abrieron nuevos horizontes sobre el significado de la pasión humana en todas sus facetas, y me inspiraron las historias de amor de esta novela, así como la construcción de varios de sus personajes. La cita de Kierkegaard que abre esta novela la descubrí en la primera de las obras citadas.

Julio Caro Baroja, con su obra *Vidas mágicas e Inquisición*, me proporcionó una visión apasionante sobre el concepto de la magia, de la actividad del Santo Oficio desde un punto de vista más antropológico, y de la vida de personas reales que sufrieron procesos de la Inquisición.

Raimon Arola. Las obras de este autor que he descubierto a causa de la documentación llevada a cabo para escribir esta novela me introdujeron en el mundo de la cábala y la alquimia. Gracias a ellas y a la comprensión que me proporcionaron sobre estos temas, pude elaborar la herejía de la hermandad secreta. Son muchos los datos que obtuve de sus obras: la muerte del beso, el medicamento celeste, la idea de la inmortalidad a través de la cura del pecado original, el tetramorfos y su relaciones estelares... Todos existen, pero encendieron de tal forma mi imaginación que me tomé la licencia de combinarlos a mi antojo, para elaborar una doctrina con sus rituales como la de la hermandad de la magia sagrada, y adaptarla después al argumento de mi novela y a los personajes que viven en ella. Es por tanto ficción, pero construida a partir de conceptos existentes en el pensamiento y en las creencias de muchos a lo largo de los tiempos.

Las obras a las que hago referencia quedan citadas en la bibliografía.

También me gustaría destacar la importancia que la lectura de la obra de Moshé Idel ha tenido para mi comprensión primera del concepto de la cábala. Su huella también está impresa en la novela. Asimismo el fascinante descubrimiento del libro *Hieroglyphica*, de Horapolo, que recoge una visión de los jeroglíficos egipcios como ideogramas. Lo utilicé para elaborar el emblema de la hermandad, y de sus páginas obtuve las citas del libro de los *Emblemas Morales* de Juan de Horozco.

Bibliografía

Sobre el Hospicio de la Santa Soledad

El hospicio está basado en la Inclusa de Madrid. Me resultó fundamental el libro *Historia de la Inclusa de Madrid* de Pedro Espina Pérez. Utilicé muchos de los datos que aparecen en él al objeto de recrear un hospicio del siglo XVII lo más fielmente posible. Al final tuve que cambiar varios datos para adaptarlos a mi historia. Como por ejemplo la edad en la que se separaba a los niños de las niñas en distintos dormitorios, que en verdad era en torno a los tres años.

Espina Pérez, Pedro. *Historia de la Inclusa de Madrid*. Edita Defensor del Menor en la Comunidad de Madrid, 2005.

Sobre la Inquisición

La cantidad de libros publicados sobre ella es muy numerosa. Éstos son los que más ayuda me prestaron. Destaco *Artes de la Inquisición Española*. Fue un best seller del siglo XVII, que tal y como consta en su portada —cito textualmente— fijó el imaginario siniestro de la Inquisición y apuntaló la Leyenda Negra española.

Caro Baroja, Julio. *Vidas mágicas e Inquisición. Volumen I y II.* Círculo de Lectores. Barcelona, 1990.

—, *El Señor Inquisidor y otras vidas por oficio.* Alianza Editorial. Madrid, 2006.

—, *Las brujas y su mundo.* Alianza Editorial. Madrid, 2003.

González Montano, Reinaldo. *Artes de la Inquisición Española.* Editorial Almuzara, 2010.

Martínez Millán, José. *La Inquisición Española.* Alianza Editorial. Madrid, 2009.

Pérez, Joseph. *Breve historia de la Inquisición en España.* Biblioteca de Bolsillo. Barcelona, 2003.

Perezagua Delgado, Jesús. *El Tribunal de la Santa Inquisición de Toledo.* Ediciones Covarrubias. Toledo, 2008.

Varios autores. *La máscara infame. Actas de la Inquisición a Eleno de Céspedes.* La Tinta del Calamar Ediciones, 2010.

Sobre la hermandad secreta. Magia, alquimia y cábala

Arola, Raimon. *La cábala y la Alquimia en la tradición espiritual de Occidente. Siglos XV-XVII.* Editorial Mandala, 2002.

—, *De los amores de los dioses. Mitología y Alquimia.* Editorial Ad Litteram, 1999.

—, *Alquimia y religión. Los símbolos herméticos del siglo XVII.* Ediciones Siruela, 2008.

Fernandes, Joaquim; Pérez Pariente, Joaquín; Snobele Stephen D., y otros. *Newton profeta y alquimista. El lado herético de un genio que buscó a Dios en la ciencia.* Ediciones Esquilo, 2008.

Horapolo. *Hieroglyphica.* Edición de Jesús María González de Zárate. Editorial Akal. Arte y Estética, 2011.

Idet, Moshé. *Cábala hebrea y cábala cristiana.* Editorial Lilmod, 2010.

—, *Cábala nuevas perspectivas*. Ediciones Siruela, 2005.

PHILIP, Neil. *Mitos y leyendas. Guía ilustrada.* Editorial Celeste Raíces, 1999.

PUTZ, Rodolfo. *Botánica oculta. Las plantas mágicas según Paracelso.* Editorial Pons, 2006.

SOBRE LA ESPAÑA DEL SIGLO DE ORO

DEFOURNEAUX, Marcelin. *La España del Siglo de Oro.* Editorial Argos Vergara, 1983.

DELEITO y PIÑUELA, José. *La mala vida en la España de Felipe IV.* Alianza Editorial. Historia, 2008.

ELLIOT, J. H. *La España Imperial. 1469-1716.* Editorial Vicens Vives, 1998.

GARCÍA GARCÍA, Bernardo. *El ocio en la España del Siglo de Oro.* Editorial Akal, 1999.

PÉREZ, Joseph. *La España del siglo XVI.* Editorial Austral, 2012.

SOBRE TEMAS VARIOS

BORGES, Jorge Luis. *Funes el memorioso.* Ficciones, 1944.

CHAPARRO GÓMEZ, César. «El arte de la memoria: de Arias Montano y Sánchez de las Brozas al universo de las imágenes y los mundos virtuales.»

PRAZ, Mario. *La carne, la muerte y el diablo en la literatura romántica.* Editorial El Acantilado, 1999.

TRÍAS, Eugenio. *Tratado de la Pasión.* Editorial Debolsillo, 2006.

—, *Lo bello y lo siniestro.* Editorial Debolsillo, 2006.